GW00362973

ARTHUR SCHNITZLER

GESAMMELTE WERKE IN EINZELAUSGABEN

DAS ERZÄHLERISCHE WERK
Band 1–7

DAS DRAMATISCHE WERK
Band 1–8

FISCHER TASCHENBUCH VERLAG

ARTHUR SCHNITZLER

DOKTOR GRÄSLER, BADEARZT
UND ANDERE ERZÄHLUNGEN

Das erzählerische Werk
Band 3

FISCHER TASCHENBUCH VERLAG

28.–30. Tausend: Juni 1988

Ungekürzte Ausgabe
Veröffentlicht im Fischer Taschenbuch Verlag GmbH,
Frankfurt am Main, April 1978

Lizenzausgabe mit freundlicher Genehmigung
des S. Fischer Verlags GmbH, Frankfurt am Main
© S. Fischer Verlag GmbH, Frankfurt am Main 1961
Umschlagentwurf: Jan Buchholz/Reni Hinsch
Druck und Bindung: Clausen & Bosse, Leck
Printed in Germany
ISBN 3-596-21962-0

INHALT

DIE FREMDE

Als Albert um sechs Uhr früh erwachte, war das Bett neben ihm leer, und seine Frau war fort. Auf ihrem Nachttisch lag ein beschriebener Zettel. Albert langte nach ihm und las folgende Worte: »Mein lieber Freund, ich bin früher aufgewacht als du. Adieu. Ich gehe fort. Ob ich zurückkommen werde, weiß ich nicht. Leb wohl. Katharina.«

Albert ließ den Zettel auf die weiße Bettdecke sinken und schüttelte den Kopf. Ob sie nun heute wiederkam oder nicht – es war ja doch ziemlich gleichgültig. Er wunderte sich weder über Inhalt, noch über Ton des Briefes. Es war nur ein wenig früher gekommen, als er erwartet. Vierzehn Tage hatte das ganze Glück gewährt. Was lag daran? Er war bereit.

Langsam erhob er sich, warf den Schlafrock um, tat ein paar Schritte zum Fenster hin und öffnete es. Die Stadt Innsbruck lag in friedlich stillem Morgenschein zu seinen Füßen, und in der Ferne ragten unruhige Felsen in das blaue Licht. Albert kreuzte die Arme über der Brust und sah ins Freie. Ihm war sehr weh ums Herz. Er dachte, wie doch alle Voraussicht und selbst ein vorgefaßter Entschluß ein schweres Geschick nicht leichter, sondern nur mit besserer Haltung tragen ließen. Er zögerte eine Weile. Aber was sollte er jetzt noch abwarten? War es nicht das beste, gleich ein Ende zu machen? War nicht schon die Neugier, die ihn quälte, ein Verrat an seinen Vorsätzen? Sein Los mußte sich erfüllen. Entschieden war es doch schon gewesen, als er vor zwei Jahren beim Tanze das erstemal den kühlen Hauch der geheimnisvollen Lippen seine Wange streifen fühlte.

Er erinnerte sich, wie er in jener Nacht mit seinem Freunde Vincenz nach Hause gegangen war. An alles mußte er denken, was ihm Vincenz damals erzählt hatte; und der zarte Ton früher Warnung klang ihm wieder im Ohr. Vincenz wußte mancherlei über Katharina und ihre Familie. Der Vater war als Oberst eines Artillerie-Regimentes während des bosnischen Feldzuges in den Freiherrnstand erhoben worden und fiel durch die Kugel eines

Insurgenten. Ihr Bruder war Kavallerie-Leutnant gewesen und hatte sein Erbteil rasch durchgebracht; später opferte die Mutter, um den Sohn vor dem Schlimmsten zu bewahren, ihr ganzes Vermögen auf; das half aber nicht für lange, und bald darauf erschoß sich der junge Offizier. Nun stellte der Baron Maaßburg, der als Bräutigam Katharinens galt, seine Besuche in dem Hause ein. Man brachte das nicht nur mit den nunmehr erklärt ärmlichen Verhältnissen der Familie in Zusammenhang, sondern auch mit einer merkwürdigen Szene, die sich während des Leichenbegängnisses zugetragen hatte. Katharina war einem ihr bis dahin ganz unbekannten Kameraden ihres Bruders schluchzend in die Arme gefallen, als wäre er ihr Freund oder Verlobter. Ein Jahr später wurde sie von einer heftigen Schwärmerei für den berühmten Orgelspieler Banetti erfaßt. Er verließ Wien, ohne daß sie ihn jemals gesprochen hatte. Eines Morgens erzählte sie ihrer Mutter den Traum, daß Banetti zu ihnen ins Zimmer getreten, auf dem Klavier eine Fuge von Bach gespielt, dann rücklings zu Boden gestürzt und tot dagelegen war, während sich die Decke öffnete und das Klavier in den Himmel schwebte. Am selben Tage traf die Nachricht ein, daß sich Banetti in einem kleinen lombardischen Dorf von der Kirchturmspitze in den Friedhof hinabgestürzt hatte und tot zu Füßen eines Kreuzes liegen geblieben war. Bald darauf begannen sich bei Katharinen die Anzeichen einer Gemütskrankheit zu zeigen, die sich allmählich bis zu tiefster Versunkenheit steigerte; nur der dringende Widerstand der Mutter und deren fester Glaube an die Genesung Katharinens hielt die Ärzte davon ab, das Mädchen in eine Anstalt zu bringen. Ein ganzes Jahr brachte Katharina tagsüber einsam und schweigend hin; aber nachts erhob sie sich zuweilen aus dem Bette und sang einfache Lieder wie in früherer Zeit. Allmählich, zum größten Staunen der Ärzte, erwachte Katharina aus ihrem Trübsinn. Sie schien dem Leben, ja der Freude wiedergegeben. Bald nahm sie Einladungen, zuerst nur in engere Zirkel an; der Bekanntenkreis breitete sich wieder aus, und als Albert sie auf dem Weißen Kreuz-Ball kennen lernte, war sie ihm von einer solchen Ruhe des Gemütes erschienen, daß er den Erzählungen seines Freundes auf dem Heimweg nur zweifelnd zu folgen vermochte.

Albert von Webeling, der früher nicht sehr viel in der Welt verkehrt hatte, war durch den guten Namen seiner Familie, durch seine Stellung als Vize-Sekretär in einem Ministerium leicht in die Lage versetzt, in den Kreisen Katharinens Zutritt zu finden.

Jede Begegnung vertiefte seine Neigung für sie. Katharina trug sich immer einfach, aber ihre hohe Gestalt und ganz besonders ihre einzige, ja königliche Weise, das Haupt zu neigen, wenn sie jemandem zuhörte, verlieh ihr eine Vornehmheit von ganz eigener Art. Sie sprach nicht viel, und ihre Augen pflegten oft, wenn sie in Gesellschaft war, wie in eine für die andern unzugängliche Ferne zu blicken. Die jüngeren Herren behandelte sie mit einiger Unachtsamkeit, lieber unterhielt sie sich mit reiferen Männern von Rang oder Ruf. Und, wieder ein Jahr, nachdem Albert sie kennen gelernt hatte, verlobte sie das Gerücht mit dem Grafen Rummingshaus, der eben von einer Forschungsreise in Tibet und Turkestan heimgekehrt war. Damals wußte Albert, daß der Tag, an dem Katharina einem andern die Hand zur Ehe reichte, der letzte seines Lebens sein würde, und er, dessen Dasein bis zu seinem dreißigsten Jahr unbeirrt hingeflossen war, begriff mit einem Male alle Gefahren und allen Wahnsinn, in die heftige Leidenschaft den besonnensten Mann zu stürzen vermag. Von seiner Nichtigkeit Katharinen gegenüber war er völlig durchdrungen. Er hatte sein anständiges Auskommen und konnte als Junggeselle ein recht behagliches Leben führen, aber Reichtum hatte er von keiner Seite zu erwarten. Eine sichere, aber gewiß nicht bedeutende Laufbahn stand ihm bevor. Er kleidete sich mit großer Sorgfalt, ohne jemals wirklich elegant auszusehen, er redete nicht ohne Gewandtheit, hatte aber niemals irgend etwas Besonderes zu sagen, und er war stets gerne gesehen, ohne jemals aufzufallen. Und so fühlte er, daß ein Wesen, geheimnisvoll und gleichsam aus einer andern Welt wie Katharina, sich tief zu ihm herablassen müßte, wenn er sie gewinnen wollte, und daß sie jedenfalls von ihm verlangen durfte, ein unverdientes Glück teuer zu bezahlen. Da er sich aber zu jedem Opfer bereit wußte, schien er sich auch allmählich ihrer würdig zu werden. Eines Morgens erfuhr er, daß der Graf nach Galizien abgereist war, ohne sich erklärt zu haben; mit einer Entschlossenheit, die sonst seine Art nicht war, hielt er den rechten Augenblick für gekommen und begab sich zu Katharina.

Wie weit schien ihm nun jene Stunde zu liegen!

Er sah das Zimmer im Schottenhof vor sich, weitläufig und gewölbt, aber niedrig, mit alten, gut gehaltenen Möbeln, sah den vereinsamten dunkelroten Fauteuil am Fenster stehen, das offene Piano mit den aufgeschlagenen Noten, den runden Mahagonitisch, darauf das Album mit dem Perlmutterdeckel und die

Visitkartenschale aus Alt-Meißner Porzellan. Und er erinnerte sich, wie er in den geräumigen Hof hinuntergeblickt hatte, durch den eben viele Leute von der Palmsonntagmesse aus der gegenüberliegenden Schottenkirche kamen. Während die Glocken läuteten, trat Katharina mit ihrer Mutter aus dem Nebenzimmer herein und war nicht so erstaunt über seinen Besuch, als er eigentlich erwartete. Sie hörte ihm freundlich zu und nahm seinen Antrag an, kaum in größerer Bewegung, als wenn er die Einladung zu einem Ball überbracht hätte. Die Mutter, immer mit dem verbindlichen Lächeln der Schwerhörigen, saß still in der Diwan-Ecke und führte ihren kleinen schwarzen Seidenfächer manchmal ans Ohr. Während des ganzen Gesprächs in dem kühlen, sonntagsstillen Zimmer hatte Albert die Empfindung, als wäre er in eine Gegend gekommen, über die durch lange Zeit heftige Stürme gejagt hätten, und die nun eine große Sehnsucht nach Ruhe atmete. Und als er später die graue Treppe hinunterschritt, ward ihm nicht die beseligende Empfindung eines erfüllten Wunsches, sondern nur das Bewußtsein, daß er in eine wohl wundersame, aber ungewisse und dunkle Epoche seines Lebens eingetreten war. Und wie er so durch den Sonntag spazierte, von Straße zu Straße, durch Gärten und Alleen, den Frühjahrshimmel über sich, an manchen fröhlichen und unbekümmerten Menschen vorbei, da fühlte er, daß er von nun an nicht mehr zu diesen gehörte, und daß über ihm ein Geschick anderer und besonderer Art zu walten begann.

Jeden Abend saß er nun oben in dem gewölbten Zimmer. Zuweilen sang Katharina mit einer angenehmen Stimme, aber beinahe völlig ausdruckslos, einfache, meist italienische Volkslieder, zu denen er sie auf dem Klavier begleitete. Nachher stand er oft mit ihr bis zum späten Abend am Fenster und sah in den stillen Hof hinab, wo die Bäume grünten und knospten. An schönen Nachmittagen traf er manchmal im Belvederegarten mit ihr zusammen; dort war sie meist schon lang gesessen und hatte den Kinderspielen zugesehen. Wenn sie ihn kommen sah, stand sie auf, und dann spazierten sie auf den besonnten Kieswegen auf und ab. Anfangs redete er manchmal von seiner früheren Existenz, von den Jugendjahren im Grazer Elternhaus, von der Studienzeit in Wien, von Sommerreisen, und er wunderte sich nur über die Schattenhaftigkeit, in der beim Versuch erinnernden Gestaltens ihm selbst sein bisheriges Leben erschien. Vielleicht lag es auch daran, daß Katharina allen diesen Dingen nicht das geringste Interesse entgegenbrachte. Seltsame Dinge ereigneten sich, die an sich ohne Bedeutung sein mochten, die aber jedenfalls ohne Erklärung blieben. So begegnete Albert eines Tages um die Mittagsstunde seiner Braut auf dem Stephansplatz in Gesellschaft eines in Trauer gekleideten, eleganten Herrn, den er früher nie gesehen hatte. Albert blieb stehen, aber Katharina grüßte kühl, und ohne sich um ihn zu kümmern, ging sie mit dem fremden Herrn weiter. Albert folgte ihr eine Weile, der Herr stieg in einen Wagen, der an einer Straßenecke auf ihn wartete, und fuhr davon. Katharina ging nach Hause. Als Albert sie abends fragte, wer jener Herr gewesen wäre, sah sie ihn befremdet an, nannte einen ihm gänzlich unbekannten polnischen Namen und zog sich für den Rest des Abends auf ihr Zimmer zurück. Ein anderes Mal ließ sie abends lang vergeblich auf sich warten. Endlich erschien sie, als es zehn Uhr schlug, mit einem Strauß von Feldblumen in der Hand und erzählte, daß sie auf dem Lande gewesen und auf einer Wiese eingeschlafen sei. Die Blumen warf sie zum Fenster hinab. Einmal besuchte sie mit Albert das Künstlerhaus und stand lang mit ihm vor einem Bild, das eine einsame grüne Höhenlandschaft mit weißen Wolken drüber vorstellte. Ein paar Tage darauf sprach sie von dieser Gegend, als wäre sie in Wirklichkeit über diese Höhen gewandelt, und zwar als Kind in Gesellschaft ihres verstorbenen Bruders. Zuerst glaubte Albert, daß sie scherzte, allmählich aber merkte er, daß das Bild für sie in der Erinnerung gleichsam lebendig geworden war. Damals fühlte er, wie sich sein Staunen in ein schmerzliches Grauen zu verwandeln begann. Aber je unfaßlicher ihm ihr Wesen zu entgleiten schien, um so hoffnungslos dringender rief seine Sehnsucht nach ihr. Zuweilen gelang es ihm, sie von ihrer Jugend reden zu machen. Doch alles, was sie berichtete, Erzählungen wirklicher Geschehnisse und Geständnisse ferner Träumereien, schwebte wie im gleichen matten Schimmer vorüber, so daß Albert nicht wußte, was sich ihrem Gedächtnis lebendiger eingeprägt: jener Orgelspieler, der sich vom Kirchturm herabgestürzt hatte, der junge Herzog von Modena, der einmal im Prater an ihr vorübergeritten war, oder ein Van Dyckscher Jüngling, dessen Bildnis sie als junges Mädchen in der Liechtenstein-Galerie gesehen hatte. Und so dämmerte auch jetzt ihr Wesen hin, wie nach unbekannten oder ungewissen Zielen, und Albert ahnte, daß er nichts anderes für sie bedeutete als irgend einer, dem sie in einer Gesellschaft zu einer Runde durch den Saal den Arm gereicht hätte. Und da ihm jede Kraft

gebrach, sie aus ihrer verschwommenen Art des Daseins empor-
zuziehen, fühlte er endlich, wie ihn der verwirrende Hauch ihres
Wesens zu betäuben und wie sich allmählich seine Weise zu denken, ja selbst zu handeln, aller durch das tägliche Leben gegebenen Notwendigkeit zu entäußern begann. Es fing damit an, daß
er Einkäufe für den künftigen Hausstand machte, die seine Verhältnisse weit überstiegen. Dann schenkte er seiner Braut
Schmuckgegenstände von beträchtlichem Wert. Und am Tage
vor der Hochzeit kaufte er ein kleines Häuschen in einer Garten-
vorstadt, das ihr auf einem Spaziergang gefallen hatte, und über-
brachte ihr am selben Abend eine Schenkungsurkunde, durch die
es in ihren alleinigen Besitz überging. Sie aber nahm alles mit der
gleichen Freundlichkeit und Ruhe hin, wie früher den Antrag
seiner Hand. Gewiß hielt sie ihn für reicher, als er war. Im Anfang
hatte er natürlich daran gedacht, auch über seine Vermögens-
verhältnisse mit ihr zu reden. Er schob es von Tag zu Tag hinaus, da ihm die Worte versagten; aber endlich kam es dahin, daß
er jede Aussprache über dergleichen Dinge für überflüssig hielt.
Denn wenn sie über ihre Zukunft redete, so tat sie das nicht wie
jemand, dem ein vorgezeichneter Weg ins Weite weist; vielmehr
schienen ihr alle Möglichkeiten nach wie vor offen zu stehen, und
nichts in ihrem Verhalten deutete auf innere oder äußere Gebun-
denheit. So wußte Albert eines Tages, daß ihm ein unsicheres
und kurzes Glück bevorstand, daß aber auch alles, was folgen
könnte, wenn Katharina ihm einmal entschwunden war, jeglicher
Bedeutung für ihn entbehrte. Denn ein Dasein ohne sie war für
ihn vollkommen undenkbar geworden, und es war sein fester
Entschluß, einfach die Welt zu verlassen, sobald ihm Katharina
verloren war. In dieser Sicherheit fand er den einzigen, aber würdigen Halt während dieser wirren und sehnsuchtsvollen Zeit.

Am Morgen, da Albert Katharina zur Trauung abholte, war
sie ihm geradeso fremd, als an dem Abend, da er sie kennen gelernt hatte. Sie wurde die Seine ohne Leidenschaft und ohne Wi-
derstreben. Sie reisten miteinander ins Gebirge. Durch sommer-
liche Täler fuhren sie, die sich weiteten und engten; ergingen
sich an den milden Ufern heiter bewegter Seen und wandelten
auf verlorenen Wegen durch den raunenden Wald. An manchen
Fenstern standen sie, schauten hinab zu den stillen Straßen ver-
zauberter Städte, sandten die Blicke weiter den Lauf geheimnisvoller Flüsse entlang, zu stummen Bergen hin, über denen blasse
Wolken in Dunst zerflossen. Und sie redeten über die täglichen

Dinge des Daseins wie andre junge Paare, spazierten Arm in Arm, verweilten vor Gebäuden und Schaufenstern, berieten sich, lächelten, stießen mit weingefüllten Gläsern an, sanken Wange an Wange in den Schlaf der Glücklichen. Manchmal aber ließ sie ihn allein, in einem matthellen Gasthofzimmer, darin alle Trauer der Fremde dämmerte, auf einer steinernen Gartenbank unter Menschen, die sich des duftenden Blütentags freuten, in einem hohen Saal vor dem gedunkelten Bild eines Landsknechts oder einer Madonna, und niemals wußte er in solcher Stunde, ob Katharina wiederkehren würde oder nicht. Denn unablässig und untrüglich in ihm wie der Schlag seines Herzens war das Gefühl, daß nichts sich geändert hatte seit dem ersten Tag, daß sie frei war wie je und er ihr völlig verfallen.

So kam es, daß ihr Verschwinden heute früh nach einer Hochzeitsreise von vierzehn Tagen, daß auch ihr seltsamer Brief ihn nur erschüttert hatte, ohne ihn eigentlich zu überraschen. Er hätte sie und sich zu erniedrigen geglaubt, wenn er geforscht hätte. Wer sie ihm genommen hatte, ob eine Laune, ob ein Traum, ob ein lebendiger Mensch, war ja völlig gleichgültig; er wußte nichts und brauchte nicht mehr zu wissen, als daß sie ihm nicht mehr gehörte. Vielleicht war es sogar gut, daß das Unvermeidliche so früh gekommen war. Sein Vermögen war durch den Kauf des Hauses auf das Geringste zusammengeschmolzen, und von seinem kleinen Gehalt konnten sie beide nicht leben. Mit ihr von Einschränkungen und von den gewöhnlichen Sorgen des Alltags zu reden, wäre ihm in jedem Fall unmöglich gewesen. Einen Moment fuhr es ihm durch den Sinn, von ihr Abschied zu nehmen. Sein Blick fiel auf die Bettdecke, wo der beschriebene Zettel lag. Der flüchtige Einfall kam ihm, auf die weiße Seite ein kurzes Wort der Erklärung hinzuschreiben. Aber in der deutlichen Empfindung, daß ein solches Wort für Katharina nicht das geringste Interesse haben könnte, stand er wieder davon ab. Er öffnete die Handtasche, steckte seinen kleinen Revolver zu sich und gedachte, irgendwo hinaus vor die Stadt zu wandern, um dort mit Anstand, und ohne jemanden zu stören, seine Tat zu verüben.

Ein Sommermorgen von dunkelblauer Klarheit und vorzeitiger Schwüle lag über der Stadt. Albert ging geradeaus fort. Er war noch nicht hundert Schritte weit vom Hotel entfernt, als er Katharinens Gestalt vor sich erblickte. Sie hielt ihren grauseidenen Sonnenschirm in der Hand und ging langsam des Weges. Die erste Regung Alberts war, in eine andere Straße abzubiegen; aber eine Macht, die heftiger war als alle seine Vorsätze und Überlegungen, drängte ihn, ihr zu folgen, um sich nun doch die Gewißheit zu verschaffen, der er vor einer Minute noch mit Gleichgültigkeit gegenüberzustehen geglaubt hatte. Er bekam sogar einige Angst, daß sie sich umwenden und ihn entdecken könnte. Sie nahm den Weg dem Hofgarten zu, er hielt sich in gemessener Entfernung. Jetzt war sie bei der Hofkirche angelangt, deren Tor offen stand. Sie trat ein. Albert folgte ihr nach einigen Augenblicken. Er blieb in der Nähe des Einganges im tiefsten Schatten stehen; er sah, wie Katharina langsam durch das Mittelschiff zwischen den dunklen Bildsäulen der Helden und Königinnen hindurchschritt. Plötzlich hielt sie inne. Albert entfernte sich von dem Platz, wo er bisher gewartet, und schlich in einem weiten Bogen hinter das Grabmal des Kaisers Maximilian, das gewaltig in der Mitte der Kirche ragte. Katharina stand regungslos vor der Statue des Theodorich. Die Linke auf den Degen gestützt, blickte der erzene Held wie aus ewigen Augen vor sich hin. Seine Haltung war von erhabener Müdigkeit, als sei er sich zugleich der Größe und der Zwecklosigkeit seiner Taten bewußt, und als ginge sein ganzer Stolz in Schwermut unter. Katharina stand vor der Bildsäule und starrte dem Gotenkönig ins Antlitz. Albert blieb einige Zeit in der Verborgenheit, dann wagte er sich vor. Sie hätte die Schritte hören müssen, aber sie wandte sich nicht um; wie gebannt blieb sie auf derselben Stelle. Leute kamen in die Kirche, Fremde mit roten Reisebüchern, man sprach neben ihr, hinter ihr, sie hörte nicht. Es wurde eine Weile stiller, Katharina stand wie früher, in ihrer Bewegungslosigkeit selber einer Bildsäule gleich. Eine neue Viertelstunde und wieder eine verging. Katharina rührte sich nicht.

Albert ging. Am Ausgang wandte er sich noch einmal um; da sah er, wie Katharina nahe an die Statue herangetreten war und mit ihren Lippen den erzenen Fuß berührte. Eilig entfernte sich Albert. Er lächelte. Ein Einfall kam ihm, der ihn mit einer Art von Rührung erfüllte und dessen er sich freute. Nun hatte er noch etwas für die Geliebte zu tun, bevor er dahinging. Er nahm den Weg zu einer Kunsthandlung in der Bahnhofstraße; dort fragte er, ob eine Bronzenachahmung des Theodorich in natürlicher Größe zu beschaffen sei. Ein Zufall wollte er, daß eine solche vor einem Monat fertig geworden war; der Besteller, ein Lord, war gestorben, und die Erben weigerten sich, das Kunstwerk zu übernehmen. Albert fragte nach dem Preis. Er entsprach ungefähr dem Rest seines Vermögens. Albert gab seine Wiener Adresse an und erteilte genaue Weisung, in welcher Art ein Vertrauensmann der Firma die Aufstellung im Garten des Häuschens besorgen sollte. Dann empfahl er sich, eilte durch die Stadt, nahm den Weg durch die Vorstadt Wilten gegen Igls zu, und im Wäldchen erschoß er sich, gerade als die Sonne Mittag zeigte.

Katharina kehrte erst einige Wochen nach diesem Vorfall nach Wien zurück. Indessen war Albert in der Grazer Familiengruft beigesetzt worden. Am Abend ihrer Ankunft stand Katharina eine geraume Weile im Garten vor der Bildsäule, die unter hohen Bäumen einen schönen Platz gefunden. Dann begab sie sich in ihr Zimmer und schrieb einen längeren Brief nach Verona postlagernd an Andrea Geraldini. So hatte sich nämlich ein Herr genannt, der ihr von der Hofkirche aus gefolgt war, als sie Theodorich den Großen verlassen hatte, und von dem sie ein Kind unter dem Herzen trug. Ob das auch der richtige Name des Herrn war, erfuhr sie nie; denn sie erhielt keine Antwort.

Gestern nacht sitz' ich im Kaffeehaus, da sagt plötzlich einer hinter mir: »Ah non – ça – nie wieder!«

Ich hätte nicht aufzusehen brauchen; das war *August*. Er war schön und elegant wie immer. Mit jener wunderbaren Leichtigkeit, um die ich ihn immer im stillen beneidet habe, nahm er an dem kleinen Tischchen mir gegenüber Platz, ohne den gelben Überzieher, der ihm nur um die Schultern hing, abzulegen, rückte den kleinen, steifen, runden, schwarzen Hut, über den noch mehr zu sagen sein wird, tief in die Stirn und rief einen Kellner herbei, der, über dem Billard liegend, eine Zeitung las. Es war nämlich halb drei Uhr morgens, im Mai, und wir waren die letzten Gäste.

Der Kellner kam rasch herbei. »Guten Abend, Herr von Witte.«

»Was, guten Abend – nom d'un nom – wollen Sie mich frozzeln? Bringen Sie mir lieber was zum Essen oder Trinken.«

»Bitte, Herr von Witte – einen kleinen Schwarzen – einen Kognak . . .?«

August sah den Kellner düster an. »Sie irren sich«, sagte er, »bringen Sie mir zwei Sardinen, zwei weiche Eier in einem harten Glas, ein Schinkenbrot und eine Flasche Bier.«

Der Kellner verschwand. August nahm mir die Zeitung aus der Hand und schleuderte sie auf einen andern Tisch. »Ich bin nämlich da, verstehst du?«

»Man merkt es«, erwiderte ich heiter. »Woher kommst du denn so spät?«

»Woher . . .?« sagte August und sah mich mit einem wehmütig-dämonischen Blicke an. »Ich würde an einen Menschen um drei Uhr morgens, wenn er nicht zufällig im Frack ist, nie eine solche Frage stellen. Aber du bist und bleibst ein Rüppel – jawohl«, setzte er hinzu, indem er den armen Mitterwurzer nicht ohne Glück zu kopieren versuchte, »ein Rüppel, ein Rüppel!«

Ich erwiderte nichts, nahm eine Zeitung und las eine Weile. Plötzlich strömte mir aus dem Blatt eine sonderbare Wärme entgegen, gleich darauf fing die Notiz über die neue Operette von

Charles Weinberger zu glühen und zu verkohlen an, und das Ende einer frisch angezündeten Zigarette erschien im Mittelpunkt. Aber ich lächelte nur wenig; so verwöhnt hatte mich August im jahrelangen vertrauten Umgang durch ähnliche und noch viel bessere Scherze.

»Soll ich dir einen Rat geben?« fragte er dann plötzlich.

»Ich bitte darum«, antwortete ich höflich.

August sah mich an und sagte scharf und bestimmt: »Alles, mein Lieber, du verstehst mich, alles, nur keine Exzentriksängerin!«

»Gewiß, gewiß«, sagte ich.

»Alles«, wiederholte August – »Blumenmädeln, alleinreisende Damen aus Rumänien, Flötenbläserinnen, Schornsteinfegersgattinnen, Tragödinnen. Les dernières des dernières ... Alles, mein Lieber, nur keine Exzentrik!«

Ich nickte schlagfertig. Der Kellner brachte, was August bestellt, und mein Freund begann zu essen und zu trinken. Aber schon nach dem ersten Schluck Bier sprach er weiter. »Gegenüber diesen Geschöpfen ist man nämlich wehrlos, und das ist das Entsetzliche. Ich will es dir erklären. Mit einem guten Freund, den man bei seiner Geliebten erwischt, kann man sich schlagen, einen oberflächlichen Bekannten kann man auf der Stelle niederschießen, und einen Fremden, wenn er nicht sehr chic ist, prügelt man einfach durch. Das sind lauter Fälle, in denen man weiß, wie man sich zu benehmen hat, weil man es mit normalen Menschen zu tun hat. Aber was habe ich erleben müssen von dem ersten Augenblick, da ich Mademoiselle Kitty de la Rosière geliebt habe, bis ...« Er nahm seine Uhr aus der Westentasche, legte sie vor sich hin – »bis vor einer Stunde.«

»Gute Nacht!« sagte ich und stand auf.

»Oh!« rief August, »Kellner, sperren Sie die Türe zu!«

»Bitte sehr, bitte gleich«, erwiderte der Kellner, der beinah so witzig war wie August, eilte zur Tür und sperrte ab.

»Setz dich nieder, mein Lieber«, sagte August, »ich werde dir eine Geschichte erzählen, daß du ...« (er nahm jetzt zum Scherz den Ton Lewinkys an und verdrehte die Augen), »daß du bis ins Mark der Knochen schaudern wirst. Les amours de Monsieur August Witte et de la très-jolie Kitty de la Rosière. – Heinrich, eine Virginia!« Er lehnte sich in die Ecke, indem er den Ellbogen auf den Fensterpolster stützte; den kleinen, steifen, schwarzen, runden Hut, über den noch manches zu sagen sein wird, hatte er noch immer auf dem Kopf, den Überzieher noch immer über den

Schultern und sah interessanter aus als je. Ich war sehr schläfrig, und nur die Hoffnung, daß mein Freund mir von einer Blamage erzählen würde, hielt mich noch aufrecht.

»Sie hat mich betrogen«, begann er.

»Ah!« sagte ich, angenehm berührt.

»Du wirst mich nicht für so geschmacklos halten, daß ich dir das als etwas Besonderes erzählen sollte. Du kannst dir denken, daß ich darauf gefaßt war: aber ich hatte anfangs die Hoffnung, nicht darauf zu kommen. Darin hab' ich es nämlich zu einer wahren Virtuosität gebracht. Ich besuche meine Schönen (August hatte manchmal solche Ausdrücke aus der alten Schule) nie zu einer ungewohnten Stunde, ich lese nie die Briefe, die ich zufällig auf dem Tische finde, ich entferne mich sofort aus jedem Lokal, falls ich ihren Namen am Nebentisch von einem Fremden nennen höre, und wenn ich trotz aller dieser Vorsichtsmaßregeln etwas erfahre, glaub' ich es einfach nicht. Aber alle diese Maßnahmen haben bei Kitty versagt. Erinnerst du dich an Little Pluck?«

»O freilich, dieses kleine Scheusal.«

»Kitty scheint das nicht gefunden zu haben. Ich muß vorausschicken, daß ich durch etwa vierzehn Tage mit ihr namenlos glücklich war. Jeden Abend nach der Vorstellung pflegte ich ihr meine Visite zu machen; um elf war ihr Auftreten, um eins das meine. Sie empfing mich jederzeit mit großer Herzlichkeit. Auch an jenem Abend war nichts anderes verabredet worden.«

»An welchem Abend?«

»Da Little Pluck, das kleine Scheusal, zweieinviertel Fuß hoch, achtzehn oder neunundfünfzig Jahre alt, debütiert hatte. Ich trete bei Kitty ein, wie immer Punkt eins, wen find' ich . . .? Little Pluck – wie soll ich sagen? – zu ihren Füßen. Ich war sprachlos. Trotzdem ein Mißverständnis nahezu ausgeschlossen war, erwartete ich irgendein erlösendes Wort von ihr – zum Beispiel: ›Du irrst dich . . .‹ Aber sie sprach es nicht aus. Sie sah mich mit sehr großen Augen an und sagte nur die unvergeßlichen Worte: ›N'est-il pas drôle?‹ Im ersten Moment, so tief eingewurzelt sind unsere Instinkte, zuckte mir die Hand; aber wie ich Little Pluck betrachtete, dieses vollkommen lächerliche Subjekt – viel lächerlicher in diesem Augenblick, als Worte ausdrücken können –, schwand mein Zorn, und ich sagte mir: ›Du kannst einen Zwerg weder schlagen, noch kannst du dich mit ihm schießen.‹ Ich griff nur die Bemerkung Kittys auf, sagte: ›Bien drôle! Bien drôle!‹, nickte, lächelte und ging.«

»Also das ist dir heut passiert?«

»Heute? – Nein, das war vor zwei Monaten. Ich verzieh ihr. Und ein paar Wochen waren wir sehr glücklich.«

»Blieb Little Pluck im Engagement?« fragte ich mit einem sardonischen Lächeln.

»Ich verstehe deine beleidigende Anspielung«, erwiderte August. »Aber ich kann dir versichern, daß Little Pluck, trotzdem er einen ganzen Monat lang bei Ronacher auftrat, nie wieder von Kitty empfangen wurde, wenn ich nicht dabei war. Und am Abend seines letzten Auftretens hab' ich Little Pluck sogar eine kleine fête gegeben bei Kitty, und trotzdem er betrunken war wie ein Schwein, benahm er sich höchst anständig, so daß ich Kitty gestattete, ihn zum Abschied zu küssen. Am nächsten Morgen reiste er nach Triest; wir haben ihn auf die Bahn begleitet, und Kitty weinte. Ich war im ganzen eher froh, daß er wegfuhr. – Aber das Programm bei Ronacher wechselt, wie dir wohl bekannt ist.«

»Aha!« sagte ich.

Der Ausdruck meines Gesichtes mochte in diesem Augenblick für August nicht sehr schmeichelhaft gewesen sein, denn er warf mir, allerdings nur scherzweise, aber doch mit einem gewissen Ärger, eine Semmel ins Gesicht. Während ich sie wieder in den Brotkorb legte, erzählte August weiter.

»Statt Little Pluck erschien im Programm eine Nummer, die berechtigtes Aufsehen machte. Die rührige Direktion – der Teufel soll sie holen – engagierte ›The two Darling‹, die beiden Riesen aus Tibet, das größte Brüderpaar, das je gesehen wurde.«

»Zwei!« rief ich aus, ohne damit etwas Besonderes sagen zu wollen. Aber August mußte mich mißverstanden haben, denn er nannte mich einen Schurken. »Immerhin«, setzte er hinzu, »ahnst du das Richtige. Am Abend, da ›The two Darling‹ zum ersten Mal aufgetreten waren, ging ich wie gewöhnlich zu Kitty. Was soll ich dir viel erzählen? . . . Es war nur der eine von den beiden Riesen, aber es genügte mir.«

»Dir«, sagte ich mit einem so zynischen Ausdruck, daß ich vor mir selbst erschrak. August starrte mich zuerst an, dann erhob er sich plötzlich und bewegte die Lippen zu einem schauerlichen Fluch. Aber da er, wie man gewiß schon bemerkt hat, der besten Gesellschaft angehört, beherrschte er sich, setzte sich wieder und sprach mit einem gewissermaßen resignierten Ton weiter. »Kitty war gefaßt wie immer. Der Riese grinste mich an und schien anfangs in einer leichten Verlegenheit. Als er aber Kittys Ruhe bemerkte, gewann er der Sache sozusagen eine heitere Seite ab, lachte herzlich, was ungefähr klang wie ferner Donner, und sagte dann zu mir: ›Good evening, Sir. I am very glad to see you. What can I do for you?‹ – Ich will nicht leugnen, daß ich anfangs nahe daran war aufzubrausen, aber noch zu rechter Zeit fuhr mir durch den Kopf, welchen Produktionen ich vor kaum zwei Stunden bewundernd beigewohnt: jener Darling hatte sieben Männer zugleich in die Höhe gehoben, Eisenstangen mitten entzweigeschlagen und mit drei Zentner schweren Kugeln Ball gespielt. Ich unterdrückte daher meinen Unwillen und sah Kitty mit einem Blick an, den sie wahrscheinlich nicht ganz richtig auffaßte. Denn statt sich zu entschuldigen, sagte sie mit ihrer unbeschreiblichen Ruhe: ›Tu sais, mon chéri, je ne comprends pas un mot de ce, ce qu'il dit!‹ – Du wirst zugeben, daß das selbst einem Geduldigeren als mir über den Spaß gegangen wäre. Mein Blut kochte, ich fühlte, daß diese Szene ein entsetzliches Ende nehmen mußte, und ich ging fort, ohne zu grüßen.«

»Flegel«, sagte ich.

»Als ich am Tage darauf«, setzte August fort, ohne meinen Vorwurf zu beachten, »Kitty meinen Besuch machte, empfing sie mich heiter wie immer. Ich war zu rücksichtsvoll, um die peinliche Szene von gestern zu berühren, und Kitty schien sich ihrer nicht mehr zu erinnern. Vielleicht bildete sie sich auch ein, daß sie geträumt hatte – was weiß ich! Sicher ist nur – die Weiber sind ja rätselhaft –, daß sie mich an diesem Tage mehr liebte als je. Am selben Abend saß ich wieder in einer Loge bei Ronacher. The two Darling traten auf, und da sie einander so ähnlich sahen, daß sie unmöglich voneinander zu unterscheiden waren, so hatte ich keine Ahnung, welchen von beiden ich bei Kitty getroffen hatte. Ich glaube, auch Kitty hat es nie mit Bestimmtheit erfahren. Aber das ist egal. Sicher ist nur, daß ihr Verkehr mit den beiden Riesen von nun an ein wahrhaft harmloser und kameradschaftlicher blieb.«

»Wie!« schrie ich so heftig, daß die Fensterscheiben klirrten.

August setzte unbeirrt fort: »Nie wieder habe ich einen allein bei Kitty getroffen. Sie pflegten vor der Vorstellung den Tee bei ihr zu nehmen, und auch ich wurde manchmal dazu geladen. Da die beiden Riesen kein Wort Französisch und Kitty keine Silbe Englisch verstand, war ich sozusagen der Dolmetsch.«

»Und wenn du nicht oben warst«, fragte ich herzlich, »wie haben sie sich da verständigt?«

August betrachtete mich. »Wenn du auch dein kindliches Gesicht schneidest«, entgegnete er mir würdig, »ich merke wohl, daß du mit dieser Frage Kitty zu verdächtigen suchst. Aber ich sage dir, es hat sich nach jenem Auftritt für mich nie wieder ein Grund ergeben, an Kitty zu zweifeln. Ich meine wenigstens in Hinsicht auf die Riesen. Es war eine Kaprize gewesen – mein Gott, ich habe auch meine Kaprizen! Und wer weiß, wie ich mich einer Riesendame gegenüber verhalten würde. Ich versichere dir, The two Darling waren wie die Kinder; einmal kam ich dazu, wie die beiden Riesen mit Kitty Ball spielten . . . der eine Riese stand in der einen Ecke des Zimmers, der andere in der anderen . . . oder umgekehrt, ich habe die Kerls nie auseinandergekannt – und Kitty flog über den Teetisch hin und her.« August lächelte etwas blödsinnig in der Erinnerung an die heitere Szene. Plötzlich verdüsterte sich aber sein Antlitz, und er setzte fort: »Gestern war ihr letztes Auftreten. Heute früh um sechs haben wir die Riesen auf die Bahn begleitet, Kitty und ich. Es war ein unglaubliches Aufsehen am Perron, besonders wie The two Darling vom Coupéfenster aus mit zwei Leintüchern zum Abschied winkten. Ich führte Kitty im Fiaker nach Hause. Ich mußte sie trösten, und sie erwies sich so dankbar, daß ich erst zu Mittag ins Büro kam. Wenn ich bedenke, daß das heute früh war . . . was hat sich seitdem alles verändert!«

»Unter anderm jedenfalls«, bemerkte ich ahnungsvoll, »das Programm bei Ronacher.«

August blickte mich an wie ein verendendes Reh. »Was willst du«, sagte er, »das Publikum muß Abwechslung haben.«

»Wer war es?« fragte ich einfach.

»The Osmond Troup«, erwiderte August errötend.

»Wieviel?« fragte ich gepreßten Tones.

»Sieben!« erwiderte August.

»Sieben!« wiederholte ich, freudig bewegt.

»Laß das«, antwortete er still. »Ich will dir nicht verhehlen, daß mich schon während der Vorstellung unangenehme Ahnungen beunruhigten. Die Osmonds sind Leute von einer unglaublichen Beweglichkeit, von sehr viel Witz und riesig musikalisch. Viel Neues haben sie nicht gebracht, aber es war alles viel virtuoser, als ich es je gesehen. Im allgemeinen sind's ja die bekannten Stückerln: sie treten mit einem Höllenlärm auf, schlagen Purzelbäume, hauen einander Baßgeigen um den Schädel, reißen Tischen die Füße aus und blasen den Tannhäusermarsch darauf, setzen sich auf Samtfauteuils, und es wird ›Hab' ich nur deine Liebe‹ daraus, und so weiter. Als ich jetzt die Kerle durcheinanderspringen und ihre Tollheiten treiben sah, entwickelte sich in mir sozusagen à conto eine Eifersucht« (ich halte mich sklavisch an die Ausdrucksweise meines Freundes, die nicht immer seinen Beruf vergessen ließ); »denn nach meinen bisherigen Erfahrungen mit Kitty konnt' ich nicht daran zweifeln, daß mir die heutige Nacht wieder etwas Peinliches bringen würde. Aber plötzlich kam mir ein Gedanke, der mir Trost, Friede, ja eine Art von Genugtuung brachte. Es waren nämlich lauter wohlgewachsene Leute, keine Zwerge, keine Riesen, es waren sozusagen Männer wie du und ich.« Ich verbeugte mich dankend. »In diesem Falle war ich jeder Rücksicht enthoben. Ich konnte jeden von den sieben Kerlen totschlagen, ohne mich lächerlich zu machen. – Um Mitternacht war die Vorstellung aus. Von zwölf bis eins ging ich spazieren: während dieser Stunde erwachte eine neue Hoffnung in mir, daß diesmal ihre Tür versperrt sein würde. Es war eine trügerische Hoffnung; sie war nur angelehnt, hinter ihr hörte ich plaudern, lachen; ich trat ein, und wie du richtig vermutest: es war einer von den sieben.«

»Wahrscheinlich der Kapellmeister«, sagte ich, eigentlich ziemlich gedankenlos.

»Wie soll ich das wissen!« entgegnete August. »Bei Ronacher waren doch die Leute alle geschminkt und in Kostümen, was ich von dem Menschen, den ich bei der Elenden antraf, nicht behaupten kann. Es war, wie ich erwartet, ein hübscher, junger Mann, wie ich.« – Von mir sprach er nicht mehr. – »Kitty, die Unbegreifliche, schaute mich an und sagte mit einem liebenswürdigen Lächeln: ›Si je ne compte pas mal, c'est la troisième fois.‹ – ›Et la dernière, je t'assure‹, sagte ich in einem Ton, den sie gewiß noch nie von einem Menschen gehört. Dann wandte ich mich zu dem Osmond, der gemütlich seine Zigarette weiterrauchte und – na, sagen wir: sitzengeblieben war, packte ihn beim Arm und sagte: ›Sie sind ein Lump, mein Herr, und ich werde Sie züchtigen. Nicht vielleicht, weil ich auf Weiber dieser Sorte eifersüchtig bin, sondern weil es mich agaziert – ein gutes Wort in diesem Moment, wie? –, Sie hier zu finden.‹ Dabei erhob ich meine Hand, um ihn ins Gesicht zu schlagen. In diesem Augenblick aber sah ich schon nichts mehr; es wurde mir im wahrsten Sinn des Wortes schwarz vor den Augen, denn das Osmondsiebentel hatte mir mit einem kräftigen Faustschlag den Zylinder eingetrieben, und ich vernahm nur dieselben Worte, wie ich sie eine Stunde vorher auf der Bühne gehört, als er einem von den sechs andern eine Hacke in den Kopf geschlagen hatte, deutsche Worte in englischem Akzent: ›Oh, mein guter Freund, du bist mir zu lustig!‹ Als es mir endlich gelang, meinen Zylinder wieder in die Höhe zu bringen, wälzte sich Kitty, das süße Weib, in einem wahren Lachkrampf auf dem Boden, und der Clown saß, als wäre nichts geschehen, mit übereinandergeschlagenen Beinen auf der Lehne des Diwans und rauchte die Zigarette weiter. Ich aber fühlte: jetzt ist es zu Ende! Nichts mehr war in mir, keine Liebe, keine Eifersucht, kein Gram, kein Stolz, kein Haß – ich sagte: ›Gute Nacht, Kitty‹, kümmerte mich nicht um den andern, verließ das Zimmer, hängte im Vorraum meinen zerteptschten Zylinder an den Nagel, setzte diesen schönen, neuen, schwarzen, steifen, runden Hut auf, der dem Clown gehörte, und bin nur noch rasch hierhergeeilt, um dir den Rat zu geben, nie mit einer Exzentriksängerin etwas anzufangen.«

»Mein lieber August«, sagte ich, »du bist ungerecht. Meiner Ansicht nach hast du bei der ganzen Sache doch nur gewonnen. Ich will gar nicht von dem Hut sprechen, der dir glänzend steht, aber die Erfahrungen, die du gesammelt hast. Wie kommt sonst unsereins dazu, mit Zwergen und Riesen auf einem so vertrauten Fuß zu verkehren?« (August schüttelte abwehrend den Kopf.) Ich beharrte: »Und ich an deiner Stelle würde nicht versäumen, auch morgen deinen Tee bei Kitty zu nehmen, wo du gewiß die ganze Truppe kennenlernen wirst.« August sah mich mißtrauisch an. »Nun ja«, fuhr ich fort, »ich stelle mir das sehr amüsant vor. Wie die zwei Riesen mit ihr Ball gespielt haben, so werden die Osmonds vielleicht auf ihr Flöte blasen.«

»Du bist ein Idiot«, entgegnete August. So wenig vertrug er es, wenn ein anderer gute Witze machte.

Der Kellner kam. Wir zahlten und traten in einen herrlichen Frühlingsmorgen hinaus. »Mich freut nur«, sagte August, »daß der Kerl über seinen Spaß nicht mehr lange lachen wird, wenn er im Vorzimmer statt seines neuen Hutes . . .«

August schwieg plötzlich. Ich merkte, daß seine Züge erstarrten und seine Augen riesengroß wurden. Ich folgte seinem Blick und sah, daß uns ein junger Mann entgegenkam, der mit vollendeter Eleganz gekleidet war, nur der Zylinder, den er auf dem Kopf sitzen hatte, war vollkommen vernichtet. August blieb stehen und ließ den jungen Mann näherkommen. Dieser lüftete den Hut und sagte: »Good morning, Sir.«

»Good morning«, sagten wir beide und nahmen unsere Hüte ab, die wir natürlich gleich wieder aufsetzen wollten. Mir gelang es. Nicht so meinem Freund August. Diesem nahm der fremde Herr den Hut einfach aus der Hand, setzte ihn auf und übergab August mit einem verbindlichen Lächeln den vernichteten Zylinder. Und sich zu mir wendend, als sei er ausschließlich mir eine Erklärung schuldig, bemerkte er: »Ich habe nämlich geuechselt diesen kleinen Hut vor einer kleinen Stunde bei einer kleinen Freundin. Good morning, Sir.« Damit ging er.

Ich würde lügen, wenn ich behauptete, jemals ein dümmeres Gesicht gesehen zu haben, als das meines Freundes August. Er war totenbleich und schien nach Worten oder wenigstens nach Luft zu schnappen. Er wartete, bis der Gentleman sich in einer anständigen Entfernung befand, dann sagte er mit einer Art von finsterer Entschlossenheit: »Was soll man da tun? Erdolchen oder eine gellende Lache aufschlagen?«

»Erdolchen«, sagte ich rasch. Ich riet es ihm nicht aus Brutalität, sondern vielmehr aus Neugier, weil ich noch nie jemanden erdolchen gesehen habe. Ob nun August zu gutherzig war, oder ob er wieder einmal keinen Dolch bei sich hatte – gewiß ist, daß er meinem Rat nicht folgte, sondern nur ganz kurz und nicht einmal, wie er sich zuerst vorgenommen, besonders gellend lachte. Ich betrachtete ihn mit einiger Besorgnis, denn ich kenne Leute, die durch ähnliche Vorfälle plötzlich toll geworden sind. August wurde es nicht. Ein sonderbares Zucken glitt über seine Züge, als wenn sich eine furchtbare Aufregung plötzlich löste, und er sagte, eher träumerisch: »*Ich werde ihn einfach bügeln lassen.*«

Ich bin fest überzeugt, er meinte den Zylinder.

DIE GRIECHISCHE TÄNZERIN

Die Leute mögen sagen, was sie wollen, ich glaube nicht daran, daß Frau Mathilde Samodeski an Herzschlag gestorben ist. Ich weiß es besser. Ich gehe auch nicht in das Haus, aus dem man sie heute zur ersehnten Ruhe hinausträgt; ich habe keine Lust, den Mann zu sehen, der es ebensogut weiß als ich, warum sie gestorben ist; ihm die Hand zu drücken und zu schweigen.

Einen anderen Weg schlag' ich ein; er ist allerdings etwas weit, aber der Herbsttag ist schön und still, und es tut mir wohl, allein zu sein. Bald werde ich hinter dem Gartengitter stehen, hinter dem ich im vergangenen Frühjahr Mathilde zum letztenmal gesehen habe. Die Fensterladen der Villa werden alle geschlossen sein, auf dem Kiesweg werden rötliche Blätter liegen, und an irgendeiner Stelle werde ich wohl den weißen Marmor durch die Bäume schimmern sehen, aus dem die griechische Tänzerin gemeißelt ist.

An jenen Abend muß ich heute viel denken. Es kommt mir fast wie eine Fügung vor, daß ich mich damals noch im letzten Augenblick entschlossen hatte, die Einladung von Wartenheimers anzunehmen, da ich doch im Laufe der Jahre die Freude an allem geselligen Treiben so ganz verloren habe. Vielleicht war der laue Wind schuld, der abends von den Hügeln in die Stadt geweht kam und mich aufs Land hinauslockte. Überdies sollte es ja ein Gartenfest sein, mit dem die Wartenheimers ihre Villa einweihen wollten, und man brauchte keinerlei besonderen Zwang zu fürchten. Sonderbar ist es auch, daß ich im Hinausfahren kaum an die Möglichkeit dachte, Frau Mathilde draußen zu begegnen. Und dabei war mir doch bekannt, daß Herr Wartenheimer die griechische Tänzerin von Samodeski für seine Villa gekauft hatte; – und daß Frau von Wartenheimer in den Bildhauer verliebt war, wie alle übrigen Frauen, das wußt' ich nicht minder. Aber selbst davon abgesehen hätte ich wohl an Mathilde denken können, denn zur Zeit, da sie noch Mädchen war, hatte ich manche schöne Stunde mit ihr verbracht. Insbesondere gab es einen Sommer am

Genfersee vor sieben Jahren, gerade ein Jahr vor ihrer Verlobung, den ich nicht so leicht vergessen werde. Es scheint sogar, daß ich mir damals trotz meiner grauen Haare mancherlei eingebildet hatte, denn als sie im Jahre darauf Samodeskis Gattin wurde, empfand ich einige Enttäuschung und war vollkommen überzeugt – oder hoffte sogar –, daß sie mit ihm nicht glücklich werden könnte. Erst auf dem Fest, das Gregor Samodeski kurz nach der Rückkehr von der Hochzeitsreise in seinem Atelier in der Gußhausgasse gab, wo alle Geladenen lächerlicherweise in japanischen oder chinesischen Kostümen erscheinen mußten, habe ich Mathilde wiedergesehen. Ganz unbefangen begrüßte sie mich; ihr ganzes Wesen machte den Eindruck der Ruhe und Heiterkeit. Aber später, während sie im Gespräch mit anderen war, traf mich manchmal ein seltsamer Blick aus ihren Augen, und nach einiger Bemühung habe ich deutlich verstanden, was er zu bedeuten hatte. Er sagte: ›Lieber Freund, Sie glauben, daß er mich um des Geldes willen geheiratet hat; Sie glauben, daß er mich nicht liebt; Sie glauben, daß ich nicht glücklich bin – aber Sie irren sich . . . Sie irren sich ganz bestimmt. Sehen Sie doch, wie gut gelaunt ich bin, wie meine Augen leuchten.‹

Ich bin ihr auch später noch einige Male begegnet, aber immer nur ganz flüchtig. Einmal auf einer Reise kreuzten sich unsere Züge; ich speiste mit ihr und ihrem Gatten in einem Bahnhofsrestaurant, und er erzählte allerhand Witze, die mich nicht sonderlich amüsierten. Auch im Theater sprach ich sie einmal, sie war mit ihrer Mutter dort, die eigentlich noch immer schöner ist als sie . . . der Teufel weiß, wo Herr Samodeski damals gewesen ist. Und im letzten Winter hab' ich sie im Prater gesehen; an einem klaren, kalten Tage. Sie ging mit ihrem kleinen Mäderl unter den kahlen Kastanien über den Schnee. Der Wagen fuhr langsam nach. Ich befand mich auf der anderen Seite der Fahrbahn und ging nicht einmal hinüber. Wahrscheinlich war ich innerlich mit ganz anderen Dingen beschäftigt; auch interessierte mich Mathilde schließlich nicht mehr besonders. So würde ich mir heute vielleicht gar keine weiteren Gedanken über sie und über ihren plötzlichen Tod machen, wenn nicht jenes letzte Wiedersehen bei Wartenheimers stattgefunden hätte. Dieses Abends erinnere ich mich heute mit einer merkwürdigen, geradezu peinlichen Deutlichkeit, etwa so wie manchen Tags am Genfersee. Es war schon ziemlich dämmerig, als ich hinauskam. Die Gäste gingen in den Alleen spazieren, ich begrüßte den Hausherrn und einige Bekannte. Irgendwoher tönte die Musik einer kleinen Salonkapelle, die in einem Boskett versteckt war. Bald kam ich zu dem kleinen Teich, der im Halbkreis von hohen Bäumen umgeben ist; in der Mitte auf einem dunklen Postament, so daß sie über dem Wasser zu schweben schien, leuchtete die griechische Tänzerin; durch elektrische Flammen vom Hause her war sie übrigens etwas theatralisch beleuchtet. Ich erinnere mich des Aufsehens, das sie im Jahre vorher in der Sezession erregt hatte; ich muß gestehen, auch auf mich machte sie einigen Eindruck, obwohl mir Samodeski ausnehmend zuwider ist, und trotzdem ich die sonderbare Empfindung habe, daß eigentlich nicht er es ist, der die schönen Sachen macht, die ihm zuweilen gelingen, sondern irgend etwas anderes in ihm, irgend etwas Unbegreifliches, Glühendes, Dämonisches meinethalben, das ganz bestimmt erlöschen wird, wenn er einmal aufhören wird, jung und geliebt zu sein. Ich glaube, es gibt mancherlei Künstler dieser Art, und dieser Umstand erfüllt mich seit jeher mit einer gewissen Genugtuung.

In der Nähe des Teiches begegnete ich Mathilden. Sie schritt am Arm eines jungen Mannes, der aussah wie ein Korpsstudent und sich mir als Verwandter des Hauses vorstellte. Wir spazierten zu dritt sehr vergnügt plaudernd im Garten hin und her, in dem jetzt überall Lichter aufgeflackert waren. Die Frau des Hauses mit Samodeski kam uns entgegen. Wir blieben alle eine Weile stehen, und zu meiner eigenen Verwunderung sagte ich dem Bildhauer einige höchst anerkennende Worte über die griechische Tänzerin. Ich war eigentlich ganz unschuldig daran; offenbar lag in der Luft eine friedliche, heitere Stimmung, wie das an solchen Frühlingsabenden manchmal vorkommt: Leute, die einander sonst gleichgültig sind, begrüßen sich herzlich, andere, die schon eine gewisse Sympathie verbindet, fühlen sich zu allerlei Herzensergießungen angeregt. Als ich beispielsweise eine Weile später auf einer Bank saß und eine Zigarette rauchte, gesellte sich ein Herr zu mir, den ich nur oberflächlich kannte und der plötzlich die Leute zu preisen begann, die von ihrem Reichtum einen so vornehmen Gebrauch machen wie unser Gastgeber. Ich war vollkommen seiner Meinung, obwohl ich Herrn von Wartenheimer sonst für einen ganz einfältigen Snob halte. Dann teilte ich wieder dem Herrn ganz ohne Grund meine Ansichten über moderne Skulptur mit, von der ich nicht sonderlich viel verstehe, Ansichten, die für ihn sonst gewiß ohne jedes Interesse gewesen wären;

aber unter dem Einflusse dieses verführerischen Frühlingsabends stimmte er mir begeistert zu. Später traf ich die Nichten des Hausherrn, die das Fest äußerst romantisch fanden, hauptsächlich, weil die Lichter zwischen den Blättern hervorglänzten und Musik in der Ferne ertönte. Dabei standen wir gerade neben der Kapelle: aber trotzdem fand ich die Bemerkung nicht unsinnig. So sehr stand auch ich unter dem Banne der allgemeinen Stimmung.

Das Abendessen wurde an kleinen Tischen eingenommen, die, soweit es der Platz erlaubte, auf der großen Terrasse, zum anderen Teil im anstoßenden Salon aufgestellt waren. Die drei großen Glastüren standen weit offen. Ich saß an einem Tisch im Freien mit einer der Nichten; an meiner anderen Seite hatte Mathilde Platz genommen mit dem Herrn, der aussah wie ein Korpsstudent, übrigens aber Bankbeamter und Reserveoffizier war. Gegenüber von uns, aber schon im Saal, saß Samodeski zwischen der Frau des Hauses und irgendeiner anderen schönen Dame, die ich nicht kannte. Er warf seiner Gattin eine scherzhaft verwegene Kußhand zu; sie nickte ihm zu und lächelte. Ohne weitere Absicht beobachtete ich ihn ziemlich genau. Er war wirklich schön mit seinen stahlblauen Augen und dem langen schwarzen Spitzbarte, den er manchmal mit zwei Fingern der linken Hand am Kinn zurechtstrich. Ich glaube aber auch, daß ich nie in meinem Leben einen Mann so sehr von Worten, Blicken, Gebärden gewissermaßen umglüht gesehen habe als ihn an diesem Abend. Anfangs schien es, als ließe er sich das eben nur gefallen. Aber bald sah ich an seiner Art, den Frauen leise zuzuflüstern, an seinen unerträglichen Siegerblicken und besonders an der erregten Munterkeit seiner Nachbarinnen, daß die scheinbar harmlose Unterhaltung von irgendeinem geheimen Feuer genährt wurde. Natürlich mußte Mathilde das alles geradeso gut bemerken, als ich; aber sie plauderte anscheinend unbewegt bald mit ihrem Nachbarn, bald mit mir. Allmählich wandte sie sich zu mir allein, erkundigte sich nach verschiedenen äußeren Umständen meines Lebens und ließ sich von meiner vorjährigen Reise nach Athen berichten. Dann sprach sie von ihrer Kleinen, die merkwürdigerweise schon heute Lieder von Schumann nach dem Gehör singen konnte, von ihren Eltern, die sich nun auch auf ihre alten Tage ein Häuschen in Hietzing gekauft, von alten Kirchenstoffen, die sie selbst im vorigen Jahr in Salzburg angeschafft hatte, und von hundert anderen Dingen. Aber unter der Oberfläche dieses Gespräches ging etwas ganz anderes zwischen uns vor; ein stummer erbitterter Kampf: sie versuchte mich durch ihre Ruhe von der Ungetrübtheit ihres Glückes zu überzeugen – und ich wehrte mich dagegen, ihr zu glauben. Ich mußte wieder an jenen japanisch-chinesischen Abend in Samodeskis Atelier denken, wo sie sich in gleicher Weise bemüht hatte. Diesmal fühlte sie wohl, daß sie gegen meine Bedenken wenig ausrichtete und daß sie irgend etwas ganz Besonderes ausdenken mußte, um sie zu zerstreuen. Und so kam sie auf den Einfall, mich selbst auf das zutunliche und verliebte Benehmen der zwei schönen Frauen ihrem Gatten gegenüber aufmerksam zu machen und begann von seinem Glück bei Frauen zu sprechen, als wenn sie sich auch daran geradeso wie an seiner Schönheit und an seinem Genie ohne jede Unruhe und jedes Mißtrauen als gute Kameradin freuen dürfte. Aber je mehr sie sich bemühte, vergnügt und ruhig zu scheinen, um so tiefere Schatten flogen über ihre Stirne hin. Als sie einmal das Glas erhob, um Samodeski zuzutrinken, zitterte ihre Hand. Das wollte sie verbergen, unterdrücken; dadurch verfiel aber nicht nur ihre Hand, sondern der Arm, ihre ganze Gestalt für einige Sekunden in eine solche Starrheit, daß mir beinahe bange wurde. Sie faßte sich wieder, sah mich rasch von der Seite an, merkte offenbar, daß sie daran war, ihr Spiel endgültig zu verlieren, und sagte plötzlich, wie mit einem letzten verzweifelten Versuch: »Ich wette, Sie halten mich für eifersüchtig.« Und ehe ich Zeit hatte, etwas zu erwidern, setzte sie rasch hinzu: »Oh, das glauben viele. Im Anfang hat es Gregor selbst geglaubt.« Sie sprach absichtlich ganz laut, man hätte drüben jedes Wort hören können. »Nun ja,« sagte sie mit einem Blick hinüber, »wenn man einen solchen Mann hat: schön und berühmt . . . und selber den Ruf, nicht sonderlich hübsch zu sein . . . Oh, Sie brauchen mir nichts zu erwidern . . . ich weiß ja, daß ich seit meinem Mäderl ein bißchen hübscher geworden bin.« Sie hatte möglicherweise recht, aber für ihren Gemahl – davon war ich völlig überzeugt – hatte der Adel ihrer Züge nie sonderlich viel bedeutet, und was ihre Gestalt anlangt, so hatte sie mit der mädchenhaften Schlankheit für ihn wahrscheinlich ihren einzigen Reiz verloren. Doch ich stimmte ihr natürlich mit übertriebenen Worten bei; sie schien erfreut und fuhr mit wachsendem Mute fort: »Aber ich habe nicht das geringste Talent zur Eifersucht. Das habe ich selbst nicht gleich gewußt; ich bin erst allmählich daraufgekommen, und zwar hauptsächlich vor ein paar Jahren in Paris . . . Sie wissen ja, daß wir dort waren?«

Ich erinnerte mich.

»Gregor hat dort die Büsten der Fürstin La Hire und des Ministers Chocquet gemacht und mancherlei anderes. Wir haben dort so angenehm gelebt wie junge Leute . . . das heißt, jung sind wir ja noch beide . . . ich meine, wie ein Liebespaar, wenn wir auch gelegentlich in die große Welt gingen . . . Wir waren ein paarmal beim österreichischen Botschafter, die La Hires haben wir besucht und andere. Im ganzen aber machten wir uns nicht viel aus dem eleganten Leben. Wir wohnten sogar draußen auf Montmartre, in einem ziemlich schäbigen Haus, wo übrigens Gregor auch sein Atelier hatte. Ich versichere Sie, unter den jungen Künstlern, mit denen wir dort verkehrten, hatten manche keine Ahnung, daß wir verheiratet waren. Ich bin überall mit ihm herumgestiefelt. Oft bin ich in der Nacht mit ihm im Café Athenés gesessen, mit Léandre, Carabin und vielen anderen. Auch allerlei Frauen waren zuweilen in unserer Gesellschaft, mit denen ich wahrscheinlich in Wien nicht verkehren möchte . . . obzwar schließlich – –« Sie warf einen hastigen Blick hinüber auf Frau Wartenheimer und fuhr rasch wieder fort: »Und manche war sehr hübsch. Ein paarmal war auch die letzte Geliebte von Henri Chabran dort, die seit seinem Tode immer ganz in Schwarz ging und jede Woche einen anderen Liebhaber hatte, die aber in dieser Zeit auch alle Trauer tragen mußten, das verlangte sie . . . Sonderbare Leute lernt man kennen. Sie können sich denken, daß die Frauen meinem Manne dort nicht weniger nachgelaufen sind als anderswo; es war zum Lachen. Aber da ich doch immer mit ihm war – oder meistens, so wagten sie sich nicht recht an ihn heran, um so weniger, als ich für seine Geliebte galt . . . Ja, wenn sie gewußt hätten, daß ich nur seine Frau war –! Und da bin ich einmal auf einen sonderbaren Einfall gekommen, den Sie mir gewiß nie zugetraut hätten – und aufrichtig gestanden, ich wundere mich heute selbst über meinen Mut.« Sie sah vor sich hin und sprach leiser als früher: »Es ist übrigens auch möglich, daß es schon mit etwas im Zusammenhang stand – nun, Sie können sich's ja denken. Seit ein paar Wochen wußte ich, daß ich ein Kind zu erwarten hatte. Das machte mich unerhört glücklich. Im Anfang war ich nicht nur heiterer, sondern merkwürdigerweise auch viel beweglicher als jemals früher . . . Also denken Sie, eines schönen Abends habe ich mir Männerkleider angezogen und bin so mit Gregor auf Abenteuer aus. Natürlich hab' ich ihm vor allem das Versprechen abgenommen, daß er sich keinerlei Zwang antun dürfte . . . nun ja, sonst hätte die ganze Geschichte keinen Sinn gehabt. Ich habe übrigens famos ausgesehen – Sie hätten mich nicht erkannt . . . niemand hätte mich erkannt. Ein Freund von Gregor, ein gewisser Léonce Albert, ein junger Maler, ein buckliger Mensch, holte uns an diesem Abend ab. Es war wunderschön . . . Mai . . . ganz warm . . . und ich war frech, davon machen Sie sich keinen Begriff. Denken Sie sich, ich hab' meinen Überzieher – einen sehr eleganten gelben Überzieher – einfach abgelegt und ihn auf dem Arm getragen . . . so wie das eben Herren zu tun pflegen . . Es war allerdings schon ziemlich dunkel . . . In einem kleinen Restaurant auf dem äußeren Boulevard haben wir diniert, dann sie wir in die Roulotte gegangen, wo damals Legay sang und Montoya . . . »*Tu t'en iras les pieds devant*« . . . Sie haben es ja neulich hier gehört im Wiedener Theater – nicht wahr?« Jetzt warf Mathilde einen raschen Blick zu ihrem Mann hinüber, der nicht darauf achtete. Es war, als wenn sie nun auf längere Zeit von ihm Abschied nähme. Und nun erzählte sie drauflos, immer heftiger, stürzte sozusagen vorwärts. »In der Roulotte,« sagte sie, »war eine sehr elegante Dame, die ganz nahe vor uns saß; die kokettierte mit Gregor, aber in einer Weise . . . nun, ich versichere Sie, man kann sich nichts Unanständigeres vorstellen. Ich werde nie begreifen, daß ihr Gatte sie nicht auf der Stelle erwürgt hat. Ich hätte es getan. Ich glaube, es war eine Herzogin . . . Nun, Sie müssen nicht lachen, es war gewiß eine Dame der großen Welt, trotz ihres Benehmens . . . das kann man schon beurteilen . . . Und ich wollte eigentlich, daß Gregor auf die Sache einginge . . . natürlich! – ich hätte gern gesehen, wie man so etwas anfängt . . . ich wünschte, daß er ihr einen Brief zusteckte – oder sonst was täte – was er eben in solchen Fällen getan haben wird, bevor ich seine Frau wurde . . . Ja, das wollte ich, trotzdem es nicht ohne Gefahr für ihn gewesen wäre. Offenbar steckt in uns Frauen so eine grausame Neugier . . . Aber Gregor hatte, Gott sei Dank, keine Lust. Wir gingen sogar recht bald fort, wieder hinaus in die schöne Mainacht, Léonce blieb immer mit uns. Der hat sich übrigens an diesem Abend in mich verliebt und wurde gegen seine Gewohnheit geradezu galant. Es war sonst ein sehr verschüchterter Mensch – wegen seines Aussehens . . . Ich sagte ihm noch: »Man muß wohl einen gelben Überzieher haben, damit Sie einem den Hof machen.« Wir sind so vergnügt weiterspaziert wie drei Studenten. Und jetzt kam das Interessante: wir gingen nämlich ins Moulin Rouge. Das gehörte zum Programm. Es war auch notwendig, daß endlich irgend etwas geschah. Bisher hatten wir ja noch gar nichts erlebt . . . nur mich – denken Sie: mich selbst – hatte ein Frauenzimmer auf der Straße angeredet. Aber das war ja nicht die Absicht gewesen . . . Um ein Uhr waren wir im Moulin Rouge. Wie es da zugeht, wissen Sie ja wahrscheinlich; eigentlich hatte ich mir's ärger vorgestellt . . . Es passierte auch anfangs dort nicht das Geringste, und es sah ganz danach aus, als sollte der ganze Scherz zu nichts führen. Ich war ein bißchen ärgerlich. »Du bist ein Kind,« sagte Gregor. »Wie denkst du dir das eigentlich? Wir kommen, und sie fallen uns zu Füßen –?« Er sagte »uns« aus Höflichkeit für Léonce; es war keine Rede davon, daß man Léonce zu Füßen fallen konnte. Aber wie wir nun schon alle ernstlich daran dachten, nach Hause zu gehen, nahm die Sache eine Wendung. Mir fiel nämlich eine Person auf . . . mir, wirklich mir . . . die schon ein paarmal ganz zufällig an uns vor-übergegangen war . . . Sie war ganz ernst und sah ziemlich anders aus als die meisten anwesenden Damen. Sie war gar nicht auffal-lend gekleidet – in Weiß, vollkommen in Weiß . . . Ich hatte be-merkt, wie sie zwei oder drei Herren, die sie ansprachen, über-haupt gar keine Antwort gab, einfach weiterging, ohne sie eines Blickes zu würdigen. Sie schaute nur dem Tanze zu, sehr ruhig, interessiert, sachlich möchte ich sagen . . . . Léonce fragte – ich hatte ihn darum gebeten – ein paar Bekannte, ob ihnen das hübsche Wesen schon irgendwo begegnet wäre, und einer erin-nerte sich, daß er sie im vorigen Winter auf einem der Donners-tagsbälle im Quartier Latin gesehen hatte. Léonce sprach sie dann in einiger Entfernung von uns an, und ihm gab sie Ant-wort. Dann kam er mit ihr näher, wir setzten uns alle an einen kleinen Tisch und tranken Champagner. Gregor kümmerte sich gar nicht um sie – als wenn sie überhaupt nicht dagewesen wäre . . . Er plauderte mit mir, immer nur mit mir . . . Das schien sie nun besonders zu reizen. Sie wurde immer heiterer, gesprächiger, ungenierter, und wie das so kommt, allmählich hatte sie ihre ganze Lebensgeschichte erzählt. Was so ein armes Ding alles er-leben kann – oder erleben muß, möglicherweise! Man liest ja so oft davon, aber wenn man es einmal als etwas ganz Wirkliches hört, von einer, die daneben sitzt, da ist es doch ganz sonderbar. Ich erinnere mich noch an mancherlei. Wie sie fünfzehn Jahre alt war, hat sie irgendeiner verführt und sitzen lassen. Dann war sie Modell. Auch Statistin an einem kleinen Theater ist sie gewesen. – Was sie uns vom Direktor für Dinge erzählte! . . . Ich wäre auf und davon gelaufen, wenn ich nicht vom Champagner schon ein wenig angeheitert gewesen wäre . . . Dann hatte sie sich in einen Studenten der Medizin verliebt, der in der Anatomie arbeitete, den holte sie manchmal aus der Leichenkammer ab . . . oder blieb vielmehr mit ihm dort . . . nein, es ist nicht möglich, zu wiederholen, was sie uns erzählt hat! – Der Mediziner verließ sie natürlich auch. Und das wollte sie nicht überleben – gerade das! Und sie brachte sich um, das heißt, sie versuchte es. Sie machte sich selbst darüber lustig . . . in Ausdrücken! Ich höre noch ihre Stimme . . . es klang gar nicht so gemein, als es war. Und sie lüftete ihr Kleid ein wenig und zeigte über der linken Brust eine kleine rötliche Narbe. Und wie wir alle diese kleine Narbe ganz ernsthaft betrachten, sagte sie – nein, schreit sie plötzlich meinen Mann an: »Küssen!« Ich sagte Ihnen schon, Gregor kümmerte sich gar nicht um sie. Auch während sie ihre Geschichten erzählte, hörte er kaum zu, sah in den Saal hinein, rauchte Zigaretten, und jetzt, wie sie ihn so anrief, lächelte er kaum. Ich hab' ihn aber gestoßen, gezwickt, ich war ja wirklich etwas beduselt . . . jedenfalls war es die sonderbarste Stimmung meines Lebens. Und ob er nun wollte oder nicht, er mußte die Narbe . . . das heißt, er mußte so tun, als berührte er die Stelle mit den Lippen. Ja, und dann wurde es immer lustiger und toller. Nie hab' ich so viel gelacht wie an diesem Abend – und gar nicht gewußt, warum. Und nie hätte ich es für möglich gehalten, daß sich ein weibliches Wesen – und noch dazu solch eines – im Verlauf einer Stunde so wahnsinnig in einen Mann verlieben könnte, wie dieses Geschöpf in Gregor. Sie hieß Madeleine.«

Ich weiß nicht, ob Frau Mathilde den Namen absichtlich lauter aussprach – jedenfalls schien es mir, als hörte ihn ihr Gatte, denn er sah zu uns herüber; seine Frau sah er sonderbarerweise nicht an, aber unsere Blicke begegneten sich und blieben eine ganze Weile eineinander ruhen, nicht eben mit besonderer Sympathie. Dann plötzlich lächelte er seiner Gattin zu, sie nickte zurück, er sprach mit seinen Nachbarinnen weiter, und sie wandte sich wieder zu mir.

»Ich kann mich natürlich nicht mehr an alles erinnern, was Madeleine später gesprochen hat,« sagte sie, »es war ja alles so wirr. Aber ich will aufrichtig sein: es gab eine Sekunde, in der ich ein bißchen verstimmt wurde. Das war, als Madeleine die Hand meines Mannes nahm und küßte. Aber gleich war es wieder vorbei. Denn, sehen Sie, in diesem Augenblick mußte ich an unser

Kind denken. Und da hab' ich gefühlt, wie unauflöslich ich und Gregor miteinander verbunden waren, und wie alles andere nichts sein konnte, als Schatten, Nichtigkeiten oder Komödie, wie heute Abend. Und da war alles wieder gut. Wir sind dann noch alle bis zum Morgengrauen auf dem Boulevard in einem Kaffeehause gesessen. Da hörte ich, wie Madeleine meinen Gatten bat, er solle sie nach Hause begleiten. Er lachte sie aus. Und dann, um den Spaß zu einem guten und in gewissem Sinne vorteilhaften Ende zu führen – Sie wissen ja, was die Künstler alle für Egoisten sind . . . insofern es sich nämlich um ihre Kunst handelt . . . – kurz, er sagte ihr, daß er Bildhauer sei, und forderte sie auf, nächstens zu ihm zu kommen, er wollte sie modellieren. Sie antwortete: »Wenn du ein Bildhauer bist, lasse ich mich hängen! Aber ich komm' doch.«

Mathilde schwieg. Aber nie habe ich die Augen eines weiblichen Wesens so viel Leid ausdrücken – oder verbergen sehen. Dann, nachdem sie sich gefaßt zu dem Letzten, was sie mir noch zu sagen hatte, fuhr sie fort: »Gregor wollte durchaus, ich sollte am nächsten Tag im Atelier sein. Ja, er machte mir sogar den Vorschlag, hinter dem Vorhang verborgen zu bleiben, wenn sie käme. Nun, es gibt Frauen, viele Frauen, ich weiß es, die darauf eingegangen wären. Ich aber finde: entweder man glaubt oder man glaubt nicht . . . Und ich habe mich entschlossen, zu glauben. Hab' ich nicht recht?« Und sie sah mich mit großen, fragenden Augen an. Ich nickte nur, und sie sprach weiter: »Madeleine kam natürlich am Tag darauf und dann sehr oft . . . wie manche andere vorher und nachher gekommen ist . . . und daß sie eine der schönsten war, können Sie mir glauben. Sie selbst sind erst heute vor ihr in Bewunderung gestanden, draußen am Teich.«

»Die Tänzerin?«

»Ja, Madeleine hat zu ihr Modell gestanden. Und nun denken Sie, daß ich in einem solchen oder in einem anderen Falle mißtrauisch gewesen wäre! Würde ich nicht ihm und mir das Dasein zur Qual gemacht haben? Ich bin sehr froh, daß ich keine Anlage zur Eifersucht habe.«

Irgend jemand stand in der offenen Mitteltür und hatte begonnen, einen wahrscheinlich sehr witzigen Toast auf den Hausherrn zu sprechen, denn die Leute lachten von ganzem Herzen. Ich aber betrachtete Mathilde, die ebensowenig zuhörte wie ich. Und ich sah, wie sie zu ihrem Gatten hinüberschaute und ihm einen Blick zuwarf, der nicht nur eine unendliche Liebe verriet, sondern auch ein unerschütterliches Vertrauen heuchelte, als wäre es wahrhaftig ihre höchste Pflicht, ihn im Genuß des Daseins auf keine Weise zu stören. Und er empfing auch diesen Blick – lächelnd, unbeirrt, obwohl er natürlich ebensogut wußte als ich, daß sie litt und ihr Leben lang gelitten hat wie ein Tier.

Und darum glaub' ich nicht an die Fabel von dem Herzschlag. Ich habe an jenem Abend Mathilde zu gut kennen gelernt, und für mich steht es fest: so wie sie vor ihrem Gatten die glückliche Frau gespielt hat vom ersten Augenblick bis zum letzten, während er sie belogen und zum Wahnsinn getrieben hat, so hat sie ihm auch schließlich einen natürlichen Tod vorgespielt, als sie das Leben hinwarf, weil sie es nicht mehr ertragen konnte. Und er hatte auch dieses letzte Opfer hingenommen, als käme es ihm zu.

Da stehe ich vor dem Gitter . . . Die Läden sind fest geschlossen. Weiß und wie verzaubert liegt die kleine Villa im Dämmerschein, und dort schimmert der Marmor zwischen den roten Zweigen . . .

Vielleicht bin ich übrigens ungerecht gegen Samodeski. Am Ende ist er so dumm, daß er die Wahrheit wirklich nicht ahnt. Aber es ist traurig, zu denken, daß es für Mathilde im Tode keine größere Wonne gäbe, als zu wissen, daß ihr letzter himmlischer Betrug gelungen ist.

Oder irre ich mich gar? Und es war ein natürlicher Tod? . . . Nein, ich lasse mir nicht das Recht nehmen, den Mann zu hassen, den Mathilde so sehr geliebt hat. Das wird ja wahrscheinlich für lange Zeit mein einziges Vergnügen sein . . .

DIE WEISSAGUNG

I

Unweit von Bozen, auf einer mäßigen Höhe, im Walde wie versunken und von der Landstraße aus kaum sichtbar, liegt die kleine Besitzung des Freiherrn von Schottenegg. Ein Freund, der seit zehn Jahren als Arzt in Meran lebt und dem ich im Herbste dort wieder begegnete, hatte mich mit dem Freiherrn bekannt gemacht. Dieser war damals fünfzig Jahre alt und dilettierte in mancherlei Künsten. Er komponierte ein wenig, war tüchtig auf Violine und Klavier, auch zeichnete er nicht übel. Am ernstesten aber hatte er in früherer Zeit die Schauspielerei getrieben. Wie es hieß, war er als ganz junger Mensch unter angenommenem Namen ein paar Jahre lang auf kleinen Bühnen draußen im Reiche umhergezogen. Ob nun der dauernde Widerstand des Vaters, unzureichende Begabung oder mangelndes Glück der Anlaß war, jedenfalls hatte der Freiherr diese Laufbahn früh genug aufgegeben, um noch ohne erhebliche Verspätung in den Staatsdienst treten zu können und damit dem Beruf seiner Vorfahren zu folgen, den er dann auch zwei Jahrzehnte hindurch treu, wenn auch ohne Begeisterung erfüllte. Aber als er, kaum über vierzig Jahre alt, gleich nach dem Tode des Vaters, das Amt verließ, sollte sich erst zeigen, mit welcher Liebe er an dem Gegenstand seiner jugendlichen Träume noch immer hing. Er ließ die Villa auf dem Abhang des Guntschnaberges in Stand setzen und versammelte dort, insbesondere zur Sommers- und Herbstzeit, einen allmählich immer größer werdenden Kreis von Herren und Damen, die allerlei leicht zu agierende Schauspiele oder lebende Bilder vorführten. Seine Frau, aus einer alten Tiroler Bürgersfamilie, ohne wirkliche Anteilnahme an künstlerischen Dingen, aber klug und ihrem Gatten mit kameradschaftlicher Zärtlichkeit zugetan, sah seiner Liebhaberei mit einigem Spotte zu, der sich aber um so gutmütiger anließ, als das Interesse des Freiherrn ihren eigenen geselligen Neigungen entgegenkam. Die Gesellschaft, die man im Schlosse antraf, mochte strengen Beurteilern nicht gewählt genug erscheinen, aber auch Gäste, die sonst nach Geburt und

Erziehung zu Standesvorurteilen geneigt waren, nahmen keinerlei Anstoß an der zwanglosen Zusammensetzung eines Kreises, die durch die dort geübte Kunst genügend gerechtfertigt schien und von dem überdies der Name und Ruf des freiherrlichen Paares jeden Verdacht freierer Sitten durchaus fernhielt. Unter manchen anderen, deren ich mich nicht mehr entsinne, begegnete ich auf dem Schlosse einem jungen Grafen von der Innsbrucker Bezirkshauptmannschaft, einem Jägeroffizier aus Riva, einem Generalstabshauptmann mit Frau und Tochter, einer Operettensängerin aus Berlin, einem Bozener Likörfabrikanten mit zwei Söhnen, dem Baron Meudolt, der damals eben von seiner Weltreise zurückgekommen war, einem pensionierten Hofschauspieler aus Bückeburg, einer verwitweten Gräfin Saima, die als junges Mädchen Schauspielerin gewesen war, mit ihrer Tochter, und dem dänischen Maler Petersen.

Im Schlosse selbst wohnten nur die wenigsten Gäste. Einige nahmen in Bozen Quartier, andere in einem bescheidenen Gasthof, der unten an der Wegscheide lag, wo eine schmälere Straße nach dem Gute abzweigte. Aber meist in den ersten Nachmittagsstunden war der ganze Kreis oben versammelt, und dann wurden, manchmal unter der Leitung des ehemaligen Hofschauspielers, zuweilen unter der des Freiherrn, der selbst niemals mitwirkte, bis in die späten Abendstunden Proben abgehalten, anfangs unter Scherzen und Lachen, allmählich aber mit immer größerem Ernste, bis der Tag der Vorstellung herannahte, und je nach Witterung, Laune, Vorbereitung, möglichst mit Rücksicht auf den Schauplatz der Handlung, entweder auf dem an den Wald grenzenden Wiesenplatz hinter dem Schloßgärtchen oder in dem ebenerdigen Saal mit den drei großen Bogenfenstern die Aufführung stattfand.

Als ich das erstemal den Freiherrn besuchte, hatte ich keinen anderen Vorsatz, als an einem neuen Ort unter neuen Menschen einen heiteren Tag zu verbringen. Aber wie das so kommt, wenn man ohne Ziel und in vollkommener Freiheit umherstreift, und überdies bei allmählich schwindender Jugend keinerlei Beziehungen bestehen, die lebhafter in die Heimat zurückrufen, ließ ich mich vom Freiherrn zu längerem Bleiben bereden. Aus dem einen Tag wurden zwei, drei und mehr, und so, zu meiner eignen Verwunderung, wohnte ich bis tief in den Herbst oben auf dem Schlößchen, wo mir in einem kleinen Turm ein sehr wohnlich ausgestattetes Zimmer mit dem Blick ins Tal eingeräumt war.

Dieser erste Aufenthalt auf dem Guntschnaberg wird für mich stets eine angenehme und, trotz aller Lustigkeit und alles Lärms um mich herum, sehr stille Erinnerung bleiben, da ich mit keinem der Gäste anders als flüchtig verkehrte und überdies einen großen Teil meiner Zeit, zu Nachdenken und Arbeit gleichermaßen angeregt, auf einsamen Waldspaziergängen verbrachte. Auch der Umstand, daß der Freiherr aus Höflichkeit einmal eines meiner kleinen Stücke darstellen ließ, störte die Ruhe meines Aufenthaltes nicht, da niemand von meiner Eigenschaft als Verfasser Notiz nahm. Vielmehr bedeutete mir dieser Abend ein höchst anmutiges Erlebnis, da mit dieser Aufführung auf grünem Rasen, unter freiem Himmel ein bescheidener Traum meiner Jugendjahre so spät als unerwartet in Erfüllung ging.

Die lebhafte Bewegung im Schlosse ließ allmählich nach, der Urlaub der Herren, die in einem Berufe standen, war großenteils abgelaufen, und nur manchmal kam Besuch von Freunden, die in der Nähe ansässig waren. Erst jetzt gewann ich selbst zu dem Freiherrn ein näheres Verhältnis und fand bei ihm zu einiger Überraschung mehr Selbstbescheidung, als sie Dilettanten sonst eigen zu sein pflegt. Er täuschte sich keineswegs darüber, daß das, was auf seinem Schlosse getrieben wurde, nichts anderes war, als eine höhere Art von Gesellschaftsspiel. Aber da es ihm im Gange seines Lebens versagt geblieben war, in eine dauernde und ernsthafte Beziehung zu seiner geliebten Kunst zu treten, so ließ er sich an dem Schimmer genügen, der wie aus entlegenen Fernen über das harmlose Theaterwesen im Schlosse geglänzt kam, und freute sich überdies, daß hier von mancher Erbärmlichkeit, die das Berufliche doch überall mit sich bringt, kein Hauch zu spüren war.

Auf einem unserer Spaziergänge sprach er ohne jede Zudringlichkeit den Einfall aus, einmal auf seiner Bühne im Freien ein Stück dargestellt zu sehen, das schon in Hinblick auf den unbegrenzten Raum und auf die natürliche Umgebung geschaffen wäre. Diese Bemerkung kam einem Plan, den ich seit einiger Zeit in mir trug, so ungezwungen entgegen, daß ich dem Freiherrn versprach, seinen Wunsch zu erfüllen.

Bald darauf verließ ich das Schloß.

In den ersten Tagen des nächsten Frühlings schon sandte ich mit freundlichen Worten der Erinnerung an die schönen Tage des vergangenen Herbstes dem Freiherrn ein Stück, wie es den Forderungen der Gelegenheit wohl entsprechen mochte. Bald darauf traf die Antwort ein, die den Dank des Freiherrn und eine herzliche Einladung für den kommenden Herbst enthielt. Ich verbrachte den Sommer im Gebirge, und in den ersten Septembertagen bei einbrechender kühler Witterung reiste ich an den Gardasee, ohne daran zu denken, daß ich nun dem Schlosse des Freiherrn von Schottenegg recht nahe war. Ja, mir ist heute, als hätte ich zu dieser Zeit das kleine Schloß und alles dortige Treiben völlig vergessen gehabt. Da erhielt ich am 8. September aus Wien ein Schreiben des Freiherrn nachgesandt. Dieses sprach ein gelindes Erstaunen aus, daß ich nichts von mir hören ließe, und enthielt die Mitteilung, daß am 9. September die Aufführung des kleinen Stückes stattfände, das ich ihm im Frühling übersandt hatte und bei der ich keineswegs fehlen dürfte. Besonderes Vergnügen versprach mir der Freiherr von den Kindern, die in dem Stück beschäftigt waren und die es sich jetzt schon nicht nehmen ließen, auch außerhalb der Probezeit in ihren zierlichen Kostümen umherzulaufen und auf dem Rasen zu spielen. Die Hauptrolle – so schrieb er weiter – sei nach einer Reihe von Zufälligkeiten an seinen Neffen, Herrn Franz von Umprecht, übergegangen, der – wie ich mich gewiß noch erinnere – im vorigen Jahre nur zweimal in lebenden Bildern mitgewirkt habe, der aber nun auch als Schauspieler ein überraschendes Talent erweise.

Ich reiste ab, war abends in Bozen und kam am Tage der Vorstellung im Schlosse an, wo mich der Freiherr und seine Frau freundlich empfingen. Auch andere Bekannte hatte ich zu begrüßen: den pensionierten Hofschauspieler, die Gräfin Saima mit Tochter, Herrn von Umprecht und seine schöne Frau; sowie die vierzehnjährige Tochter des Försters, die zu meinem Stücke den Prolog sprechen sollte. Für den Nachmittag wurde große Gesellschaft erwartet und abends bei der Vorstellung sollten mehr als hundert Zuschauer anwesend sein, nicht nur persönliche Gäste des Freiherrn, sondern auch Leute aus der Gegend ringsum, denen heute, wie schon öfter, der Zugang zu dem Bühnenplatz freistand. Überdies war diemal auch ein kleines Orchester engagiert, aus Berufsmusikern einer Bozener Kapelle und einigen Dilettanten bestehend, die eine Ouvertüre von Weber und überdies eine Zwischenaktsmusik exekutieren sollten, welch letztere der Freiherr selbst komponiert hatte.

Man war bei Tisch sehr heiter, nur Herr von Umprecht schien mir etwas stiller als die anderen. Anfangs hatte ich mich seiner kaum entsinnen können, und es fiel mir auf, daß er mich sehr oft, manchmal mit Sympathie, dann wieder etwas scheu ansah, ohne je das Wort an mich zu richten. Allmählich wurde mir der Ausdruck seines Gesichtes bekannter, und plötzlich erinnerte ich mich, daß er voriges Jahr in einem der lebenden Bilder mit aufgestützten Armen in Mönchstracht vor einem Schachbrett gesessen war. Ich fragte ihn, ob ich mich nicht irrte. Er wurde beinahe verlegen, als ich ihn ansprach; der Freiherr antwortete für ihn und machte dann eine lächelnde Bemerkung über das neuentdeckte schauspielerische Talent seines Neffen. Da lachte Herr von Umprecht in einer ziemlich sonderbaren Weise vor sich hin, dann warf er rasch einen Blick zu mir herüber, der eine Art von Einverständnis zwischen uns beiden auszudrücken schien und den ich mir durchaus nicht erklären konnte. Aber von diesem Augenblick an vermied er es wieder, mich anzusehen.

II

Bald nach Tisch hatte ich mich auf mein Zimmer zurückgezogen. Da stand ich wieder am offenen Fenster, wie ich so oft im vorigen Jahre getan, und freute mich des anmutigen Blickes hinunter in das sonnenglänzende Tal, das, eng zu meinen Füßen, allmählich sich dehnte und in der Ferne sich völlig aufschloß, um Stadt und Fluren in sich aufzunehmen.

Nach einer kurzen Weile klopfte es. Herr von Umprecht trat ein, blieb an der Tür stehen und sagte mit einiger Befangenheit: »Ich bitte um Verzeihung, wenn ich Sie störe.« Dann trat er näher und fuhr fort: »Aber sobald Sie mir eine Viertelstunde Gehör geschenkt haben, davon bin ich überzeugt, werden Sie meinen Besuch für genügend entschuldigt halten.«

Ich lud Herrn von Umprecht zum Sitzen ein, er achtete nicht darauf, sondern fuhr mit Lebhaftigkeit fort: »Ich bin nämlich in der seltsamsten Art Ihr Schuldner geworden und fühle mich verpflichtet, Ihnen zu danken.«

Da mir natürlich nichts anderes beifallen konnte, als daß sich diese Worte des Herrn von Umprecht auf seine Rolle bezögen und sie mir allzuhöflich schienen, so versuchte ich abzuwehren. Doch Umprecht unterbrach mich sofort: »Sie können nicht wissen, wie meine Worte gemeint sind. Darf ich Sie bitten, mich anzuhören?« Er setzte sich auf das Fensterbrett, kreuzte die Beine, und, mit offenbarer Absichtlichkeit so ruhig als möglich

40

scheinend, begann er: »Ich bin jetzt Gutsbesitzer, wie Sie vielleicht wissen, bin aber früher Offizier gewesen. Und zu jener Zeit,
vor zehn Jahren – *heute* vor zehn Jahren – begegnete mir das unbegreifliche Abenteuer, unter dessen Schatten ich gewissermaßen
bis heute gelebt habe und das heute durch Sie ohne Ihr Wissen
und Zutun seinen Abschluß findet. Zwischen uns beiden besteht
nämlich ein dämonischer Zusammenhang, den Sie wahrscheinlich so wenig werden aufklären können wie ich; aber Sie sollen
wenigstens von seinem Vorhandensein erfahren. – Mein Regiment lag damals in einem öden polnischen Nest. An Zerstreu-
ungen gab es außer dem Dienst, der nicht immer anstrengend
genug war, nur Trunk und Spiel. Überdies hatte man die Möglichkeit vor Augen, jahrelang hier festsitzen zu müssen, und nicht
alle von uns verstanden es, ein Leben in dieser trostlosen Aussicht mit Fassung zu tragen. Einer meiner besten Freunde hat
sich im dritten Monat unseres dortigen Aufenthalts erschossen.
Ein anderer Kamerad, früher der liebenswürdigste Offizier, fing
plötzlich an, ein arger Trinker zu werden, wurde unmanierlich,
aufbrausend, nahezu unzurechnungsfähig und hatte irgend einen
Auftritt mit einem Advokaten, der ihn seine Charge kostete. Der
Hauptmann meiner Kompagnie war verheiratet und, ich weiß
nicht, ob mit oder ohne Grund, so eifersüchtig, daß er seine Frau
eines Tages zum Fenster hinunterwarf. Sie blieb rätselhafterweise
heil und gesund; der Mann starb im Irrenhause. Einer unserer
Kadetten, bis dahin ein sehr lieber, aber ausnehmend dummer
Junge, bildete sich plötzlich ein, Philosophie zu verstehen, studierte Kant und Hegel und lernte ganze Partien aus deren Werken
auswendig, wie Kinder die Fibel. Was mich anbelangt, so tat ich
nichts als mich langweilen, und zwar in einer so ungeheuerlichen
Weise, daß ich an manchen Nachmittagen, wenn ich auf meinem
Bette lag, fürchtete, verrückt zu werden. Unsere Kaserne lag
außerhalb des Dorfes, das aus höchstens dreißig verstreuten Hütten bestand; die nächste Stadt, eine gute Reitstunde entfernt,
war schmierig, widerwärtig, stinkend und voll von Juden. Notge-
drungen hatten wir manchmal mit ihnen zu tun – der Hotelier
war ein Jude, der Cafetier, der Schuster desgleichen. Daß wir uns
möglichst beleidigend gegen sie benahmen, das können Sie sich
denken. Wir waren besonders gereizt gegen dieses Volk, weil
ein Prinz, der unserem Regiment als Major zugeteilt war, den
Gruß der Juden – ob nun aus Scherz oder aus Vorliebe, weiß ich
nicht – mit ausgesuchter Höflichkeit erwiderte und überdies mit

auffallender Absichtlichkeit unseren Regimentsarzt protegierte, der ganz offenbar von Juden abstammte. Das würde ich Ihnen natürlich nicht erzählen, wenn nicht gerade diese Laune des Prinzen mich mit demjenigen Menschen zusammengeführt hätte, der in so geheimnisvoller Weise die Verbindung zwischen Ihnen und mir herzustellen berufen war. Es war ein Taschenspieler, und zwar der Sohn eines Branntweinjuden aus dem benachbarten polnischen Städtchen. Er war als junger Bursche in ein Geschäft nach Lemberg, dann nach Wien gekommen und hatte einmal irgend jemandem einige Kartenkunststücke abgelernt. Er bildete sich auf eigene Faust weiter aus, eignete sich allerlei andere Taschenspielereien an und brachte es allmählich soweit, daß er in der Welt umherziehen und sich auf Varieteebühnen oder in Vereinen mit Erfolg produzieren konnte. Im Sommer kam er immer in seine Vaterstadt, um die Eltern zu besuchen. Dort trat er nie öffentlich auf, und so sah ich ihn zuerst auf der Straße, wo er mir durch seine Erscheinung augenblicklich auffiel. Er war ein kleiner, magerer, bartloser Mensch, der damals etwa dreißig Jahre alt sein mochte, mit einer vollkommen lächerlichen Eleganz gekleidet, die zur Jahreszeit gar nicht paßte: er spazierte in einem schwarzen Gehrock und mit gebügeltem Zylinder herum und trug Westen vom herrlichsten Brokat; bei starkem Sonnenschein hatte er einen dunklen Zwicker auf der Nase.

Einmal saßen wir unser fünfzehn oder sechzehn nach dem Abendessen im Kasino an unserem langen Tisch wie gewöhnlich. Es war eine schwüle Nacht, und die Fenster standen offen. Einige Kameraden hatten zu spielen begonnen, andere lehnten am Fenster und plauderten, wieder andere tranken und rauchten schweigend. Da trat der Korporal vom Tage ein und meldete die Ankunft des Taschenspielers. Wir waren zuerst einigermaßen erstaunt. Aber ohne weiteres abzuwarten, trat der Gemeldete in guter Haltung ein und sprach in leichtem Jargon einige einleitende Worte, mit denen er sich für die an ihn ergangene Einladung bedankte. Er wandte sich dabei an den Prinzen, der auf ihn zutrat und ihm – natürlich ausschließlich, um uns zu ärgern – die Hand schüttelte. Der Taschenspieler nahm das wie selbstverständlich hin und bemerkte dann, er werde zuerst einige Kartenkunststücke zeigen, um sich hierauf im Magnetismus und in der Chiromantie zu produzieren. Er hatte kaum zu Ende gesprochen, als einige unserer Herren, die in einer Ecke beim Kartenspiel saßen, merkten, daß ihnen die Figuren fehlten: auf einen Wink des

Zauberers kamen sie aber durch das geöffnete Fenster hereinge-
flogen. Auch die Kunststücke, die er folgen ließ, unterhielten uns
sehr und übertrafen so ziemlich alles, was ich auf diesem Gebiete
gesehen hatte. Noch sonderbarer erschienen mir die magneti-
schen Experimente, die er dann vollführte. Nicht ohne Grauen
sahen wir alle zu, wie der philosophische Kadett, in Schlaf versetzt, den Befehlen des Zauberers gehorchend, zuerst durchs
offene Fenster sprang, die glatte Mauer bis zum Dach hinaufklet-
terte, oben knapp am Rand um das ganze Viereck herumeilte und
sich dann in den Hof hinabgleiten ließ. Als er wieder unten stand,
noch immer im schlafenden Zustand, sagte der Oberst zu dem
Zauberer: »Sie, wenn er sich den Hals gebrochen hätte, ich versichere Sie, Sie wären nicht lebendig aus der Kaserne gekommen.«
Nie werde ich den Blick voll Verachtung vergessen, mit dem der
Jude diese Bemerkung wortlos erwiderte. Dann sagte er langsam:
»Soll ich Ihnen aus der Hand lesen, Herr Oberst, wann *Sie* tot oder
lebendig diese Kaserne verlassen werden?« Ich weiß nicht, was der
Oberst oder wir anderen ihm auf diese verwegene Bemerkung
sonst entgegnet hätte – aber die allgemeine Stimmung war schon
so wirr und erregt, daß sich keiner wunderte, als der Oberst dem
Taschenspieler die Hand hinreichte und, dessen Jargon nach-
ahmend, sagte: »Nu, lesen Sie.« Dies alles ging im Hof vor sich,
und der Kadett stand noch immer schlafend mit ausgestreckten
Armen wie ein Gekreuzigter an der Wand. Der Zauberer hatte
die Hand des Obersten ergriffen und studierte aufmerksam die
Linien. »Siehst du genug, Jud?« fragte ein Oberleutnant, der ziem-
lich betrunken war. Der Gefragte sah sich flüchtig um und sagte
ernst: »Mein Künstlername ist Marco Polo.« Der Prinz legte dem
Juden die Hand auf die Schulter und sagte: »Mein Freund Marco
Polo hat scharfe Augen.« – »Nun, was sehen Sie?« fragte der
Oberst höflicher. »Muß ich reden?« fragte Marco Polo. »Wir kön-
nen Sie nicht zwingen,« sagte der Prinz. »Reden Sie!« rief der
Oberst. »Ich möcht' lieber nicht reden,« erwiderte Marco Polo.
Der Oberst lachte laut. »Nur heraus, es wird nicht so arg sein.
Und wenn es arg ist, muß es auch noch nicht wahr sein.« – »Es ist
sehr arg,« sagte der Zauberer, »und wahr ist es auch.« Alle schwie-
gen. »Nun?« fragte der Oberst. »Von Kälte werden Sie nichts
mehr zu leiden haben,« erwiderte Marco Polo. »Wie?« rief der
Oberst aus, »kommt unser Regiment also endlich nach Riva?«
– »Vom Regiment les' ich nichts, Herr Oberst. Ich seh' nur, daß
Sie im Herbst sein werden ein toter Mann.« Der Oberst lachte,

aber alle anderen schweigen; ich versichere Sie, uns allen war, als ob der Oberst in diesem Augenblick gezeichnet worden wäre. Plötzlich lachte irgend einer absichtlich sehr laut, andere taten ihm nach, und lärmend und lustig ging es zurück ins Kasino. »Nun,« rief der Oberst, »mit mir wär's in Ordnung. Ist keiner von den anderen Herren neugierig?« Einer rief wie zum Scherz: »Nein, wir wünschen nichts zu erfahren.« Ein anderer fand plötzlich, daß man gegen diese Art, sich das Schicksal vorhersagen zu lassen, aus religiösen Gründen eingenommen sein müßte, und ein junger Leutnant erklärte heftig, man sollte Leute wie Marco Polo auf Lebenszeit einsperren. Den Prinzen sah ich mit einem unserer älteren Herren rauchend in einer Ecke stehen und hörte ihn sagen: »Wo fängt das Wunder an?« Indessen trat ich zu Marco Polo hin, der sich eben zum Fortgehen bereitete, und sagte zu ihm, ohne daß es jemand hörte. »Prophezeien Sie mir.« Er griff wie mechanisch nach meiner Hand. Dann sagte er: »Hier sieht man schlecht.« Ich merkte, daß die Öllampen zu flackern begonnen hatten und daß die Linien meiner Hand zu zittern schienen. »Kommen Sie hinaus, Herr Leutnant, in den Hof. Mir is lieber bei Mondschein.« Er hielt mich an der Hand, und ich folgte ihm durch die offene Tür ins Freie.

Mir kam plötzlich ein sonderbarer Gedanke. »Hören Sie, Marco Polo,« sagte ich, »wenn Sie nichts anderes können als das, was Sie eben an unserem Herrn Oberst gezeigt haben, dann lassen wir's lieber.« Ohne weiteres ließ der Zauberer meine Hand los und lächelte. »Der Herr Leutnant haben Angst.« Ich wandte mich rasch um, ob uns niemand gehört hätte; aber wir waren schon durch das Kasernentor geschritten und befanden uns auf der Landstraße, die der Stadt zuführte. »Ich wünsche etwas Bestimmteres zu wissen,« sagte ich, »das ist es. Worte lassen sich immer in verschiedener Weise auslegen.« Marco Polo sah mich an. »Was wünschen der Herr Leutnant? . . . Vielleicht das Bild von der künftigen Frau Gemahlin?« – »Könnten Sie das?« Marco Polo zuckte die Achseln. »Es könnte sein . . . es wär' möglich . . .« – »Aber das will ich nicht,« unterbrach ich ihn. »Ich möchte wissen, was später einmal, zum Beispiel in zehn Jahren, mit mir los sein wird.« Marco Polo schüttelte den Kopf. »Das kann ich nicht sagen . . . aber was anderes kann ich vielleicht.« – »Was?« – »Irgend einen Augenblick, Herr Leutnant, aus Ihrem künftigen Leben könnte ich Ihnen zeigen wie ein Bild.« Ich verstand ihn nicht gleich. »Wie meinen Sie das?« – »So mein' ich das: ich kann einen

Moment aus Ihrem künftigen Leben hineinzuzaubern in die Welt, mitten in die Gegend, wo wir gerade stehen.« – »Wie?« – »Der Herr Leutnant müssen mir nur sagen, was für einen.« Ich begriff ihn nicht ganz, aber ich war höchst gespannt. »Gut,« sagte ich, »wenn Sie das können, so will ich sehen, was heut in zehn Jahren in derselben Sekunde mit mir geschehen wird ... Verstehen Sie mich, Marco Polo?« – »Gewiß, Herr Leutnant,« sagte Marco Polo und sah mich starr an. Und schon war er fort ... aber auch die Kaserne war fort, die ich eben noch im Mondschein hatte glänzen sehen – fort die armen Hütten, die in der Ebene verstreut und mondbeglänzt gelegen waren – und ich sah mich selbst, wie man sich manchmal im Traume selber sieht ... sah mich um zehn Jahre gealtert, mit einem braunen Vollbart, eine Narbe auf der Stirn, auf einer Bahre hingestreckt, mitten auf einer Wiese – an meiner Seite kniend eine schöne Frau mit rotem Haar, die Hand vor dem Antlitz, einen Knaben und ein Mädchen neben mir, dunklen Wald im Hintergrund und zwei Jagdleute mit Fackeln in der Nähe ... Sie staunen – nicht wahr, Sie staunen?«

Ich staunte in der Tat, denn das was er mir hier schilderte, war genau das Bild, mit welchem mein Stück heute Abend um zehn Uhr schließen und in dem er den sterbenden Helden spielen sollte. »Sie zweifeln,« fuhr Herr von Umprecht fort, »und ich bin fern davon, es Ihnen übel zu nehmen. Aber mit Ihrem Zweifel soll es gleich ein Ende haben.«

Herr von Umprecht griff in seine Rocktasche und zog ein verschlossenes Kuvert heraus. »Bitte, sehen Sie, was auf der Rückseite steht.« Ich las laut: »Notariell verschlossen am 4. Januar 1859, zu eröffnen am 9. September 1868.« Darunter stand die Namenszeichnung des mir persönlich wohlbekannten Notars Doktor Artiner in Wien.

»Das ist heute,« sagte Herr von Umprecht. »Und heute sind es eben zehn Jahre, daß mir das rätselhafte Abenteuer mit Marco Polo begegnete, das sich nun auf diese Weise löst, ohne sich aufzuklären. Denn von Jahr zu Jahr, als triebe ein launisches Schicksal sein Spiel mit mir, schwankten die Erfüllungsmöglichkeiten für jene Prophezeiung in der seltsamsten Weise, schienen manchmal zu drohender Wahrscheinlichkeit zu werden, verschwanden in nichts, wurden zu unerbittlicher Gewißheit, verflatterten, kamen wieder ... Aber lassen Sie mich nun zu meinem Berichte zurückkehren. Die Erscheinung selbst hatte gewiß nicht länger gedauert als einen Augenblick; denn noch klang von der Kaserne her das gleiche laute Auflachen des Oberleutnants an mein Ohr, das ich gehört hatte, ehe die Erscheinung aufgestiegen war. Und nun stand auch Marco Polo wieder vor mir, mit einem Lächeln um die Lippen, von dem ich nicht sagen kann, ob es schmerzlich oder höhnisch sein sollte, nahm den Zylinder ab, sagte: »Guten Abend, Herr Leutnant, ich hoffe, Sie sind zufrieden gewesen,« wandte sich um und ging langsam auf der Landstraße vorwärts in der Richtung der Stadt. Er ist übrigens am nächsten Tage abgereist.

Mein erster Gedanke, als ich der Kaserne wieder zuging, war, daß es sich um eine Geistererscheinung gehandelt haben mußte, die Marco Polo, vielleicht von einem unbekannten Gehilfen unterstützt, mittelst irgend welcher Spiegelungen hervorzubringen imstande gewesen war. Als ich durch den Hof kam, sah ich zu meinem Entsetzen den Kadetten noch immer in der Stellung eines Gekreuzigten an der Mauer lehnen. Man hatte seiner offenbar vollkommen vergessen. Die anderen hörte ich drin in der höchsten Erregung reden und streiten. Ich packte den Kadetten beim Arm, er wachte sofort auf, war nicht im geringsten verwundert und konnte sich nur die Erregung nicht erklären, in welcher sich alle Herren des Regiments befanden. Ich selbst mischte mich gleich mit einer Art von Grimm in die aufgeregte, aber hohle Unterhaltung, die sich über die Seltsamkeiten, deren Zeugen wir gewesen, entwickelt hatte, und redete wohl nicht klüger als die anderen. Plötzlich schrie der Oberst: »Nun, meine Herren, ich wette, daß ich noch das nächste Frühjahr erlebe! Fünfundvierzig zu eins!« Und er wandte sich zu einem unserer Herren, einem Oberleutnant, der eines gewissen Rufes als Spieler und Wetter genoß. »Nichts zu machen?« Obzwar es klar war, daß der Angeredete der Versuchung schwer widerstand, so schien er es doch unziemlich zu finden, eine Wette auf den Tod seines Obersten mit diesem selbst abzuschließen, und so schwieg er lächelnd. Wahrscheinlich hat er es bedauert. Denn schon nach vierzehn Tagen, am zweiten Morgen der großen Kaisermanöver, stürzte unser Oberst vom Pferde und blieb auf der Stelle tot. Und bei dieser Gelegenheit merkten wir alle, daß wir es gar nicht anders erwartet hatten. Ich aber begann erst von jetzt an mit einer gewissen Unruhe an die nächtliche Prophezeiung zu denken, von der ich in einer sonderbaren Scheu niemandem Mitteilung gemacht hatte. Erst zu Weihnachten, anläßlich einer Urlaubsreise nach Wien, eröffnete ich mich einem Kameraden, einem gewissen Friedrich von Gulant – Sie haben vielleicht von ihm gehört, er hat hübsche Verse gemacht und ist sehr jung gestorben . . . Nun, der war es, der mit mir zusammen das Schema entwarf, das Sie in diesem Umschlag eingeschlossen finden werden. Er war nämlich der Ansicht, daß solche Vorfälle für die Wissenschaft nicht verloren gehen dürften, ob sich nun am Ende ihre Voraussetzungen als wahr oder falsch herausstellten. Mit ihm bin ich bei Doktor Artiner gewesen, vor dessen Augen das Schema in diesem Kuvert verschlossen wurde. In der Kanzlei des Notars war es bisher aufbewahrt, und gestern erst ist es, meinem Wunsche gemäß, mir zugestellt worden. Ich will es gestehen: der Ernst, mit dem Gulant die Sache behandelte, hatte mich anfangs ein wenig verstimmt; aber als ich ihn nicht mehr sah und besonders, als er kurz darauf starb, fing die ganze Geschichte an, mir sehr lächerlich vorzukommen. Vor allem war es mir klar, daß ich mein Schicksal vollkommen in der Hand hatte. Nichts in der Welt konnte mich dazu zwingen, am 9. September 1868, abends zehn Uhr, mit einem braunen Vollbart auf einer Bahre zu liegen; Wald- und Wiesenlandschaft konnte ich vermeiden, auch brauchte ich nicht eine Frau mit roten Haaren zu heiraten und Kinder zu bekommen. Das einzige, dem ich vielleicht nicht ausweichen konnte, war ein Unfall, etwa ein Duell, von dem mir die Narbe auf der Stirn zurückbleiben konnte. Ich war also fürs erste beruhigt. – Ein Jahr nach jener Weissagung heiratete ich Fräulein von Heimsal, meine jetzige Gattin; bald darauf quittierte ich den Dienst und widmete mich der Landwirtschaft. Ich besichtigte verschiedene kleinere Güter und – so komisch es klingen mag – ich achtete darauf, daß sich womöglich innerhalb dieser Besitzungen keine Partie zeigte, die dem Rasenplatz jenes Traumes (wie ich den Inhalt jener Erscheinung bei mir zu nennen liebte) gleichen könnte. Ich war schon daran, einen Kauf abzuschließen, als meine Frau eine Erbschaft machte, und uns dadurch eine Besitzung in Kärnten mit einer schönen Jagd zufiel. Beim ersten Durchwandern des neuen Gebietes gelangte ich zu einer Wiesenpartie, die, von Wald begrenzt und leicht gesenkt, mir in eigentümlicher Art der Örtlichkeit zu gleichen schien, vor der mich zu hüten ich vielleicht allen Anlaß hatte. Ich erschrak ein wenig. Meiner Frau hatte ich von der Prophezeiung nichts erzählt; sie ist so abergläubisch, daß ich ihr mit meinem Geständnis gewiß das ganze Leben bis zum heutigen Tage« – er lächelte wie befreit – »vergiftet hätte. So konnte ich ihr natürlich auch meine Bedenken

nicht mitteilen. Aber mich selbst beruhigte ich mit der Überlegung, daß ich ja keineswegs den September 1868 auf meinem
Gute zubringen müßte. – Im Jahre 1860 wurde mir ein Knabe geboren. Schon in seinen ersten Lebensjahren glaubte ich, in seinen
Zügen Ähnlichkeit mit den Zügen des Knaben aus dem Traume
zu entdecken; bald schien sie sich zu verwischen, bald wieder
sprach sie sich deutlicher aus – und heute darf ich mir ja selbst
gestehen, daß der Knabe, der heute abends um zehn an meiner
Bahre stehen wird, dem Knaben der Erscheinung aufs Haar
gleicht. – Eine Tochter habe ich nicht. Da ereignete es sich vor
drei Jahren, daß die verwitwete Schwester meiner Frau, die bisher in Amerika gelebt hatte, starb und ein Töchterchen hinter-
ließ. Auf Bitten meiner Frau fuhr ich über das Meer, holte das
Mädchen ab, um es bei uns im Hause aufzunehmen. Als ich es
zum erstenmal erblickte, glaubte ich zu merken, daß es dem
Mädchen aus dem Traume vollkommen gliche. Der Gedanke
fuhr mir durch den Kopf, das Kind in dem fremden Lande bei
fremden Leuten zu lassen. Natürlich wies ich diesen unedlen
Einfall gleich wieder von mir, und wir nahmen das Kind in unserem Hause auf. Wieder beruhigte ich mich vollkommen, trotz
der zunehmenden Ähnlichkeit der Kinder mit den Kindern jener
prophetischen Erscheinung, denn ich bildete mir ein, daß die
Erinnerung an die Kindergesichter des Traumes mich doch vielleicht trügen mochte. Mein Leben floß eine Zeitlang in vollkommener Ruhe hin. Ja, ich hatte beinahe aufgehört, an jenen sonderbaren Abend in dem polnischen Nest zu denken, als ich vor zwei
Jahren durch eine neue Warnung des Schicksals in begreiflicher
Weise erschüttert wurde. Ich hatte auf ein paar Monate verreisen
müssen; als ich zurückkam, trat mir meine Frau mit roten
Haaren entgegen, und ihre Ähnlichkeit mit der Frau des Traumes, deren Antlitz ich ja nicht gesehen hatte, schien mir voll-
ständig. Ich fand es für gut, meinen Schrecken unter dem Ausdruck des Zornes zu verbergen; ja, ich wurde mit Absicht immer
heftiger, denn plötzlich kam mir ein an Wahnsinn grenzender
Einfall: wenn ich mich von meiner Frau und den Kindern trennte,
so müßte ja all die Gefahr schwinden, und ich hätte das Schicksal
zum Narren gehalten. Meine Frau weinte, sank wie gebrochen
zu Boden, bat mich um Verzeihung und erklärte mir den Grund
ihrer Veränderung. Vor einem Jahre, anläßlich einer Reise nach
München, war ich in der Kunstausstellung von dem Bildnis einer
rothaarigen Frau besonders entzückt gewesen, und meine Frau

hatte schon damals den Plan gefaßt, sich bei irgend einer Gelegenheit diesem Bildnis dadurch ähnlich zu machen, daß sie sich die Haare färben ließ. Ich beschwor sie natürlich, ihrem Haar möglichst bald die natürliche dunkle Farbe wieder zu verleihen, und als es geschehen war, schien alles wieder gut zu sein. Sah ich nicht deutlich, daß ich mein Schicksal nach wie vor in meiner Gewalt hatte? . . . War nicht alles, was bisher geschehen, auf natürliche Weise zu erklären? . . . Hatten nicht tausend andere Güter mit Wiesen und Wald und Frau und Kinder? . . . Und das einzige, was vielleicht Abergläubische schrecken durfte, stand noch aus – bis zum heurigen Winter: die Narbe, die Sie nun doch auf meiner Stirne prangen sehen. Ich bin nicht mutlos – erlauben Sie mir, daß ich Ihnen das sage; ich habe mich als Offizier zweimal geschlagen und unter recht gefährlichen Bedingungen – auch vor acht Jahre, kurz nach meiner Verheiratung, als ich schon den Dienst verlassen hatte. Aber als ich im vorigen Jahre aus irgend einem lächerlichen Grund – wegen eines nicht ganz höflichen Grußes – von einem Herrn zur Rede gestellt wurde, habe ich es vorgezogen« – Herr von Umprecht errötete leicht – »mich zu entschuldigen. Die Sache wurde natürlich in ganz korrekter Weise erledigt, aber ich weiß ja doch ganz bestimmt, daß ich mich auch damals geschlagen hätte, wäre nicht plötzlich eine wahnwitzige Angst über mich gekommen, daß mein Gegner mir eine Wunde an der Stirne beibringen und dem Schicksal damit einen neuen Trumpf in die Hand spielen könnte . . . Aber Sie sehen, es half mir nichts: die Narbe ist da. Und der Augenblick, in dem ich hier verwundet wurde, war vielleicht derjenige innerhalb der ganzen zehn Jahre, der mich am tiefsten zum Bewußtsein meiner Wehrlosigkeit brachte. Es war heuer im Winter gegen Abend; ich fuhr mit zwei oder drei anderen Personen, die mir vollkommen unbekannt waren, in der Eisenbahn zwischen Klagenfurt und Villach. Plötzlich klirren die Fensterscheiben, und ich fühle einen Schmerz an der Stirn; zugleich höre ich, daß etwas Hartes zu Boden fällt; ich greife zuerst nach der schmerzenden Stelle – sie blutet; dann bücke ich mich rasch und hebe einen spitzen Stein vom Fußboden auf. Die Leute im Kupee sind aufgefahren. »Ist was geschehen?« ruft einer. Man merkt, daß ich blute, und bemüht sich um mich. Ein Herr aber – ich seh' es ganz deutlich – ist in die Ecke wie zurückgesunken. In der nächsten Haltestelle bringt man Wasser, der Bahnarzt legt mir einen notdürftigen Verband an, aber ich fürchte natürlich nicht, daß ich an der Wunde sterben könnte: ich weiß ja, daß es eine Narbe werden muß. Ein Gespräch im Waggon hat sich entsponnen, man fragt sich, ob ein Attentat beabsichtigt war, ob es sich um einen gemeinen Bubenstreich handle; der Herr in der Ecke schweigt und starrt vor sich hin. In Villach steige ich aus. Plötzlich ist der Mann an meiner Seite und sagt: »Es galt mir.« Eh' ich antworten, ja nur mich besinnen kann, ist er verschwunden; ich habe nie erfahren können, wer es war. Ein Verfolgungswahnsinniger vielleicht ... vielleicht auch einer, der sich mit Recht verfolgt glaubte von einem beleidigten Gatten oder Bruder, und den ich möglicherweise gerettet habe, da eben mir die Narbe bestimmt war ... wer kann es wissen? ... Nach ein paar Wochen leuchtete sie auf meiner Stirn an derselben Stelle, wo ich sie in jenem Traume gesehen hatte. Und mir ward es immer klarer, daß ich mit irgend einer unbekannten höhnischen Macht in einem ungleichen Kampf begriffen war, und ich sah dem Tag, wo das Letzte in Erfüllung gehen sollte, mit wachsender Unruhe entgegen.

Im Frühling erhielten wir die Einladung meines Onkels. Ich war fest entschlossen, ihr nicht zu folgen, denn ohne daß mir ein deutliches Bild in Erinnerung gekommen wäre, schien es mir doch möglich, daß gerade auf seinem Gut hier die verruchte Stelle zu finden wäre. Meine Frau hätte aber eine Ablehnung nicht verstanden, und so entschloß ich mich doch, mit ihr und den Kindern schon Anfang Juli herzureisen, in der bestimmten Absicht, so bald als möglich das Schloß wieder zu verlassen und weiter in den Süden, nach Venedig oder an den Lido, zu gehen. An einem der ersten Tage unseres Aufenthaltes kam das Gespräch auf Ihr Stück, mein Onkel sprach von den kleinen Kinderrollen, die darin enthalten wären, und bat mich, meine Kleinen mitspielen zu lassen. Ich hatte nichts dagegen. Es war damals bestimmt, daß der Held von einem Berufsschauspieler dargestellt werden sollte. Nach einigen Tagen packte mich die Angst, daß ich gefährlich erkranken und nicht würde abreisen können. So erklärte ich denn eines Abends, daß ich am nächsten Tage das Schloß auf einige Zeit zu verlassen und Seebäder zu nehmen gedächte. Ich mußte versprechen, Anfang September wieder zurück zu sein. Am selben Abend kam ein Brief des Schauspielers, der aus irgend welchen gleichgültigen Gründen dem Freiherrn seine Rolle zurückstellte. Mein Onkel war sehr ärgerlich. Er bat mich, das Stück zu lesen – vielleicht könnte ich ihm unter unseren Bekannten einen nennen, der geeignet wäre, die Rolle darzustellen. So nahm ich denn das Stück auf mein Zimmer mit und las es. Nun versuchen Sie sich vorzustellen, was in mir vorging, als ich zu dem Schlusse kam und hier Wort für Wort die Situation aufgezeichnet fand, die mir für den 9. September dieses Jahres prophezeit worden war. Ich konnte den Morgen nicht erwarten, um meinem Onkel zu sagen, daß ich die Rolle spielen wollte. Ich fürchtete, daß er Einwendungen machen könnte; denn seit ich das Stück gelesen, kam ich mir vor wie in sicherer Hut, und wenn mir die Möglichkeit entging, in Ihrem Stück zu spielen, so war ich wieder jener unbekannten Macht preisgegeben. Mein Onkel war gleich einverstanden, und von nun an nahm alles seinen einfachen und guten Gang. Wir probieren seit einigen Wochen Tag für Tag, ich habe die Situation, die mir heute bevorsteht, schon fünfzehn- oder zwanzigmal durchgemacht: ich liege auf der Bahre, die junge Komtesse Saima mit ihren schönen roten Haaren, die Hände vor dem Antlitz, kniet vor mir, und die Kinder stehen an meiner Seite.«

Während Herr von Umprecht diese Worte sprach, fielen meine Augen wieder auf das Kuvert, das noch immer versiegelt auf dem Tische lag. Herr von Umprecht lächelte. »Wahrhaftig, den Beweis bin ich Ihnen noch schuldig,« sagte er und öffnete die Siegel. Ein zusammengefaltetes Papier lag zutage. Umprecht entfaltete es und breitete es auf dem Tische aus. Vor mir lag ein vollkommener, wie von mir selbst entworfener Stituationsplan zu der Schlußszene des Stückes, Hintergrund und Seiten waren schematisch aufgezeichnet und mit der Bezeichnung »Wald« versehen; ein Strich mit einer männlichen Figur war etwa in der Mitte des Planes eingetragen, darüber stand: »Bahre« . . . . Bei den anderen schematischen Figuren stand in kleinen Buchstaben mit roter Tinte zugeschrieben: »Frau mit rotem Haar«, »Knabe«, »Mädchen«, »Fackelträger«, »Mann mit erhobenen Händen«. Ich wandte mich zu Herrn von Umprecht: »Was bedeutet das: ›Mann mit erhobenen Händen‹?«

»Daran,« sagte Herr von Umprecht zögernd, »hätt ich nun beinahe vergessen. Mit dieser Figur verhält es sich folgendermaßen: In jener Erscheinung gab es nämlich auch, von den Fakkeln grell beleuchtet, einen alten, ganz kahlen Mann, glatt rasiert, mit einer Brille, einen dunkelgrünen Schal um den Hals, mit erhobenen Händen und weit aufgerissenen Augen.«

Diesmal stutzte ich.

Wir schwiegen eine Weile, dann fragte ich, seltsam beunruhigt: »Was vermuten Sie eigentlich? Wer sollte das sein?«

»Ich nehme an,« sagte Umprecht ruhig, »daß irgend einer von den Zuschauern, vielleicht aus der Dienerschaft des Onkels ... oder einer von den Bauern am Schluß des Stückes in besondere Bewegung geraten und auf unsere Bühne stürzen könnte ... vielleicht aber will es das Schicksal, daß ein aus dem Irrenhause Entsprungener durch einen jener Zufälle, die mich wirklich nicht mehr überraschen, gerade in dem Augenblick, wo ich auf der Bahre liege, über die Bühne gerannt käme.«

Ich schüttelte den Kopf.

»Wie sagten Sie? ... Kahl – Brille – ein grüner Schal ...? – Nun erscheint mir die Sache noch seltsamer als früher. Die Gestalt des Mannes, den Sie damals gesehen, ist tatsächlich von mir in meinem Stück beabsichtigt gewesen, und ich habe darauf verzichtet. Es war der wahnsinnige Vater der Frau, von dem im ersten Akt die Rede ist, und der zum Schluß auf die Szene stürmen sollte.«

»Aber Schal und Brille?«

»Das hätte wohl der Schauspieler aus Eigenem getan – glauben Sie nicht?«

»Es ist möglich.«

Wir wurden unterbrochen. Frau von Umprecht ließ ihren Gatten zu sich bitten, da sie ihn gerne vor der Vorstellung sprechen möchte, und er empfahl sich. Ich blieb noch eine Weile und betrachtete aufmerksam den Situationsplan, den Herr von Umprecht auf dem Tisch hatte liegen lassen.

III

Bald trieb es mich zu dem Orte hin, an dem die Vorstellung stattfinden sollte. Er lag hinter dem Schlößchen, durch eine anmutige Gartenanlage davon geschieden. Dort, wo diese mit niederen Hecken abschloß, waren etwa zehn lange Bankreihen aus einfachem Holz aufgestellt; die vorderen Reihen waren mit dunkelrotem Teppichstoff bedeckt. Vor der ersten standen einige Notenpulte und Stühle; einen Vorhang gab es nicht. Die Trennung der Bühne von dem Zuschauerraum war durch zwei seitlich ragende hohe Tannenbäume angedeutet; rechts schloß sich wildes Gesträuch an, hinter dem ein bequemer Lehnstuhl, dem Zuschauer unsichtbar, für den Souffleur bestimmt, stand. Zur Linken lag der Platz frei und ließ den Blick ins Tal offen. Der Hintergrund der Szene war von hohen Bäumen gebildet; sie standen dicht aneinandergedrängt nur in der Mitte, und links schlichen schmale Wege aus dem Schatten hervor. Weiter drin im Wald, innerhalb einer kleinen künstlichen Lichtung, waren Tisch und Stühle aufgestellt, wo die Schauspieler ihrer Stichworte harren mochten. Für die Beleuchtung war gesorgt, indem man zur Seite der Bühne und des Zuschauerraumes kulissenartig hohe alte Kirchenleuchter mit riesigen Kerzen aufgerichtet hatte. Hinter dem Gesträuch zur Rechten war eine Art Requisitenraum im Freien; hier sah ich nebst anderem kleinern Gerät, das im Stück notwendig war, die Bahre stehen, auf der Herr von Umprecht am Schlusse des Stückes sterben sollte. – Als ich jetzt über die Wiese schritt, war sie von der Abendsonne mild überglänzt. . . . Ich hatte natürlich über die Erzählung des Herrn von Umprecht nachgedacht. Nicht für unmöglich hielt ich es anfangs, daß Herr von Umprecht zu der Art von phantastischen Lügnern gehörte, die eine Mystifikation unter Schwierigkeiten von langer Hand vorbereiten, um sich interessant zu machen. Ich hielt es selbst für denkbar, daß die Unterschrift des Notars gefälscht war und daß Herr von Umprecht andre Leute eingeweiht hatte, um die Sache folgerecht durchzuführen. Besondere Bedenken stiegen mir über den vorläufig unbekannten Mann mit den erhobenen Händen auf, mit dem sich Umprecht wohl ins Einvernehmen gesetzt haben konnte. Aber meinen Zweifeln widersprach vor allem die Rolle, die dieser Mann in meinem ersten Plane gespielt, der niemandem bekannt sein konnte – und besonders der günstige Eindruck, den ich von der Person des Herrn von Umprecht gewonnen hatte. Und so unwahrscheinlich, ja so ungeheuerlich sein ganzer Bericht mir erschien – irgend etwas in mir verlangte sogar danach, ihm glauben zu dürfen; es mochte die törichte Eitelkeit sein, mich als Vollstrecker eines über uns waltenden Willens zu empfinden. – Indes hatte einige Bewegung in meiner Nähe angehoben; Diener kamen aus dem Schloß, Kerzen wurden angezündet, Leute aus der Umgebung, manche auch in bäurischer Kleidung, stiegen langsam den Hügel herauf und stellten sich bescheiden zu seiten der Bänke auf. Bald erschien die Frau des Hauses mit einigen Herren und Damen, die zwanglos Platz nahmen. Ich gesellte mich zu ihnen und plauderte mit Bekannten vom vorigen Jahr. Die Mitglieder des Orchesters waren erschienen und begaben sich auf ihre Plätze; die Zusammenstellung war ungewöhnlich genug; es waren zwei Violinen, ein Cello, eine Viola, ein Kontrabaß, eine Flöte und eine Oboe. Sie begannen sofort, offenbar verfrüht, eine Ouvertüre von Weber zu spielen. Ganz vorne, in der Nähe des Orchesters, stand ein alter Bauer, der glatzköpfig war und eine Art von dunklem Tuch um den Hals geschlungen hatte. Vielleicht war der vom Schicksal dazu bestimmt, dacht' ich, später eine Brille herauszunehmen, irrsinnig zu werden und auf die Szene zu laufen. Das Tageslicht war völlig dahin, die hohen Kerzen flackerten ein wenig, da sich ein leichter Wind erhoben hatte. Hinter dem Gesträuch wurde es lebendig, auf verborgenen Wegen waren die Mitwirkenden in die Nähe der Bühne gelangt. Jetzt erst dachte ich wieder an die anderen, die mitzuspielen hatten, und es fiel mir ein, daß ich noch niemanden außer Herrn von Umprecht, seinen Kindern und der Försterstochter gesehen hatte. Nun hörte ich die laute Stimme des Regisseurs und das Lachen der jungen Komtessa Saima. Die Bänke waren alle besetzt, der Freiherr saß in einer der vordersten Reihen und sprach mit der Gräfin Saima. Das Orchester fing an zu spielen, dann trat die Försterstochter vor und sprach den Prolog, der das Stück einleitete. Den Inhalt des Ganzen bildete das Schicksal eines Mannes, der, ergriffen von einer plötzlichen Sehnsucht nach Abenteuern und Fernen, die Seinen ohne Abschied verläßt und im Verlaufe eines Tages so viel Schmerzliches und Widriges erlebt, daß er wieder zurückzukehren gedenkt, ehe Frau und Kinder ihn vermißt haben; aber ein letztes Abenteuer auf dem Rückweg, nahe der Tür seines Hauses, hat seine Ermordung zur Folge, und nur mehr sterbend kann er die Verlassenen begrüßen, die seiner Flucht und seinem Tod als den unlösbarsten Rätseln gegenüberstehen.

Das Spiel hatte begonnen, Herren und Damen sprachen ihre Rollen angenehm; ich erfreute mich an der einfachen Darstellung der einfachen Vorgänge und dachte im Anfang nicht mehr an die Erzählung des Herrn von Umprecht. Nach dem ersten Akt spielte das Orchester wieder, aber niemand hörte darauf, so lebhaft war das Geplauder auf den Bänken. Ich selbst saß nicht, sondern stand, ungesehen von den anderen, der Bühne ziemlich nahe, auf der linken Seite, wo der Weg sich frei dem Tale zu senkte. Der zweite Akt begann; der Wind war etwas stärker geworden, und die flackernde Beleuchtung trug zu der Wirkung des Stückes nicht wenig bei. Wieder verschwanden die Darsteller im Wald, und das Orchester setzte ein. Da fiel mein Blick ganz zufällig auf den Flötisten, der eine Brille trug und glatt rasiert war; aber er hatte lange weiße Haare, und von einem Schal war nichts zu sehen. Das Orchesterspiel schloß, die Darsteller traten wieder auf die Szene. Da merkte ich, daß der Flötenspieler, der sein Instrument vor sich hin aus das Pult gelegt hatte, in seine Tasche griff, einen großen grünen Schal hervorzog und ihn um den Hals wickelte. Ich war im allerhöchsten Grade befremdet. In der nächsten Sekunde trat Herr von Umprecht auf; ich sah, wie sein Blick plötzlich auf dem Flötisten haften blieb, wie er den grünen Schal bemerkte und einen Augenblick stockte; aber rasch hatte er sich wieder gefaßt und sprach seine Rolle unbeirrt weiter. Ich fragte einen jungen, einfach gekleideten Burschen neben mir, ob er den Flötisten kenne, und erfuhr von ihm, daß jener ein Schullehrer aus Kaltern war. Das Spiel ging weiter, der Schluß nahte heran. Die zwei Kinder irrten, wie es vorgeschrieben war, über die Bühne, Lärm im Walde drang näher und näher, man hörte schreien und rufen; es machte sich nicht übel, daß der Wind stärker wurde und die Zweige sich bewegten; endlich trug man Herrn von Umprecht als sterbenden Abenteurer auf der Bahre herein. Die beiden Kinder stürzten herbei, die Fackelträger standen regungslos zur Seite. Die Frau trat später auf als die anderen, und mit angstvoll verzerrtem Blick sinkt sie an der Seite des Gemordeten nieder; dieser will die Lippen noch einmal öffnen, versucht, sich zu erheben, aber – wie es in der Rolle vorgeschrieben – es gelingt ihm nicht mehr. Da kommt mit einem Mal ein ungeheurer Windstoß, daß die Fackeln zu verlöschen drohen; ich sehe, wie einer im Orchester aufspringt – es ist der Flötenspieler – zu meinem Erstaunen ist er kahl, seine Perücke ist ihm davongeflogen; mit erhobenen Händen, den grünen flatternden Schal um den Hals, stürzt er der Bühne zu. Unwillkürlich richte ich mein Auge auf Umprecht; seine Blicke sind starr, wie verzückt auf den Mann gerichtet; er will etwas reden – er vermag es offenbar nicht – er sinkt zurück . . . Noch meinen viele, daß dies alles zum Stücke gehöre; ich selbst bin nicht sicher, wie dieses erneute Niedersinken zu deuten ist; indes ist der Mann an der Bahre vorüber, immer noch seiner Perücke nach, und verschwindet im Wald. Umprecht erhebt sich nicht; ein neuer Windstoß läßt eine der beiden Fackeln verlöschen; einige Menschen ganz vorne werden unruhig – ich höre die Stimme des Freiherrn: »Ruhe! Ruhe!« – es wird wieder stille – auch der Wind regt sich nicht mehr . . . aber Umprecht bleibt ausgestreckt liegen, rührt sich nicht und bewegt nicht die Lippen. Die Komtesse Saima schreit auf –

natürlich glauben die Leute, auch dies sei im Stücke so vorgeschrieben. Ich aber dränge mich durch die Menschen, stürze auf die Bühne, höre, wie es hinter mir unruhig wird – die Leute erheben sich, andere folgen mir, die Bahre ist umringt . . . »Was gibt's, was ist geschehen?« . . . Ich reiße einem Fackelträger seine Fackel aus der Hand, beleuchte das Antlitz des Liegenden . . . Ich rüttle ihn, reiße ihm das Wams auf; indes ist der Arzt an meine Seite gelangt, er fühlt nach dem Herzen Umprechts, er greift seinen Puls, er wünscht, daß alles zur Seite trete, er flüstert dem Freiherrn ein paar Worte zu . . . die Frau des Aufgebahrten hat sich hinaufgedrängt, sie schreit auf, wirft sich über ihren Mann, die Kinder stehen wie vernichtet da und können es nicht fassen . . . Niemand will es glauben, was geschehen, und doch teilt es einer dem andern mit; – und eine Minute später weiß man es rings in der Runde, daß Herr von Umprecht auf der Bahre, auf der man ihn hineingetragen, plötzlich gestorben ist . . .

Ich selbst bin am selben Abend noch ins Tal hinuntergeeilt, von Entsetzen geschüttelt. In einem sonderbaren Grauen habe ich mich nicht entschließen können, das Schloß wieder zu betreten. Den Freiherrn sprach ich am Tag darauf in Bozen; dort erzählte ich ihm die Geschichte Umprechts, wie sie mir von ihm selbst mitgeteilt worden war. Der Freiherr wollte sie nicht glauben, ich griff in meine Brieftasche und zeigte ihm das geheimnisvolle Blatt; er sah mich befremdet, ja angstvoll an und gab mir das Blatt zurück – es war weiß, unbeschrieben, unbezeichnet . . .

Ich habe Versuche gemacht, Marco Polo aufzufinden; aber das einzige, was ich von ihm erfahren konnte, war, daß er vor drei Jahren zum letzten Mal in einem Hamburger Vergnügungsetablissement niederen Ranges aufgetreten ist.

Was aber unter allem diesem Unbegreiflichen das Unbegreiflichste bleibt, ist der Umstand, daß der Schullehrer, der damals seiner Perücke mit erhobenen Händen nachlief und im Walde verschwand, niemals wiedergesehen, ja daß nicht einmal sein Leichnam aufgefunden wurde.

NACHWORT DES HERAUSGEBERS

Den Verfasser des vorstehenden Berichtes habe ich persönlich nicht gekannt. Er war zu seiner Zeit ein ziemlich bekannter Schriftsteller, aber so gut wie verschollen, als er, kaum sechzig

Jahre alt, vor etwa zehn Jahren starb. Sein gesamter Nachlaß ging, ohne besondere Bestimmung, an den in diesen Blättern genannten Meraner Jugendfreund über. Von diesem wieder, einem Arzt, mit dem ich mich anläßlich eines Aufenthaltes in Meran im vorigen Winter zuweilen über allerlei dunkle Fragen, insbesondere über Geisterseherei, Wirkung in die Ferne und Weissagekunst unterhalten hatte, wurde mir das hier abgedruckte Manuskript zur Veröffentlichung übergeben. Gern möchte ich dessen Inhalt für eine frei erfundene Erzählung halten, wenn nicht der Arzt, wie auch aus dem Bericht hervorgeht, der am Schluß geschilderten Theatervorstellung mit ihrem seltsamen Ausgang beigewohnt und den in so rätselhafter Weise verschwundenen Schullehrer persönlich gekannt hätte. Was aber den Zauberer Marco Polo anlangt, so erinnere ich mich noch sehr wohl, als ganz junger Mensch in einer Sommerfrische am Wörthersee seinen Namen auf einem Plakat gedruckt gesehen zu haben; er blieb mir im Gedächtnis, weil ich gerade zu dieser Zeit im Begriffe war, die Reisebeschreibung des berühmten Weltfahrers gleichen Namens zu lesen.

An einem lauen Maiabend trat Kläre Hell als »Königin der Nacht« zum ersten Male wieder auf. Der Anlaß, der die Sängerin beinahe durch zwei Monate der Oper ferngehalten hatte, war allgemein bekannt. Fürst Richard Bedenbruck war am fünfzehnten März durch einen Sturz vom Pferde verunglückt und nach einem Krankenlager von wenigen Stunden, währenddessen Kläre nicht von seiner Seite gewichen war, in ihren Armen gestorben. Kläres Verzweiflung war so groß gewesen, daß man anfangs für ihr Leben, später für ihren Verstand und bis vor kurzem für ihre Stimme fürchtete. Diese letzte Befürchtung erwies sich so unbegründet als die früheren. Als sie vor dem Publikum erschien, wurde sie freundlich und zuwartend begrüßt; aber schon nach der ersten großen Arie konnten ihre vertrauteren Freunde die Glückwünsche der entfernteren Bekannten entgegennehmen. Auf der vierten Galerie strahlte das rote Kindergesicht des kleinen Fräulein Fanny Ringeiser vor Fröhlichkeit, und die Stammgäste der oberen Ränge lächelten ihrer Kameradin verständnisvoll zu. Sie wußten alle, daß Fanny, obzwar sie nichts weiter war als die Tochter eines Mariahilfer Posamentierers, zu dem engeren Kreise der beliebten Sängerin gehörte, daß sie manchmal bei ihr zur Jause geladen war und den verstorbenen Fürsten insgeheim geliebt hatte. Im Zwischenakte erzählte Fanny ihren Freundinnen und Freunden, daß Kläre durch den Freiherrn von Leisenbohg auf die Idee gebracht worden war, die »Königin der Nacht« zu ihrem ersten Auftreten zu wählen, – in der Erwägung, daß das dunkle Kostüm am ehesten ihrer Stimmung entsprechen würde.

Der Freiherr selbst nahm seinen Orchestersitz ein; Mittelgang, erste Reihe, Ecke, wie immer, und dankte den Bekannten, die ihn grüßten, mit einem liebenswürdigen, aber beinahe schmerzlichen Lächeln. Manche Erinnerungen gingen ihm heute durch den Sinn. Vor zehn Jahren hatte er Kläre kennen gelernt. Damals sorgte er für die künstlerische Ausbildung einer schlanken jungen Dame mit rotem Haar und wohnte einem Theaterabend in der

Gesangsschule Eisenstein bei, an dem sein Schützling als Mignon zum ersten Male öffentlich auftrat. An demselben Abend sah und hörte er Kläre, die in der gleichen Szene die Philine sang. Er war damals fünfundzwanzig Jahre alt, unabhängig und rücksichtslos. Er kümmerte sich um Mignon nicht mehr, ließ sich nach der Vorstellung durch Frau Natalie Eisenstein Philinen vorstellen und erklärte ihr, daß er ihr sein Herz, sein Vermögen und seine Beziehungen zu der Intendanz zur Verfügung stelle. Kläre wohnte damals bei ihrer Mutter, der Witwe eines höheren Postbeamten, und war in einen jungen Studenten der Medizin verliebt, mit dem sie manchmal auf seinem Zimmer in der Alservorstadt Tee trank und plauderte. Sie lehnte die stürmischen Werbungen des Freiherrn ab, wurde aber, durch Leisenbohgs Huldigungen zu mildern Stimmungen geneigt, die Geliebte des Mediziners. Der Freiherr, dem sie kein Geheimnis daraus machte, wandte sich wieder seinem roten Schützling zu, pflegte aber die Bekanntschaft mit Kläre weiter. Zu allen Festtagen, die irgendeinen Anlaß boten, sandte er ihr Blumen und Bonbons, und zuweilen erschien er zu einem Anstandsbesuch in dem Hause der Postbeamtenwitwe.

Im Herbst trat Kläre ihr erstes Engagement in Detmold an. Der Freiherr von Leisenbohg – damals noch Ministerialbeamter – benutzte den ersten Weihnachtsurlaub, um Kläre in ihrem neuen Aufenthaltsorte zu besuchen. Er wußte, daß der Mediziner Arzt geworden war und im September geheiratet hatte, und wiegte sich in neuer Hoffnung. Aber Kläre, aufrichtig wie immer, teilte dem Freiherrn gleich nach seinem Eintreffen mit, daß sie indessen zu dem Tenor des Hoftheaters zärtliche Beziehungen angeknüpft hätte, und so geschah es, daß Leisenbohg aus Detmold keine andere Erinnerung mitnehmen durfte als die an eine platonische Spazierfahrt durch das Stadtwäldchen und an ein Souper im Theaterrestaurant in Gesellschaft einiger Kollegen und Kolleginnen. Trotzdem wiederholte er die Reise nach Detmold einige Male, freute sich in kunstsinniger Anhänglichkeit an den beträchtlichen Fortschritten Klärens und hoffte im übrigen auf die nächste Saison, für die der Tenor bereits kontraktlich nach Hamburg verpflichtet war. Aber auch in diesem Jahre wurde er enttäuscht, da Kläre sich genötigt sah, den Werbungen eines Großkaufmanns holländischer Abstammung namens Louis Verhajen nachzugeben.

Als Kläre in der dritten Saison in eine Stellung an das Dresdener Hoftheater berufen wurde, gab der Freiherr trotz seiner Jugend eine vielversprechende Staatskarriere auf und übersiedelte nach Dresden. Nun verbrachte er jeden Abend mit Kläre und ihrer Mutter, die sich allen Verhältnissen ihrer Tochter gegenüber eine schöne Ahnungslosigkeit zu bewahren gewußt hatte, und hoffte von neuem. Leider hatte der Holländer die unangenehme Gewohnheit, in jedem Brief sein Kommen für den nächsten Tag anzukündigen, der Geliebten anzudeuten, daß sie von einem Heer von Spionen umgeben sei und ihr im übrigen äußerst schmerzhafte Todesarten anzudrohen für den Fall, daß sie ihm die Treue nicht bewahrt haben sollte. Da er aber nie kam und Kläre allmählich in einen Zustand höchster Nervosität geriet, beschloß Leisenbohg, der Sache um jeden Preis ein Ende zu machen, und reiste zum Zwecke persönlicher Verhandlungen nach Detmold ab. Zu seinem Erstaunen erklärte der Holländer, daß er seine Liebes- und Drohbriefe an Kläre nur aus Ritterlichkeit geschrieben hätte und daß ihm eigentlich nichts willkommener wäre, als jeder weiteren Verpflichtung ledig zu sein. Glückselig reiste Leisenbohg nach Dresden zurück und teilte Kläre den angenehmen Ausgang der Unterredung mit. Sie dankte ihm herzlich, wehrte aber schon den ersten Versuch weiterer Zärtlichkeit mit einer Bestimmtheit ab, die den Freiherrn befremdete. Nach einigen kurzen und dringenden Fragen gestand sie ihm endlich, daß während seiner Abwesenheit kein Geringerer als Prinz Kajetan eine heftige Leidenschaft zu ihr gefaßt und geschworen hätte, sich ein Leids anzutun, wenn er nicht erhört würde. Es war nur natürlich, daß sie ihm schließlich hatte nachgeben müssen, um nicht das Herrscherhaus und das Land in namenlose Trauer zu versetzen.

Mit ziemlich gebrochenem Herzen verließ Leisenbohg die Stadt und kehrte nach Wien zurück. Hier begann er, seine Beziehungen spielen zu lassen, und nicht zum geringsten seinen unausgesetzten Bemühungen war es zu danken, daß Kläre schon für das nächste Jahr einen Antrag an die Wiener Oper erhielt. Nach einem erfolgreichen Gastspiel trat sie im Oktober ihr Engagement an, und der herrliche Blumenkorb des Freiherrn, den sie am Abend ihres ersten Auftretens in der Garderobe fand, schien Bitte und Hoffnung zugleich auszusprechen. Aber der begeisterte Spender, der sie nach der Vorstellung erwartete, mußte erfahren, daß er wieder zu spät gekommen war. Der blonde Korrepetitor –

auch als Liederkomponist nicht ohne Bedeutung, – mit dem sie in den letzten Wochen studiert hatte, war von ihr in Rechte eingesetzt worden, die sie um nichts in der Welt hätte verletzen wollen.

Seither waren sieben Jahre verstrichen. Dem Korrepetitor war Herr Klemens von Rhodewyl gefolgt, der kühne Herrenreiter; Herrn von Rhodewyl der Kapellmeister Vincenz Klaudi, der manchmal die Opern, die er dirigierte, so laut mitsang, daß man die Sänger nicht hörte; dem Kapellmeister der Graf von Alban-Rattony, ein Mann, der im Kartenspiel seine ungarischen Güter verspielt und dafür später ein Schloß in Niederösterreich gewonnen hatte; dem Grafen Herr Edgar Wilhelm, Verfasser von Ballettexten, deren Komposition er hoch bezahlte, von Tragödien, für deren Aufführung er das Jantschtheater mietete, und von Gedichten, die im dümmsten Adelsblatt der Residenz mit den schönsten Lettern gedruckt wurden; Herrn Edgar Wilhelm ein Herr, namens Amandus Meier, der nichts war als neunzehn Jahre alt und sehr hübsch – und nichts besaß als einen Foxterrier, der auf dem Kopf stehen konnte; Herrn Meier der eleganteste Herr der Monarchie: der Fürst Richard Bedenbruck.

Kläre hatte ihre Beziehungen nie als Geheimnis behandelt. Sie führte jederzeit ein einfaches bürgerliches Haus, in dem nur die Hausherrn zuweilen wechselten. Ihre Beliebtheit im Publikum war außerordentlich. In höheren Kreisen berührte es angenehm, daß sie jeden Sonntag zur Messe ging, zweimal monatlich beichtete, ein vom Papst geweihtes Bildnis der Madonna als Amulett am Busen trug und sich niemals schlafen legte, ohne ihr Gebet zu verrichten. Selten gab es ein Wohltätigkeitsfest, bei dem sie nicht als Verkäuferin beteiligt war, und sowohl Aristokratinnen als Damen der jüdischen Finanzkreise fühlten sich beglückt, wenn sie unter dem gleichen Zelt wie Kläre ihre Waren ausbieten durften. Jugendliche Enthusiasten und Enthusiastinnen, die bei der Bühnentür ihrer harrten, grüßte sie mit einem berückenden Lächeln. Blumen, die ihr gespendet worden, verteilte sie unter die geduldige Schar, und einmal, als die Blumen in der Garderobe zurückgeblieben waren, sagte sie in dem erquickenden Wienerisch, das ihr so gut zu Gesicht stand: »Meiner Seel', jetzt hab' ich den Salat oben in meinem Kammerl vergessen! Kommt's halt morgen Nachmittag zu mir, Kinder, wer noch was haben will.« Dann stieg sie in den Wagen, aus dem Fenster steckte sie den Kopf hervor, und im Davonfahren rief sie: »Kriegt's auch ein' Kaffee!«

Zu den wenigen, die den Mut gefunden hatten, dieser Einladung nachzukommen, hatte Fanny Ringeiser gehört. Kläre ließ sich mit ihr in eine scherzhafte Unterhaltung ein, erkundigte sich leutselig wie eine Erzherzogin nach ihren Familienverhältnissen und fand an dem Geplauder des frischen und begeisterten Mädchens soviel Gefallen, daß sie es aufforderte, bald wiederzukommen. Fanny folgte der Einladung, und bald gelang es ihr, im Hause der Künstlerin eine geachtete Stellung einzunehmen, die sie besonders dadurch zu erhalten wußte, daß sie bei allem Vertrauen, das ihr Kläre entgegenbrachte, sich ihr gegenüber nie eine wirkliche Vertraulichkeit erlaubte. Im Laufe der Jahre hatte Fanny eine ganze Reihe von Heiratsanträgen erhalten, meist aus den Kreisen der jungen Mariahilfer Fabrikantensöhne, mit denen sie auf Bällen zu tanzen pflegte. Aber sie wies alle zurück, da sie sich mit unwiderruflicher Regelmäßigkeit in den jeweiligen Liebhaber Klärens verliebte.

Den Fürsten Bedenbruck hatte Kläre durch mehr als drei Jahre ebenso treu, aber mit tieferer Leidenschaft geliebt als seine Vorgänger, und Leisenbohg, der trotz seiner zahlreichen Enttäuschungen die Hoffnung niemals aufgegeben hatte, hatte ernstlich zu fürchten begonnen, daß ihm das seit zehn Jahren ersehnte Glück niemals blühen würde. Immer, wenn er einen in ihrer Gunst wanken sah, hatte er seiner Liebsten den Abschied gegeben, um für alle Fälle und in jedem Augenblick bereit zu sein. So hielt er es auch nach dem plötzlichen Tode des Fürsten Richard; aber zum ersten Male mehr aus Gewohnheit als aus Überzeugung. Denn der Schmerz Klärens schien so grenzenlos, daß jeder glauben mußte, sie hätte nun für alle Zeit mit den Freuden des Lebens abgeschlossen. Jeden Tag fuhr sie auf den Friedhof hinaus und legte Blumen auf das Grab des Dahingeschiedenen. Sie ließ ihre hellen Kleider auf den Boden schaffen und versperrte ihren Schmuck in der unzugänglichsten Lade ihres Schreibtisches. Es bedurfte ernstlichen Zuredens, um sie von der Idee abzubringen, die Bühne für immer zu verlassen.

Nach dem ersten Wiederauftreten, das so glänzend verlaufen war, nahm ihr Leben wenigstens äußerlich den gewohnten Gang. Der frühere Kreis entfernterer Freunde sammelte sich wieder. Der Musikkritiker Bernhard Feuerstein erschien, je nach dem Menü des vergangenen Mittags mit Spinat- oder Paradeisflecken auf dem Jackett und schimpfte zu Klärens unverhohlenem Vergnügen über Kolleginnen, Kollegen und Direktor. Von den beiden

Vettern des Fürsten Richard, den Bedenbrucks aus der anderen Linie, Lucius und Christian, ließ sie sich wie früher in der unverbindlichsten und hochachtungsvollsten Weise den Hof machen; ein Herr von der französischen Botschaft und ein junger tschechischer Klaviervirtuose wurden bei ihr eingeführt, und am zehnten Juni fuhr sie zum ersten Male wieder zum Rennen. Aber, wie sich Fürst Lucius ausdrückte, der nicht ohne poetische Begabung war: Nur ihre Seele war erwacht, ihr Herz blieb nach wie vor in Schlummer versunken. Ja, wenn einer von ihren jüngeren oder älteren Freunden die leiseste Andeutung wagte, als gäbe es irgend etwas wie Zärtlichkeit oder Leidenschaft auf der Welt, so schwand jedes Lächeln von ihrem Antlitz, ihre Augen blickten düster vor sich hin, und zuweilen erhob sie die Hand zu einer seltsam abwehrenden Bewegung, die hinsichtlich aller Menschen und auf ewige Zeiten zu gelten schien.

Da begab es sich in der zweiten Hälfte des Juni, daß ein Sänger aus dem Norden namens Sigurd Ölse in der Oper den Tristan sang. Seine Stimme war hell und kräftig, wenn auch nicht durchaus edel, seine Gestalt beinahe übermenschlich groß, doch mit einer Neigung zur Fülle, sein Antlitz entbehrte im Zustand der Ruhe wohl manchmal des besonderen Ausdrucks; aber sobald er sang, leuchteten seine stahlgrauen Augen wie von einer geheimnisvollen innern Glut, und durch Stimme und Blick schien er alle, besonders die Frauen, wie in einem Taumel zu sich hinzureißen.

Kläre saß mit ihren nicht beschäftigten Kollegen und Kolleginnen in der Theaterloge. Sie als einzige schien ungerührt zu bleiben. Am nächsten Vormittage wurde ihr Sigurd Ölse in der Direktionskanzlei vorgestellt. Sie sagte ihm einige freundliche, aber beinah kühle Worte über die gestrige Leistung. Am selben Nachmittag machte er ihr einen Besuch, ohne daß sie ihn dazu aufgefordert hätte. Baron Leisenbohg und Fanny Ringeiser waren anwesend. Sigurd trank mit ihnen Tee. Er sprach von seinen Eltern, die in einem kleinen norwegischen Städtchen als Fischerleute lebten; von der wunderbaren Entdeckung seines Gesangstalentes durch einen reisenden Engländer, der auf weißer Jacht in dem entlegenen Fjord gelandet war; von seiner Frau, einer Italienerin, die während der Hochzeitsreise auf dem atlantischen Ozean gestorben und ins Meer gesenkt worden war. Nachdem er sich verabschiedet hatte, blieben die anderen lange in Schweigen versunken. Fanny sah angelegentlich in ihre leere Teetasse, Kläre hatte sich zum Klavier gesetzt und stützte die Arme auf den geschlossenen Deckel, der Freiherr versenkte sich stumm und angstvoll in die Frage, warum Kläre während der Erzählung von Sigurds Hochzeitsreise jene seltsame Handbewegung unterlassen, mit der sie seit dem Tode des Fürsten alle Andeutungen von der weiteren Existenz leidenschaftlicher oder zärtlicher Beziehungen auf Erden abgewehrt hatte.

Als fernere Gastspielrollen sang Sigurd Ölse den Siegfried und den Lohengrin. Jedesmal saß Kläre ungerührt in der Loge. Aber der Sänger, der sonst mit niemandem verkehrte als mit dem norwegischen Gesandten, fand sich jeden Nachmittag bei Kläre ein, selten ohne Fräulein Fanny Ringeiser, niemals ohne den Freiherrn von Leisenbohg dort anzutreffen.

Am siebenundzwanzigsten Juni trat er als Tristan zum letzten Male auf. Ungerührt saß Kläre in der Theaterloge. Am Morgen darauf fuhr sie mit Fanny auf den Friedhof und legte einen riesigen Kranz auf das Grab des Fürsten nieder. Am Abend dieses Tages gab sie ein Fest zu Ehren des Sängers, der tags darauf Wien verlassen sollte.

Der Freundeskreis war vollzählig versammelt. Keinem blieb die Leidenschaft verborgen, von der Sigurd für Kläre erfaßt war. Wie gewöhnlich sprach er ziemlich viel und erregt. Unter anderem erzählte er, daß ihn während der Herreise auf dem Schiff von einer an einen russischen Großfürsten verheirateten Araberin aus den Linien seiner Hand für die nächste Zeit die verhängnisvollste Epoche seines Lebens prophezeit worden war. Er glaubte fest an diese Prophezeiung, wie überhaupt der Aberglaube bei ihm mehr zu sein schien als eine Art, sich interessant zu machen. Er sprach auch von der übrigens allgemein bekannten Tatsache, daß er im vorigen Jahren gleich nach der Landung in New-York, wo er ein Gastspiel absolvieren sollte, noch am selben Tag, ja in derselben Stunde trotz des hohen Pönales ein Schiff bestieg, das ihn nach Europa zurückbrachte, nur weil ihm auf der Landungsbrücke eine schwarze Katze zwischen die Beine gelaufen war. Er hatte freilich allen Grund, an solche geheimnisvolle Beziehungen zwischen unbegreiflichen Zeichen und Menschenschicksalen zu glauben. Eines Abends im Coventgarden-Theater zu London, da er vor dem Auftreten versäumt hatte, eine gewisse, von seiner Großmutter überkommene Beschwörungsformel zu murmeln, hatte ihm plötzlich die Stimme versagt. Eines Nachts im Traum war ihm ein geflügelter Genius in Rosatrikots erschienen, der ihm den Tod seines Lieblingsraseurs verkündet hatte, und tatsächlich fand man den Bedauernswerten am Morgen darauf erhängt auf. Überdies trug er stets einen kurzen, aber inhaltsreichen Brief bei sich, der ihm in einer spiritistischen Sitzung in Brüssel von dem Geist der verstorbenen Sängerin Cornelia Lujan überreicht worden war und der in fließendem Portugiesisch die Weissagung enthielt, daß er bestimmt sei, der größte Sänger der alten und neuen Welt zu werden. Alle diese Dinge erzählte er heute; und als der spiritistische, auf Rosapapier der Firma Glienwood geschriebene Brief von Hand zu Hand ging, war die Bewegung in der Gesellschaft tief und allgemein. Kläre selbst aber verzog kaum eine Miene und nickte nur manchmal gleichgültig mit dem Kopf. Trotzdem erreichte die Unruhe Leisenbohgs einen hohen Grad. Für sein geschärftes Auge sprachen sich die Anzeichen der drohenden Gefahr immer deutlicher aus. Vor allem faßte Sigurd, wie alle früheren Liebhaber Klärens, während des Soupers eine auffallende Sympathie zu ihm, lud ihn auf seine Besitzung am Fjord zu Molde und trug ihm endlich das Du an. Ferner zitterte Fanny Ringeiser am ganzen Leibe, wenn Sigurd das Wort an sie richtete, wurde abwechselnd blaß und rot, wenn er sie mit seinen großen stahlgrauen Augen ansah, und als er von seiner bevorstehenden Abreise sprach, fing sie laut zu weinen an. Aber Kläre blieb auch jetzt ruhig und ernst. Sie erwiderte die sengenden Blicke Sigurds kaum, sie sprach zu ihm nicht lebhafter als zu den anderen, und als er ihr endlich die Hand küßte und dann zu ihr aufsah mit Augen, die zu bitten, zu versprechen, zu verzweifeln schienen, blieben die ihren verschleiert und ihre Züge regungslos. All das beobachtete Leisenbohg nur mit Mißtrauen und Angst. Aber als das Fest zu Ende ging und sich alle empfahlen, erlebte der Freiherr etwas Unerwartetes. Er als letzter reichte Klären die Hand zum Abschied, wie die anderen, und wollte sich entfernen. Sie aber hielt seine Hand fest und flüsterte ihm zu: »Kommen Sie wieder.« Er glaubte nicht recht gehört zu haben. Doch noch einmal drückte sie seine Hand und, die Lippen ganz nah an seinem Ohr, wiederholte sie: »Kommen Sie wieder, in einer Stunde erwarte ich Sie.«

Taumelnd beinahe ging er mit den anderen fort. Mit Fanny begleitete er Sigurd zum Hotel, und wie aus weiter Ferne hörte er ihm zu von Kläre schwärmen. Dann führte er Fanny Ringeiser durch die stillen Straßen in der linden Nachtkühle nach Mariahilf, und wie hinter einem Nebel sah er über ihre roten Kinderwangen dumme Tränen rinnen. Dann setzte er sich in einen Wagen und fuhr vor Klärens Haus. Er sah Licht durch die Vorhänge ihres Schlafzimmers schimmern; er sah ihren Schatten vorüber gleiten, ihr Kopf erschien in der Spalte neben dem Vorhang und nickte ihm zu. Er hatte nicht geträumt, sie wartete seiner.

Am nächsten Morgen machte Freiherr von Leisenbohg einen Spazierritt in den Prater. Er fühlte sich glücklich und jung. In der späten Erfüllung seiner Sehnsucht schien ihm ein tieferer Sinn zu liegen. Was er heute Nacht erlebt hatte, war die wunderbarste Überraschung gewesen – und doch wieder nichts als Steigerung und notwendiger Abschluß seiner bisherigen Beziehungen zu Kläre. Er fühlte jetzt, daß es nicht anders hatte kommen können, und machte Pläne für die nächste und fernere Zukunft. »Wie lange wird sie noch bei der Bühne bleiben?« dachte er . . . »Vielleicht vier, fünf Jahre. Dann, aber auch nicht früher, werde ich mich mit ihr vermählen. Wir werden zusammen auf dem Lande wohnen, ganz nah von Wien; vielleicht in St. Veit oder in Lainz. Dort werde ich ein kleines Haus kaufen oder nach ihrem Geschmacke bauen lassen. Wir werden ziemlich zurückgezogen leben, aber oft große Reisen unternehmen . . . nach Spanien, Ägypten, Indien . . .« – So träumte er vor sich hin, während er sein Pferd über die Wiesen am Heustadl rascher laufen ließ. Dann trabte er wieder in die Hauptallee und beim Praterstern setzte er sich in seinen Wagen. Er ließ bei der Fossatti halten und sandte an Kläre ein Bukett von herrlichen dunklen Rosen. Er frühstückte in seiner Wohnung am Schwarzenbergplatz allein wie gewöhnlich, und nach Tisch legte er sich auf den Diwan. Er war von heftiger Sehnsucht nach Kläre erfüllt. Was hatten alle die anderen Frauen für ihn zu bedeuten gehabt? . . . Sie waren ihm Zerstreuung gewesen – nichts weiter. Und er ahnte den Tag voraus, da ihm auch Kläre sagen würde: Was waren mir alle anderen? – Du bist der einzige und erste, den ich je geliebt habe . . . Und während er auf dem Diwan lag, mit geschlossenen Augen, ließ er die ganze Reihe an sich vorübergleiten . . . Gewiß; sie hatte keinen geliebt vor ihm, und ihn vielleicht immer und in jedem! . . .

Der Freiherr kleidete sich an, und dann ging er langsam, wie um sich ein paar Sekunden länger auf das erste Wiedersehen freuen zu dürfen, den wohlbekannten Weg ihrem Hause zu. Es gab wohl viel Spaziergänger auf dem Ring, aber man konnte doch merken, daß die Saison zu Ende ging. Und Leisenbohg freute sich, daß der Sommer da war, daß er mit Kläre zusammen reisen, mit ihr das Meer oder die Berge sehen würde, und er mußte sich zusammennehmen, um nicht vor Entzücken laut aufzujubeln.

Er stand vor ihrem Hause und sah zu ihren Fenstern auf. Das Licht der Nachmittagssonne strahlte von ihnen wider und blendete ihn beinahe. Er schritt die zwei Treppen hinauf zu ihrer Haustüre und klingelte. Man öffnete nicht. Er klingelte noch einmal. Man öffnete nicht. Jetzt bemerkte Leisenbohg, daß ein Vorhängeschloß an der Türe angebracht war. – Was sollte das bedeuten? war er fehlgegangen? . . . Sie hatte zwar kein Täfelchen an der Tür, aber gegenüber las er wie gewöhnlich: »Oberstleutnant von Jeleskowits . . .« Kein Zweifel: er stand vor ihrer Wohnung, und ihre Wohnung war versperrt . . . Er eilte die Treppen hinunter, riß die Türe zur Hausmeisterwohnung auf. Die Hausmeisterin saß in dem halbdunklen Raum auf dem Bett, ein Kind guckte durch das kleine Souterrainfenster auf die Straße hinaus, das andere blies auf einem Kamm eine unbegreifliche Melodie. »Ist Fräulein Hell nicht zu Hause?« fragte der Freiherr. Die Frau stand auf. »Nein, Herr Baron, das Fräulein Hell ist abgereist . . .«

»Wie?« schrie der Freiherr auf. – »Ja richtig,« setzte er gleich hinzu . . . »um drei Uhr, nicht wahr?«

»Nein, Herr Baron, um acht in der Früh ist das Fräulein abgereist.«

»Und wohin? . . . Ich meine, ist sie direkt nach –« er sagte es aufs Geratewohl: »ist sie direkt nach Dresden gefahren?«

»Nein, Herr Baron; sie hat keine Adresse dagelassen. Sie hat g'sagt, sie wird schon schreiben, wo sie is.«

»So – ja . . . ja – so . . . natürlich . . . Danke sehr.« Er wandte sich fort und trat wieder auf die Straße. Unwillkürlich blickte er nach dem Haus zurück. Wie anders strahlte die Abendsonne von den Fenstern wider als vorher! Welche dumpfe, traurige Sommerabendschwüle lag über der Stadt. Kläre war fort?! . . . warum? . . . Sie war vor ihm geflohen? . . . Was sollte das bedeuten? . . . Er dachte zuerst daran, in die Oper zu fahren. Aber es fiel ihm ein, daß die Ferien schon übermorgen anfingen und daß Kläre in den letzten zwei Tagen nicht mehr beschäftigt war.

Er fuhr also in die Mariahilferstraße sechsundsiebzig, wo die Ringeiser wohnten. Eine alte Köchin öffnete und betrachtete den eleganten Besucher mit einigem Mißtrauen. Er ließ Frau Ringeiser herausrufen. »Ist Fräulein Fanny zu Hause?« fragte er in einer Erregung, die er nicht mehr bemeistern konnte.

»Wie meinen?« fragte Frau Ringeiser scharf.

Der Herr stellte sich vor.

»Ah so,« sagte Frau Ringeiser. »Wollen sich der Herr Baron nicht weiterbemühen?«

Er blieb im Vorzimmer stehen und fragte nochmals: »Ist Fräulein Fanny nicht zu Hause?«

»Spazieren der Herr Baron doch weiter.« Leisenbohg mußte ihr folgen und befand sich in einem niedern, halbdunkeln Zimmer mit blausamtenen Möbeln und gleichfarbigen Ripsvorhängen an den Fenstern. »Nein,« sagte Frau Ringeiser, »die Fanny ist nicht zu Haus. Fräulein Hell hat sie ja mit auf den Urlaub genommen.«

»Wohin?« fragte der Freiherr und starrte auf eine Photographie Klärens, die in einem schmalen Goldrahmen auf dem Klavier stand.

»Wohin – das weiß ich nicht,« sagte Frau Ringeiser. »Um acht in der Früh war das Fräulein Hell selber da und hat mich gebeten, daß ich ihr die Fanny mitgeb'. Na, und sie hat so schön gebeten – ich hab nicht nein sagen können.«

»Aber wohin . . . wohin?« fragte Leisenbohg dringend.

»Ja, das könnt ich nicht sagen. Die Fanny telegraphiert mir, sobald das Fräulein Hell sich entschlossen hat, wo sie bleiben will. Vielleicht schon morgen oder übermorgen.«

»So,« sagte Leisenbohg und ließ sich auf einen kleinen Rohrsessel vor dem Klavier niedersinken. Er schwieg ein paar Sekunden, dann stand er plötzlich auf, reichte Frau Ringeiser die Hand, bat um Entschuldigung wegen der verursachten Störung und ging langsam die dunkle Treppe des alten Hauses hinunter.

Er schüttelte den Kopf. Sie war sehr vorsichtig gewesen – wahrhaftig! . . . vorsichtiger als notwendig . . . Daß er nicht zudringlich war, hatte sie wohl wissen können.

»Wohin fahren wir denn, Herr Baron?« fragte der Kutscher, und Leisenbohg merkte, daß er schon eine Weile im offenen Wagen gesessen war und vor sich hingestarrt hatte. Und einer plötzlichen Eingebung folgend, antwortete er: »Ins Hotel Bristol.«

Sigurd Ölse war noch nicht abgereist. Er ließ den Freiherrn auf sein Zimmer bitten, empfing ihn mit Begeisterung und bat ihn, den letzten Abend seines Wiener Aufenthaltes mit ihm zu verbringen. Leisenbohg war schon von dem Umstand ergriffen gewesen, daß Sigurd Ölse überhaupt noch in Wien war, seine Liebenswürdigkeit aber rührte ihn geradezu zu Tränen. Sigurd begann sofort, von Kläre zu sprechen. Er bat Leisenbohg, ihm von ihr zu erzählen, so viel er nur konnte, denn er wußte ja, daß in dem Freiherrn ihr ältester und treuester Freund vor ihm stand. Und Leisenbohg setzte sich auf den Koffer und sprach von Kläre. Es tat ihm wohl, von ihr reden zu können. – Er erzählte dem Sänger beinah alles – mit Ausnahme derjenigen Dinge, die er ihm als Kavalier verschweigen zu müssen glaubte. Sigurd lauschte und schien verzückt.

Beim Souper lud der Sänger seinen Freund ein, noch heute Abend Wien mit ihm zu verlassen und ihn auf seine Besitzung nach Molde zu begleiten. Der Freiherr fühlte sich wunderbar beruhigt. Er lehnte für heute ab und versprach Ölse, ihn im Laufe des Sommers zu besuchen.

Sie fuhren zusammen zur Bahn. »Du wirst mich vielleicht für einen Narren halten,« sagte Sigurd, »aber ich will noch einmal an ihren Fenstern vorbei.« Leisenbohg sah ihn von der Seite an. War dies vielleicht ein Versuch, ihn hinters Licht zu führen? oder war es der letzte Beweis für die Unverdächtigkeit des Sängers?... Vor Klärens Haus angelangt, warf Sigurd einen Kuß nach den verschlossenen Fenstern. Dann sagte er: »Grüße sie noch einmal von mir.«

Leisenbohg nickte: »Ich will es ihr bestellen, wenn sie wiederkommt.«

Sigurd sah ihn betroffen an.

»Sie ist nämlich schon fort,« setzte Leisenbohg hinzu. »Heute früh ist sie abgereist – ohne Abschied . . . wie es so ihre Art ist,« log er dazu.

»Abgereist«, wiederholte Sigurd und versank in Sinnen. Dann schwiegen sie beide.

Vor Abfahrt des Zuges umarmten sie sich wie alte Freunde.

Der Freiherr weinte nachts in seinem Bett, wie es ihm seit seinen Kinderjahren nicht mehr geschehen war. Die eine Stunde der Lust, die er mit Kläre verlebt hatte, schien ihm wie von dunkeln Schauern umweht. Es war ihm, als hätten ihre Augen in der gestrigen Nacht wie im Wahnsinn geglüht. Nun begriff er alles. Zu früh war er ihrem Ruf gefolgt. Noch hatte der Schatten des Fürsten Bedenbruck Gewalt über sie, und Leisenbohg fühlte, daß er Kläre nur besessen hatte, um sie auf immer zu verlieren.

Ein paar Tage trieb er sich in Wien herum, ohne zu wissen, was er mit den Tagen und Nächten anfangen sollte; alles, womit er früher seine Zeit hingebracht hatte – Zeitunglesen, Whistspielen, Spazierenreiten – war ihm vollkommen gleichgültig. Er fühlte, wie sein ganzes Dasein nur von Kläre den Sinn erhalten, ja daß selbst seine Verhältnisse zu anderen Frauen nur von dem Abglanze seiner Leidenschaft für Kläre gelebt hatten. Über der Stadt lag es wie ein ewiger grauer Dunst; die Leute, mit denen er sprach, hatten verschleierte Stimmen und starrten ihn merkwürdig, ja verräterisch an. Eines Abends fuhr er zum Bahnhof, und wie mechanisch nahm er sich eine Karte nach Ischl. Dort traf er Bekannte, die sich harmlos nach Kläre erkundigten, er antwortete gereizt und unhöflich und mußte sich mit einem Herrn schlagen, für den er sich nicht im geringsten interessierte. Er trat ohne Erregung an, hörte die Kugel an seinem Ohr vorbeipfeifen, schoß in die Luft und verließ Ischl eine halbe Stunde nach dem Duell. Er reiste nach Tirol, nach dem Engadin, nach dem Berner Oberland, nach dem Genfersee, ruderte, überschritt Pässe, bestieg Berge, schlief einmal in einer Sennhütte und wußte im übrigen an jedem Tag vom vorigen so wenig wie vom nächsten.

Eines Tages erhielt er von Wien aus ein Telegramm nachgesandt. Mit fiebernden Fingern öffnete er es. Er las: »Wenn du mein Freund bist, so halte dein Wort und eile zu mir; denn ich benötige eines Freundes. Sigurd Ölse.« Leisenbohg zweifelte keinen Augenblick, daß der Inhalt dieses Telegramms in irgend einem Zusammenhang mit Kläre stehen müsse. Er packte so rasch als möglich ein und verließ Aix, wo er sich eben befand, mit der nächsten Gelegenheit. Ohne Unterbrechung reiste er über München nach Hamburg und nahm das Schiff, das ihn über Stavanger nach Molde führte, wo er an einem hellen Sommerabend ankam. Die Reise war ihm endlos erscheinen. Von allen Reizen der Landschaft war seine Seele unberührt geblieben. Auch war es ihm in der letzten Zeit nicht mehr gelungen, sich an Klärens Gesang oder auch nur an ihre Züge zu erinnern. Jahrelang, jahrzehntelang glaubte er von Wien fort zu sein. Aber als er Sigurd in weißem Flanellanzug mit weißer Kappe am Ufer stehen sah, war ihm, als hätte er ihn gestern Abend zum letzten Male gesehen. Und so zerwühlt er war, er erwiderte lächelnd vom Deck aus den Willkommgruß Sigurds und schritt in guter Haltung die Schiffstreppe hinab.

»Ich danke dir tausendmal, daß du meinem Ruf gefolgt bist«, sagte Sigurd. Und einfach setzte er hinzu: »Mit mir ist es aus.« Der Freiherr betrachtete ihn. Sigurd sah sehr blaß aus, die

Haare an seinen Schläfen waren auffallend grau geworden. Auf
dem Arm trug er einen grünen mattglänzenden Plaid.

»Was gibt's? was ist geschehen?« fragte Leisenbohg mit einem
starren Lächeln.

»Du sollst alles erfahren«, sagte Sigurd Ölse. Dem Freiherrn
fiel es auf, daß Sigurds Stimme weniger voll klang als früher. –
Sie fuhren auf einem kleinen schmalen Wagen durch die liebliche
Allee längs des blauen Meeres hin. Beide schwiegen. Leisenbohg
wagte nicht zu fragen. Seine Blicke starrten aufs Wasser, das sich
kaum bewegte. Er kam auf die sonderbare, aber wie sich heraus-
stellte, undurchführbare Idee, die Wellen zu zählen; dann schaute
er in die Luft, und ihm war, als tropften die Sterne langsam herunter. Endlich fiel ihm auch ein, daß eine Sängerin existierte,
Kläre Hell mit Namen, die sich irgendwo in der weiten Welt um-
hertrieb, – aber grade das war ziemlich unwichtig. Nun kam ein
Ruck, und der Wagen stand vor einem einfachen weißen Hause
still, das ganz im Grünen lag. Auf einer Veranda mit dem Blick
aufs Meer speisten sie zu Abend. Ein Diener, mit einem strengen
und in den Momenten, da er den Wein einschenkte, geradezu
drohenden Gesicht, bediente. Die helle Nordnacht ruhte über
den Fernen.

»Nun?« fragte Leisenbohg, über den es mit einem Male wie
eine Flut von Ungeduld hinstürzte.

»Ich bin ein verlorener Mensch,« sagte Sigurd Ölse und schaute
vor sich hin.

»Wie meinst du das?« fragte Leisenbohg tonlos. »Und was kann
ich für dich tun?« setzte er mechanisch hinzu.

»Nicht viel. Ich weiß noch nicht.« Und er blickte über Tisch-
decke, Geländer, Vorgarten, Gitter, Straße und Meer ins Weite.

Leisenbohg war innerlich starr . . . Allerlei Ideen zugleich durch-
zuckten ihn . . . Was mochte geschehen sein? . . . Kläre war tot –?
. . . Sigurd hatte sie ermordet –? . . . ins Meer geworfen –? . . .
Oder Sigurd war tot –? . . . Doch nein, das war unmöglich . . .
der saß ja da vor ihm . . . Warum aber sprach er nicht? . . . Und
plötzlich, von einer ungeheuren Angst durchjagt, stieß Leisenbohg hervor: »Wo ist Kläre?«

Da wandte sich der Sänger langsam zu ihm. Sein etwas dickes
Gesicht begann von innen zu glänzen, und schien zu lächeln, –
wenn es nicht der Mondschein war, der über seinem Gesicht
spielte. Jedenfalls fand Leisenbohg in diesem Augenblick, daß der
Mann, der hier mit verschleiertem Blick zurückgelehnt neben

ihm saß, beide Hände in den Hosentaschen, die Beine lang unter den Tisch hingestreckt, mit nichts auf der Welt mehr Ähnlichkeit hatte als mit einem Pierrot. Der grüne Plaid hing über dem Geländer der Terrasse und schien dem Baron in diesem Moment ein guter alter Bekannter .... Aber was ging ihn dieser lächerliche Plaid an? Träumte er vielleicht? ... Er war in Molde. Sonderbar genug ... Wäre er vernünftig gewesen, so hätte er dem Sänger eigentlich aus Aix telegraphieren können: »Was gibt's? was willst du von mir, Pierrot?« Und er wiederholte plötzlich seine Frage von früher, nur viel höflicher und ruhiger: »Wo ist Kläre?«

Jetzt nickte der Sänger mehrere Male. »Um die handelt es sich allerdings. – Bist du mein Freund?«

Leisenbohg nickte. Er spürte ein leises Frösteln. Ein lauer Wind kam vom Meere her. »Ich bin dein Freund. Was willst du von mir?«

»Erinnerst du dich des Abends, da wir von einander Abschied nahmen, Baron? an dem wir im Bristol miteinander soupierten und du mich auf die Bahn begleitetest?«

Leisenbohg nickte wieder.

»Du hast wohl nicht geahnt, daß im selben Zuge mit mir Kläre Hell von Wien abreiste.«

Leisenbohg ließ den Kopf schwer auf die Brust herabsinken....

»Ich habe es so wenig geahnt als du,« fuhr Sigurd fort. »Erst am nächsten Morgen auf der Frühstückstation hab' ich Kläre gesehen. Sie saß mit Fanny Ringeiser im Speisesaal und trank Kaffee. Ihr Benehmen ließ mich vermuten, daß ich diese Begegnung nur dem Zufall verdankte. Es war kein Zufall.«

»Weiter,« sagte der Baron und betrachtete den grünen Plaid, der sich leise bewegte.

»Später hat sie mir nämlich gestanden, daß es kein Zufall war. – Von diesem Morgen an blieben wir zusammen, Kläre, Fanny und ich. An einem eurer entzückenden kleinen österreichischen Seen ließen wir uns nieder. Wir bewohnten ein anmutiges Haus zwischen Wasser und Wald, fern von allen Menschen. Wir waren sehr glücklich.«

Er sprach so langsam, daß Leisenbohg toll zu werden glaubte.

Wozu hat er mich hierhergerufen? dachte er. Was will er von mir? ... Hat sie ihm gestanden –? ... Was geht's ihn an? ... Warum blickt er mir so starr ins Gesicht? ... Weshalb sitz ich hier in Molde auf einer Veranda mit einem Pierrot? ... Ist es

72

nicht am Ende doch ein Traum? . . . Ruh ich vielleicht in Klärens Armen? . . . Ist es am Ende noch immer dieselbe Nacht? . . . –
Und unwillkürlich riß er die Augen weit auf.

»Wirst du mich rächen?« fragte Sigurd plötzlich.

»Rächen? . . . Ja warum? was ist denn geschehen?« fragte der Freiherr und hörte seine eigenen Worte wie von ferne her.

»Weil sie mich zugrunde gerichtet hat, weil ich verloren bin.«

»Erzähle mir endlich,« sagte Leisenbohg mit harter, trockener Stimme.

»Fanny Ringeiser war mit uns,« fuhr Sigurd fort. »Sie ist ein gutes Mädchen, nicht wahr?«

»Ja, sie ist ein gutes Mädchen,« erwiderte Leisenbohg und sah mit einem Male das halbdunkle Zimmer vor sich mit den blausamtenen Möbeln und den Ripsvorhängen, wo er vor mehreren hundert Jahren mit Fannys Mutter gesprochen hatte.

»Sie ist ein ziemlich dummes Mädchen, nicht wahr?«

»Ich glaube«, erwiderte der Freiherr.

»Ich weiß es,« sagte Sigurd. »Sie ahnte nicht, wie glücklich wir waren.« Und er schwieg lange.

»Weiter,« sagte Leisenbohg und wartete.

»Eines Morgens schlief Kläre noch,« begann Sigurd von neuem. »Sie schlief immer weit in den Morgen hinein. Ich aber ging im Walde spazieren. Da kam plötzlich Fanny hinter mir hergelaufen. »Fliehen Sie, Herr Ölse, eh' es zu spät ist; reisen Sie ab, denn Sie befinden sich in höchster Gefahr!« Sonderbarerweise wollte sie mir anfangs durchaus nicht mehr sagen. Aber ich bestand darauf und erfuhr endlich, was für eine Gefahr mir ihrer Meinung nach drohte. Ah, sie glaubte, daß ich noch zu retten wäre, sonst hätte sie mir gewiß nichts gesagt!«

Der grüne Plaid auf dem Geländer blähte sich auf wie ein Segel, das Lampenlicht auf dem Tisch flackerte ein wenig.

»Was hat dir Fanny erzählt?« fragte Leisenbohg streng.

»Erinnerst du dich des Abends,« fragte Sigurd, »an dem wir alle in Klärens Haus zu Gaste waren? Am Morgen dieses Tages war Kläre mit Fanny auf den Friedhof hinausgefahren, und auf dem Grabe des Fürsten hatte sie ihrer Freundin das Grauenhafte anvertraut.«

»Das Grauenhafte –?« Der Freiherr erbebte.

»Ja. – Du weißt, wie der Fürst gestorben ist? Er ist vom Pferd gestürzt und hat noch eine Stunde gelebt.«

»Ich weiß es.«

73

»Niemand war bei ihm als Kläre.«

»Ich weiß.«

»Er wollte niemanden sehen als sie. Und auf dem Sterbebette tat er einen Fluch.«

»Einen Fluch?«

»Einen Fluch. – ›Kläre,‹ sprach der Fürst, ›vergiß mich nicht. Ich hätte im Grabe keine Ruhe, wenn du mich vergäßest.‹ – ›Ich werde dich nie vergessen,‹ erwiderte Kläre. – ›Schwörst du mir, daß du mich nie vergessen wirst?‹ – ›Ich schwöre es dir.‹ – ›Kläre, ich liebe dich, und ich muß sterben!‹« . . .

»Wer spricht?« schrie der Freiherr.

»Ich spreche,« sagte Sigurd, »und ich lasse Fanny sprechen, und Fanny läßt Kläre sprechen, und Kläre läßt den Fürsten sprechen. Verstehst du mich nicht?«

Leisenbohg hörte angestrengt zu. Es war ihm, als hörte er die Stimme des toten Fürsten aus dreifach verschlossenem Sarge in die Nacht klingen.

»›Kläre, ich liebe dich, und ich muß sterben! Du bist so jung, und ich muß sterben . . . . Und es wird ein anderer kommen nach mir . . . Ich weiß es, es wird so sein. . . . Ein anderer wird dich in den Armen halten und mit dir glücklich sein. . . . Er soll nicht – er darf nicht! . . . Ich fluche ihm. – Hörst du, Kläre? ich fluche ihm! . . . Der erste, der diese Lippen küßt, diesen Leib umfängt nach mir, soll in die Hölle fahren! . . . Kläre, der Himmel hört den Fluch von Sterbenden . . . Hüte dich – hüte ihn . . . In die Hölle mit ihm! in Wahnsinn, Elend und Tod! Wehe! wehe! wehe!‹«

Sigurd, aus dessen Mund die Stimme des toten Fürsten tönte, hatte sich erhoben, groß und feist stand er in seinem weißen Flanellanzug da und blickte in die helle Nacht. Der grüne Plaid sank von dem Geländer in den Garten hinab. Den Freiherrn fror entsetzlich. Es war ihm, als wenn ihm der ganze Körper erstarren wollte. Eigentlich hätte er gern geschrien, aber er sperrte nur den Mund weit auf . . . Er befand sich in diesem Augenblick in dem kleinen Saal der Gesangsprofessorin Eisenstein, wo er Kläre das erste Mal gesehen hatte. Auf der Bühne stand ein Pierrot und deklamierte: »Mit diesem Fluch auf den Lippen ist der Fürst Bedenbruck gestorben, und . . . höre . . . der Unglückselige, in dessen Armen sie lag, der Elende, an dem sich der Fluch erfüllen soll, bin ich! . . . ich! . . . ich! . . .«

Da stürzte die Bühne ein mit einem lauten Krach und versank

vor Leisenbohgs Augen ins Meer. Er aber fiel lautlos mit dem Sessel nach rückwärts, wie eine Gliederpuppe.

Sigurd sprang auf, rief nach Hilfe. Zwei Diener kamen, hoben den Ohnmächtigen auf und betteten ihn auf einen Lehnsessel, der seitlich vom Tische stand; der eine lief nach einem Arzt, der andere brachte Wasser und Essig. Sigurd rieb die Stirn und die Schläfen des Freiherrn ein, aber der wollte sich nicht rühren. Dann kam der Arzt und nahm seine Untersuchung vor. Sie währte nicht lange. Am Schlusse sagte er: »Dieser Herr ist tot.«

Sigurd Ölse war sehr bewegt, bat den Arzt, die nötigen Anordnungen zu treffen, und verließ die Terrasse. Er durchschritt den Salon, ging ins obere Stockwerk, betrat sein Schlafzimmer, zündete ein Licht an und schrieb eilends folgende Worte nieder: »Kläre! deine Depesche habe ich in Molde vorgefunden, wohin ich ohne Aufenthalt geflohen war. Ich will es dir gestehen, ich habe dir nicht geglaubt, ich dachte, du wolltest mich durch eine Lüge beruhigen. Verzeih mir, – ich zweifle nicht mehr. Der Freiherr von Leisenbohg war bei mir. Ich habe ihn gerufen. Aber ich habe ihn um nichts gefragt; denn als Ehrenmann hätte er mich anlügen müssen. Ich hatte eine ingeniöse Idee. Ich habe ihm von dem Fluch des verstorbenen Fürsten Mitteilung gemacht. Die Wirkung war überraschend: der Freiherr fiel mit dem Sessel nach rückwärts und war auf der Stelle tot.«

Sigurd hielt inne, wurde sehr ernst und schien zu überlegen. Dann stellte er sich mitten ins Zimmer und erhob seine Stimme zum Gesang. Anfangs wie furchtsam und verschleiert, hellte sie sich allmählich auf und klang laut und prächtig durch die Nacht, endlich so gewaltig, als wenn sie von den Wellen widerhallte. – Ein beruhigtes Lächeln floß über Sigurds Züge. Er atmete tief auf. Er begab sich wieder an den Schreibtisch und fügte seiner Depesche die folgenden Worte hinzu: »Liebste Kläre! verzeih' mir – alles ist wieder gut. In drei Tagen bin ich bei dir« . . .

»Ich bin nicht schuld daran, Herr von Breiteneder . . . bitte sehr, das kann keiner sagen!« Karl Breiteneder hörte diese Worte wie von fern an sein Ohr schlagen und wußte doch ganz genau, daß der, der sie sprach, neben ihm einherging – ja, er spürte sogar den Weindunst, in den diese Worte gehüllt waren. Aber er erwiderte nichts. Es war ihm unmöglich, sich in Auseinandersetzungen einzulassen; er war zu müde und zerrüttet von dem furchtbaren Erlebnis dieser Nacht, und es verlangte ihn nur nach Alleinsein und frischer Luft. Darum war er auch nicht nach Hause gegangen, sondern lieber im Morgenwind die menschenleere Straße weiterspaziert, ins Freie hinaus, den bewaldeten Hügeln entgegen, die drüben aus leichten Mainebeln hervorstiegen. Aber ein Schauer nach dem anderen durchlief ihn vom Kopf bis zu den Füßen, und er spürte nichts von der wohligen Frische, die ihn sonst nach durchwachten Nächten in der Frühluft zu durchrieseln pflegte. Er hatte immer das entsetzliche Bild vor Augen, dem er entflohen war.

Der Mann neben ihm mußte ihn eben erst eingeholt haben. Was wollte denn der von ihm? . . . warum verteidigte er sich? . . . und warum gerade vor ihm? . . . Er hatte doch nicht daran gedacht, dem alten Rebay einen lauten Vorwurf zu machen, wenn er auch sehr gut wußte, daß der die Hauptschuld trug an dem, was geschehen war. Jetzt sah er ihn von der Seite an. Wie schaute der Mensch aus! Der schwarze Gehrock war zerdrückt und fleckig, ein Knopf fehlte, die andern waren an den Rändern ausgefranst; in einem Knopfloch steckte ein Stengel mit einer abgestorbenen Blüte. Gestern Abend hatte Karl die Blume noch frisch gesehen. Mit dieser selben Nelke geschmückt, war der Kapellmeister Rebay an einem klappernden Pianino gesessen und hatte die Musik zu sämtlichen Produktionen der Gesellschaft Ladenbauer besorgt, wie er es seit bald dreißig Jahren tat. Das kleine Wirtshaus war ganz voll gewesen, bis in den Garten hinaus standen die Tische und Stühle, denn heute war, wie es mit schwarzen und

oten Buchstaben auf großen, gelben Zetteln zu lesen stand:
Erstes Wiederauftreten des Fräulein Maria Ladenbauer, genannt
die ›weiße Amsel‹, nach ihrer Genesung von schwerem Leiden.«

Karl atmete tief auf. Es war ganz licht geworden, er und der
Kapellmeister waren längst nicht mehr die einzigen auf der
Straße. Hinter ihnen, auch von Seitenwegen, ja sogar von oben
aus dem Walde, ihnen entgegen, kamen Spaziergänger. Jetzt erst
fiel es Karl ein, daß heute Sonntag war. Er war froh, daß er keinerlei Verpflichtung hatte, in die Stadt zu gehen, obzwar ihm ja sein
Vater auch diesmal einen versäumten Wochentag nachgesehen
hätte, wie er es schon oft getan. Das alte Drechslergeschäft in der
Alserstraße ging vorläufig auch ohne ihn, und der Vater wußte
aus Erfahrung, daß sich die Breiteneders bisher noch immer zur
rechten Zeit zu einem soliden Lebenswandel entschlossen hatten.
Die Geschichte mit Marie Ladenbauer war ihm allerdings nie ganz
recht gewesen. »Du kannst ja machen, was du willst,« hatte er
einmal milde zu Karl gesagt, »ich bin auch einmal jung gewesen
. . aber in den Familien von meine Mädeln hab' ich doch nie verkehrt! Da hab' ich doch immer zu viel auf mich gehalten.«

Hätte er auf den Vater gehört – dachte Karl jetzt – so wäre ihm
mancherlei erspart geblieben. Aber er hatte die Marie sehr gern
gehabt. Sie war ein gutmütiges Geschöpf, hing an ihm, ohne viel
Worte zu machen, und wenn sie Arm in Arm mit ihm spazieren
ging, hätte sie keiner für eine gehalten, die schon so manches erlebt hatte. Übrigens ging es bei ihren Eltern so anständig zu wie
in einem bürgerlichen Hause. Die Wohnung war nett gehalten,
auf der Etagere standen Bücher; öfters kam der Bruder des alten
Ladenbauer zu Besuch, der als Beamter beim Magistrat angestellt
war, und dann wurde über sehr ernste Dinge geredet: Politik,
Wahlen und Gemeindewesen. Am Sonntag spielte Karl oben
manchmal Tarock; mit dem alten Ladenbauer und mit dem ver-
rückten Jedek, demselben, der abends im Clownkostüm auf Glä-
ser- und Tellerrändern Walzer und Märsche exekutierte; und
wenn er gewann, bekam er sein Geld ohne weiteres ausbezahlt,
was ihm in seinem Kaffeehaus durchaus nicht so regelmäßig passierte. In der Nische am Fenster, vor dem Glasbilder mit Schwei-
zer Landschaften hingen, saß die blasse lange Frau Jedek, die
abends in der Vorstellung langweilige Gedichte vortrug, plauderte mit der Marie und nickte dazu beinahe ununterbrochen.
Marie sah aber zu Karl herüber, grüßte ihn scherzend mit der
Hand oder setzte sich zu ihm und schaute ihm in die Karten. Ihr

Bruder war in einem großen Geschäft angestellt, und wenn ihr Karl eine Zigarre gab, so revanchierte er sich sofort. Auch bracht er seiner Schwester, die er sehr verehrte, zuweilen von einen Stadtzuckerbäcker etwas zum Naschen mit. Und wenn er sich empfahl, sagte er mit halbgeschlossenen Augen: »Leider daß ich anderweitig versagt bin . . .« – Freilich, am liebsten war Karl mit Marie allein. Und er dachte an einen Morgen, an dem er mit ihr denselben Weg gegangen war, den er jetzt ging, dem leise rau schenden Wald entgegen, der dort oben auf dem Hügel anfing Sie waren beide müde gewesen, denn sie kamen geradenwegs au dem Kaffeehaus, wo sie bis zum Morgengrauen mit der ganzen Volkssängergesellschaft zusammengesessen waren; nun legten sie sich unter eine Buche am Rand eines Wiesenhanges und schlie fen ein. Erst in der heißen Stille des Sommermittags wachten sie auf, gingen noch weiter hinein in den Wald, plauderten und lach ten den ganzen Tag, ohne zu wissen warum, und erst spät abend zur Vorstellung brachte er sie wieder in die Stadt . . . So schön Erinnerungen gab es manche, und die beiden lebten sehr ver gnügt, ohne an die Zukunft zu denken. Zu Beginn des Winter erkrankte Marie plötzlich. Der Doktor hatte jeden Besuch streng verboten, denn die Krankheit war eine Gehirnentzündung ode so etwas ähnliches, und jede Aufregung sollte vermieden werden Karl ging anfangs täglich zu den Ladenbauers, sich erkundigen später aber, als die Sache sich länger hinzog, nur jeden zweiten und dritten Tag. Einmal sagte ihm Frau Ladenbauer an der Türe: »Also heut' dürfen Sie schon hineinkommen, Herr von Breiteneder. Aber bitt' schön, daß Sie sich nicht verraten.« – »Warum soll denn ich mich verraten?« fragte Karl, »was ist denn g'schehn?« – »Ja, mit den Augen ist leider keine Hilfe mehr.« – »Wieso denn?« – »Sie sieht halt nichts mehr . . ., das ist ihr leider Gottes von der Krankheit zurückgeblieben. Aber sie weiß noch nicht, daß es unheilbar ist . . . Nehmen Sie sich zusammen, daß sie nichts merkt.« Da stammelte Karl nur ein paar Worte und ging Er hatte plötzlich Angst, Marie wiederzusehen. Es war ihm, als hätte er nichts an ihr so gern gehabt, als ihre Augen, die so hell gewesen waren und mit denen sie immer gelacht hatte. Er wollte morgen kommen. Aber er kam nicht, nicht am nächsten und nicht am übernächsten Tage. Und immer weiter schob er den Besuch hinaus. Er wollte sie erst wiedersehen, nahm er sich vor, bis sie sich selbst in ihr Schicksal gefunden haben konnte. Dann fügte es sich, daß er eine Geschäftsreise antreten mußte, auf die

78

ler Vater schon lange gedrungen hatte. Er kam weit herum, war
n Berlin, Dresden, Köln, Leipzig, Prag. Einmal schrieb er an die
alte Frau Ladenbauer eine Karte, in der stand: Gleich nach seiner
Rückkehr würde er hinaufkommen, und er ließe die Marie schön
grüßen. – Im Frühjahr kam er zurück; aber zu den Ladenbauers
ging er nicht. Er konnte sich nicht entschließen ... Natürlich
dachte er auch von Tag zu Tag weniger an sie und nahm sich vor,
sie ganz zu vergessen. Er war ja nicht der erste und nicht der einzige gewesen. Er hörte auch gar nichts von ihr, beruhigte sich
mehr und mehr, und aus irgend einem Grunde bildete er sich
manchmal ein, daß Marie auf dem Land bei Verwandten lebte,
von denen er sie manchmal sprechen gehört hatte.

Da führte ihn gestern abends – er wollte Bekannte besuchen, die
in der Nähe wohnten – der Zufall an dem Wirtshaus vorüber, wo
die Vorstellungen der Gesellschaft Ladenbauer stattzufinden
pflegten. Ganz in Gedanken wollte er schon vorübergehen, da fiel
ihm das gelbe Plakat ins Auge, er wußte, wo er war, und ein Stich
ging ihm durchs Herz, bevor er ein Wort gelesen hatte. Aber
dann, wie er es mit schwarzen und roten Buchstaben vor sich sah:
»Erstes Auftreten der Maria Ladenbauer, genannt die ›weiße
Amsel‹, nach ihrer Genesung,« da blieb er wie gelähmt stehen.
Und in diesem Augenblick stand der Rebay neben ihm, wie aus
dem Boden gewachsen: den weißen Strubelkopf unbedeckt, den
schäbigen schwarzen Zylinder in der Hand und mit einer frischen
Blume im Knopfloch. Er begrüßte Karl: »Der Herr Breiteneder –
nein, so was! Nicht wahr, beehren uns heute wieder! Die Fräul'n
Marie wird ja ganz weg sein vor Freud', wenn sie hört, daß sich
die frühern Freund' doch noch um sie umschau'n. Das arme
Ding! Viel haben wir mit ihr ausg'standen, Herr von Breiteneder; aber jetzt hat sie sich derfangt.« Er redete noch eine ganze
Menge, und Karl rührte sich nicht, obwohl er am liebsten weit
fort gewesen wäre. Aber plötzlich regte sich eine Hoffnung in
ihm, und er fragte den Rebay, ob denn die Marie gar nichts sehe –
ob sie nicht doch wenigstens einen Schein habe. »Einen Schein?«
erwiderte der andere. »Was fällt Ihnen denn ein, Herr von Breiteneder! ... Nichts sieht sie, gar nichts!« Er rief es mit seltsamer
Fröhlichkeit. »Alles kohlrabenschwarz vor ihr ... Aber werden
sich schon überzeugen, Herr von Breiteneder, hat alles seine guten Seiten, wenn man so sagen darf – und ein Stimme hat das
Mädel, schöner als je! ... Na, Sie werden ja seh'n, Herr von Breiteneder. – Und gut is sie – seelengut! Noch viel freundlicher, als

sie eh' schon war. Na, Sie kennen sie ja – haha! – Ah, es kommen heut mehrere, die sie kennen . . . natürlich nicht so gut wie Sie Herr von Breiteneder; denn jetzt ist es natürlich vorbei mit die gewissen G'schichten. Aber das wird auch schon wieder kommen! Ich hab' eine gekannt, die war blind und hat Zwillinge gekriegt – haha! – Schauen S', wer da is,« sagte er plötzlich, und Karl stand mit ihm vor der Kassa, an der Frau Ladenbauer saß. Sie war aufgedunsen und bleich und sah ihn an, ohne ein Wort zu sagen. Sie gab ihm ein Billet, er zahlte, wußte kaum, was mit ihm geschah. Plötzlich aber stieß er hervor: »Nicht der Marie sagen, um Gotteswillen Frau Ladenbauer . . . nichts der Marie sagen, daß ich da bin! . . . Herr Rebay, nichts ihr sagen!«

»Is schon gut,« sagte Frau Ladenbauer und beschäftigte sich mit anderen Leuten, die Billetts verlangten.

»Von mir kein Wörterl,« sagte Rebay. »Aber nachher, das wird eine Überraschung sein! Da kommen S' doch mit? Großes Fest – hoho! Habe die Ehre, Herr von Breiteneder.« Und er war verschwunden. Karl durchschritt den gefüllten Saal, und im Garten, der sich ohne weiteres anschloß, setzte er sich ganz hinten an einen Tisch, wo vor ihm schon zwei alte Leute Platz genommen hatten, eine Frau und ein Mann. Sie sprachen nichts miteinander, betrachteten stumm den neuen Gast, und nickten einander traurig zu. Karl saß da und wartete. Die Vorstellung begann, und Karl hörte die altbekannten Sachen wieder. Nur schien ihm alles eigentümlich verändert, weil er noch nie so weit vom Podium gesessen war. Zuerst spielte der Kapellmeister Rebay eine sogenannte Ouvertüre, von der zu Karl nur vereinzelte harte Akkorde drangen, dann trat als erste die Ungarin Ilka auf, in hellrotem Kleid, mit gespornten Stiefeln, sang ungarische Lieder und tanzte Czardas. Hierauf folgte ein humoristischer Vortrag des Komikers Wiegel-Wagel; er trat im zeisiggrünen Frack auf, teilte mit, daß er soeben aus Afrika angekommen wäre, und berichtete allerlei unsinnige Abenteuer, deren Abschluß seine Hochzeit mit einer alten Witwe bildete. Dann kam ein Duett zwischen Herrn und Frau Ladenbauer; beide trugen Tiroler Kostüm. Nach ihnen, in schmutziger weißer Clowntracht, folgte der närrische kleine Jedek, zeigte zuerst seine Jongleurkünste, irrte mit riesigen Augen unter den Leuten umher, als wenn er jemanden suchte; dann stellte er Teller in Reihen vor sich auf, hämmerte mit einem Holzstab einen Marsch darauf, ordnete Gläser und spielte auf den Rändern mit feuchten Fingern eine wehmütige Walzermelodie.

Dabei sah er zur Decke auf und lächelte selig. Er trat ab, und Rebay hieb wieder auf die Tasten ein, in festlichen Klängen. Ein Flüstern drang vom Saal in den Garten, die Leute steckten die Köpfe zusammen, und plötzlich stand Marie auf dem Podium. Der Vater, der sie hinaufgeführt hatte, war gleich wieder wie hinabgetaucht; und sie stand allein. Und Karl sah sie oben stehen, mit den erloschenen Augen in dem süßen blassen Gesicht; er sah ganz deutlich, wie sie zuerst nur die Lippen bewegte und ein bißchen lächelte. Ohne es selbst zu merken, war er vom Sessel aufgesprungen, lehnte an der grünen Laterne und hätte beinah aufgeschrien vor Mitleid und Angst. – Und nun fing sie an zu singen. Mit einer ganz fremden Stimme, leise, viel leiser als früher. Es war ein Lied, das sie immer gesungen, und das Karl mindestens fünfzigmal gehört hatte, aber die Stimme blieb ihm seltsam fremd, und erst als der Refrain kam »Mich heißens' die weiße Amsel, im G'schäft und auch zu Haus,« glaubte er, den Klang der Stimme wiederzuerkennen. Sie sang alle drei Strophen, Rebay begleitete sie, und nach seiner Gewohnheit blickte er öfters streng zu ihr auf. Als sie zu Ende war, setzte Applaus ein, laut und donnerd. Marie lächelte und verbeugte sich. Die Mutter kam die drei Stufen aufs Podium hinauf, Marie griff mit den Armen in die Luft, als suchte sie die Hände der Mutter, aber der Applaus war so stark, daß sie gleich ihr zweites Lied singen mußte, das Karl auch schon an die fünfzigmal gehört hatte. Es fing an: »Heut' geh' ich mit mein Schatz aufs Land . . .«, und Marie warf den Kopf so vergnügt in die Höhe, wiegte sich so leicht hin und her, als wenn sie wirklich mit ihrem Schatz aufs Land gehen, den blauen Himmel, die grünen Wiesen sehen und im Freien tanzen könnte, wie sie's in dem Lied erzählte. Und dann sang sie das dritte, das neue Lied. –

»Hier wäre ein kleines Garterl,« sagte Herr Rebay, und Karl fuhr zusammen. Es war heller Sonnenschein; weit erglänzte die Straße, ringsum war es licht und lebendig. »Da könnt' man sich hineinsetzen,« fuhr Rebay fort, »auf ein Glas Wein; ich hab' schon einen argen Durst – es wird ein heißer Tag.«

»Ob's heiß wird!« sagte irgendwer hinter ihnen. Breiteneder wandte sich um . . . Wie, der war ihm auch nachgelaufen? . . . Was wollte denn der von ihm? . . . Es war der närrische Jedek; man hatte ihn nie anders geheißen, aber es war zweifellos, daß er in der nächsten Zeit ernstlich und vollkommen verrückt werden mußte. Vor ein paar Tagen hatte er seine lange blasse Frau am Leben bedroht, und es war rätselhaft, daß man ihn frei herumlaufen ließ. Jetzt schlich er in seiner zwerghaften Kleinheit neben Karl einher; aus dem gelblichen Gesichte glotzten aufgerissene, unerklärlich lustige Augen ins Weite, auf dem Kopf saß ihm das stadtbekannte, graue weiche Hütel mit der verschlissenen Feder, in der Hand hielt er ein dünnes Spazierstaberl. Und nun, den andern plötzlich voraus, war er in das kleine Gasthausgärtchen hineingehüpft, hatte auf einer Holzbank, die an dem niederen Häuschen lehnte, Platz genommen, schlug mit dem Spazierstock heftig auf den grüngestrichnen Tisch und rief nach dem Kellner. Die beiden anderen folgten ihm. Längs des grünen Holzgitters zog die weiße Straße weiter nach oben, an kleinen, traurigen Villen vorbei, und verlor sich in den Wald.

Der Kellner brachte Wein. Rebay legt den Zylinder auf den Tisch, fuhr sich durch das weiße Haar, rieb sich dann mit beiden Händen nach seiner Gewohnheit die glatten Wangen, schob Jedeks Glas beiseite, und beugte sich über den Tisch zu Karl hin. »Ich bin doch nicht auf'n Kopf g'fallen, Herr von Breiteneder! Ich weiß doch, was ich tu'! . . . Warum soll denn ich schuld sein? . . . Wissen S', für wen ich Couplets geschrieben hab' in meinen jüngeren Jahren? . . . Für'n Matras! Das ist keine Kleinigkeit! Und haben Aufsehen gemacht! Text und Musik von mir! Und viele sind in andere Stück' eingelegt worden!«

»Lassen S' das Glas steh'n,« sagte Jedek und kicherte in sich hinein.

»Ich bitte, Herr von Breiteneder,« fuhr Rebay fort und schob das Glas wieder von sich. »Sie kennen mich doch, und Sie wissen, daß ich ein anständiger Mensch bin! Auch gibt's in meinen Couplets niemals eine Unanständigkeit, niemals eine Zote! . . . Und das Couplet, wegen dem der alte Ladenbauer damals is verurteilt worden, war von einem andern! . . . Und heut' bin ich achtundsechzig, Herr von Breiteneder – das ist ein Numero! Und wissen S', wie lang ich bei der G'sellschaft Ladenbauer bin? . . . Da hat der Eduard Ladenbauer noch gelebt, der die G'sellschaft gegründet hat. Und die Marie kenn' ich von ihrer Geburt an. Neunundzwanzig Jahr bin ich bei die Ladenbauers – im nächsten März hab' ich Jubiläum . . . Und ich hab' meine Melodien nicht g'stohlen – sie sind von mir, alles von mir! Und wissen Sie, wie viel man in der Zeit auf die Werkeln g'spielt hat? . . . Achtzehn! Net wahr, Jedek? . . .«

Jedek lachte immerfort lautlos, mit aufgerissenen Augen. Jetzt hatte er alle drei Gläser vor seinen Platz hingeschoben und begann mit seinen Fingern leicht über die Ränder zu streichen. Es klang fein, ein bißchen rührend, wie ferne Oboen- und Klarinettentöne. Breiteneder hatte diese Kunstfertigkeit immer sehr bewundert, aber in diesem Augenblick vertrug er die Klänge durchaus nicht. An den andern Tischen hörte man zu; einige Leute nickten befriedigt, ein dicker Herr patschte in die Hände. Plötzlich schob Jedek alle drei Gläser wieder fort, kreuzte die Arme und starrte auf die weiße Straße, über die immer mehr und mehr Menschen aufwärts dem Wald entgegenwanderten. Karl flimmerte es vor den Augen, und es war ihm, als wenn die Leute hinter Spinneweben tänzelten und schwebten. Er rieb sich die Stirn und die Lider, er wollte zu sich kommen. Er konnte ja nichts dafür! Es war ein schreckliches Unglück – aber er hatte doch nicht Schuld daran! Und plötzlich stand er auf, denn als er an das Ende dachte, wollte es ihm die Brust zersprengen. »Gehen wir«, sagte er.

»Ja, frische Luft ist die Hauptsache,« entgegnete Rebay.

Jedek war plötzlich böse geworden, kein Mensch wußte, warum. Er stellte sich vor einen Tisch hin, an dem ein friedliches Paar saß, fuchtelte mit seinem Spazierstaberl herum und schrie mit hoher Stimme: »Da soll der Teufel ein Glaserer werden – Himmelsakerment!« Die beiden friedlichen Leute wurden verlegen und wollten ihn beschwichtigen; die übrigen lachten und hielten ihn für betrunken.

Breiteneder und Rebay waren schon auf der weißen Straße, und Jedek, wieder ganz ruhig geworden, kam ihnen nachgetänzelt. Er nahm sein graues Hütel ab, hing es an seinen Spazierstock und hielt den Stock mit dem Hut über die Schultern wie ein Gewehr, während er mit der anderen Hand gewaltige grüßende Bewegungen zum Himmel empor vollführte.

»Sie brauchen nicht zu glauben, daß ich mich entschuldigen will,« sagte Rebay mit klappernden Zähnen. »Oho, hab' gar keine Ursache! Durchaus nicht! Ich hab' die beste Absicht gehabt, und jedermann wird es mir zugestehen. Hab' ich denn das Lied nicht selber mit ihr einstudiert? . . . Bitte sehr, jawohl! Ja, noch wie sie mit den verbundenen Augen im Zimmer gesessen is, hab' ich's einstudiert mit ihr . . . Und wissen S', wie ich auf die Idee kommen bin? Es ist ein Unglück, hab' ich mir gedacht, aber es ist doch nicht alles verloren. Ihre Stimme hat sie noch, und ihr schönes Gesicht . . . Auch der Mutter hab' ich's g'sagt, die ganz verzweifelt war. Frau Ladenbauer, hab' ich ihr gesagt, da ist noch nichts verloren – passen S' nur auf! Und dann, heutzutage, wo es diese Blindeninstitute gibt, wo sie sogar mit der Zeit wieder lesen und schreiben lernen . . . Und dann hab’ ich einen gekannt – einen jungen Menschen, der ist mit zwanzig Jahren blind worden. Der hat jede Nacht von die schönsten Feuerwerk geträumt, von alle möglichen Beleuchtungen . . .«

Breiteneder lachte auf. »Reden S’ im Ernst?« fragte er ihn.

»Ach was!« entgegnete Rebay grob, »was wollen Sie denn? Soll ich mich umbringen, ich? . . . Warum denn? – Meiner Seel’, ich hab’ Unglück genug gehabt auf der Welt! – Oder meinen Sie, das ist ein Leben, Herr von Breiteneder, wenn man einmal Theaterstück’ geschrieben hat, wie ich als junger Mensch, und man ist mit achtundsechzig schließlich so weit, daß man auf einem elenden Klimperkasten für schäbige paar Kreuzer die heisern Ludern begleiten muß, und ihnen die Couplets schreiben . . . Wissen S’, was ich für ein Couplet krieg’? . . . Sie möchten sich wundern, Herr von Breiteneder!«

»Aber man spielt sie auf dem Werkel,« sagte Jedek, der jetzt ganz ernst und manierlich, ja elegant neben ihnen herging.

»Was wollen denn Sie von mir?« sagte Breiteneder. Es war ihm plötzlich, als verfolgten ihn die beiden, und er wußte nicht, warum. Was hatte er mit den Leuten zu tun? . . . Rebay aber sprach weiter: »Eine Existenz hab’ ich dem Mädel gründen wollen! . . . Verstehen S’, eine neue Existenz! . . . Grad mit dem neuen Lied! . . . Grad mit dem! . . . Und ist es vielleicht nicht schön? . . . Ist es nicht rührend? . . .«

Der kleine Jedek hielt plötzlich Breiteneder am Rockärmel zurück, erhob den Zeigefinger der linken Hand, Aufmerksamkeit gebietend, spitzte die Lippen und pfiff. Er pfiff die Melodie des neuen Liedes, das Marie Ladenbauer, genannt die »weiße Amsel«, heute nachts gesungen hatte. Er pfiff sie geradezu vollendet; denn auch das gehörte zu seinen Kunstfertigkeiten.

»Die Melodie hat’s nicht gemacht,« sagte Breiteneder.

»Wieso?« schrie Rebay. – Sie gingen alle rasch, liefen beinahe, trotzdem der Weg beträchtlich anstieg. »Wieso denn, Herr von Breiteneder? . . . Der Text ist schuld, glauben S’? . . . Ja, um Gottes willen, steht denn in dem Text was anderes, als was die Marie selbst gewußt hat? . . . Und in ihrem Zimmer, wie ich’s ihr einstudiert hab’, hat sie nicht ein einziges Mal geweint. Sie hat g’sagt: »Das ist ein trauriges Lied, Herr Rebay, aber schön ist’s! . . .« »Schön ist’s,« hat sie gesagt . . . Ja freilich ist es ein trauriges Lied, Herr von Breiteneder – es ist ja auch ein trauriges

...os, was ihr zugestoßen ist. Da kann ich ihr doch kein lustiges Lied schreiben? . . .«

Die Straße verlor sich in den Wald. Durch die Äste schimmerte die Sonne; aus den Büschen tönte Lachen, klangen Rufe. Sie gingen alle drei nebeneinander, so schnell, als wollte einer dem andern davonlaufen. Plötzlich fing Rebay wieder an: »Und die Leut' – Kreuzdonnerwetter! – haben sie nicht applaudiert wie verrückt? . . . Ich hab' ja im voraus gewußt, mit dem Lied wird sie einen Riesenerfolg haben! – Und es hat ihr auch eine Freud' gemacht . . . förmlich gelacht hat sie übers ganze Gesicht, und die letzte Strophe hat sie wiederholen müssen. Und es ist auch ine rührende Strophe! wie sie mir eingefallen ist, sind mir selber die Tränen ins Aug' gekommen – wissen S' wegen der Anspielung auf das andere Lied, das sie immer singt . . .« Und er sang, oder er sprach vielmehr, nur daß er die Reimworte immer herausstieß wie einen Orgelton: »Wie wunderschön war es doch früher *auf der Welt*, – Wo die Sonn' mir hat g'schienen auf Wald und *auf Feld*, – Wo i Sonntag mit mein' Schatz spaziert bin aufs *Land* – Und er hat mich aus Lieb' nur geführt bei der *Hand*. – Jetzt geht mir die Sonn' nimmer auf und die *Stern*', – Und das Glück und die Liebe, die sind mir so *fern!*«

»Genug!« schrie Breiteneder, »ich hab's ja gehört!«

»Ist's vielleicht nicht schön?« sagte Rebay und schwang den Zylinder. »Es gibt nicht viele, die solche Couplets machen heutzutag. Fünf Gulden hat mir der alte Ladenbauer gegeben . . . das sind meine Honorare, Herr von Breiteneder. Dabei hab' ich's noch einstudiert mit ihr.«

Und Jedek hob wieder den Zeigefinger und sang sehr leise den Refrain: »O Gott, wie bitter ist mir das gescheh'n – Daß ich nimmer soll den Frühling seh'n . . .«

»Also *warum*, frag' ich! . . .« rief Rebay. »Warum? . . . Gleich nachher war ich doch bei ihr drin . . . Ist nicht wahr, Jedek? . . . Und sie ist mit einem glückseligen Lächeln dag'sessen, hat ihr Viertel Wein getrunken, und ich hab' ihr die Haar' gestreichelt und hab' ihr g'sagt: »Na, siehst du, Marie, wie's den Leuten g'fallen hat? Jetzt werden gewiß auch Leut' aus der Stadt zu uns herauskommen; das Lied wird Aufsehen machen . . . Und singen tust du's prachtvoll . . .« Und so weiter, was man halt so red't, bei solchen Gelegenheiten . . . Und der Wirt ist auch hereingekommen und hat ihr gratuliert. Und Blumen hat sie bekommen – von Ihnen waren s' nicht, Herr von Breiteneder . . . Und alles war in bester Ordnung ... Also, warum soll da mein Couplet schuld sein? Das ist ja ein Blödsinn!«

Plötzlich blieb Breiteneder stehen und packte den Rebay bei den Schultern. »Warum haben S' ihr denn gesagt, daß ich da bin? ... Warum denn? ... Hab' ich Sie nicht gebeten, daß Sie's ihr nicht sagen sollen?«

»Lassen S' mich aus! Ich hab' ihr nichts gesagt! Von der Alten wird sie's gehört haben!«

»Nein,« sagte Jedek verbindlich und verbeugte sich, »ich war so frei, Herr von Breiteneder – ich war so frei. Weil ich g'wußt hab', Sie sein da, hab' ich ihr g'sagt, daß Sie da sein. Und weil sie so oft nach Ihnen g'fragt hat, während sie krank war, hab' ich ihr g'sagt: ›Der Herr Breiteneder is da ... hinten bei der Latern' is er g'standen,‹ hab' ich ihr g'sagt, ›und hat sich großartig unterhalten!‹«

»So?« sagte Breiteneder. Es schnürte ihm die Kehle zu, und er mußte die Augen fortwenden von dem starren Blick, den Jedek auf ihn gerichtet hielt. Ermattet ließ er sich auf eine Bank nieder an der sie eben vorbeikamen, und schloß die Augen. Er sah sich plötzlich wieder im Garten sitzen, und die Stimme der alten Frau Ladenbauer klang ihm im Ohr: »Die Marie laßt Ihnen schön grüßen: ob Sie nicht mit uns mitkommen möchten nach der Vorstellung?« Er erinnerte sich, wie ihm da mit einemmal zumute geworden war, so wunderbar wohl, als hätte ihm die Marie alles verziehen. Er trank seinen Wein aus und ließ sich einen besseren geben. Er trank so viel, daß ihm das ganze Leben leichter vorkam. Geradezu vergnügt sah und hörte er den folgenden Produktionen zu, klatschte wie die anderen Leute, und als die Vorstellung aus war, ging er wohlgelaunt durch den Garten und der Saal ins Extrazimmer des Wirtshauses, an den runden Ecktisch, wo sich die Gesellschaft nach der Vorstellung gewöhnlich versammelte. Einige saßen schon da: der Wiegel-Wagel, Jedek mit seiner Frau, irgend ein Herr mit einer Brille, den Karl gar nicht kannte – alle begrüßten ihn und waren gar nicht besonders erstaunt, ihn wiederzusehen. Plötzlich hörte er die Stimme der Marie hinter sich: »Ich find' schon hin, Mutter, ich kenn' ja den Weg.« Er wagte nicht, sich umzuwenden, aber da saß sie schon neben ihm und sagte: »Guten Abend, Herr Breiteneder – wie geht's Ihnen denn?« Und in diesem Augenblicke erinnerte er sich auch, daß sie seinerzeit zu irgend einem jungen Menschen, der früher einmal ihr Liebhaber gewesen war, später immer »Sie«

86

und »Herr« gesagt hatte. Und dann aß sie ihr Nachtmahl; man hatte ihr alles vorgeschnitten hingesetzt, und die ganze Gesellschaft war heiter und vergnügt, als hätte sich gar nichts geändert. »Gut is' gangen,« sagte der alte Ladenbauer. »Jetzt kommen wieder bessere Zeiten.« Frau Jedek erzählte, daß alle die Stimme der Marie viel schöner gefunden hatten als früher, und Herr Wiegel-Wagel erhob sein Glas und rief: »Auf das Wohl der Wiedergenesenen!« Marie hielt ihr Glas in die Luft, alle stießen mit ihr an, auch Karl rührte mit seinem Glas an das ihre. Da war ihm, als ob sie ihre toten Augen in die seinen versenken wollte, und als könnte sie tief in ihn hineinschauen. Auch der Bruder war da, sehr elegant gekleidet, und offerierte Karl eine Zigarre. Am lustigsten war Ilka; ihr Verehrer, ein junger dicker Mann mit angstvoller Stirn, saß ihr gegenüber und unterhielt sich lebhaft mit Herrn Ladenbauer. Frau Jedek aber hatte ihren gelben Regenmantel nicht abgelegt und schaute in irgend eine Ecke, wo nichts zu sehen war. Zwei- oder dreimal kamen Leute von einem benachbarten Tisch herüber und gratulierten Marie; sie antwortete in ihrer stillen Weise wie früher, als hätte sich nicht das Allergeringste verändert. Und plötzlich sagte sie zu Karl: »Aber warum denn gar so stumm?« Jetzt erst merkte er, daß er die ganze Zeit dagesessen war, ohne den Mund aufzutun. Aber nun wurde er lebhafter als alle, beteiligte sich an der Unterhaltung; nur an Marie richtete er kein Wort. Rebay erzählte von der schönen Zeit, da er Couplets für Matras geschrieben hatte, trug den Inhalt einer Posse vor, die er vor fünfunddreißig Jahren verfertigt hatte, und spielte die Rollen selbst gewissermaßen vor. Insbesondere als böhmischer Musikant erregte er große Heiterkeit. Um eins brach man auf. Frau Ladenbauer nahm den Arm ihrer Tochter. Alle lachten, schrien ... es war ganz sonderbar; keiner fand mehr etwas Besonderes daran, daß um Marie die Welt nun ganz finster war. Karl ging neben ihr. Die Mutter fragte ihn harmlos nach allerlei: wie's zu Hause ginge, wie er sich auf der Reise unterhalten hätte, und Karl erzählte hastig von allerlei Dingen, die er gesehen, insbesondere von den Theatern und Singspielhallen, die er besucht hatte, und wunderte sich nur immer, wie sicher Marie ihren Weg ging, von der Mutter geführt, und wie ruhig und heiter sie zuhörte. Dann saßen sie alle im Kaffeehaus, einem alten, rauchigen Lokal, das um diese Zeit schon ganz leer war; und der dicke Freund der ungarischen Ilka hielt die Gesellschaft frei. Und nun, im Lärm und Trubel ringsum, war Marie ganz nah an Karl gerückt, geradeso wie manchmal in früherer Zeit, so daß er die Wärme ihres Körpers spürte. Und plötzlich fühlte er gar, wie sie seine Hand berührte und streichelte, ohne daß sie ein Wort dazu sprach. Nun hätte er so gern etwas zu ihr gesagt . . . irgend was Liebes, Tröstendes – aber er konnte nicht . . . Er schaute sie von der Seite an, und wieder war ihm, als sähe ihn aus ihren Augen etwas an; aber nicht ein Menschenblick, sondern etwas Unheimliches, Fremdes, das er früher nicht gekannt – und es erfaßte ihn ein Grauen, als wenn ein Gespenst neben ihm säße . . . Ihre Hand bebte und entfernte sich sachte von der seinen, und sie sagte leise: »Warum hast du denn Angst? Ich bin ja dieselbe.« Er vermochte wieder nicht zu antworten und redete gleich mit den anderen. Nach einiger Zeit rief plötzlich eine Stimme: »Wo ist denn die Marie?« Es war die Frau Ladenbauer. Nun fiel allen auf, daß Marie verschwunden war. »Wo ist denn die Marie?« riefen andere. Einige standen auf, der alte Ladenbauer stand an der Tür des Kaffeehauses und rief auf die Straße hinaus: »Marie!« Alle waren aufgeregt, redeten durcheinander. Einer sagte: »Aber wie kann man denn so ein Geschöpf überhaupt allein aufstehen und fortgehen lassen?« Plötzlich drang ein Ruf aus dem Hof des Hauses herein: »Bringt's Kerzen! . . . Bringt's Laternen!« Und eine schrie: »Jesus Maria!« Das war wieder die Stimme der alten Frau Ladenbauer. Alle stürzten durch die kleine Kaffeehausküche in den Hof. Die Dämmerung kam schon über die Dächer geschlichen. Um den Hof des einstöckigen alten Hauses lief ein Holzgang, an der Brüstung oben lehnte ein Mann in Hemdärmeln, einen Leuchter mit brennender Kerze in der Hand, und schaute herunter. Zwei Weiber im Nachtkleid erschienen hinter ihm, ein anderer Mann rannte über die knarrende Stiege herunter. Das war es, was Karl zuerst sah. Dann sah er irgend etwas vor seinen Augen schimmern, jemand hielt einen weißen Spitzenschal in die Höhe und ließ ihn wieder fallen. Er hörte Worte neben sich: »Es hilft ja nichts mehr . . . sie rührt sich nimmer . . . Holt's doch einen Doktor! . . . Was ist denn mit der Rettungsgesellschaft? . . . Ein Wachmann! Ein Wachmann! . . .« Alle flüsterten durcheinander, einige eilten auf die Straße hinaus, der einen Gestalt folgte Karl unwillkürlich mit den Augen; es war die lange Frau Jedek in dem gelben Mantel, sie hielt beide Hände verzweifelt an die Stirn, lief davon und kam nicht zurück . . . Hinter Karl drängten Leute. Er mußte mit den Ellbogen nach rückwärts stoßen, um nicht über die Frau Ladenbauer zu stürzen, die auf der Erde kniete, Mariens beide Hände in ihrer Hand hielt, sie hin und her bewegte und dazu schrie: »So red' doch!... so red' doch!...« Jetzt kam endlich einer mit einer Laterne, der Hausbesorger, in einem braunen Schlafrock und in Schlappschuhen; er leuchtete der Liegenden ins Gesicht. Dann sagte er: »Aber so ein Malheur! Und grad da am Brunnen muß sie mit'm Kopf aufg'fallen sein.« Und nun sah Karl, daß Marie neben der steinernen Umfassung des Brunnens ausgestreckt lag. Plötzlich meldete sich der Mann in Hemdärmeln auf dem Gange: »Ich hab' was poltern gehört, es ist noch keine fünf Minuten!« Und alle sahen zu ihm hinauf, aber er wiederholte nur immer: »Es sind noch keine fünf Minuten, da hab' ich's poltern gehört...« – »Wie hat sie denn nur heraufg'funden?« flüsterte jemand hinter Karl. »Aber bitt' Sie,« erwiderte ein anderer, »das Haus ist ihr doch bekannt; da hat sie sich durch die Küche halt herausgetastet, dann hinauf über die Holzstiegen, und dann über die Brüstung hinunter – is ja net so schwer!« So flüsterte es rings um Karl, aber er kannte nicht einmal die Stimmen, obwohl es sicher lauter Bekannte waren, die redeten; und er wandte sich auch nicht um. Irgendwo in der Nachbarschaft krähte ein Hahn. Karl war es zumut wie in einem Traum. Der Hausmeister stellte die Laterne auf die Umfassung des Brunnens; die Mutter schrie: »Kommt denn nicht bald ein Doktor?« Der alte Ladenbauer hob den Kopf der Marie in die Höhe, so daß das Licht der Laterne ihr gerade ins Gesicht schien. Nun sah Karl deutlich, wie die Nasenflügel sich regten, die Lippen zuckten und wie die offenen toten Augen ihn geradeso anschauten, wie früher. Er sah jetzt auch, daß es an der Stelle, von der man den Kopf der Marie emporgehoben hatte, rot und feucht war. Er rief: »Marie! Marie!« Aber es hörte ihn niemand, und er hörte sich selber nicht. Der Mann oben im Gang stand noch immer da, lehnte über die Brüstung, die zwei Frauen neben ihm, als wohnten sie einer Vorstellung bei. Die Kerze war ausgelöscht. Violetter Frühdämmer lag über dem Hof. Frau Ladenbauer hatte den Kopf der Marie auf das zusammengefaltete weiße Spitzentuch gebettet; Karl blieb regungslos stehen und starrte hinab. Es war hell genug mit einem Mal. Er sah jetzt, daß alles in Mariens Gesicht vollkommen ruhig war und daß sich nichts bewegte als die Blutstropfen, die von der Stirne, aus den Haaren über die Wangen, über den Hals langsam auf das feuchte Steinpflaster hinabrannen; und er wußte nun, daß Marie tot war...

Karl öffnete die Augen, wie um einen bösen Traum zu ver
scheuchen. Er saß allein auf der Bank am Wegrande, und er sah
wie der Kapellmeister Rebay und der verrückte Jedek dieselbe
Straße hinuntereilten, die sie alle miteinander heraufgegangen
waren. Die beiden schienen heftig miteinander zu reden, mit
fuchtelnden Händen und gewaltigen Gebärden, der Spazierstock
Jedeks zeichnete sich wie eine feine Linie am Horizont ab; immer
rascher gingen sie, von einer leichten Staubwolke begleitet, aber
ihre Worte verklangen im Wind. Ringsherum glänzte die Land
schaft, und tief unten in der Glut des Mittags schwamm und
zitterte die Stadt.

DER TOTE GABRIEL

Sie tanzte an ihm vorüber, im Arme eines Herrn, den er nicht kannte, neigte ganz leise den Kopf, und lächelte. Ferdinand Neumann verbeugte sich tiefer, als es sonst seine Art war. Sie ist auch da, dachte er verwundert und fühlte sich mit einem Male freier als vorher. Wenn Irene es über sich vermochte, schon vier Wochen nach Gabriels Tod in weißem Kleide mit einem beliebigen unbekannten Herrn durch einen lichten Saal zu schweben, so durfte er sich's auch nicht länger übelnehmen, an diesen Ort der lauten Freude gekommen zu sein. Heute abends zum erstenmal nach vier Wochen stiller Zurückgezogenheit war er von dem Wunsch erfaßt worden, wieder unter Menschen zu gehen. Zur angenehmen Überraschung seiner Eltern, die sich ihres Sohnes tiefe Verstimmung über den Tod eines doch nur flüchtigen Bekannten kaum zu erklären gewußt hatten, war er zum Abendessen im Frack erschienen, hatte die Absicht geäußert, den Juristenball zu besuchen, und entfernte sich bald mit dem angenehmen Gefühl, den guten alten Leuten ohne besondere Mühe eine kleine Freude bereitet zu haben.

Im Fiaker, der ihn nach den Sophiensälen führte, wurde ihm wieder etwas beklommen ums Herz. Er dachte der Nacht, in der er von Wilhelminens Fenster aus drüben am Stadtparkgitter eine dunkle Gestalt hatte auf und ab wandeln sehen; des Morgens, an dem er, noch im Bette liegend, die Nachricht von dem Selbstmord Gabriels in der Zeitung gefunden; der Stunde, da ihm Wilhelmine den ergreifenden Brief zu lesen gegeben, in dem Gabriel von ihr, ohne ein Wort des Vorwurfs, ewigen Abschied genommen hatte. Auch während er über die breite Treppe emporstieg, und selbst im Saal beim Rauschen der Musik war ihm nicht heiterer zumute geworden; erst Irenens Anblick hatte seine Stimmung erhellt.

Er kannte Irene schon einige Jahre, ohne je ein sonderliches Interesse an ihr genommen zu haben, und wie allen Bekannten des Hauses war auch ihm ihre Neigung zu Gabriel kein Geheimnis geblieben. Als Ferdinand ein paar Tage vor Weihnachten im Hause ihrer Eltern zu Gaste gewesen war, hatte sie mit ihrer angenehmen, dunklen Stimme ein paar Lieder gesungen. Gabriel hatte sie auf dem Klavier begleitet, und Ferdinand erinnerte sich deutlich, daß er sich gefragt hatte: Warum heiratet denn der gute Junge nicht das liebe, einfache Geschöpf, statt sich an diese großartige Wilhelmine zu hängen, die ihn sicher demnächst betrügen wird? Daß gerade er vom Schicksal ausersehen war, diese Ahnung wahr zu machen, das hatte Ferdinand an jenem Tage freilich noch nicht geahnt. Doch was den wahren Anteil seiner Schuld an Gabriels Tod anbelangte, so hatte Anastasius Treuenhof, der Versteher aller irdischen und göttlichen Dinge, sofort festgestellt, daß ihm in dieser ganzen Angelegenheit nicht die Rolle eines Individuums, sondern die eines Prinzips zugefallen, daß daher wohl zu gelinder Wehmut, keineswegs aber zu ernsthafter Reue ein Anlaß vorhanden sei. Immerhin war es ein peinlicher Augenblick für Ferdinand gewesen, als er mit Wilhelmine an Gabriels Grabe stand, auf dem noch die welkenden Kränze lagen und seine Begleiterin plötzlich mit jenem Tonfall, den er von der Bühne her so gut kannte, zu ihm, dem Tränen über die Wangen liefen, die Worte sprach: »Ja, du Schuft, nun kannst du freilich weinen.« Eine Stunde später schwor sie allerdings, daß um seinetwillen auch Bessere als Gabriel hätten sterben dürfen, und in den letzten Tagen schien es Ferdinand manchmal, als hätte sie alles Traurige, was geschehen war, einfach vergessen. Treuenhof wußte auch diesen seltsamen Umstand zu erklären, und zwar damit, daß die Frauen mit den Urelementen verwandter als die Männer und daher von Anbeginn dazu geschaffen wären, das Unabänderliche mit Ruhe hinzunehmen.

Zum zweitenmal tanzte Irene an Ferdinand vorüber, und wieder lächelte sie. Aber ihr Lächeln schien ein anderes als das erstemal; beziehungsreicher, grüßender, und ihr Blick blieb auf Ferdinand haften, während sie schon wieder davonschwebte und mit ihrem Tänzer in der Menge verschwand. Als der Walzer zu Ende war, spazierte Ferdinand im Saal herum, fragte sich, was ihn eigentlich hergelockt hatte, und ob es der Mühe wert gewesen war, die edle Melancholie seines Daseins, der in der letzten Zeit die leidenschaftlichen Stunden in Wilhelminens Armen nur einen düstern Reiz mehr verliehen, von der rauschenden Banalität dieses Ballabends stören zu lassen. Und er bekam plötzlich Sehnsucht, sich nicht nur von dem Balle zu entfernen, sondern in den allernächsten Tagen, vielleicht morgen, die Stadt zu verlassen und eine Reise nach dem Süden anzutreten, nach Sizilien oder Ägypten. Er überlegte eben, ob er vor seiner Abfahrt Wilhelminen Lebewohl sagen sollte – als plötzlich Irene vor ihm stand. Leicht neigte sie den Kopf und erwiderte seinen Gruß; er reichte ihr den Arm und führte sie durch das Gedränge im Saal die wenigen Stufen hinauf zu dem breiten Gang mit den gedeckten Tischen, der rings um den Tanzsaal lief. Eben fing die Musik wieder an und beim ersten Schwellen der Akkorde sagte Irene leise: »Er ist tot – und wir zwei sind da.« Ferdinand erschrak ein wenig, beschleunigte unwillkürlich seine Schritte und bemerkte endlich: »Es ist heute das erstemal seither, daß ich unter so vielen Menschen bin.«

»Für mich ist's heute schon das drittemal,« erwiderte Irene mit klarer Stimme. »Einmal bin ich im Theater gewesen und einmal auf einer Soiree.«

»War es amüsant?« fragte Ferdinand.

»Ich weiß es nicht. Irgendwer hat Klavier gespielt, irgendein anderer hat komische Sachen vorgetragen, und dann hat man getanzt.«

»Ja es ist immer dasselbe,« bemerkte Ferdinand.

Sie standen vor einer Tür. »Ich bin zur Quadrille engagiert,« sagte Irene, »aber ich will sie nicht tanzen. Flüchten wir auf die Galerie.« Ferdinand führte Irene über die schmale, kühle Wendeltreppe hinauf. Er sah einzelne feine Puderstäubchen auf Irenens Schultern. Das schwarze Haar trug sie in einem schweren Knoten tief im Nacken. Ihr Arm lag leicht in dem seinen. Die Tür zur Galerie stand offen, in der ersten Loge saß ein Kellner, der sich nun eilig erhob.

»Ich will ein Glas Champagner trinken,« sagte Irene.

O! dachte Ferdinand – sollte sie interessanter sein, als ich vermutete? Oder ist es Affektation?

Er bestellte den Wein, dann rückte er ihr einen Sessel zurecht, so daß man sie von unten nicht sehen konnte.

»Sie waren sein Freund?« fragte Irene und sah ihm fest ins Auge.

»Sein Freund? Das kann man eigentlich nicht sagen. Jedenfalls waren unsere Beziehungen in den letzten Jahren nur sehr lose.« Und er dachte: Wie sonderbar sie mich ansieht. Sollte sie ahnen, daß ich ... Doch er sprach weiter: »Vor fünf oder sechs Jahren habe ich zugleich mit ihm an der Universität einige Vorlesungen gehört. Wir haben nämlich beide Jus studiert, überflüssigerweise. Dann, vor drei Jahren, im Herbst, haben wir miteinander eine Radpartie gemacht, von Innsbruck aus, wo wir uns ganz zufällig getroffen hatten. Über den Brenner. In Verona haben wir uns wieder getrennt. Ich bin nach Hause gereist, er nach Rom.«

Irene nickte manchmal, als wenn sie lauter bekannte Dinge zu hören bekäme. Ferdinand fuhr fort: »In Rom hat er übrigens sein erstes Stück geschrieben, vielmehr das erste, das aufgeführt wurde.«

»Ja,« sagte Irene.

»Er hat nicht viel Glück gehabt,« bemerkte Ferdinand. Der Champagner stand auf dem Tisch. Ferdinand schenkte ein. Sie ließen die Gläser aneinanderklingen, und während sie tranken, sahen sie einander ernst ins Auge, als gälte das erste Glas dem Gedächtnis des Entschwundenen. Dann setzte Irene das Glas nieder und sagte ruhig: »Wegen der Bischof hat er sich umgebracht.«

»Das wird behauptet,« erwiderte Ferdinand einfach und empfand Befriedigung darüber, daß er sich mit keiner Miene verriet.

Die Einleitungsklänge der Quadrille schmetterten so heftig, daß die Champagnerkelche leise bebten.

»Kennen Sie die Bischof persönlich?« fragte Irene.

»Ja,« erwiderte Ferdinand. Also, sie hat keine Ahnung, dachte er. Natürlich. Wenn sie es ahnte, tränke sie wohl nicht hier heroben mit mir Champagner. Oder vielleicht erst recht...?

»Ich habe die Bischof neulich als Medea gesehen,« sagte Irene. »Nur ihretwegen bin ich ins Theater gegangen. Seit der Premiere des Stückes von Gabriel im vorigen Winter hatte ich sie nicht auf der Bühne gesehen. Damals hat die Geschichte wohl angefangen?«

Ferdinand zuckte die Achseln, er wußte gar nichts. Und er stellte fest: »Sie ist eine große Künstlerin.«

»Das ist wohl möglich,« erwiderte Irene, »aber ich glaube nicht, daß sie darum das Recht hat...«

»Was für ein Recht?« fragte Ferdinand, während er die Gläser von neuem füllte.

»Das Recht, einen Menschen in den Tod zu treiben,« schloß Irene und blickte ins Leere.

»Ja, mein Fräulein,« sagte Ferdinand bedächtig, »wo hier einerseits das Recht, andererseits die Verantwortung anfängt, das läßt sich schwer entscheiden. Und wenn man die näheren Umstände nicht kennt, wie kann man da . . . Jedenfalls gehört Fräulein Bischof zu den Wesen, die, wie soll ich nur sagen, mit den Elementargeistern verwandter sind als wir anderen Menschen, und man darf an solche Geschöpfe wahrscheinlich nicht das gleiche Maß legen wie an unsereinen.«

Irene hatte ihren kleinen altmodischen Elfenbeinfächer auf den Tisch gelegt, nahm ihn nun wieder auf und führte ihn an Wange und Stirn, wie zur Kühlung. Dann trank sie ihr Glas auf einen Zug aus und sagte: »Daß sie ihm nicht treu geblieben ist – nun, das ist ja vielleicht zu verstehen. Aber warum ist sie nicht aufrichtig zu ihm gewesen? Warum hat sie ihm nicht gesagt: Es ist aus. Ich liebe einen andern, laß uns scheiden. Es hätte ihm gewiß sehr weh getan, aber in den Tod getrieben hätt' es ihn nicht.«

»Wer weiß,« sagte Ferdinand langsam.

»Gewiß nicht,« wiederholte Irene hart. »Nur der Ekel war es, der ihn dahin gejagt hat. Der Ekel. Daß er denken mußte: dieselben Worte, die ich heute gehört, dieselben Zärtlichkeiten, die ich heute empfangen . . .« Ein Zucken ging durch ihren Körper, ihr Blick schweifte über die Brüstung in den Saal hinaus, und sie schwieg.

Ferdinand sah sie an und begriff nicht, daß sich irgendein Mensch auf Erden Wilhelminens wegen umbringen konnte, der von diesem Mädchen geliebt war. Er zweifelte in diesem Moment auch stärker als je, daß Gabriel jemals Talent gehabt hätte. Freilich konnte er sich des Stückes nur dunkel entsinnen, in dem Wilhelmine voriges Jahr die Hauptrolle gespielt hatte, und nach dessen Mißerfolg sie, wie zur Entschädigung, Gabriels Geliebte geworden war. Sehr leise sagte Irene jetzt, mit abgewandtem Blick: »Sie haben also in den letzten Jahren nicht mit ihm verkehrt?«

»Wenig,« erwiderte Ferdinand. »Erst im letzten Herbst sind wir wieder einige Male zusammengekommen. Ich bin ihm zufällig einmal auf dem Ring begegnet. Er war gerade in Gesellschaft der Bischof, und wir haben dann alle drei im Volksgarten miteinander soupiert. Es war ein sehr gemütlicher Abend. Man konnte noch im Freien sitzen, obwohl es schon Ende Oktober war. Dann sind wir noch ein paarmal zusammen gewesen nach diesem Abend – ein- oder zweimal sogar oben bei Fräulein Bischof. Ja, es hatte gewissermaßen den Anschein, als wenn man einander wiedergefunden hätte nach langer Zeit. Aber es wurde nichts daraus.« Ferdinand sah an Irene vorbei und lächelte.

»Nun will ich Ihnen etwas erzählen,« sagte Irene. »Ich hatte die Absicht, Fräulein Bischof zu besuchen.«

»Wie?« rief Ferdinand und betrachtete Irenens Stirn, die sehr weiß war und höher, als Mädchenstirnen zu sein pflegen.

Die Quadrille war zu Ende, und die Musik schwieg. Lärmend von unten drang das Gewirr der Stimmen. Einige gleichgültige Worte, als hätten sie die Kraft sich von den anderen loszulösen, drangen deutlicher herauf.

»Ich war sogar fest entschlossen,« sagte Irene, während sie den elfenbeinernen Fächer auf- und zuklappte. »Aber – denken Sie, wie kindisch, im letzten Moment versagte mir immer der Mut.«

»Warum wollten Sie sie denn besuchen?« fragte Ferdinand.

»Warum? Das ist doch sehr einfach. Ich wollte sie eben von Angesicht zu Angesicht sehen, ihre Stimme hören, wollte wissen, wie sie im gewöhnlichen Leben spricht und sich bewegt, sie um allerlei alltägliche Dinge fragen. Begreifen Sie denn das nicht?« fügte sie plötzlich heftig hinzu, lachte kurz, trank einen Schluck aus ihrem Glase und redete weiter. »Es interessiert einen doch, wie diese Frauen eigentlich sind, diese geheimnisvollen, die man mit anderem Maße messen muß, wie Sie behaupten, die, für die gute Menschen sich umbringen, und die drei Tage später wieder auf der Bühne stehen, so herrlich und so groß, als hätte sich nichts auf der Welt verändert.«

Zwei Herren gingen vorüber, blieben stehen, wandten sich um und starrten Irene an.

Ferdinand war ärgerlich und entschlossen, wenn diese Ungezogenheit nur eine Sekunde länger andauerte, aufzustehen und die beiden Herren zur Rede zu stellen. Und er sah sich schon Karten wechseln, Zeugen empfangen, im Morgengrauen durch den Prater fahren, durch die Brust getroffen auf die feuchte Erde sinken, und endlich Wilhelminen mit irgendeinem Komödianten an seinem Grabe stehen. Aber noch vor Ablauf der Sekunde, die er den Herren Frist gegönnt hatte, starrten sie nicht mehr und spazierten weiter. Und Ferdinand hörte wieder Irenens Stimme: »Jetzt hätte ich Mut,« sagte sie mit einem seltsamen, wie verzweifelten Lächeln.

»Wozu Mut?« fragte Ferdinand.

»Mut, das Fräulein Bischof zu besuchen.«

»Das Fräulein Bischof zu besuchen ... jetzt –?«

»Ja, gerade jetzt. Was denken Sie dazu?« Und sie wiegte die Schultern im Takte der Musik. »Oder sollen wir Walzer tanzen?«

»Immerhin liegt es näher,« meinte Ferdinand.

»Ist es nicht sonderbar,« sagte Irene mit lustigen Augen. »Was hat sich denn geändert, seitdem wir hier in der Loge sitzen und Champagner trinken? Nichts. Nicht das geringste. Und plötzlich kommt einem vor, daß der Tod gar nicht so Schreckliches ist, als man sich gewöhnlich vorstellt. Sehen Sie; ohne weiteres könnte ich mich hier herunterstürzen – oder auch von einem Turm. Wie nichts erscheint mir das. Ein Spaß. Und wie gut bekannt wir zwei miteinander geworden sind! Aber das verdanken Sie nur Gabriel.«

»Ich habe mir nie eingebildet, . . .« sagte Ferdinand verbindlich lächelnd und merkte, daß er ein wenig Herzklopfen hatte.

Irenens Augen waren nicht mehr lustig, sie waren groß, schwarz und ernst. »Und wissen Sie, wie ich mir das dachte,« sagte sie, ohne auf ihn zu hören. »Ich wollte mich als angehende Künstlerin vorstellen oder einfach als glühende Verehrerin. Schon lange sehne ich mich . . . schon lange schmachte ich danach . . . in der Art wollte ich beginnen. Sie sind doch alle sehr eitel diese Frauen, nicht?«

»Das gehört zum Beruf,« erwiderte Ferdinand.

»Ah, ich hätte ihr so geschmeichelt, daß sie ganz entzückt gewesen wäre und mich gewiß aufgefordert hätte, wiederzukommen . . . Und ich wär' auch wiedergekommen, öfters sogar, ganz intim wären wir geworden, Freundinnen geradezu; bis ich ihr eines Tages . . . – ja – bis ich ihr's ins Gesicht geschrien hätte, in irgend einer Stunde: »Wissen Sie auch, was Sie getan haben . . . Wissen Sie, was Sie sind? Eine Mörderin! Ja, das sind Sie, Fräulein Bischof.«

Ferdinand betrachtete sie mit Staunen und dachte wieder: Was für ein Narr dieser Gabriel gewesen ist.

Die Quadrille war aus, unten summte und rauschte es, und alles kam von ferner als vorher. Zwei Paare spazierten vorbei, setzten sich gar nicht weit zu einem der Tische an der Wand, unterhielten sich und lachten ganz laut. Dann fing die Musik wieder an; es klang und schwoll durch den Raum.

»Und wenn ich jetzt zu ihr hinginge?« fragte Irene.

»Jetzt?«

»Was denken Sie, empfinge sie mich?«

»Es wäre eine sonderbare Stunde,« sagte Ferdinand lächelnd.

»Ach, es kann noch lange nicht Mitternacht sein, und sie hat ja heute gespielt.«

»Sie wissen das?«

»Was ist daran verwunderlich, steht es nicht in der Zeitung?
Sie wird eben erst nach Hause gekommen sein. Wäre es nicht
die einfachste Sache von der Welt? Man läßt sich melden, erzählt
irgendeine Geschichte oder ganz einfach die Wahrheit. Ja. Ich
komme geradewegs von einem Ball, meine Sehnsucht, Sie kennen
zu lernen, war unüberwindlich, nur einmal wollt' ich die gött-
liche Hand küssen . . . und so weiter. – Indessen wartet unten
der Wagen, noch vor der großen Pause ist man zurück. Kein
Mensch hat es bemerkt.«

»Wenn Sie dazu bereit sind, Fräulein,« sagte Ferdinand, »so
erlauben Sie mir wohl, Sie zu begleiten.«

Irene sah ihn an. Der Ausdruck seiner Mienen war entschlossen
und erregt. »Sie glauben doch nicht, daß ich wirklich . . .«

»Aber von einem Turm zu springen, Fräulein, dazu hätten Sie
Mut genug? . . .«

Irene schaute ihm ins Auge, und plötzlich stand sie auf.
»Dann aber gleich,« sagte sie, und über ihre Stirn lief ein dunkler
Schatten.

Ferdinand rief den Kellner, bezahlte, reichte Irene den Arm
und führte sie über die zwei Treppen hinab in die Vorhalle.
Dort half er ihr in den hellgrauen Mantel, sie schlug den Pelz-
kragen in die Höhe und nahm ein Spitzentuch über den Kopf.
Ohne ein Wort miteinander zu reden, traten beide unter das
Tor in die Einfahrt. Ein Wagen fuhr herbei, und lautlos über die
beschneite Straße rollten sie ihrem Ziele zu.

Ferdinand sah Irene zuweilen von der Seite an. Sie saß regungslos, und aus ihrem verhüllten Gesicht starrten die Augen ins
Dunkle. Als nach wenigen Minuten der Wagen vor dem Hause
auf dem Parkring stehenblieb, wartete Irene, bis Ferdinand geklingelt hatte und das Tor geöffnet war. Dann erst stieg sie aus,
und beide gingen langsam die Treppen hinauf. Ferdinand fühlte
sich wie aus einem Traum erwachen, als das wohlbekannte Kam-
mermädchen vor ihm stand und ihn und seine Begleiterin verwundert betrachtete.

»Bitte, fragen Sie das Fräulein,« sagte Ferdinand, »ob sie die
Güte haben möchte, uns zu empfangen.«

Das Mädchen lächelte dumm und führte das Paar in den Salon.
Die Flammen des Deckenlusters strahlten auf, und Ferdinand
sah Irene und sich selbst wie zwei fremde Menschen in dem ve-
nezianischen Spiegel schweben, der schiefgeneigt über dem
schwarzen, glänzenden Flügel hing. Plötzlich fuhr ihm ein Ge-

danke durch den Kopf. Wie, wenn Irene sich nur darum hieher hätte führen lassen, um Wilhelmine zu ermorden. Der Einfall schwand so schnell, als er gekommen war; aber jedenfalls erschien ihm das junge Mädchen, wie es neben ihm stand und ihm das Spitzentuch langsam vom Kopf herabglitt, völlig verändert, ja, wie irgendein fremdes Wesen, dessen Stimme er noch nicht einmal kannte.

Eine Tür öffnete sich, und Wilhelmine trat ein in einem glatten samtnen Hauskleid, das den Hals frei ließ. Sie reichte Ferdinand die Hand und betrachtete ihn und das Fräulein mit Blicken, die eher Heiterkeit als Verwunderung ausdrückten. Ferdinand versuchte den Anlaß des nächtlichen Besuches mit scherzhaften Worten zu erklären. Er berichtete, wie seine Begleiterin während des Tanzes von nichts anderem gesprochen hatte, als von ihrer Bewunderung für Fräulein Bischof, und wie er sich in einer Art von Faschingslaune erbötig gemacht hatte, das Fräulein zu nachtschlafender Stunde in das Haus der Wunderbaren zu geleiten – auf die Gefahr hin, daß sie beide gleich wieder die Treppe hinunterbefördert würden.

»Was fällt Ihnen ein,« erwiderte Wilhelmine, »im Gegenteil, ich bin entzückt,« und sie reichte Irene die Hand. »Nur muß ich die Herrschaften bitten, mir beim Abendessen Gesellschaft zu leisten, ich komme nämlich eben aus dem Theater.« Man begab sich in den Nebenraum, wo unter einer grünlichen Kristallglocke drei matte Glühlampen einen nur zur Hälfte gedeckten Tisch beleuchteten. Während Ferdinand seinen Pelz ablegte und ihn auf den Diwan warf, nahm Wilhelmine Irene den Mantel selbst von den Schultern und hing ihn über eine Stuhllehne. Hierauf nahm sie Gläser aus der Kredenz, füllte sie mit weißem Wein, stellte sie vor Ferdinand und Irene hin, dann erst setzte sie sich nieder, nahm sich ruhig ein Stück kaltes Fleisch auf den Teller, zerschnitt es, sagte »Erlauben Sie« und begann zu essen. Von Zeit zu Zeit warf sie einen gutmütigen, wie von fern lächelnden Blick auf Irene und Ferdinand.

Sie findet es natürlich selbstverständlich, dachte Ferdinand ein wenig enttäuscht. Und wenn ich mit der Kaiserin von China gekommen wäre und ihr jetzt meine Ernennung zum Mandarin mitteilte, es käme ihr auch nicht sonderbar vor. Schade eigentlich. »Denn Frauen, die niemals staunen, gehören niemandem ganz . . .« Es war ein Wort von Treuenhof, das ihm ziemlich ungenau durch den Kopf ging.

»War es lustig auf dem Ball?« fragte Wilhelmine. Ferdinand

berichtete, daß der Saal überfüllt wäre, meist von häßlichen Menschen, und auch mit der Musik wär' es nicht zum Besten bestellt. Er redete so hin. Wilhelmine blickte ihm wohlgelaunt ins Gesicht und wandte sich an Irene mit der Frage, ob ihr Begleiter ein flotter Tänzer wäre.

Irene nickte und lächelte. Ihr »Ja« war beinahe unhörbar.

»Sie haben heute ›Feodora‹ gespielt, Fräulein?« fragte Ferdinand, um das Gespräch nicht stocken zu lassen. »War es gut besucht?«

»Ausverkauft«, erwiderte Wilhelmine.

Irene sprach: »Als Feodora habe ich Sie leider noch nicht gesehen, Fräulein Bischof. Aber neulich als Medea. Es war herrlich.«

»Heißen Dank,« entgegnete Wilhelmine.

Irene äußerte noch einige Worte der Bewunderung, dann fragte sie Wilhelmine nach ihren Lieblingsrollen und schien ihren Antworten mit Anteilnahme zu lauschen; endlich kam es zu einem oberflächlich wirren Gespräch darüber, wer der größere Schauspieler sei, der in der darzustellenden Gestalt sich völlig verliere oder der über seiner Rolle stehe. Hier erwähnte Ferdinand, daß er mit einem jungen Komiker bekannt gewesen sei, der ihm selbst erzählt hatte, wie er eine gewisse höchst lustige Rolle gerade am Begräbnistage seines Vaters wirkungsvoller gespielt hätte als je.

»Sie haben ja nette Freunde,« bemerkte hierauf Wilhelmine und steckte eine Orangenschnitte in den Mund.

Wie ist es nun eigentlich? dachte Ferdinand. Hat Fräulein Irene vergessen, daß sie Wilhelmine ins Gesicht eine Mörderin heißen wollte ... Und weiß Wilhelmine überhaupt noch, daß ich ihr Geliebter bin, ich, der mit einer fremden jungen Dame ihr mitten in der Nacht einen Besuch abstattet ..?

»Sie haben ein so reges Interesse fürs Theater, Fräulein,« bemerkte Wilhelmine, »sollten Sie vielleicht einmal daran gedacht haben, selbst diese Karriere einzuschlagen?«

Irene schüttelte den Kopf. »Ich habe leider kein Talent.«

»Nun danken Sie Gott,« sagte Wilhelmine, »es ist ein Sumpf.«

Und jetzt, während sie begann, von den Niederträchtigkeiten zu erzählen, die man als Künstlerin von allen Seiten zu erdulden habe, sah Ferdinand, wie Irene, gleichsam gebannt, zu einer Tür hinschaute, die angelehnt war und durch deren Spalt es bläulich hereinschimmerte. Und er bemerkte, wie Irenens Antlitz, das bisher regungslos gewesen war, unter seiner Blässe sich leise zu bewegen, wie die schweigenden Lippen seltsam zu zucken beganen. Und ihm war, als gewahrte er in ihren weit geöffneten Augen eine frevelhafte Lust, in das bläuliche Zimmer einzudringen und ihr Gesicht in die Polster zu graben, auf dem Gabriels Haupt einmal geruht hatte. Dann fiel ihm ein, daß ein längeres Ausbleiben Irenens, wenn es schon bis jetzt unbemerkt geblieben sein mochte, immerhin von unangenehmen Folgen für sie und vielleicht auch für ihn begleitet sein könnte; und er rückte seinen Sessel.

Irene wandte sich ihm zu, wie aus einem Traum erwachend. Noch war ein Nachklang von Wilhelminens letzten Worten in der Luft, die keiner gehört hatte.

»Es ist wohl Zeit, daß wir gehen,« sagte Irene und erhob sich.

»Ich bedaure sehr,« erwiderte Wilhelmine, »daß ich nicht länger das Vergnügen habe.«

Irene betrachtete sie mit einem ruhig prüfenden Blick.

»Nun, mein Kind?« fragte Wilhelmine.

»Es ist sonderbar,« sagte Irene, »wie Sie mich an ein Bild erinnern, Fräulein, das bei uns zu Hause hängt. Es stellt eine kroatische oder slowakische Bäuerin vor, die auf einer beschneiten Landstraße vor einem Heiligenbild betet.«

Wilhelmine nickte gedankenvoll, als erinnerte sie sich ganz deutlich des Wintertages, an dem sie irgendwo in Kroatien vor einem Heiligenbild im Schnee gekniet war. Dann ließ sie es sich nicht nehmen, Irenen selbst den Mantel um die Schultern zu legen und begleitete ihre Gäste ins Vorzimmer. »Nun tanzen Sie lustig weiter,« sagte sie. »Das heißt, wenn Sie wirklich auf den Ball zurückfahren.«

Irene wurde totenblaß, aber sie lächelte.

»Man muß sich vor ihm hüten,« fügte Wilhelmine hinzu und warf einen Blick auf Ferdinand, den ersten, in dem irgend etwas wie die Erinnerung in die vergangene Nacht lag.

Ferdinand erwiderte nichts und fühlte nur, wie Irene ihn und Wilhelmine mit einem und demselben dunklen Blick umfaßte.

Das Stubenmädchen erschien, Wilhelmine reichte nochmals ihren Gästen die Hand, sprach die Hoffnung aus, das junge Mädchen bald wieder bei sich zu sehen, und lächelte Ferdinand an, als hätte sie ein verabredetes Spiel gegen ihn gewonnen.

Von dem Stubenmädchen mit der Kerze geleitet, schweigend, schritten Ferdinand und Irene die Treppe hinunter. Bald schloß sich das Haustor hinter ihnen. Der Kutscher öffnete den Schlag, Irene stieg ein, Ferdinand setzte sich an ihre Seite. Die Pferde trabten durch den stillen Schnee. Von einer Straßenlaterne fiel plötzlich ein Strahl auf Irenens Antlitz. Ferdinand sah, wie sie ihn anstarrte und die Lippen halb öffnete.

»Also Sie,« sagte sie leise. Und es war ihm, als bebte Staunen Grauen, Haß in ihrer Stimme. Sie waren im Dunkeln. Wenn sie einen Dolch bei sich hätte, dachte Ferdinand, ob sie ihn mir ins Herz stieße . . .? Wie man's auch nimmt, dazu käm ich recht unschuldig. War ich nicht vielmehr ein Prinzip, als . . . Und er überlegte, ob er nicht versuchen sollte, ihr die Sache zu erklären. Nicht etwa, um sich zu rechtfertigen, sondern eher, weil diese kluge Geschöpf es wohl verdiente, in die tieferen Zusammenhänge der ganzen Geschichte eingeweiht zu werden.

Plötzlich fühlte er sich umklammert und auf seinen Lippen die Irenens, wild, heiß und süß. Es war ein Kuß, wie er noch niemals einen gefühlt zu haben glaubte, so duftend und so geheimnisvoll und er wollte nicht enden. Erst als der Wagen stehenblieb, löste sich Mund von Mund.

Ferdinand verließ den Wagen und war Irenen beim Aussteigen behilflich.

»Sie werden mir nicht folgen,« sagte sie hart, und war auch schon in der Halle verschwunden. Ferdinand blieb draußen stehen. Er dachte keinen Augenblick daran, ihren Befehl zu mißachten. Er fühlte ganz deutlich und mit plötzlichem Schmerz, daß es vorbei war und daß diesem Kuß nichts folgen konnte. –

Drei Tage später berichtete er sein Abenteuer Anastasius Treuenhof, dem man nichts zu verschweigen brauchte, da Diskretion ihm gegenüber geradeso kindisch gewesen wäre wie vor dem lieben Gott.

»Es ist schade,« sagte Anastasius nach kurzem Besinnen, »daß sie nicht Ihre Geliebte geworden ist. Euer Kind hätte mich interessiert. Kinder der Liebe haben wir genug, Kinder der Gleichgültigkeit allzuviel, an Kindern des Hasses herrscht ein fühlbarer Mangel. Und es ist nicht unmöglich, daß uns gerade von ihnen das Heil kommen wird.«

»Sie glauben also,« fragte Ferdinand . . .

»Nun was denn bilden Sie sich ein?« entgegnete Anastasius streng.

Ferdinand senkte das Haupt und schwieg.

Im übrigen hatte er sein Schlafwagenbillett nach Triest in der Tasche, von dort ging es dann weiter nach Alexandrien, Kairo Assuan . . . Seit drei Tagen begriff er auch, daß Menschen aus hoffnungsloser Liebe sterben können . . . andere natürlich . . . andere

»So wär' ich denn auf die Welt gekommen«, sagte der Schmetterling, schwebte über einem braunen Zweig hin und her und betrachtete die Gegend. Milde Märzsonne war über dem Park,
drüben auf den Hängen lag noch einiger Schnee, und feucht glänzend zog die Landstraße zu Tal. Zwischen zwei Gitterstäben
flog er ins Freie. »Dieses also ist das Universum«, dachte der
Schmetterling, fand es im ganzen bemerkenswert und machte
sich auf die Reise. Es fror ihn ein wenig, aber da er so rasch als
möglich weiterflog und die Sonne immer höher stieg, wurde ihm
allmählich wärmer.

Anfangs begegnete er keinem lebenden Wesen. Später kamen
ihm zwei kleine Mädchen entgegen, die sehr erstaunt waren, als
sie ihn gewahrten, und in die Hände klatschten.

»Ei«, dachte der Schmetterling, »ich werde mit Beifall begrüßt,
offenbar seh' ich nicht übel aus.« Dann begegnete er Reitern,
Maurergesellen, Rauchfangkehrern, einer Schafherde, Schuljun-
gen, Bummlern, Hunden, Kindermädchen, Offizieren, jungen Damen; und über ihm in der Luft kreisten Vögel aller Art.

»Daß es nicht viel meinesgleichen gibt«, dachte der Schmetterling, »das hab' ich vermutet, aber daß ich der Einzige meiner Art
bin, das übertrifft immerhin meine Erwartungen.«

Er segelte weiter, wurde etwas müde, bekam Appetit und ließ
sich zum Erdboden nieder; aber nirgends fand er Nahrung.

»Wie wahr ist es doch«, dachte er, »daß es das Los des Genies
ist, Kälte und Entbehrungen zu leiden. Aber nur Geduld, ich
werde mich durchringen.«

Indes stieg die Sonne immer höher, dem Schmetterling wurde
wärmer, und mit neuen Kräften flog er weiter. Nun erhob sich
die Stadt vor ihm, er schwebte durchs Tor, über Plätze und
Straßen, wo sich viele Menschen ergingen; und alle, die ihn bemerkten, waren erstaunt, lächelten einander vergnügt zu und
sagten: »Nun will es doch Frühling werden.« Der Schmetterling
setzte sich auf den Hut eines jungen Mädchens, wo eine Rose aus

Samt ihn anlockte, aber die seidenen Staubfäden schmeckten ihm durchaus nicht. »Daran sollen es sich andre genügen lassen«, dachte er, »ich für meinen Teil will weiter hungern, bis ich einen Bissen finde, der meines Gaumens würdig ist.«

Er erhob sich aus dem Kelch, und durch ein offenes Fenster schwebte er in ein Zimmer, wo Vater, Mutter und drei Kinder bei Tische saßen.

Die Kinder sprangen auf, als der Schmetterling über den Suppentopf geflattert kam, der große Junge haschte nach ihm und hatte ihn gleich bei den Flügeln.

»Also auch das muß ich an mir erfahren«, dachte der Schmetterling nicht ohne Bitterkeit und Stolz, »daß ein Genie Verfolgungen preisgegeben ist.« Diese Tatsache war ihm ebenso bekannt wie alle übrigen, denn da er ein Genie war, hatte er die Welt antizipiert.

Da der Vater dem Jungen einen Schlag auf die Hand gab, ließ er den Schmetterling los, und dieser flog eiligst wieder ins Freie, nicht ohne den Vorsatz, seinen Retter bei nächster Gelegenheit fürstlich zu belohnen.

Durch das Stadttor flatterte er wieder auf die Landstraße hinaus. »Nun wäre es wohl genug für heute«, dachte er. »Meine Jugend war so reich an Erlebnissen, daß ich daran denken muß, meine Memoiren zu diktieren.«

Ganz in der Ferne winkten die Bäume des heimatlichen Gartens. Immer heftiger wurde die Sehnsucht des Schmetterlings nach einem warmen Plätzchen und nach Blütenstaub. Da gewahrte er mit einem Mal irgend etwas, das ihm entgegengeflattert kam und im übrigen genau so aussah wie er selbst. Einen Augenblick lang stutzte er, gleich aber besann er sich und sagte: »Über diese höchst sonderbare Begegnung hätte sich ein anderer wahrscheinlich gar keine Gedanken gemacht. Für mich aber ist sie der Anlaß zu der Entdeckung, daß man in gewissen durch Hunger und Kälte erzeugten Erregungszuständen sein eigenes Spiegelbild in der Luft zu gewahren vermag.«

Ein Junge kam gelaufen und fing den neuen Schmetterling mit der Hand. Da lächelte der erste und dachte: »Wie dumm die Menschen sind. Nun denkt er, er hat mich, und er hat doch nur mein Spiegelbild gefangen.«

Es flimmerte ihm vor den Augen, und er wurde immer matter. Und als er gar nicht mehr weiterkonnte, legte er sich an den Rand des Wegs, um zu schlummern. Die Kühle, der Abend kam, der Schmetterling schlief ein. Die Nacht zog über ihn hin, der Frost hüllte ihn ein. Beim ersten Sonnenstrahl wachte er noch einmal auf. Und da sah er vom heimatlichen Garten her Wesen herbeigaukeln, eines . . . zwei . . . drei . . . immer mehr, die alle so aussahen wie er und über ihn hinwegflogen, als bemerkten sie ihn nicht. Müde sah der Schmetterling zu ihnen auf und versank in tiefes Sinnen. »Ich bin groß genug«, dachte er endlich, »meinen Irrtum einzusehen. Gut denn, es gibt im Universum Wesen, die mir ähnlich sind, wenigstens äußerlich.«

Auf der Wiese blühten die Blumen, die Falter ruhten auf den Kelchen aus, nahmen herrliche Mahlzeiten ein und flatterten weiter.

Der alte Schmetterling blieb auf dem Boden liegen. Er fühlte eine gewisse Verbitterung in sich aufsteigen. »Ihr habt es leicht«, dachte er. »Nun ist es freilich keine Kunst, zur Stadt zu fliegen, da ich euch den Weg gesucht habe und mein Duft euch auf der Straße voranzieht. Aber das tut nichts. Bleib' ich nicht der einzige, so war ich doch der erste. Und morgen werdet ihr am Rande des Weges liegen, gleich mir.«

Da kam ein Wind über ihn geweht, und seine armen Flügel bewegten sich noch einmal sanft hin und her. »Oh, ich beginne mich zu erholen«, dachte er erfreut. »Nun wartet nur, morgen flattere ich so über euch hin, wie ihr heut über mich geflogen seid.« Da sah er etwas Riesiges, Dunkles immer näher an sich herankommen. »Was ist das?« dachte er erschrocken. »Oh, ich ahne es. So erfüllt sich mein Los. Ein ungeheures Schicksal naht sich, um mich zu zermalmen.« Und während das Rad eines Bierwagens über ihn hinwegging, dachte er mit einer letzten Regung seiner verscheidenden Seele: »Wo werden sie wohl mein Denkmal hinsetzen?«

DER TOD DES JUNGGESELLEN

Es wurde an die Türe geklopft, ganz leise, doch der Arzt erwachte sofort, machte Licht und erhob sich aus dem Bett. Er warf einen Blick auf seine Frau, die ruhig weiterschlief, nahm den Schlafrock um und trat ins Vorzimmer. Er erkannte die Alte nicht gleich, die mit dem grauen Tuch um den Kopf dastand.

»Unserm gnädigen Herrn ist plötzlich sehr schlecht geworden,« sagte sie, »der Herr Doktor möchte so gut sein und gleich hinkommen.«

Nun erkannte der Arzt die Stimme. Es war die der Wirtschafterin seines Freundes, des Junggesellen. Der erste Gedanke des Doktors war: Mein Freund ist fünfundfünfzig Jahre alt, das Herz ist schon seit zwei Jahren nicht in Ordnung, es könnte wohl etwas Ernstes sein.

Und er sagte: »Ich komme sofort, wollen Sie so lange warten?«

»Herr Doktor entschuldigen, ich muß noch geschwind zu zwei anderen Herren fahren.« Und sie nannte die Namen des Kaufmanns und des Dichters.

»Was haben Sie bei denen zu tun?«

»Der gnädige Herr will sie noch einmal sehen.«

»Noch – einmal – sehen?«

»Ja, Herr Doktor.«

Er läßt seine Freunde rufen, dachte der Arzt, so nahe fühlt er sich dem Tode ... Und er fragte: »Ist wer bei Ihrem Herrn?«

Die Alte erwiderte: »Freilich, Herr Doktor, der Johann rührt sich nicht fort.« Und sie ging.

Der Doktor trat ins Schlafzimmer zurück, und während er sich rasch und möglichst geräuschlos ankleidete, stieg etwas Bitteres in seiner Seele auf. Es war weniger der Schmerz, daß er vielleicht bald einen guten, alten Freund verlieren sollte, als die peinliche Empfindung, daß sie nun so weit waren, sie alle, die noch vor wenig Jahren jung gewesen.

In einem offenen Wagen, durch die milde, schwere Frühlingsnacht fuhr der Arzt in die nahe Gartenstadt, wo der Junggeselle wohnte. Er sah zum Fenster des Schlafzimmers hinauf, das weit offen stand, und aus dem ein blasser Lichtschein in die Nacht herausgeflimmert kam.

Der Arzt ging die Treppe hinauf, der Diener öffnete, grüßte ernst und senkte traurig die linke Hand.

»Wie?« fragte der Arzt mit stockendem Atem, »komm ich zu spät?«

»Ja, Herr Doktor,« erwiderte der Diener, »vor einer Viertelstunde ist der gnädige Herr gestorben.«

Der Arzt atmete tief auf und trat ins Zimmer. Sein toter Freund lag da, mit schmalen, bläulichen, halb geöffneten Lippen, die Arme über der weißen Decke ausgestreckt; der dünne Vollbart war zerrauft, in die Stirne, die blaß und feucht war, fielen ein paar graue Haarsträhne. Vom Seidenschirm der elektrischen Lampe, die auf dem Nachtkästchen stand, breitete ein rötlicher Schatten sich über die Polster. Der Arzt betrachtete den Toten. Wann ist er das letztemal in unserem Haus gewesen? dachte er. Ich erinnere mich, es schneite an dem Abend. Im vergangenen Winter also. Man hat sich recht selten gesehen in der letzten Zeit.

Von draußen kam ein Geräusch vom Scharren der Pferde. Der Arzt wandte sich von dem Toten ab und sah drüben dünne Äste in die Nachtluft fließen.

Der Diener trat ein, und nun erkundigte sich der Arzt, wie alles gekommen sei.

Der Diener erzählte dem Arzt eine wohlbekannte Geschichte, von plötzlichem Übelbefinden, Atemnot, Herausspringen aus dem Bett, Auf- und Abgehen im Zimmer, Hineineilen zum Schreibtisch und Wiederzurückwanken ins Bett, von Durst und Stöhnen, von einem letzten Indiehöhefahren und Hinsinken in die Polster. Der Arzt nickte dazu, und seine rechte Hand hielt die Stirne des Toten berührt.

Ein Wagen fuhr vor. Der Arzt trat zum Fenster. Er sah den Kaufmann aussteigen, der einen fragenden Blick zu ihm heraufwarf. Der Arzt senkte unwillkürlich die Hand, wie früher der Diener, der ihn empfangen hatte. Der Kaufmann warf den Kopf zurück, als wollte er's nicht glauben, der Arzt zuckte die Achseln, trat vom Fenster fort und setzte sich, plötzlich ermüdet, auf einen Sessel zu Füßen des Toten hin.

Der Kaufmann trat ein, im offenen, gelben Überzieher, legte seinen Hut auf ein kleines Tischchen nahe der Tür und drückte dem Arzte die Hand. »Das ist ja furchtbar,« sagte er, »wie ist es denn geschehen?« Und er starrte den Toten mit mißtrauischen Augen an.

Der Arzt berichtete, was er wußte, und setzte hinzu: »Auch wenn ich zurecht gekommen wäre, so hätt' ich nicht helfen können.« »Denken Sie,« sagte der Kaufmann, »es sind heute gerade acht Tage, daß ich ihn zuletzt im Theater gesprochen habe. Ich wollte nachher mit ihm soupieren, aber er hatte wieder eine seiner geheimnisvollen Verabredungen.« »Hatte er die noch immer?« fragte der Arzt mit einem trüben Lächeln.

Wieder hielt ein Wagen. Der Kaufmann trat ans Fenster. Als er den Dichter aussteigen sah, zog er sich zurück, denn nicht einmal durch eine Miene wollte er der Künder der traurigen Neuigkeit sein. Der Arzt hatte aus seinem Etui eine Zigarette genommen und drehte sie verlegen hin und her. »Es ist eine Gewohnheit aus meiner Spitalszeit,« bemerkte er entschuldigend. »Wenn ich nachts ein Krankenzimmer verließ, das erste war immer, daß ich mir draußen eine Zigarette anzündete, ob ich nun eine Morphiuminjektion gemacht hatte oder eine Totenbeschau.« »Wissen Sie,« sagte der Kaufmann, »wie lang ich keinen Toten gesehen habe? Vierzehn Jahre – seit mein Vater auf der Bahre lag.« »Und – Ihre Frau?« »Meine Frau hab' ich wohl in den letzten Augenblicken gesehen, aber – nachher nicht mehr.«

Der Dichter erschien, reichte den anderen die Hand, einen unsichern Blick zum Bett gerichtet. Dann trat er entschlossen näher und betrachtete den Leichnam ernst, doch nicht ohne ein verachtungsvolles Zucken der Lippen. Also er, sprach es in seinem Sinn. Denn oft hatte er mit der Frage gespielt, wer von seinen näheren Bekannten bestimmt sein mochte, als der erste den letzten Weg zu gehen.

Die Wirtschafterin trat ein. Mit Tränen in den Augen sank sie vor dem Bette nieder, schluchzte und faltete die Hände. Der Dichter legte leicht und tröstend die Hand auf ihre Schulter.

Der Kaufmann und der Arzt standen am Fenster, die dunkle Frühlingsluft spielte um ihre Stirnen.

»Es ist eigentlich sonderbar,« begann der Kaufmann, »daß er um uns alle geschickt hat. Wollte er uns um sein Sterbebett versammelt sehen? Hatte er uns irgend etwas Wichtiges zu sagen?«

»Was mich anbelangt,« sagte der Doktor schmerzlich lächelnd, »so wär' es weiter nicht sonderbar, da ich ja Arzt bin. Und Sie,« wandte er sich an den Kaufmann, »waren wohl zuweilen sein ge-

chäftlicher Beirat. So handelte es sich vielleicht um letztwillige
Verfügungen, die er Ihnen persönlich anvertrauen wollte.«

»Das wäre möglich,« sagte der Kaufmann.

Die Wirtschafterin hatte sich entfernt, und die Freunde konn-
en hören, wie sie im Vorzimmer mit dem Diener redete. Der
Dichter stand noch immer am Bett und hielt geheimnisvolle
Zwiesprache mit dem Toten. »Er,« sagte der Kaufmann leise zum
Arzt, »er, glaub ich, war in der letzten Zeit häufiger mit ihm zu-
ammen. Vielleicht wird er uns Aufschluß geben können.« Der
Dichter stand regungslos; er bohrte seine Blicke in die verschlos-
enen Augen des Toten. Die Hände, die den breitrandigen, grauen
Hut hielten, hatte er am Rücken gekreuzt. Die beiden andern
Herren wurden ungeduldig. Der Kaufmann trat näher und räu-
perte. »Vor drei Tagen,« trug der Dichter vor, »hab ich einen
zweistündigen Spaziergang mit ihm gemacht, draußen auf den
Weinbergen. Wollen Sie wissen, wovon er sprach? Von einer
Reise nach Schweden, die er für den Sommer vorhatte, von der
neuen Rembrandtmappe, die in London bei Watson herausge-
kommen ist und endlich von Santos Dumont. Er gab allerlei
mathematisch-physikalische Erörterungen über das lenkbare
Luftschiff, die ich, ehrlich gestanden, nicht vollkommen kapiert
habe. Wahrhaftig er dachte nicht an den Tod. Allerdings dürfte
s sich ja so verhalten, daß man in einem gewissen Alter wieder
ufhört an den Tod zu denken.«

Der Arzt war ins Nebenzimmer getreten. Hier konnte er es
wohl wagen, sich seine Zigarette anzuzünden. Es berührte ihn
igentümlich, gespensterhaft geradezu, als er auf dem Schreib-
isch, in der bronzenen Schale, weiße Asche liegen sah. Warum
bleib ich eigentlich noch da, dachte er, indem er sich auf dem
Sessel vor dem Schreibtisch niederließ. Ich hätte am ehesten das
Recht, fortzugehen, da ich doch offenbar nur als Arzt gerufen
wurde. Denn mit unserer Freundschaft war es nicht weit her. In
meinen Jahren, dachte er weiter, ist es für einen Menschen meiner
Art wohl überhaupt nicht möglich, mit einem Menschen befreundet zu sein, der keinen Beruf hat, ja der niemals einen hatte. Wenn
er nicht reich gewesen wäre, was hätte er wohl angefangen?
Wahrscheinlich hätte er sich der Schriftstellerei ergeben; er war
a sehr geistreich. – Und er erinnerte sich mancher boshaft-
treffenden Bemerkung des Junggesellen, insbesondere über die
Werke ihres gemeinsamen Freundes, des Dichters.

Der Dichter und der Kaufmann traten herein. Der Dichter

machte ein verletztes Gesicht, als er den Doktor auf dem ve
waisten Schreibtischsessel sitzen sah, eine Zigarette in d
Hand, die übrigens noch immer nicht angebrannt war, und
schloß die Türe hinter sich zu. Nun war man hier doch gewisse
maßen in einer anderen Welt. »Haben Sie irgendeine Vermutung
fragte der Kaufmann. »Inwiefern?« fragte der Dichter zerstreu
»Was ihn veranlaßt haben könnte, nach uns zu schicken, gera
nach uns!« Der Dichter fand es überflüssig nach einer besondere
Ursache zu forschen. »Unser Freund,« erklärte er, »fühlte ebe
den Tod herannahen, und wenn er auch ziemlich einsam lebt
wenigstens in der letzten Zeit, – in einer solchen Stunde reg
sich in Naturen, die ursprünglich zur Geselligkeit geschaffe
sind, wahrscheinlich das Bedürfnis, Menschen um sich zu sehe
die ihnen nahe standen.« »Er hatte doch jedenfalls eine Geliebte
bemerkte der Kaufmann. »Geliebte,« wiederholte der Dichte
und zog die Augenbrauen verächtlich in die Höhe.

Jetzt gewahrte der Arzt, daß die mittlere Schreibtischlade ha
geöffnet war. »Ob hier nicht sein Testament liegt,« sagte e
»Was kümmert uns das,« meinte der Kaufmann, »zum mindeste
in diesem Augenblick. Übrigens lebt eine Schwester von ih
verheiratet in London.«

Der Diener trat ein. Er war so frei sich Ratschläge zu erbitte
wegen der Aufbahrung, des Leichenbegängnisses, der Parte
zettel. Ein Testament sei wohl seines Wissens beim Notar d
gnädigen Herrn hinterlegt, doch ob es Anordnungen über dies
Dinge enthielte, sei ihm zweifelhaft. Der Dichter fand es dump
und schwül im Zimmer. Er zog die schwere, rote Portiere vo
dem einen Fenster fort und öffnete beide Flügel. Ein breite
dunkelblauer Streifen Frühlingsnacht floß herein. Der Arzt fragt
den Diener, ob ihm nicht etwa bekannt sei, aus welchem Anla
der Verstorbene nach ihnen habe senden lassen, denn wenn er
recht bedenke, in seiner Eigenschaft als Arzt sei er doch scho
jahrelang nicht mehr in dieses Haus gerufen worden. Der Dien
begrüßte die Frage wie eine erwartete, zog ein übergroße
Portefeuille aus seiner Rocktasche, entnahm ihm ein Blatt Papie
und berichtete, daß der gnädige Herr schon vor sieben Jahre
die Namen der Freunde aufgezeichnet hätte, die er an seine
Sterbebett versammelt wünschte. Also auch, wenn der gnädig
Herr nicht mehr bei Bewußtsein gewesen wäre, er selbst au
eigener Machtvollkommenheit hätte sich erlaubt nach den He
ren auszusenden.

Der Arzt hatte dem Diener den Zettel aus der Hand genommen und fand fünf Namen aufgeschrieben: außer denen der drei anwesenden den eines vor zwei Jahren verstorbenen Freundes und den eines Unbekannten. Der Diener erläuterte, daß dieser letztere ein Fabrikant gewesen sei, in dessen Haus der Junggeselle vor neun oder zehn Jahren verkehrt hatte, und dessen Adresse in Verlust und Vergessenheit geraten wäre. Die Herren sahen einander an, befangen und erregt. »Wie ist das zu erklären?« fragte der Kaufmann. »Hatte er die Absicht eine Rede zu halten in seiner letzten Stunde?« »Sich selbst eine Leichenrede,« setzte der Dichter hinzu.

Der Arzt hatte den Blick auf die offene Schreibtischschublade gerichtet und plötzlich, in großen, römischen Lettern, starrten ihm von einem Kuvert die drei Worte entgegen: »An meine Freunde«. »O,« rief er aus, nahm das Kuvert, hielt es in die Höhe und wies es den anderen. »Dies ist für uns,« wandte er sich an den Diener und deutete ihm durch eine Kopfbewegung an, daß er hier überflüssig sei. Der Diener ging. »Für uns,« sagte der Dichter mit weit offenen Augen. »Es kann doch kein Zweifel sein,« meinte der Arzt, »daß wir berechtigt sind, dies zu eröffnen.« »Verpflichtet,« sagte der Kaufmann und knöpfte seinen Überzieher zu.

Der Arzt hatte von einer gläsernen Tasse ein Papiermesser genommen, öffnete das Kuvert, legte den Brief hin und setzte den Zwicker auf. Diesen Augenblick benutzte der Dichter, um das Blatt an sich zu nehmen und zu entfalten. »Da er für uns alle ist,« bemerkte er leicht und lehnte sich an den Schreibtisch, so daß das Licht des Deckenlüsters über das Papier hinlief. Neben ihn stellte sich der Kaufmann. Der Arzt blieb sitzen. »Vielleicht lesen Sie laut,« sagte der Kaufmann. Der Dichter begann:

»An meine Freunde.« Er unterbrach sich lächelnd. »Ja, hier steht es noch einmal, meine Herren,« und mit vorzüglicher Unbefangenheit las er weiter. »Vor einer Viertelstunde ungefähr hab' ich meine Seele ausgehaucht. Ihr seid an meinem Totenbett versammelt und bereitet Euch vor, gemeinsam diesen Brief zu lesen, – wenn er nämlich noch existiert in der Stunde meines Todes, füg ich hinzu. Denn es könnte sich ja ereignen, daß wieder eine bessere Regung über mich käme.« »Wie?« fragte der Arzt. Bessere Regung über mich käme,« wiederholte der Dichter und las weiter, »und daß ich mich entschlösse, diesen Brief zu vernichten, der ja mir nicht den geringsten Nutzen bringt und Euch zum mindesten unangenehme Stunden verursachen dürfte, falls er nicht etwa einem oder dem anderen von Euch geradezu das Leben vergiftet.« »Leben vergiftet,« wiederholte fragend der Arzt und wischte die Gläser seines Zwickers. »Rascher,« sagte der Kaufmann mit belegter Stimme. Der Dichter las weiter. »Und ich frage mich, was ist das für eine seltsame Laune, die mich heute an den Schreibtisch treibt und mich Worte niederschreiben läßt deren Wirkung ich ja doch nicht mehr auf Euern Mienen werde lesen können? Und wenn ich's auch könnte, das Vergnügen wäre zu mäßig, um als Entschuldigung gelten zu dürfen für die fabelhafte Gemeinheit, der ich mich soeben, und zwar mit dem Gefühle herzlichsten Behagens schuldig mache.« »Ho,« rief der Arzt mit einer Stimme, die er an sich nicht kannte. Der Dichter warf dem Arzt einen hastig-bösen Blick zu und las weiter, schneller und tonloser als früher. »Ja, Laune ist es, nichts anderes, denn im Grunde habe ich gar nichts gegen Euch. Hab' Euch sogar alle recht gern, in meiner, wie Ihr mich in Eurer Weise. Ich achte Euch nicht einmal gering, und wenn ich Eurer manchmal gespottet habe, so hab' ich Euch doch nie verhöhnt. Nicht einmal, ja am allerwenigsten in den Stunden, von denen in Euch allen sogleich die lebhaftesten und peinlichsten Vorstellungen sich entwickeln werden. Woher also diese Laune? Ist sie vielleicht doch aus einer tiefen und im Grunde edlen Lust geboren nicht mit allzuviel Lügen aus der Welt zu gehen? Ich könnte mir's einbilden, wenn ich auch nur ein einzigesmal die leiseste Ahnung von dem verspürt hätte, was die Menschen Reue nennen.« »Lesen Sie doch endlich den Schluß,« befahl der Arzt mit seiner neuen Stimme. Der Kaufmann nahm dem Dichter, der eine Art Lähmung in seine Finger kriechen fühlte, den Brief einfach fort, ließ die Augen rasch nach unten fahren und las die Worte: »Es war ein Verhängnis, meine Lieben, und ich kann's nicht ändern. Alle Eure Frauen habe ich gehabt. Alle.« Der Kaufmann hielt plötzlich inne und blätterte zurück. »Was haben Sie?« fragte der Arzt. »Der Brief ist vor neun Jahren geschrieben,« sagte der Kaufmann. »Weiter,« befahl der Dichter. Der Kaufmann las: »Es waren natürlich sehr verschiedene Arten von Beziehungen. Mit der einen lebte ich beinahe wie in einer Ehe, durch viele Monate. Mit der anderen war es ungefähr das, was man ein tolles Abenteuer zu nennen pflegt. Mit der dritten kam es gar so weit, daß ich mit ihr gemeinsam in den Tod gehen wollte. Die vierte habe ich die Treppe hinunter geworfen, weil sie mich mit einem anderen betrog. Und eine war meine Geliebte nur ein einziges Mal. Atmet Ihr

112

alle zugleich auf, meine Teuern? Tut es nicht. Es war vielleicht die schönste Stunde meines... und ihres Lebens. So meine Freunde. Mehr habe ich Euch nicht zu sagen. Nun falte ich dieses Papier zusammen, lege es in meinen Schreibtisch, und hier mag es warten, bis ich's in einer anderen Laune vernichte, oder bis es Euch übergeben wird in der Stunde, da ich auf meinem Toten-bette liege. Lebt wohl.«

Der Arzt nahm dem Kaufmann den Brief aus der Hand, las ihn anscheinend aufmerksam vom Anfang bis zum Ende. Dann sah er zum Kaufmann auf, der mit verschränkten Armen dastand und wie höhnisch zu ihm heruntersah. »Wenn Ihre Frau auch im vorigen Jahre gestorben ist,« sagte der Arzt ruhig, »deswegen bleibt es doch wahr.« Der Dichter ging im Zimmer auf und ab, warf einige Male den Kopf hin und her, wie in einem Krampf, plötzlich zischte er zwischen den Zähnen hervor »Kanaille« und blickte dem Worte nach, wie einem Ding, das in der Luft zer-floß. Er versuchte sich das Bild des jungen Wesens zurückzu-rufen, das er einst als Gattin in den Armen gehalten. Andere Frauenbilder tauchten auf, oft erinnerte und vergessen geglaubte, gerade das erwünschte zwang er nicht hervor. Denn seiner Gattin Leib war welk und ohne Duft für ihn, und allzu lange war es her, daß sie aufgehört hatte ihm die Geliebte zu bedeuten. Doch an-deres war sie ihm geworden, mehr und edleres: eine Freundin, eine Gefährtin; voll Stolz auf seine Erfolge, voll Mitgefühl für seine Enttäuschungen, voll Einsicht in sein tiefstes Wesen. Es erschien ihm gar nicht unmöglich, daß der alte Junggeselle in seiner Bosheit nichts anderes versucht hatte, als ihm, dem ins-geheim beneideten Freunde die Kameradin zu nehmen. Denn all jene anderen Dinge, – was hatten sie im Grunde zu bedeuten? Er gedachte gewisser Abenteuer aus vergangener und naher Zeit, die ihm in seinem reichen Künstlerleben nicht erspart ge-blieben waren, und über die seine Gattin hinweggelächelt oder -geweint hatte. Wo war dies heute alles hin? So verblaßt, wie jene ferne Stunde, da seine Gattin sich in die Arme eines nichtigen Menschen geworfen, ohne Überlegung, ohne Besinnung viel-leicht; so ausgelöscht beinahe, wie die Erinnerung dieser selben Stunde in dem toten Haupt, das da drinnen auf qualvoll zerknüll-tem Polster ruhte. Ob es nicht sogar Lüge war, was in dem Testa-ment geschrieben stand? Die letzte Rache des armseligen Alltags-menschen, der sich zu ewigem Vergessen bestimmt wußte, an dem erlesenen Mann, über dessen Werke dem Tode keine Macht gegeben war? Das hatte manche Wahrscheinlichkeit für sich. Aber wenn es selbst Wahrheit war, – kleinliche Rache blieb es doch und eine mißglückte in jedem Fall.

Der Arzt starrte auf das Blatt Papier, das vor ihm lag, und er dachte an die alternde, milde, ja gütige Frau, die jetzt zu Hause schlief. Auch an seine drei Kinder dachte er; den Ältesten, der heuer sein Freiwilligenjahr abdiente, die große Tochter, die mit einem Advokaten verlobt war, und die Jüngste, die so anmutig und reizvoll war, daß ein berühmter Künstler neulich erst auf einem Balle gebeten hatte, sie malen zu dürfen. Er dachte an sein behagliches Heim, und alles das, was ihm aus dem Brief des Toten entgegenströmte, schien ihm nicht so sehr unwahr, als vielmehr von einer rätselhaften, ja erhabenen Unwichtigkeit. Er hatte kaum die Empfindung, daß er in diesem Augenblick etwas Neues erfahren hatte. Eine seltsame Epoche seines Daseins kam ihm ins Gedächtnis, die vierzehn oder fünfzehn Jahre weit zurücklag, da ihn gewisse Unannehmlichkeiten in seiner ärztlichen Laufbahn betroffen und er, verdrossen und endlich bis zur Verwirrung aufgebracht, den Plan gefaßt hatte, die Stadt, seine Frau, seine Familie zu verlassen. Zugleich hatte er damals begonnen eine Art von wüster, leichtfertiger Existenz zu führen, in die ein sonderbares, hysterisches Frauenzimmer hineingespielt hatte, das sich später wegen eines anderen Liebhabers umbrachte. Wie sein Leben nachher allmählich wieder in die frühere Bahn eingelaufen war, daran vermochte er sich überhaupt nicht mehr zu erinnern. Aber in jener bösen Epoche, die wieder vergangen war, wie sie gekommen, einer Krankheit ähnlich, damals mußte es geschehen sein, daß seine Frau ihn betrogen hatte. Ja, gewiß verhielt es sich so, und es war ihm ganz klar, daß er es eigentlich immer gewußt hatte. War sie nicht einmal nahe daran gewesen, ihm die Sache zu gestehen? Hatte sie nicht Andeutungen gemacht? Vor dreizehn oder vierzehn Jahren ... Bei welcher Gelegenheit nur ...? War es nicht einmal im Sommer gewesen, auf einer Ferienreise – spät abends auf einer Hotelterrasse? ... Vergebens sann er den verhallten Worten nach.

Der Kaufmann stand am Fenster und sah in die milde, weiße Nacht. Er hatte den festen Willen, sich seiner toten Gattin zu erinnern. Aber so sehr er seine innern Sinne bemühte, anfangs sah er immer nur sich selbst im Lichte eines grauen Morgens zwischen den Pfosten einer ausgehängten Türe stehen, in schwarzem Anzug, teilnahmsvolle Händedrücke empfangen und erwidern, und hatte einen faden Geruch von Karbol und Blumen in der Nase. Erst allmählich gelang es ihm, sich das Bild seiner Gattin ins Gedächtnis zurückzurufen. Doch war es zuerst nichts als das Bild eines Bildes. Denn er sah nur das große, goldgerahmte Porträt, das daheim im Salon über dem Klavier hing und eine stolze Dame von dreißig Jahren in Balltoilette vorstellte. Dann erst erschien ihm sie selbst als junges Mädchen, das vor beinahe 25 Jahren, blaß und schüchtern, seine Werbung entgegengenommen hatte. Dann tauchte die Erscheinung einer blühenden Frau vor ihm auf, die neben ihm in der Loge gethront hatte, den Blick auf die Bühne gerichtet und innerlich fern. Dann erinnerte er sich eines sehnsüchtigen Weibes, das ihn mit unerwarteter Glut empfangen hatte, wenn er von einer langen Reise zurückgekehrt war. Gleich darauf gedachte er einer nervösen, weinerlichen Person, mit grünlich matten Augen, die ihm seine Tage durch allerlei schlimme Laune vergällt hatte. Dann wieder zeigte sich in hellem Morgenkleid eine geängstigte, zärtliche Mutter, die an eines kranken Kindes Bette wachte, das auch hatte sterben müssen. Endlich sah er ein bleiches Wesen daliegen mit schmerzlich heruntergezogenen Mundwinkeln, kühlen Schweißtropfen auf der Stirn, in einem von Äthergeruch erfüllten Raum, das seine Seele mit quälendem Mitleid erfüllt hatte. Er wußte, daß alle diese Bilder und noch hundert andere, die nun unbegreiflich rasch an seinem innern Auge vorüberflogen, ein und dasselbe Geschöpf vorstellten, das man vor zwei Jahren ins Grab gesenkt, das er beweint, und nach dessen Tod er sich erlöst gefühlt hatte. Es war ihm, als müßte er aus all den Bildern sich eines wählen, um zu einem unsicheren Gefühl zu gelangen; denn nun flatterten Beschämung und Zorn suchend ins Leere. Unentschlossen stand er da und betrachtete die Häuser drüben in den Gärten, die gelblich und rötlich im Mondschein schwammen und nur blaßgemalte Wände schienen, hinter denen Luft war.

»Gute Nacht,« sagte der Arzt und erhob sich. Der Kaufmann wandte sich um. »Ich habe hier auch nichts mehr zu tun.« Der Dichter hatte den Brief an sich genommen, ihn unbemerkt in seine Rocktasche gesteckt und öffnete nun die Tür ins Nebenzimmer. Langsam trat er an das Totenbett, und die anderen sahen ihn, wie er stumm auf den Leichnam niederblickte, die Hände auf dem Rücken. Dann entfernten sie sich.

Im Vorzimmer sagte der Kaufmann zum Diener: »Was das Begräbnis anbelangt, so wär' es ja doch möglich, daß das Testament beim Notar nähere Bestimmungen enthielte.« »Und vergessen Sie nicht,« fügte der Arzt hinzu, »an die Schwester des gnädigen Herrn nach London zu telegraphieren.« »Gewiß nicht,« erwiderte der Diener, indem er den Herren die Türe öffnete.

Auf der Treppe noch holte sie der Dichter ein. »Ich kann Sie beide mitnehmen,« sagte der Arzt, den sein Wagen erwartete. »Danke,« sagte der Kaufmann, »ich gehe zu Fuß.« Er drückte den beiden die Hände, spazierte die Straße hinab, der Stadt zu und ließ die Milde der Nacht um sich sein.

Der Dichter stieg mit dem Arzt in den Wagen. In den Gärten begannen die Vögel zu singen. Der Wagen fuhr an dem Kaufmann vorbei, die drei Herren lüfteten jeder den Hut, höflich und ironisch, alle mit den gleichen Gesichtern. »Wird man bald wieder etwas von Ihnen auf dem Theater zu sehen bekommen?« fragte der Arzt den Dichter mit seiner alten Stimme. Dieser erzählte von den außerordentlichen Schwierigkeiten, die sich der Aufführung seines neuesten Dramas entgegenstellten, das freilich, wie er gestehen müsse, kaum erhörte Angriffe auf alles mögliche enthielte, was den Menschen angeblich heilig sei. Der Arzt nickte und hörte nicht zu. Auch der Dichter tat es nicht, denn die oft gefügten Sätze kamen längst wie auswendig gelernt von seinen Lippen.

Vor dem Hause des Arztes stiegen beide Herren aus, und der Wagen fuhr davon.

Der Arzt klingelte. Beide standen und schwiegen. Als die Schritte des Hausmeisters nahten, sagte der Dichter: »Gute Nacht, lieber Doktor« und dann mit einem Zucken der Nasenflügel, langsam: »ich werd' es übrigens der meinen auch nicht sagen.« Der Arzt sah an ihm vorbei und lächelte süß. Das Tor wurde geöffnet, sie drückten einander die Hand, der Arzt verschwand im Flur, das Tor fiel zu. Der Dichter ging.

Er griff in seine Brusttasche. Ja, das Blatt war da. Wohlverwahrt und versiegelt sollte es die Gattin in seinem Nachlaß finden. Und mit der seltenen Einbildungskraft, die ihm nun einmal eigen war, hörte er sie schon an seinem Grabe flüstern: Du Edler . . . Großer . . .

DIE HIRTENFLÖTE

I

Ein Mann aus wohlhabender Familie, der sich als Jüngling in städtischer und ländlicher Gesellschaft vielfach umgetan und allerlei Wissenschaften und Künste als Liebhaber betrieben hatte, unternahm in reiferen Jahren Reisen in ferne Lande und kehrte erst mit ergrauenden Haaren in die Heimat wieder. In stiller Gegend am Waldesrand baute er sich ein Haus mit dem Ausblick nach der weiten Ebene und nahm die anmutige eben erst verwaiste Tochter eines Landwirts zur Frau. Eltern und Verwandte waren ihm längst gestorben, zu den Freunden von einst fühlte er sich nicht hingezogen, neue zu gewinnen lockte ihn wenig; und so gab er sich in dieser beinahe stets von einem blauen Himmel überhellten Landschaft der von ihm besonders geliebten Kunde vom Lauf der Sterne hin.

Einmal in einer schwülen Nacht, da Erasmus wie gewöhnlich im Turm seiner Beschäftigung nachgehangen, erhob sich Dunst aus den feuchten Wiesen und trübte allmählich jede Aussicht nach den himmlischen Fernen. Erasmus schritt die Treppe hinab; und früher als er es in klaren Nächten zu tun pflegte, betrat er das eheliche Gemach, wo er seine Gattin schon schlafend fand. Ohne sie zu wecken, ließ er den Blick lange auf ihr weilen, und obgleich ihre Lider geschlossen und ihre Züge ohne Regung blieben, betrachtete er sie mit angespannter stetig wachsender Aufmerksamkeit, als müßte er in dieser Stunde hinter der friedlich glatten Stirn das Treiben von Gedanken erkunden, die ihm bisher verborgen geblieben waren. Endlich löschte er das Licht, setzte sich auf einen Lehnstuhl am Fußende des Bettes hin, und im Schweigen der Nacht überließ er sich einem völlig ungewohnten Sinnen über das Wesen, mit dem er seit drei Jahren in ruhig unbekümmerter Ehe verbunden, und das ihm heute zum erstenmal wie eine Unbekannte erschienen war. Erst als das hohe Fenster vom aufsteigenden Frühlicht zu erschimmern begann, erhob er sich und wartete dann geduldig, bis unter seinem Blick Dionysia tief Atem holte, sich dehnte, die Augen aufschlug und ihn mit heiterem Morgenlächeln begrüßte. Da sie ihn aber mit so ungerührtem Ernste am Fußende des Bettes stehen sah, fragte sie verwundert und vorerst im scherzenden Ton: »Was ist dir denn begegnet, mein Erasmus? Hast du dich heute nacht auf dem Himmel nicht zurecht gefunden? Gab es der Wolken zu viele? Oder entlief dir irgendein Stern in die Unendlichkeit, aus der du ihn selbst mit deinem neuen vortrefflichen Fernrohr nicht mehr zurückzuholen vermochtest?« Erasmus blieb stumm.

Dionysia richtete sich ein wenig auf, sah ihren Gatten forschend an und fragte weiter: »Warum antwortest du nicht? Ist dir etwas Übles widerfahren? Fühlst du dich krank? Oder sollte ich dich am Ende gar gekränkt haben ohne mein Wissen? Das muß ich wohl am ehesten vermuten. Denn über jede andere Unbill dich zu beruhigen oder zu trösten wäre ich ja selber da, und du bliebst mir nicht so lange die Antwort schuldig.«

Nun endlich entschloß sich Erasmus zu sprechen. »Von dir, Dionysia,« begann er, »kann mir diesmal freilich weder Beruhigung noch Trost kommen, denn mein nachdenkliches Wesen rührt eben daher, daß ich viele Stunden lang über dich nachgesonnen und mir zu gleicher Zeit bewußt ward, daß ich es bis zu dieser Nacht niemals getan hatte!«

Dionysia, auf ihre Polster gestützt, lächelte. »Und weißt du nun anders oder besser als früher, daß du eine zärtliche, treue und glückliche Frau dein eigen nennst?«

»Es ist wohl möglich,« entgegnete Erasmus trüb, »daß du das wirklich bist; das Schlimme ist nur, daß ich es nicht wissen kann und daß du es ebensowenig wissen kannst als ich.«

»Was sprichst du da? Woher kommen dir mit einem Male solche Zweifel?«

»Das will ich dir sagen, Dionysia. Niemals war mir – niemals dir selbst, die früher im Frieden ihres väterlichen Hauses und jetzt an meiner Seite still dahingelebt hat, Gelegenheit gegeben, dich kennen zu lernen. Woher also nimmst du, woher nehme ich das Recht überzeugt zu sein, daß deine Zärtlichkeit Liebe, deine Unbeirrtheit Treue, das Gleichmaß deiner Seele Glück bedeuten, und sich auch im Drang und Sturm eines bewegteren Lebens so bewähren würden?«

Nun nickte Dionysia wie beruhigt. »Glaubst du wirklich,« fragte sie, »daß bisher noch niemals Versuchungen an mich herangetreten sind? Habe ich dir etwa verschwiegen, daß sich, ehe du meine Hand begehrtest, andere Männer um mich beworben haben, jüngere, ja sogar weisere als du? Und ohne dein Erscheinen vorhersehen zu können, mein teurer Erasmus, habe ich sie alle ohne Bedenken abgewiesen. Und auch in diesen Tagen, wenn an unserm Gartenzaun Wanderer vorbeiziehen, sehe ich in ihren jungen Augen gar oft gefährliche Fragen und Wünsche glühen. Keinem hat mein Blick je Antwort gegeben. Und sogar die fremden Gelehrten, die sich mit dir über die Kometen kommender Jahrhunderte unterhalten, versäumen selten eine Gelegenheit, durch Augenspiel und Lächeln mir anzudeuten, daß meine Huld ihnen werter wäre als alle Kunde von Sonne, Mond und Sternen. Habe ich einem von ihnen jemals andere Höflichkeit erwiesen, als sie eben Gästen geziemt, die an unserem Tische speisen?«

Spöttisch erwiderte Erasmus: »Du bildest dir gewiß nicht ein, Dionysia, daß du mir, der ich die Menschen kenne, mit diesen deinen Worten etwas Neues erzählt hast. Aber wenn dein Betragen auch immer ohne Fehle gewesen ist, weiß ich darum, und weißt du es selbst, Dionysia, ob deine Unnahbarkeit den wahren Ausdruck deines Wesens vorstellt; – oder ob du nur deshalb allen Werbungen widerstanden hast, und dich entschlossen glaubst, ihnen auch in Zukunft zu widerstehen, weil du bisher gar nie auf den Gedanken kamst, daß es anders sein könnte, oder weil du insgeheim fürchtest, der gewohnten Behaglichkeit deines Daseins für alle Zeit verlustig zu werden, wenn du je versuchtest, dich über die Gebote ehelicher Sitte hinwegzusetzen?«

»Ich verstehe nicht,« rief Dionysia betroffen, »was du mit alldem sagen willst? Ich habe nicht die geringste Lust, dergleichen zu versuchen und versichere dich, daß ich mich in meinem jetzigen Zustand vollkommen zufrieden und glücklich fühle.«

»Daran zweifle ich nicht, Dionysia. Aber verstehst du denn noch immer nicht, daß mir das gar nichts mehr bedeutet, nichts bedeuten kann, nun, da mir in stiller Nachtstunde die Einsicht geschenkt ward, daß das tiefste Geheimnis deiner Seele noch verborgen und unerweckt in dir ruhen mag? Um aber die Ruhe wiederzufinden, die mir sonst für ewig verloren wäre, ist es unerläßlich, daß dieses Geheimnis ans Licht gebracht werde; und darum Dionysia, habe ich beschlossen, dich frei zu geben.«

»Mich frei zu geben?« wiederholte Dionysia ratlos mit weitgeöffneten Augen.

Unbeirrt fuhr Erasmus fort: »Höre mich wohl an, Dionysia, und versuche mich zu verstehen. Von diesem Augenblick an begebe ich mich aller Rechte auf dich, die mir bisher eingeräumt waren: des Rechts dich zu warnen, dich zurückzuhalten, dich zu strafen. Ja, ich verlange vielmehr, daß du jeder Neugier, die sich in dir regt, jeder Sehnsucht, die dich lockt, ohne Zögern Folge leistest, wohin sie dich auch führe. Und zugleich schwöre ich dir, Dionysia: du magst von hier gehen, wohin du willst, mit wem du willst – wann du willst, magst heute heimkommen oder in zehn Jahren – als Königin oder Bettlerin, unberührt oder als Dirne – du wirst jederzeit dein Gemach, dein Bett, dein Gewand in diesem Haus bereit finden, wie du sie verlassen; und von mir, der weiter hier verweilen, aber nicht deiner warten wird, für alle Zukunft keinen Vorwurf oder auch nur eine Frage zu fürchten haben.«

Dionysia streckte sich ruhig im Bette hin, die Hände über dem Haupt verschlungen und fragte: »Ist es Ernst oder Scherz, was du hier sprichst?«

»Es ist so völlig Ernst, Dionysia, daß nichts auf dieser Welt, keine Bitte und kein Flehen mich bewegen könnten, die Worte, die ich eben gesprochen, wieder zurückzunehmen. Versteh mich also wohl, und nimm's in seiner ungeheuersten Bedeutung, Dionysia, du bist frei.« Und er wandte sich wie zum Abschied von ihr fort.

In demselben Augenblick warf Dionysia die Decke ab, eilte zum Fenster, riß es auf, und wäre Erasmus nicht herzugeeilt, so hätte sie im nächsten Augenblick zerschmettert in der Tiefe liegen müssen.

»Unglückliche!« rief er aus, die Zitternde in den Armen haltend, »was wolltest du tun?«

»Ein Leben enden, das mir nichts mehr wert ist, da ich dein Vertrauen verloren habe.«

Erasmus' Lippen berührten die Stirne der Gattin, die in seinen Armen die Besinnung zu verlieren schien, und er atmete tief.

Mit einem Male lösten sich aus dem Schweigen des Tales, das im Morgengrauen dalag, liebliche Töne. Dionysia öffnete die Augen, sie horchte auf, und ihre Züge, eben noch wie in verzweifelter Müdigkeit erschlafft gewesen, spannten neu sich an. Erasmus gewahrte es und entließ Dionysia sofort aus seiner Umarmung. »Erkennst du, was eben zu uns heraufklingt?« fragte er. »Es sind die Töne einer Hirtenflöte. Und siehe, ohne daß du es dir gestehen möchtest, ja, ohne daß du dir dessen so recht bewußt wärst, regt sich in dir, die soeben bereit war in den Tod zu gehen, die Neugier, zu erfahren, an welchen Lippen die Flöte uht, der diese Töne entklingen. So ist es denn Zeit für dich, Dionysia, ganz zu erfassen, was du früher vielleicht nicht fassen konntest: daß du frei bist. Folge dieser ersten Lockung, die an dich ergeht – und jeder andern, die noch kommen mag, gerade so wie dieser. Zieh hin, Dionysia, dein Schicksal zu erfüllen, ganz du selbst zu sein.«

Mit wehem Erstaunen wandte Dionysia den Blick ihrem Gatten zu.

»Zieh hin,« wiederholte Erasmus entschiedener als vorher. Dies ist mein letzter Befehl an dich. Vielleicht bedeutet dieser Flötenton die einzige Lockung, der zu unterliegen du bestimmt bist, vielleicht die erste nur von wenigen oder vielen. Vielleicht ruft eine andere dich in der nächsten Stunde schon zurück nach Hause, vielleicht erscheinst du in Jahren, vielleicht niemals wieder. Des einen aber sei eingedenk: wann du auch wiederkehrest und mit welchen Erinnerungen beladen, – Bett, Gewand und Wohnstatt warten deiner; keine Frage und kein Vorwurf wird dich kränken, und ich selbst werde dich nicht anders empfangen als an dem Abend, da du als meine junge Gattin über diese Schwelle tratest. Und nun, Dionysia, leb wohl.« Mit diesen Worten und einem letzten Blick wandte er sich ab, schritt zur Tür hin, schloß sie hinter sich ab und wandelte langsam die Treppe hinauf, nach seinem Turmgemach. Noch nicht lange stand er oben an der kleinen Fensterluke, die Augen talwärts gewandt, als er sah, wie seine Gattin in einem seltsam schwebenden Gang, den er nie an ihr gekannt hatte, über die Wiese eilte, dem nahen Walde zu, aus dessen Schatten das Flötenlied ihr entgegenklang. Bald verschwand sie unter den Bäumen, und in der nächsten Minute hörte Erasmus die Flöte verstummen.

II

Der junge Hirte, der unter einem Baum liegend durch die Blätter zum Blau des Himmels emporgeblinzelt hatte, ließ die Flöte von den Lippen sinken, als er ein Rauschen in seiner Nähe vernahm. Er war nicht wenig erstaunt, da er eine junge Frau im weißen, wallenden Nachtgewand mit bloßen Füßen vor sich im Moose stehen sah. »Was willst du?« fragte er. »Warum blickst du mich so böse an? Ist es etwa nicht gestattet, hier zu früher Stunde Flöte zu blasen? Habe ich dich aus deinem Morgenschlummer erweckt?

So wisse, ich bin es gewohnt, mit der Sonne aufzustehen und z
blasen, wann es mir beliebt. Und dabei wird es bleiben, das glaub
mir.« Mit diesen Worten schüttelte der Hirte das Haupt, so da
die Locken flogen, streckte sich wieder der Länge nach hin, blir
zelte in die Höhe und setzte die Flöte an den Mund.

»Wer bist du?« fragte Dionysia bewegt.

Ärgerlich setzte der Jüngling die Flöte ab und erwiderte: »E
dürfte nicht schwer zu merken sein, daß ich ein Hirte bin.« Un
er blies weiter.

»Wo ist deine Herde?« fragte Dionysia.

»Siehst du es nicht dort zwischen den Baumstämmen weiß z
uns herschimmern? In jener Lichtung weiden meine Schafe. Abe
ich rate dir nicht, nahe hinzugehen, denn sie sind scheu und flie
hen nach allen Windrichtungen, wenn sie Fremde in ihrer Näh
spüren.« Und wieder wollte er die Flöte an seine Lippen setzer

»Wie kommst du in diese Gegend?« fragte Dionysia. »Ich kenn
dich nicht.«

Jetzt sprang der Jüngling auf und erwiderte zornig: »Ich zieh
mit meiner Herde durch das ganze Land. Den einen Tag bin ic
hier, den zweiten dort, den dritten anderswo, und daher habe ic
schon allerlei erlebt. Aber das ist mir wahrlich noch nie vorge
kommen, daß in aller Morgenfrühe Damen im Nachtgewand vo
mir im Moose stehen und mich um Dinge fragen, die sie nicht
kümmern, just wenn ich die Flöte blasen und in die junge Sonn
blinzeln will.« Er maß Dionysia verächtlich vom Kopf bis zu de
Füßen, setzte die Flöte an den Mund und spazierte blasend davo
der schimmernden Lichtung zu. Da schämte sich Dionysia ihre
bloßen Füße und ihres Nachtgewandes, und sie wandte sich, un
nach Hause zu gehen. Während aber die Töne immer ferner klan
gen, fuhr es ihr durch den Sinn: der freche Knabe! Ich möchte sein
Flöte zerbrechen. Und es fiel ihr ein, daß sie nicht das Recht hatt
nach Hause zurückzukehren, ehe sie diesem Wunsche nachge
geben, und eilends folgte sie den Flötentönen durch den Wald
Das Geäst schlug über ihrer Stirn zusammen, die Blätter blieber
ihr im offenen Haar hängen und Wurzelwerk schlang sich un
ihre Füße. Sie aber kehrte sich nicht daran, brach die Zweige, di
ihrem Schreiten hinderlich waren, mit ihren feinen Fingern, ent
wand sich dem Erdgeflecht und schüttelte die Blätter aus ihrem
Haar. Als sie aus dem Wald heraustrat, senkte sich die grüne
Wiese vor ihr mit blauen, roten und weißen Blumen, und jenseits
wo der Wald wieder anfing, stand der Hirt mitten unter seinem

schimmernden Getier, und seine Locken leuchteten im Sonnenglanz. Er sah Dionysia herankommen, runzelte die Brauen und wies die Nahende mit befehlender Gebärde von dannen. Sie aber ließ sich nicht abhalten, schritt gerade auf ihn zu, nahm dem Staunenden die Flöte aus der Hand, brach sie entzwei und schleuderte ihm die Stücke vor die Füße hin. Jetzt erst schien er zur Besinnung zu kommen, packte Dionysia an den Handgelenken und wollte sie zu Boden werfen. Sie wehrte sich, stemmte sich ihm entgegen, seine Augen glühten zornig in die ihren, sein hastender Atem fauchte ihr über die Stirn. Er preßte die Lippen zusammen, sie lachte: plötzlich ließ er ihre Hände frei und umfaßte ihren Leib mit beiden Armen. Heftig wallte es in ihr auf, und sie wollte sich ihm entreißen. Aber da er sie immer mächtiger an sich heranzog, drängte sie selbst sich ihm entgegen, ermattete, sank aufs Gras und mit ungeahnter Wonne gab sie sich seinen grimmigen Küssen hin. –

Manche Tage wandelte sie nun mit dem Hirten und seiner Herde durchs freie Land. In den heißen Mittagsstunden ruhten sie im Schatten der Bäume, nachts schliefen sie auf einsam weiten Auen. Die Herde, sonst gewohnt einem Flötenspiel zu folgen, das nun für immer verstummt schien, verlief sich allmählich, und am Ende hüpfte nur mehr ein kleines Lämmchen neben dem Paare einher.

Da kam nach hundert Sonnentagen und hundert Sternennächten an einem trüben Morgen ein rauher Wind über die Wiese gesaust, auf der die Liebenden geschlafen hatten, und Dionysia erwachte schaudernd. »Wach auf,« rief sie über den Hirten hin, »erhebe dich, mich friert. Fern im Morgennebel sehe ich Häuser liegen; hier läuft der Weg hinab, gehe rasch, kaufe mir Schuhe, Kleid und Mantel.«

Der Hirte stand auf, trieb das letzte Lämmchen vor sich her, verkaufte es in der Stadt, und für den Erlös brachte er Dionysia, was sie gewünscht hatte. Als Dionysia neu gekleidet war, streckte sie sich wieder auf den Boden hin, kreuzte die Arme über ihrem Haupt und sagte: »Nun möchte ich gerne wieder einmal etwas auf der Flöte spielen hören.«

»Ich habe keine Flöte mehr,« erwiderte der Hirte. »Du hast sie mir zerbrochen.«

»Du hättest sie fester halten sollen,« erwiderte Dionysia. Dann sah sie um sich und fragte: »Wo ist denn unser silberwolliges Gefolge?«

»Es hat sich verlaufen, da es mein Flötenspiel nicht mehr hörte,« antwortete der Jüngling.

»Warum hast du nicht besser achtgegeben?« fragte Dionysia.

»Ich habe mich um nichts gekümmert als dich,« erwiderte der Jüngling.

»Heute Morgen sah ich ja noch ein Lämmchen neben uns ruhn.«

»Das hab ich verkauft, um dir Schuhe, Kleid und Mantel zu bringen.«

»Wärst du mir nicht gehorsam gewesen,« sagte Dionysia ärgerlich, erhob sich und wandte sich ab.

»Wohin willst du denn?« fragte der Hirte schmerzlich erstaunt.

»Nach Hause,« erwiderte Dionysia, und sie fühlte ein leises Sehnen nach Erasmus.

»Das ist ein weiter Weg,« sagte der Hirt, »allein findest du nicht zurück, ich will dich begleiten.«

»Das könnte mir fehlen, daß ich den weiten Weg zu Fuße gehe.«

In diesem Augenblick fuhr unten auf der Landstraße ein Wagen vorüber. Dionysia rief laut und winkte mit der Hand. Aber der Kutscher kümmerte sich nicht darum, hieb auf die Pferde ein und trieb sie vorwärts. Dionysia rief noch lauter. Da neigte sich jemand aus dem Wagenfenster und wandte sich nach der Richtung, aus der die Stimme tönte. Als er der schönen Frau gewahr wurde, befahl er dem Kutscher zu halten, stieg aus dem Wagen und ging Dionysia entgegen, die die Wiese heruntereilte.

»Was willst du?« fragte er. »Warum hast du gewinkt und gerufen?«

»Ich bitte dich,« erwiderte Dionysia, »gönne mir einen Platz in deinem Wagen und führe mich in meine Heimat.« Und sie nannte ihm den Ort, wo das Haus ihres Gatten stand.

»Gern will ich deinen Wunsch erfüllen, wunderschöne Frau,« erwiderte der Fremde, »aber es ist weit in deine Heimat, und da ich eben erst von einer Reise heimkehre, muß ich auf einen Tag nach Hause, um nach meinen Geschäften zu sehen. Doch sollst du mir in meinen Räumen willkommen sein, und ehe du dich auf die Heimreise begibst, dürfte ein Tag und eine Nacht der Ruhe dich wohl erquicken.«

Dionysia war es zufrieden, der Reisende öffnete höflich der Wagenschlag, ließ die junge Frau einsteigen, die sich in die Ecke lehnte, ohne sich noch einmal umzuwenden und nahm an ihrer Seite Platz. Die Kutsche setzte sich in Bewegung. Sie fuhr zuerst auf der Landstraße zwischen grünem Gelände, dann zwischen kleinen wohlgehaltenen Häusern weiter.

»Wo sind wir?« fragte Dionysia.

»Was du hier siehst,« erwiderte der Fremde, »ist alles mein. Ich baue Maschinen für das ganze Land, und in den Dörfern, durch die wir fahren, wohnen die Arbeitsleute, die mir dienen.« Während er diese Worte sprach, betrachtete Dionysia ihn aufmerksamer, und sie sah, daß seine schmalen Lippen von verhaltener Kraft schwollen und seine hellen Augen stolz und wie unerbittlich vor sich hinblickten.

Mit Anbruch der Nacht hielt die Kutsche vor einem schloßartigen Gebäude. Das Tor öffnete sich. Eine marmorweiße Halle strahlte von vielen Lichtern wider. Auf den Ruf ihres Herrn erschien das Mädchen, geleitete Dionysia in ein behaglich ausgestattetes Gemach, war ihr beim Auskleiden behilflich und wies ihr dann den anstoßenden kristallblauen Raum, wo ein Bad bereitet war, in dessen laue Fluten Dionysia mit Behagen tauchte. Nachher erschien das Mädchen wieder und fragte Dionysia, ob sie allein oder in Gesellschaft des Herrn zu speisen wünsche. Dionysia erklärte, heute für sich bleiben zu wollen, denn schon wußte sie, daß sie lange genug hier verweilen würde, um ihren Gastgeber so nahe kennen zu lernen, als es sie gelüstete. –

III

Es war Herbst gewesen, da Dionysia in das Schloß gekommen war; das Frühjahr nahte, und noch weilte sie, doch längst nicht mehr als Gast, sondern als Gefährtin des Hausherrn, und als Herrin des Hauses. Von ihrem Balkon aus war der Blick frei auf weites hügeliges Land. Aus fernen Talmulden ragten Schlote auf, der Wind brachte das Geräusch von Räderschnurren und Hämmerschlag, und an dunklen Abenden verglühten über den Rauchfängen hastige Funken in den Lüften. Nah ans Schloß gerückt, eng aneinander gedrängt und von ärmlichen Gärtchen umgeben, standen Wohnhäuser in langen Reihen, aber ein dichter Wald hielt auch die nächsten vom Schlosse ab. Hinter den letzten Maschinenhäusern strebte Ackerland hügelaufwärts und senkte sich wieder nach unsichtbaren Ebenen, doch verrieten ferne Rauchsäulen, daß auch jenseits der Hügel ein Bezirk der Arbeit sich dehnte. Das Schloß selbst stand in einem Park, der sich so weithin streckte, daß Dionysia, die sich täglich darin zu ergehen pflegte, noch in den letzten Wintertagen ihr unbekannt gebliebene Stellen entdeckte. Zuweilen um die Mittagsstunde oder des Abends begleitete sie auf ihren Spaziergängen der Gutsherr, und sie erfuhr von ihm, daß noch vor kaum zwei Jahrzehnten dieser Park eine Art von Urwald gewesen, daß an der Stelle des Schlosses ein kleines Haus gestanden und daß unten, wo jetzt hundert Schlote rauchten, unter Bauernhütten eine einzige arme Schmiede Arbeit verrichtet hatte. Aber alles, was seither ringsum entstanden war, sollte nicht mehr zu bedeuten haben als den Anfang größeren Werkes. Schon rührte es sich an den Gemarken des freien Hügellandes, sumpfige Stellen wurden trocken gelegt, Bächen wurde durch Wehr und Damm Widerstand und neue Kraft gegeben, Wälder wurden ausgeholzt, im nächsten Sommer sollte eine Riesenhalle fertig stehen, um die Modelle aller Maschinen aufzubewahren, die jemals von hier in die Welt gegangen waren und noch gehen sollten.

Oft erschienen Gäste auf dem Schloß; Erfinder, Baumeister, Abgesandte des Fürsten, Bevollmächtigte fremder Staaten. Einige schieden befriedigt und leichtgemut, andere unlustig und betroffen. Des Gutsherrn Wort aber schien stets von gleichem Ernst und Gewicht, und immer fühlte Dionysia, daß keiner der Gäste einen Vorteil über ihn zu gewinnen vermocht hatte, daß er klüger und stärker gewesen war als die andern alle.

Manchmal durfte sie selbst an seiner Seite zwischen glühenden Hämmern und schnurrenden Rädern, schlürfenden Seilen und brausenden Röhren einhergehen. Auch die Kanzleiräume blieben ihr nicht fremd, wo Zeichnungen und Entwürfe auflagen, Briefe empfangen und abgesandt und die Bücher des Hauses geführt wurden. Mit jedem Schreiber und jedem Arbeiter schien der Gutsherr sich zu beraten, überall war er Lehrer und Lernender zugleich; aber aus welcher Türe er auch trat, stets wußte er sicherer Bescheid darüber, was in dem eben verlassenen Raum gedacht und geschaffen wurde, als diejenigen, die ihre ganzen Tage dort verbrachten. An manchen Abenden ließen Künstler des Gesangs und verschiedener Instrumente sich hören, ja eine vorzügliche Schauspielgesellschaft gab etliche Male im Schloß ihre Vorstellungen, zu der aus der Umgebung und auch aus dem weiteren Umkreis sich Zuschauer einfanden. So war dafür gesorgt, daß keine Stunde für Dionysia auch nur von der Ahnung einer möglichen Leere durchweht war, und doch blieb ihr das

Recht der Einsamkeit durchaus gewahrt. Der Gutsherr selbst versäumte es nie anzufragen, ob seine Gesellschaft erwünscht sei, und wenn es Dionysia gefiel, sich allein auf Spaziergänge zu begeben, so bedurfte es nur eines Winks, um jede Begleitung von ihrer Seite zu weisen.

Einmal zu Sommerbeginn, als sie durch ein Dörfchen spazierte, das, wiewohl drei Stunden entfernt, noch immer den Ländereien des Gutsherrn zugerechnet wurde, lief ihr ein blasses kleines Mädchen entgegen und flehte mit ausgestreckten Händen um einen Bissen Brot. Dionysia, befremdet, schüttelte den Kopf und war geneigt, das Kind für ein vorlaut bettelhaftes Geschöpf anzusehen, an denen es am Ende auch hier nicht mangeln mochte; da machte ein traurig ängstlicher Blick aus den Augen des Mädchens sie nachdenklich, und sie beschloß im Hause selbst Nachschau zu halten. Eine nicht mehr junge Frau stand im Vorraum, ein Kind auf dem Arm, zwei andere spielten auf dem Fußboden mit Holzstückchen und Obstkernen. Auf Dionysias Frage erwiderte die Frau, daß jene bettelnde Kleine heute nichts anderes genossen hätte, als ein halbes Gläschen Milch; ohne weitere Fragen abzuwarten, ließ sie ihren Klagen freien Lauf, und so erfuhr Dionysia, daß hier im Ort zumindest innerhalb der mit Kindern gesegneten Familien Mangel und Sorge zu Hause wären. Dionysia, höchst betroffen, ließ all ihr Geld zurück und eilte nach Hause, um den Geliebten von diesen Zuständen in Kenntnis zu setzen, an denen ihrer Überzeugung nach nur Untreue und böser Wille untergeordneter Beamten Schuld tragen konnten. Der Gutsherr klärte sie auf, daß selbst innerhalb der einfachsten, scheinbar gleichmäßigsten Verhältnisse das Schicksal der einzelnen je nach persönlichen Eigenschaften und allerlei Zufälligkeiten sich höchst verschieden zu gestalten pflegte, und riet ihr, sich um dergleichen Dinge fernerhin nicht zu kümmern. Sie erklärte sich außerstande diesem Rat zu folgen, vielmehr erbat sie die Erlaubnis, auf ihre Art und soweit ihre Kräfte reichten, die Mißstände, unter denen ja nicht die Schuldigen allein litten, aufheben oder wenigstens verbessern zu dürfen. Der Gutsherr hatte nichts dagegen, daß sie die Summen, die ihr reichlich zur Verfügung standen, nach Gutdünken verwendete, und erhob auch keinerlei Einspruch gegen die Nachforschungen und Wanderungen, die sie schon vom nächsten Tage an zu unternehmen begann. Bald gewahrte sie, daß mehr zu helfen not tat, als sie je geahnt hätte und daß auch dort, wo die Gegenwart keine Sorgen zu bergen schien, eine düstere und ungewisse Zukunft herandrohte. Wo aber die Leute sich leidlich behagten, dort war es gerade die unbewußte Hoffnungslosigkeit ihres Daseins, die Dionysia mit Verwunderung und Kummer erfüllte. Es kam endlich dahin, daß sie ihren eigenen Überfluß wie ein Unrecht an jenen empfand, denen selbst das Notwendige versagt war, und wenn sie auch hier und dort von einem Tag auf den andern ein Schicksal günstiger zu gestalten imstande war, sie begriff bald, daß sie die Ordnung des Staates, ja die Gesetze der Welt hätte ändern müssen, um vollkommen nur für die Dauer zu helfen. Kummervoll stellte sie ihre Wanderungen ein, und weder die Vergnügungen der Geselligkeit, die ihr zahlreicher und lebhafter geboten waren als je, noch die Zärtlichkeiten ihres Geliebten konnten ihre Schwermut besiegen.

Zu dieser Zeit meldeten Gerüchte eine wachsende Unzufriedenheit der arbeitenden Bevölkerung, und der Gutsherr, ohne ein Wort des Vorwurfs, verhehlte Dionysia nicht, daß gerade sie an solcher in dieser Gegend bisher nicht erhörten Bewegung nicht minder durch ihre früher geübte Wohltätigkeit als durch deren unerwartete Einstellung mitschuldig sein mochte. Abgesandte erschienen im Schlosse, Erhöhung der Löhne und Herabsetzung der Arbeitszeit zu fordern; und einiges, im Verhältnis wachsenden eigenen Wohlstandes vermochte der Gutsherr zu gewähren. Eine Beruhigung trat ein, die nicht lange anhielt. Neue, immer lebhaftere Forderungen wurden erhoben, denen Erfüllung versagt werden mußte. Die Unruhe stieg an, wandte sich in Erbitterung, in einzelnen Gebieten wurde die Arbeit unterlassen, bald zwangen die Aufständischen auch dort dazu, wo man bisher noch weiter geschafft hatte; es kam zu Gewalttätigkeiten, der Gutsherr sah sich genötigt, die Regierung um Unterstützung anzugehen, Soldaten rückten herbei, der Grimm stieg, und Kämpfe erfolgten, mit Opfern auf beiden Seiten. Bald aber war der Sieg der Staatsgewalt völlig erklärt, einige Führer der Bewegung wurden ins Gefängnis geworfen, andere entlassen, neue Arbeitskräfte, die von überall zuzogen, aufgenommen, und es dauerte nicht lange, so rollten die Räder, rauchten die Schlote und keuchten die Maschinen rings im Gelände wie zuvor.

In jenen schweren Zeiten hatte Dionysia sich stille verhalten. Sie bangte um den Gutsherrn, der stets im Bannkreis der höchsten Gefahr zu finden war, zugleich aber jammerte sie das Los der Schwachen, deren Auflehnung sie besser zu begreifen vermeinte als irgendwer. Wie immer die Entscheidung fallen sollte, Dionysia

ah vorher, daß sie ihr keine Beruhigung bringen konnte; und am
Tage der Entscheidung, da der Geliebte als Sieger in sein Schloß
zurückgekehrt war, traf er Dionysia nicht mehr an. Arm und frei,
wie sie gekommen, hatte sie den Weg nach der Heimat angetreten
in der festen Meinung, daß nun keine Lockung mehr ihrer harren
könnte.

IV

Die Bewegung, die an dem Orte, dem Dionysia den Rücken
wandte, niedergeworfen schien, war nach anderen, näheren und
ferneren, um so entschiedener weitergerückt, ergriff immer neue
Kreise, verbreitete sich durch das ganze Land, so daß bald nicht
nur die Arbeiter gegen die Fabrikherren, sondern auch die Armen gegen die Begüterten, die Abhängigen gegen die Freien, die
Bürger gegen den Adel in Aufruhr standen. So geschah es, daß
Dionysia schon am dritten Tag ihrer Wanderung in eine Art von
Feldlager geriet, unter eine Rotte von Männern, Frauen, Halb-
erwachsenen, Kindern, die zum Teil mit den sonderbarsten Waf-
fen versehen waren. Man hielt die wohlgekleidete Reisende an;
sie erklärte, daß sie auf dem Weg nach ihrer Heimat begriffen sei,
und, wie sie leicht beweisen konnte, nicht mehr Geldes bei sich
trug, als für die notwendigsten Bedürfnisse eben ausreichte. Ein
älterer Mann, der sich ihrer gleich gegen die unziemlichen Späße
der Jüngeren angenommen, gab ihr zu bedenken, daß die Straßen
unsicher wären, und sie am Ende froh sein müßte, gerade hier
angehalten worden zu sein, wo trotz aller erlittenen Unbill die
Sehnsucht nach Rache noch nicht in blindwütige Zerstörungs-
und Mordlust ausgeartet wäre. Er riet ihr, vorläufig hier Rast zu
halten, wo man sie bis auf weiteres jeden Schutzes versichern
wollte, statt eine Reise fortzusetzen, auf der ihr, als einer allein
wandernden schönen jungen Frau nicht allein die Gefahr des
Todes drohen mochte. Dionysia gehorchte dem Rat um so wil-
liger, als sie unschwer vorhersehen konnte, wie übel man einen
Widerstand aufnehmen würde, und merkte bald, daß sie sich
wohl unter entschlossenen, doch nicht unbesonnenen Menschen
befand. Es waren Bergleute, die ihr Leben bis vor wenigen Tagen
in der Düsternis und dem Todesatem ungeheurer Gruben verbracht hatten, und die ganze nachtgewohnte Schar, als hätte das
Licht des Himmels ihr Blut und Sinne berauscht, war der kühn-
sten Hoffnungen voll. Sie rechneten alle auf die Niederlage der

Mächtigen, denen sie bisher Frondienst geleistet, auf die Einsicht und Bundesbrüderschaft der Vernünftigen und auf das Erstehen eines Reichs der Gleichheit und Gerechtigkeit. Dionysia aber, auch fühlte sie sich durch höhere Fügung an den ihr angemessenen Ort gestellt, gab sich als Gleichgesinnte zu erkennen und erklärte sich bereit, mit ihren neuen Gefährten zu tragen, was diesen bestimmt sein mochte, Sieg oder Untergang.

Die erste Nacht schlief sie unbehelligt in dem abgeschiedenen Lager der Frauen und Kinder. Am nächsten Tag hielten die Männer Beratung ab; und bald schwirrte es rings von Widerspruch und Streit. Die einen hielten es für das klügste, mit den zaghaft gewordenen Behörden in Unterhandlungen einzutreten, andere, ungeduldig, schlugen vor, ohne weiteren Aufschub in die nächste Stadt nach Feindesart einzubrechen. Am Ende wurde beschlossen, Leute nach benachbarten aufständischen Gruppen auszusenden, um vorerst zu erfahren, wie da und dort die Dinge stünden. Die Boten gingen, keiner von ihnen kam abends wieder, keiner am nächsten Morgen. Die Zurückgebliebenen ahnten Schlimmes. Zu Mittag setzte sich der ganze Haufe in Bewegung, Männer, Frauen und Kinder. Am Horizont erschienen Rauchsäulen und roter Feuerschein. Man durchwanderte eine weite, kahle Ebene, wo es an Wasser und Nahrung mangelte. Man zog durch armselige, beinahe menschenleere Dörfer, brach in Keller und Gehöfte ein, wo Weine und Eßwaren, freilich nicht in ausreichendem Maße, erbeutet wurden. Durstige fielen über Berauschte, Hungrige über Gesättigte her. Die Ordnung war aufgelöst, Frauen und Männer lagerten in der Nacht durcheinander. Ein junger, hagerer Mensch, der sich Dionysia schon auf der Wanderung angeschlossen hatte, näherte sich ihr, zog sie mit sich, und im Gebüsch umschlang er sie mit gierigen Armen. Sie gehörte ihm diese eine Nacht, am Morgen darauf kannte er sie nicht mehr, und auch er verschwand für sie als ein Gleichgültiger in der Menge. Die Wanderung ging weiter, an rauchigen Gehöften und niedergebrannten Dörfern vorbei, durch ausgestorbenes und verwüstetes Land. Endlich machte die Schar Halt vor den dunklen schwebenden Mauern einer Stadt mit verschlossenen Toren. Niemand wußte, was der morgige Tag bringen konnte; Himmel und Erde hüllten sich in Geheimnis; keine Fackel wurde entzündet, Schweigen lastete über der dunklen Menge. Plötzlich aus der Finsternis tönte ein schrilles Lachen, als gälte es, das Furchtbare zu durchbrechen, das nicht länger zu ertragen war. Dem Lachen folgte ein wütender Schrei, dem Schrei ersticktes Stöhnen, wehes Heulen und wieder Gelächter. Männer und Frauen hatten sich durcheinander, aneinander gedrängt, jeder nahm, die ihm am nächsten war, keine leistete Widerstand; denn alle wußten mit einem Mal, daß morgen alles zu Ende war. Dionysia wurde von einer ungeheuren Angst erfaßt. Es gelang ihr, zwischen gierig greifenden Händen, heißtrockenen Atemzügen immer weiter hindurchzufliehen und endlich zu entkommen. Die ganze Nacht kauerte sie, in ihren zerrissenen Mantel gehüllt, im Schatten eines Mauervorsprungs, wo das Stöhnen und Schreien und Lachen nur heiser und verhallend zu ihr drang. Plötzlich, im ersten Morgengrauen, sprangen die Tore der Stadt auf. Bewaffnete stürmten hervor, fielen über die Ermatteten, Verwüsteten, Schlaftrunkenen, über Männer und Weiber her, hieben sie zusammen und jagten, was je nach Laune ihr Mordstahl verschonte, in die Stadt hinein. Dionysia war unter diesen; und schon bei Sonnenaufgang lag sie mit Hunderten anderer Frauen in einem Festungshof hinter zugeschmettertem Tor. Das Fieber schüttelte sie, sie verfiel in wüste, unfaßbare Träume, endlich verließen sie die Sinne.

V

In einem weißen geräumigen Zimmer erwachte sie. Eine Wartefrau saß ihr zu Häupten, von ihr erfuhr sie, daß sie aus dem Gefängnis hierher gebracht worden und viele Tage ohne Bewußtsein gelegen sei. Zugleich hörte sie, daß der Aufruhr im Lande niedergeworfen war, daß viele der Schuldigen im Kerker schmachteten und einige hingerichtet worden waren. Und endlich erzählte ihr die Wärterin, daß ein junger gräflicher Offizier für sie die Haftung übernommen hätte, da es ihm nach ihrem ganzen Aussehen zweifellos erschienen, daß sie unverschuldet und nur durch eine sonderbare Fügung unter die Aufständischen und Gefangenen geraten war; und mit bedeutungsvollem Lächeln fügte die Wärterin hinzu, daß der Graf täglich käme, sich nach ihr zu erkundigen, oft lange Zeit an ihrem Bett verweilt und sie bewegt betrachtet hätte. Ein alter Arzt trat ins Krankenzimmer, zeigte sich nicht sonderlich erstaunt, Dionysia bei Bewußtsein zu finden, da er diesen Umschwung für den heutigen Tag erwartet hätte, nahm eine Untersuchung der Leidenden vor, vermied mit deutlicher Absicht jede Frage nach Dionysias Herkunft und

Schicksal und stellte baldige vollkommene Genesung in Aussicht. Dann erhob er sich, verabschiedete sich mit auffallender Höflichkeit und traf am Ausgang mit einem jungen Mann in glänzender Uniform zusammen, dem er freundlich, aber bestimmt, den Eintritt zu verweigern schien, worauf sich hinter beiden die Türe schloß. Doch hatte Dionysia Zeit genug gehabt, einen lebhaften Blick aus hellen Mannesaugen aufzufangen, und sie erinnerte sich wie aus einem Traum, daß diese selben Augen auf ihr geruht hatten, als sie fiebernd und sinnverlassen zwischen ragenden Lanzen durch hallende Straßen in das Gefängnis geführt worden war.

Von Tag zu Tag fühlte sie sich kräftiger werden; allmählich stellte sich auch wieder die Klarheit des Denkens ein, und noch immer sah sie niemanden, außer der Wärterin und dem Arzt, der in einer gewissen vertraulichen Weise auf geheime Freunde anspielte, die an dem Geschick der Kranken wärmsten Anteil nähmen, denen aber gerade in diesen Tagen der fortschreitenden Genesung der Zutritt strenge verwehrt sein müßte. Dionysia hörte all dies mit Gleichgültigkeit an. Sie war entschlossen, sobald sie sich völlig gesund fühlte, die so schlimm unterbrochene Reise nach ihrer Heimat fortzusetzen, vor ihren Gatten hinzutreten, ihm ihre Schicksale zu berichten und ihn zu fragen, ob er sie, seines Wortes eingedenk, trotz allem, was ihr widerfahren, in seinem Hause wieder aufnehmen wollte. Doch fühlte sie auf dem Grunde dieses Vorsatzes mehr Neugier als Sehnsucht, und ein Wiedersehen mit Erasmus lockte sie wie ein neues Abenteuer nicht als der Abschluß ihres wechselvollen Wanderlebens.

Am Morgen, da sie sich zum erstenmal aus dem Bett erhoben hatte, von dem Balkon ihres Krankenzimmers in ein Gärtchen hinuntersah, und ihre Blicke weiter hinaus über die zerstampften und erstickten Felder schweifen ließ, trat der junge Graf bei ihr ein und entschuldigte sich vor allem wegen der Verfügungen, die er wohl in bester Absicht, doch ohne jede Ermächtigung zu treffen sich erlaubt hätte. Dionysia dankte ihm lebhaft, doch ohne Verwunderung und erklärte nur so vieler Freundlichkeit gegenüber sich zur Mitteilung verpflichtet zu fühlen, wem man sie erwiesen. Aber einer plötzlichen Eingebung folgend, nannte sie einen Namen als den ihren, den sie nie geführt, als Wohnort eine kleine Stadt, in der sie nie geweilt, und teilte ihrem Gatten einen Beruf zu, den jener niemals ausgeübt hatte. Mit einer ihr selbst erstaunlichen und neuen Freude am Lügen, die sie im Anhören hrer eigenen Worte wachsen fühlte, erzählte sie, wie sie auf dem Gut von Freunden zu Gast gewesen und auf der Rückreise von einer aufrührerischen Horde aus dem Wagen gerissen und beraubt, ihr Leben nur hätte retten können, indem sie sich als geheime Anhängerin der Aufständischen bekannte; wie sie nun tagelang mit jenen fürchterlichen Menschen in der Irre umhergezogen wäre und endlich unschuldig und gezwungen deren Schicksal hätte teilen müssen. Nun aber war es an der Zeit heimzukehren, und so müßte ihr Dank zu gleicher Zeit ihren Abschied bedeuten. Der junge Graf war betrübt, doch schien er in seine zurückhaltende Rolle so eingewöhnt oder von Natur so schüchtern, daß er keinen Widerspruch versuchte und sich nur als letzte Erlaubnis erbat, Dionysia einen guten Wagen für die Reise zu besorgen. Sie wiederum, so sehr sie sich auch sehnte von der dunklen und bebenden Stimme des Grafen zärtlichere Worte zu vernehmen, fand soviel Vergnügen an ihrer ihr selbst neuen Verstellungskunst, daß sie wie in überströmender Dankbarkeit des Grafen Hand ergriff und ihn mit Augen anblickte, die sie, wie sie mit Befriedigung merkte, je nach Willen in feuchtem Glanze aufleuchten oder trüb konnte verlöschen lassen. Gleich nachdem der Graf sich entfernt hatte, traf sie Anstalten zur Abreise. Der Arzt kam, schien über ihr Beginnen unwillig und versicherte, keinerlei Bürgschaft übernehmen zu können, ob sie nicht etwa die Reise gleich würde unterbrechen und dann in irgendeinem schlechten Wirtshaus tage- und nächtelang krank liegen müssen. Dionysia, wohl merkend, daß der Arzt mit dem jungen Grafen im Einverständnis handelte, spielte zuerst die Widerstrebende, dann die Zögernde und versprach am Ende seufzend, sich Anordnungen zu fügen, deren vernünftiger Begründung sie sich nicht verschließen könnte. Am Abend kam der junge Graf wieder und schlug Dionysia vor, da die Abreise nun doch einmal hinausgeschoben wäre, sie möge bis zum Eintritt ihrer vollkommenen Genesung ein bescheidenes ihm gehöriges in frischer Waldluft gelegenes Jagdhäuschen bewohnen. Eine Dame vom besten Ruf werde ihr als Gesellschafterin zur Seite gegeben werden, um jede üble Nachrede von Anbeginn auszuschließen. Dionysia entgegnete, daß sie selbst sich Sicherheit und Bürgschaft bedeute, erklärte aber, die Einladung des Grafen nur dann annehmen zu dürfen, wenn er sich verpflichtete, das Jagdhaus während der Dauer ihres Aufenthaltes überhaupt nicht zu besuchen. Er neigte das Haupt tief wie zum Zeichen völliger Unterwerfung, sie aber

hielt sich in diesem Augenblick nur mit Mühe zurück, die Arm
nach ihm auszustrecken und ihn an ihre Brust zu ziehen.

Am nächsten Morgen bezog sie das Jagdhaus, das einfach und
wohlgehalten zwei Stunden von der Stadt entfernt in laubdunk
ler Einsamkeit dalag. Ein hübsches Bauernmädchen war zu
Dionysias Empfang und weiterer Bedienung anwesend und ver
hielt sich still und gefällig. Die Speisen waren wohlschmeckend
und trefflich bereitet, das Bett köstlich und weich. Auf den gut
gehaltenen Wegen unter hohen kühlen Wipfeln erging sich Dio
nysia ungestört wie in einem abgeschlossenen Park. Oft lag sie
stundenlang auf freiem Wiesenplatz, die Arme unter dem Haupt
verkreuzt, die halbgeschlossenen Augen im schwindenden Blau
des Himmels verloren. Schmetterlinge, vorüberflatternd, berühr
ten ihre Stirn, der kühle Atem des Waldes strich über ihre Lider
und Haare hin, und aller Lärm der Welt verklang in fernen Grün
den.

Eines Morgens, da Dionysia das Haus verlassen wollte, zogen
schwere Wolken auf und blieben dunkel schweigend über den
Wipfeln hängen. Dionysia ging in den niedern Zimmern hin und
wieder, spazierte vor der Tür auf und ab, und eine wehe Beklom
menheit stieg in ihrer Seele auf. Zu Mittag rührte sie die Speisen
nicht an, das Mädchen fand sie am gedeckten Tisch in Tränen
erhielt auf seine Fragen keine Antwort; und erschrocken sandte
es in die Stadt nach dem Grafen, der ihm die Obhut über die
schöne Frau anvertraut hatte. Am späten Abend, während ein
schwül hingezögertes Gewitter mit Hagel, Donner und Blitz end
lich niederging, trat so unerwartet als ersehnt der junge Graf ins
Zimmer, und sein Glück war ohne Maß, als Dionysia, die er als
eine Verstörte oder neuerdings Erkrankte zu finden gefürchtet,
mit glanzhellen Augen und jauchzender Begrüßung an seine
Brust stürzte.

Doch noch im Dämmer derselben Nacht, in der sie sich ihm
gegeben, versicherte ihm Dionysia, daß diese erste zugleich die
letzte bedeuten müsse. Der Graf in der rasch erwachten eifersüch
tigen Neugier des Besitzenden drang auf Erklärung. Dionysia
darauf in einem unbezwinglichen Drang, den Geliebten zu quä
len, gab vor, ihr sei mit einem Male, als hätte sie in jener furcht
baren Nacht vor den Toren der ummauerten Stadt, schon vom
dumpfen Fieber befallen, mit Schaudern, aber wehrlos, nicht
einem, sondern vielen ihrer wilden Gefährten angehört; ließ aber
zugleich die Möglichkeit bestehen, daß all dies nur ein grauen

after Traum gewesen sein mochte, der nun in der Erinnerung wie eine unerträgliche Wahrheit sie bedrücke. Der junge Graf fiel in Verzweiflung, von der tiefsten Verzweiflung in neue Lust, von der höchsten Lust in tolle Raserei, schwur, die Geliebte auf der Stelle zu töten, und flehte sie am Ende doch an, ihn nur nicht zu verlassen, da ein Dasein ohne ihren Besitz ihm von dieser Stunde an nutzlos und elend dünkte.

Dionysia blieb. Und bald war ihre Seele dem Grafen so völlig eingegeben, daß sie all ihrer Lügen sich zu schämen, ja unter ihnen zu leiden begann und endlich den Wunsch in sich aufsteigen fühlte, dem Geliebten die wahre Geschichte ihres Lebens mitzuteilen, was sie nun aber wieder, in Angst durch dieses späte Geständnis neues Mißtrauen zu erwecken, von einem Tag zum andern hinausschob.

Da erschien an einem regenschweren Herbsttag ein reitender Bote mit der Kunde, daß an der Landesgrenze eine längst erwartete Bewegung des Nachbarheeres immer drohender sich ankündigte, und wies einen Befehl vor, demgemäß der Graf sich innerhalb der nächsten vierundzwanzig Stunden an die Spitze seines Regiments zu stellen hätte. Sobald der Bote wieder davon gesprengt war, erklärte Dionysia dem Geliebten, daß sie in keinem Fall von seiner Seite weichen werde und unwiderruflich gesonnen sei, in Männerkleidung mit ihm in den Krieg zu ziehen. Der junge Graf, ergriffen und beglückt, versuchte Dionysia zuerst die Unmöglichkeit eines solchen Beginnens vor Augen zu stellen; doch als sie ihm zuschwor, daß sie schlimmstenfalls auch gegen seinen Willen, ja im Troß des Heeres ihm und seinem Schicksal zu folgen entschlossen sei, verließ er noch am gleichen Tage mit ihr das Jagdhaus, begab sich mit ihr in die Stadt, erbat eine Audienz beim Fürsten und trug diesem, ihm seit jeher wohlgewogenen Herrn ehrerbietig den Fall zur Entscheidung vor. Der Fürst, selbst einer jungen und edlen Frau vermählt, seinem Wesen nach so leicht erzürnt als begeistert und von jeder Art von Seltsamkeit rasch gefangen, fand in so unruhigen Zeitläuften gegen die Ausführung eines wohl abenteuerlichen, doch heldenhaften Planes nichts einzuwenden, und so geschah es, daß am nächsten Morgen Dionysia in kriegerischer Gewandung, aber nicht unerkannt, vielmehr mit Hochachtung und Teilnahme angesehen, an ihres Geliebten Seite aus dem Tor der Stadt durch das aufgeregte Land an die Grenze und dort früher als sie geahnt mitten in ein Gefecht sprengte, das, von ihren Sinnen kaum begriffen, wie eine

zerrissene rote Wolke um ihre weiße Stirn und ihren leuchten
den Degen trieb.

Der Krieg nahm seinen blutig-wechselvollen Gang. Dionysi
zog an ihres Geliebten Seite weiter in die feindlichen Gauen
ruhte auf verwüsteter und verbrannter Erde, wurde von Trom
peten in die Schlacht gerufen, sah Getroffene neben sich zu Bode
sinken und lag selbst mit einer Schläfenwunde durch manch
Tage und Nächte unter Stöhnenden und Sterbenden in einen
wankenden Barackenbau. Sie genas; fand den Geliebten, von den
sie ohne jede Nachricht geblieben war, am Vorabend eines ent
scheidungsvollen Tags, mit kaum verheilten Wunden gleich ihr
doch schon zu neuen Wagnissen gerüstet, an der Spitze seiner zu
sammengeschmolzenen Truppen wieder, ritt im Morgengraue
an seiner Seite ins feindliche Gewühl, hatte gleichen Anteil mi
ihm an Gefahr und Ehre und trug eine mit ihm gemeinsam erbeu
tete Fahne in das siegreiche Lager heim. In der Nacht, die diesen
Tage folgte und die dunkel und schwül war unter der doppelten
Finsternis eines sternenlosen Himmels und eines faltenschwere
Zelts, schlief Dionysia zum ersten Male wieder seit Beginn de
Kriegs an der Seite des jungen Grafen als sein Weib; am Morge
aber traten sie beide als Kampfgefährten ins Freie, begrüßt vo
den siegesfrohen Stimmen ihrer Kameraden. Beruhigter Sonnen
glanz lag über der Ebene, und draußen im Feld, inmitten wehen
der Helmbusche und funkelnder Degenspitzen, ahnte man de
Fürsten leuchtende Nähe. Da mit einem Male statt der erwartete
Friedensbotschaft tönten die wohlbekannten Zeichen nahende
Angriffs. Hinter einem geringen Hügel stiegen Staubwolken auf
rückten näher, Hörner und Pfeifen klangen, und auf schwarze
Rossen stürmte eine Schar toller Reiter heran. Die so unvermute
Angegriffenen waren rasch zu heftiger Verteidigung bereit, doc
zeigte sich bald, daß ihnen nur ein kleiner Trupp tollkühner Jüng
linge entgegenstand, entschlossen, statt einen schimpfliche
Frieden anzunehmen, ein letztes Mal für ungeheuren Gewinn ih
Leben einzusetzen. Doch da ihre Genossen hinter ihnen zögerten
waren sie nach kurzer Frist umzingelt und bis auf den letzten
Mann niedergehauen. Aber nicht wohlfeil hatten sie ihr Dasei
dahingegeben: unter denjenigen, die ihr verzweifelter Ansturm
zu Boden geworfen hatte, lag auch der junge Graf. Dionysia bet
tete sein wundes Haupt auf ihre Knie; und während sein letzte
Blut über ihre regungslosen Finger floß, winkten die weißen Fah
nen rings auf den Höhen, Trompetenstöße kündeten die Einstel

ng der Feindseligkeiten, und als des Geliebten Augen brachen, schallte an Dionysias Ohr die jauchzende Kunde des endlich errungenen Friedens. In ihrer Nähe aber dämpfte auch der lauteste und froheste Jubel sich ab. Immer weiter von ihr wich der Kreis der Frohen und Glücklichen. Selbst der Fürst, der zur Mittagszeit herbeigeritten kam, grüßte nur aus achtungsvoller Entfernung die Regungslose, die in kriegerischer Rüstung dasaß, doch ohne Helm, und mit gelöstem Haar, das über ihres toten Geliebten Antlitz dahinfloß, wie ein blau-schwarzes Leichentuch. Erst als der Abend gekommen war, erhob sie sich, faßte den teuern Leichnam um den Leib, und mit übermenschlicher Kraft band sie ihn in seiner vollen Rüstung auf den Sattel seines Rosses fest. Dann bestieg sie das ihre, spornte es an; das andere, im Sattel seinen toten Herrn, blieb nach alter Gewohnheit ihr zur Seite; und so ritt das seltsame Paar stumm und abseits, von den heimwärtsziehenden Kriegsscharen, denen es vorbeisprengte, mit staunendem Grauen betrachtet, durch das besiegte Feindesland der Heimat zu. Als Dionysia aber der Stadttürme ansichtig ward, nahm sie den wohlbekannten Seitenweg zu dem kleinen Jagdhaus, das mit offener Tür, doch ganz verlassen, ihrer zu warten schien; dort schwang sie sich vom Pferd, löste den toten Gefährten vom Sattel, bereitete ein Grab, bettete den Geliebten darein mit Degen, Panzer und Helm und schaufelte die Erde über dem Leichnam wieder zu. Erst als sie diese Arbeit getan hatte, legte sie ihre Rüstung ab und sank in einen tiefen langen Schlaf von drei Tagen und drei Nächten. Als sie erwachte, stand die Mutter des jungen Grafen ihr zu Häupten, tränenlos, und küßte die Hände, die ihres Sohnes Grab gegraben.

VI

Der Herbst stürmte dahin, der Winter glitt vorbei. Dionysia wußte, daß seit jener Nacht vor dem letzten Kampf in ihrem Schoß ein neues Wesen keimte; und so fühlte sie sich dem hingeschiedenen Geliebten wie dem Leben selbst neu und hoffnungsreich verbunden.

Im Frühling brachte sie einen Knaben zur Welt, und da er zum erstenmal an ihrer Brust trank, zog auch das erste Lächeln über Dionysias Antlitz. Reiche Geschenke von des Grafen Mutter, von anderen Anverwandten, ja vom Fürsten selbst, wurden dem

Söhnlein des Helden in die Wiege gelegt. Als Dionysia das Bett verließ, war ihr, als müßte sie sich zum erstenmal wieder in Weiß kleiden; und in hellen, leicht bewegten Falten, wie das duftige Gewand, fühlte sie auch den lauen, blütenschweren Tag um sich fließen. Über ihrem jungen Haupt, das schon so viel Erinnertes und so viel Vergessenes barg, hing von Zukunft schwer ein neuer lebensblauer Frühling. Noch warf sie sich nicht selbst in den Strom des Daseins, doch ließ sie es zu, daß er bis an ihre Füße heranrauschte. Ein Fest, das das Volk des Landes feierte, zog sich in ihre Nähe. Mit Anteil betrachtete sie einen Reigentanz, der auf der Waldwiese statthatte. Der Heldenwitwe, die selbst eine Heldin war, hielt man sich anfangs in Ehrfurcht fern. Bald aber nahm sie Huldigungen entgegen, die ihr von der begeisterten Jugend des Landes dargebracht wurden, und selbst das geheimnisvoll Unaufgeklärte ihrer Herkunft lag wie ein goldener Glanz über ihrer gepriesenen Stirn.

Zu Beginn des Winters bezog sie das Schloß des verstorbenen Grafen, das als ihr natürliches Eigentum angesehen wurde. Dort waltete sie, anfangs nur mütterlichen Pflichten hingegeben, zurückgezogen und still. Endlich aber öffneten sich die Türen, zuerst nur für die gräfliche Verwandtschaft, später auch für den Anhang der Familie und für entferntere Freunde, und bald war von den durch Geburt oder Verdienst Ausgezeichneten niemand im Lande, der es unterlassen hätte, der unbegreiflichen und hohen Erscheinung Bewunderung und Liebe auszudrücken. Daß auch der Fürst in eigener Person sich einstellte, war keinem verwunderlich. Von Dionysias rätselhafter Anmut bewegt, kam er wieder, der Schimmer seiner Macht drang aus seinen jungen Blicken in ihre erwachten Sinne; das traumhaft stolze Bewußtsein eines unerhörten Geschicks überströmte aus ihrem Wesen in sein Blut. Und keine Bedenken, denen Geringere unterworfen sein mochten, setzten beider Wünschen sich entgegen, als der Fürst, seines angetrauten Weibes vergessend, Dionysia das glühende Geschenk seiner Liebe bot. –

Zuerst wurde auch diese Wendung in der nächsten Umgebung und rings im Land ohne Widerspruch und üble Nachrede, ja von manchen und nicht nur von Schmeichlern und Höflingen, wie etwas Natürliches und Erlaubtes hingenommen. Die erste, die sich abwandte, betroffen, aber stumm, war die Mutter des Grafen. Einige Verwandte folgten ihrem Beispiel und mieden fortan Dionysias Nähe. Dann erst war es der engere Kreis der Fürstin der anfing, sich verletzt zu zeigen, zu einer Zeit, da die Fürstin selbst noch fern davon war, ihres Gatten Beziehungen zu der fremden Frau für andere als freundschaftliche anzusehen. Doch als jener die Wahrheit kund ward, schloß sie sich ohne ein Wort der Aussprache, im Innersten getroffen, von ihrem Gatten ab, der von nun ab wie mit Absicht und Stolz seine Liebe zu Dionysia vor allem Volk zur Schau zu tragen begann. Er ließ es nicht länger zu, daß sie in ihrem von dem Grafen ererbten Schlosse wohnte, und räumte ihr eine der fürstlichen Besitzungen nahe der Stadt als Wohnsitz ein. Nicht nur die Stunden der Muße weihte er von nun ab der Geliebten; in ihren Gemächern empfing er Minister und Abgesandte; Beratungen über Staat und Volk wurden in Dionysias Beisein abgehalten, und bald sprach ihre Stimme in jeder Entscheidung mit. Da nun alle, die dem Throne nahestanden, sich vor ihr neigten und ohne weiteres, was der Fürst ihr als Einfluß zugestanden, anzuerkennen bereit waren, so hätte sie wohl vor sich selbst als die wahre Fürstin des Landes gelten dürfen, – wenn sie nicht manchmal bei Ausfahrten und öfter von Tag zu Tag bemerkt hätte, daß Begegnende sie nicht zu beachten, ja sich mit Absicht wegzuwenden schienen. Zuerst nahm sie es leicht, lächelte darüber als über Neid und Torheit geringer Seelen, allmählich aber regte sich Ärger in ihr, wuchs weiter an, und eines Tages, da sie an einem jungen Adeligen vorbeiritt, der als Parteigänger der verlassenen Fürstin wohlbekannt, zu ihr, der fürstlichen Geliebten, mit einem höhnischen Zucken der Lippen aufsah, schlug sie ihm mit der Peitsche übers Gesicht. Als er dann in Wut ihr ein ungeheueres Schimpfwort ins Antlitz schrie, ließ sie ihn verhaften, und ihre Fürbitte erst bestimmte den empörten Fürsten, dem unbedachten Beleidiger die Todesstrafe nachzusehen. Doch war seit diesem Zwischenfall der Haß der beiden Parteien, der bisher im stillen gelauert, zu offener und lauter Feindseligkeit gewandelt. Es wurde Dionysia zugetragen, was man im Volk, im Adel und insbesondere in der nächsten Umgebung der Fürstin über sie zu reden wagte. Die noch vor kurzem eine Fremde rätselhafter, doch vielleicht göttlicher Sendung erschienen war, galt heute vielen für nichts besseres als eine Abenteurerin und Dirne. Noch drohte ihr keine ernste Gefahr, denn der Fürst hielt fester zu ihr als je. Ja zum Trotz gegen den wachsenden Widerstand erweiterte er ungebeten Dionysias Machtvollkommenheiten nach allen Seiten, umgab sie mit einer niemals erhörten Pracht, verlieh ihrem fünfjährigen Sohn den Titel eines

Prinzen und heftete auf die Kinderbrust einen Orden, der bishe
nur Mitgliedern des Fürstenhauses vorbehalten war. Jedes un
vorsichtige Wort, jede zweifelhafte Gebärde, die sich gege
Dionysia zu richten schien, wurde mit der furchtbarsten Streng
geahndet. Dionysia selbst war längst nicht mehr geneigt, bei den
Fürsten Gnade zu erflehen für Hohe oder Niedere, die sich gege
den Glauben an ihre Majestät vergangen hatten. Wenn sie durc
die Straßen fuhr, in ihrem von sechs schwarzen Rappen gezoge
nen goldenen Wagen, dem Reiter voran- und nachsprengten
hörte sie aus dem Jubel, der sie begrüßte, die falschen und er
zwungenen Töne und fühlte, daß nicht mehr Ehrfurcht, daß nu
mehr dumpfe Scheu, daß Angst und Haß rings um sie webten
Böse Träume von Verschwörungen und Anschlägen störten ihre
Schlaf, selbst an der Seite des Fürsten, der doch gewillt schien, si
mit seinem eigenen Leib zu schützen. Ein Gerücht begann durc
das Schloß zu irren, daß in der nächsten Umgebung der versto
ßenen Fürstin sich Unheilvolles gegen Dionysia vorbereite. Nie
mand wußte, woher es drang, doch Dionysia hielt die Zeit ge
kommen, entschiedene Abhilfe von ihrem Geliebten zu fordern
und stellte den Zaudernden vor die Wahl: entweder die ange
traute Gattin vom Hof zu verbannen und des Landes zu verwei
sen, oder sie selbst ziehen zu lassen, wann und wohin es ihr be
liebte. Da für das Vorhandensein einer Verschwörung sichere
Beweise nicht vorlagen, so glaubten Schranzen sich berechtigt
künstlich solche herzustellen. Ein scheinbar ordentliches Gerich
wurde abgehalten, die verdächtige Fürstin in ihrer Abwesenhei
schuldig erkannt, und es ward ihr anbefohlen, unter Zurücklas
sung aller ihrer Briefschaften und ihres Geschmeides Hof und
Land zu verlassen. Am nächsten Morgen schon, als wäre si
längst darauf gefaßt gewesen, begab sie sich, von wenigen Ge
treuen begleitet, auf die Reise nach ihrer königlichen Eltern fer
nem Reich. Andere aber, die verdächtig schienen, wurden de
Landes verwiesen, ja manche, die man für besonders gefährlic
hielt, verschwanden in den Gefängnissen des Landes, die uner
sättlich schienen. Da auch das geringste Zeichen der Unzufrie
denheit schonungslos geahndet wurde, kam Ruhe ins Land und
Dionysia war endlich so unumschränkte Herrin, wie sie es kaum
mit der Krone auf dem Haupt hätte sein können. Aber je höhe
ihre Macht anstieg, um so weniger wurde sie ihres Schicksal
froh. Die Feste ihr zu Ehren wurden immer lauter, aber entbehr
ten jeder Heiterkeit. Selbst die Wonnen in des Fürsten Arme

wurden schal und trüb, und bald erkannte Dionysia, daß sie im tiefsten wünschte, der Geliebte hätte sich ihren eitlen Wünschen widersetzt, und daß sie ihn zu verachten anfing, weil er ihr in allem zu Willen gewesen war. Um ihn zu erniedrigen, wie er es ihr zu verdienen schien, gab sie sich in dem fürstlichen Bette den Jünglingen vom Hofe hin, an denen sie ein augenblickliches Gefallen fand. Der Fürst, in Scham und Reue, verschloß zuerst seinen Grimm im Herzen, bald aber, mit erhitzten und verwirrten Sinnen ließ er sich die leicht errungene Gunst anderer Frauen gefallen, für die nun die Tore des Schlosses sich, wie früher für Dionysia, zu öffnen begannen. Doch wie zum Entgelt dafür stiegen die Jünglinge am höchsten bei Hofe, die Dionysias Begehrlichkeit am besten zu schmeicheln wußten. Ohne Zügel, Rücksicht und Scham trieb das Leben im Schlosse weiter, und bald hieß es im Volke, daß die Riesenfackeln der Festsäle in mancher Nacht wie im Grauen vor dem Übermaß der schmachvollen Lüste verlöschen, in denen Fürst und Geliebte, Buhlen und Buhlerinnen sich berauschten.

An einem grauen Morgen, den schimmernden Mantel um die nackten Schultern leicht gerafft, mit verhülltem Gesicht einer Schar von Trunkenen entfliehend, fort aus dem Saal, wo der Fürst selbst wie ein plötzlich rasend Gewordener mit gezücktem Messer ohne Ziel hin und her stürmte, eilte Dionysia die Treppe hinab, und einer Lockung folgend, die sie für die letzte hielt, strebte sie einem trüben Weiher zu, der unter Buchen am Ende des Parkes lag, um dort ihren Rausch, ihre Schmach, ihren Ekel mit ihrem abgetanen Leben zugleich und für ewig zu versenken. Doch wie sie in dem schillernden Wasser ihr verzerrtes Bild erblickte, erinnerte sie sich, was ihr zwei Jahre lang kaum mehr begegnet, – daß sie Mutter war. Sie wandte sich, eilte unter den hängenden Ästen nach dem Schloß zurück und mit flügeljungem Schritt in das Schlafgemach des siebenjährigen Prinzen. Mit keinem andern Gedanken war sie an sein Bett getreten, als ihn auf den Arm und mit sich in den Tod zu nehmen. Doch als sie ihn hier so ruhig schlummern sah, da schien ihr seine süße Kinderstirn wie von einer wundersamen, früher nie gesehenen Hoheit leuchtend; ein anderer Einfall zuckte ihr mit einem Male durch den Sinn und war gleich im Entstehen so mächtig, daß sie den schlafenden Prinzen auf die Arme nahm, mit ihren bloßen Füßen in den Festsaal zurückeilte, wo sie den Fürsten nur ganz allein, waffenlos, das Haar wirr in die Stirn hängend, mit einem ungeheuren

Ernst an dem zerstörten, mit halbwelken Blumen bedeckt[en] Tische sitzend fand. Sie wußte in diesem Augenblick, daß er v[e] der gleichen Todessehnsucht erfüllt war wie sie selbst. Als Dionysia mit dem schlaftrunkenen Prinzen vor sich sah, schau[te] er sie lange an und fragte nach dem Anlaß dieses sonderbar[en] Auftretens. Sie hielt ihm das Kind entgegen wie ein kostbar[es] Geschenk und verlangte von ihm, daß er es noch am gleich[en] Tage zum Erben seines Reiches ernennen solle. Und als er b[e]troffen schwieg, schwor sie im belebenden Frühglanz der neu[en] Sonne, die eben aufstieg, daß das wollüstig grauenvolle Treib[en] der letzten Zeit nun ein Ende haben solle, daß sie entschloss[en] sei, sich von nun an Werken des Wohltuns und der Gesetzgebu[ng] zu widmen und an des geliebten Fürsten Seite als treue Gefährt[in] zu walten. Sie traute sich die Kraft zu, die Schmach der verga[n]genen Jahre durch den Ruhm der kommenden auszulöschen u[nd] wollte sich dafür verbürgen, daß im Gedächtnis des Volkes d[ie] Erinnerung jener verflossenen Zeit nur wie die einer bös[en] Krankheit dumpf fortleben und endlich wie eine Sage erlösch[en] sollte. Die Erbschaftserklärung an ihren Sohn sollte die letzte T[at] der Willkür sein und schien ihr so verzeihlich als geboten, da s[ie] in jedem Sinne nur zum Heile des Landes geschähe. Der Fürs[t] aufleuchtenden Auges, stimmte zu. Unverzüglich wurde der R[at] der Edlen zusammenberufen. In durchglühtem Ernst trug d[er] Fürst seinen Willen vor, und kein Widerspruch wurde laut. D[ie] Neuigkeit wurde im Volke bekanntgemacht, und es war Sor[ge] getragen, daß sie mit Jubel begrüßt würde. Des Abends flammt[en] Lichter in allen Fenstern auf, anscheinend freudig erregte Schar[en] zogen durch die Straßen, und was man von Reden erlausch[en] konnte, klang nicht anders, als wäre am heutigen Tag einem g[e]liebten Fürsten von einer edlen Gattin der langersehnte Erbe g[e]boren worden. Zum ersten Male wieder seit langer Zeit li[eß] Dionysia sich täuschen und hielt die bezahlten oder durch Furc[ht] erzwungenen Freudenäußerungen der lärmenden Menge für d[ie] neuerwachte Hoffnung einer herzenswarmen, niemals ganz ve[r]loren gewesenen und darum leicht wiedergewonnenen Bevölk[e]rung. Innern Jubels voll trat sie mit dem Fürsten auf den Balko[n] vor dem die Menge sich staute. Die Leute riefen nach dem Pri[n]zen immer lauter, als wäre es ihr gutes Recht, den Erben d[es] Reichs an dem großen Tag, da sein erhabenes Schicksal sich en[t]schieden, von Angesicht zu Angesicht zu sehen. Neu beglüc[kt] eilte Dionysia nach den Gemächern ihres Sohnes. Es fiel ihr kau[m] auf, daß die Wache fehlte, die sonst an der Türe zu stehen pflegte. Sie eilte weiter. Da sah sie die Erzieherin des Prinzen gleich einer Betrunkenen am Eingang liegen. Von böser Ahnung erfaßt, stürzte Dionysia ans Bett ihres Sohnes und fand ihn mit gebrochenen Augen, verzerrtem Antlitz, eine tiefe Wunde auf der Stirn, tot auf dem rotdurchfeuchteten Linnen. Nur einen Augenblick stand Dionysia starr, dann ergriff sie den Leichnam ihres Kindes, stürzte mit ihm von Zimmer zu Zimmer, durch Gänge, über Treppen, durchs ganze Schloß, das wie ausgestorben schien, endlich, immer die blutige Leiche des Prinzen auf den Armen, fand sie sich wieder auf dem Balkon, wo der Fürst allein stand, zeigte zuerst ihm, dann der Menge unten das ermordete Kind und rief sie mit dunkel beschwörenden Worten zu furchtbarer Rache auf. Der Fürst aber, als hätte er ein Gespenst gesehen, war sofort von dannen geeilt, Dionysia stand allein, – und unten vor dem Schloß war mit einemmal jeder Laut erstorben. Kein Jammerruf antwortete der klagenden Mutter, kein Schrei der Wut grimmte auf; – als zweifelte keiner, daß ein von Gott, nicht von übelgesinnten Menschen verhängtes Schicksal hereingebrochen wäre, gegen das jede Auflehnung vergeblich, ja frevelhaft wäre, schweigend, geduckt, wie Zeugen eines längst erwarteten Gerichts schlichen alle die Tausende davon und verschwanden im Dunkel der Nacht. Die erneuten Entsetzensschreie Dionysias gellten ins Leere und endlich, mit dem blutigen Kinderleichnam im Arm, sank sie auf die Steinfliesen hin.

Als sie erwachte, war eine große Stille um sie. Sie war allein, und die Leiche des Kindes war fort. Einen Augenblick wollte sie sich einbilden, daß sie aus einem grauenhaften Traum erwacht sei. Der Anblick ihrer blutigen Hände rief sie in die Wirklichkeit zurück. Sie erhob sich, sah um sich und hinab über die Balustrade. Das Morgengrauen schlich trüb über den verlassenen Schloßplatz. Dionysia eilte von Gemach zu Gemach. Kein lebendes Wesen war zu sehen. Keine Wache auf den Gängen, kein Lakai, in den Stallungen kein Pferd und kein Wagen; Dionysia war völlig allein. Wie ein Ort des Fluchs schien das Schloß von allen Atmenden verlassen. Eine Angst ohnegleichen packte Dionysia, und sie wagte nicht, ins Freie zu treten. Da erinnerte sie sich mit einemmal eines unterirdischen Gangs, der von ihrem Schlafgemach aus nach dem fürstlichen Residenzschlosse führte. Durch eine nur ihr bekannte Tür trat Dionysia ins Dunkle, stürmte fort immer gradeaus, mit wändestreifendem Kleid. Allmählich begann mattes

Licht um sie her zu spielen, endlos schien der Weg; wie verfolgt jagte sie weiter, bis sie endlich wieder eine Tür erreichte, die sie aufstieß, um plötzlich, wie aus der Wand gespieen, vor dem Fürsten dazustehen, der einsam in dunkler Gewandung vor seinem Schreibtisch saß, auf dem eine Kerze brannte. Er fuhr zusammen, seine Augen flackerten, er versuchte, ein Blatt zu verbergen, das vor ihm lag; sie griff darnach, er ließ die zitternden Hände sinken; – und Dionysia las ihr eigenes Todesurteil, auf dem nicht weiter fehlte als die Unterschrift des Fürsten. Erbärmlicher als sie ihn jemals gesehen, aller Hoheit entkleidet, stand der einst Geliebte vor ihr und stammelte feige, doch verhängnisschwere Worte. Unwiderstehlichen Mächten sei er unterlegen, er war ein Gefangener in seinem eigenen Palast. Schon wäre mit ihren Getreuen die verstoßene Fürstin auf dem Wege hierher, und nur wenn er seinen Namen unter dieses Urteil setzte, rettete er sich selbst, sein Land, seine Herrschaft und vielleicht sein Leben. Er sei schmerzlich verwundert, Dionysia vor sich zu sehen. Im stillen hätte er gehofft, sie wäre schon auf der Flucht und in Sicherheit. War das Schloß nicht menschenleer gewesen? Hatte sie nicht die Wege frei gefunden nach allen Seiten? Daß sie die Verwirrung der Nacht nicht besser ausgenützt, wäre ihre eigene, unbegreifliche Schuld; und wie mit Absicht hatte sie sich selbst in den sicheren Untergang begeben. Nun aber sollte sie erfahren – und seine Rede klang bestimmter und frecher mit jedem Wort – daß er ein gnädiger Herr sei: er werde nicht, wie sie wohl zu fürchten allen Anlaß hätte, nach der Wache rufen, nein, er stelle es ihr vielmehr frei, sofort wieder durch die gleiche Tür zu verschwinden, aus der sie eben gekommen war, den Tag über sich in dem unterirdischen Gang aufzuhalten und bei Anbruch der Nacht ihn von der anderen Seite wieder zu verlassen. Er werde sie nicht ausliefern, ja sogar dafür Sorge tragen, daß das Lustschloß heute den ganzen Tag verlassen bleibe; nach Ablauf dieser Frist aber möge sie fliehen, so rasch und so weit ihre Füße sie trügen. Und am Ende gab er ihr sein fürstliches Wort, daß sie bis dahin vor jeder Verfolgung werde sicher sein.

Dionysia ließ ihn reden und sah ihm während der ganzen Zeit starr in die Augen, die von ihrem kalten Blick immer wieder ab glitten. Dann, ohne ein Wort der Erwiderung, schritt sie an dem jäh Erblassenden vorbei, stieß die Türe zum Vorsaal auf, und zwischen den Wachen, die regungslos standen, über die marmorne Treppe hinab, durch das hohe Schloßtor, dann durch die Straße der Stadt, an den Menschen vorbei, die sie erkannten, und scheu vor ihr abrückten, wie vor einer Gezeichneten – in blutigem Kleid, mit halbgeschlossenen, gerade vor sich hin gerichteten Augen schritt sie dahin. Bis ans Stadttor waren ihr einige, dann aber immer mehr Leute in furchtsam gemessener Entfernung gefolgt. Hier aber wandte Dionysia sich um; mit einer gebieterischen Bewegung ihrer blutigen Hände verbot sie jenen, ihr weiter zu folgen, und nun, in lauer Frühlingsluft, zwischen gelben Feldern, die im Morgenglanz wogten, nahm sie tief atmend den Weg nach Hause.

VII

Sie wanderte die Nächte durch und schlief bei Tage auf Wiesen und Wäldern, wusch Leib und Gewand in Flüssen und Teichen und lebte von den Früchten, die ihr der Zufall bot. Nicht um sich zu verbergen und um ein Leben zu fristen, das ihr gleichgültig war, nur um Menschenstimmen nicht zu hören, Menschengesichter nicht zu sehen, hielt sie sich abseits vom gewohnten Zug der Straßen. Nach einer Reihe von Tagen, die sie nicht gezählt, zu einer sternenstillen Mitternachtsstunde stand sie an der Pforte des vor so langer Zeit verlassenen Hauses, die offen stand wie für eine Erwartete. Ohne die Wohnung zu betreten, schritt Dionysia die Wendeltreppe hinauf zum Turm, wo sie sicher war, ihren Gatten zu finden. Sie erblickte ihn, aufrecht stehend, das Auge am Fernrohr, das zum Himmel gerichtet war. Als er Schritte hörte, wandte er sich um, und da er Dionysia erkannte, zeigte sein Blick keinerlei Erstaunen, nur ein mildes Lächeln von der Art, wie es liebe Gäste zu begrüßen pflegt.

»Ich bin es«, sagte Dionysia.

Der Gatte nickte. »Ich habe dich erwartet. In dieser Nacht, nicht früher und nicht später mußtest du kommen.«

»So kennst du mein Schicksal?«

»Ob du's auch unter fremdem Namen erlebtest, ich kenne es. Es war keines von der Art, daß es geheim bleiben konnte; und von allen Frauen, die leben, konnte es keiner beschieden sein, als dir. Sei willkommen, Dionysia.«

»Willkommen nennst du mich? Dich schaudert nicht vor mir?«

»Du hast dein Leben gelebt, Dionysia. Reiner stehst du vor mir als all jene andern, die im trüben Dunst ihrer Wünsche atmen. Du weißt, wer du bist. Wie sollte mich vor dir schaudern?«

»Ich weiß, wer ich bin? So wenig weiß ich's, als da du mich entließest. In der Beschränkung, die du mir zuerst bereitet und wo alles Pflicht wurde, war mir versagt, mich zu finden. Im Grenzenlosen, wohin du mich sandtest, und wo alles Lockung war, mußte ich mich verlieren. Ich weiß nicht, wer ich bin.«

»Was kommt dich an, Dionysia? Willst du, Undankbare, mir zum Vorwurf machen, daß ich tat, was kein Weiser unter den Liebenden je gewagt, was kein Liebender unter den Weisen je sich abgewonnen?«

»Du ein Weiser? Und hast nicht erkannt, daß jedem menschlichen Dasein nur ein schmaler Strich gegönnt ist, sein Wesen zu verstehen und zu erfüllen? Dort, wo das einzige, mit ihm einmal geborene und niemals wiederkehrende Rätsel seines Wesens im gleichen Bett mit den hohen Gesetzen göttlicher und menschlicher Ordnung läuft? Ein Liebender du? Und bist nicht selbst an jenem fernen Morgen ins Tal hinabgestiegen, eine Flöte zerbrechen, deren Töne der Geliebten Verführung drohten? Dein Herz war müd, Erasmus, darum ließest du mich scheiden, ohne einen Kampf aufzunehmen, der damals noch nicht verloren war; und dein Geist war erwürgt im kalten Krallengriff von Worten, darum vermeintest du das Lebens ungeheure Fülle, das Hin- und Widerspiel von Millionen Kräften im hohlen Spiegel einer Formel einzufangen.« Und sie wandte sich zu gehen.

»Dionysia«, rief der Gatte ihr nach. »Komm doch zu dir! Dein buntes Schicksal hat dir den Sinn verwirrt. Hier wirst du Ruhe und Klarheit wiederfinden. Hast du denn vergessen? Gemach, Bett und Gewand warten deiner, und keine Frage, kein Vorwurf wird jemals dich quälen. Hier bist du in Sicherheit, draußen lauern Gefahr und Tod.«

Noch einmal, an der Türe schon, wandte Dionysia sich um: »Was kümmert mich, was draußen meiner harrt? Ich fürchte das Draußen nicht mehr. Bange macht mir deine Nähe allein!«

»Meine Nähe, Dionysia? – Denkst du etwa, ich könnte meines Wortes je vergessen? Sei ohne Sorge, Dionysia! Hier ist der Friede, denn hier ist das Verstehn!«

»So sagst du selbst mir, warum ich dich fliehe –? Ja wärst du erschauert vor dem Hauch der tausend Schicksale, der um meine Stirne fließt, so hätt' ich bleiben dürfen, und unsere Seelen wären vielleicht ineinandergeschmolzen in der Glut namenloser Schmerzen. So aber, tiefer als vor allen Masken und Wundern der Welt graut mich vor der steinernen Fratze deiner Weisheit.«

Damit schritt sie die Wendeltreppe wieder hinab, ohne nur einen Blick zurückzuwerfen. Eilig verließ sie das Haus und verschwand alsbald im weiten Schatten der Ebene.

Erasmus, nach anfänglicher Starrheit, eilte ihr nach und folgte ihrer Spur stundenlang. Doch sie selbst erreichte er nicht mehr, und er mußte sich endlich entschließen zurückzukehren. Auch alle weiteren Nachforschungen nach Dionysia blieben vergeblich. Sie blieb verschwunden; und kein Mensch weiß, ob sie noch längere Zeit, vielleicht unter fremdem Namen, irgendwo in der Welt weitergelebt oder bald unerkannt ein zufälliges oder selbstgewähltes Ende gefunden hat. –

Erasmus aber entdeckte bald darauf einen rätselhaft glitzernden Stern, der nach neuen, noch nicht erkundeten Gesetzen im weiten Raum umherirrte. Und in seinen Aufzeichnungen fand man, daß er diesem Stern, in Erinnerung an seine Gattin, deren harte Abschiedsworte er ihr nicht weiter nachtrug, den Namen Dionysia zu geben gedachte. Andere Forscher prüften nach, suchten den Himmel nach allen Fernen, zu allen Jahreszeiten und zu allen Stunden ab; doch keinem gelang es, jenen Stern wiederzufinden, der von der Unendlichkeit für immer verschlungen schien.

DIE DREIFACHE WARNUNG

Im Duft des Morgens, umstrahlt von Himmelsbläue, wanderte ein Jüngling den winkenden Bergen zu und fühlte sein frohes Herz mit allen Pulsen der Welt in gleicher Welle schlagen. Unbedroht und frei trug ihn sein Weg viele Stunden lang über das offene Land, bis mit einem Male, an eines Waldes Eingang, rings um ihn, nah und fern zugleich, unbegreiflich, eine Stimme klang: »Geh nicht durch diesen Wald Jüngling, es sei denn, du wolltest einen Mord begehen.« Betroffen blieb der Jüngling stehen, blickte nach allen Seiten, und da nirgends ein lebendiges Wesen zu entdecken war, erkannte er, daß ein Geist zu ihm gesprochen hatte. Seine Kühnheit aber lehnte sich auf, so dunklem Zuruf gehorsam zu sein, und, den Gang nur wenig mäßigend, schritt er unbeirrt vorwärts, doch mit angespannten Sinnen, den unbekannten Feind rechtzeitig zu erspähen, den ihm jene Warnung verkündigen mochte. Niemand begegnete ihm, kein verdächtiges Geräusch ward vernehmbar, und unangefochten trat der Jüngling bald aus den schweren Schatten der Bäume ins Freie. Unter den letzten breiten Ästen ließ er zu kurzer Rast sich nieder und sendete den Blick über eine weite Wiese hin, den Bergen zu, aus denen schon mit strengem Umriß ein starrer Gipfel als letztes hohes Ziel sich aufrichtete. Kaum aber hatte der Jüngling sich wieder erhoben, als sich zum zweitenmal die unbegreifliche Stimme vernehmen ließ, rings um ihn, zugleich nah und fern, doch beschwörender als das erstemal: »Geh nicht über diese Wiese, Jüngling, es sei denn, du wolltest Verderben bringen über dein Vaterland.« Auch dieser neuen Warnung zu achten, verbot dem Jüngling sein Stolz, ja, er lächelte des leeren Wortschwalls, der geheimnisvollen Sinnes sich brüsten wollte, und eilte vorwärts, im Innern ungewiß, ob Ungeduld oder Unruhe ihm den Schritt beflügelte. Feuchte Abendnebel dunsteten in der Ebene, als er endlich der Felswand gegenüberstand, die zu bezwingen er sich vorgenommen. Doch kaum hatte er den Fuß auf das kahle Gestein gesetzt, so tönte es, unbegreiflich, nah und fern zugleich, drohender al zuvor um ihn: »Nicht weiter, Jüngling, es sei denn, du wolltest den Tod erleiden.« Nun sandte der Jüngling ein überlautes Lachen in die Lüfte und setzte ohne Zögern und ohne Hast seine Wanderung fort. Je schwindelnder ihn der Pfad emportrug, um so freier fühlte er seine Brust sich weiten, und auf der kühn erklommenen Spitze umglühte der letzte Glanz des Tages sein Haupt. »Hier bin ich!« rief er mit erlöster Stimme. »War dies eine Prüfung, guter oder böser Geist, so hab' ich sie bestanden. Kein Mord belastet meine Seele, ungekränkt in der Tiefe schlummert mir die geliebte Heimat, und ich lebe. Und wer du auch sein magst, ich bin stärker als du, denn ich habe dir nicht geglaubt und tat recht daran.«

Da rollte es wie Ungewitter von den fernsten Wänden und immer näher heran: »Jüngling, du irrst!« und die Donnergewalt der Worte warf den Wanderer nieder.

Der aber streckte sich auf den schmalen Grat der Länge nach hin, als wäre es eben seine Absicht gewesen, hier auszuruhen, und mit spöttischem Zucken der Mundwinkel sprach er wie vor sich hin: »So hätt' ich wirklich einen Mord begangen und hab' es gar nicht gemerkt?«

Und es brauste um ihn: »Dein achtloser Schritt hat einen Wurm zertreten.«

Gleichgültig erwiderte der Jüngling: »Also weder ein guter noch ein böser Geist sprach zu mir, sondern ein witziger Geist. Ich habe nicht gewußt, daß auch derlei um uns Sterbliche in den Lüften schwebt.«

Da grollte es rings im fahlen Dämmerschein der Höhe: »So bist du derselbe nicht mehr, der heut' morgens sein Herz mit allen Pulsen der Welt in gleicher Welle schlagen fühlte, daß dir ein Leben gering erscheint, von dessen Lust und Grauen kein Wissen in deine taube Seele dringt?«

»Ist es so gemeint?« entgegnete der Jüngling stirnrunzelnd, »so bin ich hundert- und tausendfach schuldig, wie andere Sterbliche auch, deren achtloser Schritt unzähliges kleines Getier immer und immer wieder ohne böse Absicht vernichtet.«

»Um des einen willen aber warst du gewarnt. Weißt du, wozu gerade dieser Wurm bestimmt war im unendlichen Lauf des Werdens und Geschehens?«

Gesenkten Hauptes erwiderte der Jüngling: »Da ich das weder weiß noch wissen kann, so sei dir denn in Demut zugestanden, daß ich auf meiner Waldeswanderung unter vielen anderen auch gerade den Mord begangen habe, den zu verhüten dein Wille war.

Aber wie ich es angestellt habe, auf meinem Wiesenweg Unheil über mein Vaterland zu bringen, das zu hören, bin ich wirklich begierig.«

»Sahst du den bunten Schmetterling,« raunte es um ihn, »Jüngling, der eine Weile zu deiner Rechten flatterte?«

»Viele sah ich wohl, auch den, den du meinen magst.«

»Viele sahst du! Manche trieb deiner Lippen Hauch ab vor ihrer Bahn; den aber, den ich meine, jagte dein wilder Atem ostwärts, und so flatterte er meilenweit immer weiter, bis über die goldenen Gitterstäbe, die den königlichen Park umschließen. Vor diesem Schmetterling aber wird die Raupe stammen, die übers Jahr an heißem Sommernachmittag über der jungen Königin weißen Nacken kriechen und sie so jäh aus ihrem Schlummer wecken wird, daß ihr das Herz im Leib erstarren und die Frucht ihres Schoßes hinsiechen muß. Und statt des rechtmäßigen, um sein Dasein betrogenen Sprossen erbt des Königs Bruder das Reich; tückisch, lasterhaft und grausam, wie er geschaffen, stürzt er das Volk in Verzweiflung, Empörung und endlich, zu eigener Rettung, in Kriegswirrnis, deiner geliebten Heimat zum unermeßlichen Verderben. An all dem trägt kein anderer Schuld als du, Jüngling, dessen wilder Hauch den bunten Schmetterling auf jener Wiese ostwärts über goldene Gitterstäbe in den Park des Königs trieb.«

Der Jüngling zuckte die Achseln: »Daß all dies eintreffen kann, so wie du voraussagst, unsichtbarer Geist, wie vermöcht' ich es zu leugnen, da ja auf Erden immer eins aus dem anderen folgt, gar oft Ungeheures aus Kleinem und Kleines wieder aus Ungeheurem? Aber was soll mich veranlassen, gerade dieser Prophezeiung zu trauen, da jene andere sich nicht erfüllte, die mir für meinen Felsenaufstieg den Tod angedroht hat?«

»Wer hier emporstieg,« so klang es furchtbar um ihn, »der muß auch wieder hinab, wenn es ihn gelüstet, weiter unter den Lebendigen zu wandeln. Hast du das bedacht?«

Da erhob sich der Jüngling jäh, als wär' er gewillt, augenblicks den rettenden Rückweg anzutreten. Doch als er mit plötzlichem Grauen der undurchdringlichen Nacht inne ward, die ihn umgab, begriff er, daß er zu so verwegenem Beginnen des Lichts bedurfte; und um seiner klaren Sinne für den Morgen gewiß zu sein, streckte er sich wieder hin auf den schmalen Grat und sehnte mit Inbrunst den stärkenden Schlaf herbei. Doch so regungslos er dalag, Gedanken und Sinne blieben ihm wach, schmerzlich geöffnet die müden Lider, und ahnungsvolle Schauer rannen ihm durch Herz und Adern. Der schwindelnde Abgrund stand ihm

mmer und immer vor Augen, der ihm den einzigen Weg ins Le-
en zurück bedeutete; er, der sonst seines Schrittes sich überall
cher gedünkt hatte, fühlte in seiner Seele nie gekannte Zweifel
fbeben und immer peinvoller wühlen, bis er sie nicht länger
tragen konnte und beschloß, lieber gleich das Unvermeidliche
1 wagen, als in Qual der Ungewißheit den Tag zu erwarten.
nd wieder erhob er sich zu dem vermessenen Versuch, ohne
en Segen der Helle, nur mit seinem tastenden Tritt des gefähr-
chen Weges Meister zu werden. Kaum aber hatte er den Fuß
a die Finsternis gesetzt, so war ihm wie ein unwiderrufliches
rteil bewußt, daß sich nun in kürzester Frist sein geweissagtes
chicksal erfüllen mußte. Und in düsterem Zorn rief er in die Lüfte:
Unsichtbarer Geist, der mich dreimal gewarnt, dem ich dreimal
icht geglaubt habe und dem ich nun doch als dem Stärkeren
aich beuge – ehe du mich vernichtest, gib dich mir zu erkennen.«

Und es klang durch die Nacht, umklammernd nah und un-
rgründlich fern zugleich: »Erkannt hat mich kein Sterblicher
och, der Namen hab' ich viele. Bestimmung nennen mich die
.bergläubischen, die Toren Zufall und die Frommen Gott. De-
en aber, die sich die Weisen dünken, bin ich die Kraft, die am
anfang aller Tage war und weiter wirkt unaufhaltsam in die
.wigkeit durch alles Geschehen.«

»So fluch' ich dir in meinem letzten Augenblick«, rief der
üngling, mit der Bitternis des Todes im Herzen. »Denn bist du
ie Kraft, die am Anfang aller Tage war und weiter wirkt in die
.wigkeit durch alles Geschehen, dann mußte ja all dies kommen,
vie es kam, dann mußt' ich den Wald durchschreiten, um einen
Mord zu begehen, mußte über diese Wiese wandern, um mein
Vaterland zu verderben, mußte den Felsen erklimmen, um meinen
Untergang zu finden – deiner Warnung zum Trotz. Warum also
var ich verurteilt, sie zu hören, dreimal, die mir doch nichts
ützen durfte? Mußte auch dies sein? Und warum, o Hohn über
llem Hohn, muß ich noch im letzten Augenblick mein ohnmäch-
iges Warum dir entgegenwimmern?«

Da war dem Jüngling, als fliehe an den Rändern des unsichtbaren Himmels, von ungeheurer Antwort schwer und ernst, ein
unbegreifliches Lachen hin. Doch wie er versuchte, ins Weite zu
aorchen, wankte und glitt der Boden unter seinem Fuß; und
chon stürzte er hinab, tiefer als Millionen Abgründe tief – in ein
Dunkel, darin alle Nächte lauerten, die gekommen sind und
kommen werden vom Anbeginn bis zum Ende der Welten.

Gestern nachts, als ich mich auf dem Heimweg für eine Weile im Stadtpark auf einer Bank niedergelassen hatte, sah ich plötzlich in der anderen Ecke einen Herrn lehnen, von dessen Gegenwart ich vorher nicht das geringste bemerkt hatte. Da zu dieser späten Stunde an leeren Bänken im Park durchaus kein Mangel war, kam mir das Erscheinen dieses nächtlichen Nachbars etwas verdächtig vor; und eben machte ich Anstalten, mich zu entfernen, als der fremde Herr, der einen langen grauen Überzieher und gelbe Handschuhe trug, den Hut lüftete, mich beim Namen nannte und mir einen guten Abend wünschte. Nun erkannte ich ihn, recht angenehm überrascht. Es war Dr. Gottfried Wehwald, ein junger Mann von guten Manieren, ja sogar von einer gewissen Vornehmheit des Auftretens, die zumindest ihm selbst eine immerwährende stille Befriedigung zu gewähren schien. Vor etwa vier Jahren war er als Konzeptspraktikant aus der Wiener Statthalterei nach einer kleinen niederösterreichischen Landstadt versetzt worden, tauchte aber von Zeit zu Zeit wieder unter seinen Freunden im Caféhause auf, wo er stets mit jener gemäßigter Herzlichkeit begrüßt wurde, die seiner eleganten Zurückhaltung gegenüber geboten war. Daher fand ich es auch angezeigt, ob zwar ich ihn seit Weihnachten nicht gesehen hatte, keinerlei Befremden über Stunde und Ort unserer Begegnung zu äußern liebenswürdig, aber anscheinend gleichgültig erwiderte ich seinen Gruß und schickte mich eben an, mit ihm ein Gespräch zu eröffnen, wie es sich für Männer von Welt geziemt, die am Ende auch ein zufälliges Wiedersehen in Australien nicht aus der Fassung bringen dürfte, als er mit einer abwehrenden Handbewegung kurz bemerkte: »Verzeihen Sie, werter Freund aber meine Zeit ist gemessen und ich habe mich nur zu dem Zwecke hier eingefunden, um Ihnen eine etwas sonderbare Geschichte zu erzählen, vorausgesetzt natürlich, daß Sie geneigt sein sollten, sie anzuhören.«

Nicht ohne Verwunderung über diese Anrede erklärte ich mich

trotzdem sofort dazu bereit, konnte aber nicht umhin, meinem Befremden Ausdruck zu verleihen, daß Dr. Wehwald mich nicht im Caféhause aufgesucht habe, ferner wieso er ihm gelungen war, mich nächtlicherweise hier im Stadtpark aufzufinden und endlich, warum gerade ich zu der Ehre ausersehen sei, seine Geschichte anzuhören.

»Die Beantwortung der beiden ersten Fragen,« erwiderte er mit ungewohnter Herbheit, »wird sich im Laufe meines Berichtes von selbst ergeben. Daß aber meine Wahl gerade auf Sie fiel, werter Freund (er nannte mich nun einmal nicht anders), hat seinen Grund darin, daß Sie sich meines Wissens auch schriftstellerisch betätigen und ich daher glaube, auf eine Veröffentlichung meiner merkwürdigen, aber ziemlich zwanglosen Mitteilungen in leidlicher Form rechnen zu dürfen.«

Ich wehrte bescheiden ab, worauf Dr. Wehwald mit einem sonderbaren Zucken um die Nasenflügel ohne weitere Einleitung begann: »Die Heldin meiner Geschichte heißt Redegonda. Sie war die Gattin eines Rittmeisters, Baron T. vom Dragonerregiment X, das in unserer kleinen Stadt Z. garnisonierte.« (Er nannte tatsächlich nur diese Anfangsbuchstaben, obwohl mir nicht nur der Name der kleinen Stadt, sondern aus Gründen, die bald ersichtlich sein werden, auch der Name des Rittmeisters und die Nummer des Regiments keine Geheimnisse bedeuteten.) »Redegonda«, fuhr Dr. Wehwald fort, »war eine Dame von außerordentlicher Schönheit und ich verliebte mich in sie, wie man zu sagen pflegt, auf den ersten Blick. Leider war mir jede Gelegenheit versagt, ihre persönliche Bekanntschaft zu machen, da die Offiziere mit der Zivilbevölkerung beinahe gar keinen Verkehr pflegten und an dieser Exklusivität selbst gegenüber uns Herren von der politischen Behörde in fast verletzender Weise festhielten. So sah ich Redegonda immer nur von weitem; sah sie allein oder an der Seite ihres Gemahls, nicht selten in Gesellschaft anderer Offiziere und Offiziersdamen, durch die Straßen spazieren, erblickte sie manchmal an einem Fenster ihrer auf dem Hauptplatze gelegenen Wohnung, oder sah sie abends in einem holpernden Wagen nach dem kleinen Theater fahren, wo ich dann das Glück hatte, sie vom Parkett aus in ihrer Loge zu beobachten, die von den jungen Offizieren in den Zwischenakten gerne besucht wurde. Zuweilen war mir, als geruhe sie, mich zu bemerken. Aber ihr Blick streifte immer nur so flüchtig über mich hin, daß ich daraus keine weiteren Schlüsse ziehen konnte. Schon hatte ich die Hoffnung aufgegeben, ihr jemals meine Anbetung zu Füßen legen zu dürfen, als sie mir an einem wundervollen Herbstvormittag in dem kleinen parkartigen Wäldchen, das sich vom östlichen Stadttor aus weit ins Land hinaus erstreckte, vollkommen unerwartet entgegenkam. Mit einem unmerklichen Lächeln ging sie an mir vorüber, vielleicht ohne mich überhaupt zu gewahren und war bald wieder hinter dem gelblichen Laub verschwunden. Ich hatte sie an mir vorübergehen lassen, ohne nur die Möglichkeit in Erwägung zu ziehen, daß ich sie hätte grüßen oder gar das Wort an sie richten können; und auch jetzt, da sie mir entschwunden war, dachte ich nicht daran, die Unterlassung eines Versuchs zu bereuen, dem keinesfalls ein Erfolg hätte beschieden sein können. Aber nun geschah etwas Sonderbares: Ich fühlte mich nämlich plötzlich gezwungen, mir vorzustellen, was daraus geworden wäre, wenn ich den Mut gefunden hätte, ihr in den Weg zu treten und sie anzureden. Und meine Phantasie spiegelte mir vor, daß Redegonda, fern davon mich abzuweisen, ihre Befriedigung über meine Kühnheit keineswegs zu verbergen suchte, es im Laufe eines lebhaften Gespräches an Klagen über die Leere ihres Daseins, die Minderwertigkeit ihres Verkehrs nicht fehlen ließ und endlich ihrer Freude Ausdruck gab, in mir eine verständnisvolle mitfühlende Seele gefunden zu haben. Und so verheißungsvoll war der Blick, den sie zum Abschied auf mir ruhen ließ, daß mir, der ich all dies, auch den Abschiedsblick, nur in meiner Einbildung erlebt hatte, am Abend desselben Tages, da ich sie in ihrer Loge wiedersah, nicht anders zumute war, als schwebe ein köstliches Geheimnis zwischen uns beiden. Sie werden sich nicht wundern, werter Freund, daß ich, der nun einmal von der Kraft seiner Einbildung eine so außerordentliche Probe bekommen hatte, jener ersten Begegnung auf die gleiche Art bald weitere folgen ließ, und daß sich unsere Unterhaltungen von Wiedersehen zu Wiedersehen freundschaftlicher, vertrauter, ja inniger gestalteten, bis eines schönen Tages unter entblätterten Ästen die angebetete Frau in meine sehnsüchtigen Arme sank. Nun ließ ich meinen beglückenden Wahn immer weiterspielen, und so dauerte es nicht mehr lange, bis Redegonda mich in meiner kleinen, am Ende der Stadt gelegenen Wohnung besuchte und mir Seligkeiten beschieden waren, wie sie mir die armselige Wirklichkeit nie so berauschend zu bieten vermocht hätte. Auch an Gefahren fehlte es nicht, unser Abenteuer zu würzen. So geschah es einmal im Laufe des Winters, daß der Rittmeister an uns

vorbeisprengte, als wir auf der Landstraße im Schlitten pelzver-
hüllt in die Nacht hineinfuhren; und schon damals stieg ahnungsvoll in meinen Sinnen auf, was sich bald in ganzer Schicksalsschwere
erfüllen sollte. In den ersten Frühlingstagen erfuhr man in der
Stadt, daß das Dragonerregiment, dem Redegondas Gatte ange-
hörte, nach Galizien versetzt werden wollte. Meine, nein, unsere
Verzweiflung war grenzenlos. Nichts blieb unbesprochen, was unter solchen außergewöhnlichen Umständen zwischen Liebenden
erwogen zu werden pflegt: gemeinsame Flucht, gemeinsamer Tod,
schmerzliches Fügen ins Unvermeidliche. Doch der letzte Abend
erschien, ohne daß ein fester Entschluß gefaßt worden wäre. Ich
erwartete Redegonda in meinem blumengeschmückten Zimmer.
Daß für alle Möglichkeiten vorgesorgt sei, war mein Koffer gepackt, mein Revolver schußbereit, meine Abschiedsbriefe geschrieben. Dies alles, mein werter Freund, ist die Wahrheit.
Denn so völlig war ich unter die Herrschaft meines Wahns geraten, daß ich das Erscheinen der Geliebten an diesem Abend, dem
letzten vor dem Abmarsch des Regiments, nicht nur für möglich
hielt, sondern daß ich es geradezu erwartete. Nicht wie sonst gelang es mir, ihr Schattenbild herbeizulocken, die Himmlische in
meine Arme zu träumen; nein, mir war als hielte etwas Unbe-
rechenbares, vielleicht Furchtbares, sie daheim zurück; hundertmal ging ich zur Wohnungstüre, horchte auf die Treppe hinaus,
blickte aus dem Fenster, Redegondas Nahen schon auf der Straße
zu erspähen; ja, in meiner Ungeduld war ich nahe daran, davon-
zustürzen, Redegonda zu suchen, sie mir zu holen, trotzig mit
dem Recht des Liebenden und Geliebten sie dem Gatten abzu-
fordern, – bis ich endlich, wie von Fieber geschüttelt, auf meinen
Diwan niedersank. Da plötzlich, es war nahe an Mitternacht,
tönte draußen die Klingel. Nun aber fühlte ich mein Herz stille-
stehen. Denn daß die Klingel tönte, verstehen Sie mich wohl,
war keine Einbildung mehr. Sie tönte ein zweites und ein drittes
Mal und erweckte mich schrill und unwidersprechlich zum völligen Bewußtsein der Wirklichkeit. Aber in demselben Augenblick, da ich erkannte, daß mein Abenteuer bis zu diesem Abend
nur eine seltsame Reihe von Träumen bedeutet hatte, fühlte ich
die kühnste Hoffnung in mir erwachen: Daß Redegonda, durch
die Macht meiner Wünsche in den Tiefen ihrer Seele ergriffen,
in eigener Gestalt herbeigelockt, herbeigezwungen, draußen vor
meiner Schwelle stünde, daß ich sie in der nächsten Minute leibhaftig in den Armen halten würde. In dieser köstlichen Erwar-

tung ging ich zur Türe und öffnete. Aber es war nicht Redegonda, die vor mir stand, es war Redegondas Gatte; er selbst, so wahrhaft und lebendig, wie Sie hier mir gegenüber auf dieser Bank sitzen, und blickte mir starr ins Gesicht. Mir blieb natürlich nichts übrig, als ihn in mein Zimmer treten zu lassen, wo ich ihn einlud, Platz zu nehmen. Er aber blieb aufrecht stehen, und mit unsäglichem Hohn um die Lippen sprach er: ›Sie erwarten Redegonda. Leider ist sie am Erscheinen verhindert. Sie ist nämlich tot.‹ ›Tot,‹ wiederholte ich, und die Welt stand still. Der Rittmeister sprach unbeirrt weiter: ›Vor einer Stunde fand ich sie an ihrem Schreibtisch sitzend, dies kleine Buch vor sich, das ich der Einfachheit halber gleich mitgebracht habe. Wahrscheinlich war es der Schreck, der sie tötete, als ich so unvermutet in ihr Zimmer trat. Hier diese Zeilen sind die letzten, die sie niederschrieb. Bitte!‹ Er reichte mir ein offenes, in violettes Leder gebundenes Büchlein, und ich las die folgenden Worte: ›Nun verlasse ich mein Heim auf immer, der Geliebte wartet.‹ Ich nickte nur, langsam, wie zur Bestätigung. ›Sie werden erraten haben,‹ fuhr der Rittmeister fort, ›daß es Redegondas Tagebuch ist, das Sie in der Hand haben. Vielleicht haben Sie die Güte, es durchzublättern, um jeden Versuch des Leugnens als aussichtslos zu unterlassen.‹ Ich blätterte, nein, ich las. Beinahe eine Stunde las ich, an den Schreibtisch gelehnt, während der Rittmeister regungslos auf dem Diwan saß; las die ganze Geschichte unserer Liebe, diese holde, wundersame Geschichte, – in all ihren Einzelheiten; von dem Herbstmorgen an, da ich im Wald zum erstenmal das Wort an Redegonda gerichtet hatte, las von unserem ersten Kuß, von unseren Spaziergängen, unseren Fahrten ins Land hinein, unseren Wonnestunden in meinem blumengeschmückten Zimmer, von unseren Flucht- und Todesplänen, unserem Glück und unserer Verzweiflung. Alles stand in diesen Blättern aufgezeichnet, alles was ich niemals in Wirklichkeit, – und doch alles genau so, wie ich es in meiner Einbildung erlebt hatte. Und ich fand das durchaus nicht so unerklärlich, wie Sie es, werter Freund, in diesem Augenblick offenbar zu finden scheinen. Denn ich ahnte mit einemmal, daß Redegonda mich ebenso geliebt hatte wie ich sie und daß ihr dadurch die geheimnisvolle Macht geworden war, die Erlebnisse meiner Phantasie in der ihren alle mitzuleben. Und da sie als Weib den Urgründen des Lebens, dort wo Wunsch und Erfüllung eins sind, näher war als ich, war sie wahrscheinlich im tiefsten überzeugt gewesen, alles das, was nun in ihrem violetten

Büchlein aufgezeichnet stand, wirklich durchlebt zu haben. Aber noch etwas anderes hielt ich für möglich: daß dieses ganze Tagebuch nicht mehr oder nicht weniger bedeutete, als eine auserlesene Rache, die sie an mir nahm. Rache für meine Unentschlossenheit, die meine, unsere Träume nicht hatte zur Wahrheit werden lassen; ja, daß ihr plötzlicher Tod das Werk ihres Willens und daß es ihre Absicht gewesen war, das verräterische Tagebuch dem betrogenen Gatten auf solche Weise in die Hände zu spielen. Aber ich hatte keine Zeit, mich mit der Lösung dieser Fragen lange aufzuhalten, für den Rittmeister konnte ja doch nur eine, die natürliche Erklärung gelten; so tat ich denn, was die Umstände verlangten, und stellte mich ihm mit den in solchen Fällen üblichen Worten zur Verfügung.«

»Ohne den Versuch« –

»Zu leugnen?!« unterbrach mich Dr. Wehwald herb. »Oh! Selbst wenn ein solcher Versuch die leiseste Aussicht auf Erfolg geboten hätte, er wäre mir kläglich erschienen. Denn ich fühlte mich durchaus verantwortlich für alle Folgen eines Abenteuers, das ich hatte erleben wollen und das zu erleben ich nur zu feig gewesen. – ›Mir liegt daran,‹ sprach der Rittmeister, ›unsern Handel auszutragen, noch eh Redegondas Tod bekannt wird. Es ist ein Uhr früh, um drei Uhr wird die Zusammenkunft unserer Zeugen stattfinden, um fünf soll die Sache erledigt sein.‹ Wieder nickt' ich zum Zeichen des Einverständnisses. Der Rittmeister entfernte sich mit kühlem Gruß. Ich ordnete meine Papiere, verließ das Haus, holte zwei mir bekannte Herren von der Bezirkshauptmannschaft aus den Betten – einer war ein Graf – teilte ihnen nicht mehr mit als nötig war, um sie zur raschen Erledigung der Angelegenheit zu veranlassen, spazierte dann auf dem Hauptplatz gegenüber den dunklen Fenstern auf und ab, hinter denen ich Redegondas Leichnam liegen wußte, und hatte das sichre Gefühl, der Erfüllung meines Schicksals entgegenzugehen. Um fünf Uhr früh in dem kleinen Wäldchen ganz nahe der Stelle, wo ich Redegonda zum ersten Male hätte sprechen können, standen wir einander gegenüber, die Pistole in der Hand, der Rittmeister und ich.«

»Und Sie haben ihn getötet?«

»Nein. Meine Kugel fuhr hart an seiner Schläfe vorbei. Er aber traf mich mitten ins Herz. Ich war auf der Stelle tot, wie man zu sagen pflegt.«

»Oh!« rief ich stöhnend mit einem ratlosen Blick auf meinen

sonderbaren Nachbar. Aber dieser Blick fand ihn nicht mehr. Denn Dr. Wehwald saß nicht mehr in der Ecke der Bank. Ja, ich habe Grund zu vermuten, daß er überhaupt niemals dort gesessen hatte. Hingegen erinnerte ich mich sofort, daß gestern abends im Caféhaus viel von einem Duell die Rede gewesen, in dem unser Freund, Dr. Wehwald, von einem Rittmeister namens Teuerheim erschossen worden war. Der Umstand, daß Frau Redegonda noch am selben Tage mit einem jungen Leutnant des Regiments spurlos verschwunden war, gab der kleinen Gesellschaft trotz der ernsten Stimmung, in der sie sich befand, zu einer Art von wehmütiger Heiterkeit Anlaß, und jemand sprach die Vermutung aus, daß Dr. Wehwald, den wir immer als ein Muster von Korrektheit, Diskretion und Vornehmheit gekannt hatte, ganz in seinem Stil, halb mit seinem, halb gegen seinen Willen, für einen anderen, Glücklicheren, den Tod hatte erleiden müssen.

Was jedoch die Erscheinung des Dr. Wehwald auf der Stadtparkbank anbelangt, so hätte sie gewiß an eindrucksvoller Seltsamkeit erheblich gewonnen, wenn sie sich mir vor dem ritterlichen Ende des Urbildes gezeigt hätte. Und ich will nicht verhehlen, daß der Gedanke, durch diese ganz unbedeutende Verschiebung die Wirkung meines Berichtes zu steigern, mir anfangs nicht ganz ferne gelegen war. Doch nach einiger Überlegung scheute ich vor der Möglichkeit des Vorwurfs zurück, daß ich durch eine solche, den Tatsachen nicht ganz entsprechende Darstellung der Mystik, dem Spiritismus und anderen gefährlichen Dingen neue Beweise in die Hand gespielt hätte, sah Anfragen voraus, ob meine Erzählung wahr oder erfunden wäre, ja, ob ich Vorfälle solcher Art überhaupt für denkbar hielte – und hätte mich vor der peinlichen Wahl gefunden, je nach meiner Antwort als Okkultist oder als Schwindler erklärt zu werden. Darum habe ich es am Ende vorgezogen die Geschichte meiner nächtlicher Begegnung so aufzuzeichnen, wie sie sich zugetragen, freilich au die Gefahr hin, daß viele Leute trotzdem an ihrer Wahrheit zweifeln werden, – in jenem weithin verbreiteten Mißtrauen, das Dichtern nun einmal entgegengebracht zu werden pflegt, wenn auch mit weniger Grund als den meisten anderen Menschen.

DER MÖRDER

Ein junger Mann, Doktor beider Rechte, ohne seinen Beruf auszuüben, elternlos, in behaglichen Umständen lebend, als liebenswürdiger Gesellschafter wohl gelitten, stand nun seit mehr als
einem Jahre in Beziehungen zu einem Mädchen geringerer Ab-
kunft, das, ohne Verwandtschaft gleich ihm, keinerlei Rücksich-
ten auf die Meinung der Welt zu nehmen genötigt war. Gleich
zu Beginn der Bekanntschaft, weniger aus Güte oder Leidenschaft als aus dem Bedürfnis, sich seines neuen Glückes auf möglichst ungestörte Weise zu erfreuen, hatte Alfred die Geliebte
veranlaßt, ihre Stellung als Korrespondentin in einem ansehn-
lichen Wiener Warenhause aufzugeben. Doch nachdem er sich
längere Zeit hindurch, von ihrer dankbaren Zärtlichkeit um-
schmeichelt, im bequemsten Genusse gemeinsamer Freiheit wohler befunden hatte als in irgendeinem früheren Verhältnis, begann
er nun allmählich jene ihm wohlbekannte verheißungsvolle Unruhe zu verspüren, wie sie ihm sonst das nahe Ende einer Liebes-
beziehung anzukündigen pflegt, ein Ende, das nur in diesem
Falle vorläufig nicht abzusehen schien. Schon sah er sich im Geiste
als Schicksalsgenossen eines Jugendfreundes, der, vor Jahren in
eine Verbindung ähnlicher Art verstrickt, nun als verdrossener
Familienvater ein zurückgezogenes und beschränktes Leben zu
führen gezwungen war; und manche Stunden, die ihm ohne
Ahnungen solcher Art an der Seite eines anmutigen und sanften
Wesens, wie Elise es war, das reinste Vergnügen hätten gewähren
müssen, begannen ihm Langeweile und Pein zu bereiten. Wohl
war ihm die Fähigkeit und, was er sich noch höher anrechnen
mochte, die Rücksicht eigen, Elise von solchen Stimmungen
nichts merken zu lassen, immerhin aber hatten sie die Wirkung,
ihn wieder öfter die Geselligkeit jener gutbürgerlichen Kreise
aufsuchen zu lassen, denen er im Laufe des letzten Jahres sich beinahe völlig entfremdet hatte. Und als ihm bei Gelegenheit einer
Tanzunterhaltung eine vielumworbene junge Dame, die Tochter
eines begüterten Fabrikbesitzers, mit auffallender Freundlichkeit

entgegenkam, und er so plötzlich die leichte Möglichkeit einer Verbindung vor sich sah, die seiner Stellung und seinem Vermögen angemessen war, begann er jene andere, die wie ein heiter zwangloses Abenteuer angefangen, als lästige Fessel zu empfinden, die ein junger Mann von seinen Vorzügen unbedenklich abschütteln dürfte. Doch die lächelnde Ruhe, mit der Elise ihn immer wieder empfing, ihre sich stets gleichbleibende Hingabe in den spärlicher werdenden Stunden des Zusammenseins, die ahnungslose Sicherheit, mit der sie ihn aus ihren Armen in eine ihr unbekannte Welt entließ, all dies drängte ihm nicht nur jedesmal das Abschiedswort von den Lippen, zu dem er sich vorher stets fest entschlossen glaubte, sondern erfüllte ihn mit einer Art von quälendem Mitleid, dessen kaum bewußte Äußerungen einer so herzlich vertrauenden Frau wie Elise nur als neue und innigere Zeichen seiner Neigung erscheinen mußten. Und so kam es dahin, daß Elise sich niemals heißer von ihm angebetet glaubte, als wenn er von einer neuen Begegnung mit Adele, wenn er durchbebt von der Erinnerung süßfragender Blicke, verheißender Händedrücke und zuletzt im Rausch der ersten heimlichen Brautküsse in jenes stille, ihm allein und seiner treulosen Liebe geweihte Heim zurückgekehrt war; und statt mit dem Lebewohl, das er sich noch auf der Schwelle vorgenommen, verließ Alfred die Geliebte allmorgendlich mit erneuten Schwüren ewiger Angehörens.

So liefen die Tage durch beide Abenteuer hin; endlich blieb nur mehr zu entscheiden, welcher Abend für die unvermeidlich gewordene Aussprache mit Elisen besser gewählt wäre, der vor oder der nach der Verlobung mit Adelen; und an dem ersten dieser beiden Abende, da ja doch noch eine Frist vor ihm lag, erschien Alfred in einer durch die Gewohnheit seines Doppelspiels fast beruhigten Seelenverfassung bei der Geliebten.

Er fand sie blaß, wie er sie vorher niemals gesehen, in der Ecke des Diwans lehnen; auch erhob sie sich nicht wie sonst bei seinem Eintritt, um ihm Stirn und Mund zum Willkommskuß zu bieten, sondern zeigte ein müdes, etwas gezwungenes Lächeln, so daß zugleich mit einem Gefühl der Erleichterung die Vermutung in Alfred aufstieg, die Nachricht von seiner bevorstehenden Verlobung sei trotz aller Geheimhaltung nach der rätselhaften Art der Gerüchte doch schon bis zu ihr gedrungen. Aber auf seine sich überstürzenden Fragen erfuhr er nichts anderes, als daß Elise, was sie ihm bisher verschwiegen, von Zeit zu Zeit an

Herzkrämpfen leide, von denen sie sich sonst rasch zu erholen pflegte, deren Nachwirkung aber diesmal länger anzuhalten drohe als je. Alfred, im Bewußtsein seiner schuldvollen Vorsätze, war von dieser Eröffnung so heftig berührt, daß er sich in Ausdrücken der Teilnahme, in Beweisen von Güte gar nicht genug tun konnte; und vor Mitternacht, ohne zu begreifen, wie es so weit gekommen, hatte er mit Elisen den Plan einer gemeinsamen Reise entworfen, auf der sie gewiß dauernde Genesung von ihren üblen Zufällen finden sollte.

Niemals so zärtlich geliebt, nie aber auch so durchtränkt von eigener Zärtlichkeit hatte er je von ihr Abschied genommen als in dieser Nacht, so daß er auf dem Heimweg ernstlich einen Absagebrief an Adele erwog, in dem er seine Flucht aus Verlobung und Eheband wie ein Gebot seiner für ein dauernd stilles Glück nicht geschaffenen unsteten Natur zu entschuldigen gedachte. Die kunstvollen Verschlingungen der Sätze verfolgten ihn noch in den Schlaf; aber schon das Morgenlicht, das durch die Spalten der Jalousien auf seiner Decke spielte, ließ ihm die aufgewandte Mühe ebenso töricht als überflüssig erscheinen. Ja, er war kaum zu staunen fähig, daß ihm nun die leidende Geliebte der verflossenen Nacht traumhaft fern wie eine Verlassene erschien, während Adele blühend im Duft unermeßlicher Sehnsucht vor seiner Seele stand. Um die Mittagsstunde brachte er dem Vater Adelens eine Werbung vor, die wohl sehr freundlich, aber doch nicht mit völliger Zustimmung aufgenommen wurde. In gutmütig spöttischer Anspielung auf des Bewerbers oft versuchte Jugend stellte der Vater vielmehr die Forderung, Alfred möge sich vorerst für ein Jahr auf Reisen begeben, um so in der Entfernung die Kraft und die Widerstandsfähigkeit seiner Gefühle zu prüfen, und er widersetzte sich sogar dem Vorschlag eines Briefwechsels zwischen den jungen Leuten, um die Möglichkeit einer Selbsttäuschung auch auf diesem Wege mit Sicherheit ausgeschaltet zu wissen. Wenn Alfred mit den Absichten von heute wiederkehrte, und wenn er dann bei Adelen die gleichen Empfindungen wiederfinde, die sie heute zu hegen überzeugt sei, so werde der sofortigen Vermählung des jungen Paares von seiner Seite nicht das geringste im Wege stehen. Alfred, der sich diesen Bedingungen nur widerstrebend zu fügen schien, nahm sie in Wahrheit, wie eine neue Fristerstreckung des Geschicks innerlich aufatmend entgegen, und nach kurzem Besinnen erklärte er, unter diesen Umständen sich schon heute verabschieden zu wollen, wäre es auch nur, um damit zugleich das Ende der geforderten Trennungszeit näher heranzurücken. Adele schien zuerst von dieser unerwarteten Fügsamkeit verletzt zu sein, doch nach einer kurzen vom Vater verstatteten Unterredung unter vier Augen hatte Alfred seine Braut dahin gebracht, daß sie ihn um seiner Liebesklugheit willen bewunderte und ihn mit Schwüren der Treue, ja mit Tränen in den Augen in eine gefährliche Trennungsferne entließ.

Kaum auf die Straße gelangt, begann Alfred schon allerlei Möglichkeiten zu erwägen, die im Laufe dieses ihm zur Verfügung stehenden Jahres eine Lösung seiner Beziehungen zu Elisen herbeiführen könnten. Und sein Drang, die schwierigsten Angelegenheiten des Lebens ohne tätiges Eingreifen zu erledigen, war so übermächtig, daß jener nicht nur über seine Eitelkeit den Sieg davontrug, sondern auch dem Aufschweben düsterer Ahnungen günstig war, vor denen sein wehleidiges Wesen sonst gerne zurückschreckte. In dem Zwang ungewohnt engen Zusammenseins wie es die Reise mit sich brachte, so dachte er, könnte es wohl geschehen, daß Elise, erkaltend, sich allmählich von ihm abwendete; und auch das Herzleiden der Geliebten bot den Ausblick auf eine freilich unerwünschtere Art der Befreiung. Bald aber wies er beides, Hoffnung wie Befürchtung, mit so heftiger Bewegung von sich, daß am Ende nichts in ihm war als die kindlich freudige Erwartung einer bunten Lustfahrt ins Weite in Gesellschaft eines liebenswürdig anhänglichen Geschöpfes; und noch am Abend des gleichen Tages plauderte er mit der arglosen Geliebten in heiterster Laune über die reizvollen Aussichten der bevorstehenden Reise.

Da der Frühling im Anzug war, suchte Alfred mit Elisen zuerst die milden Ufer des Genfersees auf. Später stiegen sie zu kühleren Gebirgshöhen empor, verbrachten den Spätsommer in einem englischen Seebad, besuchten im Herbst holländische und deutsche Städte, um endlich dem einbrechenden trüberen Wetter unter den Trost südlicher Sonne zu entfliehen. Bis dahin war nicht nur Elise, die über die nahe Umgebung Wiens früher nicht hinausgekommen war, wie eine köstlich Träumende an der Hand ihres geliebten Führers durch dieses Jahr der Wunder geschwebt; auch Alfred, so klar er sich immerfort der Zukunft mit ihren nun aufgeschobenen Schwierigkeiten bewußt war, hatte, von dem Glück Elisens wie mitgefangen, sich der anmutigen Gegenwart unbedenklich hingegeben. Und während er zu Beginn der Reise

Begegnungen mit Bekannten vorsichtig auszuweichen gesucht, es möglichst vermieden hatte, mit Elisen sich auf belebteren Promenaden und in den Speisesälen großer Hotels zu zeigen, forderte er später mit einer gewissen Absichtlichkeit das Schicksal heraus und war gerne gefaßt, durch eine Depesche seiner Braut des Treubruchs bezichtigt und damit zwar eines noch immer heiß ersehnten Besitzes, zugleich aber alles Zwiespalts, aller Unruhe und aller Verantwortung ledig zu werden. Doch keine Depesche, noch sonst eine Nachricht aus der Heimat drang zu ihm, denn Adele hielt sich gegen Alfreds eitle Erwartung so streng wie er selbst nach der vom Vater geforderten Übereinkunft.

Doch es kam die Stunde, in der, für Alfred wenigstens dies Wunderjahr ein jähes Ende nahm und mit einem Male zauberlos, ja öder als irgendein anderes, das er erlebt, in der Zeit stillzustehen schien. Dies ereignete sich im Botanischen Garten zu Palermo an einem hellen Herbsttag, da Elise, die bis dahin sich frisch, lebhaft und blühend gezeigt hatte, plötzlich mit beiden Händen an ihr Herz griff, den Geliebten angstvoll anblickte und sofort wieder lächelte, als sei sie sich's wie einer Pflicht bewußt, ihm keinerlei Ungelegenheiten zu verursachen. Dies aber, statt ihn zu rühren, füllte ihn mit Erbitterung, die er freilich vorerst unter der Miene des Besorgten zu verbergen wußte. Er warf ihr vor, ohne selbst daran zu glauben, daß sie ihm dergleichen Zufälle gewiß schon etliche Male geheimgehalten, gab seiner Kränkung Ausdruck, daß sie ihn offenbar für herzlos hielte, beschwor sie, heute noch, sofort, mit ihm einen Arzt aufzusuchen, und war recht froh, als sie diesen Vorschlag mit Rücksicht auf ihr geringes Vertrauen zu den Heilkünstlern des Landes ablehnte. Doch als sie plötzlich, wie überströmend von Dankbarkeit und Liebe, hier, unter freiem Himmel, auf der Bank, an der Leute vorübergingen, seine Hand an ihre Lippen drückte, fühlte er, gleich einer fliegenden Welle, Haß durch seine Pulse jagen, dessen Vorhandensein ihn zwar selbst in Erstaunen setzte, den er aber bald vor sich mit der Erinnerung vieler Stunden der Langweile und Leere entschuldigte, an denen die Reise, wie er mit einmal zu wissen glaubte, allzu reich gewesen war. Zugleich flammte ein so glühendes Verlangen nach Adelen in ihm auf, daß er, allen Abmachungen zu Trotz, noch am gleichen Tag eine Depesche an sie sandte, in der er sie um ein Wort nach Genua anflehte und die er unterschrieb: Ewig der Deine.

Wenige Tage später fand er in Genua ihre Erwiderung, die

lautete: Und ich die Deine für ebensolang. Mit dem zerknitterten Blatt auf dem Herzen, das ihm nun trotz des fragwürdig scherzhaften Tones den Inbegriff aller Hoffnungen bedeutete, trat er in Elisens Begleitung die Fahrt nach Ceylon an, die als voraussichtlich schönster Teil der Reise an deren Ende gesetzt war. Elise hätte von verschlagenerer Gemütsart sein müssen, als sie war, wenn sie auf dieser Fahrt zu ahnen vermocht hätte, daß nur das kühne Spiel von Alfreds Einbildungskraft ihr reichere Wonnen des Geliebtseins schenkte als je zuvor; wenn sie gewußt hätte, daß nicht sie selbst es mehr war, die nun in den schweigenden dunklen Meeresnächten an seinem Halse lag, sondern die ferne, durch seine Sehnsucht in aller Lebensfülle herbeigezauberte Braut. Doch auf der endlich erreichten glühenden Insel, in der dumpfen Gleichförmigkeit des letzten Aufenthaltes, da er erkannte, daß die allzu stürmisch aufgeforderte Phantasie ihm den Dienst versagen wollte, begann er sich von Elisen fernzuhalten und war tückisch genug, eine neue leichte Mahnung des Herzleidens, das sie beim ersten Betreten des festen Bodens angewandelt, als die Ursache seiner Zurückhaltung anzugeben. Sie nahm es hin wie alles, was von ihm kam, als Zeichen einer Liebe, die ihr nun allen Sinn und alle Seligkeit des Daseins bedeutete. Und wenn sie, unter dem wilden Glanz eines blaugoldenen Himmels, fest an ihn geschmiegt und geborgen, durch die rauschenden Schatten der Wälder fuhr, wußte sie nicht, daß ihr Begleiter nur die einsame Stunde herbeiwünschte, in der ihm, ungestört von Elisen, Gelegenheit geboten war, mit fliegender Feder beschwörende, sengende Worte an eine andere auf das Papier zu werfen, von deren Dasein in der Welt Elise bis zu diesem Augenblick nichts ahnte und niemals etwas ahnen sollte. In solchen Stunden des Alleinseins stieg sein Verlangen nach der Entfernten so mächtig an, daß er die Eine, die Nahe, die ihm Gehörende, die, mit der er nun bald ein Jahr lang die Welt durchquerte, bis auf die Züge des Antlitzes, ja bis auf die Stimme zu vergessen vermochte. Und als er in der Nacht vor dem Antritt der Heimreise, aus dem Schreibzimmer kommend, Elise in einem neuen schweren Anfall halb bewußtlos auf das Bett hingestreckt fand, erkannte er, was er sonst eher wie eine leise Angst in sich zu fühlen geglaubt hatte mit leichtem, beinahe süßem Grauen als die nie erloschene, finster glimmende Hoffnung seiner Seele. Dennoch sandte er ohne Aufschub und in wirklich schmerzlicher Erregung nach dem Arzt, der unverzüglich erschien und der Kranken durch eine

Morphiumeinspritzung Linderung verschaffte. Dem vermeintlichen Gatten aber, der die nun bedenklich gewordene Reise aus gewichtigen Gründen nicht aufschieben zu können erklärte, gab er ein Billett mit, das die Leidende der besonderen Sorgfalt des Schiffsarztes empfahl.

Gleich in den ersten Tagen schien die Seeluft auf Elise den wohltätigen Einfluß auszuüben. Ihre Blässe verschwand, ihr Wesen war aufgeschlossener, ihr Gebaren freier, als Alfred es jemals an ihr wahrgenommen. Und während sie früher sich gegen jede, selbst die harmloseste Annäherung von fremder Seite gleichgültig, ja abwehrend verhalten hatte, wich sie diesmal gemeinsamen Unterhaltungen, wie sie das Leben auf dem Schiffe mit sich brachte, keineswegs aus und nahm die achtungsvollen Huldigungen einiger mitreisender Herren mit Befriedigung entgegen. Insbesondere ein deutscher Baron, der auf dem Meere Heilung eines langwierigen Lungenleidens suchte, hielt sich in Elisens Nähe so viel auf, als es eben noch ohne Zudringlichkeit geschehen konnte, und Alfred hätte sich gern überredet, das aufmunternde Benehmen, das Elise diesem liebenswürdigsten ihrer Bewunderer gegenüber zur Schau trug, als die willkommenen Zeichen einer neukeimenden Neigung anzusehen. Doch als er Elise einmal scheinbar ärgerlich über ihre auffallende Freundlichkeit zur Rede zu stellen versuchte, erklärte sie ihm lächelnd, daß all dies entgegenkommende Wesen andern gegenüber nichts anderes bezweckt hätte, als des Geliebten Eifersucht zu erregen, und sie der gelungenen List sich unsäglich freute. Diesmal vermochte Alfred seine Ungeduld, seine Enttäuschung nicht mehr zu verbergen. Er erwiderte ihr Geständnis, durch das sie ihn beruhigt und beglückt zu haben glaubte, mit Worten von einer ihr unbegreiflichen Härte; in dumpfer Ratlosigkeit hielt sie ihnen eine Weile stand, bis sie plötzlich auf dem Verdeck, wo die Unterredung stattgefunden hatte, bewußtlos zusammenstürzte und in die Kajüte hintergetragen werden mußte. Der Schiffsarzt, durch das Schreien seines Kollegen genügend unterrichtet, hielt eine nähere Untersuchung nicht für nötig und brachte dem gequälten Herzen durch das schon einmal bewährte Mittel vorübergehende Linderung. Doch konnte er nicht verhindern, daß sich die Anfälle am nächsten und am dritten Tage ohne jede äußere Veranlassung wiederholten, und wenn das Morphium auch nie seine Wirkung versagte, so durfte er doch seine Befürchtung nicht verhehlen, daß die Krankheit ein übles Ende nehmen könnte, und mahnte

Alfred in angemessener, aber höchst bestimmter Form, seiner schönen Gattin in jeder Hinsicht Schonung angedeihen zu lassen.

Alfred, in seinem dumpf wühlenden Groll gegen Elise, wäre leicht geneigt gewesen, dem Arzte besonders in dem einen Punkte, der einem strengen Verbote gleich kam, Folge zu leisten, wenn nicht Elise, von Sehnsucht verzehrt, in einer einsamen Nachtstunde den Widerstrebenden, als gälte es, ihn durch Zärtlichkeit zu versöhnen, endlich wieder in ihr Herz zu ziehen verstanden hätte. Doch wie sie mit halbgeschlossenen Augen vergehend in seinen Armen lag und er über ihrer feuchten Stirne den bläulichen Wellenschein verschimmern sah, der durch das kleine Kajütenfenster hereinbrach, da fühlte er, wie ihm gleichsam aus den tiefsten Seelengründen auf die Lippen ein Lächeln stieg, das er selbst erst allmählich als eines des Hohns, ja des Triumphes erkannte. Und noch während er seiner dunklen Hoffnung erschauernd sich bewußt ward, mußte er sich sagen, daß ihre Erfüllung nicht nur für ihn das Heil und die Rettung aus allem Wirrsal, sondern daß auch Elise, wenn sie das Ende als unausbleiblich erkannt hätte und ihr eine Wahl verstattet wäre, kein anderes wünschen würde, als unter seinen Küssen zu verscheiden. Und wie sie nun wohl vertraut mit der Gefahr, in immer leidenschaftlicherer Hingabe gleichsam bereit schien, aus Liebe und in Liebe dahinzugehen, so glaubte er sich stark genug, ein Opfer anzunehmen, durch das, so ungeheuer es auch war, im Ineinanderwirken schicksalhafter Zusammenhänge das Los dreier Menschen zuletzt doch nur günstig gewendet würde.

Aber während er Nacht für Nacht das matte Verschimmern ihrer Augen, das selige Verhauchen ihres Atems mit erwartungsvollem Grauen beobachtete, erschien er sich wie ein Betrogener, wenn eine Minute später ihre erwachenden Blicke dankbar in die seinen glänzten, der warme Hauch ihrer Lippen mit frischer Lust den seinen eintrank und so der ganze Aufwand seiner tödlichen Tücke zu nichts anderem vertan war, als neues schöneres Leben durch Elisens Pulse zu treiben. Und sie war seiner Liebe so sicher, daß sie bei Tag, wenn er sie auf Stunden sich selbst oder der Gesellschaft anderer überlassen hatte, um auf dem obersten Verdeck die fiebernde Stirn dem kühlenden Meerwind preiszugeben, ohne Mißtrauen zurückblieb und das ratlos irre Lächeln des Wiederkehrenden leuchtenden Auges wie einen zärtlichen Gruß erwiderte.

In Neapel, wo das Schiff zu eintägiger Rast anlegen sollte, un

dann ohne weiteren Zwischenaufenthalt nach Hamburg abzu-
gehen, hoffte Alfred, von Adelen einen Brief zu finden, um den er
sie zuletzt aus Ceylon in glühenden Worten angefleht hatte. Das
stürmische Wetter enthob ihn der Mühe, einen Vorwand dafür
zu suchen, daß er sich ohne Elise in Gesellschaft anderer gleichgültiger Reisender durch einen der bereitliegenden Kähne ans
Land setzen ließ. Er fuhr zur Post, trat zum Schalter, nannte seinen Namen und mußte sich mit leeren Händen zurückziehen.
Wenn er sich auch damit zu beruhigen versuchte, daß Adelens
Brief nicht rechtzeitig abgesandt oder verloren gegangen war, so
ließ ihn doch das Gefühl von Vernichtung, das nach dieser Enttäuschung über ihn kam, erkennen, daß ein künftiges Leben
ohne Adele für ihn nicht mehr zu denken war. Am Ende seiner
Verstellungskräfte angelangt, dachte er zuerst daran, sofort nach
seiner Rückkehr auf das Schiff Elisen schonungslos die Wahrheit
mitzuteilen. Gleich aber kam die Überlegung, daß die Folgen
eines solchen Geständnisses nicht abzusehen waren, daß es Elise
nicht nur auf der Stelle tödlich treffen, daß es sie auch in Wahnsinn oder Selbstmord treiben, daß aber eine solche Begebenheit
in ihren Ursachen kaum geheim bleiben und damit seinen Beziehungen zu Adele verhängnisvoll werden könnte. Das gleiche
blieb zu befürchten, wenn er das Geständnis bis zum letzten Augenblick, bis zur Landung in Hamburg oder gar bis zur Ankunft in
Wien aufschieben wollte. In so verzweifelten Gedanken und ihrer
Hinterhältigkeit sich kaum mehr bewußt, wandelte Alfred zur
Mittagszeit im brennenden Sonnenschein am Meeresstrand umher, als er sich plötzlich schwindeln und einer Ohnmacht nahe
fühlte. Angsterfüllt sank er auf eine Bank und blieb sitzen, bis der
Krampf sich löste und die Nebel vor seinen Augen schwanden.
Dann aber atmete er wie erwachend auf. Er wußte mit einemmal,
daß in dem unbegreiflichen Augenblick, da seine äußeren Sinne
ihn zu verlassen gedroht hatten, ein Entschluß furchtbar und klar
zu Ende gereift war, der längst in den Tiefen seiner Seele sich
vorbereitet hatte. Seinen heißen, grausamen Wunsch, dessen Erfüllung er all die Tage her gleichsam aus feiger Verborgenheit zu
fördern gesucht hatte, er mußte ihn nun ohne weiteren Aufschub
mit eigenem Willen, mit eigenen Händen zur Tat machen. Und
wie das Ergebnis langer innerer Überlegung stieg ein fertiger
Plan aus seiner Brust hervor.

Er erhob sich und begab sich vorerst in ein Hotel, um dort mit
dem trefflichsten Appetit sein Mittagsmahl einzunehmen. Dann

suchte er nacheinander drei Ärzte auf, gab sich überall als einen von unerträglichen Schmerzen gepeinigten Kranken aus, der, seit Jahren an Morphium gewöhnt, mit seinem Vorrat zu Ende gekommen sei, nahm die erbetenen Rezepte in Empfang, ließ sie in verschiedenen Apotheken anfertigen und fand sich, als er bei sinkender Sonne wieder an Bord ging, im Besitze einer Dosis, die er für seine Zwecke mehr als genügend halten durfte. An der Abendtafel auf dem Schiff erzählte er im Tone höchsten Entzükkens von einer Wanderung durch Pompeji, zu der er den verflossenen Tag ausgenützt hätte, und mit einer brennenden Lust am Lügen, als müßte er nun sein eigenes Wesen ins Teuflische steigern, verweilte er bei der Schilderung einer Viertelstunde, die er im Garten des Appius Claudius verbracht hatte, vor einer Statuette, die er natürlich in Wirklichkeit nie gesehen und von der er zufällig im Reisehandbuch gelesen. Elise saß an seiner Seite, ihr gegenüber der Baron, die Blicke der beiden begegneten sich, und Alfred vermochte die Vorstellung nicht abzuwehren, daß hier zwei Gespenster aus leeren Augenhöhlen einander anstarrten.

Später aber, wie an so manchem Abend vorher, wandelte er mit Elisen auf dem obersten Verdeck im Mondenschein umher, während fern die Lichter der Küste verglänzten. Da er eine Sekunde lang sich schwach werden fühlte, jagte er seinen Entschluß durch die Einbildung neu auf, daß es Adelens Arm wäre, den er an den seinen preßte; und an der Glutwelle, die ihm durch die Adern schoß, erkannte er, daß das Glück, das seiner wartete, auch durch die furchtbarste Schuld nicht zu teuer erkauft wäre. Zugleich aber regte sich in ihm geheimnisvoll etwas wie Neid auf das junge Geschöpf an seiner Seite, dem es beschieden sein sollte aus aller Lebenswirrnis so bald ohne Leiden und ahnungslos den erlösenden Ausgang zu finden.

Als er Elise in der Kajüte mit vollkommener, fast ins Unerträgliche gesteigerter Klarheit und doch mit verzweifelter Lust zum letztenmal in die Arme schloß, empfand er sich wie den Vollzieher einer Schicksals, an dem sein Wille keinen Anteil mehr hatte. Nur eines Griffes von seinen Fingern hätte es bedurft, das Glas umzustoßen, das bläulich vom Tischchen herüberschillerte, und die Gifttropfen wären, ein harmloses Naß, in die gleichgültigen Dielen versickert. Aber Alfred lag regungslos und wartete. Er wartete, bis er endlich, mit stillstehendem Herzen, einer ihm wohl vertrauten Bewegung Elisens gewahr wurde, die mit halb geschlossenen Augen ihre Hand nach dem Glas ausstreckte, um wie sie immer vor dem Einschlafen tat, ihren letzten Durst zu stillen. Er sah mit weit aufgerissenen Lidern, ohne sich zu rühren, wie sie sich ein wenig aufrichtete, das Glas an die Lippen setzte und dessen Inhalt in einem Zuge hinunterstürzte. Dann legte sie sich wieder hin mit einem leichten Seufzer, den Kopf, ihrer Gewohnheit nach, zum Schlummer an seine Brust bettend. Alfred hörte in seinen Schläfen ein langsames, dumpfes Hämmern, hörte Elisens ruhiges Atmen und hörte die Wellen wie klagend an den Bug des Schiffes schlagen, das gleichsam durch eine stillestehende Zeit hinschwebte.

Mit einem Male fühlte er, wie ein heftiges Beben durch Elisens Körper ging. Ihre beiden Hände griffen nach seinem Nacken, ihre Finger schienen sich in seine Haut einbohren zu wollen, dann erst, mit einem langen Stöhnen öffnete sie die Augen. Alfred löste sich aus ihrer Umklammerung, sprang aus dem Bett, sah, wie sie versuchte, sich zu erheben, mit den Armen ins Leere schlug, einen irren Blick in der Dämmerung hin und her flackern ließ, und plötzlich der Länge nach wieder zurücksank, um mit kurzen flachen Atemzügen, aber völlig bewegungslos liegenzubleiben. Alfred erkannte sofort, daß sie ohne jedes Bewußtsein war, und fragte sich kalt, wie lange dieser Zustand wohl währen könnte, ehe er zum Ende führte. Es fiel ihm zugleich ein, daß sie in diesem Augenblick vielleicht noch zu retten wäre; und mit dem dunklen Gefühl, auf diese Art ein letztes Mal das Schicksal zu versuchen: entweder selbst die Früchte seines bisherigen Tuns zu vernichten oder durch ein kühnes Wagnis sich zu entsühnen, eilte er davon, den Arzt zu holen. Erkannte der, was hier geschehen war, so sollte das Spiel endgültig verloren sein; im anderen Falle aber sprach er sich selbst für alle Zukunft von Schuld und Reue los.

Als Alfred mit dem Arzt in die Kajüte trat, lag Elise bleich mit halb offenen verglasten Augen, die Finger in die Decke verkrampft und schimmernde Tropfen auf Stirn und Wangen. Der Arzt beugte sich nieder, legte sein Ohr an ihre Brust, horchte lang, nickte bedenklich, schob Elisens Lider auseinander, hielt die eigene Hand vor ihre Lippen, horchte noch einmal; dann wandte er sich zu Alfred und eröffnete ihm, daß der Todeskampf zu Ende sei. Mit einem irren Blick, der nicht geheuchelt war, schlug Alfred die Hände über dem Kopf zusammen, sank vors Bett hin und blieb, die Stirn auf Elisens Knie gepreßt, eine kurze Weile so liegen. Dann wandte er sich um und starrte wie verloren den Arzt an, der mit bedauerndem Blick ihm die Hand bot, Alfred nahm sie nicht, schüttelte den Kopf, und, im völligen Besitze seiner inneren Klarheit, wie in allzu spätem Selbstvorwurf, flüsterte er vor sich hin: »Hätten wir Ihnen doch gefolgt.« Dann verbarg er kummervoll das Gesicht in den Händen. »Das hab ich mir denken können,« hörte er den Arzt tadelnd, aber mild erwidern: und in einem übermächtigen Gefühl des Triumphes spürte er hinter seinen zuckenden Lidern das Glühen und Leuchten seiner Augen.

Schon am Tage darauf, wie es die Vorschrift verlangte, wurde Elisens Leichnam ins Meer gesenkt, und Alfred als Witwer fühlte sich von allgemeiner, doch stumm zurückhaltender Teilnahme umgeben. Niemand wagte ihn zu stören, wenn er stundenlang auf dem Verdeck hin und her ging und in eine Weite blickte, die für ihn, was niemand ahnen konnte, vom Dufte seligster Hoffnungen durchweht war. Nur der Baron schloß sich zuweilen auf kurze Minuten dem hin und her Wandelnden an, wobei er es mit deutlicher Absicht unterließ, auch nur mit einem Worte des Trauerfalls zu gedenken. Alfred wußte wohl, daß den Baron nichts anderes zu diesen Begleitgängen veranlaßte, als die Sehnsucht, sich für kurze Minuten wieder im Dunstkreis der geliebten Verstorbenen zu fühlen. Für Alfred waren diese Minuten die einzigen, in denen er sich von der Vergangenheit angerührt fühlte; sonst hatte er sich völlig über seine Tat, und was sie den Menschen bedeuten mochte, emporgehoben. In lebendiger Gegenwart stand das Bild der Heißersehnten, in Schuld Errungenen vor ihm; und wenn er vom Bug des Schiffes aus hinab ins Wasser schaute, so war ihm, als sähe er sie friedevoll über begrabene Welten dahinrinnen, denen es in ihrer Schlummertiefe gleich war, ob sie gestern oder vor tausend Jahren versunken waren.

Erst als die deutsche Küste sichtbar wurde, gingen seine Pulse schneller. Seine Absicht war es, in Hamburg nicht länger zu verweilen, als nötig war, den Brief zu beheben, der ja hier seiner warten mußte, und mit dem nächsten Zuge heimwärts zu reisen. Die Langwierigkeit der Ausschiffung verursachte ihm quälende Ungeduld; und wie erlöst atmete er auf, als das Gepäck endlich auf den Wagen geschafft war und er durch die Straßen der Stadt, über denen mit kleinen rosa Wolken der späte Frühlingsnachmittag hing, zum Postgebäude fuhr. Er überreichte dem Beamten seine Karte, sah ihm mit heißen Augen zu, die Briefschaften durchblättern, hielt die Hand schon zum Empfang bereit und empfing die Antwort, daß nichts für ihn da wäre, kein Brief, keine Karte, kein Telegramm. Er versuchte ein ungläubiges Lächeln und bat den

Beamten in fast demütigem Tone, dessen er sich gleich schämte, nochmals nachzusehen. Und nun versuchte Alfred, über die Ränder der Briefumschläge weg die Adressen zu entziffern, glaubte immer wieder seinen Namen in Adelens Schriftzügen zu erkennen, streckte ein paarmal schon hoffnungsvoll die Hände aus – und mußte immer wieder erfahren, daß er sich getäuscht hatte. Endlich legte der Beamte das Päckchen in das Fach zurück, schüttelte den Kopf und wandte sich ab. Alfred empfahl sich mit übertriebener Höflichkeit und fand sich in der nächsten Minute halb betäubt vor dem Tore stehen. Klar war ihm nur das eine, daß er vorläufig hier festgebannt war und keineswegs nach Wien fahren konnte, ohne irgend eine Nachricht von Adelen in Händen zu haben. Er fuhr in ein Hotel, nahm ein Zimmer und warf vor allem die folgenden Worte auf eines der bereitliegenden Blankette: »Keine Silbe von dir. Unbegreiflich. Fassungslos. Bin übermorgen daheim. Wann kann ich dich sehen? Antworte sofort.« Er setzte seine Adresse dazu und gab die Depesche mit bezahlter Rückantwort auf. Als er in die schon abendlich erleuchtete Halle trat, spürte er zwei Augen auf sich gerichtet; von einem Lehnstuhl her, eine Zeitung auf dem Knie, ernst, ohne sich zu erheben, grüßte ihn der Baron, von dem er auf dem Schiff nur flüchtigen Abschied genommen hatte. Alfred zeigte sich von der unverhofften Begegnung erfreut, glaubte sogar, es wirklich zu sein, und machte dem Baron von seiner Absicht Mitteilung, bis morgen hier zu bleiben. Der Baron, der trotz seiner bleichen Wangen und seines fortgesetzten Hüstelns behauptete, sich sehr wohl zu fühlen, schlug während des Abendessens vor, gemeinsam eine Singspielhalle aufzusuchen, und bemerkte auf Alfreds Zögern hin leise und mit gesenkten Wimpern, daß Trauer noch niemanden von den Toten auferweckt habe. Alfred lachte, erschrak über sein Lachen, glaubte seine Verlegenheit von dem Baron bemerkt und fühlte sofort, daß er nichts Klügeres tun konnte, als sich ihm anzuschließen. Bald darauf saß er mit ihm in einer Loge, trank Champagner, sah durch Rauch und Dunst bei den gemeinen Klängen eines schrillen Orchesters Gymnastiker und Clowns ihre Künste und Späße treiben, hörte halbnackte Weiber freche Lieder singen und lenkte des schweigsamen Genossen Aufmerksamkeit wie unter einem wütenden Zwang auf wohlgeformte Beine und üppige Brüste, die sich auf der Bühne zur Schau stellten. Dann scherzte er mit einer Blumenverkäuferin, warf einer Tänzerin, die verführerisch ihre schwarzen Locken schüttelte, eine gelbe Rose vor die Füße und lachte auf, als er die schmalen Lippen des Barons wie in Bitternis und Ekel zucken sah. Später war ihm, als blickten aus dem Saal unten Hunderte mit böser Neugier ihn an, und als gälte das Raunen und Summen ihm allein. Fröstelnde Angst kroch ihm über den Rücken, dann fiel ihm ein, daß er ein paar Gläser Champagner allzu geschwind hinuntergestürzt hatte, und war wieder beruhigt. Er merkte mit Befriedigung, daß, während er über die Brüstung gebeugt gewesen, zwei geschminkte Weiber den Baron in eine Unterhaltung gezogen hatten, atmete auf, als wäre er einer Gefahr entronnen, erhob sich, nickte dem Gefährten wie ermutigend und zu dem Abenteuer glückwünschend zu; und bald ging er, allein, durch Straßen, die er nie gesehen und niemals wieder sehen würde, irgend eine Melodie vor sich hinpfeifend und im Gefühl, eine Traumstadt zu durchirren, in der kühlen Nachtluft nach dem Hotel zurück.

Als er des Morgens nach dumpfem, tiefem Schlaf erwachte, mußte er sich erst besinnen, daß er nicht mehr auf dem Schiff dahinfuhr und daß der weiße Schimmer dort nicht Elisens Morgenkleid, sondern einen Fenstervorhang bedeutete. Mit einer ungeheuren Willensanstrengung wehrte er eine drohend aufsteigende Erinnerung ab und klingelte. Zugleich mit dem Frühstück brachte man ihm ein Telegramm. Er ließ es auf dem Tablett liegen, so lange sich der Kellner noch im Zimmer aufhielt; und es war ihm, als verdiente diese Selbstüberwindung irgendwie ihren Lohn. Kaum hatte sich die Tür wieder geschlossen, so öffnete er das Telegramm mit zitternden Fingern, die Buchstaben schwammen zuerst vor seinen Augen, plötzlich aber standen sie starr und riesengroß: »Morgen Mittag 11 Uhr. Adele.« Er rannte hin und her, lachte durch die Zähne und ließ sich von dem knappen, kalten Ton der Aufforderung durchaus nicht anfrösteln. So war nur einmal ihre Art. Und wenn er auch daheim nicht alles fände, wie er noch vor kurzem gehofft hatte, ja selbst wenn ihm irgendwelche unangenehme Eröffnungen bevorstünden, was hatte es weiter zu bedeuten? Er würde ihr doch wieder gegenüberstehen im Lichte ihrer Augen, im Duft ihres Atems, und so war das Ungeheure nicht vergebens getan.

Es hielt ihn nicht länger im Hotel, die kurze Zeit bis zum Abgang des Zuges lief er in der Stadt umher, mit überoffenen Lidern, aber ohne Menschen und Dinge zu sehen. Mittags fuhr er von Hamburg ab, starrte durch die Scheiben stunden- und stundenlang auf die fliehende Landschaft; alles, was von Gedanken

Hoffnungen und Befürchtungen in ihm sich regen wollte, mit
der ganzen wohlgeübten Anspannung seines Willens nieder-
zwingend; und wenn er, um den Mitreisenden nicht allzu auffällig zu werden, ein Buch oder eine Zeitung vornahm, so zählte
er, ohne zu lesen, einmal übers andere bis hundert, fünfhundert,
tausend. Als es Nacht wurde, durchbrach die zehrende Sehnsucht
alle seine Bemühungen, sich gefaßt zu halten. Er schalt sich när-
risch, das Ausbleiben der Nachrichten und den Ton der letzten
Depesche mißdeutet zu haben, und wußte keinen anderen Vorwurf gegen Adele, als daß sie sich redlicher an die Abmachung
gehalten, als er. Aber sollte sie etwa auf irgend eine Weise doch
erfahren haben, daß er mit einer Frau gereist war, so fühlte er
sich in seiner Liebe stark genug, gegen alle Eifersucht und Erbitterung die Beleidigte wieder zurückzugewinnen. Und so sehr
hatte er sich zum Herrn über seine wachen Träume gesetzt, daß
er in dieser endlosen Nacht die Melodie ihrer Stimme zu hören,
die Umrisse ihrer Gestalt und ihre Züge zu sehen, ja, daß er ihren
Kuß zu fühlen vermochte, so versengend süß, wie er ihm in
Wirklichkeit von ihren Lippen niemals beschieden gewesen.

Er war daheim. Mit freundlichem Behagen empfing ihn seine
Wohnung. Das sorglich bereitete Frühstück mundete ihm trefflich, und zum erstenmal wieder seit vielen Tagen, so wollte ihm
scheinen, dachte er in völliger Ruhe jener andern, die, von ir-
dischem Gram für alle Zeit erlöst, im schweigenden Meere
schlummerte. In irgend einem Augenblicke war ihm, als könnte
eine Stundenfolge von der Landung in Neapel an bis zu Elisens
Tod wohl auch eine Einbildung seiner zerrütteten Nerven sein,
und der schlimme Ausgang wäre, wie ja die Ärzte vorausgesehen,
prophezeit hatten, nur im gesetzmäßigen Verlaufe der Krankheit geschehen. Ja, der Mann, der in einer sonnbeglänzten fremden Stadt tückisch von Arzt zu Arzt, von Apotheker zu Apotheker geeilt und mit grausamem Vorbedacht das tödliche Gift
vorbereitet hatte, der Mann, der die Geliebte, die er ins Jenseits
senden wollte, noch eine Stunde vorher zu frevler Wonne in die
Arme geschlossen, schien ihm ein völlig anderer als der, der hier
zwischen traulichen Wänden in einer unveränderten, bürgerlich
behaglichen Umgebung seinen Tee trank; schien ihm einer, der
viel mehr war als er, einer, zu dem er selbst mit schaudernder
Bewunderung emporschauen müßte. Doch als ihm später, da er
aus dem Bade stieg, der Spiegel sein schlankes, nacktes Bild zu-
rückwarf und er sich plötzlich bewußt ward, daß er es doch selber

war, der das Unbegreifliche getan, da sah er seine Augen in hartem Glanze leuchten, fühlte sich würdiger als je, die wartende Braut an sein Herz zu schließen und, höhnische Überlegenheit auf den Lippen, ihrer Liebe so sicher wie nie zuvor.

Zur bestimmten Stunde trat er in den gelben Salon, den er vor einem Jahre fast am gleichen Tage zum letztenmal verlassen hatte, und in der nächsten Minute stand Adele vor ihm, unbefangen, als hätte sie am Tag vorher Abschied von ihm genommen, reichte ihm die Hand und überließ sie ihm zu einem langen Kuß. Was hält mich ab, sie zu umarmen? fragte er sich. Da hörte er sie schon reden mit der dunklen Stimme, die er ja heute Nacht, erst im Traum vernommen, und es ward ihm bewußt, daß er selbst noch kein Wort gesprochen, daß er nur ihren Namen geflüstert hatte, als sie vor ihn hingetreten war. Er möge ihr nicht übernehmen, begann sie, daß sie ihm auf seine schönen Briefe nicht geantwortet hätte; aber es sei nun einmal so, daß gewisse Angelegenheiten sich Aug' in Aug' besser und einfacher erledigen ließen als schriftlich. Ihr Schweigen müsse ihn ja jedenfalls vorbereitet haben, daß sich mancherlei geändert hätte, und der kühle Ton ihrer Depesche wäre, wie sie sofort gestehen wolle, durchaus beabsichtigt gewesen. Seit ungefähr einem halben Jahre sei sie nämlich mit einem andern verlobt. Und sie nannte einen Namen, den Alfred kannte. Es war der eines seiner vielen guten Freunde aus alter Zeit, dessen er im Laufe dieses Jahres so wenig gedacht hatte, wie beinah aller Menschen, denen er früher begegnet war. Er hörte Adele ruhig an, starrte gebannt auf ihre glatte Stirn, dann gleichsam durch sie ins Leere, und in seinen Ohren rauschte es wie von fernen Wellen, die über versunkene Welten rannen. Plötzlich sah er es aus Adelens Augen hervorbrechen wie einen Schimmer von Angst; er wußte, daß er totenblaß mit furchtbarem Blick ihr gegenüberstand, und er sagte, sich selbst unvermutet hart und klanglos: »Das geht nicht, Adele, du irrst dich, du darfst nicht.«

Daß er endlich Worte gefunden, beruhigte sie offenbar. Sie lächelte wieder in ihrer verbindlichen Art und erklärte ihm, daß nicht sie es sei, die sich irrte, sondern er. Sie dürfe nämlich, sie dürfe alles, was sie wolle. Sie sei ja gar nicht mit ihm verlobt gewesen, sondern als freie Menschen seien sie voneinander geschieden, ohne jede Verpflichtung, sie wie er. Und da sie ihn nicht mehr liebe, sondern jenen andern, so sei die Sache eben erledigt. Er müsse das einsehen und sich fügen; sonst bedaure sie wirklich daß sie dem väterlichen Rat von heute Morgen nicht gefolgt und für Alfred einfach nicht mehr zu Hause gewesen sei. Und sie saß ihm gegenüber, die schlanken Hände über dem Knie verschlungen, mit hellen, fernen Augen.

Alfred fühlte, daß er seiner ganzen Beherrschung bedurfte, um nicht etwas Lächerliches oder Gräßliches zu vollbringen. Was er eigentlich wollte, war ihm nicht klar. Ihr an den Hals fahren und sie würgen, oder sich auf den Boden hinwerfen und jammern wie ein Kind? Aber was half es, darüber nachzudenken. Er hatte ja keine Wahl, er lag ja schon da wie gefällt und hatte eben noch die Geistesgegenwart, die Hände Adelens zu fassen, die davoneilen wollte, und heiser zu ihr emporzuflehen, daß sie bleibe. Eine Viertelstunde nur! Ihn anhören! Das könnte er doch von ihr verlangen nach all dem, was früher zwischen ihnen gewesen. Er müsse ihr ja so viel erzählen, mehr als sie ahnen könne, und sie sei verpflichtet, es anzuhören. Denn wenn sie alles wisse, dann würde sie auch wissen, daß er ihr zu eigen gehöre und sie ihm allein. Wissen, daß sie keinem andern gehören dürfe, daß er sie sich errungen in Schuld und Qualen, daß vor seinen ungeheuren Rechten alle andern in den Staub sänken, tief in den Staub, daß sie an ihn geschmiedet sei, unauflöslich, für ewige Zeiten, so wie er an sie. Und auf den Knien vor ihr, ihre Hände in den seinen krampfend, seine Blicke in den ihren, ließ er seine Worte fliegen, breitete den ganzen Inhalt des vergangenen Jahres vor ihr aus, erzählte, wie er vor ihr eine andere geliebt, wie er mit jener andern, die krank gewesen und niemand auf Erden hatte als ihn, fortgereist war, wie er in Qualen der Sehnsucht sich verzehrt, wie aber die andere hilflos und klammernd an ihm gehangen; wie er am Ende seiner Pein, aus Liebe zu *ihr*, zu *ihr*, deren Hände er in den seinen halte, aus einer Liebe, wie die Erde sie noch nie gesehen – wie er jene andere, die ohne ihn nicht hätte leben wollen und können, aus der Welt geschafft, mitleidig-tückisch vergiftet habe; wie unter fernen Meereswogen nun das arme Geschöpf schlummerte – das Opfer für eine Seligkeit, die ja nun auch ohnegleichen sein werde, wie der Preis, um den sie errungen ward.

Adele hatte ihm ihre Hände gelassen, auch ihren Blick hatte sie aus dem seinen nicht emporgetaucht. Sie hörte an, was er erzählte, und er wußte nicht recht, wie: ob als ein Märchen von fernen fremden Wesen oder als einen Zeitungsbericht von Menschen, die sie nichts angingen. Vielleicht glaubte sie ihm nicht einmal, was er ihr erzählte. Aber jedenfalls war es ihr gleich, ob

Wahrheit von seinen Lippen kam oder Lüge. Er fühlte seine Ohnmacht mehr und mehr. Er sah alle seine Worte leer und kühl an ihr herunterrinnen; und am Ende, da er sein Schicksal von ihren Lippen lesen wollte, das er doch schon kannte, schüttelte sie nur den Kopf. Er sah sie an angstvoll, wissend und doch ungläubig, mit einer irren Frage in den flackernden Augen.

»Nein,« sagte sie starr, »es ist aus.«

Und er wußte, daß es mit diesem Nein für immer zu Ende war. Völlig unbewegt blieben Adelens Mienen. Nicht die leiseste Erinnerung entschwundener Zärtlichkeit, nicht einmal Grauen war in ihnen, nur ein vernichtender Ausdruck von Gleichgültigkeit und Langeweile.

Alfred neigte das Haupt, leer lächelnd wie zum Einverständnis, ergriff ihre Hände nicht mehr, die sie entfremdet hängen ließ, wandte sich und ging. Die Tür hinter ihm blieb offen, und er fühlte einen kalten Hauch im Nacken. Als er die Treppe hinunterging, wußte er, daß ihm nichts zu tun übrig blieb, als ein Ende zu machen. So über alle Zweifel war das entschieden, daß er gemächlich schlendernd durch den schmeichelnden Frühlingstag nach Hause spazierte, wie zum ersehnten Schlummer nach einer wüsten Nacht.

In seinem Zimmer aber erwartete ihn jemand. Es war der Baron. Ohne Alfreds dargebotene Hand zu nehmen, erklärte er nur eine kurze Aussprache mit ihm zu wünschen, und auf ein kurzes höfliches Nicken Alfreds fuhr er fort: »Es ist mir ein Bedürfnis, Ihnen mitzuteilen, daß ich Sie für einen Schurken halte. Gut so, dachte Alfred, auch gegen diesen Abschluß ist nichts zu sagen; und er entgegnete ruhig: »Ich stehe Ihnen zur Verfügung Morgen früh, wenn's gefällig ist.« Der Baron schüttelte kurz den Kopf. Es zeigte sich, daß er alles, offenbar schon von der Reise aus, wohl vorbereitet hatte. Zwei junge Herren von der deutschen Botschaft harrten nur seiner weiteren Aufträge; und er sprach die Erwartung aus, daß sein Gegner, der ja hier zu Haus sei, es leicht ermöglichen werde, die Sache noch vor Abend in Ordnung zu bringen. Alfred glaubte, es versprechen zu dürfen Einen Augenblick kam ihm der Einfall, dem Baron die ganze Wahrheit zu gestehen; aber bei dem ungeheuren Haß, der ihn von dieser kalten Stirne anstrahlte, mußte er fürchten, daß jener der die Wahrheit vielleicht ahnen mochte, ihn dann den Gerichten überliefern würde; und so zog er es vor, zu schweigen.

Alfred fand die Herren, deren er bedurfte, ohne Mühe. Der eine war Adelens Verlobter, der andere ein junger Offizier, mit dem er in früherer Zeit manchen lustigen Tag genossen. Vor Sonnenuntergang in den Auen nächst der Donau, an einem für solche Zusammenkünfte gern gewählten Platz, stand er dem Baron gegenüber. Eine Ruhe, die er nach den Wirren der abgelaufenen Tage wie ein Glück empfand, empfing ihn. Als er den Lauf der Pistole auf sich gerichtet sah, während dreier Sekunden, die, von einer fernen Stimme abgezählt, gleich drei kalten Tropfen vom Abendhimmel auf den klingenden Boden fielen, dachte er einer unsäglich Geliebten, über deren verwesenden Leib die Wogen des Meeres rannen. Und als er auf dem Boden lag und etwas Dunkles über ihn sich beugte, ihn umschloß, ihn nicht mehr lassen wollte, fühlte er selig, daß er, ein Entsühnter, für sie, zu ihr ins Nichts entschwand, nach dem er sich lange gesehnt hatte.

FRAU BEATE UND IHR SOHN

ERSTES KAPITEL

Es war ihr, als hätte sie ein Geräusch aus dem Nebenzimm
gehört. Sie sah von ihrem angefangenen Briefe auf, erhob si
ging ein paar leise Schritte zur angelehnten Türe hin und blick
zuerst durch die Spalte in den benachbarten Raum, wo bei g
schlossenen Läden ihr Sohn, anscheinend ruhig schlafend, auf de
Diwan lag. Dann erst trat sie näher heran und konnte nun b
obachten, wie Hugos Brust in gleichmäßig starkem Knabenate
sich hob und senkte. Der weiche, etwas zerdrückte Hemdkrag
stand über dem Halse offen, im übrigen aber war Hugo völl
angekleidet, sogar die Füße steckten in den genagelten Schuhe
die er auf dem Lande immer zu tragen pflegte. Offenbar hatte
sich in der Schwüle des Nachmittags nur für kurze Zeit hinleg
wollen, um bald, wovon die aufgeschlagenen Bücher und Hef
Zeugnis gaben, das Studium von neuem aufzunehmen. Jetzt wa
er den Kopf nach der Seite, als wollte er erwachen; doch er reck
sich nur ein paarmal und schlief weiter. Aber die Augen d
Mutter, die sich indes an den Dämmerton des Zimmers gewöh
hatten, konnten nicht länger übersehen, daß der seltsam w
schmerzhaft gespannte Zug um die Lippen des Siebzehnjährige
der ihr im Lauf der letzten Tage immer wieder aufgefallen wa
auch im Antlitz des Schlafenden sich nicht lösen wollte. Bea
schüttelte seufzend den Kopf, begab sich in ihr Zimmer zurüc
schloß die Türe hinter sich leise ab und blickte auf den angefa
genen Brief nieder, den fortzusetzen sie keine Neigung mehr füh
te. Doktor Teichmann, an den er gerichtet sein sollte, war ja do
nicht der Mann, dem gegenüber sie sich rückhaltlos ausspreche
durfte; sie, die heute schon das allzu freundliche Lächeln bereut
mit dem sie ihn vor ihrer Abreise vom Kupeefenster aus zu
Abschied gegrüßt hatte. Denn gerade in diesen Sommerwoche
auf dem Lande, wo die Erinnerung an den vor fünf Jahren hi
geschiedenen Gatten stets mit besonderer Lebendigkeit in il
wach wurde, wies sie die noch nicht ausgesprochene, aber zwe
fellos zu erwartende Werbung des Advokaten gleich andern Zu

kunftsgedanken ähnlicher Art innerlich weit von sich; und sie sagte sich, daß sie von ihrer Sorge um Hugo zu dem Menschen am wenigsten reden konnte, der darin nicht so sehr einen Beweis des Vertrauens als ein bewußtes Zeichen der Ermutigung hätte sehen müssen. So zerriß sie den angefangenen Brief und trat unschlüssig ans Fenster.

Die Berglinien des jenseitigen Ufers verschwammen in zitternden Luftkreisen. Von unten, aus dem See, blitzte ihr, tausendfach zersplittert, das Sonnenbild entgegen, und sie rettete ihre geblendeten Augen mit einem fliehenden Blick über das schmale Wiesenufer, die staubatmende Landstraße, die blinkenden Villendächer und ein regungsloses Ährenfeld in das Grün ihres Gartens. Auf der weißen Bank unter dem Fenster ließ sie Blicke und Gedanken ruhen. Sie dachte daran, wie oft ihr Gatte hier gesessen war, über einer Rolle brütend, – oder auch eingeschlummert, insbesondere, wenn die Lüfte so sommerträg über der Landschaft ruhten wie heute wieder. Dann hatte Beate sich wohl über die Brüstung gebeugt und mit zärtlichen Fingern das grauschwarze Kraushaar angerührt und darin gewühlt, bis Ferdinand, bald erwacht, aber zuerst in verstelltem Weiterschlummer die Liebkosung duldend, langsam sich wandte und zu ihr aufschaute, mit einen hellen Kinderaugen, die an fernen, doch nie zu vergessenden Märchenabenden so wundersam heldenhaft und todesschwer zu blicken vermochten. Doch daran wollte, ja sollte sie gar nicht denken; gewiß nicht mit Seufzern, wie sie nun unwillkürlich auf ihren Lippen vergingen. Denn Ferdinand selbst – in entschwundenen Tagen hatte er sich's von ihr zuschwören lassen – wünschte ein Andenken nicht anders geweiht als durch heiteres Erinnern, a durch ein unbekümmertes Ergreifen neuen Glücks. Und Beate achte: Ist es nicht zum Erschauern, wie man vom Furchtbarsten a blühender Zeit zu sprechen vermag, scherzend und leicht, als rohe dergleichen andern nur und könnte einem selber gar nicht widerfahren! Und dann kommt es wirklich, und man faßt es icht, und nimmt es doch hin; und die Zeit geht weiter, und an lebt; man schläft im gleichen Bette, das man einst mit dem eliebten teilte, trinkt aus demselben Glas, das er mit seinen ippen berührte, pflückt unter dem gleichen Tannenschatten rdbeeren, wo man sie mit einem auflas, der niemals wieder lücken wird; und hat nicht Tod noch Leben je ganz begriffen. Auf dieser Bank draußen hatte sie manchmal an Ferdinands ite gesessen, indes der Bub, von der Eltern zärtlichem Blick umfangen und gefolgt, mit Ball oder Reifen durch den Garten getollt war. Und so sehr sie es mit ihrem Verstande wußte, daß der Hugo, der da drin im Nebenzimmer, mit jenem neuen schmerzlich gespannten Zug um die Lippen, auf dem Diwan schlief, dasselbe Menschenkind war, das vor wenig Jahren noch im Garten gespielt hatte; – mit ihrem Gefühl vermochte sie auch das nicht zu fassen, so wenig wie daß Ferdinand tot sein sollte, wahrhafter tot als Hamlet, als Cyrano, als der königliche Richard in deren Masken sie ihn so oft hatte sterben sehen. Aber vielleicht blieb dies ihr nur deshalb für alle Zeit unbegreiflich, weil zwischen so blühendem Dasein und so dunklem Tod nicht etwa Wochen des Leidens und der Angst verstrichen waren; gesund und wohlgemut war Ferdinand eines Tages vom Hause zu irgend einem Gastspiel weggefahren, und in der Stunde drauf, von dem Bahnhof, in dessen Halle ihn der Schlag gerührt, hatte man ihn als toten Mann wieder heimgebracht.

Während Beate diesen Erinnerungen nachhing, fühlte sie immerfort, wie irgend etwas anderes gespenstisch quälend und gleichsam auf Erlösung wartend, in ihrer Seele hin und her ging. Erst nach einigem Besinnen ward ihr bewußt, daß der letztbegonnene Satz ihres unvollendeten Briefes, in dem sie von Hugo erzählen wollte, ihr keine Ruhe ließ, und daß sie sich entschließen mußte, den zu Ende zu denken. Sie war sich klar darüber, daß sich in Hugo irgend etwas vorbereitete oder vollzog, was sie längst erwartet und was sie doch nie für möglich gehalten hatte. In früheren Jahren, als er noch ein Kind war, hatte sie gern dem Gedanken gehegt, ihm später einmal nicht nur Mutter, sondern auch Freundin und Vertraute zu bedeuten; und noch bis in die letzte Zeit, da er ihr zugleich mit seinen kleinen Schulsünden auch die ersten knabenhaften Verliebtheiten zu beichten kam, durfte sie sich einbilden, daß ihr so seltenes Mutterglück beschieden sein könnte. Hatte er sie nicht die rührend-kindischen Verse lesen lassen, die er der kleinen Elise Weber, der Schwester eines Schulkollegen, gewidmet, und die diese selbst niemals zu Gesicht bekommen hatte? Und im vergangenen Winter erst hatte er der Mutter nicht gestanden, daß ein kleines Fräulein, dessen Namen er ritterlich verschwieg, ihn in der Tanzstunde während eines Walzers auf die Wange geküßt hatte? Und im letzten Frühjahr, hatte er ihr nicht, verstört beinahe, von zwei Buben aus seiner Klasse berichtet, die in fragwürdiger Gesellschaft einen Abend im Prater verbracht und sich gerühmt hätten, erst des Morgens um drei wieder nach Hause gekommen zu sein? So hatte Beate zu hoffen gewagt, daß Hugo sie auch zur Vertrauten ernsterer Empfindungen und Erlebnisse erwählen, und sie imstande sein würde, ihn durch Zuspruch und Rat vor mancher Trübsal und Gefahr der Jünglingsjahre zu bewahren. Nun aber erwies sich, daß all dies nur Träume eines verwöhnten Mutterherzens gewesen waren; denn da die erste seelische Bedrängnis ihn anfiel, zeigte Hugo sich fremd und verschlossen, und die Mutter stand solchem ihr neuen Wesen scheu und ratlos gegenüber.

Sie zuckte zusammen. Denn im ersten Windhauch des späten Nachmittags, gleich einer höhnischen Bestätigung ihrer Seelenangst, sah sie in der Tiefe unten von dem Giebel der lichten Villa am See die verhaßte weiße Fahne wehen. Frech gezackt, der zudringlich lockende Gruß einer Verworfenen an den Knaben, den sie verderben wollte, flatterte sie zur Höhe auf. Unwillkürlich wie drohend erhob Beate die Hand; dann aber trat sie rasch ins Zimmer zurück, in einem unbezwinglichen Drang, ihren Sohn zu sehen und sich mit ihm auszusprechen. Sie legte ihr Ohr an die Verbindungstüre, um ihn nicht etwa aus gutem Schlummer aufzustören; und wirklich war ihr, als hörte sie wie früher seinen ruhigen starken Knabenatem gehen. Vorsichtig öffnete sie nun die Türe mit der Absicht, Hugos Erwachen abzuwarten und dann, neben ihm am Diwan sitzend, in mütterlicher Zärtlichkeit ein Geheimnis zu erfragen. Aber erschrocken gewahrte sie, daß das Zimmer leer war. Hugo war nicht mehr da. Er war fortgegangen, ohne wie sonst der Mutter Adieu zu sagen und sich den gewohnten Kuß auf die Stirne zu holen; – offenbar aus Scheu vor der Frage, die er seit Tagen auf ihren Lippen sich hatte vorbereiten gesehen und die sie, nun erst wußte sie's, heute, jetzt, in dieser Viertelstunde an ihn gerichtet hätte. So weit also war er, so entrückt ihr durch seine Unruhe, durch seine Wünsche allein. Das hatte aus ihm der erste Händedruck jener Frau gemacht, neulich auf der Landungsbrücke; das ihr Blick, der ihn gestern von der Galerie der Schwimmanstalt aus lächelnd gegrüßt hatte, da sein lichter Knabenleib aus den Wellen emportauchte kam. Freilich, – er war siebzehn vorüber; und niemals hatte die Mutter sich eingebildet, daß er sich aufbewahren würde für eine, die ihm bestimmt wäre, vom Anbeginn aller Tage, und die ihm begegnen würde, jung und rein wie er selbst. Nur dies eine ersehnte sie für ihn: daß er nicht mit Ekel aus seinem ersten Rausch erwachte, mit seiner duftenden Jugend nicht der Lust einer Frau zum Opfer fiele, die ihren halbvergangenen Bühnenruhm nur einer schillernden Dirnenhaftigkeit verdankte und deren Wandel und Ruf auch in ihrer späten Ehe keine Änderung erfahren hatten.

Beate saß auf Hugos Diwan im halbdunklen Zimmer, mit geschlossenen Augen, den Kopf in die Hände gestützt, und überlegte. Wo mochte Hugo sein? Bei der Baronin am Ende? Das war undenkbar. So rasch konnten diese Dinge sich nicht vollziehen. Aber, bestand überhaupt noch eine Möglichkeit, den geliebten Buben vor einem so kläglichen Abenteuer zu bewahren? Sie fürchtete, nein. Denn sie ahnte ja: wie Hugo die Züge seines Vaters trug, so rann auch dessen Blut in ihm, das dunkle Blut jener Menschen aus einer andern, gleichsam gesetzlosen Welt, die als Knaben schon von männlich-düsteren Leidenschaften durchglüht werden und denen noch in reifen Jahren Kinderträume aus den Augen schimmern. Das Blut des Vaters nur? Rann das ihre etwa träger? Durfte sie sich das heute einbilden, einfach darum, weil seit dem Tode des Gatten keine Versuchung an sie herangetreten war? Und weil sie niemals einem andern gehört hatte, war darum minder wahr, was sie dem Gatten einstmals gestanden: daß er nur darum ihr ganzes Leben als Einziger erfüllt hatte, weil in den tiefen Nächten, da ihr sein Antlitz verdämmerte, er ihr immer wieder einen andern, einen neuen bedeutete, – weil sie in seinen Armen des königlichen Richard Geliebte war und Cyranos und Hamlets und all der andern, die er spielte, die Geliebte von Helden und Bösewichtern, Gesegneten und Gezeichneten, spiegelklaren und rätselvollen Menschen? Ja, hatte sie nicht, halb unbewußt, nur darum schon als junges Mädchen den großen Schauspieler sich zum Gatten gewünscht, weil eine Verbindung mit ihm ihr die einzige Möglichkeit bot, den ehrbaren Lebensweg zu gehen, der ihr nach ihrer bürgerlichen Erziehung vorgezeichnet schien, und doch zugleich das abenteuerlich-wilde Dasein zu führen, nach dem sie in verborgenen Träumen sich sehnte? Und sie erinnerte sich, wie sie sich Ferdinand nicht nur gegen den Willen ihrer Eltern, deren frommer Bürgersinn den leisen Schauder vor dem Komödianten auch nach vollzogener Heirat nie ganz verwinden konnte, sondern auch gegen einen viel bedenklicheren Feind zu erobern verstanden hatte. Zur Zeit, als sie Ferdinand kennenlernte, stand er in stadtbekannten Beziehungen zu einer nicht mehr jungen, reichen Witwe, die den jungen Schauspieler in seinen Anfängen vielfach gefördert,

fters seine Schulden bezahlt haben sollte, und von der loszu-
eißen es ihm, wie es hieß, nun an der nötigen Willenskraft fehlte.
Damals hatte Beate den romantischen Entschluß gefaßt, den herr-
chen Mann aus so unwürdigen Banden zu befreien: und in
Vorten, wie sie nur das Bewußtsein einer niemals wiederkehren-
en Stunde einzugeben vermag, von der alternden Geliebten
erdinands die Lösung eines Verhältnisses gefordert, das an sei-
er inneren Unwahrheit doch über kurz oder lang, und dann
ielleicht zu spät für das Heil des großen Künstlers und der
Kunst zusammenbrechen müßte. Wohl erfuhr sie damals eine
pöttisch-verletzende Abweisung, an der sie lange trug, und es
auerte noch ein volles Jahr bis zu Ferdinands endgültiger Be-
reiung; aber daß jene Unterredung den ersten Anlaß hierzu be-
leutet, daran hätte Beate nicht zweifeln können, auch wenn ihr
Gatte nicht selbst, immer wieder, auch vor Leuten, die es nicht
m geringsten kümmerte, die Geschichte mit heiterem Stolz zum
esten gegeben hätte.

Beate ließ die Hände von den Augen sinken und erhob sich in
lötzlicher Erregung vom Diwan. Wohl lagen bald zwanzig Jahre
wischen jenem töricht-kühnen Schritt und heute; aber war sie
either eine andere geworden? War in ihr heute nicht die gleiche
Zielbewußtheit und der gleiche Mut? Durfte sie sich heute nicht
nehr zutrauen, das Schicksal eines Menschen, der ihr teuer war,
ach ihrem Sinn zu lenken? War sie die Frau, die stumm warten
nußte, bis ihres Sohnes junges Leben beschmutzt und für immer
erstört war, statt, wie einst vor jene andere, heute vor die
Baronin hinzutreten, die am Ende doch auch eine Frau war und
es irgendwo, wenn auch im verstecktesten Winkel ihrer Seele,
erstehen mußte, was es bedeutete, Mutter zu sein? Und dieses
Einfalles wie einer Erleuchtung froh, trat sie zum Fenster, öffnete
die Läden, und in neuer Hoffnung nahm sie das Bild der lieben
Landschaft wie einen Gruß der Verheißung in sich auf. Doch sie
ühlte, daß es darauf ankam, den kühnen Entschluß noch mit dem
Selbstvertrauen des ersten Augenblicks zur Tat zu machen; ohne
weiteres Zögern begab sie sich daher in ihr Schlafzimmer und
lingelte dem Mädchen, das ihr beim Ankleiden heute mit be-
onderer Sorgfalt behilflich sein mußte. Sobald dies zu ihrer Zu-
riedenheit besorgt war, setzte sie ihren breitkrempigen Panama-
aut mit dem schmalen schwarzen Band auf das dunkelblonde,
lichtgewellte Haar, wählte aus dem Blumenglas, das auf dem
Nachtkästchen stand, von den drei roten Rosen, die sie heut

Morgen vom Stock geschnitten, die frischeste, steckte sie in d
weißen Ledergürtel, nahm ihren schlanken Bergstock in die Ha
und verließ das Haus. Sie fühlte sich froh, jung und ihrer Sac
gewiß.

Als sie vor die Türe trat, stand das Ehepaar Arbesbacher vo
am Gartengitter, er in Lodenjoppe und Lederhose, eben im B
griff, den Taster zu drücken, sie in einem dunkelgeblümt
Kattunkleid, das im Verhältnis zu den etwas verhärmten, ab
noch jugendlichen Zügen einen allzu matronenhaften Zuschn
zeigte.

»Küß die Hand, gnä' Frau,« rief der Baumeister, lüftete de
grünen Hut mit dem Gamsbart und behielt ihn in der Hand,
daß der weiße Kopf eine Weile unbedeckt blieb. »Wir wollen S
grad abholen« – und auf ihren fragenden Blick – »haben Sie de
vergessen, gnä' Frau? heut ist ja Donnerstag, Tarockpartie bei
Direktor.«

»Ja richtig«, sagte Beate, sich erinnernd.

»Grad sind wir dem Herrn Sohn begegnet«, bemerkte d
Baumeisterin, und über die verblühten Züge zog ein müd
Lächeln.

»Mit zwei dicken Büchern ist er da hinauf«, ergänzte der Ba
meister und deutete gegen den Pfad, der über die sonnige Wie
zum Walde aufwärts führte ... »Ein fleißiger Jüngling.«

Beate lächelte mit einem Ausdruck unverhältnismäßiger Glüc
seligkeit. »Im nächsten Jahr hat er Matura«, sagte sie.

»Nein, wie schön die Frau heut wieder aussieht!« äußerte d
Baumeisterin ganz unvermittelt in einem Ton, der vor Bewu
derung beinahe demütig wurde.

»Na, wie wird uns denn zumut sein, Frau Beatelinde,« sag
der Baumeister, »wenn wir so plötzlich einen erwachsenen Sol
haben, der auf die Universität geht, sich duelliert und den We
bern die Köpf' verdreht?«

»Aber hast denn du dich duelliert?« warf seine Gattin ein.

»Na, so hab' ich mich halt herumgeschlagen. 's kommt au
selbe heraus. Blutige Köpf' gibt's so und so!«

Sie spazierten den Weg hin, der oberhalb der Ortschaft, m
dem Blick über den See hin, zur Villa des Bankdirektors We
poner führte.

»Ja, ich geh' da mit Ihnen so weiter,« sagte Beate, »aber eigen
lich müßte ich noch in den Ort hinunter ... nämlich auf d
Post, wegen eines Paketes, das vor acht Tagen in Wien aufgeg

n worden und noch immer nicht da ist. Noch dazu per Eilgut«, tzte sie so ungehalten hinzu, als glaubte sie selbst an die Ge- hichte, die sie plötzlich erfunden hatte, sie wußte selbst nicht arum.

»Vielleicht kommt's mit dem Zug, Ihr Packerl«, sagte die Bau- eisterin und wies nach unten, wo die kleine Eisenbahn eben auchend und wichtigtuerisch hinter dem Felsen hervorkam d mitten durch das Wiesenland dem etwas erhöhten Bahnhof fuhr. Zu allen Fenstern steckten Reisende die Köpfe heraus, d der Baumeister schwenkte seinen Hut.

»Was hast denn?« sagte seine Frau.

»Es werden ja jedenfalls Bekannte dabei sein, und man ist doch n höflicher Mann.«

»Also, auf Wiedersehen«, sagte Beate plötzlich. »Ich komm nn natürlich auch hinauf. Ich lass' indessen schön grüßen.« lig nahm sie Abschied und ging den Weg wieder zurück, den : gekommen. Sie fühlte, daß der Baumeister und seine Frau, die ehengeblieben waren, ihr mit den Blicken beinah bis vor die lla folgten, die Arbesbacher vor nun zehn Jahren seinem Freund d Jagdgenossen Ferdinand Heinold gebaut hatte. Hier nahm ate den schmalen Fahrweg, der, steil genug, an einfachen ndhäusern vorbei zur Ortschaft führte, mußte aber vor dem berschreiten des Bahngleises eine Weile warten, da der Zug en die Station verließ. Jetzt erst fiel ihr ein, daß sie ja gar nichts f der Post zu tun hatte, sondern vielmehr die Baronin sprechen ollte, was ihr nun, da sie ihren Buben im Wald oben mit seinen ichern wußte, allerdings nicht mehr so dringend erschien, als ch in der Stunde vorher ... Sie überschritt das Geleise und nd am Bahnhof all die Unruhe vor, die dem Eintreffen eines uges zu folgen pflegt. Die zwei Stellwagen vom Seehotel und m Posthof rumpelten eben mit ihren Passagieren davon; andere nkömmlinge, von Gepäckträgern gefolgt, hochgestimmt und regt; Ausflügler, unbeschwert und wohlgelaunt, kreuzten Be- ens Weg. Sie sah belustigt zu, wie eine ganze Familie, – Vater, lutter, drei Kinder, Bonne und Stubenmädchen mit Koffern, :hachteln, Taschen, Schirmen und Stöcken, sowie einem kleinen erängstigten Pinscher, in einem Landauer unterzukommen such- :. Aus einem andern Wagen winkte ihr ein Ehepaar, flüchtig m vorigen Jahre her bekannt, mit der ganzen ungemessenen :eudigkeit der Sommerlandbegrüßungen zu. Ein junger Herr in :htgrauem Sommeranzug, eine sehr neue gelbe Ledertasche in

der Hand, lüftete vor Beate den Strohhut. Sie erkannte den ju
gen Mann nicht und grüßte kühl zurück.

»Küß' die Hand, gnädige Frau«, sagte der Fremde, ließ se
Tasche rasch von der einen in die andere Hand voltigieren u
streckte Beate etwas ungeschickt die freigewordene Rechte e
gegen.

»Fritzl!« rief nun Beate, ihn erkennend, aus.

»Jawohl, gnädige Frau, Fritzl in eigener Person.«

»Wissen Sie, daß ich Sie wirklich nicht erkannt hab'? Sie si
ja ein ganzes Gigerl geworden.«

»Na, es wird schon nicht so arg sein«, erwiderte Fritzl und l
die Tasche wieder in die andere Hand gleiten. »Übrigens, l
denn der Hugo meine Karte nicht gekriegt?«

»Ihre Karte? Ich weiß nicht. Aber er hat mir neulich gesa
daß er Ihren Besuch erwartet.«

»Natürlich, das ist ja schon in Wien besprochen worden, c
ich von Ischl aus auf ein paar Tage herüberkomm'. Aber gest
hab ich ihm noch extra geschrieben, daß ich heute nachmit
meine Ankunft zu feiern gedenke.«

»Er wird sich jedenfalls riesig freuen. Wo sind Sie denn ab
stiegen, Herr Weber?«

»Aber nein, gnädige Frau, nicht Herr Weber sagen.«

»Also wo, Herr – Fritz?«

»In den Posthof hab ich mein Kofferl vorausgeschickt, und
bald ich meinen äußeren Menschen in Ordnung gebracht ha
werde ich so frei sein, in der Villa Beate meine Aufwartung
machen.«

»Villa Beate? Gibt's gar keine weit und breit.«

»Ja, wie heißt sie denn, wenn schon jemand mit einem
schönen Namen drin wohnt?«

»Sie heißt gar nicht. Solche Sachen mag ich nicht. Eichwies
weg Numero sieben steht sie; sehen Sie, die dort droben mit d
kleinen grünen Balkon.«

Fritz Weber blickte andächtig in die bezeichnete Richtu
»Muß eine schöne Aussicht sein! Jetzt will ich aber nicht läng
aufhalten. In einer Stunde find' ich doch den Hugo hoffentlich
Haus?«

»Ich denk' schon. Jetzt ist er noch oben im Wald und studie
»Studieren tut er? Das muß man ihm aber schleunigst ab
wöhnen.«

»Oho!«

»Ich will nämlich Touren mit ihm machen. Wissen gnädige Frau schon, daß ich neulich auf dem Dachstein war?«

»Leider nein, Herr Weber, es ist nämlich nicht in der Zeitung gestanden.«

»Aber ich bitt' schön, gnädige Frau, nicht *Herr Weber*.«

»Ich glaub' doch, daß wir dabei werden bleiben müssen, da ich weder die Ehre habe, Ihre Tante noch Ihre Gouvernante zu sein ...«

»So eine Tante möcht' man sich schon gefallen lassen.«

»Also, galant ist er auch schon – nein, so was!« Sie lachte laut auf: statt des eleganten jungen Herrn stand plötzlich der Bub vor ihr, den sie schon seit seinem zwölften Jahre kannte, und der kleine blonde Schnurrbart sah aus, als wenn er angeklebt wäre. »Also auf Wiedersehen, Fritzl«, sagte sie und streckte ihm zum Abschied die Hand entgegen. »Heut' abend beim Nachtmahl berichten Sie uns näheres von Ihrer Dachsteinpartie, nicht wahr?«

Fritz verbeugte sich etwas steif, dann küßte er Beatens Hand, was sie sich wie mit Ergebung in den raschen Lauf der Jahre gefallen ließ; endlich entfernte er sich mit gehobenem Selbstgefühl, das in seiner Haltung und seinem Gang zum Ausdruck kam. Und das, dachte Beate, ist nun ein Freund von meinem Hugo. Freilich, etwas älter als der, um eineinhalb oder zwei Jahre gewiß. Er war ja früher auch in einer höheren Klasse gewesen, Beate erinnerte sich, nur hatte er einmal repetieren müssen. Jedenfalls freute sie sich, daß er da war und mit Hugo Touren zu machen gedachte. Wenn sie die beiden Buben doch gleich auf eine acht- oder vierzehntägige Fußpartie schicken könnte! So zehn Stunden Marsch, sich den Bergwind um die Stirne blasen lassen, abends müd' aufs Stroh hinsinken und früh mit der Sonne wieder auf die Wanderschaft – wie schön und wie heilsam wäre das! Sie verspürte nicht übel Lust, selbst mitzuhalten. Aber das ging kaum an. Auf eine Tante oder Gouvernante verzichteten die Buben gewiß gern. Sie seufzte leise und strich sich mit der Hand über die Stirne.

Auf der Landstraße, dem See entlang, spazierte sie weiter. Vom Landungssteg war eben das kleine Dampfschiff abgegangen und schwamm blank und putzig quer übers Wasser nach dem sogenannten Auwinkel hin mit den paar stillen, unter Kastanien und Obstbäumen versteckten Häusern, wo die Natur schon anfing, Abend zu machen. Auf dem Sprungbrett in der Badeanstalt wippte irgendeine Figur in weißem Bademantel. Im See waren noch einige Schwimmer zu sehen. Die haben's besser als ich, dachte Beate und blickte nicht ohne Neid auf das Wasser hin, von dem ein kühlender, friedenbringender Hauch zu ihr geweht kam. Aber rasch wehrte sie die Versuchung von sich ab und mit eigensinniger Bestimmtheit setzte sie ihren Weg fort, bis sie sich fast unversehens vor der Villa befand, die Baronin Fortunata in diesem Sommer bewohnte. Von der Veranda, die sich längs der ganzen Front hinzog, über den mäßigen, bunt in Malven und Levkojen blühenden Vorgarten schimmerten helle Kleider her. Ohne den Blick seitwärts zu wenden, spazierte Beate längs des weißen Zaunes weiter. Zu ihrer Beschämung fühlte sie ihr Herz lauter klopfen. Der Ton von zwei Frauenstimmen drang an ihr Ohr; Beate beschleunigte ihre Schritte, und plötzlich war sie an dem Haus vorüber. Sie beschloß, vorerst in den Ort hinauf zu gehen, zum Kaufmann, wo es öfters etwas zu besorgen gab, und heute gewiß, da man einen Gast zum Abendessen hatte. Nach ein paar Minuten stand sie schon in Anton Meißenbichlers Laden, kaufte kaltes Fleisch, Obst und Käse und gab der kleinen Loisl mit einem Trinkgeld den Auftrag, das Päckchen gleich nach dem Eichwiesenweg zu bringen. Aber was nun? fragte sie sich, als sie draußen auf dem Kirchenplatz stand, dem offenen Friedhofstor gegenüber, und die vergoldeten Kreuze in der Abendsonne rötlich schimmern sah. Sollte sie ihren Plan einfach fallen lassen, weil ihr das Herz etwas rascher geschlagen hatte? Nie hätte sie eine solche Schwäche sich verziehen. Und die Strafe des Geschicks, sie fühlte es, wäre ihr sicher. Also es blieb nichts übrig als: zurück – und ohne weiteren Aufschub zur Baronin.

In wenigen Minuten war Beate unten am Ufer. Nun vorbei am Seehotel, auf dessen weitläufiger erhöhter Terrasse Sommergäste bei Kaffee und Eis saßen, dann noch an den zwei neuen riesengroßen modernen Villen, die sie so gar nicht leiden mochte; und zwei Sekunden später begegneten ihre Augen denen der Baronin, die unter einem weißen, rotgetupften Riesenschirm in einem geflochtenen Streckstuhl auf der Veranda lag. An die Wand gelehnt stand eine zweite Dame, mit elfenbein-gelblichem Gesicht, statuenhaft, in wallendem weißen Gewand. Fortunata hatte eben lebhaft gesprochen, verstummte nun plötzlich und ihre Züge wurden starr; gleich aber lösten sie sich wieder, ihr ganzes Gesicht ward ein Lächeln, ein Grüßen, ihr Blick ein wahrer Glanz von Herzlichkeit und Willkommen. Du Luder! dachte Beate, ein wenig indigniert über diesen ihren eigenen Ausdruck und fühlte sich gerüstet. Und Fortunatas Stimme klang überheiter an ihr Ohr. »Guten Tag, Frau Heinold.«

»Guten Tag«, erwiderte Beate mit kaum erhobener Stimme, als läge ihr nicht viel daran, ob ihr Gruß auf der Veranda gehört würde oder nicht; und sie tat, als wollte sie weitergehen.

Fortunata aber rief zu ihr herüber: »Sie haben wohl die Absicht, heute ein Sonnen- und Staubbad zu nehmen, Frau Heinold.« Beate zweifelte nicht daran: dies hat Fortunata nur gesagt, um überhaupt ein Gespräch mit ihr anzuknüpfen. Denn die Bekanntschaft zwischen den beiden Frauen war so oberflächlicher Art, daß der scherzhafte Ton im Grunde nicht einmal sonderlich angebracht schien. Vor vielen Jahren, auf einem Bühnenfest, hatte Beate die junge Schauspielerin Fortunata Schön, eine Kollegin Ferdinand Heinolds, kennengelernt, und in der Zwanglosigkeit des lustigen Abends hatte das Ehepaar am gleichen Tisch mit ihr und ihrem damaligen Liebhaber soupiert und Champagner getrunken. Später waren wohl flüchtige Begegnungen im Theater und auf der Straße erfolgt, hatten aber niemals zu wirklichen Gesprächen auch nur von Minutendauer geführt. Vor acht Jahren, nach ihrer Verheiratung mit dem Baron, war Fortunata von der Bühne abgegangen und völlig aus dem Gesichtskreis Beatens verschwunden, bis diese sie vor wenigen Wochen hier in der Badeanstalt zufällig wieder getroffen hatte, um von dieser Begegnung an, wie es sich kaum vermeiden ließ, auf der Straße, im Wald, im Bad gelegentlich ein paar Worte mit ihr zu wechseln. Heute aber paßte es Beate sehr, daß die Baronin selbst geneigt schien, eine Unterhaltung zu beginnen, und so erwiderte sie möglichst unbefangen: »Sonnenbad . . .? die Sonne ist ja schon fort – und am See ist's abends nicht so schwül wie im Wald oben.«

Fortunata hatte sich erhoben; mit ihrem schmalen, aber sehr wohlgebildeten Figürchen lehnte sie sich an die Brüstung und erwiderte etwas hastig, daß sie für ihren Teil die Waldspaziergänge vorziehe, insbesondere den zur Einsiedelei finde sie geradezu ergreifend. Was für ein dummes Wort, dachte Beate, und sagte höflich, warum die Baronin bei dieser Vorliebe nicht lieber gleich eine der Villen am Waldesrand bezogen hätte. Die Baronin erklärte, daß sie oder vielmehr ihr Gemahl diese Villa hier auf eine Annonce hin gemietet hätte; übrigens sei sie in jeder Hinsicht zufrieden. »Aber wollen Sie nicht weiter spazieren, gnädige Frau,« setzte sie eilig hinzu, »und mit meiner Freundin und mir eine Tasse Tee trinken?« Und ohne eine Antwort abzuwarten, ging sie Beaten entgegen, reichte ihr eine schlanke, weiße, etwas unruhige Hand und geleitete sie mit übertriebener Freundlichkeit

auf die Veranda, wo indes die andere Dame nach wie vor
gungslos in ihrem wallenden weißen Musselingewand an
Mauer lehnte, mit einer Art von düsterem Ernst, der Beate h
unheimlich, halb komisch berührte. Fortunata stellte vor: »Fr
lein Wilhelmine Fallehn – Frau Beate Heinold. Der Name dü
dir nicht unbekannt sein, liebe Willy.«

»Ich habe Ihren Gatten unendlich verehrt«, sagte Fräul
Fallehn kühl und mit dunkler Stimme.

Fortunata bot Beaten einen gepolsterten Korbsessel an u
entschuldigte sich, daß sie selbst sich sofort wieder so bequ
wie früher hinstreckte. Nirgends noch hätte sie sich nämlich
müde, geradezu zerflossen gefühlt, als hier, besonders in c
Nachmittagsstunden. Möglicherweise läge es daran, daß sie
Versuchung nicht widerstehen könne, zweimal täglich zu bac
und jedesmal eine volle Stunde im Wasser zu bleiben. Aber we
man so viele Wässer kenne, wie sie, Binnenseen und Flüsse u
Meere, da komme man erst drauf, daß jedes Wasser gewiss
maßen seinen eigenen Charakter habe. So sprach sie weiter, f
und allzu gewählt, wie es Beate vorkam; und strich sich zuwei
wie ermüdet mit der einen Hand über das rötlich gefärbte Ha
Ihr langes weißes, mit Klöppelspitzen besetztes Hauskleid hi
zu beiden Seiten des niedern Streckstuhls auf den Boden nied
Um den freien Hals trug sie eine bescheidene Schnur von klein
Perlen. Ihr blasses schmales Gesicht war stark gepudert; nur
Nasenspitze schimmerte rötlich, und dunkelrot die offenbar g
schminkten Lippen. Beate mußte sich an ein Bild aus einer il
strierten Zeitung erinnern, das einen an einem Laternenpf
hängenden Pierrot vorstellte, ein Eindruck, der sich für sie
durch verstärkte, daß Fortunata, während sie sprach, die Aug
halb geschlossen zu halten pflegte.

Tee und Gebäck war gebracht worden, das Gespräch kam
Gang, auch Wilhelmine Fallehn, die, zwangloser als vorher,
Tasse in der Hand, an der Brüstung lehnte, beteiligte sich dara
es glitt vom Sommer zum Winter über, man sprach von
Stadt, den Theaterzuständen, den unbedeutenden Nachfolge
Ferdinand Heinolds und von des Unvergessenen allzu frühe
Tod. Wilhelmine äußerte in gemessenem Ton ihr Staunen, d
eine Frau den Verlust eines solchen Mannes zu überleben i
stande sei, worauf die Baronin, Beatens Befremden gewahre
schlicht bemerkte: »Du mußt wissen, Willy, Frau Heinold k
einen Sohn.«

In diesem Augenblick sah ihr Beate mit unbeherrschter Feind-
ſeligkeit in die Augen, die diesen Blick spöttisch-nixenhaft er-
ſiderten; ja, es schien Beate geradezu, als wenn von Fortunata
ın feuchter Duft ausginge wie von Schilf und Wasserrosen. Zu-
ſeich bemerkte sie, daß Fortunatens Füße nackt in den Sandalen
ſaken, und daß sie unter dem weißen Leinenkleid nichts weiter
ıhatte. Indes aber redete die Baronin unbefangen weiter, sehr
ſlatt und gebildet; sie behauptete, daß das Leben stärker sei als
ſer Tod, daß es daher am Ende immer recht behalten müsse; aber
ſeate fühlte, daß hier ein Geschöpf zu ihr sprach, dem nie ein
ſeliebtes Wesen gestorben war, ja, das niemals einen Menschen,
ſlann oder Frau, wirklich geliebt hatte.

Wilhelmine Fallehn stellte plötzlich die Tasse hin. »Ich muß
ıoch fertig packen«, erklärte sie, verabschiedete sich kurz und
ſerschwand durch den Gartensalon.

»Meine Freundin reist nämlich heute nach Wien zurück«, sagte
ſortunata. »Sie ist verlobt – gewissermaßen.«

»Ah«, machte Beate höflich.

»Wofür würden Sie sie wohl halten?« fragte Fortunata mit
ſalbgeschlossenen Augen.

»Das Fräulein ist wahrscheinlich Künstlerin?«

Fortunata schüttelte den Kopf. »Eine Weile war sie allerdings
ſeim Theater. Sie ist die Tochter eines hohen Offiziers. Besser
ſesagt, die Waise. Ihr Vater hat sich eine Kugel durch den Kopf
ſejagt aus Gram über ihren Lebenswandel. Schon vor zehn Jah-
ſen. Dabei ist sie heute siebenundzwanzig. Sie kann es weit brin-
ſen. – Nehmen Sie noch eine Tasse Tee?«

»Danke, Frau Baronin.« Sie atmete tief auf. Nun war der
ſugenblick gekommen. Ihre Züge spannten sich mit einem Male
ſo entschlossen an, daß Fortunata sich unwillkürlich halb auf-
ſichtete. Und Beate begann mit Entschiedenheit: »Es ist nämlich
ſein Zufall, daß ich an Ihrem Hause vorbeigegangen bin. Ich habe
ſit Ihnen zu reden, Frau Baronin.«

»Oh«, sagte Fortunata, und unter dem gepuderten Pierrot-
ſesicht zeigte sich eine leichte Röte. Sie stützte den einen Arm
ſuf die Lehne ihres Streckstuhls und verschlang die unruhigen
ſinger ineinander.

»Erlauben Sie mir, kurz zu sein«, begann Beate.

»Ganz nach Ihrem Belieben. So kurz oder so lang Sie wollen,
ſeine liebe Frau Heinold.«

Beate fühlte sich durch diese etwas herablassende Anrede

gereizt und entgegnete ziemlich scharf: »Ganz kurz und einfach Frau Baronin. Ich will nicht, daß mein Sohn Ihr Geliebter wird

Sie war vollkommen ruhig; ja, genau so war ihr zumute g wesen, als sie vor neunzehn Jahren einer alternden Witwe de künftigen Gatten abgefordert hatte.

Die Baronin erwiderte Beatens kühlen Blick nicht minder ruhig »So«, sagte sie halb vor sich hin. »Sie wollen nicht? – Schad Allerdings, die Wahrheit zu sagen, ich habe selbst noch gar nich daran gedacht.«

»So wird es Ihnen um so leichter fallen,« erwiderte Beate etwa heiser, »meinen Wunsch zu erfüllen.«

»Ja, wenn es von mir allein abhinge –«

»Frau Baronin, nur von Ihnen hängt es ab. Das wissen Sie sel gut. Mein Sohn ist fast noch ein Kind.«

Um Fortunatens geschminkte Lippen erschien ein schmer licher Zug. »Was muß ich doch für eine gefährliche Frau sein begann sie gedankenvoll. »Soll ich Ihnen sagen, warum mein Freundin abreist? Sie hätte nämlich den ganzen Sommer bei mi verbringen sollen, – und ihr Verlobter sollte sie hier besuchen Und denken Sie, da bekam sie plötzlich Angst, Angst vor mi Nun ja, vielleicht hat sie recht. Ich bin wohl so. Ich kann j wirklich nicht für mich einstehen.«

Beate saß starr da. Eine solche Aufrichtigkeit, die fast scho Schamlosigkeit war, hatte sie nicht erwartet. Und sie erwidert herb: »Nun, Frau Baronin, bei dieser Denkungsart wird Ihne wohl wenig daran liegen, daß gerade mein Sohn –« Sie hielt inn

Fortunata ließ einen Kinderblick auf Beate ruhen: »Was Sie d tun, Frau Heinold,« sagte sie in einem gleichsam neugefundene Ton, »ist eigentlich rührend. Aber klug, meiner Seele, klug ist e nicht. Übrigens wiederhole ich, daß ich nicht im entferntest daran gedacht habe ... Wahrhaftig, Frau Heinold, ich glaub Frauen wie Sie haben da eine falsche Auffassung von Frauen meiner Art. Sehen Sie, vor zwei Jahren zum Beispiel, da habe ic drei volle Monate in einem holländischen Fischerdorf verbracht mutterseelenallein. Und ich glaube, in meinem ganzen Leben bi ich nicht so glücklich gewesen. Und ebenso hätte es passiere können, daß ich auch in diesem Sommer – Oh, ich möchte es noc immer nicht ausschließen. Ich hatte niemals Vorsätze, nie i meinem Leben. Auch meine Heirat, ich versichere Sie, war de reine Zufall.« Und sie blickte auf, als fiele ihr plötzlich etwas ein »Oh, haben Sie am Ende Angst vor dem Baron? Fürchten Sie, da

r Ihren – Ihren Herrn Sohn von dieser Seite irgendwelche Un-
nehmlichkeiten – Was das anbelangt –« Und sie schloß lä-
elnd die Augen.

Beate schüttelte den Kopf. »An Gefahren von dieser Seite habe
h wirklich nicht gedacht.«

»Nun, man könnte immerhin auch daran denken. Ehemänner
nd ja unberechenbar. Aber sehen Sie, Frau Heinold,« und sie
hlug die Augen wieder auf, »wenn diese Erwägung wirklich
cht mitgespielt hat, dann wird es mir noch unbegreiflicher –
nz im Ernst. Wenn ich zum Beispiel einen Sohn hätte, im
ter Ihres Hugo –«

»Sie kennen seinen Namen?« fragte Beate streng.

Fortunata lächelte. »Sie haben ihn mir doch selbst genannt.
eulich, auf der Landungsbrücke.«

»Ganz recht. Verzeihen Sie, Frau Baronin.«

»Also, liebe Frau Heinold, ich wollte sagen: Wenn *ich* einen
ohn hätte, und er würde sich – zum Beispiel in eine Frau wie Sie
rlieben, ich weiß nicht – ich glaube, ich könnte mir für einen
ngen Menschen ein besseres Debüt gar nicht vorstellen.«

Beate rückte den Sessel, als wollte sie aufstehn.

»Wir sind doch hier Frauen unter uns«, meinte Fortunata
eschwichtigend.

»Sie haben keinen Sohn, Frau Baronin . . . und dann –« Sie
ielt inne.

»Ach ja, Sie meinen, es wäre dann auch noch ein gewisser
nterschied. Mag sein. Aber dieser Unterschied würde die An-
elegenheit – für meinen Sohn – nur bedenklicher machen. Denn
e, Frau Heinold, würden so eine Sache ja wahrscheinlich ernst
ehmen. Hingegen ich – ich! Ja wirklich, je mehr ich es mir über-
ge, Frau Heinold, es wäre klüger gewesen, wenn Sie mit der
ntgegengesetzten Bitte zu mir gekommen wären. Wenn Sie mir
ren Sohn« – und sie lächelte mit halbgeschlossenen Augen –
ozusagen ans Herz gelegt hätten.«

»Frau Baronin!« Beate war fassungslos. Sie hätte schreien mö-
en.

Fortunata lehnte sich zurück, kreuzte die Arme unter dem
opf und schloß die Augen völlig. »Solche Dinge kommen näm-
ch vor« . . . Und sie begann zu erzählen. »Vor – leider recht
ielen Jahren, irgendwo in der Provinz, da hatte ich eine Kolle-
in, die damals ungefähr so alt war, wie ich jetzt. Sie spielte das
eroisch-sentimentale Fach. Zu der kam eines Tages die Gräfin . . .

nun, der Name tut nichts zur Sache . . . Also ihr Sohn, der jung
Graf, hatte sich in ein Bürgermädel verliebt, aus guter, ab
ziemlich armer Familie. Beamte oder so was. Und der junge Gr
wollte das Mädel durchaus heiraten. Dabei war er noch nicl
zwanzig. Und die Gräfin Mutter – wissen Sie, was die klug
Dame tat? Eines schönen Tages erscheint sie bei meiner Kolleg
und redet mit ihr . . . und bittet sie . . . Na – kurz und gut, s
arrangiert das so, daß ihr Sohn in den Armen meiner Kolleg
das Bürgermädel vergißt und –«

»Ich bitte, doch von solchen Anekdoten lieber abzusehen, Fra
Baronin.«

»Es ist keine Anekdote. Es ist eine wahre Geschichte, und ei
sehr moralische obendrein. Eine Mesalliance wurde verhinder
eine unglückliche Ehe, vielleicht gar ein Selbstmord oder ei
Doppelselbstmord.«

»Mag sein«, sagte Beate. »Aber all das gehört doch gar nicl
her. Ich bin jedenfalls anders als diese Gräfin. Und für mich i
der Gedanke ganz einfach unerträglich . . . unerträglich –«

Fortunata lächelte und schwieg eine Weile, als wollte sie ei
Beendigung des Satzes erzwingen. Dann sagte sie: »Ihr Sohn i
sechzehn . . . oder siebzehn?«

»Siebzehn«, erwiderte Beate und ärgerte sich sofort, daß sie s
gehorsam Auskunft erteilt hatte.

Fortunata schloß die Augen halb und schien sich irgendeine
Vision hinzugeben. Und sie sagte wie aus einem Traum: »D
werden Sie sich wohl an den Gedanken gewöhnen müssen. Bi
ich's nicht, so ist es eine andere. – Und wer sagt Ihnen –« aus de
plötzlich geöffneten Augen kam ein grünes Schillern – »daß e
eine Bessere sein wird?«

»Wollen Sie, Frau Baronin,« erwiderte Beate mit mühselige
Überlegenheit, »diese Sorge getrost mir überlassen.«

Fortunata seufzte leise. Plötzlich schien sie ermüdet und sagte
»Nun, wozu länger darüber reden. Ich will Ihnen gern gefälli
sein. Also, Ihr Herr Sohn hat nichts von mir zu fürchten – ode
wie man es vielleicht auch auffassen könnte, zu hoffen . . . Wen
Sie nicht« – und nun waren ihre Augen groß, grau und kla
»überhaupt auf einer falschen Fährte sind, Frau Heinold. Den
ich, ganz aufrichtig, nun, mir ist es bisher nicht aufgefallen, da
ich auf Hugo« – sie ließ den Namen langsam auf der Zunge zei
gehen – »einen sonderlichen Eindruck gemacht hätte.« Und si
sah Beate unschuldsvoll ins Gesicht. Diese, dunkelrot geworder

atte die Lippen wortlos aneinander gepreßt. »Also, was soll ich
un?« fragte Fortunata schmerzlich. »Abreisen? Ich könnte ja
ıeinem Gatten schreiben, daß mir die Luft hier nicht zusagt.
Vas glauben Sie, Frau Heinold?«

Beate zuckte die Achseln. »Wenn Sie nur wirklich wollen, ich
ıeine, wenn Sie die Güte haben wollten ... sich um meinen
ohn nicht zu kümmern, ... es wird ja nicht so schwer sein, Frau
aronin, Ihr Wort würde mir genügen.«

»Mein Wort? Bedenken Sie nicht, Frau Heinold, daß in solchen
)ingen Worte und Schwüre, oh, auch von andern Frauen, als ich
ıne bin, sehr wenig zu bedeuten haben?«

»Sie lieben ihn ja nicht«, rief Beate plötzlich ohne alle Zurück-
ıaltung aus. »Es wäre eine Laune, weiter nichts. Und ich bin
ıine Mutter. Frau Baronin, Sie werden mich einen solchen
chritt nicht vergebens haben tun lassen.«

Fortunata stand auf, sah Beate lange an und streckte ihr die
Iand entgegen. Sie schien sich mit einem Male überwunden zu
eben. »Ihr Herr Sohn ist von dieser Stunde an für mich nicht
ıehr auf der Welt«, sagte sie ernst. »Verzeihen Sie, daß ich Sie
ɔ lange auf diese – selbstverständliche Antwort habe warten
ıssen.«

Beate nahm ihre Hand und empfand in diesem Augenblick
ympathie, ja, eine Art von Mitleid für die Baronin. Fast fühlte
ıe sich versucht, mit einem Wort der Entschuldigung Abschied
on ihr zu nehmen. Aber sie unterdrückte diese Regung, ver-
ıied es sogar, etwas auszusprechen, das wie ein Dank hätte
lingen können und sagte nur ziemlich hilflos: »Nun, dann ist ja
ie Sache in Ordnung, Frau Baronin.« Und stand auf.

»Sie wollen schon gehen?« fragte Fortunata in ganz gesell-
chaftlichem Ton.

»Ich habe Sie lange genug aufgehalten«, erwiderte Beate ebenso.

Fortunata lächelte, und Beate kam sich etwas dumm vor. Sie
eß es zu, daß die Baronin sie bis zur Gartentür begleitete, und
eichte ihr hier nochmals die Hand. »Ich danke Ihnen für Ihren
Besuch«, sagte Fortunata sehr liebenswürdig und fügte hinzu:
Wenn ich in der allernächsten Zeit nicht dazu kommen sollte,
hn zu erwidern, so werden Sie es mir hoffentlich nicht übel-
ıehmen.«

»Oh«, sagte Beate und erwiderte noch von der Straße her das
reundliche Kopfnicken der Baronin, die an der Gartentüre stehen-
eblieben war. Unwillkürlich ging Beate rascher als sonst und

hielt sich auf der ebenen Landstraße; sie konnte ja später auf de
schmalen Waldpfad abbiegen, der steil und geraden Wegs zu
Villa des Direktors führte. Wie steht's nun eigentlich, fragte s
sich erregt. Bin ich die Siegerin geblieben? Sie hat mir wohl il
Wort gegeben. Ja. Aber sagte sie nicht selbst, daß Frauenschwü.
nicht viel bedeuten? Nein, sie wird es nicht wagen. Sie hat ja nu
gesehen, wozu ich fähig bin. Die Worte Fortunatens klangen i
ihr weiter. Wie sonderbar sie nur von jenem Sommer in Hollan
gesprochen hatte! Wie von einem Ausruhen und Aufatmen nac
einer wilden, süßen, aber wohl auch schweren Zeit. Und s
mußte sich Fortunata plötzlich vorstellen im weißen Leinenklei
über dem nackten Leib an einem Meeresstrand dahinlaufend, w
von bösen Geistern gehetzt. Es mochte nicht immer schön sei
solch ein Dasein, wie es Fortunata beschieden war. In gewisse
Sinn war sie wohl, wie manche Frauen ihrer Art, innerlich ze
stört, verrückt und kaum verantwortlich für das Unheil, das s
anrichtete. Nun, sie konnte ja tun, was sie wollte, nur Hugo soll
sie gefälligst in Frieden lassen. Mußte es denn gerade der sei
Und Beate lächelte, als ihr einfiel, daß man ja der Frau Baroni
als Ersatz gewissermaßen, einen eben angelangten hübschen ju
gen Herrn namens Fritz Weber hätte anbieten können, mit de
diese wohl auch ganz zufrieden gewesen wäre. Ja, den Antra
hätte sie ihr stellen sollen. Wahrlich, das hätte diesem kostbare
Gespräch die letzte Würze gegeben! Was es doch für Frauen gab
Was für ein Leben die führten! So daß sie von Zeit zu Zeit i
holländischen Fischerdörfern sich erholen mußten. Für ande
wieder war das ganze Leben solch ein holländisches Fischerdor
Und Beate lächelte ohne rechte Heiterkeit.

Sie stand vor dem Parktor der Welponerschen Villa und tra
ein. Vom Tennisplatz her, der sich ziemlich nah dem Eingan
befand, durch das dünne Gesträuch, sah Beate weiße Gewände
schimmern, hörte die wohlbekannten Rufe und trat näher. Zwe
Geschwisterpaare standen einander gegenüber: der Sohn und di
Tochter des Hauses, neunzehn und achtzehn alt, beide dem Vate
ähnlich, mit dunkeln Augen und starken Brauen, in Zügen un
Gebärden die italienisch-jüdische Abstammung verratend; au
der andern Seite der Doktor Bertram und seine überschlank
Schwester Leonie, die Kinder eines berühmten Arztes, der hie
im Ort seine Villa bewohnte. Beate blieb zuerst in einiger Ent
fernung stehen, freute sich an der kräftig-freien Bewegung de
jungen Gestalten, dem scharfen Flug der Bälle und fühlte sic

wohlig angewebt von dem frischen Hauch eines zwecklos holden Kampfspieles. Nach wenigen Minuten endete der Gang. Die beiden Paare, die Rakette in der Hand, begegneten einander am Netz, plaudernd blieben sie da stehen; die Mienen, früher gespannt in der Erregung des Spiels, verschwammen in einer Art von leerem Lächeln, die Blicke, die eben noch spähend dem Schwung der Bälle gefolgt waren, tauchten weich ineinander; seltsam, fast schmerzlich berührt empfand Beate, wie es nun in der früher so reinen Atmosphäre gleichsam zu dunsten und zu wetterleuchten begann, und sie mußte denken: wie wohl dieser Abend endete, wenn mit einem Male durch irgendein Wunder alle Gebote der Sitte aus der Welt geschafft wären und diese jungen Leute ohne jedes Hindernis ihren geheimen, jetzt vielleicht von ihnen selbst nicht geahnten Trieben folgen dürften? Und plötzlich fiel ihr ein, daß es ja solche gesetzlose Welten gab; daß sie selbst eben aus einer solchen emporgestiegen kam und den Duft von ihr noch in den Haaren trug. Darum nur sah sie ja heute, was ihren harmlosen Augen sonst immer entgangen war. Darum nur –? Waren jene Welten ihr einstmals nicht geheimnisvoll vertraut gewesen? War sie nicht selbst einst die Geliebte von Gesegneten und Gezeichneten ... Spiegelklaren und Rätselvollen ... von Verbrechern und Helden ...?

Sie war bemerkt worden. Man grüßte sie händewinkend; sie trat näher an das Drahtgitter heran, die andern zu ihr, und ein flüchtiges Plaudern ging hin und her. Aber es war ihr, als sähen die beiden jungen Männer sie an, wie sie noch niemals sie angesehen. Insbesondere der junge Doktor Bertram hatte eine Art von überlegenem Spott um die Lippen, ließ seine Blicke an ihr auf und ab gleiten, wie er es noch nie getan oder wie sie es noch nie bemerkt hatte. Und als sie sich verabschiedete, um doch endlich nach der Villa hinaufzugehen, nahm er scherzend durch das Drahtgitter einen ihrer Finger und drückte einen Kuß darauf, der gar nicht enden wollte. Und er lächelte frech, als dunkle Falten des Unmuts auf ihrer Stirn erschienen.

Oben auf der gedeckten, etwas zu prächtigen Terrasse fand Beate die beiden Ehepaare Welponer und Arbesbacher beim Tarockspiel. Sie gab durchaus nicht zu, daß man sich stören ließe, drückte den Direktor, der sich anschickte, die Karten hinzulegen, auf seinen Stuhl nieder, dann nahm sie Platz zwischen ihm und seiner Frau. Sie wollte dem Spiele zusehen, wie sie sagte, aber sie tat es kaum und blickte bald über die steinerne

Balustrade weg zu den Bergrändern hinüber, auf denen die Sonne
verglänzte. Ein Gefühl von Sicherheit und Dazugehören kam
hier über sie, wie sie es bei den jungen Leuten draußen nicht empfunden hatte; – das sie beruhigte und zu gleicher Zeit traurig
machte. Die Frau des Direktors bot ihr Tee an in jener etwas
herablassenden Art, an die man sich immer erst gewöhnen mußte.
Beate dankte; sie hätte eben erst getrunken. Eben erst? Wie viele
Meilen weit lag doch das Haus mit der frechgezackten Fahne!
Wie viele Stunden oder Tage lang war sie von dort bis hierher gegangen! Schatten sanken auf den Park, die Sonne von den Bergen
schwand plötzlich, von der Straße unten, die hier nicht sichtbar
war, drangen unbestimmte Geräusche. Beate war es mit einemmal so einsam zumute, wie es ihr in solchen Dämmerstunden auf
dem Land nur sehr bald nach Ferdinands Tod und nachher nie
wieder gewesen war. Auch Hugo war ihr mit einem Male ins
Wesenlose entschwunden und wie unerreichbar fern. Eine wahrhaft quälende Sehnsucht nach ihm erfaßte sie, und hastig empfahl sie sich von der Gesellschaft. Der Direktor ließ es sich nicht
nehmen, sie zu begleiten. Er ging mit ihr die breite Freitreppe
hinab, dann wieder den Teich entlang, in dessen Mitte der
Springbrunnen schlief, dann am Tennisplatz vorüber, wo die Geschwisterpaare trotz des sinkenden Abends so eifrig weiterspiel-
ten, daß sie die Vorbeispazierenden nicht bemerkten. Der Direktor warf einen trüben Blick nach jener Seite, den Beate nicht zum
erstenmal an ihm gewahrte. Aber ihr war, als verstünde sie auch
den heute zum erstenmal. Sie wußte, daß der Direktor mitten in
seiner angestrengten und erfolgreichen Tätigkeit eines kühnen
Finanzmannes von der Melancholie des Alterns angerührt war.
Und während er an ihrer Seite schritt, die hohe Gestalt nur wie
aus Affektation ein wenig vorgebeugt, und ein leichtes Gespräch
mit ihr führte, über das wunderbare Sommerwetter und über
allerlei Ausflüge, die man eigentlich unternehmen sollte und zu
denen man sich doch nie entschloß, spürte Beate immer wieder,
daß es sich zwischen ihm und ihr, gleich unsichtbaren Herbst-
fäden, hin und her spann; und in den Handkuß beim Abschied
am Parktor legte er eine ritterliche Schwermut, deren Nach-
empfindung sie auf dem ganzen Heimweg begleitete.

Schon an der Türe teilte ihr das Dienstmädchen mit, daß Hugo
und ein anderer junger Herr sich im Garten befänden, und ferner
daß die Post ein Paket gebracht hätte. Beate fand es in ihrem
Zimmer liegen und lächelte befriedigt. Meinte das Schicksal

nicht gut mit ihr, daß es aus ihrer überflüssigen kleinen Lüge unversehens eine Wahrheit gemacht hatte? Oder sollte das vielleicht nur warnend bedeuten: Diesmal geht's dir noch hin? Das Paket kam von Doktor Teichmann. Es enthielt Bücher, deren Zusendung er ihr versprochen hatte: Memoiren und Briefe großer Staatsmänner und Feldherren, von Persönlichkeiten also, denen der kleine Advokat, wie Beate bekannt war, die höchste Bewunderung entgegenbrachte. Beate ließ sich vorläufig an der Betrachtung der Titelblätter genügen, legte in ihrem Schlafzimmer den Hut ab, nahm einen Schal um die Schultern und begab sich in den Garten. Unten am Zaun erblickte sie die Buben, die, ohne sie zu bemerken, ununterbrochen wie toll in die Höhe sprangen. Als Beate nähertrat, sah sie, daß beide die Röcke abgelegt hatten. Nun lief Hugo ihr entgegen und küßte sie, nach Wochen zum erstenmal, kindlich stürmisch auf beide Wangen. Fritz schlüpfte eilig in seinen Rock, verbeugte sich und küßte Beate die Hand. Sie lächelte. Es war ihr, wie wenn er jenen andern melancholischen Kuß durch die Berührung seiner jungen Lippen weghauchen wollte.

»Ja, was treibt ihr denn da?« fragte Beate.

»Kampf um die Weltmeisterschaft im Hochsprung«, erklärte Fritz.

Die hohen Ähren jenseits des Zauns bewegten sich im Abendwind. Unten lag der See mattgrau und erloschen. »Du könntest dir auch den Rock anziehen, Hugo«, sagte Beate und strich ihm zärtlich das feuchte Blondhaar aus der Stirn. Hugo gehorchte. Beate fiel es auf, daß ihr Bub gegenüber seinem Freunde etwas inelegant und knabenhaft aussah, aber es berührte sie zugleich angenehm.

»Also denk' dir, Mutter« sagte Hugo, »der Fritz will mit dem Halb-neun-Uhr-Zug wieder nach Ischl zurück.«

»Warum denn?«

»Kein Zimmer zu kriegen, gnädige Frau. Erst in zwei, drei Tagen wird vielleicht eins frei.«

»Deswegen werden Sie doch nicht zurückfahren, Herr Fritz? Wir haben ja Platz für Sie.«

»Ich hab' ihm schon gesagt, Mutter, daß du gewiß nichts dagegen haben wirst.«

»Aber was sollte ich denn dagegen haben. Selbstverständlich übernachten Sie oben im Fremdenzimmer. Wozu haben wir's denn?«

199

»Gnädige Frau, ich möchte um keinen Preis Ungelegenheiten machen. Ich weiß, wie meine Mama immer außer sich ist, wenn wir in Ischl Logierbesuch kriegen.«

»Also bei uns ist das anders, Herr Fritz.«

Und man einigte sich, daß das Gepäck des jungen Herrn Weber aus dem Posthof, wo es vorläufig in Verwahrung lag, heraufgeschafft und daß er bis auf weiteres in der Mansarde wohnen sollte, wogegen Beate sich feierlich verpflichtete, ihn einfach »Fritz« ohne »Herr« zu nennen.

Beate gab im Hause die nötigen Anordnungen, hielt es für passend, die jungen Leute für einige Zeit sich selbst zu überlassen und erschien erst wieder beim Abendessen in der Glasveranda. Zum erstenmal seit vielen Tagen zeigte sich Hugo von unbefangener Lustigkeit; und auch Fritz hatte es aufgegeben, den erwachsenen jungen Herrn zu spielen. Zwei Schulbuben saßen am Tisch, die gewohntermaßen damit anfingen, ihre Professoren durchzuhecheln, um sich dann sachlich über die Aussichten des nächsten letzten Gymnasialjahres und endlich über fernere Zukunftspläne zu unterhalten. Fritz Weber, der Mediziner werden wollte, hatte, wie er erzählte, schon im verflossenen Winter einmal den Seziersaal besucht und ließ durchblicken, daß andere Gymnasiasten so gewaltigen Eindrücken kaum gewachsen sein dürften. Hugo seinerseits war seit lange entschlossen, sich der Altertumsforschung zu widmen. Er besaß eine kleine Sammlung von Antiquitäten: eine pompejanische Lampe, ein Stückchen Mosaik aus den Thermen des Caracalla, ein Pistolenschloß aus der Franzosenzeit und dergleichen mehr. Demnächst gedachte er übrigens hier am See Grabungen anzustellen, und zwar drüben im Auwinkel, wo Reste von Pfahlbauten entdeckt worden wären. Fritz verhehlte nicht seine Zweifel hinsichtlich der Echtheit von Hugos Museumsstücken. Insbesondere jenes Pistolenschloß, das Hugo persönlich auf der Türkenschanze gefunden hatte, war ihm immer verdächtig gewesen. Beate meinte, für solchen Skeptizismus sei Fritz doch noch zu jung, worauf dieser erwiderte, das haben nichts mit dem Alter zu tun, das sei Anlage. Mein Hugo, dachte Beate, ist mir lieber als dieser frühreife Bengel. Freilich er wird es schwerer haben. Sie sah ihn an. Seine Augen blickten in irgendeine Ferne, wohin Fritz ihm gewiß nicht folgen konnte. Beate dachte weiter: Er hat natürlich keine Ahnung, was die Fortunata für eine Person ist. Wer weiß, was er sich einbildet. Sie ist für ihn vielleicht eine Art Märchenprinzessin, die ein böses

Zauberer gefangen hält. Wie er nur dasitzt mit seinem zerstrubelten blonden Haar und der unordentlichen Krawatte. Und es ist auch noch immer sein Kindermund, der volle rote, süße Kindermund! Freilich, den hatte sein Vater auch. Immer diesen Kindermund und diese Kinderaugen. Und sie sah ins Dunkel hinaus, das über der Wiese hing, so schwer und schwarz, als sei der Wald selbst bis vors Fenster gerückt.

»Ist es erlaubt, zu rauchen?« fragte Fritz. Beate nickte, worauf Fritz eine silberne Zigarettentasche mit goldenem Monogramm zum Vorschein brachte und sie anmutig der Hausfrau darbot. Beate nahm eine Zigarette, ließ sich Feuer geben und erfuhr, daß Fritz seinen Tabak direkt aus Alexandrien beziehe. Auch Hugo rauchte heute. Es war, so gestand er, genau die siebente Zigarette seines Lebens. Fritz vermochte die seinen längst nicht mehr zu zählen. Übrigens hatte er die Dose von seinem Vater geschenkt erhalten, der glücklicherweise vorgeschrittene Ansichten hegte, und er berichtete gleich das Neueste: seine Schwester würde Matura ablegen in drei Jahren und wahrscheinlich Medizin studieren, geradeso wie er selber. Beate warf einen raschen Blick auf Hugo, der leicht errötete. War es am Ende noch die Liebe zur kleinen Elise, die er im Herzen trug –, und die an dem schmerzlich gespannten Zug um seine Lippen schuld hatte? »Könnte man nicht noch ein bißchen rudern?« fragte Fritz. »Es ist eine so schöne Nacht, und so warm.«

»Warten Sie lieber auf Mondschein«, meinte Beate. »Es ist gar zu unheimlich, in solchen schwarzen Nächten da draußen herumzufahren.«

»Das find' ich auch«, sagte Hugo. Fritz zuckte verächtlich die Nasenflügel. Dann aber einigten sich die Buben dahin, daß sie zur Feier des Tags auf der Terrasse des Seehotels Eis essen wollen.

»Ihr Lumpen«, sagte Beate mit einem matten Abschiedsscherz, als sie gingen.

Dann sah sie oben in der Mansarde nach, ob alles in Ordnung wäre, und wirtschaftete ihrer Gewohnheit nach noch ein wenig im Hause herum. Endlich begab sie sich in ihr Schlafzimmer, kleidete sich aus und legte sich zu Bett. Bald hörte sie draußen Gepolter und eine Männerstimme; offenbar hatte der Lohndiener Fritzens Koffer gebracht, der nun über die Holztreppe hinaufgeschafft wurde. Dann folgte noch ein Getuschel zwischen dem Stubenmädchen und dem Lohndiener, das länger dauerte, als dringend notwendig war; endlich wurde es still. Beate nahm sich eines der heroischen Bücher aus der Teichmannschen Sendung und begann die Denkwürdigkeiten eines französischen Reitergenerals zu lesen. Aber sie war nicht recht bei der Sache, unruhig und müde zugleich. Es schien ihr, als wenn gerade die tiefe Stille ringsum sie nicht schlafen ließe. Nach geraumer Zeit hörte sie die Haustür gehen, gleich darauf leise Schritte, Flüstern, Lachen. Das waren die Buben! Über die Treppe versuchten sie möglichst geräuschlos hinaufzugelangen. Dann kam von oben ein Rücken, ein Knarren, ein Raunen; – dann wieder gedämpfte Schritte die Treppe hinab. Das war Hugo, der sich in sein Zimmer zur Ruhe begab. Und nun war alles im Hause verstummt. Beate legte das Buch zur Seite, drehte das Licht aus und schlief beruhigt, ja in einer fast beglückten Stimmung ein.

ZWEITES KAPITEL

Nun war man endlich am Ziel. Es hatte, wie allgemein festgestellt wurde, länger gedauert, als der Baumeister berechnet hatte. Dieser widersprach. »Was hab' ich denn g'sagt? Drei Stunden vom Eichwiesenweg aus. Daß wir um neun fortgegangen sind statt um acht, dafür kann ich doch nichts.« »Aber jetzt ist's halb zwei«, bemerkte Fritz. »Ja, seine Zeitberechnungen«, sagte traurig die Baumeisterin, »die stehen einzig da.« »Wenn Damen dabei sind«, erklärte ihr Gatte, »muß man immer fünfzig Perzent draufschlagen. Auch wenn man mit ihnen einkaufen geht, das ist eine alte G'schicht'.« Und er lachte dröhnend.

Der junge Doktor Bertram, der sich seit Beginn des Ausflugs stets in der Nähe Beatens gehalten hatte, breitete seinen grünen Mantel auf die Wiese hin. »Bitte, gnädige Frau«, sagte er und wies mit einem feinen Lächeln hinab. Seine Worte und Blicke waren sehr anspielungsreich, seit er vor vierzehn Tagen durch das Gitter des Tennisplatzes Beatens Finger geküßt hatte. »Danke«, erwiderte ablehnend Beate, »ich bin versorgt.« Und, auf einen Blick von ihr, rollte Fritz den schottischen Plaid, den er auf dem Arm trug, mit kühnem Schwunge auf. Aber der Wind strich so stark über die Alm, daß der Plaid flatterte gleich einem Riesenschleier; bis ihn Beate am andern Ende erfaßte und ihn mit Fritzens Beihilfe niederbreitete.

»Da heroben weht immer so ein Lüfterl«, sagte der Baumeister

»Aber schön ist es, was?« Und mit einer großen Handbewegung wies er in die Runde.

Sie befanden sich auf einer weithin gedehnten kurzgemähten Wiese, die, gleichmäßig abfallend, die Aussicht nach allen Seiten freiließ, blickten rings um sich und schwiegen eine Weile in beifälliger Betrachtung. Die Herren hatten ihre Lodenhüte abgenommen; Hugos Haar war noch zerwühlter als sonst, die gesträubten weißen Haarspitzen des Baumeisters rührten sich, auch Fritzens wohlgepflegte Frisur litt einigen Schaden, nur Bertrams niedergekämmtem hellblonden Scheitel vermochte der Wind, der unablässig über die Höhe strich, nichts anzuhaben. Arbesbacher nannte die einzelnen Bergkuppen mit Namen, gab die verschiedenen Höhenmaße an und bezeichnete einen Felsen jenseits des Sees, der von Norden aus bisher nicht erstiegen worden sei. Doktor Bertram bemerkte, dies sei ein Irrtum; er selbst habe jene Nordwand voriges Jahr erklettert.

»Da müssen Sie aber der erste gewesen sein«, meinte der Baumeister.

»Das ist möglich«, erwiderte Bertram beiläufig und lenkte die Aufmerksamkeit sofort auf eine andere Bergspitze, die viel harmloser aussähe und an die er sich doch noch niemals herangewagt habe. Er wisse eben ganz genau, wieviel er sich zutrauen dürfe; sei durchaus nicht tollkühn und habe gegen den Tod Erhebliches einzuwenden. Das Wort Tod sprach er ganz leichthin aus, wie ein Fachmann, der es verschmäht, vor einem Laienkreis groß zu tun.

Beate hatte sich auf den schottischen Plaid hingestreckt und sah zum mattblauen Himmel auf, an dem dünne weiße Sommerwolken hinzogen. Sie wußte, daß Doktor Bertram nur für sie sprach und daß er ihr all seine interessanten Eigenschaften, Stolz und Bescheidenheit, Todesverachtung und Lebensdrang gewissermaßen zur gefälligen Auswahl vorlegte. Aber es wirkte nicht im geringsten auf sie.

Die jüngsten Teilnehmer der Partie, Fritz und Hugo, hatten in ihren Rucksäcken den Proviant mitgebracht. Leonie war ihnen beim Auspacken behilflich, auch strich sie dann die Butterbrote, damenhaft und mütterlich, nicht ohne vorher die gelben Handschuhe abgestreift und in ihren braunen Ledergürtel gesteckt zu haben. Der Baumeister entkorkte die Flaschen, Doktor Bertram schenkte ein, reichte den Damen die gefüllten Gläser und sah an Beate vorbei mit absichtlicher Zerstreutheit nach dem unbezwingbaren Gipfel jenseits des Sees. Und alle fanden es köstlich, wie sie da oben, vom Bergwind umweht, sich an belegten Butterbroten und herbem Terlaner erlaben durften. Den Schluß des Mahles bildete eine Torte, die Frau Direktor Welponer heute früh zu Beate gesandt hatte, zugleich mit der Entschuldigung, daß sie und die Ihrigen nun leider an dem Ausflug doch nicht teilnehmen könnten, auf den sie sich schon so sehr gefreut hatten. Die Absage war nicht unerwartet gekommen. Die Familie Welponer aus ihrem Park hervorzulocken, das wurde allmählich zum Problem, wie Leonie behauptete. Der Baumeister brachte in Erinnerung, daß die verehrten Anwesenden sich auf ihre Unternehmungslust am Ende auch nicht viel einbilden müßten. Wie verbrachte man denn die schöne Sommerszeit? Man lahndelte, wie er sich ausdrückte, auf den Waldwegen herum, badete im See, spielte Tennis und Tarock; aber wieviel er Vorbesprechungen und Vorbereitungen hatte es bedurft, bis man sich nur endlich entschlossen hatte, wieder einmal nach langer Zeit die Almwiese zu erklimmen, was doch wirklich nur als Spaziergang gelten konnte!

Beate dachte bei sich, daß sie selbst nur ein einziges Mal hier oben gewesen war, – mit Ferdinand, vor zehn Jahren schon, in demselben Sommer also, als sie die neugebaute Villa bezogen hatten. Doch sie vermochte es gar nicht zu fassen, daß es dieselbe Wiese sein sollte, auf der sie heute ruhte: so völlig anders, weiterhingestreckt und leuchtender, hatte sie sie in der Erinnerung bewahrt. Eine sanfte Traurigkeit schlich sich in ihr Herz. Wie allein sie doch war unter all den Leuten. Was sollte ihr die Lustigkeit und das Geplauder ringsherum? Da lagen sie nun alle auf der Wiese und ließen die Gläser aneinanderklingen. Fritz rührte mit dem seinen an das Beatens; aber dann, während sie das ihre schon längst geleert hatte, hielt er das seine noch immer regungslos in der Hand und starrte sie an. Welch ein Blick! dachte Beate. Noch verzückter und durstiger als die, mit denen er mich in der letzten Tagen daheim anzustrahlen pflegt. Oder scheint es mir so, weil ich so rasch hintereinander drei Glas Wein getrunken habe? Sie streckte sich wieder der Länge nach auf ihren Plaid hin, an die Seite der Baumeisterin, die fest eingeschlafen war, blinzelte in die Luft und sah ein schmales Rauchwölkchen elegant in die Höhe steigen, – von der Zigarette Bertrams jedenfalls, den sie im übrigen nicht sehen konnte. Aber sie spürte, wie sein Blick sich ihr entlang schmeichelte bis an ihren Nacken, wo sie ihn eine Weile körperlich zu empfinden glaubte, bis sie endlich merkte, daß e

ein Grashalm war, der sie kitzelte. Wie von fern klang die Stimme
des Baumeisters an ihr Ohr, der den Buben von der Zeit berichtete, da dort unten die kleine Bahn noch nicht verkehrt hatte;
und obwohl seither noch keine fünfzehn Jahre verstrichen waren,
wußte er um diese Epoche eine Atmosphäre von grauem Alter-
tum zu verbreiten. Unter anderem erzählte er von einem betrunkenen Kutscher, der ihn damals in den See hineingefahren und
den er daraufhin beinahe totgeprügelt hatte. Dann gab Fritz eine
Heldentat zum besten; im Wiener Wald hatte er jüngst einen
höchst bedenklichen Kerl einfach dadurch in die Flucht gejagt,
daß er in die Tasche griff, als wenn er dort seinen Revolver verwahrt hätte. Denn auf Geistesgegenwart kam es an, wie er erläu-
ernd bemerkte, nicht auf den Revolver. »Nur schad',« sagte der
Baumeister, »daß man nicht immer eine sechsläufig geladene Geistesgegenwart bei sich hat.« Die Buben lachten. Wie kannte es Beate, dieses herzliche, doppelstimmige Lachen, an dem sie nun so
oft daheim während der Mahlzeiten und in ihrem Garten sich freuen
durfte: und wie recht war es ihr, daß die Buben sich so trefflich
vertrugen. Neulich waren sie sogar zwei Tage lang zusammen
fortgewesen, wohlausgerüstet, auf einer Tour nach den Gosau-
seen, als Vorbereitung für die geplante Septemberwanderung.
Allerdings waren sie schon von Wien her enger befreundet, als
Beate gewußt hatte. So hatte sie als eine Neuigkeit, die ihr Hugo
richterweise verschwiegen, unter anderen erfahren, daß die
beiden zuweilen abends nach der Turnstunde in einem Vorstadt-
kaffeehaus Billard zu spielen pflegten. Aber in jedem Fall fühlte
sie sich Fritz für sein Hierherkommen im Innersten dankbar.
Hugo war nun wieder so frisch und unbefangen wie je, der
schmerzlich gespannte Zug war von seinem Antlitz gewichen,
und er dachte gewiß nicht mehr an die gefährliche Dame mit dem
errotgesicht und dem rotgefärbten Haar. Übrigens konnte
Beate auch der Baronin das Zugeständnis nicht versagen, daß sie
sich tadellos benahm. Vor ein paar Tagen erst hatte es der Zufall
gefügt, daß sie auf der Galerie der Badeanstalt neben Beate stand,
gerade als Hugo und Fritz, um die Wette wie gewöhnlich, aus
dem offenen See herangeschwommen kamen; zugleich erwisch-
ten sie die glitschige Stiege, jeder mit einem Arm sich festhaltend,
spritzten einander Wasser ins Gesicht, lachten, ließen sich sinken
und tauchten erst ganz weit draußen wieder in die Höhe. Fortunata,
in ihren weißen Bademantel gehüllt, hatte flüchtig zugeschaut,
mit abwesendem Lächeln, wie dem Spiel von Kindern, und dann

wieder über den See hingeblickt, mit verlorenen traurigen Augen, so daß Beate mit leiser Unzufriedenheit, ja, fast schuldbe-
wußt, sich jenes merkwürdigen und immerhin etwas verletzen-
den Gespräches in der weißbeflaggten Villa erinnern mußte, da:
die Baronin selbst offenbar schon vergessen und verziehen hatte
Einmal abends, auf einer Bank am Waldesrand, hatte Beate auc|
den Baron gesehen, der wohl nur auf ein paar Tage zu Besuc|
gekommen war. Er hatte hellblondes Haar, ein bartloses durch-
furchtes und doch junges Gesicht mit stahlgrauen Augen, tru|
einen hellblauen Flanellanzug, rauchte eine kurze Pfeife, und ne
ben ihm auf der Bank lag seine Marinekappe. Für Beate sah e
aus wie ein Kapitän, der aus fernen Landen kam und gleich wie
der auf See mußte. Fortunata saß neben ihm, klein, wohlerzoger
die rötliche Nase vorgestreckt, mit müden Armen: wie ein
Puppe, die der ferne Kapitän ganz nach Belieben aus de|
Schrank holen und wieder hineinhängen konnte.

Dies alles ging Beate durch den Kopf, während sie auf der Alm
wiese lag, der Wind durch ihre Haare strich und Grashalme ihre
Nacken kitzelten. Ringsum war es jetzt ganz still, alle schiene
zu schlafen; nur in einiger Entfernung pfiff jemand ganz leis
Unwillkürlich mit blinzelnden Augen suchte Beate wieder nac
der eleganten kleinen Rauchwolke und entdeckte sie bald, w
sie silbergrau und dünn in die Höhe stieg. Beate hob ein kle:
wenig den Kopf, da gewahrte sie den Doktor Bertram, der d
Haupt auf beide Arme gestützt und seinen Blick angelegentli
in Beatens Halsausschnitt versenkt hatte. Er sprach übrige:
auch, und es war nicht unmöglich, daß er schon eine gerau:
Zeit gesprochen, ja sogar, daß sein Reden Beate erst aus de
Halbschlummer erweckt hatte. Eben fragte er sie, ob sie wo
Lust verspüre zu einer wirklichen Bergpartie, zu einer ordent
chen Felsenkletterei, oder ob sie den Schwindel fürchte; es müß
übrigens nicht durchaus ein Felsen sein, auch irgendein Plate
genüge ihm vollkommen; nur höher als das hier sollte es se:
viel höher, so daß die anderen gar nicht mitkönnten. Mit ihr
lein von einer Spitze ins Tal hinabzuschauen, das stellte er si
herrlich vor. Da er keine Antwort erhielt, fragte er: »Nun, Fr
Beate?« – »Ich schlafe«, erwiderte Beate. – »So erlauben Sie m
Ihr Traum zu sein, gnädige Frau«, begann er und sprach le
weiter: daß es keinen schönern Tod gäbe als durch Absturz
die Tiefe; das ganze Leben ziehe noch einmal vorbei in einer
geheuren Klarheit, und das sei natürlich um so vergnüglicher.

mehr Schönes man vorher erlebt habe; auch fühle man nicht die geringste Angst, nur eine unerhörte Spannung, eine Art von . . . ja, von metaphysischer Neugier. Und er grub das ausgeglühte Zigarettenstümpfchen mit hastigen Fingern ins Erdreich ein. Im übrigen, fuhr er fort, käme es ihm nicht gerade aufs Abstürzen an, im Gegenteil. Denn er, der in seinem Berufe so viel Dunkles und Grauenhaftes schauen müsse, wisse alles Lichte und Holde des Daseins um so mehr zu schätzen. Und ob sich Beate nicht einmal den Krankenhausgarten ansehen wolle? Über dem schwebe eine ganz seltsame Stimmung; besonders an Herbstabenden. Er wohne jetzt nämlich im Krankenhaus. Und wenn Beate bei dieser Gelegenheit etwa den Tee bei ihm nehmen wollte –

»Sie sind wohl verrückt geworden«, sagte Beate, richtete sich auf und sah mit klaren Augen in die blaugoldene Helle ringsum, die die matten Berglinien aufzuzehren schien. Sonnendurchtränkt, überwach, erhob sie sich, schüttelte ihr Kleid und merkte dabei, daß sie zu Doktor Bertram ganz gegen ihren Willen wie ermutigend niederschaute. Eilig blickte sie fort, zu Leonie hin, die in einiger Ferne ganz allein stand, bildhaft, einen wehenden Schleier um ihren Kopf geschlungen. Der Baumeister und die Buben, mit untergeschlagenen Beinen auf der Wiese sitzend, spielten Karten. »Sie werden dem Hugo bald kein Taschengeld zu geben brauchen, gnä' Frau,« rief der Baumeister, »der könnt' schon heut' vom Tarock seine bescheidenes Auskommen haben.«

»Da wär' es ja ratsam,« erwiderte Beate näherkommend, »wir machten uns auf den Heimweg, ehe Sie ganz ruiniert sind.« Fritz sah zu Beate auf mit glühenden Wangen, sie lächelte ihm entgegen. Bertram, sich erhebend, ließ einen Blick zum Himmel aufsteigen und dann in kleinen Fünkchen über sie niedergehen. Was habt ihr nur alle? dachte sie. Und was hab' ich? Denn plötzlich merkte sie, daß sie die Linien ihres Körpers wie lockend spielen ließ. Hilfesuchend heftete sie den Blick auf ihres Sohnes Stirn, der eben mit leuchtendem Kindergesicht und unsäglich zerrauft ein letztes Blatt ausspielte. Er gewann die Partie und nahm vom Baumeister stolz eine Krone und zwanzig Heller in Empfang. Man rüstete zum Abmarsch, nur Frau Arbesbacher schlummerte ruhig weiter. »Laß mir's liegen«, scherzte der Baumeister. Aber in diesem Augenblick reckte sie sich auch schon, rieb sich die Augen und war schneller zum Abstieg fertig als die andern.

Zuerst ging es eine kurze Weile scharf bergab, dann beinahe eben zwischen Jungwald weiter, an der nächsten Biegung war der

See zu erblicken und verbarg sich gleich wieder. Beate, die anfangs, in Hugo und Fritz eingehängt, mit ihnen vorausgelaufen
war, blieb bald zurück; Leonie gesellte sich zu ihr und sprach
von einer Segelregatta, die demnächst stattfinden sollte. Noch
deutlich erinnerte sie sich der Wettfahrt vor sieben Jahren, bei
der Ferdinand Heinold mit der »Roxane« den zweiten Preis gewonnen hatte. Die »Roxane«! Wo war denn die eigentlich? Nach
so vielen Triumphen führte sie ein recht einsames und träges Leben in der Schiffshütte unten. Der Baumeister stellte bei dieser
Gelegenheit fest, daß das Schifferlfahren heuer gerade so lässig
betrieben werde wie jeder andere Sport. Leonie sprach die Vermutung aus, daß vom Hause Welponer irgend etwas Lähmendes
rätselhaft seinen Ausgang nehme, dessen Einfluß niemand sich
entziehen könne. Auch der Baumeister fand, daß die Welponers
keineswegs zu einem gemütlichen Verkehr geschaffen seien, und
seine Frau war der Ansicht, daß daran vor allem der Hochmut der
Frau Direktor schuld sei, die es übrigens aus allerlei Gründen
wahrhaftig nicht nötig habe. Das Gespräch verstummte, als an
einer Wegbiegung auf einer wurmstichigen, lehnenlosen Bank
plötzlich der Herr Direktor sichtbar wurde. Er erhob sich, und
über seiner Piquéweste am schmalen Seidenband pendelte das
Monokel. Er sei so frei gewesen, sagte er, den Herrschaften entgegenzugehen, und gestatte sich im Namen seiner Gattin, die
Einladung zu einer kleinen Jause zu überbringen, die der müde
Wanderer auf der schattigen Terrasse harre. Zugleich ließ er seine
trüben Blicke von einem zum andern gleiten, Beate merkte, wie
sie über Bertrams Antlitz sich auffallend verdunkelten, und sie
wußte plötzlich, daß der Direktor auf den jungen Mann eifer-
süchtig war. Sie verbat sich das innerlich, als Anmaßung und
Torheit zugleich. Ruhig, ohne Anfechtung wandelte sie durchs
Dasein, in unbeirrter Treue jenes Einzigen denkend, dessen
Stimme ihr heute noch, in der Erinnerung, hallender über die
Höhe klang, als alle Stimmen Lebendiger zu klingen, dessen
Blick ihr heute noch heller leuchtete, als alle Augen Lebendiger
zu leuchten vermochten.

Der Direktor blieb mit Beate zurück. Er redete zuerst von den
kleinen Angelegenheiten des Tages: von neu angekommenen
flüchtigen Bekannten, vom Tode des Mühlbauern, der fünfund-
neunzig Jahre alt geworden war, von dem häßlichen Landhaus,
das sich ein Salzburger Architekt drüben im Auwinkel baute, und
kam wie zufällig auf jene Zeit zu sprechen, da weder seine eigne

ch die Heinoldsche Villa existiert und die beiden Familien
nmerlang unten im Seehotel gewohnt hatten. Er gedachte ge-
insamer Ausflüge auf damals noch wenig begangenen Wegen,
er Segelpartie mit der »Roxane«, die gar gefährlich in Sturm
d Wetter geendet, sprach von dem Einweihungsfest der Hei-
ldschen Villa, bei dem Ferdinand zwei seiner Kollegen unter
n Tisch getrunken hatte, und endlich von der letzten Rolle
rdinands in einem modernen, im ganzen ziemlich peinlichen
ück, worin dieser einen Zwanzigjährigen so vollendet darge-
ellt hatte. Was für ein unvergleichlicher Künstler war er doch
wesen, was für ein herrliches Menschenexemplar! Ein Jugend-
ensch durfte man wohl sagen. Ein wundervoller Gegensatz zu
er Art von Leuten, unter die er selbst sich leider rechnen
ußte und die nicht geschaffen waren, sich oder andern Glück
bringen. Und als Beate ihn fragend von der Seite ansah: »Ich,
be Frau Beate, ich bin nämlich ein Altgeborener. Sie wissen
cht, was das heißt? Ich will versuchen, es Ihnen zu erklären.
hen Sie, wir Altgeborenen, wir lassen im Lauf unseres Daseins
eichsam eine Maske nach der andern fallen, bis wir, als Acht-
gjährige etwa, manche wohl etwas früher, der Mitwelt unser
hres Gesicht zeigen. Die andern, die Jugendmenschen, und so
er war Ferdinand,« ganz gegen seine Gewohnheit nannte er
n beim Vornamen, »bleiben immer jung, ja Kinder, und sind
her genötigt, eine Maske nach der andern vors Gesicht zu neh-
en, wenn sie unter den andern Menschen nicht allzusehr auf-
len wollen. Oder sie gleitet von irgendwoher über ihre Züge
d sie wissen selber gar nicht, daß sie Masken tragen, und ha-
n nur ein wunderliches dunkles Gefühl, daß irgend etwas in
r Rechnung ihres Lebens nicht stimmen kann ... weil sie
h immer jung fühlen. So einer war Ferdinand.« Beate hörte
m Direktor gespannt, aber mit innerem Widerstand zu. Es
ängte sich ihr auf, daß er Ferdinands Schatten mit Absicht her-
fbeschwor, als wäre er bestellt, über ihre Treue zu wachen und
vor einer nahenden Gefahr zu warnen und zu behüten. Wahr-
ftig, die Mühe konnte er sich sparen. Was gab ihm das Recht,
s den Anlaß, sich in solcher Weise zum Anwalt und Schützer
n Ferdinands Andenken aufzuwerfen? Was in ihrem Wesen
rderte zu so verletzender Mißdeutung heraus? Wenn sie heute
t den Heitern mitzuscherzen und mitzulachen vermochte und
hte Farben trug wie früher einmal, so konnte doch darin kein
befangener anderes erblicken als den bescheidenen Zoll, den

sie dem allgemeinen Gesetz des Weiter- und Mitlebens dar
bringen schuldig war. Aber jemals Glück oder Lust zu empfind
jemals wieder einem Manne anzugehören, an eine solche M
lichkeit konnte sie auch heute nicht ohne Widerwillen, ja ol
Grauen denken; und dieses Grauen, sie wußte es von manc
schlaflos einsamen Nacht her, durchwühlte sie nur tiefer, we
unbestimmte Regungen der Sehnsucht durch ihr Blut rausch
und ziellos vergingen. Und wieder sah sie den Direktor, der n
schweigend an ihrer Seite einherging, flüchtig an, aber erschre
beinahe spürte sie um ihre Lippen ein Lächeln, das aus d
Grunde ihrer Seele gekommen war, ohne daß sie es gerufen, u
das untrüglich, beinahe schamlos, deutlicher als alle Wor
sprach: Ich weiß, daß du mich begehrst, und ich freue mich dar
Sie sah in seinen Augen ein Aufblitzen, wie eine heiße Fra
gleich darauf aber ein Sichbescheiden und Trübewerden. Und
richtete ein gleichgültig höfliches Wort an Frau Arbesbacher,
nur zwei Schritte vor ihnen ging, da die kleine Wandergrup
nun, da man dem Ziele sich näherte, allmählich wieder inein
dergeflossen war. Plötzlich war der junge Doktor Bertram
Beatens Seite und legte etwas in Haltung, Blick und Rede,
hätten sich auf diesem Ausflug die Beziehungen zwischen il
und Beate enger geknüpft, und dies Ergebnis zu seinen Guns
müßte auch von ihr empfunden und festgestellt werden.
aber blieb kühl und fremd, wurde fremder von Schritt zu Schr
Und als man vor dem Gartentor der Welponerschen Villa an
langt war, erklärte sie zum allgemeinen und ein wenig auch
ihrer eigenen Überraschung, daß sie müde sei und es vorzie
sich nach Hause zu begeben. Man versuchte sie umzustimm
Da aber der Direktor selbst nur ein trockenes Bedauern äußer
drang man in sie nicht weiter. Sie ließ es dahingestellt, ob sie s
zu dem gemeinsamen Abendessen im Seehotel einfinden werde, a
auf dem Wege verabredet worden war, hatte aber nichts dageg
daß Hugo in jedem Falle daran teilnehme. »Ich werd' sch
Obacht geben,« sagte der Baumeister, »daß er sich keinen Rau
antrinkt.« Beate empfahl sich. Ein Gefühl großer Erleichteru
kam über sie, als sie nun den Weg nach Hause einschlug, und
freute sich auf die paar ungestörten Stunden, die ihr gewiß war

Daheim fand sie einen Brief von Doktor Teichmann und v
spürte ein leichtes Staunen, weniger darüber, daß der wieder
Lebenszeichen von sich gab, als vielmehr, daß sie ihn im La
der letzten Zeit fast bis auf die Tatsache seiner Existenz verg

n hatte. Erst nachdem sie sich vom Staub des Tages befreit und
a bequemen Hauskleid vor dem Toilettetischchen in ihrem
chlafzimmer saß, öffnete sie den Brief, auf dessen Inhalt sie durch-
as nicht neugierig war. Am Beginn standen wie meistens Mit-
eilungen geschäftlicher Natur, denn Teichmann legte Beate ge-
enüber Wert darauf, vor allem als ihr Rechtsanwalt zu gelten,
nd mit etwas gewundenem Humor erstattete er Bericht über
en Verlauf eines kleinen Prozesses, in dem es ihm gelungen war,
er Beate eine unbedeutende Geldsumme zu retten. Am Schluß
erwähnte er in absichtlich beiläufigem Tone, daß ihn seine Fe-
enwanderung auch an der Villa am Eichwiesenweg vorbeiführ-
en werde, und wollte der Hoffnung sich nicht gänzlich ver-
chließen, wie er schrieb, daß ihm durchs Gesträuch ein helles
leid oder gar ein freundliches Auge entgegenleuchten und ihn
am Verweilen einladen könnte, wäre es auch nur zu einer Plau-
erstunde zwischen Tür und Angel. Er vergaß auch nicht Grüße
eizufügen »an den biedern Baumeister und den gebieterischen
chloßherrn samt wertem Anhang«, wie er sich ausdrückte, und
a die übrigen Bekannten, denen er anläßlich seines vorjährigen
reitägigen Aufenthaltes im Seehotel vorgestellt worden war.
eate empfand es als seltsam, daß ihr jenes vorige Jahr fern und
ie unter einem andern Himmelsstrich ihres Lebens gelegen er-
hien, trotzdem sich ihr Dasein äußerlich kaum anders abge-
pielt hatte als in diesem Sommer. Auch an Galanterien von sei-
en des Direktors und des jungen Doktor Bertram hatte es nicht
efehlt. Nur daß sie selbst zwischen all den Blicken und Worten
ie unberührt dahingewandelt war, ja, daß sie sie damals kaum
emerkt hatte und nun erst in der Erinnerung ihrer bewußt
urde. Dies mochte freilich auch darin seinen Grund haben,
aß sie in der Stadt mit all diesen Sommerbekannten kaum einen
irklichen Verkehr pflegte; dort führte sie seit dem Tode ihres
atten, nachdem sich der frühere Kreis der Künstler und Thea-
rfreunde allmählich aufgelöst hatte, ein zurückgezogenes und
nförmiges Leben. Nur ihre Mutter, die in einem Vorort das alte
tammhaus nahe der einst vom Vater geleiteten Fabrik be-
ohnte, und einige entferntere Verwandte fanden den Weg zu
rem stillen und wieder sehr bürgerlich gewordenen Heim; und
enn Doktor Teichmann einmal zu einer Tee- und Plauderstunde
schien, so bedeutete das für sie schon eine Zerstreuung, der sie
ch, wie sie jetzt mit einiger Verwunderung inneward, geradezu
atgegenfreute.

Kopfschüttelnd legte sie den Brief hin und blickte in den Ga
ten, über den die frühe Dämmerung des Augustabends sich br
tete. Das Wohlgefühl des Alleingebliebenseins war allmählich
ihr abgeflaut; und sie überlegte, ob es nicht das klügste wä
zu Welponers oder doch später ins Seehotel zu gehen. Aber glei
drängte sie diese Regung wieder zurück, etwas beschämt, daß s
den Reizen der Geselligkeit schon so völlig verfallen und d
wehmutsvolle Zauber für immer verflogen sein sollte, der sie
vergangenen Sommern zu solchen einsamen Abendstunden c
umfangen hatte. Sie nahm ein dünnes Tuch um die Schulte
und begab sich in den Garten. Hier kam allmählich die ersehn
linde Trauer über sie und sie wußte im tiefsten ihrer Seele, d
sie auf diesen Wegen, wo sie so oft mit Ferdinand auf und ab sp
ziert war, niemals am Arme eines andern Mannes wande
könnte. Eines aber war ihr in diesem Augenblick über alle Zw
fel klar: wenn Ferdinand sie in jenen fernen Tagen beschwor
hatte, ein neues Glück nicht zu verschmähen, so hatte ihm g
wiß keine eheliche Verbindung mit einem Menschen von d
Art des Doktor Teichmann vorgeschwebt; irgendein leide
schaftliches, wenn auch flüchtiges Liebesabenteuer hätte von j
nen seligen Gefilden aus viel eher seine Zustimmung gefunde
Und mit leisem Schreck merkte sie, daß es aus ihrer Seele m
einemmal emporstieg wie ein Bild: sie sah sich selbst oben a
der Almwiese im Dämmerschein des Abends in den Armen d
Doktor Bertram. Aber sie sah es nur, kein Wunsch gesellte si
bei; kühl und fern, gleich einer Gespenstererscheinung hing
in den Lüften und verging.

Sie stand am untern Ende des Gartens, die Arme über d
Zaunstäben verschränkt, und blickte nach abwärts, wo die Lic
ter der Ortschaft blinkten. Vom See her tönte der Gesang aben
licher Kahnfahrer mit wundersamer Deutlichkeit durch die stil
Luft zu ihr herauf. Neun Schläge kamen vom Kirchturm. Bea
seufzte leicht, dann wandte sie sich und ging langsam quer dur
die Wiese dem Hause zu. Auf der Veranda fand sie die üblich
drei Gedecke vorbereitet. Sie ließ sich vom Mädchen ihr Aben
essen bringen und nahm es ohne rechte Lust zu sich im Gefü
einer nutzlos zerronnenen Traurigkeit. Noch während des Esse
griff sie nach einem Buch; es waren die Denkwürdigkeiten d
französischen Generals, von denen sie sich heute noch wenig
gefesselt fühlte als sonst. Es schlug halb zehn; und da die Lang
weile ihr immer quälender ans Herz schlich, entschloß sie si

ch noch, das Haus zu verlassen und die Gesellschaft im See-
tel aufzusuchen. Sie erhob sich, nahm über ihr Hauskleid den
gen Rohseidenmantel und machte sich auf den Weg. Als sie
ten am See an dem Hause der Baronin vorbeiging, fiehl ihr auf,
ß es völlig im Dunkel lag; und es kam ihr in den Sinn, daß sie
rtunata schon einige Tage lang nicht gesehen hatte. Ob sie
t dem fernen Kapitän abgereist war? Doch als Beate sich nach-
r nochmals umwandte, glaubte sie hinter den verschlossenen
den einen Lichtschimmer zu bemerken. Was kümmerte sie das
iter? Sie achtete nicht darauf.
Auf der erhöhten Terrasse des Seehotels, dessen elektrische
genlampen schon verlöscht waren, im matten Schein von zwei
andlichtern um einen Tisch gereiht, erblickte Beate die von
gesuchte Gesellschaft. Aber ehe sie an den Tisch herankam, in
r plötzlichen Empfindung, daß ihr Antlitz in allzu ernsten Fal-
a lag, ordnete sie es zu einem leeren Lächeln. Sie wurde herzlich
grüßt, reichte allen der Reihe nach die Hand, dem Direktor,
m Baumeister, den beiden Frauen und dem jungen Herrn Fritz
eber. Sonst war, wie sie jetzt erst merkte, niemand anwesend.
To ist denn der Hugo?« fragte sie etwas beunruhigt. »Aber in
m Augenblick ist er weggegangen«, erwiderte der Baumeister.
Daß Sie ihm nicht begegnet sind«, fügte seine Frau hinzu. Un-
llkürlich warf Beate einen Blick auf Fritz, der mit einem ver-
rrten Dummen-Jungen-Lächeln sein Bierglas hin und her
ehte und offenbar absichtlich an ihr vorbeisah. Dann nahm sie
itz zwischen ihm und der Frau Direktor und, um die drohend
ihr aufsteigenden Gedanken zu übertäuben, begann sie mit
ertriebener Lebhaftigkeit zu reden. Sie bedauerte sehr, daß die
au Direktor den schönen Ausflug nicht mitgemacht hatte,
gte nach dem Geschwisterpaar Bertram und Leonie und er-
hlte endlich, daß sie daheim während des Abendessens in einem
nzösischen Memoirenwerk gelesen habe, das sie fabelhaft in-
essiere. Sie lese überhaupt nur mehr Lebenserinnerungen und
iefe großer Männer; an Romanen und dergleichen fände sie
inen Gefallen mehr. Es stellte sich heraus, daß es den übrigen
wesenden nicht anders erginge. »Liebesg'schichten, das ist für
nge Leut',« sagte der Baumeister, »ich mein' für Kinder, denn
nge Leut' sind wir ja gewissermaßen noch alle.« Aber auch
itz erklärte, daß er nur mehr wissenschaftliche Werke, am lieb-
en Reisebeschreibungen lese. Während er sprach, rückte er
nz nahe an Beate, drängte wie zufällig sein Knie an das ihre,

seine Serviette fiel herab, er bückte sich, sie aufzuheben u
streifte dabei zitternd Beatens Knöchel. Ja, war er denn toll,
Bub? Und er sprach weiter, erhitzt, mit glänzenden Auge
Wenn er erst Doktor sei, werde er sich bestimmt irgendei
großen Expedition anschließen, nach Tibet vielleicht oder
innere Afrika. Das nachsichtige Lächeln der übrigen begleit
seine Worte; nur der Direktor, Beate merkte es wohl, betracht
ihn mit düsterm Neid. Als die Gesellschaft sich zum Heimgeh
erhob, erklärte Fritz, er für seinen Teil werde noch einen e
samen Spaziergang am See unternehmen. »Einsam?« sagte
Baumeister. »Das kann man glauben oder auch nicht.« Fritz a
erwiderte, solche nächtlichen Sommerspaziergänge seien seine
sondere Passion; erst neulich einmal sei er gegen ein Uhr m
gens nach Hause gekommen, und zwar mit Hugo, der gleichf
ein Freund von solchen Nachtpartien sei. Und als er einen
ruhig fragenden Blick Beatens auf sich gerichtet sah, fügte
hinzu: »Es ist ganz gut möglich, daß ich dem Hugo irgendwo
Ufer begegne, wenn er nicht gar auf den See hinausgerudert i
was auch vorzukommen pflegt.« »Das sind ja lauter Neuigk
ten«, sagte Beate mit mattem Kopfschütteln. »Ja, diese Somm
nächte«, seufzte der Baumeister. »Du hast was zu reden«,
merkte seine Gattin rätselhaft. Frau Direktor Welponer, die d
andern voraus über die Stufen der Terrasse hinabging, blieb ein
Augenblick stehen, blickte wie suchend zum Himmel auf u
senkte dann wieder in einer seltsam hoffnungslosen Weise d
Kopf. Der Direktor schwieg. Doch in seinem Schweigen bel
Haß gegen Sommernächte, Jugend und Glück.

Kaum daß sie alle unten am Ufer angelangt waren, husch
Fritz davon wie zum Spaß und verschwand im Dunkel. Be
wurde von den beiden Ehepaaren heimbegleitet. Langsam u
mühselig gingen sie alle den steilen Weg bergauf. Warum
Fritz so plötzlich davongelaufen? dachte Beate. Wird er Hugo
Ufer finden? Ist er jemals mit ihm nachts auf den See hinausge
dert? Sind sie im Einverständnis? Weiß Fritz, wo Hugo sich
diesem Augenblick befindet? Weiß er? Und sie mußte stehenb
ben, denn es war ihr, als hörte ihr Herz plötzlich zu schlagen a
Als wüßte ich nicht selber, wo Hugo ist. Als wenn ich es nie
schon seit Tagen wüßte! »Wär' halt gut«, sagte der Baumeist
wenns' da herauf eine Drahtseilbahn anlegen möchten.« Er ha
seiner Frau den Arm gereicht, was er, soweit sich Beate erinner
sonst nie zu tun pflegte. Der Direktor und seine Gattin ging

nebeneinander, in gleichem Schritt, gebeugt und stumm. Als Beate vor ihrer Tür stand, wußte sie mit einemmal den Grund, warum Fritz sich unten davongestohlen. Er hatte es vermeiden wollen, zur Nachtzeit im Angesicht all der andern mit ihr allein in der Villa zu verschwinden. Und sie empfand Dankbarkeit gegenüber der ritterlichen Klugheit des jungen Mannes. Der Direktor küßte Beate die Hand. Was immer dir begegnen mag, so zitterte es jetzt in seinem Schweigen, ich werde es verstehen und du wirst einen Freund an mir haben. – Laß mich in Frieden, erwiderte Beate wortlos wie er. Die beiden Ehepaare trennten sich voneinander. Der Direktor und seine Frau verloren sich mit sonderbarer Hast in das Dunkel, darin Wald, Berg und Himmel verrannen. Arbesbachers nahmen den Weg nach der andern Seite, wo die Gegend freier lag und über gelinden Höhen die sternblaue Nacht sich spannte.

Als die Türe sich hinter ihr geschlossen hatte, dachte Beate: Soll ich in Hugos Zimmer nachsehen? Wozu? Ich weiß ja doch, daß er nicht zu Hause ist. Ich weiß, er ist dort, wo früher das Licht hinter den geschlossenen Läden hervorschimmerte. Und es fiel ihr ein, daß sie jetzt eben im Heimgehen wieder an jenem Hause vorbeigekommen und daß es ihr ein Haus im Dunkel gewesen war, wie andere auch. Aber sie zweifelte nicht mehr, daß ihr Sohn zu dieser Stunde in der Villa weilte, an der sie gedankenlos und doch ahnungsvoll vorbeigegangen war. Und sie wußte auch, daß sie selbst daran die Schuld trug. Sie, ja sie allein: denn sie hatte es geschehen lassen. Mit jenem Besuch bei Fortunata hatte sie sich eingebildet, aller mütterlichen Pflichten auf einmal ledig zu werden, von da an hatte sie's gehen lassen, wie es ging; – aus Bequemlichkeit, aus Müdigkeit, aus Feigheit nichts sehen, nichts wissen, nichts denken wollen. Hugo war bei Fortunata zu dieser Stunde, und nicht zum erstenmal. Ein Bild erstand in ihr, das sie erschauern machte, und sie verbarg ihr Gesicht in den Händen, als könnte sie's auf diese Weise verscheuchen. Langsam öffnete sie die Tür zu ihrem Schlafzimmer. Eine Trauer umfing sie, als hätte sie eben von etwas Abschied genommen, das niemals wiederkommen konnte. Vorbei war die Zeit, da ihr Hugo ein Kind, ihr Kind gewesen war. Nun war er ein junger Mann, einer, der sein eigenes Leben lebte, von dem er der Mutter nichts mehr erzählen durfte. Nie mehr wird sie ihm die Wangen, die Haare streicheln, nie mehr die süßen Kinderlippen küssen können wie einst. Nun erst, da sie auch ihn verloren hatte, war sie allein.

Sie saß auf dem Bett und begann langsam sich zu entkleiden. Wie lange wird er ausbleiben? Wohl die ganze Nacht. Und im Morgengrauen, sehr leise, um die Mutter nicht aufzuwecken, wird er sich durch den Gang in sein Zimmer schleichen. Wie oft schon mag es geschehen sein? Wie viele Nächte ist er schon bei ihr gewesen? Viele schon? Nein – viele nicht. Ein paar Tage ist er doch sogar über Land gewandert. Ja, wenn er die Wahrheit gesprochen hat! Aber er spricht ja die Wahrheit nicht mehr. Schon lange nicht. Im Winter spielt er Billard in Vorstadtkaffeehäusern, und wo er sich sonst noch herumtreiben mag, wer kann das wissen? Und mit einemmal trieb ein Gedanke ihr das Blut rascher in die Adern: Ist er am Ende schon damals Fortunatens Geliebter gewesen? An dem Tag, da sie unten in der Villa am See ihren lächerlichen Besuch gemacht hat? Und die Baronin hat ihr nur eine erbärmliche Komödie vorgespielt und hat dann mit Hugo, Herz an Herzen mit ihm, über sie gespottet und gelacht. Ja ... auch das war möglich. Denn was wußte sie heute noch von ihrem Buben, der in den Armen einer Dirne zum Mann geworden war. Nichts ... nichts.

Sie lehnte sich an die Brüstung des offenen Fensters, blickte in den Garten und über ihn weg zu den finsteren Berggipfeln am jenseitigen Ufer. Scharf umrissen ragte der eine dort, den nicht einmal der Doktor Bertram sich zu ersteigen traute. Wie kam es nur, daß der nicht unten im Seehotel gewesen war? Hätte er geahnt, daß sie doch noch hinkommen würde, so hätte er gewiß nicht gefehlt. War es nicht seltsam, daß man sie noch begehrte, sie, die schon die Mutter eines Sohnes war, der seine Nächte bei einer Geliebten verbrachte? Warum seltsam? Sie war so jung, jünger vielleicht, als jene Fortunata war. Und mit einem Male quälend deutlich und doch mit einer schmerzlichen Lust, vermochte sie unter ihrer leichten Hülle die Umrisse ihres Körpers zu fühlen. Ein Geräusch draußen auf dem Gang machte sie zusammenfahren. Sie wußte, das war Fritz, der jetzt nach Hause kam. Wo mochte der bis jetzt herumgelaufen sein? Hatte der am Ende auch sein kleines Abenteuer hier am Ort? Sie lächelte trüb. Der wohl nicht. Er war ja sogar ein bißchen verliebt in sie. Kein Wunder am Ende. Sie war ja gerade in den Jahren, um so einem grünen Jungen zu gefallen. Er hatte wohl seine Sehnsucht draußen in der Nachtluft kühlen wollen; und es tat ihr ein wenig leid für ihn, daß der Himmel heute gar so schwer und dunstend über dem See hing. Und plötzlich erinnerte sie sich einer solchen dum n Sommernacht aus längst vergangener Zeit, einer, in der ihr atte sie, die Widerstrebende, aus dem sanften Geheimnis des hegemachs mit in den Garten gezogen hatte, um dort, im nacht-:hwarzen Schatten der Bäume, Brust an Brust gedrängt, wilde ärtlichkeiten mit ihr zu tauschen. Sie dachte auch des kühlen Iorgens wieder, da tausend Vogelstimmen sie zu einer süßen :hweren Traurigkeit erweckt hatten, und sie erschauerte. Wo ar dies alles hin? War es nicht, als hätte der Garten, in den sie a hinausblickte, die Erinnerung jener Nächte besser bewahrt s sie selbst und vermöchte in irgendeiner wundersamen Art sie n Menschen zu verraten, die ins Stumme hineinzulauschen ver-anden? Und ihr war, als stünde die Nacht selbst draußen im arten, gespenstisch und rätselvoll, ja als hätte jedes Haus, jeder arten seine eigene Nacht, die eine ganz andere, tiefere und ver-autere war als das besinnungslose blaue Dunkel, das sich im nfaßbaren weit oben über die schlafende Welt spannte. Und die Iacht, die ihr gehörte, die stand heute voll von Geheimnissen nd Träumen da draußen vor dem Fenster und starrte ihr mit linden Augen ins Gesicht. Unwillkürlich, die Hände wie ab-ehrend vorgestreckt, trat sie ins Zimmer zurück, dann wandte e sich ab, ließ die Schultern sinken, trat vor den Spiegel und egann ihre Haare zu lösen. Mitternacht mußte vorüber sein. Sie ar müde und überwach zugleich. Was half alles Überlegen, alles rinnern, alles Träumen, was alles Fürchten und Hoffen? Hoffen? /o gab es noch eine Hoffnung für sie? Wieder trat sie zum Fen-er hin und verschloß sorgfältig die Läden. Auch von hier aus :himmert's in die Nacht hinaus, in meine Nacht, dachte sie üchtig. Sie versperrte die Türe, die auf den Gang führte, dann, ach alter vorsichtiger Gewohnheit, öffnete sie die Türe zu dem leinen Salon, um einen Blick hineinzuwerfen. Erschrocken fuhr e zurück. Im Halbdunkel, aufrecht in der Mitte des Zimmers ehend, gewahrte sie eine männliche Gestalt. »Wer ist da?« rief e. Die Gestalt bewegte sich heran, Beate erkannte Fritz. »Was llt Ihnen ein?« sagte sie. Er aber stürzte auf sie zu und ergriff re beiden Hände. Beate entzog sie ihm: »Sie sind ja nicht bei ch.« »Verzeihen Sie, gnädige Frau,« flüsterte er, »aber ich . . . h weiß nicht mehr, was ich tun soll.« »Das ist sehr einfach,« er-iderte Beate, »schlafen gehen.« Er schüttelte den Kopf. »Gehen e, gehen Sie doch«, sagte sie, ging in ihr Zimmer zurück und ollte die Tür hinter sich schließen. Da fühlte sie sich leise und was ungeschickt am Halse berührt. Sie zuckte zusammen,

wandte sich unwillkürlich wieder um, streckte den Arm aus, w
um Fritz zurückzustoßen, er aber faßte ihre Hand und drück
sie an die Lippen. »Aber Fritz«, sagte sie milder, als es ihre A
sicht gewesen war. – »Ich werde ja verrückt«, flüsterte er. S
lächelte. »Ich glaube, Sie sind es schon.« – »Ich hätte hier d
ganze Nacht gewacht,« flüsterte er weiter, »ich habe ja nicht g
ahnt, daß Sie diese Tür noch öffnen werden. Ich wollte nur hi
sein, gnädige Frau, hier in Ihrer Nähe.« – »Jetzt gehen Sie ab
sofort in Ihr Zimmer. Ja, wollen Sie? Oder Sie machen mich wir
lich böse.« – Er hatte ihre beiden Hände an seine Lippen gefüh
»Ich bitte Sie, gnädige Frau.« – »Machen Sie keine Dummheit
Fritz! Es ist genug! Lassen Sie meine Hände los. So. Und n
gehen Sie.« Er hatte ihre Hände sinken lassen und sie fühlte d
warmen Hauch seines Mundes um ihre Wangen. »Ich werde ve
rückt. Ich bin ja schon neulich in dem Zimmer hier gewesen.«
»Wie?« – »Ja, die halbe Nacht, bis es beinahe licht geworden is
Ich kann nichts dafür. Ich möchte immer in Ihrer Nähe sein.«
»Reden Sie nicht so dummes Zeug.« Er stammelte wieder: »I
bitte Sie, gnädige Frau Beate – Beate – Beate.« – »Nun ist's ab
genug. Sie sind ja wirklich – was fällt Ihnen denn ein? Soll i
rufen? Aber um Gottes willen! Denken Sie doch – Hugo!«
»Hugo ist nicht zu Haus. Es hört uns niemand.« Ganz flücht
zuckte wieder ein brennender Schmerz in ihr auf. Dann wa
sie plötzlich mit Beschämung und Schreck inne, daß sie üb
Hugos Fernsein froh war. Sie fühlte Fritzens warme Lippen an d
ihren, und eine Sehnsucht stieg in ihr auf, wie sie sie noch ni
mals, auch in längst vergangenen Zeiten nicht, empfunden
haben glaubte. Wer kann es mir übelnehmen? dachte sie. We
bin ich Rechenschaft schuldig? Und mit verlangenden Arme
zog sie den glühenden Buben an sich.

DRITTES KAPITEL

Als Beate aus dem Dunkel des Waldesschattens unter den frei
Himmel trat, dehnte sich der Kiesweg sonnenweiß und brenner
vor ihr hin, und fast bedauerte sie, daß sie die Villa Welponer
früh am Nachmittag verlassen hatte. Aber da die Hausfrau gleic
nach aufgehobener Tafel zum gewohnten Schlummer, und Soh
und Tochter ohne weitere Erklärung verschwunden waren, hät
Beate mit dem Direktor allein zurückbleiben müssen, was s

ach den Erfahrungen der letzten Tage auf alle Fälle vermeiden
vollte. Seine Bemühungen um ihre Gunst waren allzu offenbar
eworden, ja, gewisse Andeutungen von seiner Seite ließen Beate
ermuten, daß er bereit wäre, sich ihr zuliebe von Frau und
indern zu trennen; – wenn nicht gar eine Verbindung mit
eaten ihm vor allem andern die ersehnte Flucht aus unleidlich
ewordenen häuslichen Verhältnissen bedeuten sollte. Denn mit
rem in der letzten Zeit fast schmerzlich geschärften Blick für
nenschliche Beziehungen hatte Beate wohl erkannt, daß jene
he im tiefsten unterwühlt war und daß irgendeinmal unerwar-
t, ja ohne äußeren Anlaß, ein Zusammenbruch erfolgen könnte.
Öfters schon war ihr die übergroße Vorsicht aufgefallen, mit der
ie Gatten das Wort aneinander zu richten pflegten, als könnte
er bebende Groll, der um die harten Mundfalten der beiden
lternden Menschen zu lauern schien, jeden Augenblick in bösen,
ie wieder gut zu machenden Worten sich entladen; aber erst
as Unglaubliche und noch immer nicht Geglaubte, das Fritz ihr
1 der verflossenen Nacht erzählt hatte, das Gerücht von einer
iebesbeziehung, die einst zwischen der Frau des Direktors
nd Beatens verstorbenem Gatten bestanden haben sollte, ließ sie
en Ursachen einer so schweren Zerrüttung mit wirklicher An-
eilnahme nachsinnen. Und war ihr auch jenes Gerücht noch
eute während des Mittagmahls, da gleichgültig-harmlose Ge-
präche über den Tisch hin und her gingen, völlig unsinnig er-
chienen, so begannen jetzt, da sie allein auf dem Wiesenweg
eimwärts schritt, durch die flimmernde Sommerluft, aus deren
luthauch sich alles Lebendige in den Schatten verschlossener
tuben geflüchtet zu haben schien, Fritzens unzarte Andeutun-
en lebhaft und peinigend in ihr nachzuwirken. Warum, fragte
ie sich, hat er davon gesprochen, und warum erst in dieser
Jacht? War es Rache gewesen, weil sie ihn, da er am Morgen
u seinen Eltern nach Ischl fahren sollte, halb scherzhaft gebeten
atte, lieber gleich dort zu bleiben, als heute abend, wie seine
bsicht war, wieder zurückzukehren? War die eifersüchtige Ah-
ung in ihm erwacht, daß er bei all seinem Jugendreiz nicht *mehr*
ir sie bedeutete als einen hübschen frischen Knaben, den man
hne weiteres nach Hause schicken konnte, wenn das Spiel zu
nde war? Oder hatte er nur seiner Neigung zu indiskretem Ge-
chwätz nachgegeben, die sie ihm manchmal schon verweisen
tußte, so neulich erst, als er Lust zeigte, von Hugos Stelldichein
it Fortunaten des näheren zu berichten? Oder war das Gespräch

zwischen Fritzens Eltern, das er kürzlich erlauscht haben wollt
gar nur eine Erfindung seines phantasievollen Kopfes, wie sich
auch sein Besuch im Seziersaal, den er am Tage seiner Ankun
geschildert, neuerdings als eitel Prahlerei herausgestellt hatt
Aber, selbst angenommen, er hätte von dem Gespräch seiner E
tern im guten Glauben erzählt, konnte er es nicht falsch gehö
oder falsch gedeutet haben? Diese letzte Vermutung hatte um s
größere Wahrscheinlichkeit für sich, als zu Beaten bisher v
jenem Gerücht auch nicht der leiseste Hauch gedrungen wa
In solchen Gedanken war Beate vor ihrer Villa angelangt. D
Hugo angeblich einen Ausflug unternommen und das Mädche
ihren freien Sonntag hatte, fand sich Beate allein zu Hause.
ihrem Schlafzimmer entkleidete sie sich, und einer dumpfe
Müdigkeit nachgebend, die nun in diesen Nachmittagsstunde
oft über sie kam, streckte sie sich auf ihr Bett hin. Des Alleinsein
der Stille, des sehr gedämpften Lichts mit Bewußtsein genießen
lag sie eine Zeitlang mit offenen Augen da. In dem schiefgestel
ten Ankleidespiegel ihr gegenüber, in verschwommenen Umri
sen, erschien das lebensgroße Brustbild ihres verstorbenen Ga
ten, so wie es über ihrem Lager hing. Doch deutlich sah sie n
einen mattroten Fleck hervortreten, von dem sie wußte, daß
die Nelke im Knopfloch vorstellte. In der ersten Zeit nach Ferd
nands Tod hatte dieses Bild für Beate ein seltsam eigenes Lebe
weitergeführt. Sie hatte es lächeln oder trübe blicken, heiter od
schwermütig gesehen; ja manchmal war ihr gewesen, als sprächt
aus den gemalten Zügen in geheimnisvoller Weise Gleichgülti
keit oder Verzweiflung über den eigenen Tod. Im Lauf der Jah
war es freilich stumm und verschlossen worden; blieb eine g
malte Leinwand und nicht mehr. Heute aber, in dieser Stund
schien es wieder leben zu wollen. Und ohne daß es Beate i
Spiegel scharf zu sehen vermochte, war ihr doch, als sendete
einen spöttischen Blick über sie hin, und Erinnerungen wachte
in ihr auf, die, harmlos oder gar heiter bisher, sich mit neue
höhnischen Gebärden vor ihre Seele drängten. Und statt d
Einen, auf die ihr Verdacht gelenkt worden war, zog eine gan
Reihe von Frauen an ihr vorüber, die, zum Teil bis auf die G
sichtszüge vergessen, vielleicht alle, wie sie mit einem Male de
ken mußte, Ferdinands Geliebte gewesen waren, – Verehreri
nen, die sich Autogramme und Photographien geholt, jung
Künstlerinnen, die Unterricht bei ihm genommen, Damen d
Gesellschaft, in deren Salon er und Beate verkehrt hatten, Koll

ginnen, die auf der Bühne als Gattinnen, Bräute, Verführte ihm in die Arme gesunken waren. Und sie fragte sich, ob es nicht sein Schuldbewußtsein gewesen war, das, ohne ihn weiter sonderlich zu bedrücken, ihn doch mit so weise scheinender Milde gegen Treulosigkeiten Beatens erfüllte, die sie später etwa an seinem Andenken verüben mochte. Und mit einem Male, als hätte er die nutzlos unbequeme Maske abgeworfen, die er als Lebendiger und Toter lange genug getragen, stand er mit seiner roten Knopfloch- nelke vor ihrer Seele als ein geckischer Komödiant, dem sie nichts gewesen war als die tüchtige Hausfrau, die Mutter seines Sohnes und ein Weib, das man eben manchmal wieder umarmte, wenn es in lauer Sommernacht der matte Zauber des Nebeneinander- seins so fügen wollte. Und so wie sein Bild war ihr mit einem Male auch seine Stimme unbegreiflich verändert. Sie schwang nicht mehr in dem edeln Hall, der ihr noch in der Erinnerung herrlicher tönte als die Stimme aller Lebendigen; sie klang leer, affektiert und falsch. Doch plötzlich, erschreckt und aufatmend zugleich, ward ihr bewußt, daß es wirklich nicht seine Stimme war, die eben in ihrer Seele klang, sondern die eines andern, eines, der neulich sich unterfangen, hier in ihrem Hause sich unterfan- gen hatte, Organ, Tonfall und Gebärden ihres verstorbenen Gat- ten nachzuäffen.

Sie richtete sich im Bette auf, stützte den Arm auf die Polster und starrte entsetzt in das Dämmer des Gemachs. Jetzt erst in der völligen Ungestörtheit dieser Stunde trat ihr jenes Gescheh- nis in seiner ganzen Ungeheuerlichkeit vor die Seele. Vor acht Tagen war es gewesen, an einem Sonntag wie heut, sie war im Garten gesessen in Gesellschaft ihres Sohnes und – mit verzerr- ten Lippen dachte sie das Wort – ihres Geliebten; da war mit einemmal ein junger Mensch erschienen, groß, brünett, mit blit- zenden Augen, im Touristenanzug, mit grüngelbroter Krawatte, den sie nicht erkannte, ehe die freudige Begrüßung durch die beiden anderen jungen Leute ihr zu Bewußtsein brachte, daß Rudi Beratoner vor ihr stand, derselbe, der im vergangenen Win- ter Hugo ein paarmal besucht hatte, um Bücher von ihm zu lei- hen, und von dem sie wußte, daß er einer von den zweien war, die nach Hugos Bericht eine Frühjahrsnacht im Prater mit leicht- sinnigen Frauenzimmern durchschwärmt hatten. Er kam heute geradeswegs aus Ischl, wo er Fritz im Hause von dessen Eltern vergeblich gesucht hatte, und man behielt ihn natürlich zum Mittagessen da. Er gab sich lustig, überlaut, zeigte sich besonders unermüdlich im Erzählen von Jagdgeschichten und Anekdoten aller Art, und die beiden jüngeren Kameraden, die seiner Frühreife gegenüber einen fast knabenhaften Eindruck machten, sahen in Bewunderung zu ihm auf. Auch zeigte er eine Trinkfestigkeit, die über seine Jahre ging. Da die Freunde ihm nicht nachstehen wollten, und sogar Beate sich verlocken ließ, mehr zu trinken als gewöhnlich, wurde die Stimmung bald ungezwungener, als sonst in diesem Hause üblich war. Beaten, die sich durch das bei aller Lustigkeit ihr gegenüber durchaus respektvolle Benehmen des Gastes angenehm berührt, ja dafür dankbar fühlte, erging es übrigens, wie manchmal in diesen Tagen, daß alles, was in der letzten Zeit geschehen war und an dessen Wirklichkeit sie nicht zweifeln konnte, ihr irgendwie als Traum oder doch als etwas wieder Gutzumachendes erschien. Es kam ein Augenblick, da sie, wie oft in früherer Zeit, den Arm um Hugos Schultern geschlungen hielt und mit den Fingern in seinen Haaren spielte, zu gleicher Zeit aber Fritz zärtlich lockend in die Augen sah und dabei über sich und die Welt sonderbar gerührt war. Später merkte sie, daß Fritz mit Rudi Beratoner angelegentlich flüsterte und ihm zu irgend etwas dringend zuzureden schien. Sie fragte wie scherzend, was denn die jungen Herren miteinander für gefährliches Zeug zu tuscheln hätten; Beratoner wollte mit der Sprache nicht heraus, Fritz aber erklärte, es sei nicht einzusehen, warum man nicht davon reden sollte; die Tatsache sei ja allgemein bekannt, daß Rudi Schauspieler vortrefflich zu kopieren verstehe, nicht nur die lebendigen, sondern auch die Nun aber stockte er. Doch Beate, im tiefsten erregt und schon in leichtem Rausch, wandte sich hastig an Rudi Beratoner, und es war heiser fragte sie: »Da können Sie also auch Ferdinand Henold kopieren?« Sie nannte den berühmten Namen, als gehöre er einem Fremden zu. Beratoner wollte es nicht Wort haben. Er begreife den Fritz überhaupt nicht, früher einmal habe er solche Späße getrieben, aber jetzt schon lange nicht mehr; auch habe er Stimmen, die er seit Jahren nicht gehört, selbstverständlich nicht mehr im Ohr, und wenn es schon sein müßte, so wollte er doch lieber irgendein Couplet in der Art eines beliebigen Komikers singen. Aber Beate ließ die Ausflüchte nicht gelten. Sie fühlte nichts anderes mehr als den Wunsch, die Gelegenheit nicht ungenützt vorübergehen zu lassen. Sie zitterte vor Verlangen, die geliebte Stimme, wenigstens im Abglanz, wieder zu hören. Daß dies Verlangen etwas Lästerliches bedeuten könnte, kam ihr in

ebel dieser Stunde kaum zu Bewußtsein. Endlich ließ Beratoner
ch erbitten. Und klopfenden Herzens hörte Beate zuerst Ham-
ts Monolog »Sein oder Nichtsein« in Ferdinands heroischem
onfall durch die freie Sommerluft klingen, dann Verse aus
m Tasso, dann irgendwelche längst vergessene Worte aus
nem längst vergessenen Stück; hörte das Aufdröhnen und Hin-
hmelzen jener heißgeliebten Stimme und trank sie geschlosse-
n Auges wie ein Wunder in sich ein, bis es plötzlich, noch im-
er wie mit Ferdinands Organ, aber jetzt in seinem wohlbekann-
n Alltagston hart an ihrem Ohr erklang: »Grüß Gott, Beate!«
a riß sie, tief erschrocken, die Augen auf, sah hart vor sich ein
ech verlegenes Gesicht, um dessen Lippen noch einen verge-
nden Zug, der gespenstisch an Ferdinands Lächeln mahnte,
gegnete einem irren Blick Hugos, einem dumm-traurigen Grin-
n um Fritzens Mund und hörte sich selbst wie aus weiter Ferne
a höfliches Wort der Anerkennung an den vortrefflichen Stimm-
pisten richten. Das Schweigen, das nun folgte, war dunkel und
stend; sie ertrugen es alle nicht lang, und gleich wieder schwirr-
n gleichgültig lustige Worte von Sommerwetter und Ausflugs-
euden hin und her. Beate aber erhob sich bald, zog sich in ihr
mmer zurück, wo sie verstört in ihren Fauteuil sank und dann
einen Schlaf fiel, aus dem sie nach kaum einer Stunde, doch wie
s abgrundtiefer Nacht, emportauchte. Als sie später in den
endkühlen Garten trat, waren die jungen Leute fortgegangen,
hrten sehr bald ohne Rudi Beratoner wieder, von dem sie mit
utlicher Absicht kein Wort mehr sprachen; und es war für
ate ein leiser Trost, wie der Sohn und der Geliebte durch be-
nders rücksichtsvolles und zartes Benehmen den quälenden
ndruck von heute nachmittag zu verwischen trachteten.

Und jetzt, da Beate in der Dämmerstille einer einsamen Stunde
ch der wahren Stimme ihres Gatten erinnern wollte, gelang es
r nicht. Immer wieder war es die Stimme jenes unwillkomme-
n Gastes, die in ihr erklang; und tiefer noch als bisher ward ihr
wußt, eine wie schwere Versündigung sie an dem Toten be-
ngen, schlimmer als irgendeine, die er selbst bei Lebzeiten ihr
gefügt haben konnte; feiger und unsühnbarer als Untreue und
errat. Er verweste in dunkler Erdentiefe, und seine Witwe
eß es geschehen, daß dumme Buben seiner spotteten, des wun-
rvollen Mannes, der sie geliebt hatte, sie ganz allein, trotz
em, was sich ereignet haben mochte, sowie sie keinen andern
liebt hatte als ihn und keinen andern lieben würde. Jetzt

wußte sie's erst, seit sie einen Geliebten hatte. Einen Geliebten!
Oh, wenn er doch niemals wiederkehrte, der ihr Geliebter war!
Wenn er doch für immer fort wäre aus ihren Augen und aus ihre
Blut, und sie wohnte wieder allein mit ihrem Hugo in dem holde
Sommerfrieden ihrer Villa wie früher. Wie früher? Und wei
Fritz nicht mehr da ist, wird sie denn darum ihren Sohn wied
haben? Hat sie überhaupt noch ein Recht, es zu erwarten? Hat s
sich denn in der letzten Zeit um ihn gekümmert? War sie nic
vielmehr froh gewesen, daß er seine eigenen Wege ging? Und
fiel ihr ein, wie sie neulich auf einem Spaziergange mit dem Eh
paar Arbesbacher ihren Sohn kaum hundert Schritte weit a
Waldesrand in Gesellschaft von Fortunata, Wilhelmine Falle
und einem fremden Herrn erblickt hatte; und sie – sie hatte sie
kaum geschämt, nur angelegentlich mit ihren Begleitern weit
gesprochen, damit diese Hugo nicht bemerkten. Und am Aber
desselben Tags, gestern – ja gewiß war es erst gestern gewese
wie unbegreiflich dehnte sich doch die Zeit! – hatte sie am Se
ufer Fräulein Fallehn und jenen fremden Herrn getroffen, d
mit seinem schwarzen glänzenden Haar, den blitzend weiß
Zähnen, dem englisch gestutzten Schnurrbart, seinem Rohse
denanzug und seinem knallroten Seidenhemd für sie wie e
Kunstreiter, ein Hochstapler oder ein mexikanischer Million
aussah. Da Wilhelmine zum Gruß mit ihrem unerschütterli
tiefen Ernst den Kopf neigte, hatte auch er seinen Strohhut a
genommen, die Zähne blitzen lassen und Beate mit einem frech
lachenden Blick gemustert, der sie noch in der Erinnerung err
ten machte. Welch ein Paar, diese beiden! Sie traute ihnen al
Laster und alle Verbrechen zu. Und das waren die Freunde d
Fortunata, das die Leute, mit denen ihr Sohn jetzt spazieren gi
und Verkehr pflegte. Beate schlug die Hände vors Gesich
stöhnte leise und flüsterte vor sich hin: Fort, fort, fort! Sie sprac
das Wort aus, ohne noch recht zu wissen, wohin es deutete. Er
allmählich fühlte sie seinen ganzen Sinn und ahnte, daß es vie
leicht die Rettung für sie und Hugo in sich schloß. Ja, sie mußt
fort, sie beide, Mutter und Sohn, und so rasch als möglich. S
mußte ihn mit sich nehmen – oder er sie. Beide mußten sie d
Ort verlassen, ehe sich irgend etwas ereignet, das nicht wied
gut zu machen war, ehe der Mutter Ruf vernichtet, ehe des So
nes Jugend völlig verderbt, ehe das Schicksal über sie beide z
sammengeschlagen war. Noch war es ja Zeit. Von ihrem eigen
Erlebnis wußte noch niemand; sie hätte es sonst irgendwie, z

mindest am Benehmen des Baumeisters, merken müssen. Und auch das Abenteuer ihres Sohnes war gewiß noch nicht bekannt geworden. Und wenn, so würde man's dem unerfahrenen Knaben nachsehen; und auch der bisher so sorglosen Mutter durfte man keinen Vorwurf machen, falls sie nur, als hätte sie's eben erst entdeckt, mit dem Sohne die Flucht ergriffe. Also zu spät war es nicht. Die Schwierigkeit lag anderswo: darin, den Sohn zu einer so plötzlichen Abreise zu überreden. Beate ahnte ja nicht, wie weit die Macht der Baronin über Hugos Herz und Sinne reichen mochte. Sie wußte nichts, nichts von ihm, seit sie sich um ihre eigenen Liebschaften zu kümmern hatte. Aber daß sein Abenteuer mit Fortunata nicht zu ewiger Dauer bestimmt war, darüber konnte er sich doch nicht täuschen, klug wie er war, und so würde er wohl einsehen, daß es auf ein paar Tage mehr oder weniger nicht ankäme. Und sie richtete in Gedanken ihre Worte an ihn: Wir wollen ja nicht gleich nach Wien fahren! Oh, davon ist keine Rede, mein Bub. Wir reisen nach dem Süden, ja? Das haben wir ja schon lange vorgehabt. Nach Venedig, nach Florenz, nach Rom. Denk dir nur, die alten Kaiserpaläste wirst du sehen! Und die Peterskirche! . . . Hugo! Gleich morgen fahren wir fort. Du und ich ganz allein. Wieder so eine Reise, wie vor zwei Jahren im Frühling. Erinnerst du dich? Mit dem Wagen über Mürzsteg nach Mariazell. War das nicht schön? Und diesmal wird es noch viel schöner sein. Und wenn's dir zuerst auch ein bißchen schwer wird, o Gott, ich weiß ja, ich frag dich ja nicht, und du mußt mir gar nichts erzählen. Aber wenn du so vieles Schöne und Neue siehst, so wirst du vergessen. Sehr schnell wirst du vergessen. Viel schneller, als du ahnst. – Und du, Mutter, du? – Es kam ganz laut aus ihr mit Hugos Stimme. Sie fuhr zusammen. Und sie nahm rasch die Hände von den Augen, wie um sich zu vergewissern, daß sie allein war. Ja, sie war es. Ganz allein im Haus, in dem dämmerigen Zimmer; draußen atmete schwer und schwül der Sommertag, niemand konnte sie stören. Sie hatte Ruhe und Zeit zu überlegen, was sie ihrem Sohne sagen sollte. Und das war gewiß: Eine Erwiderung, wie ihre erregten Sinne sie ihr vorgetäuscht hatten, brauchte sie nicht zu fürchten. »Und du, Mutter?« Das konnte er sie nicht fragen. Denn er wußte nichts, er konnte ja nichts wissen. Und er wird auch niemals etwas wissen. Selbst wenn irgendeinmal ein dunkles Gerücht an sein Ohr dringt, er wird es nicht glauben. Nie wird er so etwas von seiner Mutter glauben. Darüber kann sie ganz beruhigt sein. Und sie sieht sich mit ihm wandeln in irgendeiner phantastischen Landschaft, wie sie sich ihrer wohl von einem Bild her erinnert, auf einer grau-gelben Straße – und in der Ferne ganz im Blau schwimmt eine Stadt mit vielen Türmen. Und dann wieder gehen sie auf einem großen Platz herum unter Bogengängen, unbekannte Menschen begegnen ihr und sehen sie an, sie und ihren Sohn. So merk-würdig sehen sie sie an, mit frechem, zähneblitzendem Lachen und denken sich: Ah, die hat sich da einen hübschen Burschen auf die Reise mitgenommen. Seine Mutter könnte sie sein. Wie? Die Leute halten sie für ein Liebespaar? Nun, warum nicht. Die können ja nicht wissen, daß der Bursch da ihr Sohn ist; – und ihr merken sie wohl an, daß sie eine von den überreifen Frauen ist, denen die Laune nach so jungem Blute steht. Und da gehen sie nun beide in einer fremden Stadt herum, unter unbekannten Leuten, und er denkt an seine Liebste mit dem Pierrotgesicht, und sie an ihren blonden süßen Buben. Sie stöhnt auf. Sie ringt die Hände. Wohin noch? Wohin? Nun war ihr gar das Kosewort verräterisch über die Lippen geglitten, mit dem sie ihn heute nacht erst zärtlich am Busen hielt. Ihn, von dem sie nun für immer Abschied nehmen und den sie niemals, niemals wieder-sehen wird. Doch, einmal noch, heute, wenn er zurückkommt. Oder morgen früh. Aber ihre Türe heute nacht wird versperrt bleiben. Es ist aus für immer. Und sie will ihm zum Abschied sagen, daß sie ihn sehr geliebt hat, so sehr, wie es ihm sicher nie wieder begegnen wird. Und in diesem stolzen Gefühl wird er seiner ritterlichen Pflicht zu ewiger Verschwiegenheit um so tie-fer sich bewußt werden. Und er wird es verstehen, daß geschie-den sein muß, und er wird ihr die Hand noch einmal küssen und wird gehen. Wird gehen. Und was dann? Was dann? Und sie fühlt sich daliegen mit halbgeöffneten Lippen, ausgebreiteter Armen, bebendem Leib, und sie weiß es: träte er in diesem Augenblick durch die Türe, sehnsüchtig und jung, sie vermöchte ihm nicht zu widerstehen und würde ihm wieder gehören mit all der Inbrunst, die nun in ihr erwacht ist wie etwas jahrelang Ver-gessenes, ja, wie etwas, das sie vorher gar nicht gekannt hat. Und nun weiß sie auch, gequält und beseligt zugleich, daß der Jüng-ling, dem sie sich gegeben, nicht ihr letzter Geliebter sein wird. Aber schon regt es sich in ihr mit heißer Neugier: wer wird der nächste sein? Doktor Bertram? Ein Abend kommt ihr ins Ge-dächtnis – war es vor drei, vor acht Tagen? – sie weiß es nicht, die Zeit dehnt sich, verkürzt sich, die Stunden schwimmen in einander und bedeuten nichts mehr – im Park bei Welponers war es gewesen, wo Bertram in einer dunklen Allee sie mit einemmal an sich gerissen, umschlungen und geküßt hatte. Und wenn sie ihn auch heftig von sich gestoßen, was konnte ihm das bedeuten, da er doch den gewährenden Druck ihrer kußgewohnten Lippen hatte fühlen müssen? Darum war er auch gleich so ruhig geworden und bescheiden, als wüßte er doch ganz genau, woran er wäre, und in seinem Blick stand zu lesen: Der Winter gehört mir, schöne Frau. Wir sind ja auch längst einverstanden. Wir wissen es beide, daß der Tod ein bittres Ding ist und Tugend nur ein leeres Wort, und daß man nichts versäumen soll. Aber es war ja gar nicht Bertram, der zu ihr sprach. Mit einemmal, während sie mit geschlossenen Augen dalag, hatte dem Antlitz Bertrams sich ein anderes untergeschoben, das jenes Kunstreiters oder Hochstaplers oder Mexikaners, der sie neulich so frech angestarrt hatte, ganz in der Art, wie es Doktor Bertram und alle möglichen anderen Leute taten. Sie hatten ja alle den gleichen Blick, alle, und immer dasselbe sagte und verlangte und wußte dieser Blick; und wenn man sich mit einem von ihnen einließ, so war man verloren. Sie nahmen die, die ihnen gerade gefiel und warfen sie wieder weg ... Ja – wenn eine sich nehmen und wegwerfen ließ. Aber zu denen gehörte sie nicht. Nein, so weit war es mit ihr noch nicht gekommen. Flüchtige Abenteuer waren ihre Sache nicht. Wäre sie zu dergleichen geboren, wie könnte sie denn diese Geschichte mit Fritz so schwer nehmen? Und wenn sie nun leidet, bereut, sich abquält, so ist es nur, weil das, was sie getan hat, so völlig gegen ihre Art ist. Sie versteht es ja gar nicht recht, daß all das geschehen konnte. Es ist auch nicht anders zu erklären, als daß es in diesen unerträglich schwülen Sommertagen wie eine Krankheit über sie gefallen, sie wehrlos und wirr gemacht hat. Und wie die Krankheit gekommen ist, so wird sie auch wieder gehen. Bald, bald. Sie fühlt es ja in all ihren Pulsen, ihren Sinnen, in ihrem ganzen Leib, daß sie nicht dieselbe ist, die sie war. Kaum vermag sie ihre Gedanken zu sammeln. Wie fieberisch rasen sie durch ihr Hirn. Sie weiß nicht, was sie will, was sie wünscht, was sie bereut, kaum, ob sie glücklich oder unglücklich ist. Es kann nur eine Krankheit sein. Es gibt Frauen, bei denen solch ein Zustand lange dauert und gar nicht weichen will; so eine mag Fortunata sein, und jenes marmorblasse Fräulein Fallehn. Andere gibt wieder, die überfällt es oder schleicht sich ein, und weicht bald von dannen. Und das ist ihr Fall. Ganz gewiß. Wie hat sie nur all die Jahre gelebt, seit Ferdinand dahingegangen ist! Keusch wie ein junges Mädchen, ja ohne Wunsch. Erst in diesem Sommer ist es über sie gekommen. Ob es nicht in der Luft liegen mag in diesem Jahr? Die Frauen alle sehen anders aus als sonst; die Mädchen auch, sie haben hellere, frechere Augen, und ihre Gebärden sind unbedenklich, lockend und voll Verführung. Man hört ja auch allerlei! Was war das nur für eine Geschichte von der jungen Arztesfrau, die nachts mit einem Ruderknecht auf den See hinausgefahren und erst am nächsten Morgen wieder heimgekommen sein sollte? Und die zwei jungen Mädchen, die drüben auf der Wiese, gerade als das kleine Dampfschiff vorbeifuhr, nackt gelegen, und plötzlich, ehe man sie zu erkennen vermochte, im Wald verschwunden waren? Gewiß, es liegt in der Luft in diesem Jahr. Die Sonne hat besondere Kraft, und die Wellen des Sees schmeicheln sich süßer um die Glieder als je. Und wenn der geheimnisvolle Bann sich löst, wird auch sie wieder werden wie sie war und durch das heiße Abenteuer dieser Tage und Nächte wie durch einen bald vergessenen Traum geglitten sein. Und wenn sie es wieder einmal nahen fühlt, wie sie es ja auch diesmal lang vorher nahen gefühlt, wenn die Sehnsucht ihres Blutes gefahrdrohend sich zu regen beginnt, so kann sie ja eine Rettung besserer und reinerer Art wählen als diesmal und, wie andere Frauen im gleichen Fall, eine zweite Ehe eingehen. Doch ein spöttisches wie von sich selbst überraschtes Lächeln stieg ihr nun auf die Lippen. Es fiel ihr jemand ein, der kürzlich dagewesen war und dem sie die redlichsten Absichten zutrauen durfte: der Advokat Doktor Teichmann. Sie sah ihn vor sich im funkelnagelneuen grünen, gelbgesprenkelten Touristenanzug, mit schottischer Krawatte, den grünen Hut mit dem Gamsbart verwegen auf dem Haupt, kurz in einem Aufzug, mit dem er ihr offenbar beweisen wollte, daß er sehr unternehmend auszusehen wußte, wenn er auch als ernster Mann unter gewöhnlichen Umständen auf derlei Äußerlichkeiten keinen Wert legte. Sie sah ihn dann, wie er beim Mittagessen auf der Veranda saß zwischen ihrem Sohn und ihrem Geliebten, bald an den einen, bald an den andern mit oberlehrerhafter Wichtigkeit das Wort richtend – und sah ihn in seiner ganzen lächerlichen Ahnungslosigkeit, die sie dazu gereizt hatte, in frecher Laune unterm Tisch mit ihrem Fritz zärtliche Händedrücke zu tauschen. Noch am selben Abend war er wieder abgereist, da er mit Freunden in Bozen zusammentreffen sollte; und obwohl Beate ihn zum Verweilen nicht aufgefordert

hatte, schien er beim Abschied sehr aufgeräumt und hoffnungsvoll, denn in der übermütigen Stimmung jenes Sommertages
hatte sie's auch ihm gegenüber an aufmunternden und verheißen-
den Blicken nicht fehlen lassen. Nun tat ihr auch dies leid, wie so
vieles andere, und sie sah der nächsten Unterredung mit ihm um
so unsicherer entgegen, als ihr das allmähliche Schwinden ihrer
Willenskraft in der tiefen Abspannung dieser Stunde besonders
schmerzlich bewußt ward. Mit gleicher Beschämung erinnerte
sie sich jenes Gefühls von Hilflosigkeit, das sie während ihrer
letzten Gespräche mit Direktor Welponer manchmal überkommen hatte; und doch schien es ihr, daß sie, vor eine Wahl gestellt,
sich eher als die Gattin des Direktors denken könnte, ja sie mußte
sich gestehen, daß diese Vorstellung eines gewissen Reizes für sie
nicht entbehrte. Heute war ihr sogar, als hätte dieser Mann sie
seit jeher interessiert; und was der Baumeister in der letzten Zeit
von großartigen Spekulationen und Kämpfen des Bankdirektors
erzählt, in denen er gegen Minister und Mitglieder des Hofes den
Sieg davongetragen hatte, war durchaus geeignet gewesen, Beatens Neugier und Bewunderung zu erregen. Übrigens hatte auch
Doktor Teichmann ihn gesprächsweise ein Genie genannt und
ihn in der Kühnheit seiner Unternehmungen, was für Teichmann
jederzeit das Höchste bedeutete, mit einem todesmutigen Reiter-
general verglichen. So durfte es Beaten wohl ein wenig schmeicheln, wenn gerade dieser Mann sie zu begehren schien, ganz
abgesehen von der Genugtuung, die es ihr bereiten würde, der
Frau den Mann zu nehmen, die ihr einmal den ihren geraubt
hatte. Mir den meinen? fragte sie sich mit verwirrtem Staunen.
Was ist mir nur? Wo gerate ich hin? Glaube ich es denn? Es kann
ja nicht wahr sein. Alles andere, aber nicht das. Davon hätte ich
doch etwas merken müssen. Merken müssen? Warum? War Ferdinand nicht ein Schauspieler und ein großer dazu? Warum sollte es
nicht geschehen sein, ohne daß ich es gemerkt habe? Ich war ja so
vertrauensvoll, da ist's wohl nicht schwer gewesen, mich zu betrügen. Nicht schwer ... Aber darum muß es noch nicht geschehen sein. Fritz ist ein Schwätzer, ein Lügner, und auch die
Gerüchte sind lügnerisch und dumm. Und wenn es doch geschehen ist, nun, so ist es lang vorbei. Und Ferdinand ist tot. Und
die damals seine Geliebte war, ist eine alte Frau. Was geht mich
all dies Vergangene an? Was jetzt zwischen dem Direktor und
mir sich abspielt, ist eine ganz neue Geschichte, die mit jener
vergangenen nichts mehr zu tun hat. Wahrhaftig, dachte sie

weiter, es wäre so übel nicht, eines Tages dort oben einzuziehen in die fürstliche Villa mit dem großen Park. Welcher Reichtum, welcher Glanz! Und welche wunderbaren Aussichten für Hugos Zukunft! . . . Freilich, jung war er nicht mehr. Und das kam immerhin einigermaßen in Betracht, besonders wenn man so verwöhnt war wie sie in der letzten Zeit. Ja, gerade im Laufe dieses Sommers, im Laufe dieser letzten Wochen schien er sonderbar rasch zu altern. Ob daran nicht die Liebe zu ihr mit schuld war? Nun, was tut's? Es gibt ja Jüngere auch, man wird ihn eben betrügen; es ist offenbar sein Los. Sie lachte kurz, es klang häßlich und bös, und sie fuhr auf wie aus einem wüsten Traum. Wo bin ich? Wo bin ich? flüsterte sie vor sich hin. Sie rang die Hände himmelwärts. Wie tief noch läßt du mich sinken! Gibt es denn keinen Halt mehr? Was ist's denn, was mich so elend macht und so erbärmlich? Was macht, daß ich überallhin ins Leere greife und nicht besser bin als Fortunata und alle Weiber dieser Art? Und plötzlich mit versagendem Herzschlag wußte sie's, was sie elend machte: der Boden, auf dem sie jahrelang in Sicherheit dahingewandelt, schwankte, und der Himmel dunkelte über ihr: der einzige Mann, den sie je geliebt, ihr Ferdinand, war ein Lügner gewesen. Ja . . . sie wußte es nun. Sein ganzes Leben mit ihr war Trug und Heuchelei gewesen; mit Frau Welponer hatte er sie betrogen und mit anderen Frauen, mit Komödiantinnen und Gräfinnen und Dirnen. Und wenn in schwülen Nächten der matte Zauber des Nebeneinanderseins ihn in Beatens Arme gedrängt hatte, so war es von allen Lügen die schlimmste und niedrigste gewesen, denn an ihrer Brust, sie wußte es, hatte er der andern all der andern in lüsterner Tücke gedacht. Warum aber wußte sie es mit einemmal? Warum? Weil sie nicht anders, nicht besser gewesen war als er! War es denn Ferdinand gewesen, den sie in ihren Armen hielt, der Komödiant mit der roten Nelke, der oft genug erst um drei Uhr morgens, nach Weine riechend, aus der Kneipe nach Hause kam? Der großrednerisch mit trüben Augen leere und unsaubere Dinge schwatzte? Der als junger Mensch von Gnaden einer alternden Witwe seine vornehmen Passionen bestritten und in lustiger Gesellschaft zärtliche Briefchen vorgelesen hatte, die ihm verliebte Närrinnen in die Garderobe sandten? Nein, den hatte sie niemals geliebt. Dem wäre sie ja davongelaufen im ersten Monat ihrer Ehe. Der, den sie liebte, war nicht Ferdinand Heinold gewesen; Hamlet war es, und Cyrano und der königliche Richard und der und jener, Helden und Verbrecher,

Sieger und Todgeweihte, Gesegnete und Gezeichnete. Und auch der unheimlich Glühende, der einst in verhangener Sommernacht aus dem verschwiegenen Dämmer des Ehgemachs sie mit sich in den Garten gelockt zu unsäglichen Wonnen, das war nicht er gewesen, sondern irgendein geheimnisvoll-gewaltiger Geist aus den Bergen, den er spielte, ohne es zu wissen – spielen mußte, weil er ohne Maske nicht zu leben vermochte, weil ihn davor geschauert hätte, im Spiegel ihres Auges je sein wahres Gesicht zu erblicken. So hatte sie ihn immer betrogen, wie er sie, – hatte stets, eine Verlorene von Anbeginn, ein Dasein phantastisch-wilder Lust geführt; nur daß es niemand hatte ahnen können, nicht einmal sie selbst. – Jetzt aber war es offenbar geworden. Immer tiefer zu gleiten war sie bestimmt, und eines Tages, wer weiß wie bald, wird es der ganzen Welt klar sein, daß ihre ganze bürgerliche Wohlanständigkeit eine Lüge war, daß sie um nichts besser ist als Fortunata, Wilhelmine Fallehn und all die andern, die sie bis heute verachtet hat. Und auch ihr Sohn wird es wissen; und wenn er die Sache mit Fritz nicht glaubt, so wird er eine nächste glauben und glauben müssen; – und plötzlich sieht sie ihn leibhaftig vor sich mit schmerzlichen, weit aufgerissenen Augen, die Arme abwehrend vor sich hingestreckt; und wie sie sich ihm nähern will, wendet er in Grauen sich ab und eilt davon mit traumhaft fliegenden Schritten. Und sie stöhnt auf, mit einem Male wieder völlig wach. Hugo verlieren?! Alles, – nur das nicht. Lieber sterben, als keinen Sohn mehr haben. Sterben, ja. Denn dann hat sie ihn wieder. Dann kommt er an das Grab der Mutter und kniet nieder und schmückt es mit Blumen und faltet die Hände und betet für sie. Rührung schleicht bei diesem Gedanken, süß und widerlich, trügerisch-friedvoll in ihre Seele. Doch tief in ihr raunt es: darf ich denn ruhen? Habe ich denn nicht noch über vieles nachzudenken? Gewiß . . . Morgen geht es ja auf die Reise. Morgen . . . Was ist da noch alles zu tun . . . So viel . . . so viel . . .

Und in der sie umgebenden Dämmerstille fühlte sie, daß draußen Welt, Menschen und Landschaft aus dem Sommernachmittagsschlummer erwacht sein mußten. Allerlei fernes Geräusch, unbestimmbar und verwirrt, drang durch die geschlossenen Spaltläden zu ihr. Und sie wußte, daß die Leute nun schon auf Spazierwegen wandelten, in Kähnen fuhren, Tennis spielten und auf der Hotelterrasse Kaffee tranken; ja, in ihrem noch halb träumenden Zustand sah sie ein heiteres Gewimmel von Sommergästen, in spielzeughafter Kleinheit, aber farbig-deutlich vor sich auf und nieder schweben. Das Ticken der Taschenuhr auf ihrem Nachtkästchen tönte überlaut und wie mahnend in ihr Ohr. In Beate meldete sich die Neugier zu wissen, wie spät es sei, aber noch hatte sie die Kraft nicht, ihren Kopf zu wenden oder gar Licht zu machen. Irgendein neues, näheres Geräusch, aus dem Garten offenbar, war allmählich vernehmbar geworden. Was mochte das sein? Menschenstimmen, zweifellos. So nah? Stimmen im Garten? Hugo und Fritz? Wie ist es denn möglich, daß die beiden schon zurück sind? Nun, der Abend ist nah, und Fritz war wohl von seiner Sehnsucht so bald zurückgetrieben worden. Aber Hugo? Sie hatte nicht zu hoffen gewagt, daß er vor Mitternacht von seinem sogenannten Ausflug daheim sein würde. Doch wer hat ihnen aufgetan? Hatte sie denn nicht die Türe versperrt? Und das Mädchen kann ja noch nicht zurück sein. Gewiß haben sie zuerst geklingelt, und sie hat es im Schlaf überhört. Dann sind sie wohl wieder einmal über den Zaun geklettert, und daß die Frau des Hauses daheim ist, können sie natürlich nicht ahnen. Nun lacht einer von den beiden draußen. Was ist denn das für ein Lachen? Hugos Lachen ist es nicht. Aber auch Fritz lacht nicht so. Jetzt lacht der andere. Das ist Fritz. Nun wieder der erste. Das ist nicht Hugo. Er spricht. Auch Hugos Stimme ist es nicht. So ist Fritz mit einem anderen im Garten? Nun sind sie ja ganz nahe. Es scheint, daß sie sich draußen auf die Bank gesetzt haben, auf die weiße unter dem Fenster. Und nun hört sie, wie Fritz jenen andern beim Namen nennt. Rudi ... Also, mit dem sitzt er unter ihrem Fenster. Nun, gar so erstaunlich ist das eben nicht. Es war ja neulich in ihrer Gegenwart abgemacht worden, daß Rudi Beratoner bald wieder herüberkommen sollte. Vielleicht war er schon früher dagewesen, hatte niemanden angetroffen und war dann am Bahnhof oder sonstwo Fritz begegnet, den die Liebe so früh aus Ischl wieder zurückgetrieben hatte. Jedenfalls lag kein Grund vor, sich darüber den Kopf zu zerbrechen. Sie waren nun einmal da, die beiden jungen Herren und saßen im Garten auf der weißen Bank unter dem Fenster des Nebenzimmers. Nun hieß es aber aufstehen, sich ankleiden, und hinaus in den Garten. Warum? Mußte sie wirklich in den Garten? Hatte sie so besondere Sehnsucht, Fritz wiederzusehen oder hatte sie gar Lust, den un verschämten Jungen zu begrüßen, der neulich ihres verstorbenen Gatten Stimme und Gebärdenspiel mit so höhnischer Vortref lichkeit nachgeäfft hatte? Aber es blieb ihr am Ende nichts and res übrig, als den jungen Leuten guten Abend zu sagen. S konnte sich ja nicht auf die Dauer hier so stille halten und indessen die beiden draußen schwätzen lassen, was ihnen beliebte. Daß es keine sonderlich saubere Unterhaltung sein dürfte, das ließ sich wohl vermuten. Nun, das ging sie ja weiter nichts an. Sie sollten reden, was sie wollten.

Beate hatte sich erhoben und saß auf dem Bettrand. Da hörte sie zum erstenmal ein Wort mit völliger Deutlichkeit an ihr Ohr dringen, den Namen ihres Sohnes. Natürlich redeten sie über Hugo; und was, das war nicht schwer zu erraten. Nun lachten sie wieder. Aber die Worte waren nicht zu verstehen. Ganz nah am Fenster hätte sie dem Gespräche wohl folgen können, aber es war vielleicht besser darauf zu verzichten. Man konnte unangenehme Überraschungen erleben. Jedenfalls war es das klügste, sich so rasch als möglich fertig zu machen und in den Garten zu begeben. Aber es drängte Beate doch, vorerst ganz leise zu den verschlossenen Läden hinzuschleichen. Durch einen schmalen Spalt guckte sie hinaus und vermochte nichts zu sehen als einen Streifen Grün; dann durch einen andern einen blauen Himmelsstreif. Aber um so besser würde sie jetzt hören, was da draußen auf der Bank gesprochen wurde. Wieder war es nur der Name ihres Hugo, den sie vernehmen konnte. Alles andere klang so geflüstert und getuschelt, als hätten die beiden immerhin die Möglichkeit des Belauschtwerdens in Betracht gezogen. Beate legte das Ohr an die Spalte, und aufatmend lächelte sie. Sie redeten ja von der Schule. Ganz deutlich verstand sie: »Da hätt' ihn der ekelhafte Kerl am liebsten durchfallen lassen.« Und dann: »Ein böser Hund.« Sie schlich wieder zurück, hüllte sich geschwind in ein bequemes Hauskleid: dann, von unbezwinglicher Neugier gepackt, glitt sie wieder zum Fenster hin. Und nun merkte sie, daß nicht mehr von der Schule gesprochen wurde. »Eine Baronin ist sie?« Das war Rudi Beratoners Stimme. Und jetzt . . . pfui, was war das für ein äßliches Wort. »Den ganzen Tag ist er mit ihr zusammen und eut –« Oh, das war Fritzens Stimme. Unwillkürlich hielt sie sich die Ohren zu, entfernte sich vom Fenster und war entschlossen, sofort in den Garten zu eilen. Aber eh' sie noch die Tür erreicht atte, trieb es sie wieder zum Fenster hin, sie kniete nieder, rängte ihr Ohr an den Spalt und lauschte, mit weitaufgerissenen ugen und brennenden Wangen. Rudi Beratoner erzählte eben ne Geschichte, zuweilen dämpfte er die Stimme bis zum Flüerton, aber aus den einzelnen Worten, die Beate vernahm, urde ihr allmählich klar, um was es sich handelte. Es war ein

Liebesabenteuer, von dem Rudi berichtete; Beate vermochte Koseworte in französischer Sprache zu unterscheiden, die er mit süßlich dünner Stimme vortrug. Ah, offenbar kopierte er die Redeweise jener Person. Das verstand er ja so vortrefflich. Wer schläft im Zimmer daneben? Seine Schwester. Ah, die Gouvernante ist es ... Weiter ... weiter ... Wie verhält sich das? Wenn die Schwester schläft, so kommt die Gouvernante zu ihm. Und dann, und dann ...? Beate will es nicht hören, und doch lauscht sie weiter und weiter mit wachsender Begier. Welche Worte! Welcher Ton! So sprachen diese Burschen von ihren Geliebten! Nein, nein, nicht alle und nicht von allen. Was mußte das für ein Frauenzimmer sein! Sie verdiente es wohl, daß man so von ihr sprach und nicht anders. Warum denn verdiente sie's? Was hatte sie denn am Ende verbrochen? Es wurde ja auch nur abscheulich, wenn man davon sprach. Wenn Rudi Beratoner sie in den Armen hielt, war er gewiß zärtlich und hatte holde Liebesworte für sie, – wie sie alle haben in diesen Augenblicken. Wenn sie nur Fritzens Gesicht hätte sehen können. Oh, sie konnte sich's vorstellen. Seine Wangen brannten, und seine Augen glühten ... Nun wurde es für eine Weile ganz still. Die Geschichte war offenbar aus. Und plötzlich hörte sie Fritzens Stimme. Er fragt. Wie, so genau mußt du alles wissen? Ein dumpfes Gefühl von Eifersucht regt sich in Beate. Wie – auch darauf willst du antworten? Ja, Rudi Beratoner spricht. So rede doch wenigstens lauter. Ich will hören, was du sagst, du Schuft, der du meinen Gatten im Grab beleidigt hast und nun deine Geliebte erniedrigst und beschimpfst. Lauter! O Gott, es war laut genug. Er erzählte nicht mehr. Er fragte. Er wollte wissen, ob Fritz hier im Ort – ja, du Schuft, schwelge nur in deinen gemeinen Worten. Es wird dir nichts helfen. Du wirst nichts erfahren. Fritz ist fast noch ein Knabe, aber er ist ritterlicher als du. Er weiß, was er einer anständigen Frau schuldet, die ihm ihre Gunst geschenkt hat. Nicht wahr, Fritz, mein süßer Fritz, du wirst nichts reden? Was zwang sie nur auf den Boden fest, so daß sie nicht aufstehen konnte, hinauseilen, und der schändlichen Unterhaltung ein Ende machen? Aber was hätte es auch geholfen? Rudi Beratoner war der Mann nicht, sich so leicht zufrieden zu geben. Wenn ihm heute seine Antwort nicht wird, nicht in dieser Stunde, so wird er in einer nächsten die Frage wiederholen. Es ist schon das beste, hier zu bleiben und weiter zu lauschen, da weiß man wenigstens, woran man ist. Warum so leise, Fritz? Sprich nur. Warum sollst du dich deines Glücks nicht

rühmen? Eine anständige Frau wie ich ... das ist doch etwas
anderes als eine Gouvernante. Beratoner spricht lauter. Ganz
deutlich hört Beate ihn nun sagen: »Da mußt du ein rechter
Tepp sein.« Ah, laß dich nur für einen Teppen halten, Fritz.
Nimm es auf dich. Wie, du glaubst es ihm nicht, du Schuft? Du
willst ihm durchaus sein Geheimnis entlocken? Ahnst du am
Ende? Hat dir schon wer anderer was gesagt? Und wieder hört
sie Fritz flüstern, doch es ist ihr ganz unmöglich, die Worte zu
verstehen. Nun wieder Beratoners Stimme, tief und roh: »Was,
eine verheiratete Frau? Aber geh. Wird wahrscheinlich grad so
ein –« Willst du nicht schweigen, Schuft! Sie fühlt, daß sie in
ihrem Leben noch keinen Menschen so gehaßt hat wie diesen
jungen Burschen, der sie beschimpft ohne zu wissen, daß *sie* es
ist, die er beschimpft. Wie, Fritz? Um Himmelswillen lauter!
»Schon abgereist.« Wie? Ich bin schon abgereist? Ah, vortrefflich,
Fritz, du willst mich vor schmählichem Verdacht bewahren. Sie
lauscht. Sie saugt seine Worte ein. »Eine Villa am See ... Der
Mann ist Advokat.« Nein, was für ein Schwindler! Wie köstlich er lügt. Sie hätte sich geradezu unterhalten können, wenn
nicht die Angst in ihr gewühlt hätte. Wie? der Mann ist furchtbar eifersüchtig? Er hat ihr gedroht sie umzubringen, wenn er
ihr je auf etwas käme? Wie? Heute bis vier Uhr früh ... Jede
Nacht ... Jede ... Nacht ... Genug, genug, genug! Willst du
nicht endlich schweigen? Schämst du dich nicht? Warum beschmutzt du mich so? Wenn dein sauberer Freund es auch nicht
weiß, daß ich es bin, von der du sprichst, *du* weißt es doch.
Warum lügst du nicht lieber! Genug! genug! Und sie möchte
sich die Ohren zuhalten; aber statt es zu tun, lauscht sie nur um
so angestrengter. Keine Silbe mehr entgeht ihr, und verzweifelt
hört sie von ihres süßen Buben Lippen die ausführliche Schilderung der seligen Nächte, die er in ihren Armen verbracht hat,
hört sie in Worten, die auf sie niedersausen wie Peitschenhiebe,
in Ausdrücken, die sie zum erstenmal vernimmt und die ihr doch,
ihrsch verstanden, blutige Scham in die Stirne treiben. Sie weiß,
daß alles, was Fritz da draußen im Garten erzählt, nichts anderes
ist als die Wahrheit, und fühlt zugleich, daß diese Wahrheit
schon wieder aufhört es zu sein – daß dies erbärmliche Geschwätz,
das ihre und seine Seligkeit gewesen, in Schmutz und Lüge
wandelt. Und diesem da hatte sie gehört. Diesem als ersten, seit
sie frei war, sich gegeben. Ihre Zähne schlugen zusammen, ihre
Wangen, ihre Stirne brannten, ihre Knie wetzten sich am Boden

wund. Plötzlich fuhr sie zurück. Das Haus wollte Rudi Beratoner sehen? Und wie das käme, daß die Leute schon abgereist seien mitten im schönsten Sommer? »Aber kein Wort glaub' ich dir von der ganzen Geschichte. Advokatengattin? Lächerlich. Soll ich dir sagen, wer's ist?« Sie lauscht mit den Ohren, mit dem Herzen, mit allen Sinnen. Aber es kommt kein Wort. Doch ohne zu sehen weiß sie, daß Beratoner mit den Augen nach dem Hause deutet; ja, gerade nach dem Fenster, hinter dem sie kniet. Und nun Fritzens Antwort. »Was fällt denn dir ein? Du bist ja verrückt.« Darauf der andere: »Aber red' nichts. Ich hab's ja schon neulich gemerkt. Gratuliere. Ja, so bequem hat's nicht ein jeder. Ja, die – Aber wenn ich wollt –« Beate wollte nichts mehr hören. Sie wußte selbst nicht, wie ihr das gelang. Vielleicht war es das Sausen des Blutes in ihrem Hirn, das Beratoners letzte Worte übertönt hatte. Eine ganze Weile ging das Sprechen draußen in diesem Sausen unter, bis sie wieder Fritzens Worte zu verstehen vermochte: »Aber so schweig doch. Wenn sie am End zu Haus ist.« Spät fällt dir das ein, mein süßer Bub. »Na, und wenn schon« sagte Beratoner laut und frech. Dann flüsterte wieder Fritz rasch und aufgeregt, und plötzlich hörte Beate, wie beide draußen sich von der Bank erhoben. Um Himmelswillen, was nun? Sie warf sich der Länge nach auf den Boden, so daß es unmöglich gewesen wäre, sie von draußen durch eine Spalte zu erspähen. Schatten schienen an den Läden vorbeizustreifen, Tritte knirschten über den Kies, ein paar gedämpfte Worte tönten, dann ein leises Lachen, schon ferner, und dann nichts mehr. Sie wartete. Nichts regte sich. Dann hörte sie wieder die Stimmen weiter draußen im Garten, verhallend, dann nichts, lange nichts, bis sie überzeugt sein durfte, daß die beiden fort waren. Sie mochten wohl über den Zaun geklettert sein, so wie sie hereingekommen waren, und erzählten einander ihre Geschichten draußen weiter. Blieb denn noch etwas zu erzählen übrig? Hatte Fritz irgen etwas vergessen? Nun, das holte er jetzt wohl nach. Und nach seiner kostbaren Art wird er wohl noch etliches dazu erfinden, um Rudi Beratoner recht zu imponieren. Warum nicht? Ja, das ist das lustige Jugendleben. Der eine hat die Gouvernante von seiner Schwester, der andere die Mutter von seinem Schulkameraden und der dritte eine Baronin, die früher beim Theater war. Ja, sie durften schon mitreden, die jungen Herren; sie kannten die Weiber und durften kühn behaupten, daß eine war wie die andere.

Und Beate wimmerte lautlos in sich hinein. Noch immer lag sie der Länge nach ausgestreckt auf dem Boden. Wozu aufstehen? Wozu gleich aufstehen? Wenn sie sich dazu entschloß, konnte es ja doch nur sein, um ein Ende zu machen. Fritz noch einmal begegnen und dem andern –?! Sie hätte ihnen ja ins Gesicht spucken müssen, mit den Fäusten ihnen ins Gesicht schlagen. Aber wäre das nicht Erlösung, Wollust, – ihnen nachstürzen, ihnen ins Antlitz schreien: Ihr Buben, ihr Schufte, schämt ihr euch nicht, schämt ihr euch nicht? ... Aber zugleich weiß sie, daß sie es nicht tun wird. Sie fühlt, daß es nicht einmal der Mühe wert wäre, da sie doch entschlossen ist und entschlossen sein muß, einen Weg zu gehen, auf dem kein Schimpf und kein Hohn ihr zu folgen vermag. Nie wieder, nie kann sie, die Geschändete, irgendeinem Menschen vor Augen treten. Eines nunmehr hat sie auf Erden zu tun: von dem Einzigen Abschied zu nehmen, der ihr teuer ist – von ihrem Sohn! Von ihm allein. Aber natürlich ohne daß er es merkt. Nur sie wird es wissen, daß sie ihn für alle Ewigkeit verläßt, daß sie zum letztenmal die geliebte Kinderstirne küßt. Wie seltsam war es doch, solche Dinge zu denken, auf den Boden hingestreckt, regungslos. Träte jetzt irgendwer plötzlich ins Zimmer, er müßte mich unfehlbar für tot halten. Wo wird man mich finden? dachte sie weiter. Wie werd ich's vollbringen? Wie werd ich dahingelangen, daß ich fühllos daliege, um niemals wieder zu erwachen?

Ein Geräusch im Vorzimmer machte sie erzittern. Hugo war nach Hause gekommen. Sie hörte ihn draußen auf dem Gang an ihrer Tür vorübergehen, die seine aufschließen; – und nun war es wieder still. Er war zurück. Sie war nicht mehr allein. Langsam, mit schmerzenden Gliedern erhob sie sich. Im Zimmer war es fast völlig dunkel; und die Luft schien ihr plötzlich unerträglich dumpf. Sie begriff nicht, warum sie eigentlich so lange auf dem Fußboden gelegen war und warum sie die Läden nicht schon früher geöffnet hatte. Hastig tat sie es nun, und vor ihr breitete sich der Garten, ragten die Berge, dämmerte der Himmel, und es war ihr, als hätte sie all das viele Tage und Nächte lang nicht gesehen. So wundersam friedvoll breitete sich die kleine Welt im Abend hin, daß auch Beate ruhiger wurde; zugleich aber fühlte sie eine Angst leise in sich aufsteigen, sie könnte durch diese Ruhe sich täuschen und verwirren lassen. Und sie sagte sich selbst: was ich gehört habe, habe ich gehört, was geschehen ist, ist geschehen; die Ruhe dieses Abends, der Frieden dieser Welt ist nicht für mich; es kommt ein Morgen; der Lärm des Tages hebt wieder an, die Menschen bleiben böse und gemein und die Liebe ein schmutziger Spaß. Und ich bin eine, die es niemals mehr vergessen kann, nicht bei Tag und nicht bei Nacht, nicht in der Einsamkeit und nicht in neuer Lust, in der Heimat nicht und nicht in der Fremde. Und ich habe nichts mehr auf dieser Welt zu tun als meinem Buben einen Abschiedskuß auf die geliebte Stirne zu drücken und zu gehen. Was mochte er wohl jetzt allein in seinem Zimmer machen? Von seinem offenen Fenster aus floß ein matter Lichtschein über Kies und Rasen. Lag er am Ende schon zu Bett, – ermattet von den Freuden und Mühen seines Ausflugs? Ein Schauer lief ihr durch den Leib, seltsam gemischt aus Regungen der Angst, des Ekels, der Sehnsucht. Ja, sie sehnte sich nach ihm, aber nach einem andern, als der war, der da drin in seinem Zimmer lag und den Duft von Fortunatens Körper an den seinen trug. Sie sehnte sich nach dem Hugo von einst, nach dem frischen reinen Knaben, der ihr einmal von dem Kuß des kleinen Mädels in der Tanzstunde erzählt hatte, nach dem Hugo, mit dem sie an einem holden Sommertag durch grüne Täler gefahren war, – und sie wünschte die Zeit zurück, da sie selbst eine andere war, eine Mutter, wert jenes Sohnes, und nicht ein Frauenzimmer, über das verdorbene Buben unflätig schwatzen durften, wie über die erstbeste Dirne. Ah, wenn es Wunder gäbe! Aber es gibt keine. Nie wird jene Stunde ungewesen sein, in der sie mit brennenden Wangen, auf schmerzenden Knien, mit durstigem Ohr der Geschichte ihrer Schmach – und ihres Glücks gelauscht hat; noch in zehn, in zwanzig, in fünfzig Jahren, als uralter Mann wird sich Rudi Beratoner der Stunde erinnern, da er als junger Bursch auf einer weißen Bank im Garten der Frau Beate Heinold gesessen ist, und ein Schulkamerad ihm erzählt hat, wie er Nacht für Nacht bis zum grauenden Morgen bei ihr im Bett lag. Sie schüttelte sich, sie rang die Hände, sie sah zum Himmel auf, der mit totenstillen Wolken ihrem einsamen Weh entgegenschwieg und keine Wunder barg. Trüb verworren drang allerlei Geräusch von See und Straße zu ihr herauf, dunkel stiegen die Berge zur winkenden Nacht empor, das gelbe Feld stand matt leuchtend im rings einherschleichenden Dämmer. Wie lange noch wollte sie selbst so regungslos hier verweilen? Worauf wartete sie denn? Hatte sie denn vergessen, daß Hugo, geradeso wie er gekommen, aus dem Haus wieder verschwinden konnte zu einer, die ihm heute mehr bedeutete als sie –? Es war nicht viel Zeit zu versäumen. Rasch riegelte sie ihre Türe auf, trat in den kleinen

Salon und stand vor Hugos Tür. Einen Augenblick zögerte sie, horchte, hörte nichts und öffnete hastig.

Hugo saß auf seinem Diwan und starrte der Mutter entgegen, wie aus wüstem Schlafe aufgeschreckt, mit weiten Augen. Über seine Stirne huschten sonderbare Schatten von dem unsichern Licht der elektrischen Lampe, die, grün beschirmt, auf dem Tisch mitten im Zimmer stand. Beate blieb eine Weile an der Türe stehen, Hugo warf den Kopf zurück, es schien, als wollte er sich erheben; doch er blieb sitzen, die Arme von sich gestreckt, die Hände flach auf den Diwan gestützt. Beate fühlte die Starrheit dieses Augenblickes mit herzrührender Pein. Ein Schreck ohnegleichen griff an ihre Seele; und sie sagte sich: er weiß alles. Was wird geschehen? dachte sie noch im selben Atemzug. Sie trat auf ihn zu, zwang sich zu einer heitern Miene und fragte: »Du hast geschlafen, Hugo?« »Nein, Mutter,« erwiderte er, »ich bin nur so gelegen.« Sie blickte in ein blasses, zerquältes Kindergesicht; ein unsägliches Mitleid, in dem ihr eigner Jammer untergehen wollte, stieg in ihr auf, sie legte, schüchtern noch, die Finger auf seine wirren Haare, umfaßte seinen Kopf, setzte sich neben ihn, und zärtlich begann sie: »Na, mein Bub«, – doch wußte sie nichts weiter zu sagen. Seine Mienen verzerrten sich gewaltsam; sie nahm seine Hände, er drückte sie wie zerstreut, streichelte ihre Finger, blickte nach der Seite, sein Lächeln wurde maskenhaft, seine Augen röteten sich, seine Brust begann sich zu heben und zu senken, mit einemmal glitt er vom Diwan, lag der Mutter zu Füßen, den Kopf in ihrem Schoß und weinte bitterlich. Beate, zutiefst erschüttert und doch irgendwie befreit, da sie fühlte, daß er ihr nicht entfremdet war, sprach vorerst kein Wort, ließ ihn weinen, wühlte sanft in seinen Haaren und fragte sich in Herzensangst: Was mag geschehen sein? Und tröstete sich gleich wieder: Vielleicht nichts Besonderes. Nichts anderes vielleicht, als daß ihm die Nerven versagen. Und sie erinnerte sich ganz ähnlicher krampfhafter Anfälle, denen ihr verstorbener Gatte unterworfen gewesen war, aus scheinbar nichtigen Gründen; nach der Erregung durch irgendeine große Rolle, nach irgendeinem Erlebnis, das seine Komödianteneitelkeit verletzt hatte, oder scheinbar ganz ohne Grund, wenigstens ohne einen, den sie zu entdecken vermochte. Und mit einemmal stieg es in ihr auf, ob sich Ferdinand nicht am Ende manchmal in ihrem Schoß von Enttäuschungen und Qualen ausgeweint, die er bei einer andern Frau erduldet hätte? Aber was kümmerte sie das! Was immer er begangen, er hatte gesühnt, und alles das war weit, so weit. Ihr Sohn war es ja, der heute in ihrem Schoße weinte, und sie wußte nun, daß er's um Fortunatens willen tat. Mit welchem Weh griff dieser Anblick an ihr Herz. In welche Tiefen versank ihr eigenes Erlebnis nun, da sie sich der Seelenpein ihres Sohnes gegenüberfand. Wohin schwand ihre Schmach und Qual und Todessehnsucht vor dem brennenden Wunsch, das geliebte Menschenkind aufzurichten, das in ihrem Schoße weinte. Und im überquellenden Drang ihm wohlzutun, flüsterte sie: »Wein nicht, mein Bub. Es wird schon alles wieder gut werden.« Und wie er den Kopf in ihren Schoß zu einem »Nein« bewegte, wiederholte sie in festerem Ton »Alles wird wieder gut, glaube mir.« Und sie erkannte, daß sie dies Wort des Trostes nicht nur an Hugo, daß sie es auch an sich selber gerichtet hatte. Wenn es in ihrer Macht stand, ihren Sohne wieder aus der Verzweiflung emporzuhelfen, ihn mit neuem Daseinsmut zu erfüllen, so mußte aus diesem Bewußtsein allein, mehr noch aus seinem Dank, aus seinem Wieder-ihr-gehören ihr selbst Möglichkeit, Pflicht und Kraft des Weiterlebens neu erstehen. Und mit einemmal tauchte das Bild jener phantastischen Landschaft in ihr empor, in der mit Hugo wandelnd sie sich früher geträumt hatte; und verheißungsvoll mit heraufschwebte der Gedanke: wenn ich mit Hugo die Reise unternähme, die ich ja schon geplant, ehe die furchtbare Stunde an mir vorbeigezogen? Und wenn wir von dieser Reise nicht in die Heimat wiederkehrten? Und draußen in der Fremde, fern von allen Menschen die wir gekannt haben, in einer reinen Luft, ein neues, ein schöneres Leben anfingen?

Da hob er plötzlich das Haupt aus ihrem Schoß, mit irren Augen, verzerrten Lippen, und heiser schrie er: »Nein, nein, wird nicht wieder gut.« Und erhob sich, sah die Mutter wie abwesend an, tat ein paar Schritte zum Tisch hin, als suchte dort etwas, ging dann einige Male im Zimmer hin und her mit gesenktem Kopf und blieb endlich regungslos am Fenster stehen den Blick in die Nacht gewandt. »Hugo«, rief die Mutter, die ihm mit den Augen gefolgt war, aber sich nicht fähig fühlte, vom Diwan aufzustehen. Und noch einmal flehend: »Hugo, mein Bub!« Dann wandte er sich nach ihr um, wieder mit jenem starren Lächeln, das ihr nun schon weher tat als sein Aufschrei. Und bebend fragte sie wieder: »Was ist geschehen?«

»Nichts, Mutter«, erwiderte er mit einer Art von entrückter Heiterkeit.

Nun stand sie entschlossen auf und trat zu ihm. »Weißt du denn, warum ich zu dir hereingekommen bin?« Er sah sie nur an. »Nun, rat einmal.« Er schüttelte den Kopf. »Ich hab dich fragen wollen, ob du nicht mit mir eine kleine Reise machen möchtest.« »Eine Reise«, wiederholte er scheinbar verständnislos. »Ja, Hugo, eine Reise – nach Italien. Wir haben ja Zeit, die Schule beginnt erst in drei Wochen. Bis dahin können wir lange zurück sein. Nun, wie denkst du darüber?« »Ich weiß nicht«, antwortete er. Sie legte den Arm um seinen Hals. Wie ähnlich er Ferdinand sieht, dachte sie plötzlich. Einmal hat er einen ganz jungen Burschen gespielt, da hat er geradeso ausgesehen. Und sie scherzte: »Also, wenn du's nicht weißt, Hugo, *ich* weiß es ganz bestimmt, daß wir reisen werden. Ja, mein Bub, darüber ist gar nichts mehr zu reden. Und jetzt, trockne dir deine Augen, kühl' dir deine Stirn, und wir wollen zusammen fortgehen.« »Fortgehen?« »Ja, natürlich! Es ist Sonntag, und es gibt zu Hause kein Nachtmahl. Auch haben wir a Rendezvous mit den andern, unten im Hotel. Und die Mondscheinpartie über den See! weißt du denn nicht, die soll doch auch heute stattfinden.« »Willst du nicht lieber allein gehen, Mutter? Ich könnte dir ja später nachkommen.« Eine wahnwitzige Angst ergriff sie plötzlich. Wollte er sie forthaben? Und warum? Um Himmels willen! Sie drängte den entsetzlichen Gedanken zurück. Und beherrscht sagte sie: »Du hast wohl noch keinen Appetit?« »Nein«, erwiderte er. »Ich eigentlich auch nicht. Wie wär's, wenn wir zuerst ein bißchen spazieren gingen?« »Spazieren?« »Ja, und dann auf einem kleinen Umweg ins Seehotel.« Er zögerte eine Weile. Sie stand da in angespannter Erwartung. Endlich nickte er. »Gut, Mutter. Mach dich nur fertig.« »Oh, ich bin's, ich muß nur den Mantel umnehmen.« Sie rührte sich nicht fort. Er schien darauf nicht achtzuhaben, trat an sein Waschbecken, goß sich aus dem Krug Wasser in die Hand und kühlte sich Stirn, Augen und Wangen. Dann strich er mit dem Kamm flüchtig ein paarmal durch die Haare. »Ja, mach' dich nur schön«, sagte Beate. Und beklemmend fiel ihr ein, wie oft sie diese gleichen Worte in längstvergangenen Zeiten zu Ferdinand gesagt hatte, wenn er sich bereitete fortzugehen . . . weiß Gott wohin . . . Hugo nahm seinen Hut und sagte lächelnd: »Ich bin fertig, Mutter.« Sie eilte nun rasch in ihr Zimmer, holte ihren Mantel und knöpfte ihn erst zu, als sie wieder bei Hugo im Zimmer war, der sie ruhig erwartet hatte. »Also komm«, sagte sie dann.

Als sie beide aus dem Hause traten, kam eben das Mädchen

von seinem Sonntagsausgang zurück. So untertänig es grüßte, Beate erkannte mit einemmal an einem fast unmerklichen Augensenken dieser Person, daß sie alles wußte, was im Laufe der letzten Wochen hier im Hause vorgegangen war. – Doch lag ihr wenig daran. Alles war ihr nun gleichgültig gegenüber dem Glücksgefühl, dem langentbehrten, daß sie Hugo an ihrer Seite hatte.

Sie spazierten zwischen den Wiesen weiter, unter dem stummen Nachtblau des Himmels, nahe nebeneinander, und so rasch, als hätten sie ein Ziel. Anfangs sprachen sie kein Wort. Doch ehe sie in das Dunkel des Waldes traten, wandte sich Beate an ihren Sohn: »Willst du dich nicht einhängen, Hugo?« Er nahm ihren Arm, und ihr ward wohler zumut. Sie gingen weiter im schweren Schatten der Bäume, durch deren dichtes Geäst von Stelle zu Stelle ein Lichtschein aus einer der in der Tiefe liegenden Villen durchbrach. Beate ließ ihre Hand auf die Hugos gleiten, streichelte sie, hob sie dann zu ihren Lippen und küßte sie. Er ließ es geschehen. Nein, er wußte nichts von ihr. Oder nahm er es nur hin? Verstand er es, obwohl sie seine Mutter war? Bald kamen sie durch einen breiten grünlich-blauen Lichtstreifen, der vor das Parktor der Welponerschen Villa fiel. Nun hätten sie einander von Angesicht zu Angesicht sehen können, aber sie blickten weiter vor sich ins Dunkle, das sie gleich wieder aufnahm. In diesem Teil des Waldes war die Finsternis so dicht, daß sie ihre Schritte verlangsamen mußten, um nicht zu stolpern. »Gib acht« sagte Beate von Zeit zu Zeit. Hugo schüttelte nur den Kopf, und sie hielten sich fester aneinander. Nach einer Weile führte ein Pfad ab, der, ihnen von lichteren Stunden wohlbekannt, zum See hinunterführte. Auf diesen Weg bogen sie ab und traten nun bald wieder in eine matte Helligkeit, da die Bäume, weiter abgerückt, einen Wiesenplatz freiließen, über dem, noch immer sternenlos, der Himmel stand. Von hier führten verwitterte Holzstufen, an deren einer Seite ein schwankendes Geländer den Händen Stütze bot, auf die Landstraße hinab, die zur Rechten sich in die Nacht verlor, links aber dem Orte wieder zuführte, von dem ihnen zahlreiche Lichter entgegenschimmerten. Nach dieser Richtung, in unausgesprochenem Einverständnis, wandten Beate und Hugo ihre Schritte. Und als hätte der gemeinsame Spaziergang durch Dunkel sie ohne weitere Aussprache doch wieder mit ihm vertrauter gemacht, sagte Beate in harmlosem, beinahe scherzhaftem Tone: »Das hab' ich gar nicht gern, Hugo, wenn du weinst.« Er erwiderte nichts, ja blickte absichtlich von ihr fort über den stahlgrauen See, der nun als ein schmaler Streifen sich längs der Berge drüben dehnte. »Früher einmal,« begann Beate von neuem, und es war ein Seufzen in ihrer Stimme, »früher hast du mir alles erzählt.« Und während sie das sagte, war ihr mit einem Male wieder, als richtete sie diese Worte eigentlich an Ferdinand und als wollte sie von ihrem toten Gatten alle die Geheimnisse erkunden, die er ihr schnöde verschwiegen, als er noch auf Erden wandelte. Werd' ich wahnsinnig? dachte sie, bin ich's schon? Und wie um sich in die Wirklichkeit zurückzurufen, faßte sie so heftig den Arm Hugos, daß dieser fast erschreckt zusammenfuhr. Sie aber sprach weiter: »Ob dir nicht leichter würde, Hugo, wenn du mir erzähltest?« Und sie hing sich wieder in ihn ein. Aber während ihre eigene Frage in ihr weiterklang, spürte sie leise, daß nicht nur der Wunsch, Hugos Seele zu entlasten, ihr diese Frage in den Mund gelegt hatte, sondern daß auch eine sonderbare Art von Neugier in ihr zu wühlen begann, deren sie sich im Tiefsten ihrer Seele schämen müßte. Und Hugo, als ahnte er die geheimnisvolle Unlauterkeit ihrer Frage, antwortete nichts, ja, er ließ einen Arm wie unabsichtlich aus dem ihrigen gleiten. Enttäuscht und allein gelassen ging Beate neben ihm einher, die traurige Straße weiter. Was bin ich in der Welt, fragte sie sich angstvoll, wenn ich nicht seine Mutter bin? Ist heut der Tag, um alles zu verlieren? Bin ich nichts weiter mehr als ein Lottername im Mund verdorbener Buben? Und jenes Gefühl des Zusammengehörens mit Hugo, des gemeinsamen Geborgenseins dort oben im holden Dunkel des Waldes, war das alles nur Täuschung? Dann ist das Leben nicht mehr zu tragen, dann ist wirklich alles vorbei. Doch warum schreckt mich der Gedanke so sehr? War es nicht längst entschieden? War ich nicht schon vorher entschlossen, ein Ende zu machen? Und hab' ich nicht gewußt, daß mir nichts anderes übrigbleibt? Und hinter ihr, im Dunkel der Straße nachschleichend, wie höhnische Gespenster zischelten die fürchterlichen Worte, die sie heute durch den Fensterspalt zum erstenmal vernommen, die ihre Liebe und ihre Schmach, ihr Glück und ihren Tod bedeuteten. Und wie einer Schwester dachte sie für einen Augenblick jener andern, die einst längs eines Meeresstrandes hingesunken war, von bösen Geistern gehetzt, müd von Lust und Qual . . .

Sie näherten sich der Ortschaft. Das Licht, das nun in einer Entfernung von wenigen hundert Schritten breit übers Wasser hinfiel, kam von der Terrasse, wo die befreundete Gesellschaft zu Nacht aß und ihrer wartete. Noch einmal in solch einen Lebensschein zu treten, schien Beate unsinnig, ja völlig außer dem Bereich aller Möglichkeit. Warum ging sie diesen Weg? Warum blieb sie noch an Hugos Seite? Welche Feigheit war es gewesen, von ihm noch Abschied nehmen zu wollen, dem sie nichts mehr war als ein lästiges Weib, das sich in seine Geheimnisse drängen wollte. Da plötzlich sah sie seine Augen wieder auf sich gerichtet, mit einem Blick des Hilfesuchens, der neue Angst und Hoffnung in ihr erweckte. »Hugo«, sagte sie. Und er, in verspäteter Antwort auf eine Frage, die sie selbst schon vergessen: »Es kann nicht wieder gut werden. Da hilft auch kein Erzählen. Es kann nicht.« »Aber Hugo,« rief sie aus wie erlöst, da er das Schweigen gebrochen hatte, »es wird sicher gut, wir fahren ja fort, Hugo, weit fort.« »Was hilft es uns, Mutter?« Uns –? Das geht auch an mich! Aber ist es nicht besser so? Sind wir einander so nicht näher? Er ging rascher, sie hielt sich an seiner Seite, plötzlich blieb er stehen, sah auf den See hinaus und atmete tief, als käme aus der Einsamkeit über dem Wasser Trost und Frieden zu ihm. Draußen glitten ein paar beleuchtete Kähne hin. Könnte das schon unsere Gesellschaft sein? dachte Beate flüchtig. Mondschein werden sie freilich heute nicht haben. Und plötzlich kam ihr ein Einfall: »Wie wär's, Hugo,« sagte sie, »wenn wir zwei . . allein hinausführen?« Er sah zum Himmel auf, als suchte er oben nach dem Monde. Beate verstand den Blick und sagte: »Den brauchen wir ja nicht.« »Was tun wir denn da draußen auf dem dunklen Wasser?« fragte er schwach. Sie nahm ihn beim Kopf, blickte ihm in die Augen und sagte: »Du sollst mir erzählen. Du sollst mir sagen, was dir geschehen ist, wie du's früher immer getan hast.« Sie ahnte, daß draußen in der Nachteinsamkeit des vertrauten Sees die Scheu von ihm weichen müßte, die ihn jetzt noch davon abhielt, der Mutter zu gestehen, was ihm widerfahren war. Da sie nun in seinem Schweigen keinen weiteren Widerstand spürte, wandte sie sich entschlossen der Bootshütte zu, wo ihr Kahn seinen Platz hatte. Die Holztüre war nur angelehnt. Sie trat mit Hugo in den dunklen Raum, kettete das Schloß, eilfertig, als gälte es die Stunde nicht zu versäumen, dann schwang sie sich hinein, Hugo ihr nach. Er nahm eines der Ruder, stieß ab, und in der Sekunde darauf war der freie Himmel über ihnen. Hugo nahm nun auch das zweite Ruder und führte den Kahn längs des Ufers am Seehotel vorbei, so nahe, daß sie

Stimmen von der Terrasse zu hören vermochten. Es schien Beaten, als könnte sie die des Baumeisters aus den übrigen heraushören. Die einzelnen Gestalten und Gesichter waren nicht zu unterscheiden. Wie leicht es doch war, den Menschen zu entfliehen! Was liegt mir in diesem Augenblick daran, dachte Beate, was sie über mich reden, von mir glauben oder wissen –? Man stößt einfach mit einem Kahn vom Ufer ab, fährt so nahe an den Leuten vorbei, daß man noch ihre Stimmen vernehmen kann, und doch ist alles schon völlig gleichgültig! Wenn man nicht wieder zurückkommt . . . klang es noch tiefer in ihr, und sie bebte leise. – Sie saß am Steuer und lenkte das Schiff gegen die Mitte des Sees zu. Noch immer war der Mond nicht aufgegangen, aber das Wasser ringsum, als hätte es die Tagessonne in sich aufbewahrt, umfloß den Kahn mit einem matten Lichtkreis. Manchmal kam auch noch vom Ufer her ein Strahl, in dem Beate zu sehen glaubte, wie Hugos Antlitz immer frischer und unbesorgter wurde. Als sie ziemlich weit draußen waren, ließ Hugo die Ruder sinken, entledigte sich seines Rockes und öffnete den Hemdkragen. Wie ähnlich er seinem Vater sieht, dachte Beate mit wehem Staunen. Nur hab' ich den nicht so jung gekannt. Und wie schön er ist. Es sind edlere Züge als die Ferdinands. Doch die hab' ich ja nie gekannt, auch seine Stimme nie, es waren ja immer die Stimmen und Gesichter von andern. Seh ich ihn heut zum erstenmal? . . . Und es schauerte sie tief. Aber nun begannen Hugos Züge, da der Kahn ganz in den Nachtschatten der Berge gelangt war, allmählich zu verschwimmen. Er begann wieder zu rudern, doch ganz langsam, und sie kamen kaum von der Stelle. Nun wäre es wohl an der Zeit, dachte Beate, wußte aber einen Augenblick gar nicht recht, wozu es Zeit sein sollte, bis ihr plötzlich wieder, als erwachte sie aus einem Traum, der Wunsch, Hugos Erlebnis zu kennen, brennend durch die Sinne fuhr. Und sie fragte: »Also, Hugo, was ist geschehen?« Er schüttelte nur den Kopf. Sie aber mit wachsender Spannung fühlte, daß es ihm mit seiner Weigerung nicht mehr Ernst war. »Sprich nur, Hugo«, sagte sie. »Du kannst mir alles sagen. Ich weiß ja schon so viel. Du kannst es dir wohl denken.« Und als vermöchte sie damit einen letzten Zauber zu bannen, flüsterte sie den Namen in die Nacht: »Fortunata«. Durch Hugos Körper ging ein Zittern, so heftig, daß es sich dem Kahne mitzuteilen schien. Beate fragte weiter: »Du warst heute bei ihr – und so kommst du zurück? Was hat sie dir getan, Hugo?« Hugo schwieg, ruderte gleichmäßig weiter, sah in die

Luft. Plötzlich kam es Beate wie eine Erleuchtung. Sie griff sich an die Stirn, als verstünde sie gar nicht, daß sie es nicht früher erraten, und sich nahe zu Hugo beugend, flüsterte sie rasch: »Der ferne Kapitän war da, nicht wahr? Und der hat dich bei ihr gefunden?« Hugo blickte auf: »Der Kapitän?«

Jetzt erst fiel ihr ein, daß der, den sie meinte, gar kein Kapitän war. »Den Baron mein ich«, sagte sie. »Er war da? Er hat euch gefunden? Er hat dich beleidigt? Er hat dich geschlagen, Hugo?«

»Nein, Mutter, der, von dem du sprichst, der ist nicht da. Ich kenn ihn gar nicht. Ich schwöre es dir, Mutter.«

»Was also denn?« fragte Beate. »Sie hat dich nicht mehr lieb? Sie ist deiner überdrüssig? Sie hat dich verhöhnt? Hat dir die Türe gewiesen? Ja, Hugo?«

»Nein, Mutter.« Und er schwieg.

»Also, Hugo, was denn? So sprich doch.«

»Frag nicht mehr, Mutter, frag nicht. Es ist zu furchtbar.«

Nun flammte ihre Neugier züngelnd auf. Es war ihr, als müßte aus der Wirrheit dieses Tages, der voll von Rätseln war, voll alter und neuer, endlich irgendwoher eine Antwort kommen. Sie griff mit beiden Händen in die Luft, als wollte sie dort irgend etwas Zerflatterndes fassen. Sie ließ sich von der Steuerbank heruntergleiten und saß nun zu Hugos Füßen. »So rede doch,« begann sie, »du kannst mir alles sagen, brauchst keine Scheu zu haben, ich versteh ja alles! Alles. Ich bin deine Mutter, Hugo und ich bin eine Frau. Bedenke das, auch eine Frau bin ich. Du mußt nicht fürchten, daß du mich verletzen, mein Zartgefühl beleidigen könntest. Ich habe viel mitgemacht in dieser letzten Zeit Ich bin ja noch keine . . . alte Frau. Ich verstehe alles. Zu viel mein Sohn . . . Du mußt nicht denken, daß wir gar so weit von einander sind, Hugo, und daß es Dinge gibt, die man mir nicht sagen darf.« Sie fühlte mir verwirrtem Staunen, wie sie sich preis gab, wie sie lockte. »Oh, wenn du wüßtest, Hugo, wenn du wüßtest.« Und die Antwort kam: »Ich weiß, Mutter.«

Beate erbebte. Doch sie empfand keine Scham mehr, nur ei erlösendes Bewußtsein von Ihm-näher-sein und Zu-ihm-gehören Sie saß ihm zu Füßen auf dem Grund des Bootes und nahm seine Hände in die ihren. »Erzähle«, flüsterte sie.

Und er sprach, aber er erzählte nichts. Mit dumpfen abgerissenen Worten erklärte er nur, daß er niemals wieder unter Menschen sich zeigen könne. Was heute mit ihm geschehen war, da jagte ihn für immer aus dem Bereich alles Lebens.

»Was, was ist geschehen?«

»Ich bin nicht bei Sinnen gewesen. – Ich weiß nicht, was geschehen ist. Sie haben mich betrunken gemacht.«

»Sie haben dich betrunken gemacht? Wer, wer? – Du warst nicht allein mit Fortunata?« Es fiel ihr ein, daß sie ihn neulich in Gesellschaft von Wilhelmine Fallehn und dem Kunstreiter gesehen hatte. Die also waren dort gewesen? Und mit erstickender Stimme fragte sie noch einmal: »Was ist geschehen?« Doch ohne daß Hugo antwortete, wußte sie's schon. Ein Bild malte sich vor ihren Augen in die Nacht, von dem sie entsetzt die Blicke fortwenden wollte, das ihr aber schamlos frech hinter die geschlossenen Lider folgte. Und in neuer schreckensvoller Ahnung, die Augen wieder öffnend und starr auf Hugos stumm gepreßte Lippen richtend, die sie doch nicht zu sehen vermochte, fragte sie: Seit heute weißt du? Dort haben sie dir's gesagt?«

Er erwiderte nichts, doch ein Zucken lief durch seinen ganzen Körper, so wild, daß es ihn willenlos auf den Grund des Bootes warf, an Beatens Seite hin. Sie stöhnte einmal nur auf, verzweifelnd, und in einem Schauer unsäglicher Verlassenheit faßte sie von neuem nach Hugos fiebrig zitternden Händen, die ihr entglitten waren. Nun überließ er sie ihr, und das tat ihr wohl. Sie zog ihn näher zu sich heran, drängte sich an ihn; eine schmerzliche Sehnsucht stieg aus der Tiefe ihrer Seele auf und flutete dunkel in die seine über. Und beiden war es, als triebe ihr Kahn, der doch fast stille stand, weiter und weiter, in wachsender Schnelle. Wohin trieb er sie? Durch welchen Traum ohne Ziel? Nach welcher Welt ohne Gebot? Mußte er jemals wieder ans Land? Durfte er je? Zu gleicher Fahrt waren sie verbunden, der Himmel barg für sie in seinen Wolken keinen Morgen mehr; und im verführerischen Vorgefühl der ewigen Nacht gaben sie die vergehenden Lippen einander hin. Ruderlos glitt der Kahn fort, nach fernsten Ufern, und Beate war es, als küßte sie in dieser Stunde einen, den sie nie gekannt hatte und der ihr Gatte gewesen war, zum erstenmal.

Als sie ihre Besinnung wiederkehren fühlte, war ihr noch so viel Seelenkraft geschenkt, um sich vor völligem Wachwerden zu bewahren. Hugos beide Hände gefaßt haltend, schwang sie sich auf den Rand des Kahnes. Als sich das Schiff zur Seite neigte, öffneten sich Hugos Augen zu einem Blick, in dem ein Schimmer von Angst ihn zum letztenmal mit dem gemeinen Los der Menschen verbinden wollte. Beate zog den Geliebten, den Sohn, den

Todgeweihten, an ihre Brust. Verstehend, verzeihend, erlöst schloß er die Augen; die ihren aber faßten noch einmal die in drohendem Dämmer aufsteigenden grauen Ufer, und ehe die lauen Wellen sich zwischen ihre Lider drängten, trank ihr sterbender Blick die letzten Schatten der verlöschenden Welt.

ERSTES KAPITEL

Das Schiff lag zur Abfahrt bereit. Doktor Gräsler, dunkel gekleidet, in offenem grauen Überzieher mit schwarzer Armbinde, stand auf dem Verdeck, ihm gegenüber barhaupt der Hoteldirektor, dessen braunes, glattgescheiteltes Haar sich trotz des leisen Küstenwindes kaum bewegte. »Lieber Doktor,« äußerte der Direktor, mit dem ihm eigenen Tone von Herablassung, der dem Doktor Gräsler seit jeher so unangenehm gewesen war, »ich wiederhole, wir rechnen mit Sicherheit darauf, Sie im nächsten Jahr wieder bei uns zu haben, trotz des höchst beklagenswerten Unglücksfalles, der Sie hier betroffen hat.« Doktor Gräsler antwortete nichts, sondern schaute mit feuchten Augen zum Ufer der Insel hin, von wo das große Hotelgebäude mit den der Hitze wegen festgeschlossenen weißen Fensterläden grell herüberleuchtete; dann schweifte sein Blick weiter über die verschlafenen gelblichen Häuser und verstaubten Gärten, die im Mittagssonnendunst träge straßaufwärts schlichen, bis zu den spärlichen alten Mauerresten, die die Hügel kränzten. »Unsere Gäste,« sprach der Direktor weiter, »von denen einige im nächsten Jahr wiederkommen dürften, haben Sie schätzen gelernt, lieber Doktor, und so hoffen wir zuversichtlich, daß Sie die kleine Villa,« er wies nach einem bescheidenen, hellen Häuschen in der Nachbarschaft des Hotels, »trotz der traurigen Erinnerung, die sie für Sie birgt, wieder beziehen werden, um so mehr, als wir Ihnen für die Hochsaison Nummer dreiundvierzig begreiflicherweise nicht zur Verfügung stellen könnten.« Und als Gräsler trübe den Kopf schüttelte, und den steifen schwarzen Hut abnehmend, mit der linken Hand über sein straffes, blondes, etwas angegrautes Haar strich –: Oh, mein lieber Doktor, die Zeit wirkt Wunder. Und wenn Sie sich vielleicht vor dem Alleinsein in dem kleinen weißen Haus fürchten, dagegen gibt es ja ein Mittel. Bringen Sie sich doch ne kleine, nette Frau aus Deutschland mit.« Und da Gräsler darauf nur mit einem zagen Augenaufschlag erwiderte, fuhr der Direktor lebhaft, fast befehlend, fort: »Ach, ich bitte Sie, zehn für eine. Eine nette, kleine, blonde Frau, sie kann übrigens auch brünett sein, das ist vielleicht das einzige, was Ihnen zur Vollkommenheit fehlt.« Doktor Gräsler zog die Brauen hoch, als folgten seine Augen schwindenden Bildern der Vergangenheit. »Nun, wie immer,« schloß der Direktor leutselig, »so oder anders, ledig oder vermählt, Sie werden uns in jedem Falle willkommen sein. Und am 27. Oktober, wenn ich bitten darf, wie besprochen, nicht wahr? Sonst könnten Sie bei den trotz unserer Bemühungen leider noch immer recht mangelhaften Schiffsverbindungen erst am 10. November eintreffen, was uns, da wir ja schon am 1. eröffnen« – und nun hatte er den etwas schnarrenden Leutnantston, den der Doktor gar nicht leiden mochte – »nicht gerade erwünscht wäre.« Dann schüttelte er dem Doktor die Hand überaus heftig – eine Angewohnheit, die er aus den Vereinigten Staaten mitgebracht hatte –, tauschte einen flüchtigen Gruß mit einem eben vorübergehenden Schiffsoffizier, eilte die Treppe hinunter und war bald darauf auf der Landungsbrücke zu sehen, von wo er noch einmal dem Doktor zunickte, der immer noch, den Hut in der Hand, melancholisch an der Brüstung des Verdecks stand. Wenige Minuten darauf stieß der Dampfer vom Lande ab.

Auf der Heimreise, die vom schönsten Wetter begünstigt war, gingen die Abschiedsworte des Direktors dem Doktor Gräsler oftmals durch den Sinn. Und wenn er nachmittags auf dem Promenadendeck in seinem bequemen Streckstuhl leise schlummerte, den schottischen Plaid über die Knie gebreitet, zeigte sich ihm zuweilen, einem Traumbild gleich, eine hübsche, rundliche Frau in weißem Sommerkleid, durch Haus und Garten schwebend, mit einem rotbäckigen Puppengesicht, das ihm irgendwie, nicht aus der Wirklichkeit, sondern etwa aus einem Bilderbuch oder einem illustrierten Familienblatt, bekannt vorkam. Dieses Traumwesen aber besaß die geheimnisvolle Macht, das Gespenst seiner toten Schwester zu verscheuchen, so daß ihm diese dann wie vor längerer Zeit und gewissermaßen auf natürlichere Weise aus der Welt geschieden schien, als es in Wahrheit geschehen war. Freilich gab es auch andere Stunden, wache, erinnerungsschwere, in denen er das furchtbare Begebnis mit unerträglicher Deutlichkeit wie etwas Gegenwärtiges durchlebte.

Eine Woche, ehe Doktor Gräsler die Insel verließ, hatte das Unheil sich zugetragen. Wie es ihm manchmal begegnete, war er im Garten, nach dem Mittagessen, über seiner medizinischen Zeitung eingenickt, und als er erwachte, sah er an dem lanlichen Schatten der Palme, der indes unter seinen Füßen über die Breite des Kieswegs hingelaufen war, daß er mindestens zwei Stunden geschlummert haben mußte, was ihn verstimmte, weil er mit seinen achtundvierzig Jahren sich versucht fühlte, dies als ein Zeichen abnehmender Jugendfrische zu deuten. Er erhob sich, steckte die Zeitung ein, und, lebhafte Sehnsucht nach den verjüngenden Frühlingsdüften Deutschlands im Herzen, spazierte er langsam dem kleinen Häuschen zu, das er mit seiner um wenige Jahre älteren Schwester bewohnte. An einem der Fenster sah er sie selbst stehen, was ihm auffiel, da um diese schwüle Stunde sonst alle Läden fest geschlossen zu sein pflegten, und, näher herankommend, merkte er, daß Friederike ihm nicht, wie er von weitem zu bemerken geglaubt hatte, zulächelte, sondern daß sie ihm in vollkommen regungsloser Stellung den Rücken zugewandt hielt. In einer gewissen, ihm selbst nicht ganz verständlichen Unruhe eilte er ins Haus und, rasch auf die Schwester zutretend, die noch immer unbeweglich am Fenster zu lehnen schien, merkte er mit Entsetzen, daß ihr Kopf auf die Brust gesunken war, ihre Augen weit offen standen und sich um ihren Hals eine am Fensterkreuz befestigte Schnur schlang. Er rief laut Friederikens Namen, griff aber zugleich nach seinem Taschenmesser und durchschnitt die Schlinge, worauf die Leblose schwer in seine Arme sank. Er rief nach der Dienerin, die aus der Küche kam und durchaus nicht begriff, was geschehen war, bettete mit ihrer Hilfe die Schwester auf den Diwan hin und begann sofort mit allen möglichen Wiederbelebungsversuchen, wie sie ihm von seinem Berufe her wohlvertraut waren. Die Dienerin war indes zum Direktor geeilt; doch als dieser eintrat, war Doktor Gräsler schon, die Vergeblichkeit all seiner Bemühungen erkennend, ermattet und fassungslos an der Leiche seiner Schwester in die Knie gesunken.

Im Anfang mühte er sich vergeblich, eine Erklärung für diesen Selbstmord zu finden. Daß das ernste, in Würde alternde Mädchen, mit dem er sich noch während des letzten Mittagsmahls in harmloser Weise über die bevorstehende Abreise unterhalten hatte, mit einem Male verrückt geworden sein sollte, war nicht wahrscheinlich. Näher lag die Annahme, daß Friederike sich schon geraume Zeit, vielleicht jahrelang, mit Selbstmordgedanken getragen und aus irgendeinem Grunde gerade jene ungeahnte Nachmittagsstunde für geeignet erachtet hatte, den allmählich gereiften Plan auszuführen. Daß sich unter ihrer gleichmäßig stillen Laune eine linde Schwermut verbergen mochte, war dem Bruder manchmal flüchtig durch den Sinn gegangen, wenn er auch, von Berufspflichten allzusehr in Anspruch genommen, sich nicht weiter darum zu kümmern pflegte. Wirklich heiter, das wurde ihm allerdings erst allmählich bewußt, hatte er sie seit ihrer Kindheit kaum jemals gesehen.

Von ihren Mädchenjahren war ihm wenig bekannt geworden, da er als Schiffsarzt diese Epoche beinahe durchaus auf Reisen verbracht hatte. Als sie endlich vor fünfzehn Jahren, kurz nach des Bruders Austritt aus dem Lloyd, das Vaterhaus in der kleinen Stadt, aus dem die Eltern rasch hintereinander fortgestorben waren, verlassen und sich ihm zugesellt hatte, um ihm als Haushälterin in seine verschiedenen Aufenthaltsorte zu folgen, war sie weit über dreißig Jahre alt gewesen; doch ihre Gestalt hatte so jugendliche Anmut, ihre Augen einen so rätselhaft dunklen Glanz bewahrt, daß es ihr an Huldigungen nicht fehlte und Emil manchmal nicht ohne Grund besorgte, sie könnte ihm von irgendeinem Bewerber in eine späte Ehe entführt werden. Als mit den Jahren auch die letzten Aussichten dieser Art schwanden, schien sie sich wohl ohne Klage in ihr Los zu fügen, doch glaubte sich der Bruder nun manchen stummen Blicks aus ihren Augen zu erinnern, der mit leisem Vorwurf auf ihn gerichtet war, als hätte auch er die Glücklosigkeit ihres Daseins irgendwie mit zu verantworten gehabt. So mochte das Bewußtsein eines verlorenen Lebens mit den Jahren sich immer entschiedener in ihr geltend gemacht haben, je weniger sie sich ausgesprochen, und sie hatte endlich der nagenden Pein einer solchen Erkenntnis ein rasches Ende vorgezogen. Den ahnungslosen Bruder hatte sie hierdurch freilich in die Notwendigkeit versetzt, sich in einer Lebensperiode, die neuen Gewöhnungen im allgemeinen abhold zu sein pflegt, um Angelegenheiten des Haushaltes und der Wirtschaft zu kümmern, was ihm bisher durch Friederikens Fürsorge erspart geblieben war; und in den letzten Tagen der Schiffsreise, unbeschadet aller Trauer, zog ein kühles, aber irgendwie tröstliches Gefühl der Entfremdung gegenüber der Dahingeschiedenen in sein Herz, die ihn ohne Abschied und völlig unvorbereitet auf Erden allein gelassen hatte.

ZWEITES KAPITEL

Nach einem kurzen Aufenthalt in Berlin, wo er sich bei einer
Anzahl klinischer Professoren für die beginnende Kurzeit in Erinnerung brachte, traf Doktor Gräsler an einem schönen Maitag
in dem kleinen, hügelwaldumgebenen Badestädtchen ein, wo er
seit nun sechs Jahren im Sommer die ärztliche Praxis auszuüben
pflegte. Er wurde von der Hauswirtin, einer ältlichen Kauf-
mannswitwe, mit herzlicher Teilnahme begrüßt und freute sich
der bescheidenen Feldblumen, mit denen sie die Wohnung zu
seinem Empfang geschmückt hatte. Das kleine Zimmer, das im
vorigen Jahre seine Schwester bewohnt hatte, betrat er nicht
ohne Scheu, doch fand er sich nicht so tief ergriffen, als er eigentlich gefürchtet hatte. Im übrigen ließ das Leben sich gleich im
Anfang ganz leidlich an. Der Himmel war von gleichmäßig milder
Klarheit, die Luft frühlingshaft lau; und manchmal, zum Beispiel
beim Frühstück auf seinem kleinen Balkon, wo auf reinlich ge-
decktem Tisch die weiße blaugeblümte Kanne, aus der er sich
nun freilich den Kaffee selbst in die Tasse eingießen mußte, in
der Morgensonne glänzte, kam ein Gefühl von Behaglichkeit
über ihn, wie es ihm in Gesellschaft seiner Schwester, zum mindesten in den letzten Jahren, nicht mehr geworden war. Die anderen
Mahlzeiten nahm er in dem stattlichen Hauptgasthof des Ortes
in Gesellschaft einiger ihm von früher her bekannter, achtungs-
werter Bürger, mit denen sich's zwanglos und manchmal recht
unterhaltsam plaudern ließ. Die Praxis aber setzte gleich recht
vielversprechend ein, ohne daß Fälle von besonderer Schwere sein
ärztliches Verantwortungsgefühl allzusehr belastet hätten.

So ging der Frühsommer ohne bemerkenswerte Ereignisse dahin, als an einem Juliabend, nach einem ziemlich arbeitsreichen
Tage, Doktor Gräsler durch einen Boten, der sich eiligst wieder
entfernte, in das Forsthaus gerufen wurde, das eine gute Wagen-
stunde von dem Städtchen entfernt lag. Der Doktor war hiervon
wenig erfreut, wie er überhaupt für ortsansässige Kranke, deren
Behandlung weder viel Ruhm, noch viel Gewinn zu bringen
pflegte, keinerlei Vorliebe hegte. Doch als er, eine gute Zigarre
rauchend, in der milden Abendluft die liebliche Straße zwischen
hübschen Landhäusern, dann zwischen gelben Feldern im kühlen
Hügelschatten und endlich durch den hohen Buchenwald talaufwärts fuhr, ward ihm behaglicher zumute; und als er gar des
Forsthauses ansichtig wurde, dessen anmutvolle Lage ihm von

Spaziergängen vergangener Jahre her in guter Erinnerung stand, bedauerte er beinahe, daß die Fahrt so schnell vorüber war. Er ließ den Wagen am Straßenrand halten und ging den schmalen Wiesenweg zwischen jungen Tannen dem Hause zu, das mit blinkenden Fenstern, ein ungeheures Geweih über der schmalen Eingangstür, die Abendsonne auf dem rötlichen Dach, ihm freundlich entgegengrüßte. Über die Holzstufen der im Verhältnis zum Hause auffallend geräumigen Seitenterrasse kam dem Doktor eine junge Dame entgegen, die ihm gleich auf den ersten Blick bekannt erschien. Sie reichte ihm die Hand und berichtete, daß ihre Mutter an Magenbeschwerden erkrankt sei. »Nun schläft sie schon seit einer Stunde ganz ruhig«, erzählte sie weiter. »Das Fieber ist offenbar zurückgegangen. Um vier Uhr nachmittags war es noch achtunddreißig vier Zehntel. Und da sie sich schon seit gestern Abend elend fühlt, habe ich mir erlaubt, Sie herzubitten, Herr Doktor. Es wird hoffentlich nichts sein.« Dabei sah sie ihm bescheiden bittend ins Auge, als hinge die weitere Entwicklung des Falles von seiner Entscheidung ab.

Er erwiderte ihren Blick mit angemessenem, aber mildem Ernst. Freilich kannte er sie. Schon manchmal war er ihr im Städtchen begegnet, doch hatte er sie für einen Sommergast gehalten. »Nun, wenn Ihre Frau Mama jetzt ruhig schläft«, sagte er, »wird es wohl nichts Schlimmes sein. Vielleicht sagen Sie mir noch etwas Näheres, Fräulein, ehe wir die Kranke am Ende ganz überflüssigerweise aufwecken.« Sie lud ihn ein, weiterzuspazieren, ging ihm voraus auf die Veranda und bot ihm einen Stuhl an, während sie an dem Pfosten der offenen, ins Innere des Hauses führenden Tür stehenblieb. In strenger Sachlichkeit gab sie eine Darstellung des bisherigen Krankheitsverlaufes, der für Doktor Gräsler keinen Zweifel übrig ließ, daß es sich hier um nichts anderes handeln könne, als um eine vorübergehende Magenverstimmung. Immerhin war er genötigt, allerlei medizinische Fragen an die junge Dame zu richten, wurde durch die höchst unbefangene Art überrascht, mit der sie natürliche Vorgänge mit einer Unbedenklichkeit, wie er sie von Mädchenlippen nicht gewohnt war, mitteilte und erläuterte, und fragte sich flüchtig während des Zuhörens, ob sie sich wohl einem jüngeren Arzt gegenüber mit der gleichen Unbefangenheit ausgedrückt hätte. Sie selbst mochte seiner Schätzung nach kaum weniger als fünfundzwanzig Jahre zählen, wenn es nicht etwa die großen ruhigen Augen waren, die ihrem Antlitz den Ausdruck höherer

Reife verliehen. In den blonden, hochgesteckten Zöpfen trug sie einen unverzierten Silberkamm. Ihre Kleidung war einfach, aber durchaus ländlich, der weiße Gürtel durch eine zierlich vergoldete Schnalle geschlossen. Was dem Doktor am meisten auffiel, ja irgendwie verdächtig erschien, waren die höchst eleganten hellbraunen Halbschuhe aus Wildleder, die genau zur Farbe der Strümpfe gestimmt waren.

Doch sie war noch nicht mit ihrem Bericht und Doktor Gräsler noch nicht mit seinen Betrachtungen zu Ende, als es aus dem Innern des Hauses »Sabine« rief. Der Doktor erhob sich, das junge Mädchen wies ihm den Weg durch das geräumige, schon halbdunkel gewordene Speisezimmer in das nächste, hellere, wo in einem der beiden Betten, eine weiße Haube auf dem Kopfe, in einer weißen Nachtjacke, die Kranke aufrecht saß, und dem Eintretenden mit etwas erstaunten, im übrigen aber ganz frischen, beinahe lustigen Augen entgegenschaute.

»Herr Doktor Gräsler«, stellte Sabine vor und trat rasch an das Kopfende des Bettes, die Stirn der Mutter zärtlich mit der Hand berührend.

Die Frau, die nicht alt, sehr wohlgenährt und freundlich aussah, schüttelte mißbilligend das Haupt. »Sehr erfreut, Ihre Bekanntschaft zu machen, Herr Doktor,« sagte sie, »aber wozu, liebes Kind –«

»Es scheint ja wirklich,« bemerkte der Doktor, indem er die dargebotene Hand der Patientin ergriff und zugleich den Puls zählte, »daß ich hier ziemlich überflüssig bin, um so mehr, als ja Ihr Fräulein Tochter«, er lächelte fein, »über ganz verblüffende medizinische Kenntnisse zu verfügen scheint. Aber da ich nun schon einmal da bin, nicht wahr –« Und indes die Frau sich achselzuckend in ihr Schicksal zu ergeben schien, nahm er eine nähere Untersuchung vor, der Sabine mit ruhigen Augen aufmerksam folgte, worauf er tatsächlich, soweit es überhaupt notwendig war, sowohl die Patientin als deren Tochter vollkommen beruhigen konnte. Schwierigkeiten ergaben sich jedoch, als Doktor Gräsler die Kranke für die nächsten Tage auf strenge Diät setzen wollte. Dagegen verwahrte sich die Frau aufs heftigste. Sie behauptete, in früheren Jahren derartige Zufälle, die sie als nervös bezeichnete, gerade durch Genuß von Schweinefleisch mit Sauerkraut und einer gewissen Sorte von Bratwürstchen, die hier leider nicht zu beschaffen wären, aufs rascheste kuriert zu haben; und nur diesmal hatte sie sich von Sabine abhalten lassen, mittags eine reichlichere Mahlzeit zu sich zu nehmen, welche Entsagung höchstwahrscheinlich das Fieber zur Folge gehabt hätte. Der Doktor, der diese Bemerkungen anfangs für Scherz hielt, erkannte im weiteren Verlauf der Unterhaltung, daß die Frau, im Gegensatz zu ihrer Tochter, über die medizinische Wissenschaft durchaus laienhaft, ja ketzerisch dachte, wie sie sich denn auch nachher an spöttischen Bemerkungen über die Heilquelle des Badestädtchens nicht genug tun konnte. So behauptete sie, daß zu Versandzwecken die Flaschen mit gewöhnlichem Brunnenwasser gefüllt würden, in das man Salz, Pfeffer und wohl auch noch bedenklichere Gewürze hineintäte, so daß Doktor Gräsler, der sich stets an dem Rufe der Badeorte, in denen er gerade praktizierte, mitbeteiligt und für Erfolge und Mißerfolge mitverantwortlich fühlte, eine gewisse Verletztheit nicht völlig unterdrücken konnte. Doch widersprach er der Mutter nicht ernstlich, sondern begnügte sich, mit der Tochter einen verständnisvoll lächelnden Blick zu wechseln, womit er seinen Standpunkt genügend und in würdiger Weise gewahrt zu haben meinte.

Als er, von Sabine begleitet, ins Freie trat, betonte er nochmals die vollkommene Harmlosigkeit des Falles, worin sich Sabine mit ihm einverstanden erklärte; doch müßte man, wie sie hinzufügte, gewissen Zufällen, die bei ganz jungen Leuten freilich ohne Bedeutung seien, in vorgerückteren Jahren immerhin größere Aufmerksamkeit schenken; und darum hätte sie heute, insbesondere wegen der Abwesenheit ihres Vaters, sich verpflichtet gefühlt, nach dem Doktor zu schicken.

»Der Herr Papa ist wohl auf einer Inspektionsreise?« meinte Doktor Gräsler.

»Wie meinen Sie das, Herr Doktor?«

»Auf einer Inspektionsreise durch das Revier?«

Sabine lächelte. »Mein Vater ist nicht Förster. Das ist auch schon lange nicht mehr das eigentliche Forsthaus. Es heißt nur so, weil bis vor sechs oder sieben Jahren der Förster des fürstlichen Reviers hier gewohnt hat. Aber so wie man das Haus hier noch immer das Forsthaus nennt, so nennen sie in der Stadt den Vater immer den Förster, obwohl er niemals in seinem Leben irgend etwas dergleichen gewesen ist.«

»Sie sind das einzige Kind?« fragte Doktor Gräsler, während sie ihn, als verstünde sich das von selbst, unter den jungen Tannen auf dem schmalen Wege zur Straße hin begleitete.

»Nein«, erwiderte sie. »Ich habe noch einen Bruder. Der

aber viel jünger als ich, erst fünfzehn. Er läuft natürlich den ganzen Tag im Wald herum, wenn er daheim auf Ferien ist. Zuweilen schläft er sogar im Freien.« Und als der Doktor etwas bedenklich den Kopf schüttelte, fügte sie hinzu: »Oh, das macht nichts, das hab' ich früher auch manchmal getan. Nicht oft, freilich.«

»Doch wohl nur ganz in der Nähe des Hauses,« fragte der Doktor leicht besorgt, »und« – setzte er zögernd hinzu – »als kleines Mädchen?«

»Oh, nein, ich war ja schon siebzehn Jahre alt, als wir das Haus hier bezogen. Früher haben wir nicht in dieser Gegend gewohnt, sondern in der Stadt . . . in verschiedenen Städten.«

Da sie sich so zurückhaltend vernehmen ließ, hielt es der Doktor für angemessen, nicht weiter zu fragen. Sie standen am Straßenrand. Der Kutscher war fahrbereit. Sabine reichte dem Doktor die Hand. Er hatte das Bedürfnis, noch ein Wort zu sagen. »Wenn ich mich nicht irre, sind wir einander schon einigemal im Städtchen begegnet?«

»Gewiß, Herr Doktor. Ich kenne Sie auch schon lang. Freilich vergehen manchmal Wochen, ehe ich hineinkomme. Im vorigen Jahr habe ich übrigens einmal Ihr Fräulein Schwester gesprochen, ganz flüchtig, beim Kaufmann Schmidt. Sie ist wohl wieder mit Ihnen da?«

Der Doktor blickte vor sich hin. Seine Augen trafen zufällig Sabinens Schuhe, und er schaute an ihnen vorbei. »Meine Schwester ist nicht mit mir gekommen«, sagte er. »Sie ist vor einem Vierteljahr gestorben, in Lanzarote.« Es war ihm weh ums Herz; doch daß er den Namen der fernen Insel aussprechen durfte, bereitete ihm eine kleine Genugtuung.

Sabine sagte »Oh« und weiter nichts. Nun standen sie eine Weile schweigend, bis Doktor Gräsler seine Züge zu einem etwas förmlichen Lächeln zwang und Sabinen die Hand reichte. »Gute Nacht, Herr Doktor«, sagte sie ernst. »Gute Nacht, Fräulein«, erwiderte er und stieg in den Wagen. Sabine stand noch eine kleine Weile, bis sich der Wagen in Bewegung gesetzt hatte, dann wandte sie sich zum Gehen. Doktor Gräsler blickte nach ihr zurück. Mit leicht gesenktem Kopfe, ohne sich umzuwenden, ging sie zwischen den Tannen dem Hause zu, aus dem ein Lichtstrahl über den Weg schimmerte. Eine Biegung der Straße, und das Bild war verschwunden. Der Doktor lehnte sich zurück und sah zum Himmel auf, der dämmerkühl mit spärlichen Sternen über ihm hing.

Er dachte ferner Zeiten, junger, heiterer Tage, da ihm manches hübsche Wesen in Liebe angehört hatte. Zuerst fiel ihm die Ingenieurswitwe aus Rio de Janeiro ein, die den Dampfer, auf dem er als Schiffsarzt mitreiste, in Lissabon verlassen hatte, angeblich, um irgend etwas in der Stadt einzukaufen – und die trotz ihres bis Hamburg geltenden Billetts nicht wieder an Bord zurückgekommen war. Er sah sie noch vor sich, wie sie in ihrem schwarzen Kleid aus dem Wagen heraus, der sie vom Hafen zur Stadt hinaufführte, ihm freundlich zuwinkte, und wie sie ihm an irgendeiner Straßenecke entschwand für alle Ewigkeit. Er dachte ferner der Advokatentochter aus Nancy, mit der er sich in St. Blasien, dem ersten Ort, wo er seine Badepraxis ausübte, verlobt hatte, die dann plötzlich mit ihren Eltern eines wichtigen Prozesses halber nach Frankreich zurückkreisen mußte und ihm die Nachricht von ihrer Ankunft sowie jede andere bis zum heutigen Tage schuldig geblieben war. Auch des Fräuleins Lizzie dachte er, aus seiner Berliner Studentenzeit, das sich seinetwegen sogar ein wenig angeschossen, und erinnerte sich, wie sie ihm widerstrebend die rauchgeschwärzte Stelle unter der linken Brust gezeigt, und wie er doch keine Spur von Rührung, sondern nur etwas Ärger und Langeweile empfunden hatte. Er dachte auch der netten, häuslichen Henriette, die er durch viele Jahre, wenn er von seinen Schiffsreisen nach Hamburg heimkehrte, in ihrer kleinen, hochgelegenen Wohnung mit dem Blick über die Alster wiederfand, so heiter, so harmlos und so bereit, wie er sie verlassen – ohne daß er je erfahren oder sich nur ernstlich darum gekümmert, was sie in der Zwischenzeit getan und erlebt hatte. Noch mancherlei anderes ging ihm durch den Sinn, darunter einiges, was nicht sonderlich hübsch, und manches, was sogar in verschiedenem Sinne nicht unbedenklich gewesen war, und wovor er heute gar nicht begriff, daß er sich überhaupt darauf hatte einlassen können; im ganzen aber blieb es doch traurig, daß die Jugend dahin und damit wohl auch das Recht verwirkt war, vom Leben noch etwas Schönes zu erwarten. Der Wagen fuhr zwischen Feldern hin, die Hügel ragten dunkel und höher als be Tag, aus den kleinen Villen schimmerten Lichter her, auf einen Balkon lehnten stumm, enger aneinander geschmiegt, als sie e sich wohl bei Tageslicht erlaubt hätten, ein Mann und eine Frau Von einer Veranda her, wo eine kleine Gesellschaft beim Abend essen saß, klang lautes Sprechen und Lachen. Doktor Gräsle begann Appetit zu verspüren, freute sich dem Abendessen ent

egen, das er im »Silbernen Löwen« einzunehmen pflegte, und
ieb den gemächlichen Kutscher zu größerer Eile an. Am Stamm-
sch, wo er die Bekannten schon alle versammelt fand, trank er
eute ein Glas Wein mehr als gewöhnlich, weil ihm, wie er von
üher her wußte, in einer solchen ganz unmerklichen Benom-
enheit das Leben irgendwie süßer und leichter zu erscheinen
flegte. Er hatte anfangs die Absicht, von seinem heutigen Besuche
m Försterhause zu erzählen; doch aus irgendeinem Grunde, der
m nicht klar wurde, ließ er es sein. Der Wein versagte aber heute
ine Wirkung. Doktor Gräsler erhob sich sogar melancholischer
om Tische, als er sich hingesetzt hatte und begab sich mit leich-
n Kopfschmerzen nach Hause.

DRITTES KAPITEL

ı den nächsten Tagen nahm Doktor Gräsler öfter als sonst Gele-
enheit, die Hauptstraße des Städtchens zu durchstreifen, in der
nbestimmten Erwartung, Sabinen zu begegnen. Einmal lief er so-
ar, wie von einer Ahnung ergriffen, während seiner Sprech-
unde, als das Wartezimmer zufällig eben leer stand, die Treppe
inab und tat einen eiligen, doch vergeblichen Gang bis zur
rinkhalle und wieder zurück. Am Abend dieses selben Tages
rwähnte er wie beiläufig am Stammtisch, daß man ihn neulich
ıs Forsthaus gerufen habe, und horchte angespannt und etwas
ampfbereit, ob etwa über Fräulein Sabine ein leichtfertiges
Vort fiele, wie es in aufgeräumter Herrengesellschaft auch ohne
erechtigung wohl gelegentlich auffliegen mag. Aber die Familie
chleheim schien, wie das matte Echo seiner Mitteilung dem
)oktor verriet, außerhalb jeden Interesses zu stehen; und nur
anz beiläufig war von Berliner Verwandten des sogenannten
örsters die Rede, bei denen die Tochter, die der Tischgesell-
chaft offenbar nicht einmal als sonderliche Schönheit galt, zu-
eilen die Wintermonate verleben sollte.

An einem der nächsten Spätnachmittage entschloß sich Doktor
räsler zu einem Spaziergang, der ihn allmählich in die Nähe des
orsthauses führte. Von der Straße aus sah er es stumm im
chatten des Waldes liegen, und auf der Veranda gewahrte er die
estalt eines Mannes, dessen Gesichtszüge er nicht zu unter-
heiden vermochte. Einen Augenblick blieb er stehen und fühlte
h heftig gelockt, geradeswegs ins Haus zu treten und sich, als

hätte eben der Zufall ihn hier vorbeigeführt, nach dem Befinde
der Frau Schleheim zu erkundigen; aber er besann sich rasc
daß dies, als mit seiner ärztlichen Würde kaum vereinbar, fa
scher Auffassung begegnen könnte. Von diesem Spaziergar
kam er müder und verdrossener nach Hause, als er es nach ein
so geringfügigen Enttäuschung für möglich gehalten, und als
Sabinen auch in den nächsten Tagen im Städtchen nicht bege
nete, begann er zu hoffen, daß sie verreist oder am Ende gar f
immer von hier verschwunden wäre, was ihm im Interesse sein
seelischen Gleichmaßes eigentlich wünschenswert erschien.

Eines Morgens, als er, längst nicht mehr mit dem Behagen de
ersten Tage, auf seinem besonnten Balkon das Frühstück ei
nahm, wurde ihm gemeldet, daß ein junger Herr ihn zu spreche
wünsche. Als gleich darauf ein hochgewachsener hübscher Jung
im Radfahranzug auf dem Balkon erschien, zeigte er sich in Ha
tung und Gesichtsschnitt von einer so unverkennbaren Ähnlic
keit mit Sabine, daß der Doktor nicht umhin konnte, ihn w
einen Bekannten zu begrüßen.

»Der junge Herr Schleheim –?« fragte er in mehr überzeug
tem als fragendem Tone.

»Der bin ich«, erwiderte der Junge.

»Ich habe Sie gleich an der Ähnlichkeit mit – Ihrer Mutter e
kannt. Bitte, nehmen Sie Platz, junger Mann. Ich bin noch bei
Frühstück, wie Sie sehen. Was gibt's? Die Frau Mama wied
leidend?« Es war ihm, als spräche er zu Sabine.

Der junge Schleheim blieb stehen, die Kappe höflich in de
Hand. »Der Mutter geht's gut, Herr Doktor. Seit ihr Herr Dok
tor so ins Gewissen geredet haben, ist sie etwas vorsichtiger g
worden.«

Der Doktor lächelte. Es war ihm sofort klar, daß Sabine ih
eigenen Befürchtungen zum Zwecke besserer Wirkung ihm a
dem Arzte in den Mund gelegt hatte. Plötzlich fiel ihm ein, da
Sabine selbst diesmal die Kranke sein könnte, und er erkannte a
der unvermuteten Beschleunigung seines Pulses, wie sehr ihm da
Wohlbefinden des jungen Mädchens naheging. Doch ehe er noc
zu fragen vermochte, sagte der Knabe: »Es handelt sich diesm
um den Vater.«

Doktor Gräsler atmete auf. »Was fehlt ihm? Hoffentlich nich
Ernstes.«

»Ja, wenn man das wüßte, Herr Doktor. Er hat sich so se
verändert in der letzten Zeit. Es muß vielleicht gar keine wir

he Krankheit sein. Er ist nämlich schon zweiundfünfzig Jahre
:.«

Der Doktor runzelte unwillkürlich die Stirn. Etwas kühl fragte
: »Also welche Erscheinungen geben Ihnen denn Anlaß zu Be-
rgnis?«

»In der letzten Zeit, Herr Doktor, hat der Vater Schwindel-
fälle, und gestern abend, wie er vom Sessel aufstehen wollte,
: er beinahe hingefallen und hat sich nur mühselig am Tisch-
nd festgehalten. Und dann, wenn er sein Glas nimmt, um zu
inken, das merken wir schon lange, zittern ihm die Hände.«

»Hm.« Der Doktor sah von seiner Tasse auf.

»Ihr Herr Vater nimmt sein Glas wohl ziemlich oft in die
and, und wahrscheinlich ist nicht immer Wasser im Glas –?«

Der Junge sah zu Boden. »Es kann freilich auch ein wenig da-
it zusammenhängen, meint Sabine. Und dann raucht der Vater
ch den ganzen Tag.«

»Nun, mein lieber junger Herr, Alterserscheinungen müssen
s ja eben nicht sein. Also, der Herr Papa wünscht meinen Be-
ch?« fügte er höflich hinzu.

»So einfach ist das leider nicht, Herr Doktor. Der Vater dürfte
r nicht wissen, daß Sie seinetwegen kommen, er hat nie was
n einem Doktor hören wollen. Und Sabine meint, ob man es
cht auf einen Zufall hinausspielen könnte.«

»Auf einen Zufall?

»Zum Beispiel, wenn Herr Doktor nächstens einmal wieder am
rsthaus vorbeikämen, wie neulich am Nachmittage, da würde
e Sabine Sie von der Veranda aus grüßen oder anrufen, und Herr
oktor kämen heran – und – und dann müßte man eben weiter-
hen.«

Der Doktor fühlte sich bis in die Stirn rot werden. Und mit dem
öffel in der leeren Tasse rührend, sagte er: »Zum Spazierenge-
n reicht ja meine Zeit leider nicht sehr oft. Allerdings neulich
nmal, ach ja, da bin ich wohl recht nah am Forsthaus vorbeige-
mmen.« Er wagte nun aufzuschauen und sah zu seiner Beruhi-
ng den Blick des Knaben völlig harmlos auf sich gerichtet. In
schäftsmäßigem Ton fuhr er fort: »Wenn es nicht anders zu
achen ist, so will ich denn Ihren Vorschlag – – freilich, mit
nem Gespräch auf der Veranda wird wenig getan sein. Ohne
ündliche Untersuchung läßt sich ja doch nichts sagen.«

»Selbstverständlich, Herr Doktor. Wir hoffen ja, daß der Vater
ch allmählich auch dazu entschließen wird. Aber wenn Sie ihn

zuerst nur einmal sehen würden! Herr Doktor haben ja so v
Erfahrung. Vielleicht könnten Sie's ermöglichen, Herr Dokt
dieser Tage einmal nach Ihrer Ordination, am liebsten freili
wäre es uns schon heute –«

Heute – wiederholte Gräsler bei sich – heute schon könnte i
sie wiedersehen! Wie wunderbar! Aber er schwieg, blätterte
seinem Notizbuch, schüttelte den Kopf, schien vor unüberwin
lichen Schwierigkeiten zu stehen, bis er plötzlich einen Bleist
nahm, entschlossen irgend etwas ausstrich, was gar nicht (
stand, und auf die nächste Seite, da ihm dieses Wort eben zue
einfiel, »Sabine« schrieb. Und er entschied sich freundlich, ab
kühl: »Also schön, sagen wir denn: heute zwischen halb sec
und sechs. Ist Ihnen das recht?«

»Oh, Herr Doktor . . .«

Gräsler erhob sich, wehrte die Dankbezeugungen des Knab
ab, gab ihm Empfehlungen an Mutter und Schwester mit u
reichte ihm zum Abschied die Hand. Er trat dann vom Balk
in sein Zimmer und sah vom Fenster aus, wie der junge Sch
heim mit seinem Rad aus dem Hausflur kam, die Kappe fest
in die Stirn drückte, sich flink und geschickt aufschwang u
bald um die nächste Ecke verschwunden war. Wäre ich nur u
zehn Jahre jünger, dachte der Doktor, so könnte ich mir einb
den, das Ganze sei nichts als ein Vorwand des Fräulein Sabir
um mich wiederzusehen. Und er seufzte leise.

Bald nach fünf Uhr, in einem hellgrauen Anzug, dessen Traue
charakter im übrigen durch den Flor um den linken Arm gewal
blieb, fuhr er von Hause ab. Seine Absicht war es, den Wagen
der Nähe des Forsthauses halten zu lassen; aber viel früher scho
bald nachdem er das Bereich der Villen verlassen hatte, sah er
seiner angenehmen Überraschung auf dem schmalen Wiese
pfad, der sich längs der Landstraße hinzog, Sabine und ihren Br
der sich entgegenkommen. Er sprang aus dem langsam tala
wärts fahrenden Wagen und reichte zuerst Sabinen, dann de
Knaben die Hand.

»Wir müssen Sie sehr um Entschuldigung bitten«, begann S
bine leicht erregt. »Es ist uns nämlich nicht gelungen, den Vat
zu Hause zu halten; und vor dem späten Abend wird er wo
nicht zurück sein. Ich bitte sehr, seien Sie mir nicht böse.« D
Doktor hätte gern eine verdrossene Miene gezeigt, es gelang ih
aber nicht, und er sagte leichthin: »Das tut ja nichts.« Er sah a
die Uhr mit gerunzelter Stirn, als gelte es eine neue Einteilu

262

für den Rest des Tages zu treffen; dann schaute er auf und mußte lächeln, da er Sabine und ihren Bruder wie zwei Schulkinder, die eigentlich eine Rüge erwarteten, am Wegrand stehen sah. Sabine trug heute ein weißes Kleid, ein breitrandiger Strohhut hing ihr an einem losen gelben Band über den linken Arm herab, und sie sah viel jünger aus als neulich.

»Und an solch einem heißen Nachmittag,« sagte der Doktor beinahe vorwurfsvoll, »sind Sie mir zu Fuß so weit entgegengekommen! Das war wirklich nicht notwendig.«

»Herr Doktor,« entgegnete Sabine ein wenig verlegen, »ich möchte doch vor allem, zur Vermeidung jedes Mißverständnisses, ausdrücklich betonen, daß auch dieser nicht geglückte Besuch selbstverständlich geradeso wie jede ärztliche Visite –«

Der Doktor unterbrach eilig. »Da muß ich doch bitten, mein Fräulein. Auch wenn unser Anschlag heute gelungen wäre, von einer ärztlichen Visite könnte keineswegs die Rede sein. Vielmehr bitte ich, mich bis auf weiteres nur als Mitverschworenen zu betrachten.«

»Wenn Sie die Sache so nehmen, Herr Doktor,« erwiderte Sabine, »so machen Sie es mir einfach unmöglich –«

Doktor Gräsler unterbrach nochmals: »Es war heute ohnedies meine Absicht gewesen, eine Spazierfahrt zu unternehmen. Und vielleicht gestatten Sie mir, Ihnen, da es sich schon so fügt, den Wagen zur Nachhausefahrt zur Verfügung zu stellen, ja? Und wenn Sie mich mitnehmen wollen, so darf ich mich vielleicht bei dieser Gelegenheit nach dem Befinden Ihrer Frau Mama erkundigen.« Er fühlte sich als Mann von Welt und nahm sich flüchtig vor, im nächsten Sommer doch wieder in einem größeren Badeort seine Praxis auszuüben, obwohl er in solchen bisher niemals Glück gehabt hatte.

»Der Mutter geht's ausgezeichnet«, sagte Sabine. »Aber wenn Sie den Abend schon verloren geben, Herr Doktor, wie wär's« – und sie wandte sich an ihren Bruder –, »wenn wir dem Herrn Doktor unsern Wald zeigten, Karl?«

»Ihren Wald?«

»Wir heißen ihn so«, sagte Karl. »Er gehört wirklich uns allein. Von den Kurgästen kommt keiner so weit. Da gibt es wunderschöne Partien. Manche wie im Urwald.«

»So was muß man sich natürlich ansehen«, sagte der Doktor. »Ich nehme dankbar an.«

Der Wagen wurde für alle Fälle in die Nähe des Forsthauses

dirigiert, und Doktor Gräsler, von den Geschwistern geleitet,
schlug einen Feldweg ein, der ganz schmal, so daß eines sich hinter dem andern halten mußte, zuerst zwischen mannshohen Ähren, dann über Wiesengrund in den Wald hineinführte.

Der Doktor sprach davon, daß er schon sechs Jahre allsommer-
lich hierherkäme und die Gegend eigentlich doch nicht recht
kenne. Dies aber sei nun einmal sein Los. Schon als Lloydarzt
habe er meistens nur die Ufer gesehen, bestenfalls die Hafen-
städte und deren nächste Umgebung; tiefer ins Land zu streifen,
habe der Dienst beinahe immer verwehrt. Da Karl durch wiederholte Fragen sein Interesse für ferne Gegenden und Seereisen
kundgab, nannte der Doktor aufs Geratewohl die Namen mancher Küstenorte, in die oder an denen vorüber sein Beruf ihn vor
Jahren geführt hatte; und daß er so als eine Art von Weltfahrer
gelten durfte, gab seiner Rede eine Lebhaftigkeit und Laune, die
ihm sonst nicht immer zu Gebote standen. Von einer Lichtung aus
eröffnete sich ein anmutiger Ausblick nach dem Städtchen, von
wo das gläserne Dach der Trinkhalle in der Abendsonne herauf
glitzerte. Man beschloß, eine Weile zu rasten. Karl streckte sich
der Länge nach ins Gras hin, Sabine setzte sich auf einen abge-
hauenen, entrindeten Baumstamm; Doktor Gräsler aber, der
seinen hellgrauen Anzug keinerlei Fährlichkeiten aussetzen wollte,
blieb stehen, erzählte von seinen Reisen weiter; seine Stimme,
sonst trotz häufigen Räusperns etwas belegt, erklang ihm selbst
mit einer neuen oder ihm wenigstens fremd gewordenen Weich-
heit, und er fand sich mit einer Teilnahme angehört, deren er
schon lange nicht genossen hatte. Am Ende erbot er sich, die
Geschwister heimzubegleiten, so daß der Vater, wenn er schon
zu Hause wäre, ohne weiteres an eine zufällige Begegnung glauben könnte, wodurch dann die Bekanntschaft in der harmlosesten
Weise eingeleitet sei. Sabine nickte in einer kurzen, ihr ganz eigenen Art, was dem Doktor eine entschiedenere Zustimmung erschien, als Worte bedeutet hätten. Auf dem sich leicht berga
senkenden, immer breiter werdenden Waldwege war es nu
hauptsächlich Karl, der die Unterhaltung führte und Reise-,
Entdeckungspläne entwickelte, in deren kindlicher Abenteue
haftigkeit Nachklänge kürzlich gelesener Jugendschriften nich
zu verkennen waren. Früher als der Doktor erwartet hatte, stan
man vor dem Gartenzaun, und zwischen den hohen Tannen,
verdämmerndem Weiß schimmerte die Rückseite des Forstha
ses mit ihren sechs schmalen, gleichförmigen Fenstern. Auf de

zertretenen Rasen zwischen Haus und Zaun, roh gezimmert, stand ein länglicher Tisch mit Bank und Sesseln.

Da Karl vorausgelaufen war, um Nachschau zu halten, blieb der Doktor eine Weile mit Sabinen allein unter den Tannen stehen. Sie sahen einander an, der Doktor lächelte etwas verlegen; da Sabine ernst blieb, bemerke er, die Blicke langsam nach verschiedenen Seiten wendend: »Welch ein Friede hier«, und räusperte leise. Karl erschien an einem offenen Fenster und winkte lebhaft. Der Doktor verlieh seinem Antlitz berufliche Ernst und folgte Sabinen durch den Garten auf die Veranda, wo der Förster und seine Frau sich eben von dem Sohn die Geschichte der nachmittägigen Begegnung berichten ließen. Gräsler, durch die falsche Bezeichnung Förster noch immer irre gemacht, hatte erwartet, sich einem langbärtigen, derben Mann im Jägeranzug mit der Tabakspfeife im Mund gegenüberzusehen und war nun verwundert, als ihn ein schlanker, glattrasierter Herr mit schwarzem, eben erst ergrauendem, sorgfältig gescheiteltem Haar freundlich, aber mit einer irgendwie theatralisch wirkenden Vornehmheit begrüßte. Doktor Gräsler begann damit, den schönen Wald zu preisen, mit dessen ganzer Herrlichkeit ihn erst Karl und Sabine bekanntgemacht hätten; und während sich ein Gespräch über das trotz der reizvollsten Umgebung doch so langsame Aufblühen des Badestädtchens entspann, unterließ Doktor Gräsler keineswegs, an dem Herrn des Hauses seine ärztlichen Beobachtungen anzustellen, vermochte aber vorerst nichts Auffallendes an ihm zu entdecken als eine gewisse Unruhe des Blicks sowie ein oft wiederkehrendes wie verächtliches Zucken der Mundwinkel. Als Sabine das Abendessen meldete, wollte Doktor Gräsler sich verabschieden, doch der Förster, in übertriebener Liebenswürdigkeit, ließ es nicht zu, und so saß der Doktor bald mit Eltern und Kindern am Familientische, über dem von der holzgetäfelten Decke eine grünbeschirmte Lampe herabhing. Er sprach von dem bevorstehenden Samstagkränzchen im Kursaal und wandte sich mit der Frage an Sabine, ob sie an derlei Veranstaltungen manchmal teilnehme.

»In den letzten Jahre nicht mehr«, erwiderte Sabine. »Früher, als ich noch jünger war –« Und dem abwehrenden Lächeln des Doktors zur Erwiderung fügte sie gleich und, wie ihm schien, nicht ohne Bedeutung bei: »Ich bin nämlich schon siebenundzwanzig.«

Der Vater warf eine spöttische Bemerkung über die kleinlichen

Verhältnisse des Badestädtchens ein, fing an, mit Lebhaftigkeit vom Zauber der großen Städte und des bewegten Weltlebens zu reden, und aus seinen weiteren Äußerungen war zu entnehmen, daß er früher Opernsänger gewesen war und diese Laufbahn erst lange nach seiner Verheiratung aufgegeben hatte. Während er nun allerlei Namen nannte von Künstlern, an deren Seite er gewirkt, von Gönnern, die ihn hochgeschätzt, und endlich von Ärzten, deren falschen Behandlungsmethoden er den vorzeitigen Verlust seiner Baritonstimme verdankte, leerte er ein Glas nach dem anderen, bis er ganz plötzlich ermüdet schien und mit einem Male einem verbrauchten und alten Manne gleichsah. Nun hielt es der Doktor an der Zeit, sich zu empfehlen. Die Geschwister begleiteten ihn zum Wagen und erkundigten sich ängstlich nach dem Eindruck, den er von ihrem Vater gewonnen hätte. Doktor Gräsler, wenn er sich auch heute schon getrauen wollte, eine ernstere Erkrankung auszuschließen, sprach die Erwartung aus, bald zu weiterer Beobachtung und lieber noch zu einer ordentlichen Untersuchung Gelegenheit zu finden, ohne die er als gewissenhafter Arzt doch nichts Bestimmtes aussagen könnte.

»Findest du nicht,« wandte sich nun Karl an seine Schwester, »daß der Vater schon lange nicht so gesprächig war wie heute abend?«

»Das ist wohl wahr,« bestätigte Sabine, – und zu Doktor Gräsler gewendet mit einem dankbaren Blick, »Sie sind ihm gleich sympathisch gewesen – man hat es deutlich merken können.«

Mit einer bescheidenen Handbewegung wehrte der Doktor ab, versprach auf der Geschwister Bitte, in den nächsten Tagen seinen Besuch zu wiederholen, und stieg ein. Die Geschwister blieben beide noch eine Weile am Straßenrande stehen und schauten dem Wagen nach. Unter einem kühlen Sternenhimmel fuhr der Doktor nach Hause. Sabinens Vertrauen erfüllte ihn mit Befriedigung, und mit einer um so süßeren, als er vermuten durfte, es nicht allein seinen ärztlichen Fähigkeiten zu verdanken. Es war ihm wohl bewußt, daß er, insbesondere in den letzten Jahren müder und gleichgültiger geworden, seinen Kranken gegenüber es oft genug an wahrer menschlicher Teilnahme hatte fehlen lassen, und nach langer Zeit ging ihm heute wieder einmal die Hoheit eines Berufes auf, den er in verflossenen Jugendjahren zwar mit Begeisterung erwählt, dessen er sich aber gewiß nicht stets auf gleiche Weise innerlich wert erwiesen hatte.

VIERTES KAPITEL

Als Doktor Gräsler am nächsten Tag die Tür zu seinem Wartezimmer öffnete, sah er zu seiner Verwunderung unter anderen
Patienten Herrn Schleheim sitzen, der als Ersterschienener dem
Arzte sofort in den Sprechraum folgte. Der Sänger stellte vorerst
die Forderung, daß die Familie niemals von seinem Besuch erfahren dürfte, und war nach erhaltenem Versprechen ohne weiteres
bereit, seine Beschwerden vorzutragen und sich einer Untersuchung zu unterziehen. Doktor Gräsler vermochte kein ernstli-
ches körperliches Leiden zu entdecken, doch war eine tiefere seelische Verstimmung unverkennbar, wie sie bei einem Mann nicht
überraschend erschien, der in seinen besten Jahren gezwungen
war, einen äußerlich glänzenden Beruf aufzugeben, für den er
weder in seiner Häuslichkeit und in der Liebe zu den Seinen,
noch in eignem inneren Reichtum genügenden Ersatz zu finden
verstand. Daß er sich mit jemandem einmal gründlich aussprechen durfte, tat ihm sichtlich wohl. Und so nahm er es gern an,
als der Doktor, der erklärte, ihn überhaupt nicht als Patienten
betrachten zu können, scherzhaft gewandt um die Erlaubnis er-
suchte, bei gelegentlichen Spaziergängen im Forsthaus einspre-
chen und dort mit ihm plaudern zu dürfen.

Als er nächsten Sonntag vormittag von dieser Erlaubnis Gebrauch machte, traf er den Sänger vorerst allein an, der ihm sofort
mitteilte, daß er es doch für klüger gehalten habe, die »Familie«,
wie er sich immer zusammenfassend ausdrückte, von der stattge-
habten Untersuchung und von deren günstigem Ausgang zu un-
terrichten, schon um die besorgten Mienen, die ihm widerwärtig
seien, nicht mehr sehen und das langweilige Gerede, das ihn zur
Verzweiflung bringe, nicht mehr hören zu müssen. Als der Arzt
daraufhin die freilich übertriebene, aber dabei doch rührende
Besorgnis der Kinder zu rühmen sich anschickte, stimmte der
Vater leicht zu und erklärte, an ihnen überhaupt nichts anderes
auszusetzen zu wollen, als daß sie eben gar so gute und brave Menschen seien. »Darum,« setzte er hinzu, »werden sie beide nicht
viel vom Leben haben; wahrscheinlich werden sie es nicht einmal
kennenlernen.« Und in seinem Auge schimmerte eine blasse Erinnerung von fernen und verruchten Abenteuern. Sie hatten nur
eine kurze Weile auf der Bank vor der Eingangstür gesessen, als
die übrigen Mitglieder der Familie Schleheim herankamen, alle etwas sonntagsmäßig angetan und gerade dadurch kleinbürgerlicher

267

aussehend als sonst. Sabine, die sich dessen bewußt zu sein schien, nahm gleich den bewimpelten Hut ab und strich sich dann wie beruhigt über ihre schlichte Frisur. Der Doktor wurde über Mittag hiergehalten; das Gespräch bei Tische hielt sich durchaus an der Oberfläche der Dinge, und als die Rede darauf kam, daß der Leiter einer dem Badestädtchen ganz nahe gelegenen Heilanstalt sich mit Rücktrittsabsichten trage, fragte die Mutter den Gast beiläufig, ob ihn denn eine solche Stellung nicht lockte, wo ihm vielleicht Gelegenheit geboten würde, seine berühmten Hungerkuren systematisch anzuwenden. Nachdem Gräsler den Scherz lächelnd abgewehrt hatte, bemerkte er, daß er sich zu einer Stellung solcher Art bisher niemals habe entschließen können. »Ich kann auf das Bewußtsein meiner Freiheit nicht verzichten,« sagte er, »und wenn ich auch schon ein halbes dutzendmal hintereinander da unten im Ort praktiziert habe und aller Wahrscheinlichkeit nach in den nächsten Jahren wiederkommen werde, jeder Zwang würde mir die Freude an dieser Gegend, ja an meinem Berufe überhaupt erheblich stören.«

Sabine schien durch ein kaum merkliches Neigen des Kopfes ihr Verständnis für diese Auffassung ausdrücken zu wollen. Im übrigen zeigte sie sich über die Verhältnisse der Heilanstalt gut unterrichtet und erklärte sie insbesondere für viel ertragsfähiger als sie sich unter dem derzeitigen, alten und nachlässig gewordenen Direktor in der letzten Zeit erwiesen hätte. Auch sprach sie die Meinung aus, daß für jeden Arzt die Wirksamkeit an einer Heilanstalt schon darum sehr wünschenswert sein müßte, weil nur da die Bedingungen zu einer wirklich dauernden Beziehung zwischen Arzt und Kranken und damit auch die Gelegenheit zur Anwendung von verläßlichen, weil stets kontrollierbaren Heilmethoden gegeben seien.

»Das hat freilich viel für sich«, meinte Doktor Gräsler mit jener Zurückhaltung im Ton, die er als Fachmann in diesem Kreise für angemessen hielt. Dies entging Sabine nicht, und sie bemerkte rasch und leicht errötend: »Ich habe nämlich eine Zeitlang in Berlin Krankenpflege getrieben.«

»Wahrhaftig!« rief der Doktor aus und wußte nicht gleich, wie er sich dieser Eröffnung gegenüber verhalten sollte. Und er bemerkte allgemein: »Ein schöner, ein edler Beruf. Aber düster und schwer! Und ich begreife wohl, daß es Sie bald wieder nach Hause in die heimatliche Waldesluft gezogen hat!«

Sabine schwieg, auch die anderen blieben stumm. Doktor Grä-

aber ahnte, daß man nun hart an der Stelle vorgekommen war,
 das bescheidene Rätsel von Sabinens Dasein verborgen liegen
 chte.

Nach dem Essen bestand Karl auf einer Dominopartie im Gar-
 wie auf seinem verbrieften Recht. Der Doktor wurde auf-
fordert, mitzutun; und bald, während die Mutter, auf einem
quemen Sessel unter den Tannen hingestreckt, über der mitge-
 mmenen Handarbeit allmählich einschlummerte, war das Spiel
 rmlos klappernd im Gange. Doktor Gräsler erinnerte sich ge-
 sser trübseliger Sonntagnachmittagsstunden aus den vergan-
 nen Jahren an seiner schwermütigen Schwester Seite; er schien
 h einer düstern, lastenden Epoche seines Lebens wundersam
 tronnen; und wenn Sabine, seine Zerstreutheit gewahrend,
 n durch einen lächelnden Blick oder gar durch eine leichte Be-
 hrung seines Armes ermahnte, die Steine weiter anzusetzen, so
 hlte er von solcher Vertraulichkeit sich zu einer unbestimmten
 lden Hoffnung angerührt.

Das Spiel wurde abgeräumt, ein geblümtes Tuch über den
 sch gebreitet; und da ein Wagen heute nicht zu beschaffen
 ur, so blieb dem Doktor eben nur noch Zeit, rasch eine Tasse
 ffee mit den andern zu trinken, wenn er seine Kranken, die ihn
 türlich auch Sonntags nicht entbehren konnten, noch vor dem
 äten Abend besuchen wollte. Er nahm die Erinnerung an ein
 cheln und an einen Händedruck Sabinens mit sich, deren be-
 ückendes Nachgefühl ihn auch auf noch staubigerer und heiße-
 r Landstraße Langeweile und Beschwerde kaum hätte empfin-
 n lassen.

Trotzdem hielt er es für richtig, eine Zeit hingehen zu lassen,
 e er sich im Forsthaus wieder sehen ließ. Es wurde ihm leich-
 r, als er gedacht, da sein Beruf ihn auch innerlich wieder zu
 schäftigen begann. Er führte nicht nur die Krankengeschichten
 iner Patienten auf das sorgfältigste, sondern war auch bemüht,
 e allmählich entstandenen Lücken seines theoretischen Wissens
 rch das Studium medizinischer Werke und Zeitschriften so
 hr als möglich auszufüllen. Aber wenn er sich auch klar dar-
 er war, daß all dies auf die Wirkung von Sabinens Persönlich-
 it zurückzuführen sei, so wehrte er sich doch weiter dagegen,
 e ernstliche Hoffnung auf den Besitz des jungen Mädchens in
 h aufkommen zu lassen; und selbst wenn er ganz leicht, im Spiel
 r Gedanken, die Möglichkeit einer Werbung erwog und nun
 n weiteren Verlauf eines mit Sabinen gemeinsamen Schicksals

innerlich zu verfolgen suchte, so erschien ihm ungerufen
in diesem Zusammenhang höchst unliebsame Gestalt des Hot
direktors aus Lanzarote, wie er den ältlichen Doktor und dess
junge Frau mit einem impertinenten Lächeln an der Türe
Hotels empfing; und diese Erscheinung zeigte sich so regelmäß
als wäre Lanzarote der einzige Ort, an dem Gräsler im Win
seine Praxis ausüben, und als wäre der Direktor der einzig
bende Mensch, der sein junges Eheglück gefährden könnte.

Gegen Ende der Woche einmal begegnete Gräsler Sabinen v
mittags im Städtchen, wo sie Einkäufe zu besorgen hatte.
fragte ihn, warum er sich so lange nicht sehen ließe. »Es komm
so wenig Menschen zu uns,« sagte sie, »und mit wenigen l
sich was Gescheites reden. Das nächste Mal müssen Sie uns au
mehr aus Ihrem Leben erzählen. Man möchte doch auch was v
all den Dingen zu hören bekommen!« Ihre Augen erglänzten
milder Sehnsucht.

»Wenn Sie glauben, Fräulein Sabine, daß das Leben draußen
der Welt soviel Interessantes zu bieten hat, wie kommt's nur, d
Sie hier so in der Stille sitzen?«

»Es wird vielleicht nicht immer so bleiben«, erwiderte sie e
fach. »Und es war ja einmal schon ein wenig anders. Im übrig
wünsche ich mir's für die Gegenwart kaum besser, als ich's hab
Und die Sehnsucht in ihren Augen war verglommen.

FÜNFTES KAPITEL

Seinen nächsten Besuch im Forsthause unternahm Doktor Gr
ler nicht ganz unvorbereitet. Aus seinen Erinnerungen hatte
allerlei zusammengesucht, das des Erzählens wert erschein
mochte, und war freilich anfangs ein wenig betrübt gewesen, d
ein äußerlich leidlich bewegtes Leben bei näherer Betrachtung
eigentlichem Inhalt sich so ärmlich erwies. Immerhin gab es d
einen oder den andern Vorfall, der einem Abenteuer zum mi
desten recht ähnlich sah. So hatte er auf einer Südseeinsel ein
kleinen Überfall durch Eingeborene mitgemacht, bei welcher G
legenheit sogar ein Schiffsleutnant getötet worden war; der Selb
mord eines Liebespaares auf hoher See, ein Zyklon in den in
schen Gewässern, die Landung in einem japanischen Küsteno
der tags zuvor durch ein Erdbeben zerstört worden war,
Nacht in einer Opiumhöhle, deren Abschluß man allerdings zu

Vortrag im Familienkreis ein wenig verändern mußte, all dies mochte sich anregend genug berichten lassen; überdies waren ihm manche seiner Patienten aus Badeorten – Hochstapler, Sonderlinge, sogar ein russischer Großfürst, der im Winter darauf ermordet worden war und es vorhergeahnt hatte – mit genügender Deutlichkeit im Gedächtnis geblieben. Und als er an einem linden Sommerabend bei Schleheims, lässig an die Brüstung der Veranda gelehnt, auf eine zufällige Frage Karls hin zu erzählen anfing, da merkte er, daß ihm während des Erzählens manche einer verblaßten Erinnerungen heller und lebendiger wurden, daß allerlei längst Vergessenes aus der Tiefe seiner Seele emporstieg; und in irgendeinem Augenblick war er sogar von einer ihm bisher unbekannt gebliebenen Fähigkeit zwiespältig überrascht: daß er nämlich seinem Gedächtnis, wenn es da oder dort versagen wollte, durch freie Erfindung nachzuhelfen imstande war. Doch nahm er dies um so weniger schwer, als er auf solche Art das lange nicht mehr genossene Vergnügen kosten durfte, eine gute Weile die Hauptperson eines wohlgeneigten Kreises zu bedeuten und es ihm vorbehalten war, in die verträumte Waldhausstille den verführerischen Nachhall eines für ihn selbst beinahe verklungenen Lebens zu bringen.

Ein nächstes Mal, während Sabine und ihre Mutter, was selten genug geschah, im Garten Besuch empfingen, saß er auf der Veranda allein mit dem alten Sänger, der heute lebhafter als je von seinem früheren Wirken an Stadttheatern und kleineren Hofbühnen erzählte, immer in einem Ton, als wäre es ein besonders reiches und stolzes Leben, dem er nun nachzuklagen hätte. Obzwar ihm nach dem allzufrühen Verlust der Stimme durch Vermittelung seines wohlhabenden Schwiegervaters, eines Weinhändlers aus den Rheinlanden, der Übergang in einen bürgerlichen Beruf offen gestanden wäre, hatte er sich doch für die Flucht in die Natur und in die Einsamkeit entschieden, wo er nicht unaufhörlich wie im städtischen Leben daran gemahnt werden konnte, was ihm verloren, und sich ungestörter an dem freuen durfte, was ihm geblieben war: am Glück der Häuslichkeit – was er nicht ohne Ironie aussprach – und an der Vortrefflichkeit seiner Kinder, welche Eigenschaft er wieder fast bedauernd festzustellen schien. »Ja, wenn Sabine,« bemerkte er dunkel, »mit meiner Begabung doch mein Temperament geerbt hätte, welch eine Zukunft wäre ihr erblüht!« Und er erzählte, daß sie in Berlin, wo sie bei Verwandten seiner Frau ein seines Erachtens allzu bürgerliches Heim gefunden, eine Zeitlang Gesangs- und Bühnenstudien getrieben, diese aber aus einer unüberwindlichen Abneigung gegen der freien Ton ihrer jungen Kollegen und Kolleginnen wieder aufgegeben hätte. »Fräulein Sabine,« bemerkte darauf Gräsler – und nickte zustimmend – »hat eine wahrhaft reine Seele.«

»Ja, die hat sie wohl! Aber was will das besagen, mein bester Herr Doktor, gegenüber dem ungeheueren Gewinn, das Leben kennenzulernen in all seinen Höhen und Tiefen! Ist das nicht besser, als seine Seele rein zu bewahren?« Er blickte ins Weite; dann in verdrossenem Tone fuhr er fort: »So hat sie denn eines Tages all ihre oder vielmehr meine Pläne von Kunst und Ruhm fahren lassen und – wohl mit bewußter Betonung des Gegensatzes – sich in einen Kursus über Krankenpflege einschreiben lassen, für welchen Beruf sie plötzlich besondere Eignung in sich zu entdecken glaubte.«

Der Doktor schüttelte den Kopf. »Es scheint aber, daß auch dieser Beruf Fräulein Sabine keine völlige Befriedigung verschafft hat; da sie ihn nach wenigen Jahren aufgab, wenn ich neulich recht verstanden habe?«

»Damit hat es eine eigene Bewandtnis«, erwiderte Schleheim. »Als Pflegerin lernte sie einen jungen Arzt kennen, mit dem sie sich verlobte. Ein sehr tüchtiger junger Arzt, wie behauptet wurde, der zu den größten Hoffnungen berechtigte. Ich selbst hatte nicht mehr Gelegenheit, ihn kennenzulernen...« Er endete leise und rasch, da Karl eben vorbeigelaufen kam. »Der junge Mensch ist leider gestorben.«

»Gestorben«, wiederholte Gräsler vor sich hin und ohne tiefe Anteilnahme.

Karl hatte zu melden, daß unter den Tannen der Kaffee bereit stände. Die Herren begaben sich in den Garten, und der Doktor wurde den Besucherinnen vorgestellt, einer Witwe mit ihren zwei Töchtern, die, beide etwas jünger als Sabine, ihm vom Angesichte wohlbekannt waren, gleich wie er ihnen, so daß bei Kaffee und Kuchen bald eine unbefangen heitere Unterhaltung in Gang kam. Die beiden Fräulein hatten Gelegenheit, den Herrn Doktor an jedem Nachmittag um dreiviertel drei von ihrem Fenster aus, wo sie zu dieser Zeit natürlich immer mit Näharbeit beschäftigt wären, aus dem Gasthof treten zu sehen, wobei er wie sie behaupteten, ganz regelmäßig seine Taschenuhr heraus zu nehmen, ans Ohr zu halten, den Kopf zu schütteln und in höchster Eile den Weg nach seiner Wohnung einzuschlagen pflegte. Was denn der Herr Doktor daheim so Wichtiges zu tun hätte? fragte die Jüngere mit lustigen Augen. Ordination halten? Das sei doch wohl ein Spaß! Kranke kämen bekanntlich nie in diesen sogenannten Kurort. Der interessante junge Mann, der immer im Rollstuhl zur Trinkhalle hin gefahren werde, der sei von der Kurverwaltung engagiert, eigentlich sei es ein Schauspieler aus Berlin, der in den Ferienmonaten gegen freie Station hier immer den Kranken zu spielen habe. Ebenso wie die elegante Dame mit den siebzehn Hüten keineswegs eine Amerikanerin sei oder gar eine Australierin, wie die Fremdenliste behauptete, sondern so gut eine Europäerin wie sie alle, und daher gestern abend mit dem Offizier in Zivil, der zu ihrem Besuch aus Eisenach hier eingetroffen, auf der Bank im Kurgarten keineswegs englisch, sondern ein ganz unzweifelhaftes Wienerisch gesprochen habe. Der Doktor gab die eine Amerikanerin preis, die ohnedies in der Behandlung eines Kollegen stand, hatte aber dafür mit einem französischen Ehepaar aufzuwarten, das schon die ganze Welt bereist hatte und es nirgends schöner fände als gerade hier. Nun begann die ältere Schwester ernsthaft die schöne Wald- und Hügellandschaft zu preisen und die freundliche Behaglichkeit ihres Städtchens, das sich erst dann in seiner ganzen Anmut entfalte, wenn die Fremden über alle Berge wären. Und Frau Schleheim, sich an den Doktor wendend, bekräftigte: »Sie sollten wirklich einmal einen Winter hier verbringen, da wüßten Sie erst, wie schön es hier sein kann.« Doktor Gräsler erwiderte nichts; doch alle konnten merken, daß in seinen Augen sich Fernen spiegelten, die den übrigen sich bisher noch nicht aufgetan hatten und kaum mals auftun würden.

Als man sich eine Weile später zu einem Spaziergang bereit machte, erklärte der Hausherr, lieber daheim zu bleiben und in einer Geschichte der französischen Revolution weiterzulesen, für welche Epoche er sich ganz besonders zu interessieren behauptete. Anfangs hielt sich die kleine Gesellschaft eng zusammen, später aber, wie mit Absicht, ließ man Gräsler mit Sabine vorangehen, und heute fühlte er sich ihr gegenüber sicherer, überlegener und vertrauter als je vorher. Es erschien ihm nicht unmöglich, daß Sabine mit jenem jungen Arzte, der ihr Bräutigam gewesen und gestorben war, in innigeren Beziehungen gestanden hatte, als Vater und Mutter ahnen mochten. In diesem Falle durfte sie als junge Witwe gelten, was den Altersunterschied zwischen ihm und ihr immerhin ein wenig ausglich.

Man beschloß den freundlichen Tag bei den Klängen des Bade-orchesters auf der großen Terrasse des Kurhauses mit einem ge-meinsamen Abendessen, zu dem sich auch Herr Schleheim ein-fand, so elegant, ja geckenhaft gekleidet, daß sich der Doktor ihn nicht recht aus den Unbilden der französischen Revolution emportauchend vorstellen konnte. Die Freundinnen Sabinens ga-ben ihrer Bewunderung zwar scherzhaften, aber unverhohlenen Ausdruck, während Sabine selbst, wenn der Doktor ihren Blick richtig deutete, mit dem Aufzug ihres Vaters nicht völlig einver-standen schien. Im übrigen war die Laune allerseits die beste, und das kleine Fräulein ließ es an spaßig-boshaften Bemerkungen über die anderen Gäste nicht fehlen. So hatte sie bald die Dame mit den siebzehn Hüten entdeckt, die in Gesellschaft von drei jungen und einem älteren Herrn an einem Nebentisch saß und zu einem Wiener Walzer in einer in Australien sicher nicht üblichen Weise den Kopf hin und her wiegte. Als Doktor Gräsler in irgend-einem Augenblick fühlte, wie ganz flüchtig ein Fuß den seiner berührte, erschrak er beinahe. Sabine? Nein, die war es gewiß nicht. Auch hätte er das selbst nicht gewünscht; eher war es wohl das lustige kleine Fräulein, das ihm gegenüber saß und ein so besonders unschuldiges Gesicht machte. Da die sanfte Berüh-rung sofort wieder aufhörte, konnte sie freilich auch zufällig ge-wesen sein, und in Doktor Gräslers Natur lag es sowohl, daß er sich dieser Annahme zuneigte, als auch, daß er sich darum keines-wegs befriedigter fühlte. Allzu große Bescheidenheit, ja eine ge-wisse Selbstunterschätzung, die war zeitlebens sein schlimmste Fehler gewesen; sonst säße er wohl heute nicht als Badearzt i diesem lächerlichen kleinen Kurstädtchen, sondern in Wiesbade oder Ems als Geheimer Sanitätsrat. Und trotzdem Sabine manch mal mit offenbarer Freundlichkeit die Augen auf ihn gerichte hielt, ihm sogar einmal lächelnd zutrank, so spürte er auch die mal wieder, daß er selbst mit jedem Tropfen immer nur melanch lischer wurde. Seine sinkende Laune schien sich dem ganze Kreise allmählich mitzuteilen; die älteren Damen wurden sich lich müde, das Gespräch der jüngeren stockte; der Sänger, düste um sich blickend, rauchte stumm eine schwere Zigarre, und a man sich endlich voneinander verabschiedete, fühlte sich Gräsle so einsam wie nur je.

SECHSTES KAPITEL

Die Schulferien gingen zu Ende, und Karl wurde von seiner Mutter nach Berlin gebracht, von wo sie nach wenigen Tagen und, wie nicht anders erwartet wurde, mit einer Magenverstimmung zurückkehrte. Doktor Gräsler, nun auch wieder ärztlich gewünscht, erschien Abend für Abend im Forsthaus, wobei es auch verblieb, nachdem Frau Schleheim vollkommen genesen war. Nun fügte es sich öfters, daß er stundenlang mit Sabinen allein im Haus oder im Freien plauderte, da die Eltern, ein ihnen wahrscheinlich nicht unwillkommenes Einverständnis vermutend, sich gerne abseits hielten. Gräsler sprach von seiner Jugend, von einer alten wallumgebenen, vielgetürmten Heimatstadt und von einem Elternhaus mit der altväterischen Wohnung, die jahraus, jahrein geduldig wartete, um für ein paar Wochen oder Tage ihn – und bis vor kurzem auch die Schwester – zu kurzer Frühjahrsoder Herbstrast zu beherbergen. Und wenn ihm Sabine aufmerksam und nicht unbewegt zuhörte, so mußte er sich vorstellen, wie schön das wäre, wenn er mit ihr zusammen heimkehrte, und was sein alter Freund, der Rechtsanwalt Böhlinger, für Augen dazu machen würde, – der einzige Mensch übrigens, der noch eine gewisse lose Verbindung zwischen ihm und der Vaterstadt aufrecht erhielt.

Und als nun diesmal ungewöhnlich früh und mit besonderer Macht der Herbst einbrach, die meisten Kurgäste vor der Zeit entflohen und für Doktor Gräsler alle Stunden, die er nicht im Forsthaus verbringen durfte, leer und verödet waren, da überkam ihn eine solche Angst davor, sein einsames, sinn- und hoffnungsloses Wanderleben von neuem zu beginnen, daß er sich manchmal geradezu für entschlossen hielt, in aller Form um Sabine anzuhalten. Doch statt geradeaus eine Frage an sie selbst zu richten, wozu er den Mut nicht aufzubringen vermochte, kam er auf den Einfall – als wäre dies eine Art, sich beim Schicksal Rats zu erholen – Umfrage zu halten, ob die Heilanstalt des Doktor Frank, von der Sabine neulich zum zweitenmal flüchtig gesprochen hatte, ernstlich, und zu welchen Bedingungen sie zum Verkauf stünde. Als nichts Bestimmtes zu erfahren war, suchte er den Besitzer auf, der ihm persönlich bekannt war, fand den verdrossenen, alten Mann in einem schmutzig-gelben Leinenanzug, eher einem bäuerischen Sonderling als einem Arzt ähnlich, die Pfeife rauchend, auf einer weißen Bank vor dem Sanatorium sitzend und fragte ihn geradezu, was es denn eigentlich mit jenen Gerüchten auf sich hätte. Es zeigte sich, daß auch Direktor Frank nur beiläufig da und dort seine Absicht verraten und anscheinend auch seinerseits irgend etwas wie einen Schicksalswink erwartet hatte. Jedenfalls war er durchaus gesonnen, seinen Besitz je eher je lieber loszuschlagen, da er die paar Jahre, die ihm noch beschieden wären, in möglichster Entfernung von wirklichen und eingebildeten Kranken zu verbringen und sich von den hunderttausend Lügen zu erholen wünschte, zu denen ihn sein Beruf zeitlebens gezwungen hätte. »Sie können's auf sich nehmen,« sagte er, »Sie sind noch jung«, was Doktor Gräsler zu einer melancholisch abwehrenden Handbewegung veranlaßte. Er besichtigte die Anstalt in allen ihren Räumen, fand sie aber zu seinem Bedauern noch vernachlässigter und verfallener, als er gefürchtet hatte. Auch machten die wenigen Patienten, denen er im Garten, auf den Gängen und im Inhalationssaal begegnete, auf ihn keineswegs den Eindruck zufriedener oder hoffnungsvoller Menschen, ja es war ihm, als läge in den Blicken, mit dem sie ihren Arzt grüßten, Mißtrauen, beinahe Feindseligkeit. Aber als Gräsler von dem kleinen Balkon aus, der zu der Privatwohnung des Direktors gehörte, die Augen über den Garten und weiter hinaus über das freundliche Tal bis zu den gelind aufstrebenden und etwas umnebelten Hügeln schweifen ließ, an deren Rand er das Forsthaus ahnte, da fühlte er sich plötzlich von einer so heißen Sehnsucht nach Sabinen erfaßt, daß er sein Gefühl für sie zum ersten Male mit völliger Sicherheit als Liebe erkannte und es wie ein wunderbares Ziel vor sich sah, bald mit Sabinen eng umfaßt an der gleichen Stelle zu stehen und ihr den ganzen Besitz erneut und verschönt als seiner Gefährtin und Frau gleichsam zu Füßen zu legen. Er bedurfte einiger Selbstbeherrschung, um sich scheinbar unschlüssig von Direktor Frank zu verabschieden, der übrigens diese Haltung höchst gleichgültig aufnahm. Im Forsthaus desselben Abends hielt er es für richtig, von seinem Besuch in der Anstalt keine Erwähnung zu tun; doch schon am nächsten Tag nahm er den Baumeister Adelmann, seinen täglichen Tischgenossen aus dem »Silbernen Löwen«, mit sich in das Sanatorium, um einen Fachmann zu hören. Es erwies sich, daß weniger eingreifende und kostspielige Veränderungen notwendig waren, als Doktor Gräsler gefürchtet hatte, ja der Baumeister wollte jede Verantwortung dafür übernehmen, daß sich die Anstalt am ersten Mai nächsten Jahres wie neu präsentieren würde. Dokt

Gräsler spielte weiter den Zögernden und entfernte sich mit dem Baumeister, der nun, unter vier Augen, ihm mit noch größerer Entschiedenheit zu dem vorteilhaften Kaufe zuredete.

Am selben Abend noch, der heute wieder einmal von wahrhaft sommerlicher Wärme war, mit Sabinen und ihren Eltern auf der Veranda des Forsthauses sitzend, begann er wie beiläufig von seiner Unterredung mit Doktor Frank zu erzählen, die er als eine zufällige darstellte, indem er nämlich mit dem Baumeister eben am Tor der Anstalt vorbeigegangen sei, als der Besitzer heraustrat. Herr Schleheim, dem die Kaufbedingungen höchst günstig schienen, riet geradezu, Doktor Gräsler sollte schon für heuer auf die Winterpraxis im Süden verzichten, um eine so wichtige Angelegenheit gleich hier an Ort und Stelle weiter zu betreiben. Davon aber wollte Doktor Gräsler durchaus nichts wissen. Er könne seine Verbindlichkeiten in Lanzarote nicht so ohne weiteres lösen; und wenn er die Sache hier einem tüchtigen Manne, wie es der Baumeister doch sei, überließe, dürfe er sich wohl beruhigt fortbegeben. Nun erbot sich Sabine in ihrer einfachen Art, während Gräslers Abwesenheit die Arbeiten zu überwachen und ihm regelmäßig über den Fortgang Bericht zu erstatten. Die Eltern begaben sich bald, wie auf Verabredung, ins Haus, und Sabine ging mit dem Doktor, wie sie es gern zu tun pflegte, in der Tannenallee, die vom Haus zur Straße führte, langsam auf und ab. Sie hatte allerlei kluge Vorschläge für die Umgestaltung des alten Gebäudes bereit, die beinahe vermuten ließen, daß sie sich mit dieser Frage schon früher beschäftigt hatte. Für unerläßlich hielt sie übrigens die Anstellung einer Dame, einer wirklichen Dame, wie sie hinzufügte, als oberster Hausverwalterin; denn offenbar wäre es eine solche Oberaufsicht von gewissermaßen gesellschaftlichem Charakter, die der Anstalt im Laufe der letzten Jahre vor allem gefehlt habe. Nun war das Wort gesprochen – Doktor Gräsler fühlte es mit klopfendem Herzen – an das er anknüpfen durfte und mußte; ja schon glaubte er sich dazu bereit, als Sabine, wie wenn sie ihn selbst daran verhindern wollte, ungewohnt hastig ergänzte: »Das machen Sie am besten durch die Zeitung. Ich würde an Ihrer Stelle sogar eine Reise nicht scheuen, um eine geeignete Person für diesen wichtigen Posten zu gewinnen. Sie haben ja jetzt eine ganze Menge Zeit zur Verfügung. Ihre Patienten sind fast schon alle fort, nicht wahr? . . . Wann gedenken Sie denn eigentlich abzureisen?«

»In – vier bis fünf Tagen. Vor allem muß ich aber natürlich

nach Hause, in meine Vaterstadt, meine ich. Meine Schwester hat kein Testament hinterlassen; es wird notwendig sein, so schreibt mir auch mein alter Freund Böhlinger, verschiedenes an Ort und Stelle ins reine zu bringen. Vorher aber will ich die Anstalt noch einmal bis ins kleinste besichtigen. Eine endgültige Entscheidung werde ich keineswegs treffen können, ehe ich mit meinem Freund Böhlinger gesprochen habe.« So redete er noch eine ganze Weile hin und her, vorsichtig und ungeschickt zugleich, und immer höchst unzufrieden mit sich selbst, denn er verhehlte sich nicht, daß Klarheit und Bestimmtheit sich in dieser Stunde besser geziemt hätten. Da Sabine völlig verstummt war, hielt er es für das Klügste, sich unter dem Vorwande eines Krankenbesuches zu verabschieden, ergriff Sabinens Hand, hielt sie eine Weile gefaßt, führte sie mit einemmal an seine Lippen und drückte einen langen Kuß darauf. Sabine ließ es geschehen; und als er aufblickte, schien ihm der Ausdruck ihrer Mienen befriedigter, ja heiterer als vorher. Er wußte, daß er nun nicht mehr sprechen durfte, ließ ihre Hand los, stieg in den Wagen, zog den Plaid über seine Knie und fuhr davon. Und als er sich um sah, stand Sabine noch immer da, im matten Lichtschein, regungslos. Doch es war, als schaute sie anderswohin, in die Nacht, ins Leere, keineswegs nach der Richtung, in der er ihr allmählich entschwand.

SIEBENTES KAPITEL

Am nächsten Vormittag schon, in trübseligem Regengeriesel begab sich Doktor Gräsler ohne rechte Freude, beinahe pflichtgemäß, in die Anstalt, ließ sich zum drittenmal durch die Räume führen, mußte sich aber diesmal mit der Begleitung eines sehr jungen Assistenzarztes begnügen, dessen allzu beflissene Höflichkeit nicht so sehr dem älteren Kollegen, als dem vermuteten künftigen Direktor gelten mochte, und der jede Gelegenheit benützte, seine Vertrautheit mit den allermodernsten Heilmethoden durchscheinen zu lassen, zu deren Anwendung nur vorläufig leider jede Möglichkeit fehle. Dem Doktor Gräsler erschien das ganze Gebäude noch vernachlässigter, der Garten noch ungepflegter als gestern, und als er endlich in dem kahlen Bureau des Besitzers gegenübersaß, der zwischen Rechnungen und Amtspapieren eben sein Frühstück verzehrte, erklärte er, sich eine Er-

eidung bis nach seiner Rückkehr aus der Vaterstadt, das wäre
etwa drei Wochen, vorbehalten zu müssen. Der Besitzer nahm
s mit gewohnter Gleichgültigkeit auf und bemerkte nur, daß
sich selbstverständlich gleichfalls nicht für gebunden erachte.
isler wandte nichts weiter ein und fühlte sich geradezu befreit,
er wieder auf der Straße stand und dann mit aufgespanntem
irm dem Städtchen zuschritt. Schwere Regentropfen flossen
n Schirmrand rings um ihn her, und alle Hügel standen tief im
bel. Überdies war es so kühl geworden, daß ihm die Finger
frieren anfingen und er, mit einiger Mühe den Schirm über sich
tend, sich die Handschuhe anziehen mußte. Mißbilligend
üttelte er den Kopf. Es war doch sehr fraglich, ob er sich über-
apt noch gewöhnen könnte, Spätherbst und Winter statt im
len in der mit Unrecht sogenannten gemäßigten Zone zu ver-
ngen, und fast wünschte er Sabinen schon heute abend mit-
len zu können, daß ihm das Sanatorium sozusagen vor der
se von einem flinkeren, aber wahrlich nicht beneidenswerten
ufer weggeschnappt worden sei.

n seiner Wohnung fand er einen Brief vor, der auf der Adresse
Handschrift Sabinens zeigte. Er fühlte, wie ihm das Herz plötz-
 stille stand. Was hatte sie ihm zu schreiben? Es konnte nur
es sein. Sie bat ihn, nicht mehr zu kommen. Der Handkuß gern, er hatte es ja gleich gefühlt, der hatte alles verdorben.
che Dinge standen ihm nun einmal nicht zu Gesicht. Er mußte
säglich lächerlich gewesen sein in jenem Augenblick. Der Um-
lag war plötzlich offen, Gräsler wußte selbst nicht wie, und
as:

»Lieber Freund! So darf ich Sie doch wohl nennen, nicht wahr?
ute abend kommen Sie wieder, und Sie sollen diesen Brief
ch früher haben. Denn wenn ich Ihnen nicht schreibe, wer
iß, ob Sie nicht heute abend geradeso fortgehen, wie Sie alle
se Tage und Abende von mir fortgegangen sind, und endlich
ren Sie abgereist und hätten nichts gesprochen und sich am
de noch eingebildet, daß es sehr klug und recht von Ihnen ge-
sen ist. So bleibt mir denn nichts übrig, als selbst zu sprechen,
er vielmehr, da ich ja das doch nicht über mich brächte, Ihnen
schreiben, was mir auf der Seele liegt. Also, lieber Herr Dok-
 Gräsler, mein lieber Freund Doktor Gräsler, hier schreibe ich
her, und Sie werden es lesen, und Sie werden sich vielleicht ein
nig freuen und werden es hoffentlich nicht unweiblich finden,
d ich fühle, daß ich es niederschreiben darf – ich habe nichts

dagegen, gar nichts, falls Sie mich etwa fragen wollten, ob
Ihre Frau werden möchte. Da steht es nun einmal. Ja, ich v
gern Ihre Frau werden. Denn ich empfinde eine so tiefe, herzli
Freundschaft zu Ihnen, wie noch zu keinem Menschen, den
gekannt habe. Liebe ist es wohl nicht. Noch nicht. Aber gev
irgend etwas, was sehr nahe daran ist und es sehr wohl ein
werden könnte. Die letzten Tage, wenn Sie vom Abreisen sp
chen, da ist mir wahrhaftig ganz sonderbar ums Herz geword
Und als Sie heute abend meine Hand küßten, das war sehr sch
Aber als Sie dann davonfuhren, ins Dunkel hinein, da war mir 1
einemmal, als wäre es aus, und ich hatte eine wahre Angst, (
Sie nie mehr zu uns wiederkommen wollten. Nun, das ist nat
lich schon vorüber. Das sind so Nachtgedanken, nicht wahr?
weiß, Sie kommen wieder. Morgen abend schon. Ich weiß ja au
daß Sie mir geradeso gut sind wie ich Ihnen. So was muß mar
wirklich nicht erst mit Worten sagen. Manchmal aber sche
mir, daß Sie an einem gewissen Mangel an Selbstvertrauen leid
Ist es nicht so? Ich habe auch darüber nachgedacht, woher
kommen mag. Und ich glaube, es kommt daher, daß Sie nc
nirgends Wurzel gefaßt und weil Sie sich doch eigentlich Ihr g
zes Leben noch gar nicht Zeit genommen haben, darauf zu w
ten, daß sich Ihnen jemand so recht von Herzen anschließt.
das mag es wohl sein. Und vielleicht ist es noch etwas ande
was Sie zögern macht. Es wird mir freilich etwas schwer, Ihr
das zu schreiben. Aber da ich nun einmal angefangen habe, ka
ich doch wohl nicht mehr auf halbem Wege stehenbleiben. A
Sie wissen, lieber Freund, daß ich einmal verlobt gewesen l
Das sind nun vier Jahre her. Er war ein Arzt wie Sie. Mein Va
hat Ihnen wohl Andeutungen gemacht. Ich hab' ihn sehr lieb
habt, und es war ein großer Schmerz, als ich ihn verlor. Er v
so jung. Achtundzwanzig Jahre. Ich habe damals gedacht, (
nun alles für immer vorüber sei, wie man das eben so denkt
solchen Tagen. – Übrigens muß ich der Wahrheit gemäß ge
hen, daß das nicht meine erste Liebe war. Vorher war es
Sänger, für den ich geschwärmt hatte. Das war zu der Zeit,
mein Vater in allerbester Absicht mich in eine Laufbahn hine
treiben wollte, zu der ich gar nicht geboren war. Und das
eigentlich das Leidenschaftlichste gewesen, was ich erlebt ha
Erlebt, das kann man zwar nicht sagen. Aber doch – gefühlt. L
es hat recht dumm geendet. Der meinte eben ein Geschöpf v
der Art vor sich zu haben, wie es ihm sonst in seinen Kreisen

gegnet, und er benahm sich danach, und da war es aus. Aber das
Sonderbare ist, daß ich heute noch an diesen Menschen viel öfter
denke als an meinen Verlobten, der mir so teuer war. Sechs Monate lang sind wir verlobt gewesen. So; und nun kommt das,
was ein bißchen schwer zu sagen ist. Wissen Sie nämlich, was ich
mir denke, lieber Doktor Gräsler? Sie vermuten etwas, was nicht
wahr ist; und das ist es, was Sie zögern macht. Es ist ja gewiß
zugleich ein Beweis Ihrer Neigung für mich. Aber es ist doch auch –
Sie werden mir schon verzeihen, wenn ich das sage – ein bißchen
Pedanterie dabei oder Eitelkeit. Freilich, ich weiß wohl, eine
recht verbreitete männliche Eitelkeit und Pedanterie. Aber ich
will Ihnen eben sagen, daß Sie das weiter nicht bedrücken darf.
Muß ich noch deutlicher werden? Also, mein lieber Freund, ich
habe Ihnen keinerlei Geständnisse zu machen. Es war überhaupt,
wenn ich so zurückdenke, eine merkwürdige Art von Beziehung.
Ich glaube nicht, daß er mich in den sechs Monaten öfter als zehn-
mal geküßt hat.

Nein, was man einem guten Freund so in der Nacht alles
schreibt, besonders wenn man sich denkt, daß man den Brief am
Ende doch nicht absenden muß. Aber nicht wahr, der Brief hätte
wohl gar keinen Sinn, wenn ich nicht alles schriebe, was mir
eben durch den Kopf geht. – Und doch, wie teuer war er mir.
Vielleicht eben darum, weil er so ernst, so düster war. Er gehörte
zu den Ärzten, es gibt ja nur wenige von der Art, die all das
Elend, das sie mit ansehen müssen, selbst durchleiden. So war
ihm das Leben furchtbar schwer, woher hätte er den Mut nehmen sollen, glücklich zu sein? Nun, ich hätte es ihn schon gelehrt
mit der Zeit. Das traute ich mir wohl zu. Aber es hat eben anders
kommen sollen. Ich will Ihnen auch sein Bild zeigen. Ich bewahre
es natürlich auf. Das von dem andern, von dem Sänger, das hab'
ich nicht mehr. Ich hatte es nicht von ihm selbst bekommen, sondern in einer Kunsthandlung gekauft, noch ehe ich ihn persönlich
kannte. Was ich Ihnen wohl noch alles erzählen werde! Es ist
Mitternacht vorüber. Da sitz' ich noch immer an meinem Tisch
und habe gar keine Lust, fertig zu werden. Übrigens höre ich den
Vater immer unten auf und ab gehen. Der hat nun wieder so unruhige Nächte. Wir haben uns doch recht wenig um ihn gekümmert in der letzten Zeit. Wir beide, lieber Doktor. Nun, das soll
wieder anders werden. Ja, und nun will ich gleich noch etwas hier-
ersetzen, weil es mir eben einfällt. Sie müssen es nehmen, wie
gesagt ist. Der Vater meint nämlich, wegen des Sanatoriums,

falls Sie die notwendige Summe nicht so ohne weiteres flüssig machen könnten, er stehe Ihnen gerne zur Verfügung. Er wäre, glaub' ich, überhaupt bereit, sich finanziell an der Sache zu beteiligen. Und da wir gerade beim Sanatorium halten, und wenn Sie so ungefähr verstehen, was in diesem Brief da steht (ich mache es Ihnen wohl nicht allzu schwer), so können Sie die Annoncen und auch die Reisen vielleicht sparen, denn als Hausverwalterin empfehle ich mich mit dem allerbesten Gewissen. Und wäre es nicht wirklich hübsch, lieber Doktor Gräsler, wenn wir zwei als Kameraden, bald hätte ich gesagt: als Kollegen, in der Anstalt zusammen arbeiten würden? Das Sanatorium nämlich, daß ich es Ihnen nur gestehe, das gefällt mir schon lange. Noch länger als der künftige Direktor. Die Lage und die Parkanlage sind ja wundervoll. Es ist ein Jammer, wie der Doktor Frank es hat verkommen lassen. Übrigens war es auch ein Fehler, daß in der letzten Zeit alle möglichen Kranken dort aufgenommen worden sind, die gar nicht hineingehören. Ich glaube, man müßte es wieder ausschließlich für Nervenleidende einrichten, selbstverständlich mit Ausschluß der wirklichen Geistesstörungen. Aber wohin gerate ich noch? Damit hat's wohl noch Zeit – mindestens bis morgen für alle Fälle, auch wenn wir uns im übrigen nicht ganz verstehen sollten. Und Ihre Reisezeit könnten Sie jedenfalls dazu benützen, um in Berlin und in anderen großen Städten für die Anstalt Propaganda zu machen. Übrigens bin ich auch noch von meiner Krankenpflegezeit her mit einigen Berliner Professoren bekannt, vielleicht erinnern die sich meiner. Nun, ich sehe, wie Sie lächeln. Ich muß es wohl hinnehmen. So ein Brief ist ja keine ganz gewöhnliche Sache. Das weiß ich wohl. Boshafte Menschen könnten sich irgend etwas denken von An-den-Hals-Werfen oder dergleichen. Aber Sie sind kein boshafter Mensch und fassen den Brief so auf, wie er geschrieben ist. Ich habe Sie lieb, mein Freund, nicht eben, wie es in Romanen steht, aber doch so recht von Herzen! Und ein wenig kommt wohl auch dazu, daß es mir so leid tut, wie allein Sie in der Welt herumziehen. Es ist wahrhaftig ganz gut möglich, daß ich diesen Brief niemals geschrieben hätte, wenn Ihre gute Schwester noch lebte. Sie war gut, ich weiß es. Und vielleicht hab' ich Sie auch lieb, weil ich Sie als Arzt schätze. Ja, das tue ich. Man könnte Sie zwar manchmal ein wenig kühl finden. Aber das ist wohl nur Ihre Art sich zu geben, im Innersten sind Sie gewiß teilnehmend und gut. Und das Wesentliche ist, man hat sofort Vertrauen zu Ihnen, wie es sich ja bei Mutter und Vater gezeigt hat, und damit, mein lieber Herr Doktor Gräsler, hat es doch wohl überhaupt angefangen. Und wenn Sie morgen kommen – ich will's Ihnen nicht schwer machen –, da müssen Sie nur so lächeln oder mir wieder die Hand küssen, so wie heute abend beim Abschied, dann werde ich schon wissen. Und wenn es anders sein sollte, als ich es mir einbilde, so sagen Sie mir's eben geradeheraus. Das können Sie ruhig tun. Dann werde ich Ihnen die Hand reichen und mir denken, es waren schöne Stunden heuer im Sommer; man muß nicht gleich unbescheiden sein und Frau Doktor oder gar Frau Direktor werden wollen, worauf es mir übrigens wirklich nicht sonderlich ankommt. Und nun merken Sie wohl auf, Sie mögen sich dann auch eine andere Frau mitbringen im nächsten Jahr, irgendeine schöne Fremde aus Lanzarote, eine Amerikanerin oder eine Australierin, aber eine echte – es bleibt jedenfalls dabei, daß ich die Bauarbeiten in der Anstalt überwache, falls es mit dieser Sache ernst wird. Denn das sind ja zwei Dinge, die im Grunde gar nichts miteinander zu tun haben. Aber nun wird es doch wohl endlich genug sein. Recht neugierig bin ich ja, ob ich Ihnen das Briefchen morgen früh schicken werde? Was glauben Sie? Nun, leben Sie wohl. Auf Wiedersehen! Ich bin Ihnen gut und bleibe, wie immer es werden mag, Ihre Freundin Sabine.«

Doktor Gräsler saß lange über diesem Brief. Er las ihn ein zweites und ein drittes Mal und wußte noch immer nicht recht, ob ihn das, was drin stand, froh oder traurig machte. Dies also war klar: Sabine war bereit, seine Frau zu werden. Sie warf sich ihm sogar an den Hals, wie sie selbst schrieb. Aber zugleich erklärte sie, daß es nicht Liebe war, was sie für ihn verspürte. Dazu sah sie ihn denn auch mit allzu hellsichtigen, man konnte wohl sagen kritischen Augen an. Sie hatte es richtig herausgebracht, daß er ein Pedant war, eitel, kühl, unentschlossen, lauter Eigenschaften, deren Vorhandensein er ja nicht bestreiten wollte, die Fräulein Sabine aber weniger an ihm bemerkt und kaum betont hätte, wenn er um zehn bis fünfzehn Jahre jünger gewesen wäre. Und er fragte sich sogleich: Wenn ihr alle seine Fehler schon aus der Ferne nicht entgangen waren, und wenn sie schon in ihrem Briefe nicht vergaß sie ihm anzustreichen, wie sollte das erst später werden, in täglicher naher Gemeinschaft, die gewiß auch noch manche andere seiner Mängel für sie zutage bringen würde? Da mußte man sich tüchtig zusammennehmen, um sich zu behaupten. Immer auf der Hut sein, gewissermaßen Komödie spielen,

was in seinem Alter gewiß nichts sonderlich Leichtes war, ja
beinahe so schwer, als es sein mochte, aus einem etwas gräm-
lichen, pedantischen, bequem gewordenen alten Junggesellen ein
liebenswürdiger, galanter junger Ehemann zu werden. Im Anfang
freilich, da würde es ja gehen. Denn sie hatte ja gewiß viel
Sympathie für ihn, sogar irgendeine, man konnte es nun einmal
nicht anders ausdrücken, eine Art von mütterlicher Zärtlichkeit.
Aber wie lange würde das vorhalten? Nicht lange. Keineswegs
länger, als bis eben wieder ein dämonischer Sänger oder ein
düsterer junger Arzt oder sonst eine verführerische männliche
Erscheinung auftauchte, dem das Glück bei der schönen jungen
Frau um so leichter günstig sein würde, als sie ja durch die Ehe
indes reifer und erfahrener geworden war.

Die Wanduhr schlug halb zwei; die gewohnte Speisestunde
war um ein Beträchtliches überschritten, was er als unangenehm
empfand; und, seiner Pedanterie mit grimmigem Eigensinn bewußt, machte Gräsler sich auf den Weg in den Gasthof. Am
Stammtisch fand er den Baumeister und einen Herrn von der
Stadtverwaltung, die in ihrer Ecke beim Kaffee saßen und rauchten. Der Stadtrat nickte dem Doktor verständnisinnig zu und
empfing ihn mit den Worten: »Nun, man kann ja gratulieren, wie
ich höre.« – »Wieso«, fragte Doktor Gräsler fast erschrocken.
»Sie haben das Franksche Sanatorium gekauft?« Beruhigt atmet
Gräsler auf. »Gekauft?« wiederholte er. »Davon ist noch kein
Rede, das hängt noch von allerlei ab. Die Baracke ist ja in einem
fürchterlichen Zustand. Man muß sie ja geradezu vom Grund au
neu aufbauen. Und unser Freund da«– er studierte die Speisekart
und deutete flüchtig auf den Baumeister hin – »macht Preise

Der Baumeister widersprach lebhaft, er wollte wahrhaftig a
der Sache nichts verdienen; was die sogenannten Schäden anbe
langte, die wären durchaus leicht zu beheben, und wenn die Au
träge schleunigst erteilt würden, so stände die Anstalt bis späte
stens fünfzehnten Mai blitzblank, ja wie neu da.

Doktor Gräsler zuckte die Achseln, ermangelte nicht dara
hinzuweisen, daß der Baumeister gestern den ersten Mai a
äußersten Termin genannt hätte; übrigens wisse man ja, wie
sich mit solchen Bauarbeiten verhalte, Termin sowohl als Koste
würden immer überschritten; er seinerseits fühle sich nicht me
frisch genug, um sich auf dergleichen Dinge einzulassen, auch d
Besitzer verlange eine lächerliche Summe, und »wer weiß«, füg
er, freilich in scherzender Absicht, hinzu, »ob Sie, mein lieb

Herr Baumeister, nicht mit ihm unter einer Decke spielen.« Der Angesprochene fuhr auf, der Stadtrat versuchte zu besänftigen, Doktor Gräsler lenkte ein; – doch ein gutes Einvernehmen wollte sich nicht mehr herstellen, und bald ließen beide Herren, Baumeister und Stadtrat, nach kühlem Abschied den Doktor allein und mit sich unzufrieden am Tische sitzen. Er berührte den letzten Gang nicht mehr und eilte nach Hause, wo ein Patient ihn erwartete, der vor der Abreise Verhaltungsmaßregeln für den Winter wünschte. Der Doktor erteilte sie zerstreut, ungeduldig, nahm sein Honorar mit schlechtem Gewissen in Empfang und verspürte einen dumpfen Groll nicht nur gegen sich, sondern auch gegen Sabine, die nicht versäumt hatte, ihm in ihrem Brief Gleichgültigkeit gegenüber seinen Kranken vorzuwerfen. Dann trat er auf seinen Balkon, zündete die kaltgewordene Zigarre von neuem an und blickte in das armselige Gärtchen hinab, wo trotz des trüben Wetters auf einer weißen Bank, das Nähkörbchen zur Seite, seine Hauswirtin wie alltäglich zu dieser Stunde mit ihrer Strickarbeit saß. Die ältliche Frau hatte noch vor drei oder vier Jahren ganz unverkennbare Absichten auf ihn gehabt; zum mindesten hatte Friederike es immer wieder behauptet, die den Bruder stets von heiratslustigen Jungfrauen und Witwen umlauert glaubte. Weiß Gott, es war nicht so weit her damit gewesen. Er war ja zum Junggesellen geboren, war ein Sonderling, Egoist und Philister gewesen sein Leben lang. Das hatte eben auch Sabine sehr wohl empfunden, wie aus ihrem Briefe mit zwingender Deutlichkeit hervorging, wenn sie auch aus mancherlei Gründen, unter denen die sogenannte Liebe die geringste Rolle spielte, sich ihm an den Hals zu werfen behauptete. Ja wenn sie das wirklich getan hätte, dann sähe sich die Sache anders an. Aber das, was er da in der Rocktasche knittern fühlte, das war wohl alles eher als ein Liebesbrief.

Der Wagen, der allabendlich zur Fahrt nach dem Forsthaus bestellt war, wurde gemeldet. Dem Doktor Gräsler klopfte das Herz. Er konnte sich's ja in diesem Augenblick nicht verhehlen, daß er nur eines zu tun hatte: zu Sabinen eilen, zärtlich dankend die lieben Hände ergreifen, die sich den seinen so innig und rückhaltlos entgegenboten, das holde Wesen zur Frau verlangen, und wäre es selbst auf die Gefahr hin, daß es nur wenige Jahre oder nur Monate des Glücks waren, die sich ihm erschlossen. Aber statt die Treppe hinunterzustürzen, blieb er wie auf dem Fleck gebannt stehen. Es war ihm, als hätte er vorher etwas endgültig klarzustellen und vermochte sich nicht zu besinnen, was es sein könnte. Plötzlich fiel es ihm ein: den Brief Sabinens mußte er noch einmal lesen. Er nahm ihn aus der Brusttasche hervor und begab sich in sein stilles Ordinationszimmer, um in völliger Ungestörtheit Sabinens Worte noch einmal auf sich wirken zu lassen. Und er las. Er las langsam, mit angespannter Aufmerksamkeit, und er fühlte sein Herz immer starrer werden. Alles Holde und Innige wollte ihm kühl, ja geradezu spöttisch erscheinen; und als er an die Stellen kam, in denen Sabine flüchtig seiner Zurückhaltung, seiner Eitelkeit, seiner Pedanterie Erwähnung tat, da war ihm, als wiederhole sie mit Absicht, was sie doch heute morgen schon ihm bis zum Überdruß und überdies mit Unrecht vorgeworfen hatte. Wie konnte sie sich's denn nur einfallen lassen, ihn einen Pedanten zu nennen, einen Philister, ihn, der ohne weiteres bereitgewesen war, ihr, und wie gerne, selbst einen wirklichen Fehltritt zu verzeihen? Und nicht nur, daß sie davon nicht das Geringste ahnte, sie mutete ihm sogar zu, daß er deswegen, gerade deswegen gezögert hätte. So wenig kannte sie ihn. Ja, das war es. Sie verstand ihn nicht. Und von hier aus schien ihm das ganze Rätsel seines Daseins plötzlich wie neu beleuchtet. Denn es war ihm nun klar, daß ihn eigentlich noch nie jemand wirklich verstanden hatte, weder Frau noch Mann! Nicht seine Eltern, nicht seine Schwester, so wenig als seine Kollegen und seine Patienten es getan hatten. Seine Verschlossenheit galt für Kälte, sein Ordnungssinn für Pedanterie, sein Ernst für Trockenheit; und so war er als ein Mensch ohne Überschwang und Glanz sein Leben lang zur Einsamkeit vorherbestimmt gewesen. Und weil er nun einmal so war und nicht anders und überdies um so viele Jahre älter als Sabine, darum konnte, darum durfte er das Glück nicht annehmen, das sie ihm darzubringen bereit war, oder sich bereit glaubte, und das wahrscheinlich das Glück gar nicht gewesen wäre. Hastig nahm er einen Briefbogen und begann ihr zu schreiben: »Liebes Fräulein Sabine! Ihr Brief hat mich ergriffen. Wie soll ich Ihnen danken, ich einsamer, alter Mann.« Ach, was für Unsinn, dachte er, zerriß das Blatt und begann aufs neue: »Meine liebe Freundin Sabine! Ich habe Ihren Brief, Ihren schönen, guten Brief. Er hat mich tief bewegt. Wie soll ich Ihnen nun danken. Sie zeigen mir die Möglichkeit eines Glückes, von dem ich kaum zu träumen gewagt hätte, und darum, lassen Sie es mich gleich in diesem Zusammenhange aussprechen, wage ich auch nicht, es zu ergreifen, ich meine, nicht sofort zu ergreifen. Geben

…ie mir ein paar Tage Zeit zur Überlegung, lassen Sie mich zum Bewußtsein meines Glückes kommen und, o liebe Freundin Sabine,
fragen auch Sie sich noch einmal, ob Sie denn wirklich und wahrhaftig Ihre holde Jugend mir reifem Manne anvertrauen wollen.
Es fügt sich vielleicht gut, daß ich für einige Tage in meine
Vaterstadt reisen muß, wie Ihnen ja schon bekannt ist. Nun gedenke ich meine Reise um einige Tage vorzurücken und statt am
Donnerstag lieber schon morgen früh abzureisen. So werden wir
einander etwa vierzehn Tage lang nicht sehen, und während
dieser Zeit soll sich alles entscheiden, in Ihnen und in mir. Mir
ist es leider nicht gegeben, liebes Fräulein Sabine, die Worte so
schön zu setzen wie Sie. Könnten Sie doch in mein Herz sehen.
Aber ich weiß es, Sie werden mich nicht mißverstehen. Ich glaube, es ist besser, ich komme heute nicht ins Forsthaus. Lieber
will ich mit diesem Brief von Ihnen vorläufigen Abschied nehmen.
Zugleich bitte ich um die Erlaubnis, Ihnen schreiben zu dürfen,
und erbitte von Ihnen das gleiche. Meine Adresse daheim ist:
Im Burggraben 17. Wie Sie wissen, beabsichtige ich zu Hause
mich mit meinem alten Freunde, dem Rechtsanwalt Böhlinger,
wegen des Anstaltskaufes zu konferieren. Somit versage ich mir
für heute auf das gütige Anerbieten Ihres verehrten Herrn Vaters
anzugehen, für das ich vorläufig nur meinen verbindlichsten
Dank aussprechen möchte. Übrigens wird sich vielleicht empfehlen, außer dem hiesigen Baumeister, gegen den ich damit freilich nichts gesagt haben will, einen auswärtigen Architekten zu
Rate zu ziehen. Doch über all dies zu seiner Zeit. Und nun, liebe
Freundin Sabine, leben Sie wohl. Grüßen Sie Ihre Eltern, denen
ja zu bestellen bitte, daß ein dringendes Telegramm meines
Rechtsanwaltes meine Abreise um einige Tage beschleunigt hat.
In vierzehn Tagen also. Möchte ich doch dann alles hier so finden,
wie ich es verlassen habe! Mit welcher Ungeduld werde ich daheim Ihrer Antwort entgegensehen. Nun will ich nichts mehr
sagen. Ich danke Ihnen. Ich küsse Ihre lieben Hände. Auf Wiedersehen! Auf glückliches Wiedersehen! Ihr Freund Doktor Gräsler.«
Er faltete das Blatt zusammen. Manchmal während des Schrei-
bens hatte er Tränen im Auge gefühlt, aus unbestimmter Rührung über sich selbst und auch über Sabine; aber jetzt, da eine
vorläufige Entscheidung gefallen war, verschloß er trockenen
Auges und gefaßt seinen Brief und übergab ihn dem Kutscher,
der ihn persönlich im Forsthause abgeben sollte. Dem davon-
fahrenden Wagen sah er vom Fenster aus eine Weile nach; schon

war er daran, den Kutscher zurückzurufen; aber das Wort erstarb ihm auf den Lippen, und der Wagen entschwand bald seinen Blicken. Dann traf er seine Vorbereitungen für die beschleunigte Abreise. Er hatte so viel zu verfügen und zu besorgen, daß er anfangs nichts anderes zu denken vermochte; aber später, als ihm einfiel, daß Sabine seinen Brief nun schon in Händen haben müßte, tat ihm das Herz ganz körperlich weh. Nun wartete er, ob nicht vielleicht eine Antwort käme? Oder wenn sie selbst sich einfach in den Wagen setzte und sich ihn holen käme, den unentschlossenen Bräutigam? Ja, dann hätte sie wohl sagen dürfen, sie werfe sich ihm an den Hals. Aber diese Probe zu bestehen, dazu war ihre Liebe doch nicht stark genug. Sie kam nicht, und es kam nicht einmal ein Brief, und viel später, in der Dämmerung sah er den Wagen vom Fenster aus mit irgendeinem unbekannten Fahrgast vorüberrollen. Gräsler schlief höchst unruhig in dieser Nacht; und am Morgen, fröstelnd und verdrossen, während ein spitzer Regen auf die Kautschukdecke des offenen Wagens niederprasselte, fuhr er zum Bahnhof.

ACHTES KAPITEL

In der Heimatstadt erwartete den Doktor Gräsler eine angenehme Überraschung. Obzwar er sein Eintreffen erst in letzter Stunde angezeigt hatte, fand er seine Wohnräume nicht nur in schönster Ordnung vor, sondern weit freundlicher hergerichtet, als er sie vor einem Jahr verlassen hatte. Jetzt erst erinnerte er sich, daß Friederike im vergangenen Herbst sich ein paar Tage allein hier aufgehalten und, wie sie ihm später erzählt, mancherlei Hausrat neu angeschafft sowie tüchtigen Handwerkern Aufträge erteilt hatte, über deren Ausführung sie noch während der Wintermonate mit Freund Böhlinger in Briefwechsel gestanden. Und als Gräsler die Wohnung zum zweiten Male durchmaß und zum Schlusse das dem Hof zu gelegene Gemach der verstorbenen Schwester betrat, seufzte er leise auf; – ein wenig mit Rücksicht auf die seit Jahren das Haus betreuende Setzersgattin, die ihn durch die Wohnung geleitete, aber auch in ehrlicher Trauer des teuern Dahingegangenen gedenkend, der es nicht mehr beschieden war, den wohlvertrauten Raum in der gefälligen neuen Ausstattung und im Schein elektrischer Lichter wiederzusehen.

Doktor Gräsler packte aus, spazierte dazwischen in den Zimmern

mern hin und her, nahm gelegentlich ein oder das andere Buch aus der Bibliothek, um es wieder ungelesen an seinen Ort zu stellen, blickte hinab auf die enge, wenig belebte Straße, in deren feuchtem Pflaster die Ecklaterne sich spiegelte, setzte sich in den alten, noch vom Vater ererbten Schreibtischsessel, las Zeitung und war, wie er selbst mit wehmütigem Staunen fühlte, so fern von Sabinen, als lägen nicht nur viele Meilen zwischen ihm und ihr, sondern als wäre auch der Brief, in dem sie ihm ihre Hand angetragen, und der ihn in die Flucht getrieben hatte, nicht gestern, sondern vor vielen Wochen an ihn gelangt. Als er ihn hervornahm, schien ihm ein herber, beunruhigender Duft daraus emporzusteigen, und in einer ängstlichen Scheu, ihn wieder lesen zu müssen, sperrte er ihn in eine Lade. Am nächsten Morgen fragte er sich, wie er denn eigentlich diesen Tag und alle die nächsten verbringen sollte. Längst war er ein Fremder in seiner Vaterstadt geworden, die meisten Freunde waren ihm weggestorben, die Verbindungen mit den wenigen Überlebenden hatten sich allmählich gelockert und gelöst, nur seine Schwester hatte immer wieder ihre gelegentliche Anwesenheit zum Besuch von irgendwelchen uralten Leuten zu benützen gepflegt, die dem Bekanntenkreis der längst verstorbenen Eltern angehörten. So hatte denn Gräsler im Grunde daheim kein anderes Geschäft als die Unterredung mit seinem alten Freund, dem Rechtsanwalt Böhlinger, die ihm aber keineswegs dringend erschien.

Nachdem er seine Wohnung verlassen, machte er zuerst einen Gang durch die Stadt, wie meistens, wenn er nach langer Zeit wieder einmal zu kurzem Aufenthalt in die Heimat zurückgekehrt war. Eine gewisse leichte und beinahe wohltuende Rührung pflegte sich sonst bei solchen Wanderungen regelmäßig einzustellen, heute aber, unter dem schweren grauen Regenhimmel, blieb sie völlig aus. Ohne innere Bewegung ging er an dem alten Haus vorbei, von dessen schmalem hohen Eckfenster aus die jugendgeliebte dem Gymnasiasten auf dem Wege von und zur Schule verstohlen zugewinkt und zugelächelt hatte, gleichgültig rauschte ihm der Brunnen im herbstlichen Park, den er in den alten Stadtgräben selbst hatte langsam entstehen sehen; und als er, aus dem Hof des altberühmten Rathauses hervortretend, um die Ecke in dem schmalen versteckten Gäßchen das uralte, fast verfallene Häuschen gewahrte, hinter dessen halbblinden, durch rote Vorhänge deutlich gekennzeichneten Fenstern er sein erstes mühseliges, von wochenlanger Angst gefolgtes Abenteuer erlebt hatte, da war ihm, als höb' es sich von seiner ganzen Knabenzeit wie verstaubte und zerrissene Schleier.

Der erste Mensch, den er sprach, war der weißbärtige Tabakhändler in dem Laden, wo er sich mit Zigarren versorgte; als jener ihm sein Beileid zu dem Tode der Schwester in etwas weitschweifiger Weise aussprach, wußte Gräsler kaum, was er erwidern sollte, und er fürchtete sich davor, noch anderen Bekannten begegnen und die gleichen nichtssagenden Worte anhören zu müssen. Aber der nächste, den er traf, erkannte ihn nicht, und an einem dritten, der Miene machte, stehenzubleiben, ging er selbst mit eiligem, fast unhöflichem Gruß vorüber.

Nach dem Mittagessen, das er in einem ihm wohlbekannten alten, nunmehr aber allzu prunkvoll neu hergerichteten Gasthof einnahm, begab er sich zu Böhlinger, der, von seinem Eintreffen in der Stadt schon unterrichtet, ihn mit freundlicher Gelassenheit begrüßte und nach einigen teilnahmsvollen Worten näheres über den Tod Friederikens zu erfahren wünschte. Doktor Gräsler berichtete dem Jugendfreund mit gedämpfter Stimme und gesenktem Blick den traurigen Fall, und als er wieder aufsah, war er etwas verwundert, sich einem ältlichen, beleibten Herrn gegenüber zu sehen, dessen bartloses Gesicht, das er immer noch als ein jugendliches im Gedächtnis bewahrt hatte, sich recht fahl und verwittert ausnahm. Böhlinger zeigte sich zuerst sehr bewegt, schwieg lange, endlich zuckte er die Achseln und setzte sich an den Schreibtisch, als wollte er ausdrücken, daß den Überlebenden auch einem so beklagenswerten Ereignis gegenüber nichts anderes übrigbleibe, als sich den Forderungen des Tages entschlossen zuzuwenden. Dann öffnete er eine Lade, entnahm ihr eine Aktenmappe und machte sich daran, unter Vorweis des Testaments sowie anderer wichtiger Papiere die Erbschaftsangelegenheit in ausführlicher Weise zu behandeln. Da die Verstorbene erheblichere Ersparnisse hinterlassen hatte, als Gräsler vermutete, und er der einzige Erbe war, lag die Sache so, daß er von nun ab, ohne seine Praxis weiter auszuüben, einfach von seinen Renten bescheiden, doch immerhin behaglich hätte leben können, was ihm der Rechtsanwalt zum Schlusse seiner Auseinandersetzungen zu verstehen gab. Aber gerade durch diese Eröffnung ward sich der Doktor bewußt, daß für ihn noch lange nicht die Zeit der Ruhe gekommen, ja daß ihm sogar ein heftiger Trieb zur Tätigkeit eingeboren wäre; und dies mit Lebhaftigkeit versichernd, stand er nicht länger an, dem alten Freund von der Heilanstalt zu be-

hten, über deren Ankauf er kurz vor Verlassen des Bade-
dtchens in aussichtsvolle Unterhandlungen eingetreten sei.
r Rechtsanwalt hörte aufmerksam zu, ließ sich über manche
zelheiten nähere Aufklärung geben, schien anfangs den Ab-
hten des Doktors zustimmend gegenüberzustehen, zögerte
er am Ende doch, den Freund ernstlich zu einem Unternehmen
zueifern, das, abgesehen von ärztlicher Geschicklichkeit und
wandten Verkehrsformen, die er ihm natürlich in weitestem
smaß zugestehen wolle, eine gewisse ordnende und geschäft-
he Begabung erforderte, von deren Vorhandensein Gräsler bis-
r keine ausreichenden Proben abgelegt habe. Der Doktor, der
se Einwendung mußte gelten lassen, fragte sich, ob es nicht
raten wäre, nun von Fräulein Schleheim zu sprechen, die ja
sem Teil der ihm vielleicht bevorstehenden Aufgabe durchaus
wachsen wäre. Aber der alte Junggeselle, der ihm hier gegen-
ersaß, wäre wohl der letzte gewesen, für eine Herzensge-
chichte so besonderer Art das richtige Verständnis aufzubringen.
zu gut kannte Gräsler Böhlingers Eigenheit, sich über die
auen bei jeder Gelegenheit in wegwerfender, ja zynischer Weise
szulassen, und er hätte es nicht über sich gebracht, eine leicht-
tige Bemerkung über Sabine ruhig hinzunehmen. Aus dem
lebnis, durch das er zu einem solchen Weiberverächter gewor-
n, hatte Böhlinger dem Jugendfreund seinerzeit kein Geheimnis
macht. Auf einer Redoute hier in der Stadt, wo einmal jedes
r die bürgerliche Gesellschaft sich mit der Welt des Theaters,
er auch mit sittlich noch bedenklicheren Elementen zu begeg-
n pflegte, hatte Böhlinger, im Fluge gleichsam, die vollkom-
ne Gunst einer Dame gewonnen, der niemand, auch in den
antastischesten Träumen, solche Verwegenheit und solchen
ichtsinn zugetraut hätte. Sie selbst, die auch im letzten Rausch
Maske nicht fallen ließ, hatte sich damals und so für alle Zeit
erkannt gehalten; durch einen merkwürdigen Zufall aber war
Böhlinger nicht verborgen geblieben, wer in jener Nacht die
ine geworden war. Da er dem Freunde wohl das Abenteuer
zählt, den Namen der Geliebten aber dauernd verschwiegen
tte, gab es bald nicht ein weibliches Wesen in der Stadt, Frau
er Mädchen, auf das Gräsler nicht einen Verdacht geworfen
tte, der sich um so dringender meldete, je tadelloser Ruf und
benswandel der betreffenden Dame für die Welt sich darstellen
ochte. Jenes Abenteuer war es auch gewesen, das Böhlinger da-
n abhielt, mit irgendeiner seiner Mitbürgerinnen eine innigere

oder gar eine auf Ehe hinzielende Verbindung einzugehen, u
so war er, als geschätzter Rechtsanwalt in einer auf Ansta
und Sittenreinheit sehr bedachten Mittelstadt, genötigt, auf h
fig wiederholten kurzen und geheimnisvollen Urlaubsreisen w
tere Erfahrungen zu sammeln, die ihn in seiner bitteren Ansch
ung vom weiblichen Geschlecht nur bestärken mußten. Da
wäre es von Gräslers Seite unklug gewesen, Sabinens Namen
dieses Gespräch zu ziehen, doppelt unklug sogar, da er das
mutige, reine Geschöpf, das sich ihm gewissermaßen an den H
geworfen, doch wieder freigegeben, ja vielleicht schon für imn
verloren hatte. Aus diesen Erwägungen ließ sich Gräsler in e
weitere Unterhaltung über seine Zukunftspläne lieber nicht me
ein, erklärte ausweichend, daß er für alle Fälle noch Nachricht
von seiten des Baumeisters abzuwarten gesonnen sei, und f
derte endlich den Jugendfreund, nicht so herzlich, als er sich v
gesetzt, zu baldigem Besuche am Burggraben auf, wobei ihm e
einfiel, daß er ihm auch noch für seine Mühewaltung bei
Beaufsichtigung der Tapezierarbeiten Dank schulde. Diesen lel
te Böhlinger bescheiden ab; doch freue er sich jedenfalls,
Räume bald wieder zu betreten, die auch für ihn an Juger
erinnerungen, leider an allzu fernen, nicht eben arm seien.
schüttelten einander die Hände und sahen sich in die Augen. L
des Rechtsanwaltes schienen feucht werden zu wollen; aber au
jetzt verspürte Gräsler nichts von der Rührung, die er den ga
zen Tag vergeblich erwartet und die ihm den dürftigen Nac
geschmack dieser Stunde hätte veredeln können.

Eine Minute darauf stand er auf der Straße in einem fast q
lenden Gefühl innerer Leere. Der Himmel hatte sich aufgeheite
und die Luft war milder geworden. Doktor Gräsler spazie
durch die Hauptstraße, blieb vor einigen Auslagen stehen u
empfand eine leise Befriedigung, daß nun auch in seiner Vat
stadt ein moderner Geschmack sich überall deutlich anzukün
gen beginne. Endlich trat er in ein Herrenmodegeschäft, wo
nebst einigen Kleinigkeiten einen Hut zu kaufen gedachte.

Gegen seine sonstige Gewohnheit wählte er diesmal eine w
che Form mit ziemlich breiter Krempe, fand im Spiegel, daß
ihm besser zu Gesichte stand als die steifen Kopfbedeckungen,
denen er sich sonst verpflichtet glaubte, und konnte es unmö
lich für Täuschung halten, als ihn bei Fortsetzung seines Spazie
ganges in beginnender Dämmerung mancher Frauen- und Mä
chenblick freundlich zu mustern schien. Plötzlich fiel ihm ein, d

indes ein Brief von Sabinen angekommen sein könnte; er eilte nach Hause; eine Anzahl von Briefen war eingelangt, zumeist noch aus dem Badestädtchen nachgesandt; – von Sabine war nichts darunter. Zuerst enttäuscht, sah er doch ein, daß er Unwahrscheinliches, ja Unmögliches erwartet hatte, verließ das Haus von neuem und spazierte wieder planlos in den Gassen umher. Später kam er auf den Einfall, mit der Trambahn, die neben ihm hielt, eine Strecke weit zu fahren. Er blieb auf der rückwärtigen Plattform stehen und erinnerte sich, nun zum ersten Male mit leiser Wehmut, daß an Stelle des vorstädtischen Viertels, das er durchfuhr, noch in seinen Jünglingsjahren nichts anderes zu sehen gewesen war als freies Feld und Ackerland. Die meisten Fahrgäste waren allmählich ausgestiegen, und jetzt erst fiel ihm auf, daß sich bisher kein Schaffner gezeigt hatte. Er warf einen Blick rings um sich und merkte, daß zwei Augen den seinen mit freundlichem Spott begegneten. Sie gehörten einem jungen, etwas blassen Mädchen, das, einfach, aber anmutig hell gekleidet, wohl schon geraume Zeit neben ihm auf der Plattform stand. »Sie wundern sich wohl, daß kein Schaffner kommt«, sagte sie, den Kopf nach oben werfend und unter ihrem schwarzen, flachen Strohhut, dessen Rand sie mit einer Hand festhielt, heiter zu Gräsler aufblickend.

»Allerdings«, erwiderte dieser etwas steif.

»Es gibt hier nämlich keinen«, erklärte das junge Mädchen. Aber da vorn beim Wagenführer, sehen Sie wohl, da ist eine Büchse, da werfen Sie Ihr Zehnpfennigstück hinein, und die Sache ist in Ordnung.«

»Danke sehr«, sagte der Doktor, begab sich nach vorn, tat, wie ihm geheißen, kam zurück und wiederholte: »Ich danke sehr, mein Fräulein, das ist ja wirklich eine sehr praktische Einrichtung besonders für Gauner.«

»Die hätten kein Glück«, erwiderte das junge Mädchen. »Wir sind hier lauter ehrliche Leute.«

»Daran zu zweifeln liegt mir selbstverständlich fern. Aber wofür werden mich nun wohl die Leute gehalten haben?«

»Für einen Fremden, was Sie doch wohl auch sind?« Sie blickte ihm neugierig ins Gesicht.

»Man könnte mich wohl so nennen«, erwiderte er, schaute in die Luft, und dann sich rasch wieder an seine Nachbarin wendend: »Für was für eine Art von Fremden würden Sie mich wohl halten?«

»Jetzt höre ich Ihnen natürlich an, daß Sie ein Deutscher sind,

vielleicht ganz aus der Nähe. Aber im Anfang, da habe ich gedacht, Sie sind von weit her: aus Spanien oder Portugal.«

»Portugal?« wiederholte er und griff unwillkürlich nach seinem
Hut. »Nein, ein Portugiese bin ich freilich nicht. Ich kenne es
allerdings ein wenig«, setzte er beiläufig hinzu.

»Ja, das denk' ich mir. Sie sind wohl viel in der Welt herum-
gekommen?«

»Ein wenig«, erwiderte Gräsler, und in seinen Augen glänzte
es mild von Erinnerungen fremder Länder und Meere. Er merkte
mit Befriedigung, daß der Blick des jungen Mädchens außer Neugier auch eine gewisse Bewunderung zu verraten begann. Ganz
unerwartet sagte sie aber: »Hier muß ich aussteigen. Wünsche
weiter gute Unterhaltung in unserer Stadt.«

»Danke sehr, mein Fräulein«, sagte Gräsler und lüftete den
Hut. Das junge Mädchen war ausgestiegen, und von der Straße
her nickte es ihm zu, – vertrauter, als es die kurze Dauer der
Bekanntschaft hätte erwarten lassen. Einer kühnen Eingebung
folgend, sprang Gräsler von dem Wagen ab, der sich eben wieder
in Bewegung setzte, trat auf das Mädchen zu, das verwundert
stehengeblieben war, und sagte: »Da Sie mir eben gute Unterhaltung gewünscht haben, mein Fräulein, und die unsere so vielversprechend anfing, wäre es vielleicht das beste . . .«

»Vielversprechend?« unterbrach ihn das Mädchen. »Ich wüßte
nicht.« Es klang wie eine ehrliche Ablehnung; und so fuhr er in
etwas bescheidenerem Tone fort: »Ich wollte sagen – mein Fräulein, Sie verstehen ja so anmutig zu plaudern, und es wäre doch
eigentlich schade –«

Sie zuckte leicht die Achseln. »Ich bin schon zu Hause, und
man erwartet mich zum Abendessen.«

»Aber ein kleines Viertelstündchen.«

»Es geht wirklich nicht. Guten Abend.« Sie wandte sich zum
Gehen.

»Bitte, noch nicht«, rief Doktor Gräsler in beinahe angstvoller
Ton, so daß das Mädchen stehenblieb und lächelte. »Wir wollen
doch unsere Bekanntschaft nicht so jäh abbrechen.«

Sie hatte sich wieder zu ihm gewandt und sah lächelnd unter
ihrem dunklen Strohhut zu ihm auf.

»Gewiß nicht,« sagte sie, »das wäre ja gar nicht möglich. Nun
kennen wir uns einmal, und dabei muß es bleiben. Und wenn Sie
mir irgendwo begegnen sollten, so werde ich immer gleich wissen: das ist der Herr – aus Portugal.«

»Aber wenn ich Sie bäte, mein Fräulein, mir zu einer solchen
gegnung Gelegenheit zu geben, um ein Stündchen mit Ihnen
udern zu dürfen?«

»Ein Stündchen gleich? Sie müssen wohl viel überflüssige Zeit
ben.«

»Soviel Ihnen beliebt, mein Fräulein.«

»Das ist nun bei mir leider nicht so.«

»Bei mir natürlich auch nicht immer.«

»Aber jetzt haben Sie wohl Urlaub?«

»Gewissermaßen ja. Ich bin nämlich Arzt. Gestatten Sie, daß
 mich Ihnen vorstelle. Doktor Emil Gräsler – hier gebürtig
d hier zu Hause«, setzte er rasch und wie eine Schuld gestehend
 zu.

Das junge Mädchen lächelte. »Gar von hier?« sagte sie. »Nein,
s Sie sich verstellen können! Vor Ihnen muß man sich wahr-
 tig in acht nehmen.« Sie blickte kopfschüttelnd zu ihm auf.

»Also, wann kann ich Sie wiedersehen?« fragte Gräsler drin-
nder.

Sie schaute zuerst nachdenklich vor sich hin, dann sagte sie:
 /enn es Ihnen nicht langweilig ist, so können Sie mich morgen
 end wieder nach Hause begleiten.«

»Gern, gern. Und wo darf ich Sie erwarten.«

»Das beste wird wohl sein, Sie gehen gegenüber vom Ge-
 äft auf und ab; ich bin nämlich in dem Handschuhladen von
 eimann, Numero vierundzwanzig, Wilhelmstraße. Um sieben
 r schließen wir. Da können Sie dann, wenn es Ihnen recht ist,
t mir wieder auf der Trambahn bis hierher fahren.« Sie lächelte.

»Sollten Sie wirklich nicht mehr Zeit für mich übrig haben?«

»Wie sollte ich das wohl anstellen? Ich muß ja doch um acht
 r zu Hause sein.«

»Sie wohnen bei Ihren Eltern, Fräulein?«

Sie blickte wieder zu ihm auf. »Nun muß ich Ihnen auch wohl
dlich sagen, wer ich bin. Katharina Rebner heiße ich, und
 in Vater ist Beamter bei der königlichen Post. Und dort, sehen
 , im zweiten Stockwerk, wo das Fenster offen steht, dort
 hnen wir: Vater, Mutter und ich. Und eine Schwester hab'
 , die ist verheiratet. Und die kommt mit ihrem Mann heute
 end zu uns, wie immer am Donnerstag. Und darum muß ich
 ch Hause.«

»Heute – aber doch nicht jeden Abend?« fiel Doktor Gräsler
 ch ein.

»Wie meinen das der Herr Doktor?«

»Sie sind doch gewiß nicht alle Abende zu Hause, nicht wal
Sie haben doch gewiß Freundinnen, die Sie besuchen ... o
gehen ins Theater?«

»Dazu kommt unsereins selten.« Plötzlich nickte sie jemande
der auf der anderen Seite der Straße ging, freundlich zu. Es w
ein einfach, in der Art eines besseren Handwerkers gekleidet
nicht mehr ganz junger Mann, der ein Paket in der Hand tr
und ihren Gruß kurz und anscheinend ohne von Gräsler No
zu nehmen, erwiderte.

»Das ist nämlich mein Schwager. Da ist die Schwester jed
falls schon bei uns oben. Aber nun ist es auch wirklich höch
Zeit.«

»Es wird Ihnen hoffentlich keine Unannehmlichkeit daraus e
stehen, daß ich mir erlaubt habe, Sie so nahe bis an Ihr Haus
zu begleiten?«

»Unannehmlichkeiten? Glücklicherweise ist man doch ma
renn, und sie wissen schon bei mir zu Hause, mit wem sie es
tun haben. Nun, adieu, Herr Doktor.«

»Auf morgen!«

»Ja.«

Doktor Gräsler wiederholte: »Um sieben Uhr, Wilhe
straße.«

Sie stand noch immer, schien etwas zu bedenken, blickte plö
lich zu ihm auf und sagte dann etwas hastig: »Sieben Uhr,
Aber« – setzte sie zögernd hinzu – »weil Sie früher vom Thea
sprachen, Sie werden mir doch nicht böse sein –«

»Warum böse?«

»Ich meine, weil Sie früher eben davon gesprochen haben
wenn Sie vielleicht gleich Billette fürs Theater mitbringen wo
ten, das wäre sehr hübsch. Ich bin so lange nicht da gewese

»Aber wie gern! Ich bin ganz glücklich, Ihnen eine klei
Gefälligkeit erweisen zu können.«

»Nur keine teueren Plätze, wie Sie sie wahrscheinlich gewöh
sind. Das würde mir gar keinen Spaß machen.«

»Sie können ganz ruhig sein, Fräulein – Fräulein Katharin

»Und Sie sind mir gewiß nicht böse, Herr Doktor?«

»Aber – Fräulein Katharina, böse –?«

»Also auf Wiedersehen, Herr Doktor.« Sie reichte ihm
Hand. »Jetzt muß ich mich wirklich beeilen. Morgen dürfte es
doch etwas später werden.« Sie wandte sich so rasch ab, daß

den Blick nicht mehr erhaschen konnte, der ihre Worte begleitete. Aber in ihrer Stimme klang eine leise Versprechung nach.

Als Doktor Gräsler wieder in seinen vier Wänden war, stellte
das Bild Sabinens mit sehnsüchtiger Macht sich ein. Er fühlte das
unabweisbare Bedürfnis, ihr zu schreiben, und wären es auch nur
ein paar Worte. So teilte er ihr denn mit, daß er wohlbehalten
angelangt sei, sein Haus in bester Ordnung vorgefunden, mit
seinem alten Freund Böhlinger eine ernste, aber nicht abschlie-
ßende Unterredung geführt habe, daß er morgen, um die Zeit
nicht ungenützt verstreichen zu lassen, das Krankenhaus besuchen werde, wo einer seiner alten Studienkollegen, wie er ihr
ja gelegentlich erzählt, einer Abteilung vorstehe, und er unterschrieb die hastigen Zeilen: »In Freundschaft innigst grüßend
Emil.« Er eilte nochmals auf die Straße und trug den Brief selbst
auf den Bahnhof, damit er noch mit dem Nachtzug seiner Bestimmung entgegenreise.

NEUNTES KAPITEL

Am nächsten Morgen, wie er es Sabinen in seinem Brief versprochen, begab sich Doktor Gräsler ins Krankenhaus, wurde
vom Primarius willkommen geheißen und bat um die Erlaubnis,
an der Visite teilnehmen zu dürfen. Er folgte ihr mit einer Aufmerksamkeit, die ihn selbst am meisten befriedigte, ließ sich
nähere Aufschlüsse über Verlauf und Behandlung beachtens-
werter Fälle geben und hielt auch mit eigenen abweichenden
Ansichten nicht zurück, wobei er den einschränkenden Satz zu
gebrauchen pflegte: »Soweit es eben uns Badeärzten gelingt, den
Zusammenhang mit der wissenschaftlichen Medizin aufrecht-
zuerhalten.« Das Mittagessen nahm er mit einigen Sekundär-
ärzten in einem bescheidenen Speisehaus gegenüber dem Spital
und behagte sich so sehr in Gesellschaft der jungen Fachgenossen
bei zünftigen Gesprächen, daß er sich vornahm, öfter wiederzukommen. Auf dem Heimweg besorgte er die Theaterbillette,
zu Hause blätterte er in medizinischen Büchern und Zeitschriften
in so zerstreuter, je weiter die Stunden vorrückten, teils in Erwartung einer Nachricht von Sabine, teils in unklaren Vorstellungen von dem wahrscheinlichen Verlauf des kommenden
Abends. Um allen Möglichkeiten wohlgerüstet gegenüberzustehen, entschloß er sich, einen kalten Imbiß und ein paar

Flaschen Wein bereit zu halten, was ja am Ende nach keiner Richtung hin verpflichtete. Er verließ seine Wohnung, besorgte die nötigen Einkäufe, ließ sie nach Hause schaffen; und ein paar Minuten vor sieben Uhr spazierte er in der Wilhelmstraße auf und ab, diesmal nicht mit der romantischen Kopfbedeckung von gestern, sondern, um minder auffällig zu erscheinen, und auch, wie er sich einbilden wollte, um Katharinens Gefühle auf ihre Echtheit zu prüfen, mit dem altgewohnten steifen schwarzen Hut.

Er betrachtete eben eine Auslage, als Katharinens Stimme hinter ihm erklang: »Guten Abend, Herr Doktor.« Er wandte sich um, reichte ihr die Hand und freute sich der anmutigen, wohlgekleideten Erscheinung, in der gewiß jedermann eine gut erzogene Bürgerstochter vermutet hätte, wofür sie ja auch, wie sich Doktor Gräsler sofort sagte, als Tochter eines Staatsbeamten unbedingt zu gelten hatte.

»Was denken Sie wohl,« fragte sie gleich, »wofür mein Schwager Sie gestern gehalten hat?«

»Davon habe ich keine Ahnung . . . Auch für einen Portugieser etwa?«

»Nein, das nicht. Aber für einen Kapellmeister. Er sagte, Sie sehen geradeso aus wie ein Kapellmeister, den er einmal gekannt hat.«

»Nun, haben Sie ihn eines Besseren oder Schlechteren belehrt?«

»Das hab' ich getan. War es nicht recht von mir?«

»Oh, ich habe keinen Grund, aus meinem Beruf ein Geheimnis zu machen. Und haben Sie denn zu Hause auch gesagt, daß Sie heute mit mir ins Theater zu gehen beabsichtigen?«

»Das geht niemanden was an. Und es fragt mich auch keiner. Ich könnte doch wohl allein gehen, wenn es mir beliebte – nicht wahr?«

»Gewiß könnten Sie, aber es ist mir lieber, – so wie es sich eben gefügt hat.«

Sie blickte zu ihm auf, nach ihrer Gewohnheit die eine Hand an den Rand ihres Hutes führend, und sagte: »Allein macht einem keine rechte Freude. Theater ist nur in Gesellschaft schön. Es muß jemand danebensitzen, der auch lacht, und den man ansehen kann und –«

»Und? was wollten Sie sagen?«

»Und in den Arm kneifen, wenn es besonders schön wird.«

»Hoffentlich wird's heute besonders schön – ich stehe jedenfalls zur Verfügung.«

Sie lachte leise und ging rascher, als fürchtete sie, den Anfang zu versäumen.

»Wir sind zu früh da,« sagte Doktor Gräsler, als sie vor dem Theatergebäude standen; »es ist beinahe noch eine Viertelstunde Zeit.«

Sie hörte nicht auf ihn. Leuchtenden Auges lief sie ihm voraus in den ersten Rang, kümmerte sich kaum um ihn, als er ihr behilflich war, die Jacke abzulegen; und erst als sie nebeneinander auf ihren Plätzen in der dritten Reihe saßen, traf ihn ein dankbarer Blick.

Doktor Gräsler suchte in dem mäßig besetzten Zuschauerraum nach bekannten Gesichtern. Hier und dort bemerkte er eines, dessen er sich zu erinnern vermochte. Ihn selbst, der im Dämmer saß, erkannte gewiß niemand.

Der Vorhang hob sich. Man gab einen neueren deutschen Schwank. Katharina unterhielt sich vortrefflich, und oft lachte sie auf, aber ohne sich nach ihrem Nachbar umzuwenden. Im ersten Zwischenakt kaufte er ihr eine Tüte Bonbons, die sie dankbar lächelnd entgegennahm. Während des zweiten Aktes nickte sie ihm bei Stellen, die ihr besonders lustig erschienen, vergnügt zu. Während das Spiel weiterging, dem Doktor Gräsler etwas zerstreut zuhörte, fühlte er von einer Loge her einen Operngucker auf sich gerichtet. Er erkannte Böhlinger, grüßte ihn unbefangen und erwiderte in keiner Weise den pfiffig fragenden Blick des alten Freundes. Als er im letzten Zwischenakt mit Katharina in den Wandelgängen hin und her spazierte, hing er sich plötzlich in ihren Arm, was sie ohne weiteres geschehen ließ, gab über die Leistungen einiger Darsteller seine Meinung ab, aber so eindringlich und leise, als gäbe es ein holdes Geheimnis zwischen ihm und seiner reizenden Begleiterin, und er war etwas enttäuscht, Böhlinger nicht zu begegnen. Das letzte Zeichen ertönte, und als Gräsler nun wieder neben Katharina saß, rückte er so nahe an sie heran, daß ihre Arme sich berührten und da sie den ihren nicht regte, fühlte er, wie sich allmählich eine immer vertrautere Beziehung zwischen ihm und ihr hergestellt hatte, und in der Garderobe, während er ihr in die Jacke hineinhalf, durfte er es wohl wagen, ihr flüchtig Haare und Wangen zu streicheln.

Als sie vor dem Tore standen, sagte sie, unter dem Hut zu ihm aufblickend, in einem Ton, der nicht ganz ernst gemeint klang: »Jetzt muß ich zusehen, daß ich nach Hause komme.«

»Aber vorher,« entgegnete er gewandt, »werden Sie mir, wie ich hoffe, liebes Fräulein Katharina, die Ehre erweisen, mein bescheidenes Mahl mit mir zu teilen.«

Sie sah ihn zuerst an wie fragend, dann nickte sie ernst und so rasch, als verstünde sie mehr, als er gesagt hatte. Und wie Liebende, deren Schritte die Leidenschaft beschleunigt, Arm in Arm eilten sie durch die abendlichen Straßen seinem Hause zu.

Als sie in seiner Wohnung angelangt waren und er im Arbeitszimmer Licht gemacht hatte, blickte Katharina rings um sich und betrachtete Bilder und Bücher mit neugierigen Augen. »Gefällt es Ihnen bei mir?« fragte er. Sie nickte. »Es ist aber doch ein ganz altes Haus, nicht wahr?« – »Dreihundert Jahre gewiß.« – »Und wie neu alles aussieht!«

Gern erbot er sich, ihr die übrigen Räume zu zeigen, die in Ausstattung und Anordnung ihren Beifall fanden; doch als sie mit ihm ins Zimmer seiner verstorbenen Schwester trat, sah sie ihn befremdet an. »Sie sind doch nicht am Ende verheiratet,« sagte sie, »und Ihre Frau ist – verreist?« Er lächelte zuerst, dann strich er sich mit der Hand über die Stirn, und mit gedämpfter Stimme erklärte er ihr, daß dieses völlig neu eingerichtete Zimmer für seine Schwester bestimmt gewesen sei, die vor wenigen Monaten im Süden gestorben war. Katharina blickte ihm wie prüfend ins Auge; dann trat sie näher auf ihn zu, nahm seine Hand und strich schmeichelnd mit der ihren darüber hin, was ihm sehr wohl tat. Er drehte das Licht ab, sie begaben sich ins Speisezimmer, und jetzt erst ließ sich Katharina bewegen, Hut und Jacke abzulegen. Dann aber war sie rasch wie zu Hause. Als er sich anschickte, den Tisch zu decken, ließ sie es nicht zu, sondern bestand darauf, das sei ihre Sache. Auf ihren scherzenden Befehl nahm er auf einem entfernten Sessel Platz und sah ihr mit leiser Rührung zu, wie sie hausmütterlich alle Vorbereitungen für das Abendessen traf, und wie sie sich nicht nur hierbei, sondern auch draußen in Küche und Vorzimmer mit einer Geschicklichkeit zurechtfand, als hätte sie hier seit jeher Haus und Wirtschaft geführt. Endlich setzten sie sich beide an den Tisch, er teilte vor, er schenkte ein, und sie aßen und tranken. Sie plauderte entzückt von dem verflossenen Abend, und war verwundert von Gräsler zu hören, daß er selten Theater besuche, was für den Inbegriff aller irdischen Genüsse vorzustellen schien. N gab er ihr Aufschluß darüber, wie schon der äußere Verlauf seines Daseins Vergnügungen solcher Art nicht häufig erlaube, daß er seinen Aufenthalt von Halbjahr zu Halbjahr verändere, daß er eben aus einer kleinen deutschen Bäderstadt zurückkäme, und daß er bald wieder übers Meer nach einer fernen Insel reisen müsse, wo es keinen Winter gäbe, wo hohe Palmen stünden, und man auf kleinen Wagen unter einer brennenden Sonne ins gelbe Land hineinfahre. Katharina fragte, ob es dort auch viele Schlangen gäbe. »Man kann sich vor ihnen schützen«, sagte er. – »Wann müssen Sie denn wieder dorthin?« – »Bald. Möchten Sie wohl mit?« fragte er wie im Scherz und fühlte zugleich in seiner, durch den rasch genossenen Wein erhöhten Stimmung, daß in diesem Scherz eine Ahnung von Wahrheit zitterte.

Sie erwiderte ruhig, aber ohne ihn anzublicken: »Warum nicht?« Er setzte sich näher zu ihr und legte seinen Arm leise um ihren Hals. Sie wehrte es ab, was ihm nicht übel gefiel. Er stand auf, entschloß sich, Katharina von nun an vollkommen als Dame zu behandeln, und bat höflich um die Erlaubnis, sich eine Zigarre anzünden zu dürfen. Dann, rauchend und im Zimmer auf und ab wandelnd, sprach er ernst und mit Beziehung von dem seltsamen Lauf der menschlichen Tage, deren man auch nicht *einen* vorher zu berechnen imstande sei, erzählte dann von allen Orten im Norden und im Süden, wohin sein Beruf ihn schon geführt hatte, und ließ dahingestellt, wohin er ihn wohl noch führen könnte; in Reden blieb er zuweilen neben Katharinen stehen, die Datteln und Nüsse aß, und legte sachte die Hand auf ihr braunes Haar. Katharina, die ihm mit Teilnahme, und zuweilen durch wißgierige Fragen ihn unterbrechend, zuhörte, ließ manchmal ein sonderbares, wie spöttisches Aufleuchten der Augen merken, was den Doktor dann immer veranlaßte, noch beflissener und sachlicher in seinen Reden fortzufahren. Als die Wanduhr Mitternacht schlug, erhob sich Katharina, als wäre es das unwiderrufliche Zeichen zum Aufbruch; und Gräsler tat recht ungehalten, obwohl er in der Tiefe seiner Seele eine gewisse Erleichterung verspürte. Bevor Katharina ging, räumte sie den Tisch ab, stellte die Sessel zurecht und machte Ordnung im Zimmer. An der Türe ganz plötzlich hob sie sich auf die Fußspitzen und reichte dem Doktor die Lippen zum Kuß. »Weil Sie so brav gewesen sind«, sagte sie dann, und in ihren Augen blitzte es wieder sonderbar spöttisch auf. Sie gingen die Treppe hinunter im Schein einer flackernden Kerze, die Gräsler vorantrug. An der nächsten Ecke stand ein

Wagen, Gräsler stieg mit Katharina ein, sie lehnte sich an ihn, er umschlang ihren Hals; und so fuhren sie stumm durch die nächtlichen Straßen, bis, schon in der Nähe von Katharinens Wohnhaus, Gräsler das junge Mädchen heftiger an sich zog und ihr Mund und Wangen mit leidenschaftlichen Küssen bedeckte. »Wann seh' ich dich wieder?« fragte er, als der Wagen auf Katharinens Wunsch in einiger Entfernung von ihrem Wohnhaus hielt. Sie versprach ihm, morgen abend zu kommen. Dann stieg sie aus, bat ihn, sie nicht bis zum Tor zu begleiten, und verschwand im Schatten der Häuser.

Am nächsten Morgen verspürte Doktor Gräsler keinerlei Neigung, das Spital zu besuchen; doch als er später unter einer kühlen, klaren Herbstsonne, zu einer Tageszeit, da andere Leute ihrem Berufe nachgingen, im Stadtgarten herumspazierte, meldeten sich in ihm leise Regungen des Gewissens, als wäre er nicht nur sich selbst, sondern auch jemandem anderen Rechenschaft schuldig, und er wußte, daß diese andere Sabine war. Der Gedanke an die Anstalt des Doktor Frank drängte plötzlich mit Macht sich wieder auf; Gräsler überdachte allerlei bauliche Änderungen, erwog die Errichtung neuer Baderäume, entwarf Prospekte in Worten von überzeugender Kraft, wie sie ihm bisher noch niemals so verwegen zugeströmt waren, und schwor sich zu, daß er in derselben Stunde, in der von Sabinen eine Nachricht käme, zurückreisen und die Sache in Ordnung bringen werde. Wenn sie aber auch seinen letzten Brief unbeantwortet ließe, dann war alles zu Ende, zumindest zwischen ihm und ihr. Denn auch den Kauf des Sanatoriums ausschließlich von Sabinens Verhalten abhängig zu machen, dazu lag kein Grund vor, und es wäre wahrhaftig kein übler, ja sogar ein etwas verteufelter Gedanke, mit einer anderen Frau Direktorin in das herrlich umgestaltete Gebäude Einzug zu halten – womöglich mit einer, die ihn ju nicht für einen egoistischen, pedantischen, langweiligen Gesellen hielt, wie Sabine es tat. Und wenn es ihm etwa beliebte, Fräulein Katharina als Begleiterin auszuersehen, dann dürfte ihn wohl niemand mehr für einen Pedanten oder Philister halten. Er ließ sich auf einer Bank nieder. Kinder liefen an ihm vorüber. Im gelblichen Laub flossen herbstliche Strahlen hin. Von einer fernen Fabrik her tönte das Mittagszeichen des Nebelhorns. Heute abend, dachte er. Heute abend! Steigt die Jugend noch einmal auf? Ist es der noch an der Zeit für solche Abenteuer? Sollte man nicht doch auf der Hut sein? Fortreisen? Gleich ganz fort – das nächste Sch

nehmen und nach Lanzerote? Oder zurück – zu Sabine? Zu dem
Wesen mit der reinen Seele? Hm! Wer weiß, wie sich ihr Leben
gestaltet hätte, wenn ihr im gegebenen Moment der Richtige
begegnet wäre – nicht gerade ein unverschämter Tenor oder ein
kopfhängerischer Medizinmann . . . Er erhob sich und begab sich
zunächst zum Mittagessen in den vornehmen Gasthof, wo man
durch die Fachsimpelei der jungen Kollegen nicht behelligt wurde wie gestern; über alles andere konnte man nachher schlüssig
werden.

ZEHNTES KAPITEL

Kaum hatte er sich nachmittags an seinen Arbeitstisch gesetzt
und den eben daliegenden anatomischen Atlas aufgeschlagen, als
es klopfte und die Setzersgattin, die sich erbötig gemacht hatte,
ein Junggesellenheim zu betreuen, bei ihm eintrat und unter
vielen Entschuldigungen die Bitte vorbrachte, ob der Herr Doktor nicht vielleicht die Gnade haben und ihr aus der Garderobe
des leider verstorbenen gnädigen Fräuleins ein oder das andere
Kleidungsstück schenken wollte. Gräsler runzelte die Stirn. Diese
Person, dachte er, hätte eine solche, fast unverschämte Forderung
nicht gewagt, wenn sie nicht wüßte, daß ich hier in meiner
Wohnung Damenbesuche empfange. Er erwiderte ausweichend,
daß er im Sinne der Verstorbenen deren Hinterlassenschaft vor
allem Wohltätigkeitsanstalten zuzuwenden gedenke, doch habe
er überhaupt noch nicht Zeit zur Nachschau gefunden und könne
daher vorläufig keinesfalls etwas versprechen. Es zeigte sich, daß
die Frau für alle Fälle den Bodenschlüssel mitgebracht hatte; sie
überreichte ihn dem Doktor mit einem zudringlichen Lächeln,
dankte so überschwenglich, als wäre ihre Bitte schon erfüllt worden, und entfernte sich. Da Gräsler nun einmal den Schlüssel in
der Hand hatte, und er im Grunde froh war, für die nächsten
paren Stunden eine Art Zeitvertreib gefunden zu haben, beschloß
er, dem Bodenraum, den er seit Kinderzeiten nicht gesehen, einen
Besuch abzustatten. Er stieg die Holztreppe hinauf, öffnete und
betrat ein enges Gelaß, das durch das schräge Dachfenster so
spärliches Licht erhielt, daß Gräsler sich nur allmählich zurecht-
finden konnte. Überflüssiger und vergessener Hausrat stand in
den dämmerigen Winkeln, die Mitte aber war von Kisten und
Koffern erfüllt. Der erste, den Gräsler aufschloß, schien nichts zu

enthalten als alte Vorhänge und Hauswäsche, und Gräsler, der ja doch nicht daran dachte, hier selber auszupacken und Ordnung zu machen, ließ den Deckel wieder fallen. Eine längliche, sargartige Kiste, die er nun öffnete, ließ einen merkwürdigen Inhalt vermuten. Gräsler sah allerlei beschriebene Papiere vor sich liegen, zum Teil in Aktenformat, Briefe in Umschlägen, größere und kleinere verschnürte Päckchen, und las auf einem dieser letzteren: Aus dem Nachlaß des Vaters. Es war Doktor Gräsler neu, daß seine Schwester dergleichen so sorgfältig aufbewahrt hatte. Er nahm ein zweites Paket zur Hand, das dreimal versiegelt war, und auf dem mit dicken Lettern stand: Ungelesen zu verbrennen. Doktor Gräsler schüttelte wehmütig den Kopf. Bei Gelegenheit, dachte er, meine arme Friederike, soll dein Wunsch erfüllt werden. Er legte das Päckchen, das wohl Tagebücher und unschuldige Liebesbriefe aus der Mädchenzeit enthalten mochte, wieder an seinen Ort, und öffnete den dritten Koffer, in dem Tücher, Schals, Bänder und vergilbte Spitzen verwahrt waren. Mancherlei hob er empor, ließ es durch die Hände gleiten, glaubte wohl auch ein oder das andere Stück von Mutters oder gar Großmutters Zeiten her zu erkennen. Manches hatte die Schwester selbst, insbesondere in früheren Tagen, getragen, und den schönen indischen Schal mit den gestickten grünen Blättern und Blumen, den ihm vor vielen Jahren ein reicher Patient bei der Abreise für die Schwester geschenkt hatte, erinnerte er sich, noch vor gar nicht langer Zeit auf ihren Schultern gesehen zu haben. Dieser Schal, ebenso wie manches andere, taugte gewiß weder für die Druckersgattin, noch für eine Wohltätigkeitsanstalt – aber um so besser für eine hübsche junge Dame, die so freundlich sein wollte, einem einsamen alten Junggesellen ein paar arme Heimatsstunden zu erheitern und zu versüßen. Er verschloß den Koffer mit besonderer Sorgfalt, den Schal aber legte er wohlgeglättet über den Arm, und ein vergnügtes Lächeln auf den Lippen, verließ er den allmählich in Dunkel versinkenden Raum.

Er hatte nicht lange zu warten, bis Katharina, ein wenig vor der festgesetzten Stunde, erschien, geradeswegs aus dem Geschäft, ohne sich erst schön gemacht zu haben, wie sie, sich scherzhaft entschuldigend, bemerkte. Doktor Gräsler freute sich, daß sie da war, küßte ihr die Hand und überreichte ihr mit einer humoristischen Verbeugung den Schal, der auf dem Tisch für sie bereitgelegt war. »Was soll denn das sein?« fragte sie wie erstaunt. »Etwas zum Schönmachen,« erwiderte er, »wenn man auch nicht gerade notwendig hat.« »Aber was fällt Ihnen denn nur ein«, sagte sie, nahm den Schal in die Hände, ließ ihn zwischen den Fingern spielen, nahm ihn um, drapierte sich damit, betrachtete sich vor dem Spiegel immer noch wortlos, bis sie endlich mit aufrichtigem Entzücken vor Gräsler hintrat, zu ihm aufblickend, ihn mit beiden Händen beim Kopf nahm und seine Lippen an die ihren zog. »Ich danke Ihnen tausendmal«, sagte sie dann. – »Das ist mir nicht genug.« – »Also millionenmal.« – Er schüttelte den Kopf. Sie lächelte. »Ich danke dir«, sagte sie nun und reichte ihm die Lippen zum Kuß. Er nahm sie in die Arme und erzählte ihr gleich, daß er das hübsche Stück heute nachmittag auf dem Boden für sie herausgesucht, und daß sich wohl noch mancherlei in den Kisten und Koffern finden möchte, was ihr zum mindesten ebensogut zu Gesicht stünde wie dies. Sie schüttelte den Kopf, als wollte sie sich nie wieder ein so kostbares Geschenk gefallen lassen. Er fragte sie, wie der gestrige Abend ihr angeschlagen, ob es heute im Geschäft viel zu tun gegeben; und nachdem sie ihm alles, was er wissen wollte, vorgeplaudert, stattete er ihr, wie einer lieben, alten Freundin, einen Bericht über den heutigen Tag ab: daß er das Spital geschwänzt und statt dessen lieber im Stadtgarten herumbummelnd, sich der fernen Zeit erinnert habe, da er dort als Kind noch zwischen den alten rasüberhangenen Wällen gespielt hatte. Dann kam er auf allerlei anderes aus seiner Vergangenheit zu reden, insbesondere halb zufällig, halb absichtlich auf die Zeit seiner schiffsärztlichen Tätigkeit; und wenn Katharina ihn durch kindlich neugierige Fragen nach Aussehen, Trachten und Sitten fremder Völker, nach Korallenriffen und Seestürmen unterbrach, so war ihm, als hätte er Dinge, die er kürzlich erst in höheren Sphären unter Beifall vorzutragen, für ein naiveres, aber um so dankbareres Publikum zu arbeiten, und er nahm unwillkürlich Ton und Redeweise eines Märchenonkels an, der in dämmeriger Stube aufhorchende Kinder durch Erzählung merkwürdiger Abenteuer zu rühren und zu ergötzen sucht.

Eben hatte Katharina, die, ihre Hände in den seinen, neben ihm auf dem Diwan saß, sich erhoben, um das Abendessen vorzubereiten, als draußen die Klingel tönte. Gräsler fuhr leicht zusammen. Was hatte das zu bedeuten? Seine Gedanken jagten. Ein Telegramm? Aus dem Forsthaus? Sabine? War ihr Vater krank? Oder die Mutter? Oder war es etwas mit dem Sanatorium? Eine dringende Anfrage von seiten des Besitzers? Hatte ein anderer

Käufer sich gemeldet? Oder war es am Ende Sabine selbst? Was
wäre dann zu tun? Nun keinesfalls würde sie ihn länger für einen
Philister halten. Doch junge Mädchen mit reiner Seele klingeln
nicht zu so später Stunde an der Türe von Junggesellen. Gleich
klingelte es, noch schriller, zum zweiten Male. Er sah Katharinens
Blick auf sich gerichtet, fragend und unbefangen. Allzu unbefangen, wie ihm plötzlich schien. Es konnte wohl auch mit ihr
zusammenhängen. Der Vater? Der Schwager, der angebliche
Schwager? Eine abgekartete Sache? Ein Erpressungsversuch? Ah
Es geschah ihm recht. Wie konnte man sich in so was einlassen
Alter Narr, der er war. Aber, – es sollte ihnen nicht gelingen. E
würde sich nicht einschüchtern lassen. Er hatte andere Gefahrer
bestanden. Teufel noch einmal. Eine Kugel war hart an ihm vor
beigeflogen auf einer Südseeinsel. Ein hübscher blonder Seeoffizie
war tot neben ihm hingesunken. »Willst du nicht nachsehen?
fragte Katharina und schien sich über seinen sonderbaren Blic
zu wundern.

»Gewiß«, erwiderte er. – »Wer kann's denn sein – so spät?
hörte er sie noch fragen, die Heuchlerin, als er schon an der Tür
war. Er schloß hinter sich zu und sah vorerst durch das Guck-
fenster ins Stiegenhaus. Da stand irgendeine Frauensperson ba
haupt mit einem Licht in der Hand. »Wer ist da?« fragte er.
»Bitte sehr, ist der Herr Doktor zu Hause?«–»Was wünschen Si
Wer sind Sie?« – »Bitte sehr, ich bin das Dienstmädchen von d
Frau Sommer.« – »Ich kenne keine Frau Sommer.« – »Die Part
aus dem ersten Stock. Dem Kinde ist so schlecht geworden. Kar
ich den Herrn Doktor nicht sprechen –?«

Gräsler öffnete aufatmend. Er wußte, daß eine Witwe Somm
mit ihrem kleinen siebenjährigen Töchterchen hier im Hau
wohnte. Es war jedenfalls die hübsche Frau in Trauer, der
gestern noch auf der Treppe begegnet war, nach der er sich sog
umgedreht hatte – ohne sich dabei irgend etwas Besonderes
denken. »Ich bin Doktor Gräsler, was wünschen Sie?« – »We
der Herr Doktor so gut wären, die Kleine hat einen ganz heiß
Kopf, und schreit in einem fort.« – »Hier in der Stadt übe i
keine Praxis aus, ich bin hier nur auf der Durchreise. Ich möcl
Sie bitten, doch lieber einen anderen Arzt zu holen.« – »Ja,
man einen bekommt in der Nacht.« – »Es ist noch nicht so spä

Ein Lichtschein von einer plötzlich geöffneten Tür fiel in d
Flur des unteren Stockwerks; eine Flüsterstimme tönte hera
»Anna.« – »Das ist die Frau Sommer selbst«, sagte rasch

306

Dienstmädchen. Sie eilte zum Geländer. »Gnädige Frau.« – »Wo
bleiben Sie denn so lang? Ist der Doktor nicht zu Hause?« Auch
Gräsler trat zum Geländer hin und blickte hinab. Die Frau unten
auf dem Stiegengang, deren Züge im Halbdunkel verschwammen,
hob die Arme wie zu einem Retter empor. »Gott sei Dank! Nicht
wahr, Herr Doktor, Sie kommen gleich? Das Kind . . . ich weiß
nicht, was mit ihm ist.«

»Ich – ich komme, selbstverständlich. Nur eine Minute bitte
ich zu gedulden. Ich will auch gleich das Thermometer mitbringen; eine Minute, gnädige Frau –«

»Danke«, flüsterte es herauf, während Doktor Gräsler die Tür
hinter sich schloß. Er trat rasch in das Zimmer, wo Katharina
erwartungsvoll stehend, an den Tisch gelehnt, ihm entgegen-
blickte. Er war von tiefer Zärtlichkeit für sie erfüllt, um so mehr,
als er sie früher in einem so schnöden Verdacht gehabt hatte. Sie
erschien ihm rührend, engelhaft geradezu. Er trat auf sie zu und
strich ihr über das Haar. »Wir haben kein Glück«, sagte er, »ich
vielmehr. Denk' dir, da werde ich soeben zu einem kranken Kind
gerufen hier im Hause, ich kann natürlich meine Hilfeleistung
nicht verweigern. So bleibt mir leider nichts anderes übrig, als
dich zu einem Wagen zu bringen.«

Sie ergriff seine Hand, die noch immer auf ihrem Kopf ruhte.
»Du schickst mich fort?« – »Nicht gern, das kannst du mir glauben. Oder – oder würdest du am Ende auf mich warten wollen?« –
Sie streichelte seine Hand. »Wenn's nicht gar zu lange dauert?« –
»Jedenfalls will ich mich beeilen. Du bist sehr, sehr lieb.« Er küßte
sie auf die Stirn, holte rasch aus seinem Arbeitszimmer die schwarze Instrumententasche, die stets zur Benützung bereit lag, ermahnte Katharina, sich's indes schmecken zu lassen, sah sich von
der Tür aus nochmals nach ihr um, die ihm freundlich zunickte,
dann eilte er die Treppe hinunter in der beglückenden Voraussicht, nach seiner Wiederkehr aus dem düstern Ernst seines Be-
rufs von einem holdseligen jungen Ding liebevoll empfangen zu
werden.

Frau Sommer saß am Bett ihres Kindes, das sich fieberisch hin
und her wälzte, als Doktor Gräsler eintrat. Er nahm, nach ein
paar einleitenden Fragen und Bemerkungen, an der kleinen Kranken eine sorgfältige Untersuchung vor, nach deren Abschluß er
sich genötigt sah, die Vermutung auszusprechen, daß ein Aus-
schlag zum Ausbruch kommen dürfte. Die Mutter gebärdete sich
wie verzweifelt. Ein Kind hätte sie schon vor drei Jahren verloren,

ihr Gatte war vor einem halben Jahr auf einer Geschäftsreise in der Fremde gestorben; ja, sie hatte nicht einmal sein Grab gesehen. Was sollte nur aus ihr werden, wenn ihr nun das letzte geraubt würde, was ihr geblieben war. Doktor Gräsler erklärte daß vorläufig kein Anlaß zu Befürchtungen vorläge, daß es vielleicht mit einer einfachen Halsentzündung sein Bewenden haben daß aber ein so wohlgenährtes, kräftiges Kind auch einer ernsteren Krankheit genügenden Widerstand entgegensetzen könnte So wußte er noch allerlei Beschwichtigendes vorzubringen und merkte mit Befriedigung, daß seine vernünftigen Worte ihre Wirkung auf die Mutter nicht verfehlten. Er verordnete das Nötige; das Dienstmädchen wurde in die nahe Apotheke geschickt: indes verweilte Gräsler am Krankenbette, von Minute zu Minute den Puls des Kindes fühlend, und öfters dessen heiße trockene Stirn berührend, wo seine Hand zuweilen der der besorgten Mutter begegnete. Nach längerem Schweigen begann diese von neuem ängstliche Fragen zu flüstern, der Arzt faßte väterlich ihre Hände, sprach ihr gütig zu, mußte daran denken daß Sabine nun wohl mit ihm zufrieden wäre, und merkte zugleich im grünlich matten Schein der verhängten Deckenlampe daß das leicht fließende Hauskleid der jungen Witfrau sehr anmutige Formen barg. Als das Mädchen wiederkam, erhob er sich und wiederholte, was er schon beim Eintreten beiläufig erwähnt hatte, daß er die weitere Behandlung des Kindes zu übernehmen leider nicht in der Lage sei, da er schon in den nächsten Tagen abreisen müsse. Die Mutter beschwor ihn, mindestens so lange der Arzt des Kindes zu bleiben, als er noch in der Stadt verweile Sie habe zu böse Erfahrungen mit den Ärzten hier am Ort gemacht, zu ihm aber habe sie sofort das rückhaltloseste Vertrauen gefaßt; und wenn irgendeiner, das fühle sie, sei er imstande, das geliebte Kind zu retten. So blieb ihm denn nichts anderes übrig, als vorläufig für den nächsten Morgen seinen Besuch in Aussicht zu stellen, und nachdem er noch eine Weile still beobachtend am Krankenlager des Kindes gestanden hatte, das jetzt ruhiger atmete, drückte er der Mutter herzlich die Hand und empfahl sich, gefolgt von ihren dankbar heißen Blicken.

Rasch eilte er ins zweite Stockwerk, schloß seine Wohnung auf und trat ins Speisezimmer, das er leer fand. Sie hat rasch die Geduld verloren, dachte er bei sich. Das war zu erwarten. Vielleicht ist es gut so, da das Kind unten doch wohl eine ansteckende Krankheit bekommen wird. Das ist ihr wohl auch durch den

308

Kopf gegangen. Freilich, Sabine wäre in einem solchen Fall nicht geflohen. Immerhin hat sie sich's vorher noch schmecken lassen. Er betrachtete den Tisch mit den Resten des Mahls, und seine Lippen zuckten verächtlich. Es wäre keine üble Idee, sagte er sich dann, sich nochmals in den ersten Stock zu bemühen und der hübschen Witwe Gesellschaft zu leisten. Er empfand, daß er bei ihr, in dieser Stunde noch, am Bette des fiebernden Kindes erreichen könnte, was er nur wollte, und war von der Verworfenheit dieses Einfalls nicht unangenehm durchschauert. »Aber ich geh' ja doch nicht hinab,« sagte er dann vor sich hin, »ich bin und bleibe ein Philister, was mir Sabine diesmal vielleicht sogar verzeihen würde.« Die Tür ins Arbeitszimmer stand offen. Er trat hinein und machte Licht. Natürlich war Katharina auch hier nicht. Er drehte wieder ab; dann merkte er, wie durch den Türspalt aus dem Schlafzimmer ein Lichtschein drang. Eine leise Hoffnung in ihm regte sich. Er zögerte; denn jedenfalls tat es wohl, sich eine Weile an dieser Hoffnung zu erwärmen. Nun hörte er von drinnen ein Rascheln und Knittern. Er öffnete die Tür. Da lag Katharina oder saß vielmehr aufrecht in seinem Bett und sah von einem dicken Buche auf, das sie auf der Decke in beiden Händen hielt. »Du bist doch nicht böse«, sagte sie einfach. Ihre braunen, leicht gelockten Haare rannen aufgelöst über ihre blassen Schultern. Wie schön sie war! Gräsler stand noch immer in der Tür, ohne sich zu regen. Er lächelte; denn das Buch, das auf der Decke ruhte, war der anatomische Atlas. »Was hast du dir denn da ausgesucht?« fragte er, mit einiger Befangenheit nähertretend. »Es ist auf deinem Schreibtisch gelegen. Hätt' ich nicht sollen? Verzeih! Aber sonst wär' ich vielleicht eingeschlafen, und da bin ich nicht wach zu kriegen.« Ihre Augen lächelten, ganz ohne Spott, – hingebungsvoll beinahe. Gräsler setzte sich zu ihr aufs Bett, zog sie an sich, küßte sie auf den Hals, und das schwere Buch klappte zu.

ELFTES KAPITEL

Am nächsten Morgen, während Doktor Gräsler seine kleine Patentin besuchte, bei der sich der Scharlach indes mit Entschiedenheit erklärt hatte, war Katharina aus seiner Wohnung verschwunden, erschien aber schon in früher Abendstunde und, zu Gräslers Verwunderung, mit einem kleinen Koffer wieder. Sie hatte wohl in der vergangenen Nacht erwähnt, daß ihr alljährlich eine Woche Urlaub zustünde, wovon sie in diesem Sommer, wie in ahnender Voraussicht, keinen Gebrauch gemacht hätte; und er, im Rausch der ersten Umarmungen, hatte sie darauf hin zu einer kleinen Hochzeitsreise eingeladen; – aber als sie ihm nun so gerüstet mit den heiteren Worten entgegentrat: »Da bin ich; wenn du willst, können wir gleich auf die Bahn fahren«, wehrte sich in ihm etwas gegen diese Art, so ohne weiteres von seinem Dasein Besitz zu ergreifen, und er war beinahe froh, auf die ärztliche Verpflichtung hinweisen zu können, die ihn für die nächsten Tage in der Stadt festhielt. Katharina schien darüber nicht sonderlich betrübt, plauderte gleich von anderen Dingen, machte ihn auf ihre hübschen neuen gelben Halbschuhe aufmerksam, erzählte von dem Leiter ihrer Firma, der eben wieder mit neuer Ware von Paris und London zurückgekommen sei, ging dabei im Zimmer hin und her, stellte ein paar Bücher in die Reihen und brachte den Schreibtisch in Ordnung, während Gräsler, am Fenster stehend, schweigsam und irgendwie gerührt ihrem Treiben zusah. Sein Blick fiel auf das Kofferchen, das trübselig und wie beschämt auf dem Fußboden stand, und ein leises Mitleid regte sich in ihm, daß das gute Ding wieder damit abziehen sollte. Zunächst vermied er es, etwas in diesem Sinne zu äußern; später aber, als er auf seinem Schreibtischsessel, und sie wie ein Kind, die Arme um seinen Hals geschlungen, ihm auf dem Schoße saß, sagte er »Muß es denn eben eine Reise sein? Willst du deinen Urlaub nicht einfach hier in meinem Haus verbringen?« – »Das wird doch wohl nicht möglich sein«, erwiderte sie schwach. – »Warum nicht? Ist's denn hier nicht wunderschön?« Er deutete durch Fenster nach den fernen Hügellinien am Horizont, und scherzend fügte er hinzu: »Mit Kost und Quartier sollst du auch zufrieden sein.« Und mit einem plötzlichen Entschluß stand er auf, reicht Katharina den Arm, geleitete sie in das Zimmer seiner verstorbenen Schwester, schaltete die Deckenlampe ein, so daß durch den freundlichen Raum ein rötlich linder Schimmer floß, und mit vornehmer Gebärde bot er der Geliebten alles, was ihr Blick hie umfassen mochte, gleichsam als Geschenk dar. Katharina blie stumm, endlich schüttelte sie ernsthaft den Kopf. »Willst d nicht?« fragte Gräsler zärtlich. – »Es ist doch nicht möglich erwiderte sie leise. – »Weshalb? Es ist sehr wohl möglich.« Un als hätte er nichts weiter als eine abergläubische Regung in i zu bekämpfen, erklärte er: »Alles ist ganz neu, sogar die Tapete

Früher sah es lange nicht so freundlich aus.« Und etwas zögernd fügte er hinzu: »Es hat wohl alles so kommen müssen.« – »Sag' das nicht«, erwiderte sie wie erschreckt. Dann blickte sie sich rings im Zimmer um, ihre Züge erhellten sich, und sie streifte wie prüfend über den buntgeblümten Waschstoff des Lehnstuhls, der an das Bett gerückt war. Dann fiel ihr Auge auf die lichten Vorhänge, die, über dem Toilettentisch auseinandergerafft, eine hübsche Kammgarnitur und geschliffene Glasphiolen sehen ließen. Während sie so versunken dastand, verließ Gräsler rasch das Zimmer, um nach ein paar Sekunden mit ihrem kleinen Koffer zurückzukehren. Sie wandte sich um, zuckte leicht zusammen, lächelte halb ungläubig; er nickte ihr zu, sie schüttelte den Kopf, – dann, wie endlich bezwungen, breitete sie die Arme nach ihm aus; er stellte das Kofferchen hin, und mit gerührtem Stolz schloß er die Geliebte an seine Brust.

Es wurde eine wunderschöne Zeit, wie er sie auch in seiner Jugend kaum jemals erlebt hatte. Sie hielten sich wie glückliche Neuvermählte beinahe den ganzen Tag in ihren behaglichen vier Wänden, sorgsam bedient von der Buchdruckersgattin, die sich mit einer hierorts immerhin nicht gewöhnlichen Sachlage um so gelassener abfand, als Doktor Gräsler indes ihren unbescheidenen Wunsch erfüllt und sie aus der Garderobe seiner verstorbenen Schwester reichlich genug beschenkt hatte. In den Abendstunden pflegte das junge Paar, Arm in Arm, zärtlich aneinandergeschmiegt in stilleren Gassen sich zu ergehen, und einmal, in einer sonnigen Frühnachmittagsstunde, fuhren sie im offenen Wagen ins Freie, gänzlich unbekümmert darum, daß man etwa Katharinens Angehörigen begegnen könnte, die das junge Mädchen bei einer Freundin auf dem Land vermuteten. Eines Tages, als sie eben noch bei Tische saßen, erschien Böhlinger, und Doktor Gräsler, nach anfänglichem Bedenken, ob er ihn vorlassen sollte, war später um so befriedigter, ihn empfangen zu haben, als der Rechtsanwalt der anmutigen Gefährtin seines Freundes alle erdenkliche Höflichkeit erwies, sie als gnädige Frau anredete und nach flüchtiger Behandlung der geschäftlichen Angelegenheit, die ihn heraufgeführt, mit einem leichten Kuß auf Katharinens Hand weltmännisch kühl sich empfahl. Gräsler aber war danach von einer gesteigerten Zärtlichkeit für Katharina erfüllt, die sich wie als Hausfrau auch gesellschaftlich so vollkommen zu bewähren wußte.

ZWÖLFTES KAPITEL

Seine kleine Patientin besuchte Doktor Gräsler jeden Morgen,
worauf er, mit Rücksicht auf eine mögliche Gefährdung von
Katharinens Gesundheit, einen halbstündigen Spaziergang vor-
zunehmen pflegte. Der Fall, der so bedrohlich eingesetzt, nahm
einen überraschend leichten Verlauf, und nachdem die angstvolle
Erregung der ersten Tage geschwunden war, zeigte sich Frau
Sommer als eine sehr umgängliche, heitere, ja plauderhafte Dame; und ob es nun als Zufall oder Absicht gedeutet werden
mochte, keinesfalls achtete sie besonders darauf, ob der Morgen-
rock, in dem sie den Arzt ihres Kindes empfing, über Hals und
Brust so sorgfältig geschlossen war, als es der strengere Anstand
vielleicht erfordert hätte. Sie versäumte nie, sich nach dem Befinden von Gräslers kleiner Freundin zu erkundigen, wie sie
Katharina gerne nannte, fragte ihn, ob er seinen Schatz nach
Afrika mitzunehmen gedenke, – sie hatte sich nun einmal zu dieser ihr geläufigen Bezeichnung für Gräslers Winterziel entschlossen – oder ob dort schon eine andere Schöne, eine Schwarze vielleicht, in Sehnsucht seiner harre –; und endlich wollte sie ihr
durchaus eine Tüte mit Schokoladenplätzchen als Geschenk für
Katharina aufdrängen, was er aber mit Rücksicht auf die An-
steckungsgefahr abzulehnen für richtig fand. Andererseits ließ e
Katharina an Bemerkungen über die junge Witwe nicht fehle
die, wenn auch ein spöttischer Beiklang durch eifersüchtige Re
gungen mitveranlaßt sein mochte, nach Gräslers eigenem Ein
druck nicht gänzlich unberechtigt schienen. Der Ruf von Fra
Sommer war schon zu Lebzeiten des Gatten, der als Geschäft
reisender sich nur selten im ehelichen Heim aufhielt, nicht de
allerbeste gewesen; ihr kleines Mädchen hatte sie in die Ehe mi
gebracht, und es galt als zweifelhaft, ob ihr Gatte zugleich de
Vater des Kindes wäre. Dies alles wurde Katharinen von de
Buchdruckersfrau zugetragen, mit der sie in den spärlichen Stu
den, da Doktor Gräsler vom Hause abwesend war, mehr un
jedenfalls vertrauter sich zu unterhalten liebte, als diesem ang
nehm war.

Einmal versuchte er, die Geliebte auf das Unstatthafte ein
solchen Verkehrs aufmerksam zu machen; doch als Kathari
seine Bedenken kaum zu verstehen schien, kam er nicht wied
darauf zurück, da er sich die so kurz bemessene Zeit seines Glüc
durch Mißhelligkeiten nicht wollte trüben lassen, und er übe

dies fest entschlossen war, dieses Erlebnis nur als ein hübsches Abenteuer anzusehen, dem keinerlei Folge verstattet war. Wenn sie ihn daher neugierig bescheiden und wie absichtslos über seine Winterpläne auszufragen und sich nach den klimatischen und gesellschaftlichen Verhältnissen der Insel Lanzarote zu erkundigen begann, führte er das Gespräch so beiläufig als möglich, lenkte es auch bald anderswohin, um nur ja keinerlei Hoffnungen in ihr aufkommen zu lassen, die zu erfüllen er sich keineswegs geneigt wußte. In dem steten Wunsch, diese kurzen Wochen schattenlos zu genießen, fragte er auch nicht viel nach ihrer Vergangenheit, ließ sich's an der Gegenwart genügen und freute sich nicht nur des Glücks, das er genoß, sondern mehr noch dessen, das er zu geben imstande war.

Und allmählich, während die Tage und Nächte weiterrückten, insbesondere in Morgenstunden, wenn Katharina schlummernd an seiner Seite lag, begann die Sehnsucht nach Sabinen sich heftig in ihm zu regen. Er überlegte, um wieviel glücklicher er doch wäre, um wieviel würdiger sein Dasein sich gestaltet hätte, wenn statt dieser hübschen kleinen Ladenmamsell, die außer dem Buchhalter, mit dem sie verlobt gewesen war, gewiß noch ein paar Liebhaber gehabt hatte, die ihre braven Eltern anschwindelte und mit der Nachbarin klatschte, – wenn statt dieses unbedeutenden Geschöpfes, dessen Anmut und Gutherzigkeit er durchaus nicht verkannte, das blonde Haupt jenes wundersamen Wesens hier auf dem Polster ruhte, das sich ihm mit so reiner Seele als Lebensgefährtin angetragen, und das er in einem völlig unbegründeten Mangel an Selbstvertrauen verschmäht hatte. Denn er konnte sich nicht darüber täuschen, daß sie seinen schüchternbrichten Brief als entschiedene Ablehnung aufgefaßt hatte, wie ' ja im Grunde damals auch von ihm gemeint gewesen war. Aber sollte es denn nicht wieder gutzumachen sein, was er durch seine Ungeschicklichkeit und Voreiligkeit verschuldet hatte? Ja, war es überhaupt möglich, daß die Gefühle, die Sabine ihm gegenüber gehegt und in so wohlüberdachter Weise ausgesprochen, einfach erloschen oder nie wieder zu entzünden wären? Hatte er denn nicht selbst in seinem Brief ihr und sich eine Frist gesetzt, – hielt sie sich nicht, indem sie jetzt nichts von sich hören ließ, einfach an das, was er gefordert, und drückte sich nicht eben in ihrem Schweigen, ihrer Geduld das Edelste und Wahrste ihres Wesens aus? Und wenn er nun, nach Einhaltung der von ihm selbst gesetzten Frist vor sie hinträte, ihr seinen Dank, sein endgültiges, sein reiflich überlegtes, um so wertvolleres Ja zu Füßen zu legen – konnte er sie denn anders wiederfinden, als er sie verlassen? In der umfriedeten Stille des Forsthauses hatte sich gewiß kein anderer ihr genähert; – ihre reine Seele konnte weder durch seinen törichten, aber doch gutgemeinten Brief, noch durch das plötzliche Hereinbrechen einer anderen Leidenschaft in Verwirrung geraten sein, – ja dieser ängstliche Gedanke war selbst nichts anderes als das letzte Erzittern seines einsamen, verschüchterten Gemütes, dem nun durch eine wunderbare Fügung des Schicksals Vertrauen und Sicherheit wiedergegeben war. Immer mehr schien ihm Katharinens eigentliche Sendung die zu sein, ihn zu Sabinen zurückzuführen, in deren Liebe ihm der wahre Sinn seines Daseins beschlossen war; und je vertrauensvoller, an irgendein Ende nicht denkend, Katharina ihr heiteres, junges Herz ihm darbrachte, um so ungeduldiger und hoffnungsvoller verlangte seine tiefste Sehnsucht nach Sabinen hin.

Auch die äußeren Verhältnisse drängten zu baldiger Entscheidung, als der Oktober seinem Ende zuging. Vor allem hielt es Doktor Gräsler für angezeigt, den Besitzer des Sanatoriums zu verständigen, daß er in wenigen Tagen bei ihm eintreffen und die Angelegenheit ins Reine bringen wolle. Da eine Antwort ausblieb, sandte er ein Telegramm nach, ob er darauf rechnen dürfe, Direktor Frank an diesem und diesem Tage anzutreffen. Da auch diesmal keine Erwiderung kam, machte ihn ärgerlich, aber nicht eigentlich besorgt, da ihm das verdrossene, unhöfliche Wesen des Mannes in widerwärtig deutlicher Erinnerung geblieben war. Sabinen selbst sein Kommen in einem Briefe anzukündigen fühlte er sich nach seinen bisherigen Erfahrungen gänzlich außerstande; – er würde einfach hinfahren, da sein, ihr gegenüberstehen, ihre beiden Hände in die seinen nehmen, und ihr klarer Blick sollte – mußte ihm die erlösende Antwort geben.

DREIZEHNTES KAPITEL

Der Tag, an dem Katharinens Urlaub ablief, und an dem sie Gräslers Haus verlassen mußte, um wieder bei den Eltern zu wohnen, war von Beginn an natürlich festgestanden; aber wie nach Verabredung sprachen sie beide mit keiner Silbe von dem nahen und immer näherrückenden Abschied, und Katharinens ganzes Gehaben ließ Trennungsgedanken irgendwelcher Art so wenig

aten, daß Gräsler zu besorgen anfing, ob das anhängliche Ge-
öpf, so wie sie eines Abends ungebeten mit ihrem kleinen Kof-
angerückt war, nicht etwa daran dächte, sich ihm ohne weite-
als Reisegefährtin fürs Leben anzuschließen. So reifte der Plan
hm, eines Morgens, während sie noch schliefe, aus Wohnung
Stadt zu fliehen; und ohne daß sie es merken durfte, begann
mit den Vorbereitungen zu seiner Abreise. Er hatte der Ge-
oten nach dem indischen Schal noch mancherlei anderes aus
n Nachlaß seiner Schwester geschenkt, – auch ein oder das
lere bescheidene Schmuckstück war darunter, während er
ige kostbarere Stücke für Sabine aufzubewahren dachte. Doch
ei Tage vor der geplanten Abreise, in einer regentrüben Nach-
ttagsstunde, während Katharina sich, wie manchmal um diese
t, in das ihr eingeräumte Gemach zurückgezogen hatte, trieb
Gräsler noch einmal hinauf in den Bodenraum, als müßte er
t irgendein letztes Andenken finden, durch dessen Überrei-
ng er nicht nur sein eigenes Gewissen beruhigen, sondern das
ar geeignet sein könnte, Katharina über sein Verschwinden
igermaßen zu trösten. Wie er nun oben suchte und wühlte,
en Koffer nach dem anderen aufschloß; Seidenstoffe, Linnen-
g, Bildermappen, Schleier, Taschentücher, Bänder, Spitzen
rachtete und prüfte, geriet ihm unversehens das Päckchen
der in die Hände, das nach der Verstorbenen Weisung unge-
en zu verbrennen war. Zum erstenmal, wie in der Ahnung,
ß er nun lange Zeit oder nie wieder diesen dahindämmernden
um betreten würde, verspürte er eine Regung der Neugier.
legte das Päckchen beiseite, sich fürs erste vorspiegelnd, daß
es an sicherem Orte aufbewahren und einem späteren Erben
terlassen wollte, der es ja eröffnen dürfte, ohne damit Rück-
aten gegenüber einer nie Gekannten, längst Verstorbenen zu
letzen. So nahm er denn mit ein paar hübschen Kleinigkeiten,
er für Katharina gefunden, vor allem ein zartes Bernsteinkett-
n und eine vergilbte orientalische Stickerei, die er übrigens,
e so manches andere, zu Lebzeiten Friedrikens niemals an ihr
vahrt hatte, diesmal auch jenes ziemlich gewichtige Päckchen
t sich hinab und legte es mit den anderen Dingen auf seinen
areibtisch, ehe er sich in Katharinens Zimmer begab.
Als er eintrat, saß sie auf dem Lehnstuhl, ganz eingewickelt in
en rötlichbraunen, mit goldgestickten Drachen durchwirkten
nesischen Schlafrock, den er ihr neulich geschenkt hatte, eine
strierte Romanlieferung auf dem Schoß, wie sie sie gerne zu

lesen pflegte, und war eingeschlummert. Gräsler betrachtete sie gerührt, vermied es, sie aufzuwecken, ging zurück in sein Arbeitszimmer, setzte sich an seinen Schreibtisch und spielte halb gedankenlos mit den lockeren Fäden, die das Päckchen umschlangen, bis die Siegel knackten und brachen. Er zuckte die Achseln. Warum nicht? sagte er sich dann. Sie ist tot, an eine persönliche Unsterblichkeit glaube ich nicht, und sollte es wider mein Erwarten eine geben, so wird mir Friederikens Seele, die nun in so hohen Regionen schwebt, nichts übelnehmen. Allzu düstere Geheimnisse werden da drin wohl nicht enthalten sein. Das Umschlagpapier war bald entfaltet, und was nun vor ihm lag, waren Briefe in großer Zahl, geschichtet, und einzelne Schichten durch weiße Blätter getrennt; im ganzen, wie bald zu bemerken war, sorgfältig geordnet. Der erste, den Gräsler aufnahm, war über dreißig Jahre alt und von einem jungen Menschen geschrieben, der den Vornamen Robert trug und offenbar die Berechtigung hatte, Friederike in sehr zärtlichen Worten anzureden. Der Inhalt ließ erkennen, daß dieser Robert im Elternhause verkehrt hatte; doch konnte sich Gräsler durchaus nicht besinnen, wer es gewesen sein mochte. Es waren wohl ein Dutzend Briefe von ihm da: verliebtes, aber doch im ganzen recht unschuldiges Geschreibsel, das den Lesenden nicht sonderlich fesselte. Es folgten andere Briefe, aus der Zeit, da Gräsler als Schiffsarzt in der Welt herumgesegelt war und nur alle zwei Jahre auf kurze Frist die Heimat besucht hatte. Doch wechselten hier verschiedene Schriften miteinander ab, und Gräsler vermochte anfangs nicht klug zu werden, was all diese leidenschaftlichen Versicherungen, Treueschwüre, Anspielungen auf schöne Stunden, Wallungen von Eifersucht, Warnungen, unklare Drohungen, ungeheuerliche Beschimpfungen eigentlich zu bedeuten hatten, ja, was diese ganze wüste Angelegenheit überhaupt für einen Bezug auf seine Schwester haben könnte. Und er war schon nahe daran zu glauben, daß diese Briefe an jemanden andern, vielleicht an eine Freundin Friederikens, gerichtet und dieser nur zur Aufbewahrung übergeben worden waren, bis ihm gewisse Schriftzüge plötzlich bekannt vorkamen, und bald, auch nach anderen Anzeichen, kein Zweifel mehr übrig blieb, daß die Briefe von Böhlinger herrührten. Nun entwirrten sich bald die ineinander geflochtenen Fäden des sonderbaren Romans, und es wurde Gräsler klar, daß seine Schwester vor mehr als zwanzig Jahren, also schon als ziemlich reifes Mädchen, mit Böhlinger im geheimen verlobt gewesen war, daß dieser mit Rücksicht auf irgendeine früher vorgefallene Herzensgeschichte Friederikens die Heirat hinausgezögert, daß Friederike ihn dann mit irgend jemandem aus Ungeduld, Laune oder Rache betrogen, und daß sie endlich eine Versöhnung angestrebt, welche Versuche Böhlinger nur mit Ausbrüchen des Hohns und der Verachtung beantwortet hatte. Der Ton seiner letzten Briefe war jeder Mäßigung, ja jedes Anstandes so bar, daß Gräsler nicht recht begreifen konnte, wie sich allmählich doch wieder eine leidliche Beziehung, am Ende sogar eine Art von Freundschaft, zwischen den beiden hatte entwickeln können. Es war eher Spannung als Staunen, was Gräsler während des Lesens empfunden hatte, und so forschte er denn nur in gesteigerter Neugier, ohne tiefere Erschütterung, was für Geheimnisse aus Friederikens Leben ihm die nächsten Blätter verraten würden. Es blieben nicht mehr viele übrig, doch da die Handschriften nun sehr rasch zu wechseln begannen, so durfte Gräsler vermuten, daß Friederike immer nur einzelne Proben zur Aufbewahrung ausgewählt hatte. Da lagen vorerst ein paar Briefe, die nichts enthielten als Buchstaben und Zahlen, offenbar Zeichen geheimer Verständigung. Nun gab es eine Pause von Jahren, dann erschienen Briefe aus der Zeit, da Friederike sich mit dem Bruder zusammengetan hatte, auch französische, englische waren darunter, und zwei in einer vermutlich slawischen Sprache, von der er gar nicht gewußt hatte, daß sie seiner Schwester bekannt gewesen war. Es gab Briefe, die warben, andere, die dankten, es gab achtungsvoll-vorsichtige und verliebt-unzweideutige, in einem und dem anderen Falle tauchte vor Gräsler die verblaßte Erscheinung irgendeines seiner Patienten auf, dem er wohl selbst, ein ahnungsloser Kuppler, die Bekanntschaft mit Friederike vermittelt haben mochte. Der letzte Brief aber, glühend, wirr und voll Todesahnungen, ließ keinen Zweifel übrig, daß ihn der brustkranke neunzehnjährige Jüngling geschrieben, den Gräsler vor zehn Jahren etwa als einen beinahe Sterbenden aus dem Süden nach der Heimat hatte schicken müssen; und unwillkürlich stellte er sich die Frage, ob nicht die vielerfahrene, liebesdurstige Frau, als die sich seine scheinbar so tugendstill gewesene Schwester vor ihm nun entschleierte, jenem armen, jungen Menschen ein allzu frühes Ende bereitet hatte. Aber wenn auch brüderliche Beschämung, daß sie ihn des Vertrauens so wenig würdig, daß sie ihn wohl auch, wie eine andere, für einen Philister gehalten; – wenn auch ein verspäteter Groll, daß er den Leuten so lächerlich erschienen

sein mochte, wie ein betrogener Ehemann, ihm das Bild der Ve
storbenen anfangs verzerren wollte, am Ende überwog doch
dies ein Gefühl der Befriedigung, daß Friederike ihr Leben nic
versäumt hatte, daß er selbst von jeder Verantwortung ihr g
genüber sich frei erkennen durfte, und daß sie, wie nun klar z
tage lag, aus einem Dasein geschieden war, das ihr die Freude
die sie wahrlich im Überfluß genossen, nicht länger bieten wollt
Und als er die Briefe noch einmal betrachtete, den einen und a
deren in die Hand nahm, da und dort etliche Zeilen wieder la
dämmerte ihm auf, daß durchaus nicht alles, was er nun erfahre
für ihn so neu und rätselhaft gewesen war, als es ihm zuerst g
schienen. Mancherlei, so zum Beispiel eine kleine Geschichte, d
sich vor vielen Jahren am Genfer See zwischen Friederike u
einem französischen Kapitän angesponnen, und auf die eines d
eben gelesenen Billette hinwies, hatte er seinerzeit entstehen g
sehen, freilich ohne ihrer Bedeutung inne zu werden oder oh
sich berechtigt zu fühlen, die Selbstbestimmung einer mehr a
Dreißigjährigen anzutasten; und daß zwischen Friederike u
Böhlinger schon in längst entschwundener Kinderzeit eine erns
Neigung sich ankündigte, war ihm ebensowenig verborgen g
blieben, wenn ihm auch deren weitere Entwicklung notwend
entgehen mußte. Und so war es wohl möglich, daß die sonde
baren Blicke, die Friederike in den letzten Jahren manchmal a
ihm hatte ruhen lassen, nicht, wie er früher gefürchtet, Kla
und Vorwurf, sondern daß sie vielmehr eine Bitte um Verzeihu
bedeuteten, weil sie, all ihr Fühlen und Erleben vor ihm ve
schließend, als eine Fremde neben ihm einhergegangen wa
Aber auch er hatte von mancherlei, was er in all der Zeit erle
und durchfühlt, und was sich in solchen ungelesen zu verbrenne
den Briefen wahrscheinlich nicht minder bedenklich ausgenor
men hätte als Friederikens Herzensabenteuer, ihr gerade nur d
Harmloseste erzählt, und so glaubte er sich nicht berechtigt, il
eine geschwisterlich keusche Verschwiegenheit nachzutrage
die er selbst so sorgfältig zu hüten gewußt hatte.

Katharina stand hinter seinem Sessel und legte die Hände u
seine Stirn. »Du?« fragte er wie erwachend. »Ich war schon zwe
mal herinnen,« sagte sie, »aber du warst so vertieft, ich wollte di
nicht stören.« Er sah auf die Uhr. Es war halb neun. Vier Stunde
lang war er in jenes abgelaufene Schicksal eingesponnen gewese
»Ich habe alte Briefe meiner armen Schwester durchgesehen
sagte er, Katharina auf seinen Schoß niederziehend. »Sie war e

rkwürdiges Wesen.« Einen Augenblick dachte er daran, Katha-
en einiges aus dem Inhalt der Briefe mitzuteilen, aber er fühlte
ich, daß er das Andenken der Toten nur verletzen würde,
nn er sich einfallen ließe, ihre Geschicke vor einem Geschöpf
szubreiten, dem notwendig das tiefere Verständnis dafür fehlen
d das sich am Ende einfallen ließe, hier gewisse Ähnlichkeiten
rauszuspüren, die in höherem Sinne keineswegs vorhanden
ren. So deutete er denn durch eine Handbewegung, mit der er
Briefe zugleich zur Seite schob, an, daß sie das Vergangene
lten ruhen lassen; und im Ton eines Menschen, der aus dunk-
Träumen zu einer lichten Gegenwart emportaucht, fragte er
charina, wie sie sich indes die Zeit vertrieben. Sie hätte in ih-
n Roman weitergelesen, berichtete sie, das Silber und das Glas
dem Toilettentisch wieder einmal sorgfältig geputzt, an dem
iten chinesischen Hauskleid einige Knöpfe versetzt; schließ-
1 aber mußte sie auch eingestehen, daß sie ein halbes Stünd-
en im Treppenhaus mit der Buchdruckersgattin geschwatzt,
doch eine recht brave, tüchtige Frau sei, wenn der gestrenge
rr Doktor sie auch nicht wohl leiden möge. Ihm war es frei-
1 weder recht, daß sie an der Unterhaltung mit einer so unter-
ordneten Person Gefallen fand, noch daß sie mit dem chinesi-
en Schlafrock angetan im Treppenhaus gestanden war; aber
n dauerte es ja nicht mehr lange, in wenigen Tagen war er weit
t, in einer würdigeren, reineren Umgebung; würde Katharina
mals und auch die Heimatstadt nur auf Stunden und Tage
edersehen, da ja das Sanatorium hoffentlich das ganze Jahr
durch seine Anwesenheit und Tätigkeit erfordern dürfte.
liefen seine Gedanken weiter, während er Katharina noch im-
r auf dem Schoße hielt und mechanisch mit der einen Hand
e Wangen und ihren Hals streichelte. Plötzlich aber merkte er,
3 sie ihn aufmerksam und traurig betrachtete. »Was hast du?«
gte er. Sie schüttelte nur den Kopf und versuchte zu lächeln.
d er sah mit Rührung und Staunen, wie ein paar kleine Trä-
1 aus ihren Augen rollten. »Du weinst«, sagte er leise und war
diesem Augenblick Sabinens sicherer als je zuvor. – »Was du
ht denkst«, erwiderte Katharina, sprang auf, machte ein lusti-
s Gesicht, öffnete die Türe zum Speisezimmer und wies auf den
undlich gedeckten Tisch. »Und erlauben der Herr Doktor
ch, daß ich im Schlafrock bleibe?«
Da fiel ihm ein, daß er ihr wieder etwas vom Boden herunter-
oracht hatte; er suchte nach dem Bernsteinkettchen, das auf

dem Schreibtisch zwischen die Briefe geglitten war, und als er
gefunden, legte er es ihr um den Hals. »Schon wieder?« sagte s
– »Nun ist es aber auch das letzte«, erwiderte er, doch gleich b
dauerte er die Bemerkung, die schwerer klang, als sie gemei
war. Er wollte sich verbessern. »Ich meine nämlich« – sie erh
leicht die Hand, als wollte sie ihm Schweigen gebieten. Sie se
ten sich zu Tische. Plötzlich, nach einigen Bissen, fragte s
»Wirst du manchmal an mich denken dort unten?« Es war c
erstemal, daß sie auf die bevorstehende Trennung anspielte,
daß Gräsler etwas betroffen war, was sie ihm wohl anmerk
denn sie setzte rasch hinzu: »Sag' nur ja oder nein.« – »Ja«,
widerte er, mühsam lächelnd. Sie nickte, wie vollkommen befr
digt, schenkte für sie beide Wein ein, und nun plauderte sie w
ter in ihrer Art, harmlos, lustig, als gäbe es kein Abschiedno
men – oder doch, als läge ihr wenig daran, wenn es einmal da
kommen mochte. Später wickelte sie sich fest in den chinesisch
Schlafrock, dann wieder ließ sie ihn, der ihr viel zu weit war, l
um ihre Glieder wallen, zog ihn über den Kopf, ließ ihn sink
dann tanzte sie im Zimmer auf und ab, in der einen Hand c
geraffte Hauskleid mit den goldgestickten Drachen, in der a
dern das Weinglas, lachte hell mit verschwimmenden süßen A
gen; endlich nahm Gräsler sie in die Arme und trug sie me
als er sie führte, in Friederikens halbdunkles Gemach, wo er
mit einer Lust umfing, auf deren geheimem Grund er den dun
fen Groll gegen die Dahingeschiedene, die Schwester, die Lüg
rin, zittern und verglühen fühlte.

VIERZEHNTES KAPITEL

Am nächsten Morgen, noch während Katharina schlief, erh
sich Gräsler von ihrer Seite, um seine kleine Patientin, die s
längst vortrefflich befand, aber das Bett noch nicht verlass
durfte, ein letztes Mal zu besuchen. Doch daß von seiner so na
bevorstehenden Abreise nicht etwa auf dem Umweg über c
Buchdruckersgattin die Kunde zu Katharina dringe, versiche
er die freundliche Mutter seiner Kranken, daß er wohl noch e
Woche in der Stadt zu bleiben gedenke. Frau Sommer lächel
»Wie gut begreif' ich, daß Ihnen der Abschied von Ihrer klein
Freundin schwer wird! Was für ein reizendes Geschöpf! Und v
sie gar in dem chinesischen Schlafrock aussieht, den Sie ihr g

schenkt haben.« – Der Doktor runzelte die Stirn, dann beschäftigte er sich mit der kleinen Fanny, die ihre blonde Puppe mit Kinderernst frisierte. Vor einigen Tagen hatte er begonnen, dem Kinde von den wilden Tieren zu erzählen, die einst, für einen Zirkus bestimmt, auf dem gleichen Schiff mit ihm von Australien nach Europa gereist waren; und seither ließ ihn die Kleine nie fort, ohne daß er die Geschichte wiederholen und ihr eine genaue Schilderung der Löwen, Tiger, Panther, Leoparden geben mußte, deren Fütterung in den unteren Schiffsräumen er zuweilen beigewohnt hatte. Heute faßte er sich kürzer als sonst, denn vor der für morgen früh geplanten Abfahrt hatte er noch allerlei Vorbereitungen zu treffen. Er stand plötzlich auf zur großen Unzufriedenheit der Kleinen, wurde aber noch in der Tür von Frau Sommer mit einem Dutzend Fragen hinsichtlich der weiteren Pflege des Kindes angehalten, die er schon hundertmal beantwortet hatte. Seine Ungeduld entging ihr nicht, aber sie versuchte, ihm das Scheiden schwer zu machen, indem sie gewohntermaßen sich nah, fast bis zur Berührung, an ihn herandrängte und ihn mit dankbar zärtlichen Augen anblickte. Endlich gelang es ihm, sich loszureißen, und rasch eilte er die Treppe hinunter. Katharina hatte von ihm nur so viel erfahren, daß er heute allerlei in der Stadt besorgen und endlich einmal sich auch wieder im Spital zeigen wolle, so daß sie nicht ungeduldig werden und er zu seinen Reisevorbereitungen genügend Zeit haben mochte. Er fuhr ins Krankenhaus, verabschiedete sich vom Chefarzt, machte einige Einkäufe in der Stadt, gab Auftrag wegen Fortschaffung und Verladung seines Gepäcks und sprach endlich bei Böhlinger vor, mit dem er noch allerlei Geschäftliches zu bereden hatte. Jener schien seine Unruhe kaum zu bemerken und gab ihm, mit einigen klugen Ratschlägen, die besten Wünsche für einen günstigen Abschluß des Anstaltskaufes auf die Reise mit. Er enthielt sich, mit Absicht offenbar, jeder naheliegenden Anspielung, und Gräsler fiel es erst auf der Treppe ein, daß er soeben mit einem Liebhaber einer verstorbenen Schwester gesprochen hatte. Nun aber trieb es ihn nach Hause zum letzten gemeinsamen Mittagessen mit Katharina. Diese letzten Stunden wollte er ungestört mit ihr verbringen, ohne sich das geringste merken zu lassen, und morgen früh, während sie noch schlief, mit Hinterlassung eines Briefes, der auch eine kleine Geldsumme enthalten sollte, von ihr stummen Abschied nehmen.

Als er in sein Speisezimmer trat, fand er nur ein Gedeck aufgelegt; die Buchdruckersfrau erschien und bemerkte mit einem Ausdruck boshaft-albernen Bedauerns, daß auf Anordnung des Fräuleins, das sich entschuldigen ließe, sie selbst den Mittagstisch besorgt hätte. Gräslers Blick schien sie so zu erschrecken, daß sie das Zimmer sofort verließ; er aber ging rasch in sein Arbeitszimmer, wo er einen verschlossenen Brief Katharinens vorfand. Er öffnete ihn und las: »Mein lieber, mein allerliebster Doktor. Es war so schön bei dir. Ich werde viel an dich denken müssen. Ich weiß ja, daß du morgen fortreist, da ist es wohl besser, ich störe dich heute nicht mehr. Laß es dir wohlergehen. Und wenn du im nächsten Jahre wiederkommst – aber bis dahin hast du mich ja längst vergessen. Ich wünsche dir auch, daß du eine schöne Fahrt übers Meer hast. Und ich danke dir für alles viele viele Male. Deine treue Katharina.« Gräsler war von den herzlichen Worten, von der unbeholfenen Kinderschrift in gleicher Weise ergriffen. »Liebes, gutes Wesen«, sagte er vor sich hin. Aber er wollte nicht weich werden; er begab sich wieder zurück ins Speisezimmer, ließ sich das Essen bringen und trug in den Zwischenpausen eifrig Bemerkungen in sein Notizbuch ein, um nur ja kein Wort an die Buchdruckersfrau richten zu müssen, die er übrigens gleich nach Tische wieder entließ. Er selbst ging von einem Zimmer ins andere. Überall war die vollkommenste Ordnung, alles, was Katharinen gehörte, war fortgeschafft, nicht war zurückgeblieben als ein eigentümlicher Duft, besonders in dem Zimmer, das sie durch drei Wochen bewohnt hatte. Im übrigen erschien Gräsler die ganze Wohnung, obwohl gar nichts darin fehlte, unsäglich kühl und öde. Er fühlte sich so vereinsamt mit einem Male, daß ihm der Gedanke durch den Kopf fuhr, ob er nicht, alle übrigen Hoffnungen und Möglichkeiten in den Wind schlagend, sich Katharina einfach aus dem Elternhause wieder zurückholen sollte; doch sah er zugleich die Unklugheit, ja Lächerlichkeit eines solchen Einfalls ein, dessen Ausführung seine ganze Zukunft in Frage gestellt und ein Glück, das nun so nahe herangerückt schien, für alle Zeit vernichtet hätte. Wundersam hell leuchtete mit einem Male Sabinens Bild in seiner Seele auf. Es fiel ihm ein, daß ihn nun nichts mehr abhielt, schon heute mit dem Abendzug abzureisen, und daß er schon morgen früh Sabine wiedersehen könnte. Doch ließ er diesen Gedanken wieder fahren, weil er sich scheute, der Ersehnten nach einer vielleicht schlaflosen Nachtreise unfrisch und müd gegenüberzutreten, und so beschloß er, die gewonnene Zeit lieber zur Abfassung eines

efes zu benützen, der seinen Besuch ankündigen und in gün-
ẓer Weise vorbereiten sollte. Aber als er vor dem Schreibtisch
, die Feder in der Hand, wollte ihm auch nicht ein Satz gelin-
, der den Zustand seines Innern auch nur annähernd auszu-
cken vermocht hätte, und er begnügte sich mit den wenigen,
r groß und gleichsam leidenschaftlich hingeworfenen Wor-
: »Morgen abend bin ich bei Ihnen. Ich hoffe gütigen Emp-
g. In Sehnsucht E. G.« Dann faßte er ein Telegramm an Dok-
Frank ab des Inhalts, daß er morgen früh ankäme und in
ner Wohnung Bescheid zu finden wünsche, ob mit den Bau-
eiten am 15. November begonnen werden könne. Er beför-
te Brief und Telegramm persönlich zum Amt, begab sich wie-
nach Hause, räumte, ordnete, verschloß, packte seine Hand-
che und legte ganz obenauf eine kleine antike, in Gold gefaßte
mee, die das Haupt einer Göttin vorstellte. In der Nacht fuhr
wohl ein halbes dutzendmal auf, in einer wirren Traumangst,
wäre alles für immer verloren, Sabine und Katharina und das
natorium und sein Vermögen und seine Jugend und die schöne
ne des Südens und die Kamee aus Elfenbein – wenn er morgen
Abfahrtsstunde verschliefe.

FÜNFZEHNTES KAPITEL

war ein später, aber mild-sonniger Herbstnachmittag, als
ktor Gräsler in dem Badestädtchen ankam. Vor dem Bahn-
fsgebäude stand wohl ein halbes Dutzend Hotelwagen und
ei Droschken; die Lohndiener riefen die Namen ihrer Gasthöfe
s, aber ohne rechte Überzeugung, da zu dieser vorgerückten
ireszeit Kurbedürftige nicht anzukommen pflegten. Doktor
äsler fuhr nach seiner Wohnung und wies den Kutscher an, zu
rten. Er fragte vorerst nach Briefen, war geärgert, daß keine
twort von Doktor Frank, bitter enttäuscht, daß nicht eine
grüßende Zeile von Sabine da war, und erkundigte sich bei der
älligen Hauswirtin, was es aus Stadt und Umgebung zu be-
hten gäbe, ohne neues, auch aus dem Forsthause nicht, wie er
nkel gefürchtet hatte, zu erfahren. Endlich, schon im tiefen
enddämmer, fuhr er die wohlbekannte Straße zwischen den
m größeren Teil verlassenen Villen und den finsteren Hügeln,
ter einem sternenlosen Himmel, talaufwärts der Stätte zu, wo
n – nun wußte er mit einem Male unerbittlich klar, was er sich

tagelang und noch bis in die letzte Stunde töricht zu verh
gesucht hatte – ein verzweifelter, wahrscheinlich hoffnung
Versuch bevorstand, die halb leichtfertig, halb feig verscl
Gunst des herrlichsten Wesens neu zu erobern.

Während er in seiner Seele so unablässig wie vergeblich
unwiderleglichen Worten der Rechtfertigung, unwiderstehl
der Zärtlichkeit suchte, hielt plötzlich der Wagen – wie D
Gräsler vorkam – mitten auf der Landstraße –; und mit «
Male, als wäre eben erst das Haus erleuchtet worden, fiel ei
licher Schein über den Fußpfad zu ihm her. Er stieg aus; lan
um sein heftig klopfendes Herz zu beruhigen, schritt er bis
Eingang, auf sein Klingeln wurde geöffnet, zugleich tat sic
Tür des Wohnzimmers auf, aus der eben Frau Schleheim
während am Tische, den Blick von einem Buch erhebend, S
ruhig sitzengeblieben war. »Das ist ja hübsch,« sagte die M
ihm herzlich die Hand entgegenstreckend, »daß Sie sich un
arme, verlassene Frauen kümmern.« – »Ich war so frei, Frä
Sabine durch ein Wort zu verständigen.« Nun hatte auch S
sich erhoben und dem Doktor, der bis an den Tisch herang
ten war, freundlich die Hand reichend, sagte sie: »Seien Sie
kommen.« Er versuchte in ihrem Blick zu lesen, der klar,
klar auf ihm ruhen blieb. Er fragte nach dem Herrn des Ha
»Er ist auf Reisen«, erwiderte Frau Schleheim. »Und darf
wissen, wo er sich zur Zeit befindet?« fragte Doktor Gräsler
ter, während er auf Sabinens Einladung Platz nahm. Frau S
heim zuckte die Achseln. »Wir wissen es selber nicht. Das
siert zuweilen. Er kommt schon wieder nach ein paar Wo
Wir kennen das«, schloß sie mit einem verständnisinnigen
zu ihrer Tochter hin. »Sie bleiben längere Zeit hier, Herr
tor?« fragte diese. Er sah sie an, aber ihr Blick blieb ihm die
wort schuldig. »Es kommt darauf an«, sagte er. »Nicht allzu
wohl – bis ich eben meine Angelegenheiten erledigt habe.« S
nickte wie abwesend.

Das Mädchen trat ein, um den Tisch zu decken. »Sie ble
doch zum Abendessen bei uns?« fragte die Mutter. Er zö
mit der Antwort; wieder fragte sein Blick bei Sabine an. »N
lich ißt der Herr Doktor mit uns. Wir haben mit Sicherheit d
gerechnet.« Gräsler fühlte: Nicht Güte erweist sie mir – G
vielleicht. Und er neigte stumm sein Haupt.

Da nun alle schwiegen und ihm das besonders peinlich
begann er lebhaft: »Vor allem muß ich morgen den Doktor F

fsuchen. Denn denken Sie, meine Damen, er hat mir auf meine
zten Briefe nicht einmal geantwortet. Aber ich hoffe noch im-
r, daß wir uns einigen werden.« – »Zu spät«, warf Sabine kühl
a, und Gräsler fühlte gleich, daß sich dies nicht allein auf das
rsäumte Geschäft bezog. »Doktor Frank,« erklärte Sabine dann,
at sich entschlossen, die Anstalt selbst weiterzuführen. Seit ein
ar Tagen wird schon fleißig renoviert. Ihr Freund, der Bau-
:ister Adelmann, hat die Arbeiten übernommen.« – »Mein
eund ist er nicht,« sagte Gräsler, »sonst hätte er mich wohl
gendwie verständigt.« Und er schüttelte den Kopf, schwer und
ıgsam, als hätte er an dem Baumeister eine bittere Enttäu-
ıung erlebt. »Unter diesen Umständen,« bemerkte Sabine höf-
h, »werden Sie wohl wieder nach dem Süden gehen?« – »Na-
rlich«, erwiderte Gräsler rasch. »Nach meiner guten Insel Lan-
rote. Ja. Überhaupt dieses Klima hier! Wer weiß, ob ich solch
ıem mitteleuropäischen Winter noch gewachsen wäre.« Es fiel
n ein, daß er bei der mangelhaften Schiffsverbindung vor Mitte
ovember auf der Insel nicht eintreffen und daß er bis dahin, da
sich weder angekündigt noch entschuldigt hatte, seinen Platz
ıon ausgefüllt finden könnte. Nun, glücklicherweise war er
:ht mehr darauf angewiesen. Wenn es ihm beliebte, konnte er
h ein halbes Jahr und länger Ferien gönnen; ja, wenn er sich
r ein wenig einschränkte, durfte er seine Praxis gänzlich auf-
ben. Aber der Gedanke machte ihn bange. Er war ja gar nicht
stande, ohne Beruf zu leben. Er mußte arbeiten, Menschen
sund machen, das Dasein eines edeln, tätigen Mannes führen –
d am Ende war ihm dies Los doch noch an dieses wunder-
nen, reinen Wesens Seite bestimmt, das ihn für sein Zögern
lleicht nur ein wenig strafen, ihn vielleicht noch einmal prüfen
llte. Und so erklärte er, daß er bisher keinerlei bindende Ab-
ıchungen getroffen, daß er noch einen Brief aus Lanzarote zu
varten habe mit der Annahme von neuen vorteilhaften Bedin-
ngen, die er der dortigen Verwaltung gestellt hätte, und wür-
n die ihm nicht gewährt, so sei er entschlossen, den kommen-
n Winter zu Studienzwecken an verschiedenen deutschen
iiversitäten zu verbringen. Oh, er wäre auch in seiner Vaterstadt
ineswegs mäßig gewesen; nicht nur, daß er das Krankenhaus
ißig besucht, er habe sogar Privatpraxis ausgeübt. Ganz zu-
lig natürlich. Ein Kind war es gewesen, ein reizendes kleines
ädchen von sieben Jahren, das Töchterchen einer Witwe, die in
nem Hause wohnte. Er konnte sich dem nicht entziehen. Es

war ein nicht unbedenklicher Fall gewesen . . . Scharlach.
das Kind war nun außer aller Gefahr. Sonst hätte er kaum :
sen können. Während er so redete, versuchte er das Bild der
Sommer in seiner Erinnerung hervorzurufen; aber imm(
schien statt ihrer die Dame mit dem Puppengesicht aus
illustrierten Familienblatt, die seine Träume auf der Schiff:
erfüllt hatte. Offenbar bestand eine gewisse Ähnlichkeit; – j
wiß, war sie ihm denn nicht gleich aufgefallen? Sabine hatt
nen letzten Mitteilungen anscheinend mit wachsendem A
doch, wie er vielleicht nur aus seinem bangen Gewissen h
fürchtete, mit geringem Glauben zugehört, und beinahe u
mittelt begann sie von ihren beiden Freundinnen zu erzä
deren Gräsler sich wohl erinnern dürfte, und von denen die
gere sich mit einem verspäteten Kurgast aus Berlin verlobt l
Zur Hochzeit wollte man dorthin reisen und bei dieser Geli
heit, wie die Mutter bemerkte, sich nach langer Zeit wiedei
mal in den Großstadttrubel stürzen. Von neuem und unged
ger, beschwörend beinahe, richtete Gräslers Blick an Sabin
Frage: Wie ist's nun eigentlich mit uns beiden? Aber ihre A
blieben undurchdringlich; und wenn sie selbst auch im I
des Abends freundlicher, ja milder geworden schien, er fü
daß er das Spiel so gut wie verloren hatte. Doch wehrte sich
Stolz dagegen, eine solche, gleichsam stumme Verabschied
wie sie ihm zugedacht schien, hinzunehmen, und er war
schlossen, Sabine vor seinem Fortgehen um eine Unterre(
zu bitten. Als er sich erhob und mit erkünstelter Leichti
auf die Möglichkeit eines weihnachtlichen Wiedersehens in
lin anspielte, stand auch Sabine vom Tische auf, und ihre
sicht war unverkennbar, dem Gast das Geleite zu geben. U
gingen sie denn Seite an Seite, wie in jenen schöneren Ze
doch schweigend, unter den Tannen der Straße zu, wo der
gen wartete. Plötzlich aber, fast unwillkürlich, hielt Gräsler
und fragte: »Sind Sie mir böse, Sabine?« – »Böse?« erwider
tonlos. »Warum sollt ich?« – »Mein Brief, ich weiß es ja, meil
glückseliger Brief.« Und da er sie, im Dunkel, nur schmel
mit einer abwehrenden Handbewegung zusammenzucken
versuchte er, hastig, im Gefühl sich immer unrettbarer zu
stricken, eine Erklärung. Sie habe seinen Brief mißverstal
völlig mißverstanden. Seine Gewissenhaftigkeit, sein Pflic
fühl habe ihn zu diesem Briefe veranlaßt. Oh, wenn er einfac
nem Herzen, seiner Leidenschaft gefolgt wäre! – Er hatte :

iebt, angebetet, vom ersten Augenblick an, da er ihr am Kran-
ibett der Mutter gegenübergestanden. Aber er hätte ja nicht
i Mut gehabt, an sein Glück zu glauben. Nach einem so
itlosen, so einsamen, so friedlosen Dasein! Er hatte nicht mehr
hoffen, nicht mehr zu träumen gewagt. Ein alter Mann wie er!
inah ein alter Mann. Denn freilich, nicht die Zahl der Jahre
che die Jugend aus, das fühle er wohl. Gerade in den endlosen
ichen der Trennung habe er es einsehen gelernt. . . . Aber ihr
ef, dieser wunderbare, himmlische Brief – oh, solcher Worte
ir er nicht wert gewesen . . . So überstürzten und verwirrten
i seine Worte, und er wußte, daß er die rechten nicht fand,
ht finden konnte, weil zwischen seinen Lippen und ihrem Her-
i der Weg verschüttet war. Und als er endlich, hoffnungslos,
: dem fast erstickten Ausruf endete: »Verzeihen Sie, Sabine,
zeihen Sie mir« – hörte er sie wie aus der Ferne erwidern:
h habe Ihnen nichts zu verzeihen. Aber es wäre hübscher ge-
sen, wenn Sie nicht gesprochen hätten. Das hab' ich gehofft.
ist hätte ich Sie gebeten, nicht zu kommen.« Ihre Stimme
ng nun so hart, daß Gräsler mit einem Male neue Hoffnung
te. War es nicht beleidigte Liebe, die sie so unversöhnlich
chte? *Beleidigte* Liebe – aber eben doch *Liebe*, die noch vorhan-
i war, deren sie sich nur schämte? Und er begann mit neuem
it: »Sabine – ich will nichts von Ihnen erbitten, als dies eine –
i ich im nächsten Frühjahr wiederkommen, Sie im nächsten
ihjahr noch einmal fragen darf.« – Sie unterbrach ihn: »Es ist
ht kühl heraußen. Leben Sie wohl, Doktor Gräsler.« Und er
ubte trotz der Dunkelheit ein spöttisches Lächeln auf ihrem
clitz zu sehen, als sie hinzufügte: »Ich wünsche Ihnen für wei-
hin alles Gute!« – »Sabine!«
ir faßte ihre Hand, er versuchte sie zu halten. – Sie entzog sie
i sanft. »Reisen Sie glücklich«, sagte sie, und in ihrer Stimme
ng noch einmal alle Güte mit, die ihm nun für alle Zeit ver-
en war; sie wandte sich, ohne ihren Schritt zu beschleunigen,
ir unwiderrufbar ging sie nach dem Hause zurück, hinter des-
Türe sie verschwand.
Nur eine kurze Weile stand Gräsler starr, dann eilte er zum
igen, stieg ein, hüllte sich in Mantel und Decke und fuhr
rch die Nacht heimwärts. Trotz erwachte in seinem Herzen.
t denn, sagte er bei sich, du willst es so, du treibst mich selbst
die Arme einer andern, du sollst deinen Willen haben. Mehr
ch. Du sollst es erfahren . . . Eh' ich in den Süden reise, komme

ich mit ihr hierher. Ich werde ein paar Tage mit ihr hier wohnen. Ich werde mit ihr spazierenfahren, am Forsthause vorbei. Du sollst sie sehen! Du sollst sie kennenlernen. Du sollst mit ihr sprechen. Hier erlaube ich mir, Ihnen meine Braut vorzustellen, Fräulein Sabine! Keine so reine Seele als Sie, mein Fräulein, aber dafür auch keine so kalte! Nicht so stolz, aber gütig. Nicht so keusch, aber süß! Katharina heißt sie – Katharina ...

Er sprach den Namen laut vor sich hin. Und je weiter der Wagen sich vom Forsthaus entfernte, um so heißer stieg die Sehnsucht nach Katharina in ihm empor, und wurde bald zu dem wundersam sicheren Frohgefühl, daß er die Geliebte bald – morgen – morgen abend schon wieder in seinen Armen halten konnte. Was sie für Augen machen würde, wenn sie ihn plötzlich abend um sieben Uhr in der Wilhelmstraße erblickte? Das sollte eine Überraschung sein. Und eine andere, größere stand ihr bevor. Denn ein Philister war er nicht. Er hatte nichts anderes als den Wunsch, glücklich zu sein, und so wollte er das Glück nehmen, wo es so herzlich, so unbedenklich, so wahrhaft frauenhaft dargeboten wurde, wie von Katharina ... Katharina ... Wie gut war es doch, daß er Sabine noch einmal gesehen hatte. Nun erst wußte er, daß Katharina die Rechte für ihn war und keine andere.

SECHZEHNTES KAPITEL

Am nächsten Abend, eine Stunde nach seiner Ankunft, stand er an der Straßenecke, von der aus er Katharina sofort erblicken mußte, wenn sie den Handschuhladen verließ. Die beiden neben ihr in dem Geschäft angestellten Verkäuferinnen traten eine nach der andern aus der Tür und verschwanden, die Rolladen wurde geschlossen, der Geschäftsdiener entfernte sich, das Bogenlicht erlosch – und Katharina war nicht erschienen. Sonderbar. Höchst sonderbar. Ihr Urlaub war doch abgelaufen! Was also konnte sie vom Geschäfte ferngehalten haben? Eine plötzliche Eifersucht flammte in Gräsler auf; kein Zweifel – sie war mit jemand anderm zusammen. Mit einem alten Bekannten vermutlich, für den man wieder Zeit hatte, jetzt, da der alte Doktor aus Portugal mit den indischen Schleiern und Bernsteinketten abgereist war. Vielleicht war's auch eine ganz neue Bekanntschaft. Warum nicht? So was macht sich ja sehr geschwind bei unsereinem, Fräulein Katharina, nicht wahr? Wo mögen Sie denn nur stecken? Im Theater war

scheinlich! Das ist ja wohl die feststehende Reihenfolge? Am ersten Abend Theater und gemeinsames Abendessen, am zweiten
– alles übrige! Das hatte sie wohl schon etliche Male mitgemacht.
Aber daß die Geschichte gleich am nächsten Tage von neuem
anfing, das ging denn doch über den Spaß! Die Elende, um deretwillen er ein Wesen wie Sabine verloren hatte. Davonspaziert mit
Schals und Hüten und Kleidern und Schmuck und macht sich am
Ende noch lustig mit irgendeinem jungen Kerl über den alten
Narren aus Portugal ... So jagten seine Gedanken, und in absichtlicher Selbstquälerei lehnte er die Möglichkeit harmloserer
Gründe für Katharinens Nichterscheinen innerlich ab. Was also
beginnen? Sich ruhig nach Hause trollen und die Sache auf sich
beruhen lassen, das wäre gewiß das Vernünftigste gewesen; aber
so viel Selbstüberwindung brachte er nicht auf. So entschloß er
sich denn, den Weg nach der Vorstadt einzuschlagen, um vor
allem einmal in der Nähe ihres Hauses Aufstellung zu nehmen
und zu warten. Es würde sich ja bald zeigen, mit wem sie angerückt käme, es sei denn, sie hätte sich etwa bei dem neuen Liebhaber gleich häuslich eingerichtet ... Aber das war nicht zu
befürchten. Es fand sich nicht bald wieder ein Narr, solch ein
Geschöpf als Hausgenossin bei sich aufzunehmen, solch ein abgefeimtes, schwatzhaftes, ungebildetes, verlogenes Ding. Er verachtete sie unbändig und gab sich diesem Gefühl rückhaltlos, ja
mit einer gewissen Wollust hin. Finden Sie das etwa philiströs?
Mein Fräulein, wandte er sich plötzlich an die ferne Sabine, gegen
die er nun gleichfalls einen heftigen Groll in sich aufsteigen verspürte. Nun, ich kann Ihnen nicht helfen. Es kann eben keiner
aus seiner Haut, kein Mann und kein Weib. Die eine ist zur
Dirne geboren, die andere ist dazu geschaffen, eine alte Jungfer
zu werden, und eine dritte, trotz der besten Erziehung in einem
guten deutschen Bürgerhaus, führt eine Existenz wie eine Kokotte, hintergeht ihre Eltern, ihren Bruder – und bringt sich um,
wenn kein gefälliges Männerherz mehr sich findet. Und mich hat
Gott nun einmal zum Pedanten und Philister geschaffen. Aber
beim Himmel, es ist nicht das Schlechteste, ein Philister zu sein!
Denn wenn man gegenüber gewissen Frauenzimmern nicht den
Philister herauskehrt, so ist man eben der Genarrte. Und ich bin
noch lange nicht Philister genug; denn wenn ein gewisses Fräulein zufällig ihr Stelldichein verschoben hätte und um sieben Uhr
abends sittsam aus dem Geschäft gekommen wäre, ich wäre wahrhaftig imstande gewesen und hätte sie mir als Frau Doktor nach

Lanzarote mitgenommen. Da hätten Sie wohl Ihre Freude da
gehabt, Herr Direktor. Aber daraus wird nichts. Ich kom
Gott sei Dank so allein, wie ich abgereist bin, wenn ich üt
haupt komme, was noch nicht ausgemacht ist. Keineswegs a
werde ich Ihrem geschätzten Befehle nach schon am 27. Okto
eintreffen, selbst, wenn es noch möglich wäre! Vorher we
ich nach Berlin, möglicherweise auch nach Paris fahren und m
einmal ordentlich amüsieren, so wie ich mich noch nie amüsi
habe. Und er träumte sich in übel-berüchtigte Lokale mit wil
Tänzen von halbnackten Weibern, plante ungeheuerliche Org
als eine Art dämonischer Rache an dem erbärmlichen Geschlec
das so tückisch und treulos an ihm gehandelt, Rache an Kat
rina, an Sabine und an Friederike.

Indes war er unversehens vor Katharinens Wohnhaus an
langt. Ein unfreundlicher Wind hatte sich erhoben und fegte
Staub durch die armselige Gasse. Da und dort wurden eilig F
ster geschlossen. Gräsler sah auf die Uhr. Es war noch lange ni
acht. Wie viele und was für Stunden standen ihm nun bevor.
konnte zehn werden, auch elf Uhr, zwölf, auch morgen früh,
das Fräulein nach Hause kam.

Der Gedanke, so aufs Ungewisse hin hier in Wind und Rege
schon fielen die ersten Tropfen – stundenlang auf und ab zu l
fen, war recht peinlich. Und nun begann er doch einer inne
Stimme Gehör zu geben, die sich schon längst schüchtern gen
det hatte: Wenn Katharina am Ende zu Hause wäre? Vielleic
daß sie früher aus dem Geschäft fortgegangen war – wenn
auch am ersten Tag nach ihrem Urlaub nicht viel Wahrsche
lichkeit für sich hatte. Oder ihr Urlaub war noch gar nicht ab
laufen, und sie verbrachte den letzten freien Tag im Kreise
Familie? Er glaubte das alles selbst nicht recht, aber diese
wägungen taten ihm wohl, um so mehr, als es ja nicht übermä
schwierig war, sich Gewißheit zu verschaffen. Man bemühte s
einfach die drei Treppen hinauf und fragte oben beim He
Postbeamten Rebner, ob das Fräulein Tochter nicht daheim w
Das würde kaum sonderlich auffallen. So genau nahm man
wohl nicht in einer Familie, wo das Fräulein Tochter mit dopp
soviel Gepäck vom Lande zurückkam, als sie abgereist war. U
wenn sie nicht zu Hause war, so erfuhr man vielleicht bei die
Gelegenheit, unter welch einem Vorwand sie den Abend au
Haus verbrachte. Und wenn sie daheim war, nun, um so bes
da war ja alles schön und gut, da hatte man sie eben gleich wie

330

d machte alles Nötige für morgen, übermorgen und die näch-
n Tage mir ihr ab. Denn dann war ja alles unsinnig, was ihm
rch den Kopf gegangen war. Dann hatte er nichts zu tun, als
innerlich abzubitten, was er ihr zugemutet in seiner erbärmli-
en Laune, an der eine andere viel mehr Schuld trug als sie.
stand er mit den besten Gesinnungen für sie vor der Woh-
ngstür.

Er klingelte; eine kleine ältliche Frau im Hauskleid, mit vor-
bundener Küchenschürze, öffnete und sah ihn verwundert an.
»Verzeihung,« sagte Gräsler, »ich bin hier recht bei Herrn
stbeamten Rebner?« – »Gewiß, ich bin seine Frau.« – »Natür-
h. Ja. Ich möchte gern – ich wollte nämlich fragen, ob ich viel-
cht ein Wort mit Fräulein Katharina sprechen könnte. Ich habe
mlich das Vergnügen –« – »Ah,« unterbrach ihn Frau Rebner
htlich erfreut, »Sie sind wohl der Herr Doktor, den Katharina
' dem Land bei Ludmilla kennengelernt, und von dem sie das
öne Tuch bekommen hat?« – »Ja, der bin ich, Doktor Gräsler
mein Name.« – »Freilich, – Doktor Gräsler . . . sie hat uns von
en erzählt . . . ja. Und ich will gleich nachsehen, ob es mög-
h ist, sie liegt nämlich zu Bette. Gestern ist sie erst zurückge-
mmen, sie wird sich wohl erkältet haben.«

Gräsler erschrak heftig. »Zu Bette? Seit wann?« – »Sie ist heute
ch gar nicht aufgestanden. Es wird wohl auch ein wenig Fieber
bei sein.« – »Haben Sie denn schon einen Arzt hier gehabt,
u Rebner?« – »Ach, das Frühstück hat ihr noch so gut ge-
meckt, das geht schon vorüber.« – »Vielleicht würden Sie
r aber erlauben, da mich der Zufall eben hergeführt hat – ich
nke, Fräulein Katharina wird nichts dagegen haben.« – »Nun
da Sie doch Arzt sind, es trifft sich vielleicht ganz gut.«

Und sie führte ihn durch ein ziemlich geräumiges, nicht er-
chtetes Zimmer in ein kleineres, wo Katharina im Bette lag.
f dem Nachtkästchen stand eine Kerze, von der ein Licht-
ein über das feuchte, weiße Tuch flackerte, das vielfach zu-
mmengefaltet auf Katharinens Stirn lag, so daß ihre Augen
erst ganz unsichtbar waren.

»Katharina«, rief Gräsler. Sie rückte das Tuch anscheinend
hsam von den Augen fort, die trüb erglänzten. »Guten
end«, sagte sie mit einem schwachen Lächeln, doch wie ab-
esend.

»Katharina!« Er stand an ihrem Bett, entfernte hastig die
cke von ihrem Hals, schob das Hemd von ihren Schultern weg,

331

und eine dunkle Röte zeigte sich. Das Fieber schien sehr h[e]
gestiegen, die Abgeschlagenheit war beträchtlich, und so
durfte es für Gräsler keiner eingehenderen Untersuchung me
um Katharinens Erkrankung als Scharlach zu erkennen. Und i[h]
eine Hand in der seinen haltend, tief bedrückt, sich wie
Schuldiger fühlend, sank er auf den Sessel neben dem Bette hin

In diesem Augenblick kam der Vater heim, und schon in [d]
Türe rief er: »Aber, Kinder, was macht ihr denn für Geschicht[e]
So habt ihr also wirklich einen Doktor –« Seine Frau trat ihm e[nt]
gegen. »Nicht so laut«, sagte sie, »der Kopf tut ihr weh. Es is[t]
der Doktor, den sie draußen bei Ludmilla kennengelernt hat.«

»Ach so,« sagte der Vater nähertretend, »das freut mich
sehr, Ihre werte Bekanntschaft zu machen. Ja, sehen Sie,
schickt man so ein Mädchen aufs Land, läßt sich's was kost[et]
und nun kommt sie einem erst recht elend zurück. Na, es w[ird]
wohl nicht viel sein, Herr Doktor. Sicher ist sie abends im Fre[ien]
gesessen bei der vorgerückten Jahreszeit. Nicht wahr, Kathari[na]
so ist's gewesen?«

Katharina antwortete nichts und schob das Tuch wieder ü[ber]
ihre Augen. Doktor Gräsler wandte sich an den Vater. Es war
ziemlich kleiner, beleibter Mann mit glanzlosen Augen, bein[ah]
kahl, und mit einem aufgedrehten grauen Schnurrbart. »Es [ist]
keine Erkältung,« sagte Gräsler, »es ist Scharlach.«

»Aber, Herr Doktor, davon kann doch wohl keine Rede se[in]
Das ist doch eine Kinderkrankheit. Ihre Schwester hat's geha[bt]
da war sie fünf Jahre alt. Da hätte sie's doch gleich damals
kommen.«

Katharina schien durch das überlaute Wesen ihres Vaters [zu]
klarerem Bewußtsein gebracht und sagte: »Der Herr Dok[tor]
wird es wohl besser wissen als du, Vater. Aber er wird mich a[uch]
sicher gesund machen, nicht wahr?«

»Ja, das werde ich, Katharina, das werde ich«, erwiderte Gr[äs]
ler, und er liebte sie in diesem Augenblick so sehr, wie er n[och]
niemals ein menschliches Wesen geliebt hatte. Während er n[och]
seine Anordnungen traf, erschien die Schwester mit ihrem Gatt[en]
der den Doktor zuerst mit einem vergnügten Zwinkern
grüßte, aber vor dem Ernst der Lage alsbald mit seiner Frau [ins]
Nebenzimmer entwich. Den Eltern jedoch erklärte Gräsler le[tzt]
daß er diese Nacht über jedenfalls hierbleiben werde, gerade [die]
erste Nacht sei in solchen Fällen sehr bedeutungsvoll, und we[nn]
er ununterbrochen bei ihr wachte, so vermöchte er viellei[cht]

332

ncher Gefahr vorzubeugen, deren erste Anzeichen ungeschul-
Augen entgehen könnten.

»Nun, Katharina,« sagte der Vater, wieder an ihr Bett tretend,
u kannst von Glück sagen. So einen Doktor hat nicht jede.
er, Herr Doktor,« er zog ihn mit sich zur Tür, »das will ich
en doch gleich sagen, wir sind keine reichen Leute. Wenn sie
h auf dem Land gewohnt hat, sie war ja nur zu Gast bei Lud-
lla, wie Sie wohl bemerkt haben. Nur das Billett hin und zu-
k, das haben natürlich wir bezahlt.« Seine Frau verwies ihm
Reden, zog ihn mit sich ins Wohnzimmer, da sie fühlen
chte, daß es an der Zeit war, Katharina mit ihrem Arzt allein
lassen.

Gräsler beugte sich über die Kranke, streichelte ihr Wangen
d Haare, küßte sie auf die Stirn, versicherte sie, daß sie in ein
r Tagen wieder gesund sein werde und daß sie dann gleich
ihm zurück müsse; daß er sie überhaupt nie wieder von sich
lassen und überallhin mitnehmen werde, wo sein Schicksal
hinführe; daß es ihn ja mit aller Macht wieder hergetrieben
e und daß sie sein Kind sei und seine Geliebte und seine Frau,
d daß er sie liebe, liebe, wie noch nie ein Wesen geliebt worden
. Aber während er sie noch befriedigt lächeln sah, merkte er
on, daß alle seine Worte den Weg ins Tiefste ihrer Seele nicht
hr fanden, daß sie nur mehr als schwankende Schatten erfaßte,
s ringsum sich bewegte, daß er am Beginn von Tagen stand,
denen jede Stunde erfüllt sein sollte von der grauenhaften
gst um etwas Geliebtes, das einem unsichtbar nahenden Feind
fallen ist; und daß er sich zu einem verzweifelten Ringen rü-
n mußte, – das er doch schon in diesem Augenblick als nutzlos
annte.

SIEBZEHNTES KAPITEL

ch drei Tagen und drei Nächten, die Gräsler beinahe unterbrochen am Bett der Kranken wachte, ohne daß sie noch
mal zu völligem Bewußtsein gekommen wäre, an einem trü-
a Novemberabend, schwand ihre fiebernde Seele dahin, und
h weiteren zwei Tagen, in denen Gräsler durch die Ordnung
der traurigen Geschäfte, die sich an das Unglück anschlossen,
lauf in Anspruch genommen war, wurde sie begraben. Gräsler
g hinter dem Sarg her, ohne mehr als das Notwendige mit

ihren Verwandten zu sprechen, die ihm in all der gemeinsan
Trauer völlig ferngeblieben waren. Er stand starr am Grabe,
der Sarg versenkt wurde, und dann, ohne sich von den ande
nur zu verabschieden, verließ er den Friedhof und fuhr in se
Wohnung. Bis zum Abend lag er auf dem Diwan seines Arbe
zimmers in dumpfem Schlaf. Es war dunkel, als er sich erh
Er war allein, so allein, wie er es noch nie gewesen, nicht n
seiner Eltern, nicht nach seiner Schwester Tod. Sein Leben
mit einem Male allen Inhalts bar. Er begab sich auf die Stra
ohne zu wissen, was er mit sich anfangen, ohne zu wissen, wo
er sich wenden sollte. Er haßte die Menschen, die Stadt,
Welt, seinen Beruf, der am Ende doch zu nichts anderem gut
wesen war, als gerade dem Geschöpf den Tod zu bringen, das
stimmt schien, seinen alternden Jahren ein letztes Glück zu
ben. Was blieb ihm nun auf Erden noch übrig? Daß er in der L
war, seinen Beruf hinzuwerfen und, wenn es ihm beliebte, nie v
der mit irgendeinem menschlichen Wesen ein Wort wechs
mußte, erschien ihm der einzige Trost, der einzige Gewinn sei
Daseins. Die Straßen waren feucht, auf den Wiesen des Stadt
tens, in dem er sich wie zufällig fand, lag ein weißlicher Ne
Er sah zum Himmel auf, an dem zerrissene Wolken trieben.
fühlte sich müde werden, nicht nur von dem ziellosen Hin t
Her, sondern auch von seiner eigenen Gesellschaft, die ihm
einem Male unerträglich wurde. Ganz unmöglich erschien
ihm, nach Hause zu gehen, und in den Räumen, wo er
Katharina glücklich gewesen, eine hoffnungslose einsame Na
zu verbringen. Er ertrug es nicht, sich immer wieder mit
gleichen dürftigen Worten sein Schicksal vorzuerzählen, o
daß von irgendwoher Antwort, Trost und Teilnahme kam,
ward sich der Notwendigkeit bewußt, wenn er nicht im Fre
zu schluchzen, zu schreien, dem Himmel zu fluchen anfan
wollte, noch in dieser Stunde einen Menschen aufzusuchen, c
er sich mitteilen konnte. Da sein alter Freund Böhlinger
einzige war, der hierfür in Betracht kam, so machte er sich
den Weg zu ihm. Er hatte Angst, ihn nicht zu Hause anzutref
doch war das Glück ihm günstig, und der Rechtsanwalt saß,
Gräsler bei ihm eintrat, vor seinem aktenbedeckten Schreibti
im türkischen Schlafrock, von Rauchqualm umgeben.

»Du bist schon wieder hier?« empfing er ihn. »Was gibt's de
Eine ungewohnte Stunde.« Er blickte auf die Wanduhr, die z
Uhr wies.

334

Entschuldige,« sagte Gräsler heiser, »ich störe dich hoffentlich
nt.« – »Was fällt dir ein? Willst du nicht Platz nehmen? Eine
arre gefällig?«

Danke,« sagte Gräsler, »ich kann jetzt nicht rauchen. Ich habe
lich noch nicht zur Nacht gegessen.« Böhlinger betrachtete
mit zusammengekniffenen Augen. »So, so,« sagte er, »es han-
sich wohl um eine wichtige Sache. Nun, wie steht es denn
dem Sanatorium?«

Mit dem Sanatorium ist es nichts.«

Ah, hat sich das also zerschlagen? Sollte das dich doch so
wer treffen? Sag’ doch! Du dürftest doch nicht ganz ohne
und – dein Besuch freut mich selbstverständlich sehr – sprich
nur aus. Oder soll ich raten? Weibergeschichten?« Er lächelte.
treue?«

Gräsler machte eine abwehrende Handbewegung. »Sie ist tot«,
te er hart, stand plötzlich auf und ging im Zimmer hin und

Oh«, sagte Böhlinger. Dann schwieg er; und als Gräsler eben
der an ihm vorbeikam, ergriff er seine Hand und drückte sie
ge Male. Gräsler aber sank auf einen Stuhl, und den Kopf in
den Händen weinte er bitterlich, wie er seit seinen Knaben-
en nicht mehr geweint hatte. Böhlinger wartete geduldig
rauchte. Zuweilen warf er einen Blick in den Akt, der auf-
chlagen vor ihm auf dem Schreibtisch lag, und machte Noti-
an den Rand. Nach einiger Zeit, da Gräsler sich allmählich
beruhigen schien, fragte er sanft: »Wie ist es denn geschehen?
war ja so jung.«

Gräsler sah auf. Er verzog seine Lippen zu einem höhnischen
heln. »An Altersschwäche ist sie allerdings nicht gestorben.
arlach. Und ich bin schuld daran. Ich, ich bin schuld.«

Du bist schuld? Aus dem Spital?« Gräsler schüttelte den Kopf,
d wieder auf, lief im Zimmer hin und her, griff mit den Armen
verzweifelt in die Luft und atmete tief. Böhlinger lehnte sich
ück und folgte ihm mit den Blicken. »Wie wär’s,« sagte er,
nn du mir alles erzähltest. Es wird dich vielleicht ein wenig
uhigen.«

Und Doktor Gräsler begann, zuerst stockend, dann immer
ender, wenn auch nicht geordnet, die Geschichte seiner letz-
Monate zu erzählen. Bald ging er auf und ab, bald blieb er
en, in einer Ecke, am Fenster, oder an den Schreibtisch ge-
t; er erzählte nicht nur von Katharina, auch von Sabinen

sprach er; von seinen Hoffnungen, seinen Befürchtungen, s
neuen Jugend; – von seinen Träumen hier und dort, – und w
am Ende alle zunichte geworden waren. Manchmal hatte e
Empfindung, als wären beide tot, Katharina und Sabine, un
wäre es, der ihnen den Tod gebracht hätte. Zuweilen warf Bö
ger eine neugierige oder teilnahmsvolle Frage dazwischen.
als ihm die Erlebnisse des Freundes in ihrem Zusammenh
klar geworden waren, wandte er sich an ihn mit den Wo
»Bist du denn eigentlich in die Stadt zurückgekommen mi
Absicht – sie zu heiraten?«

»Gewiß bin ich das. Meinst du etwa, daß ihre Vergangen
mich gehindert hätte?«

»Das meine ich keineswegs. Denn ich weiß, die mit der
kunft sind im allgemeinen nicht vorzuziehen.« Und er sah
sich hin.

»Da dürftest du recht haben«, sagte Gräsler, und indem e
ins Auge faßte, fügte er hinzu: »Was ich dir übrigens auch
sagen wollte –« er brach ab.

Der Tonfall hatte Böhlinger befremdet: »Was meinst
fragte er.

»Ich habe deine Briefe an Friederike gelesen, deine und –
andere.«

»So?« sagte Böhlinger unerschüttert und lächelte trüb. »D
lange her, mein Freund.«

»Ja, es ist lange her«, wiederholte Gräsler. Und in einem
dürfnis, seine Stellungnahme zu der Angelegenheit in Kürze
endgültig auszusprechen, setzte er hinzu: »Es ist mir natü
nach Lektüre der Briefe ganz klar geworden, warum ihr
nicht geheiratet habt.«

Böhlinger sah ihn zuerst wie verständnislos an. Dann,
zuckenden Mundwinkeln, sagte er: »Ach so, du denkst – we
– mich betrog. So nennt man's ja wohl. Herrgott, was macht
daraus für Geschichten in jungen Jahren. In Wirklichkeit ha
nur sich selber und ich – mich betrogen! Ja, das ganz beson
Na, nun ist's wohl zu spät.« Und beide schwiegen eine Weil

»Es ist lange her«, sagte Gräsler dann noch einmal, aber
aus dem Schlaf. Denn eine tiefe Ermattung hatte ihn plöt
überkommen, und die Lider fielen ihm zu. Doch er schrak g
wieder auf, da Böhlinger ihn bei den Händen nahm und
herzlich zusprach, den Rest der Nacht, die schon weit v
schritten war, bei ihm zu verbringen. Ja, er erklärte sich b

336

ihm sein eignes Bett zur Verfügung zu stellen. Aber Gräsler zog es vor, sich, angekleidet wie er war, in dem raucherfüllten Zimmer auf den Diwan hinzulegen, wo er sofort in schweren Schlaf verfiel. Böhlinger breitete eine Decke über ihn, dann öffnete er für eine Weile die beiden Fenster, brachte seine Akten in Ordnung, schloß die Fenster wieder zu und ließ den ruhenden Freund allein.

Als Gräsler erwachte, stand Böhlinger vor ihm teilnahmsvoll lächelnd: »Guten Morgen«, sagte er mit einem guten Blick, – wie ein Arzt, so dachte Gräsler, dem ein krankes Kind aus dem Genesungsschlummer erwacht. Eine kühle Herbstsonne schien ins Zimmer herein. Gräsler spürte, daß er sehr lange geschlafen haben mußte, und fragte: »Wie spät ist es denn?« Da begannen eben die Mittagsglocken zu läuten.

Gräsler erhob sich und reichte dem Freunde die Hand. »Ich danke dir für deine Gastfreundschaft. Nun ist es Zeit nach Hause zu gehen.«

»Ich begleite dich,« sagte Böhlinger, »es ist Sonntag, ich habe in der Kanzlei nichts zu tun. Vor allem aber wirst du frühstücken, auch ein Bad ist für dich bereitgemacht.«

Gräsler nahm alles mit Dank an. Nach dem Bad, das ihn sehr erfrischte, begab er sich in das Speisezimmer, wo das Frühstück wartete. Böhlinger saß neben ihm, teilte ihm vor und plauderte allerlei, in der offenbaren Absicht, den Freund von traurigen Gedanken abzuziehen, von allerlei gleichgültigen politischen und städtischen Neuigkeiten. Was ist mir die Welt, dachte Gräsler, der Staat, die Menschen? Ja, wenn man Sabine wieder zum Leben auferwecken könnte, – er verbesserte sich sofort innerlich – Katarina! Die andere lebt ja ... gewissermaßen. Er lächelte und wußte selbst nicht recht warum.

Die Freunde verließen das Haus, Spaziergänger, sonntäglich angetan, belebten die Straßen, und Böhlinger hatte viele Leute zu grüßen. Sie kamen an dem Handschuhladen in der Wilhelmstraße vorbei. Gräsler betrachtete die herabgelassenen Rolläden wehmütig und mit Grauen. Endlich standen sie vor dem Hause, in dem Gräsler wohnte. »Wenn's dir recht ist, begleite ich dich hinauf«, sagte Böhlinger. In diesem Augenblick trat aus dem Tor eine hübsche rundliche Dame, in anständiger Trauerkleidung, deren Ernst durch einen anmutig und fröhlich geschwungenen Hut ein wenig gemildert schien; sie führte ein kleines Mädchen an der Hand, und ihre Augen leuchteten überrascht, als sie des

Doktors ansichtig wurde. »Schau, wer da kommt«, sagte sie l
und erfreut zu ihrer Kleinen. Gräslers Augen aber weiteten s
wie in Entsetzen, als er Frau Sommer erkannte, auf das K
richtete er einen raschen, aber völlig unbeherrschten Blick
Hasses; und jedes Grußes vergessend, an Mutter und Kind v
bei, trat er unters Tor. Böhlinger aber merkte, daß die Frau, i
Kleine immer an der Hand, stehengeblieben war und sein
Freund verständnislos, ja wie verzweifelt nachschaute. Mit un
friedenem Kopfschütteln folgte er Gräsler über die Treppe,
einer Frage entschlossen; doch kaum hatte sich die Wohnungs
hinter ihnen zugetan, so stieß Gräsler schon die Worte herv
»Das war das Kind. Das war die Mutter und das Kind. Die
Kind ist schuld daran! Katharina hat sterben müssen, und die
Kind hab' ich gesund gemacht.«

»Von Schuld kann hier wohl nicht die Rede sein«, erwide
Böhlinger. »So beklagenswert die Sache auch sein mag, die Kle
kann doch nichts dafür – und die Mutter gewiß nicht. Dein
nehmen dürfte ihr kaum recht verständlich gewesen sein.«

»Sie weiß ja auch nicht, was indes vorgefallen ist«, sagte Gräs

»Du hast sie angestarrt wie ein Gespenst. Und erst das Kind
Du hättest das Gesicht der Mutter sehen sollen. Sie war zu To
erschrocken.«

»Das tut mir leid. Aber sie wird sich schon wieder fassen. I
will es ihr bei Gelegenheit aufklären.«

»Das solltest du gewiß tun,« und in einem unangemessen h
teren Tone fügte er hinzu, »um so mehr, als es eine sehr hübse
und appetitliche kleine Frau ist.« Gräsler runzelte die Stirn u
machte eine abwehrende Handbewegung. Dann bat er Böhling
um Entschuldigung: er wolle nur rasch die Post der letzten Ta
durchsehen, um die er sich nicht gekümmert hatte. Eine le
Hoffnung, daß Sabine ihn rufen könnte, vermochte er nicht vö
zu unterdrücken, trotzdem er die Unsinnigkeit eines solch
Gedankens empfand. Es war keine Zeile von ihr, noch irge
anderes von Bedeutung eingelangt.

Dann begab er sich mit Böhlinger in einen Gasthof, und wä
rend des Mittagessens, im Zwielicht einer warmen, traulich
Nische, bei einer Flasche guten Rheinweins, riet ihm der Freu
sich keinem unfruchtbaren Schmerz hinzugeben, sondern sich
bald als irgend möglich innerhalb seines Berufes zu betätig
Gräsler versprach, heute noch nach Lanzarote seine Ankunft
Ende des Monats anzukündigen. Er war überzeugt, daß er w

nmen sein würde. Später, bei Kaffee und Zigarre, sprachen sie
Friederike. Der Bruder hielt ihr, während Böhlinger mit halb-
chlossenen Augen, den Rauch langsam vor sich her ringelnd,
chte, einen gerührten Nachruf, rühmte ihre Fürsorglichkeit
Treue, – ja er wollte es sogar für möglich halten, daß sie bei
Neuausstattung ihres alten Zimmers hier in der Stadt nicht
r an sich selbst, sondern gütig ahnungsvoll und in Selbstauf-
rung an irgendein anderes Wesen gedacht hatte, das be-
nmt sein mochte, dem Bruder Gefährtin und Geliebte zugleich
edeuten. Böhlinger nickte nur; manchmal blickte er den alten
und, den er nie so gesprächig gesehen, mit einer von Bedauern
ht ganz freien Verwunderung an, endlich schien er zerstreut
etwas ungeduldig zu werden, und, plötzlich aufstehend, ver-
chiedete er sich unvermutet rasch, mit der Entschuldigung,
er über die Abendstunden leider schon verfügt habe.

räsler spazierte allein nach Hause. Ruhelos ging er in dem
mer hin und her und spürte, wie sein Kummer allmählich in
geweile hinzufließen begann. Er setzte sich an den Schreib-
h und teilte der Hoteldirektion in Lanzarote mit, daß seine
kunft sich wohl einige Wochen verzögern würde, doch hoffe
damit der Leitung um so weniger Ungelegenheiten zu berei-
, als vor Mitte, ja Ende November der Besuch der Insel ohne-
s kein reger zu sein pflege. Nach Beendigung dieses Briefes
er mit seinem Tagewerk zu Ende. Er nahm Hut und Stock,
ließ seine Wohnung neuerdings, und als er im Treppenflur an
Tür der Frau Sommer vorbei kam, zögerte er zuerst einen
genblick, dann aber drückte er auf die Klingel. Die Hausfrau
st öffnete. Sie empfing ihn viel freundlicher, als er es hätte
arten dürfen, ja mit einem Ausdruck von Freude. Er war ge-
nmen, so bemerkte er gleich, sein mehr als sonderbares Be-
men von heute vormittag aufzuklären. Aber Frau Sommer
ßte wahrscheinlich schon, was für ein großes Unglück ihm
gegnet sei – so werde sie ihn vielleicht entschuldigen. Sie
ßte nichts, wahrhaftig gar nichts, und sie bat ihn, sich doch
allem mit ihr ins Wohnzimmer zu bemühen. Und dort erzähl-
er ihr, daß seine liebe kleine Freundin, dieselbe, die sie noch
wenigen Wochen im chinesischen Schlafrock mit den gold-
tickten Drachen am Treppengeländer gesehen hätte, nach
r Krankheit von wenigen Tagen dahingeschieden sei. Erst
die teilnahmsvolle Frage der Frau Sommer ergänzte er, daß
tückisches Scharlachfieber das junge Geschöpf dahingerafft

habe. Es kämen jetzt viele Fälle in der Stadt vor, ja man kön‹
fast von einer Epidemie sprechen. Und irgendein Zusammenh‹
zwischen der Krankheit seiner Freundin und dem Fall der klei‹
Fanny sei um so weniger anzunehmen, als der Scharlach ‹
Kindes so leicht verlaufen sei, daß er an der Richtigkeit sei‹
Diagnose beinahe zweifeln möchte. Und er nahm das Kind, ‹
eben hereingelaufen kam, zwischen die Knie, streichelte des‹
Locken und küßte es auf die Stirn. Dann weinte er leise vor s‹
hin, und als er wieder aufblickte, sah er Tränen im Auge ‹
jungen Frau.

Am nächsten Tage besuchte er Katharinens Grab, auf d‹
noch einige bescheidene Kränze mit Schleifen lagen. Frau Somr‹
hatte ihn mit dem Kind auf den Friedhof begleitet; und währe‹
Gräsler stumm und gebeugten Hauptes dastand und Frau Sc‹
mer die Aufschriften der Schleifen betrachtete, hielt die Kle‹
die Hände im stillen Gebet gefaltet. Auf dem Heimweg hielt m‹
sich eine Weile beim Konditor auf, und Fanny kam mit ei‹
großen Tüte Bonbons nach Hause.

Von nun an nahm sich Frau Sommer des vereinsamten Ju‹
gesellen mit unaufdringlicher Güte an; er verbrachte viele St‹
den, insbesondere jeden Abend in ihrer Wohnung und brac‹
der Kleinen, die er immer zärtlicher liebgewann, allerlei Spielze‹
mit, darunter wilde Tiere aus Holz und Pappe, von denen er d‹
überdies Geschichten erzählen mußte, als wären es eigentl‹
wirkliche, aber verzauberte Bestien. Frau Sommer aber zei‹
sich in Wort und Blick von Tag zu Tag dankbarer für all‹
Liebe, das der Doktor ihrem vaterlosen Kinde erwies. – –

Es war noch kein Monat seit Katharinens Tod vergangen, ‹
Doktor Emil Gräsler auf der Insel Lanzarote mit Frau Somm‹
die übrigens seit dem Tag ihrer Abreise Frau Gräsler hieß, u‹
der kleinen Fanny ans Land stieg. Der Direktor stand an ‹
Landungsbrücke, barhaupt wie gewöhnlich, und sein glatt‹
strichenes braunes Haar bewegte sich trotz des Küstenwin‹
kaum. »Willkommen, lieber Doktor«, begrüßte er den Ank‹
menden, mit dem amerikanischen Akzent, der auf Gräsler sc‹
im vorigen Jahre unangenehm gewirkt hatte. »Willkommen! ‹
haben wohl ein wenig auf sich warten lassen, aber wir freuen ‹
um so mehr, Sie wieder hier zu haben. Die Villa ist natür‹
instand gesetzt, und ich hoffe, daß sich auch die gnädige Frau ‹
uns wohl fühlen wird.« Er küßte ihr die Hand und tätschelte ‹
Wange der Kleinen.

Die Luft war wundersam durchsonnt, wie an einem Sommertag, und sie gingen alle dem Hotel zu, das ihnen blendend weiß entgegenglänzte; voran der Direktor und die junge Frau im lebhaften Gespräch, hinter ihnen Doktor Gräsler und die kleine Fanny in einem etwas zerdrückten weißen Leinenkleid und mit einem weißen Seidenbändchen in den schwarzen Locken. Gräsler hielt ihre weiche Kinderhand in der seinen und sagte: »Siehst du dort das kleine weiße Haus, wo alle Fenster offen stehen? Da wirst du wohnen, und gleich dahinter, das kannst du jetzt natürlich nicht sehen, ist ein Garten mit merkwürdigen Bäumen, wie du sie noch nie gesehen hast . . . und unter denen wirst du spielen; und wenn es anderswo schneien wird und die Leute frieren, da wird hier die Sonne scheinen geradeso wie heute.« So redete er weiter, immer die weiche Kinderhand in der seinen, deren Druck ihn beglückte, wie nie eine andere Berührung ihn beglückt hatte. Die Kleine, neugierig zu ihm aufblickend, horchte ihm zu.

Indes führte auch der Herr Direktor seine Unterhaltung mit der jungen Frau weiter. »Die Saison läßt sich nicht übel an«, bemerkte er. »Der Herr Gemahl wird stark beschäftigt sein. Für den Vierten nächsten Monats erwarten wir Seine Hoheit den Herzog von Sigmaringen mit Gemahlin, Kinder und Suite . . . Wir haben hier einen gesegneten Fleck Erde. Ein kleines Paradies. Und wie der Schriftsteller Rüdenau-Hansen sagt, ein regelmäßiger Besucher unserer Insel seit zwölf Jahren . . .«

Der Wind, der hier an der Küste auch an den ruhigsten Tagen zu gehen pflegt, blies die nächsten Worte davon und noch viele andere.

siebenbändige Taschenbuchausgabe enthält alle erzählenden
riften, die zu Lebzeiten Arthur Schnitzlers als Einzelaus-
en, in Zeitschriften und in den früheren Gesamtausgaben
chienen waren, sowie bisher aus dem Nachlaß veröffentlichte
vellen.

Die Anordnung ist chronologisch, eine hier allerdings proble-
tische Methode, da es die Arbeitsweise des Dichters nahezu
nöglich macht, das Entstehungsjahr eines Werkes mit Ge-
igkeit anzugeben. Da Arthur Schnitzler alle Skizzen und Vor-
eiten zu seinen Schriften sorgfältig aufbewahrte, und zwar
l er sie – wie es in den testamentarischen Bestimmungen über
l literarischen Nachlaß heißt – »zum Mindesten interessant
Beiträge zur Physiologie (auch Pathologie!) des Schaffens«
chtete, läßt sich diese Arbeitsweise genau rekonstruieren.
r erste Einfall wurde meist in Form einer kurzen, oft nur we-
e Zeilen umfassenden Notiz niedergeschrieben. Der erste
such einer Ausarbeitung wurde dann (in früheren Jahren
dgeschrieben, in späteren der Sekretärin in die Maschine
tiert und immer genau datiert) mit Absicht weggelegt und
h einiger Zeit, oft erst nach mehreren Jahren, wieder vorge-
nmen und mit zahlreichen, oft nur schwer zu entziffernden
rrekturen versehen. Die so erarbeitete Neufassung wurde wie-
niedergeschrieben, beziehungsweise diktiert, ein Vorgang,
sich mehrmals wiederholte, bis schließlich eine Fassung zu-
nde kam, die der Veröffentlichung wert erschien. Auf diese
ise erstreckte sich die Arbeit an einzelnen Werken meist über
rzehnte, wobei nicht selten auch die Form grundlegende Ver-
derungen erfuhr. Als ein typisches Beispiel mag die »Aben-
rernovelle« dienen. Der Stoff wurde zuerst im Jahre 1902
zziert, und zwar als fünfaktiges Versdrama. Diese frühere
m erfuhr weitere Umgestaltungen in den Jahren 1909, 1911
l 1913, bis endlich im Jahre 1925 der erste Entwurf der er-

zählenden Fassung niedergeschrieben wurde. Das hier zum Abdruck gelangende Fragment wurde in den ersten Monaten de Jahres 1928 diktiert. Als ein weiteres Beispiel sei die Novelle »Der Sohn« erwähnt, die, im Jahre 1892 veröffentlicht, eine Vorstudie zu dem fast vier Jahrzehnte später (1928) erschienene Roman »Therese« darstellt. Die wohl einzige Ausnahme bilde die Monolognovelle »Leutnant Gustl«, die innerhalb von für Tagen (13. bis 17. Juli 1900) entstand.

Die im nachfolgenden bibliographischen Verzeichnis den ein zelnen Titeln beigefügten Jahreszahlen bedeuten also nich eigentlich Entstehungsjahre, sondern jeweils den Zeitpunkt, z dem die Arbeit an dem betreffenden Werk abgeschlossen wurde Bei in den früheren Gesamtausgaben enthaltenen Werken wur den die dort verwendeten, also noch vom Dichter selbst autori sierten Jahreszahlen übernommen, wobei sich allerdings in ein gen Fällen Korrekturen offensichtlicher Irrtümer als notwendi erwiesen. Bei aus dem Nachlaß veröffentlichten Arbeiten wurd das Jahr der letzten Abschrift angegeben. Die in diesen, durch wegs in Maschinenschrift vorliegenden Abschriften enthaltene handschriftlichen Notizen wurden nach Möglichkeit, d.h. s weit ihre Absicht unmißverständlich war, berücksichtigt.

Im Nachlaß befinden sich außer den hier veröffentlichten A beiten noch zahlreiche weitere Novellen und Novellenfragmen aus früheren Jahren, die teilweise in den Band »Entworfenes ur Verworfenes«, hrsg. von Reinhard Urbach (S. Fischer Verla Frankfurt a. Main 1977) aufgenommen wurden.

Das folgende Verzeichnis gibt Auskunft über Erstdrucke u erste Buchausgaben und stützt sich weitgehend auf den »Schnit ler-Kommentar zu den erzählenden Schriften und dramatisch Werken«, von Reinhard Urbach (Winkler Verlag, Münch 1974), wo auch genaue Angaben über Wiederabdrucke einzeln Werke in Zeitschriften und Almanachen, sowie über späte in manchen Fällen illustrierte Einzelausgaben, zu finden sind.

Die folgenden Abkürzungen wurden verwendet: E – Erstdru B – Erste Buchausgabe, SFV – S. Fischer Verlag, Berlin.

15. Mai 1862: Arthur Schnitzler in Wien geboren

WELCH EINE MELODIE (1885); Nachlaß. E: Die Neue Rundsch XLIII. Jahrgang, 5. Heft, Mai 1932. B: Die kleine Komödie, SFV, 19

WARTET AUF DEN VAZIERENDEN GOTT (1886). E: Deutsche
Wochenschrift, IV. Jahrgang, 50. Heft, 12. Dezember 1886. B: Die
kleine Komödie, SFV, 1932.

ERIKA (1887). E: An der schönen blauen Donau, IV. Jahrgang,
9. Heft, 1889. B: Die kleine Komödie, SFV, 1932.

BSCHAFT (1887); Nachlaß. E und B: Die kleine Komödie, SFV,
1932.

EIN FREUND YPSILON (1887). E: An der schönen blauen Donau,
IV. Jahrgang, 2. Heft, 1889. B: Die kleine Komödie, SFV, 1932.

ER FÜRST IST IM HAUSE (1888); Nachlaß. E: Arbeiter-Zeitung,
Wien, 15. Mai 1932. B: Die kleine Komödie, SFV, 1932.

ER ANDERE (1889). E: An der schönen blauen Donau, IV. Jahrgang,
21. Heft, 1889. B: Die kleine Komödie, SFV, 1932.

ICHTUM (1889). E: Moderne Rundschau, III. Jahrgang, 11. und
12. Heft, 1891. B: Die kleine Komödie, SFV, 1932.

ER SOHN (1889). E: Freie Bühne für den Entwicklungskampf der
Zeit, III. Jahrgang, 1. Heft, Januar 1892. B: Die kleine Komödie,
SFV, 1932.

E DREI ELIXIRE (1890). E: Moderner Musen-Almanach; 2. Jahrgang; München, 1894. B: Die kleine Komödie, SFV, 1932.

E BRAUT (1891); Nachlaß. E und B: Die kleine Komödie, SFV,
1932.

ERBEN (1892). E: Neue Deutsche Rundschau, V. Jahrgang, 10.
bis 12. Heft, Oktober-Dezember 1894. B: SFV, 1895.

E KLEINE KOMÖDIE (1893). E: Neue Deutsche Rundschau, VI.
Jahrgang, 8. Heft, August 1895. B: Die kleine Komödie, SFV, 1932.

MÖDIANTINNEN: HELENE – FRITZI (1893); Nachlaß. E und B:
Die kleine Komödie, SFV, 1932.

UMEN (1894). E: Neue Revue; V. Jahrgang, 33. Heft, Wien,
August 1894. B: Die Frau des Weisen, SFV, 1898.

ER WITWER (1894). E: Wiener Allgemeine Zeitung, 25. Dezember 1894. B: Die kleine Komödie, SFV, 1932.

N ABSCHIED (1895). E: Neue Deutsche Rundschau, VII. Jahrg.,
2. Heft, Februar 1896. B: Die Frau des Weisen, SFV, 1898.

ER EMPFINDSAME (1895). E: Die Neue Rundschau, XL. Jahrgang,
5. Heft, Mai 1932. B: Die kleine Komödie, SFV, 1932.

E FRAU DES WEISEN (1896). E: Die Zeit, X. Band, Nr. 118–120,
Wien, 2., 9. u. 16. Januar 1897. B: Die Frau des Weisen, SFV, 1898.

ER EHRENTAG (1897). E: Die Romanwelt, V. Jahrgang, I. Band,
16. Heft, Berlin, 1897. B: Die Frau des Weisen, SFV, 1898.

E TOTEN SCHWEIGEN (1897). E: Cosmopolis, VIII. Jahrgang,
Nr. 22, Oktober 1897. B: Die Frau des Weisen, SFV, 1898.

1 EINE STUNDE (1899). E: Neue Freie Presse, Wien, 24. Dezember 1899. B: Die kleine Komödie, SFV, 1932.

E NÄCHSTE (1899); Nachlaß. E: Neue Freie Presse, Wien, 27.
März 1932. B: Die kleine Komödie, SFV, 1932.

IDREAS THAMEYERS LETZTER BRIEF (1900). E: Die Zeit,
XXXII. Band, Nr. 408, Wien, 26. Juli 1902. B: Die griechische
Tänzerin, Wiener Verlag, Wien und Leipzig, 1905.

AU BERTA GARLAN (1900). E: Neue Deutsche Rundschau, XII.
Jahrgang, 1. bis 3. Heft, Januar–März 1901. B: SFV, 1901.

EIN ERFOLG (1900); Nachlaß. E: Die Neue Rundschau, XL. Ja
gang, 5. Heft, Mai 1932. B: Die kleine Komödie, SFV, 1932.
LEUTNANT GUSTL (1900). E: Neue Freie Presse, Wien, 25. Deze
ber 1900. B: SFV, 1901.
DER BLINDE GERONIMO UND SEIN BRUDER (1900). E: Die Z
XXV. Band, Nr. 325–326, und XXVI. Band, Nr. 327–328; Wi
Dezember 1900 – Januar 1901. B: Die griechische Tänzerin, W
ner Verlag, Wien und Leipzig, 1905.
LEGENDE (FRAGMENT) (1900); Nachlaß. E und B: Die kleine I
mödie, SFV, 1932.
WOHLTATEN, STILL UND REIN GEGEBEN (1900); Nachlaß.
Neues Wiener Tagblatt, 25. Dezember 1931. B: Die kleine I
mödie, SFV, 1932.
DIE GRÜNE KRAWATTE (1901). E: Neues Wiener Journal,
Oktober 1903. B: Die kleine Komödie, SFV, 1932.
DIE FREMDE (1902). E (unter dem Titel DÄMMERSEELE): Ne
Freie Presse, Wien, 18. Mai 1902. B: Dämmerseelen, SI
1907.
EXZENTRIK (1902). E: Jugend, Nr. 30, München, 1902. B: Die gi
chische Tänzerin, Wiener Verlag, Wien und Leipzig, 1905.
DIE GRIECHISCHE TÄNZERIN (1902). E: Die Zeit, Wien, 28. S
tember 1902. B: Die griechische Tänzerin, Wiener Verlag, W
und Leipzig, 1905.
DIE WEISSAGUNG (1902). E: Neue Freie Presse, Wien, 24. Dezeml
1905. B: Dämmerseelen, SFV, 1907.
DAS SCHICKSAL DES FREIHERRN VON LEISENBOHG (1903).
Die Neue Rundschau, XV. Jahrgang, 7. Heft, Juli 1904. B: Dämm
seelen, SFV, 1907.
DAS NEUE LIED (1905). E: Neue Freie Presse, Wien, 23. April 19
B: Dämmerseelen, SFV, 1907.
DER TOTE GABRIEL (1906). E: Neue Freie Presse, Wien, 19. N
1907. B: Masken und Wunder, SFV, 1912.
GESCHICHTE EINES GENIES (1907). E: Arena, II. Jahrgang, 12. H
März 1907. B: Die kleine Komödie, SFV, 1932.
DER TOD DES JUNGGESELLEN (1907). E: Österreichische Ru
schau, XV. Band, 1. Heft, Wien, April 1908. B: Masken und W
der, SFV, 1912.
DER WEG INS FREIE (1908). E: Die Neue Rundschau, XIX. Ja
gang, 1. bis 6. Heft, Januar–Juni 1908. B: SFV, 1908.
DIE HIRTENFLÖTE (1909). E: Die Neue Rundschau, XXII. Ja
gang, 9. Heft, September 1911. B: Deutsch-Österreichischer V
lag, Wien 1912.
DIE DREIFACHE WARNUNG (1909). E: Die Zeit, Wien, 4. Juni 19
B: Masken und Wunder, SFV, 1912.
DAS TAGEBUCH DER REDEGONDA (1909). E: Süddeutsche Mona
hefte, IX. Jahrgang, 1. Heft, Oktober 1911. B: Masken und Wund
SFV, 1912.
DER MÖRDER (1910). E: Neue Freie Presse, Wien, 4. Juni 19
B: Masken und Wunder, SFV, 1912.
FRAU BEATE UND IHR SOHN (1912). E: Die Neue Rundsch
XXIV. Jahrgang, 2.–4. Heft, Februar–April 1913. B: SFV, 19

KTOR GRÄSLER, BADEARZT (1914). E: Berliner Tageblatt, 10.
.ebruar–17. März 1917. B: SFV, 1917.

R LETZTE BRIEF EINES LITERATEN (1917); Nachlaß. E: Die
Neue Rundschau, XLIII. Jahrgang, 1. Heft, Januar 1932. B: Aus-
gewählte Erzählungen, S. Fischer Verlag, Frankfurt am Main, 1950.

CANOVAS HEIMFAHRT (1917). E: Die Neue Rundschau, XXIX.
.ahrgang, 7.–9. Heft, Juli–September 1918. B: SFV, 1918.

UCHT IN DIE FINSTERNIS (1917). E: Vossische Zeitung, Berlin,
3.–30. Mai 1931. B: SFV, 1931.

ÄULEIN ELSE (1923). E: Die Neue Rundschau, XXXV. Jahrgang,
0. Heft, Oktober 1924. B: Paul Zsolnay Verlag, Berlin, Wien,
.eipzig, 1924.

FRAU DES RICHTERS (1924). E: Vossische Zeitung, Berlin,
.ugust 1925. B: Propyläen Verlag, Berlin, ohne Jahr (1925).

AUMNOVELLE (1925). E: Die Dame, LIII. Jahrgang, 6.–12. Heft,
.erlin, 1925–26. B: SFV, 1926.

EL IM MORGENGRAUEN (1926). E: Berliner Illustrierte Zeitung,
XXXV. und XXXVI. Jahrgang, 5. Dezember 1926–9. Januar 1927.
.: SFV, 1927.

KERAUFSTAND (FRAGMENT) (1926?); Nachlaß. E: Die Neue
.undschau, LXVIII. Jahrgang, 1. Heft (1957). B: Gesammelte
Werke. Die erzählenden Schriften, Bd. I, S. Fischer Verlag, Frank-
.urt a. Main, 1961.

ENTEURERNOVELLE (FRAGMENT) (1928); Nachlaß. E und B:
.ermann-Fischer Verlag, Wien, 1937.

R SEKUNDANT (1927–31); Nachlaß. E: Vossische Zeitung, Ber-
.n, 1.–4. Januar 1932. B: Gesammelte Werke. Die erzählenden
.chriften, Bd. II, S. Fischer Verlag, Frankfurt a. Main, 1961.

ERESE (1928). E und B: SFV, 1928.

Oktober 1931: Arthur Schnitzler in Wien gestorben

Arthur Schnitzler

Casanovas Heimfahrt
Erzählungen. Band 1343

Aus dem Inhalt: › Der blinde Geronimo und sein Bruder ‹, › Leutnant Gustl ‹, ›Die Fremde‹, ›Der Tod des Junggesellen‹, ›Das Tagebuch der Redegonda‹, ›Spiel im Morgengrauen‹, ›Casanovas Heimfahrt‹, ›Fräulein Else‹.

Jugend in Wien
Eine Autobiographie. Band 2069

»Keine Zweifel: dieses autobiographische Fragment wird erheblich zum besseren Verständnis des Schnitzlerschen Wesens und des Schnitzlerschen Werkes beitragen.« *Friedrich Torberg*

Reigen / Liebelei
Zehn Dialoge / Schauspiel in drei Akten
Band 7009

»Die beiden kleinen Stücke, die hier miteinander gesell sind, sein (Schnitzlers) berühmtestes und sein berüchtigstes, scheinen sich schlecht miteinander zu vertragen: die gemütvolle »Liebelei« und der ungemütliche »Reigen«, die rührende Tragödie und das »zynische« Satyrspiel, das eine ein Volksstück, gesättig mit Lokalkolorit – es gibt keine Dichtung, in der mehr Wiener Luft wehte – mit allen öffentlichen Ehren im Burgtheater aufgeführt, das andere als Konterbande lange im Schreibtisch des Dichters versteckt und von Ärgernissen und Skandalen umwittert.«
(Aus dem Nachwort von Richard Alewyn)

Fischer Taschenbuch Verlag

fi 292 / 2

Arthur Schnitzler

Der Sekundant
und andere Erzählungen. Band 9100

»Wunderschön sparsam und durchsichtig« hat
Hugo von Hofmannsthal die Art und Weise genannt,
mit der Arthur Schnitzler »alles Äußerliche, das den
Fortgang der Handlung unterstützt«, in seinen Werken
schildert.

Spiel im Morgengrauen
Erzählung. Band 9101

»Spiel im Morgengrauen« ist ein für Arthur Schnitzlers
Erzählen sehr charakteristisches Beispiel: das Motiv des
Spiels – des Spiels der Akteure mit ihren Gedanken und
Gewohnheiten und des Spiels des Zufalls, des
Schicksals – kehrt bei ihm immer wieder.

Fräulein Else
und andere Erzählungen. Band 9102

»Schon das Gestern verschwimmt, und alles, was ein
paar Tage zurückliegt, bekommt den Charakter eines
unklaren Traumes.« Arthur Schnitzler erzählt vom
Fehlverhalten der Menschen, die, aus solchem
Lebensgefühl heraus, nicht davor zurückscheuen, die
anderen, die gewissenhaften, zu opfern, wenn sie selbst
sich allzusehr verstrickt haben.

Fischer Taschenbuch Verlag

ARTHUR SCHNITZLER

Das dramatische Werk

Taschenbuchausgabe in acht Bänden

BAND 1

*Alkandi's Lied - Anatol - Anatols Größenwahn - Das Märchen
Die überspannte Person - Halbzwei - Liebelei*

BAND 2

*Freiwild - Reigen - Das Vermächtnis - Paracelsus
Die Gefährtin*

BAND 3

*Der grüne Kakadu - Der Schleier der Beatrice - Silvesternacht
Lebendige Stunden*

BAND 4

*Der einsame Weg - Marionetten - Zwischenspiel
Der Ruf des Lebens*

BAND 5

*Komtesse Mizzi oder Der Familientag
Die Verwandlungen des Pierrot - Der tapfere Kassian (Singspiel)
Der junge Medardus*

BAND 6

*Das weite Land - Der Schleier der Pierrette
Professor Bernhardi*

BAND 7

*Komödie der Worte - Fink und Fliederbusch
Die Schwestern oder Casanova in Spa*

BAND 8

*Der Gang zum Weiher - Komödie der Verführung
Im Spiel der Sommerlüfte*

FISCHER TASCHENBUCH VERLAG

fi 199/2

ARTHUR SCHNITZLER

Das erzählerische Werk

Taschenbuchausgabe in sieben Bänden

FISCHER TASCHENBUCH VERLAG

Arthur Schnitzler
Sein Leben · Sein Werk · Seine Zeit

*Herausgegeben von Heinrich Schnitzler,
Christian Brandstätter und Reinhard Urbach
368 Seiten. Mit 324 Abbildungen. Leinen im Schuber*

Kaum ein Autor der Wiener Jahrhundertwende stand so
sehr im Brennpunkt von Polemik, Kritik und Verleum-
dung, war in so viele Skandale und Prozesse verwickelt
wie Arthur Schnitzler. Gegen antisemitische Hetze hatte
er sich ebenso zu wehren wie gegen mißverständliche
Verehrung und böswillige Klischee-Urteile, die ihn zum
leichtsinnigen Erotiker und oberflächlichen Causeur
machen wollten. Doch am schwersten hatte er es mit sich
selbst, wie eine Tagebucheintragung aus dem Jahre 1909
deutlich macht: »Hypochondrie, in jedem Sinne, der
schwerste Mangel meines Wesens; sie verstört mir
Lebensglück und Arbeitsfähigkeit – dabei gibt es keinen,
der so geschaffen wäre, sich an allem zu freuen und der
mehr zu thun hätte. –«
Leben, Werk und Umkreis des Dichters werden in
diesem Band in Beziehung zu seiner Zeit gesetzt. Autobiographische Aufzeichnungen, zumeist unveröffent-
lichte Briefe und Tagebuchnotizen und zahlreiche bisher
nicht bekannte Bilder fügen sich zu seiner authentischen
Biographie zusammen.

S. Fischer